北京师范大学中国古代散文研究中心专刊

02

# 清代唐宋八大家散文选本考录

付琼 著

商务印书馆

本书为2014年度国家社会科学基金重大项目
“中国古代散文研究文献集成”(项目批准号14ZDB066)成果

本书为2010年度国家社科基金项目
“明清时期唐宋八大家散文选本研究”(项目批准号10BZW053)成果

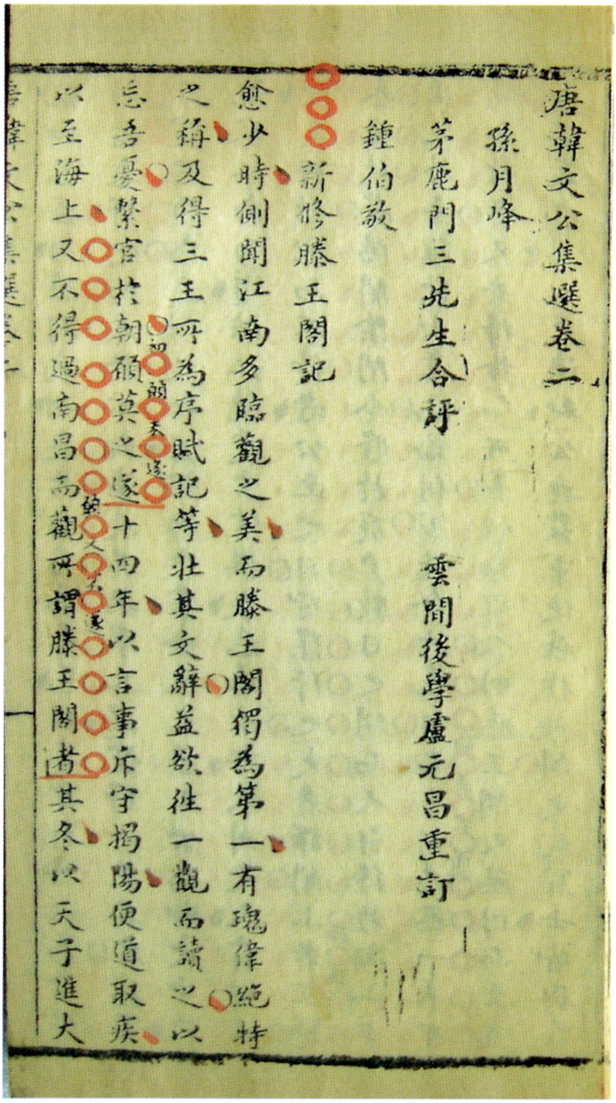
唐韓文公集選卷二
孫月峰
茅鹿門三先生合評　雲間後學盧元昌重訂
鍾伯敬
新修滕王閣記
愈少時側聞江南多臨觀之美而滕王閣獨為第一有瑰偉絕特
之稱及得三王所為序賦記等壯其文辭益欲往一觀而讀之以
忘吾憂繫官於朝願莫之遂十四年以言事斥守揭陽便道取疾
以至海上又不得過南昌而觀所謂滕王閣者其冬以天子進大

图 1　卢元昌《唐宋八大家文选》卷二
顺治年间金阊王遇升刻本

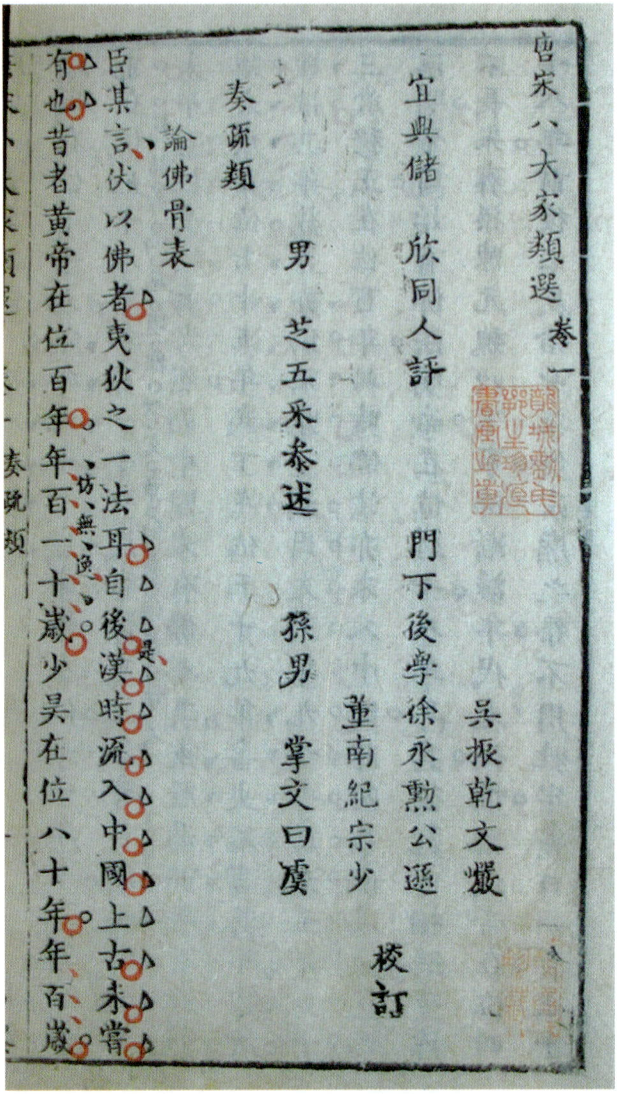

图 2　储欣《唐宋八大家类选》卷一

乾隆三十八年(1773)同文堂刻本

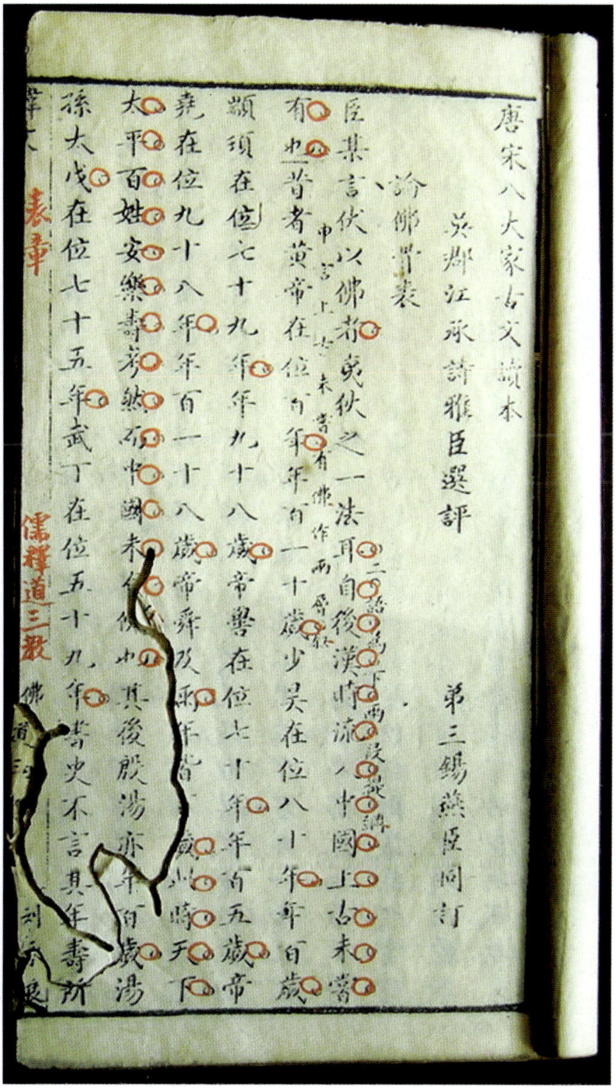

图 3　江承诗《唐宋八大家古文读本》卷首

康熙四十三年(1704)学古堂刻本

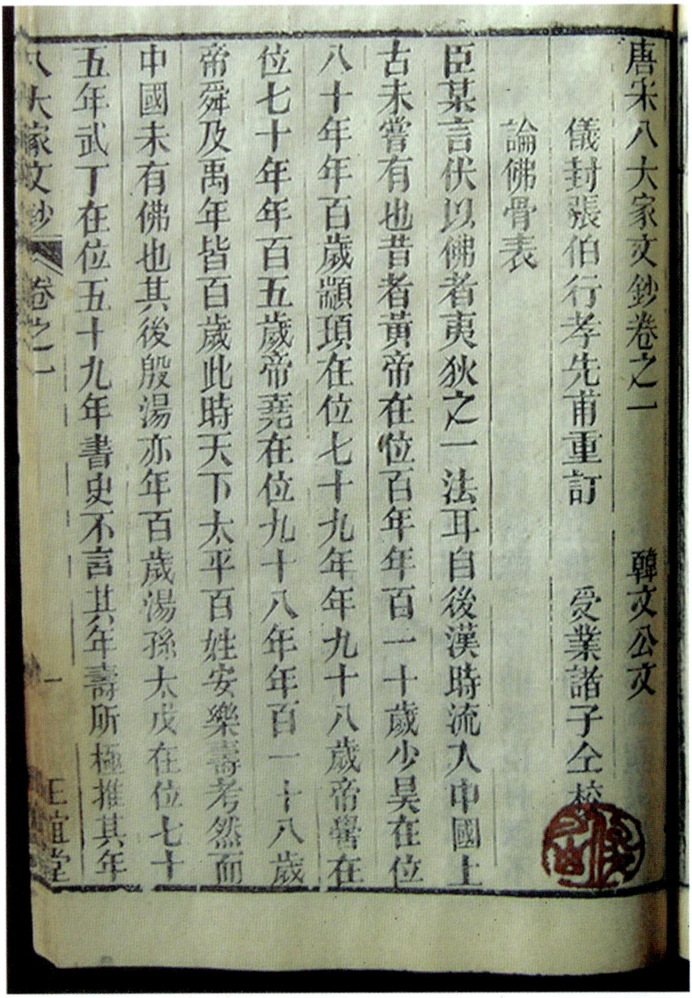

唐宋八大家文鈔卷之一　韓文公文

儀封張伯行孝先甫重訂　受業諸子仝校

論佛骨表

臣某言伏以佛者夷狄之一法耳自後漢時流入中國上古未嘗有也昔者黃帝在位百年年百一十歲少昊在位八十年年百歲顓頊在位七十九年年九十八歲帝嚳在位七十年年百五歲帝堯在位九十八年年百一十八歲帝舜及禹年皆百歲此時天下太平百姓安樂壽考然而中國未有佛也其後殷湯亦年百歲湯孫太戊在位七十五年武丁在位五十九年書史不言其年壽所極推其年

唐宋八大家文鈔　卷之一　一　正誼堂

图 4　张伯行《唐宋八大家文钞》卷一

同治八年(1869)福州正谊书院刻本

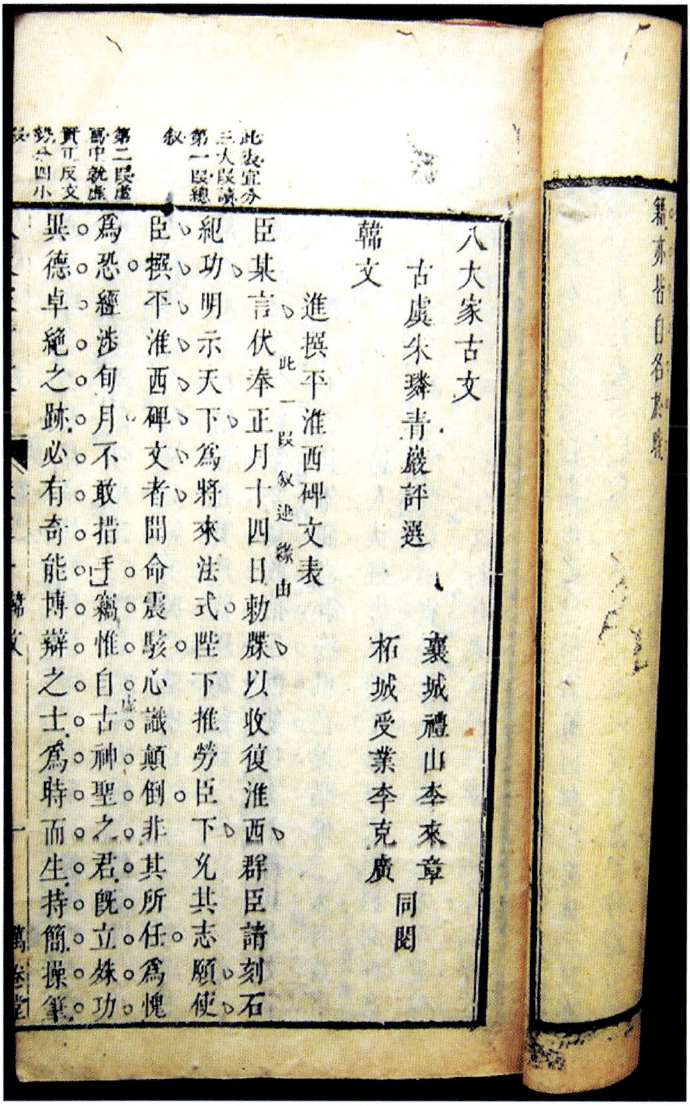

图 5　朱璘《唐宋八大家古文》卷首

康熙五十二年(1713)万卷堂刻本

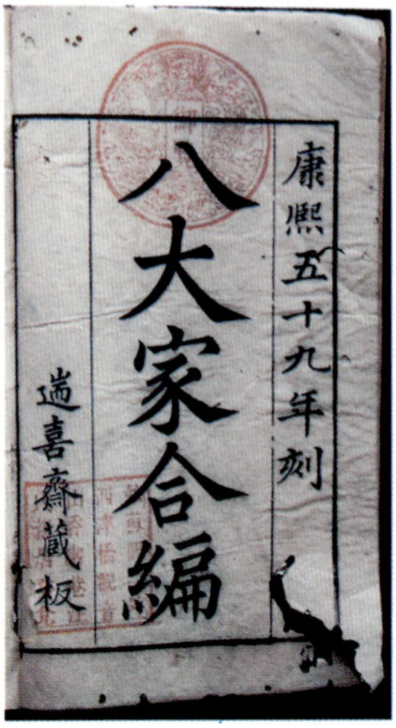


图 6　汪份《唐宋八大家文分体读本》封面
康熙五十九年(1720)遄喜斋刻本

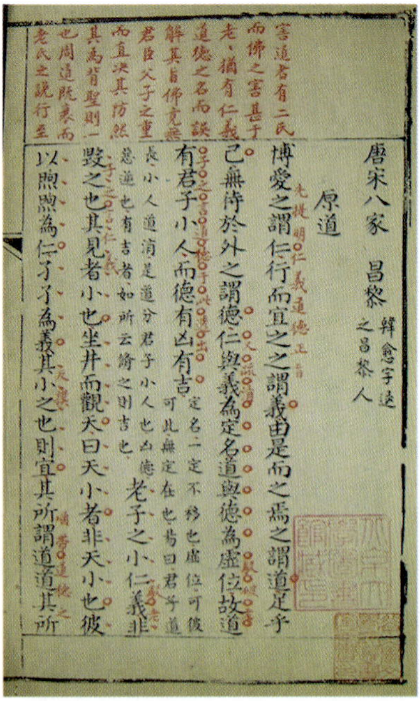
唐宋八家　昌黎
韓愈字退之昌黎人
原道
博愛之謂仁行而宜之之謂義由是而之焉之謂道足乎
己無待於外之謂德仁與義為定名道與德為虛位故道
有君子小人而德有凶有吉　老子之小仁義非
毀之也其見者小也坐井而觀天曰天小者非天小也彼
以煦煦為仁孑孑為義其小之也則宜其所謂道道其所

图 7　唐琯《唐宋八大家文选》卷首
雍正九年(1731)朱墨二色稿本

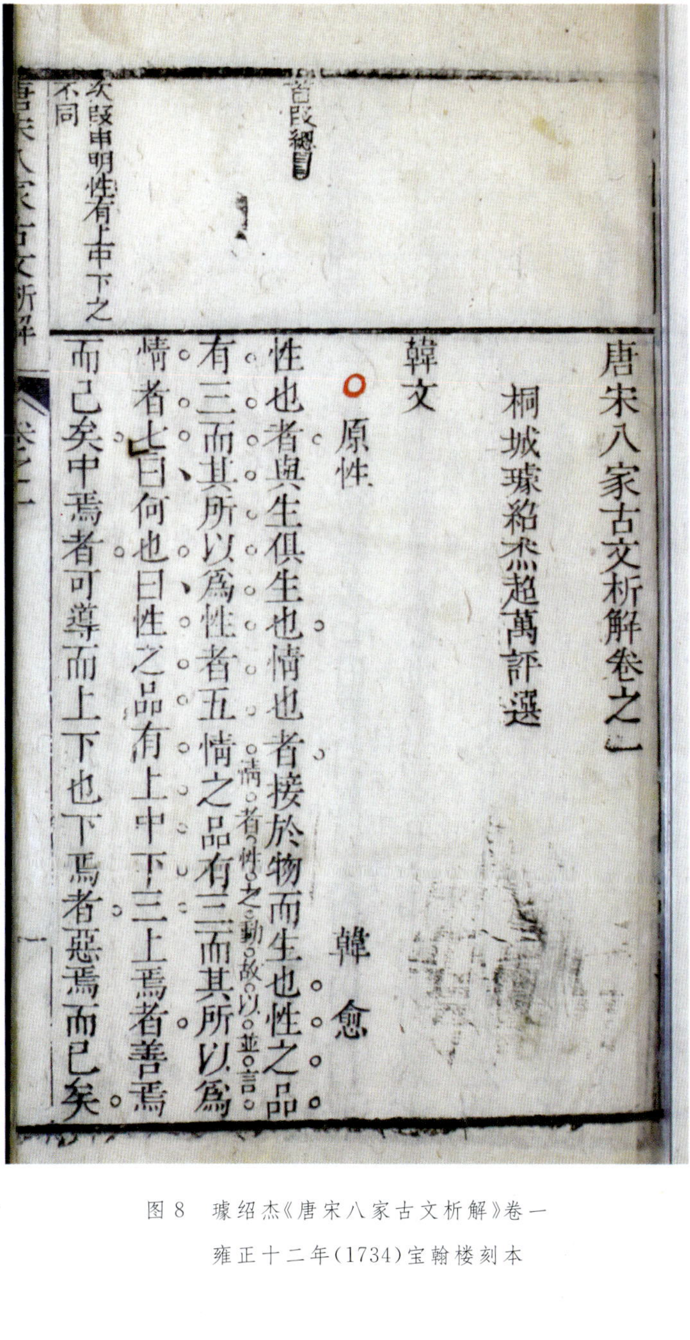

首段總冒

次段申明性有上中下之不同

唐宋八家古文析解卷之一

桐城璩紹杰超萬評選

韓文　　韓愈

原性

性也者與生俱生也情也者接於物而生也性之品有三而其所以爲性者五情之品有三而其所以爲情者七曰何也曰性之品有上中下三上焉者善焉而已矣中焉者可導而上下也下焉者惡焉而已矣

情者性之動故以並言

唐宋八家古文析解　卷之一

图 8　璩绍杰《唐宋八家古文析解》卷一

雍正十二年(1734)宝翰楼刻本

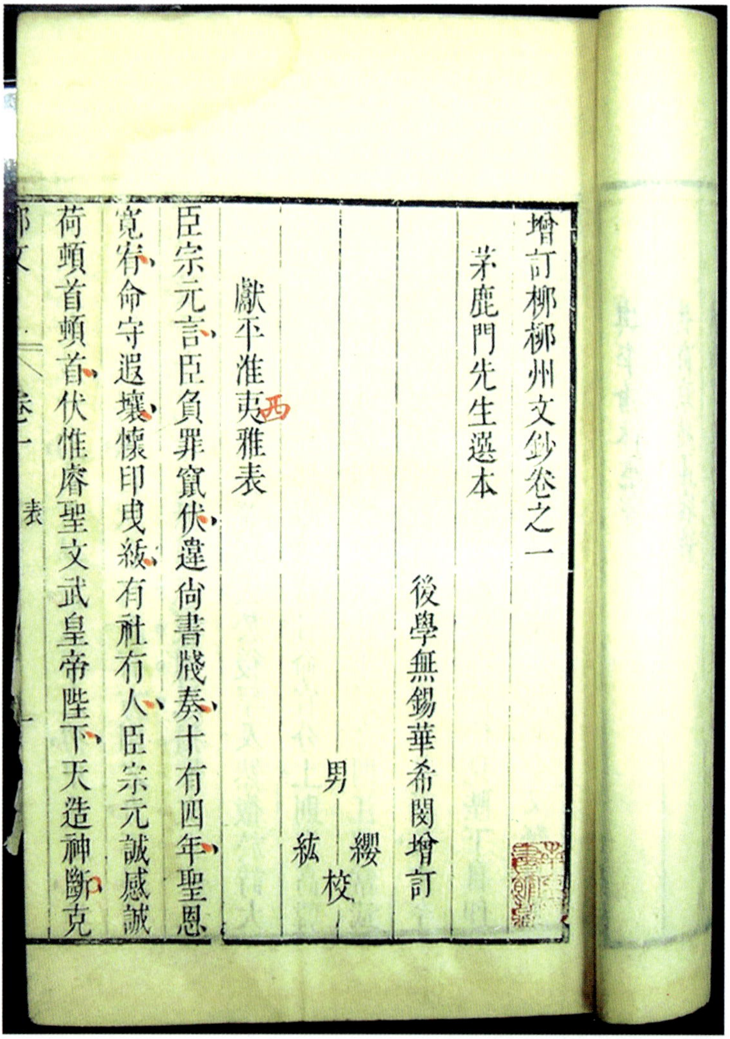

图 9　华希闵《增订八大家文钞》第二册《增订柳柳州文钞》卷一　清刻本

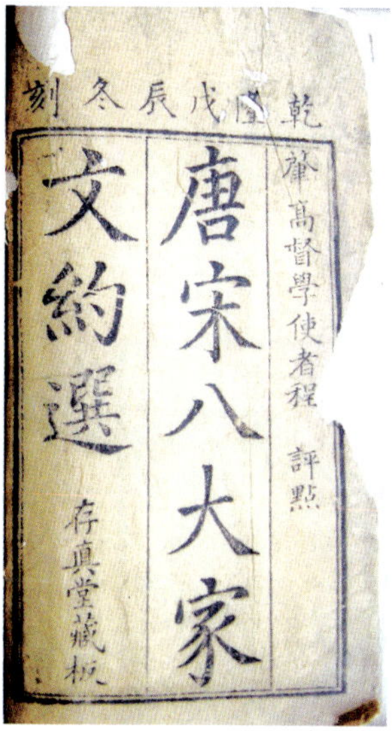

乾隆戊辰冬刻
廉高督學使者程 評點
唐宋八大家
文約選
存真堂藏板

图 10　程岩《唐宋八大家文约选》内封
乾隆十三年(1748)存真堂刻本

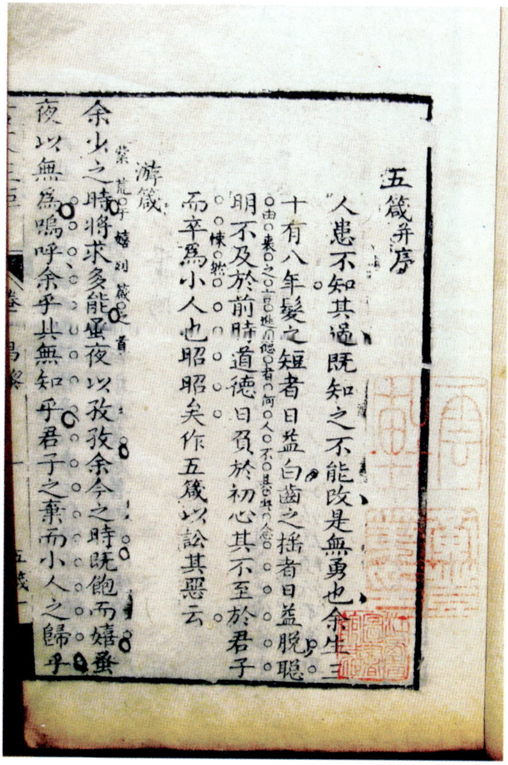

五箴并序
人患不知其過既知之不能改是無勇也余生三十有八年髮之短者日益白齒之搖者日益脫聰明不及於前時道德日負於初心其不至於君子而卒爲小人也昭昭矣作五箴以訟其惡云
游箴
余少之時將求多能蚤夜以孜孜余今之時既飽而嬉蚤夜以無爲嗚呼余乎其無知乎君子之棄而小人之歸乎

图 11　程岩《唐宋八大家古文正矩》卷首
清明经堂刻本

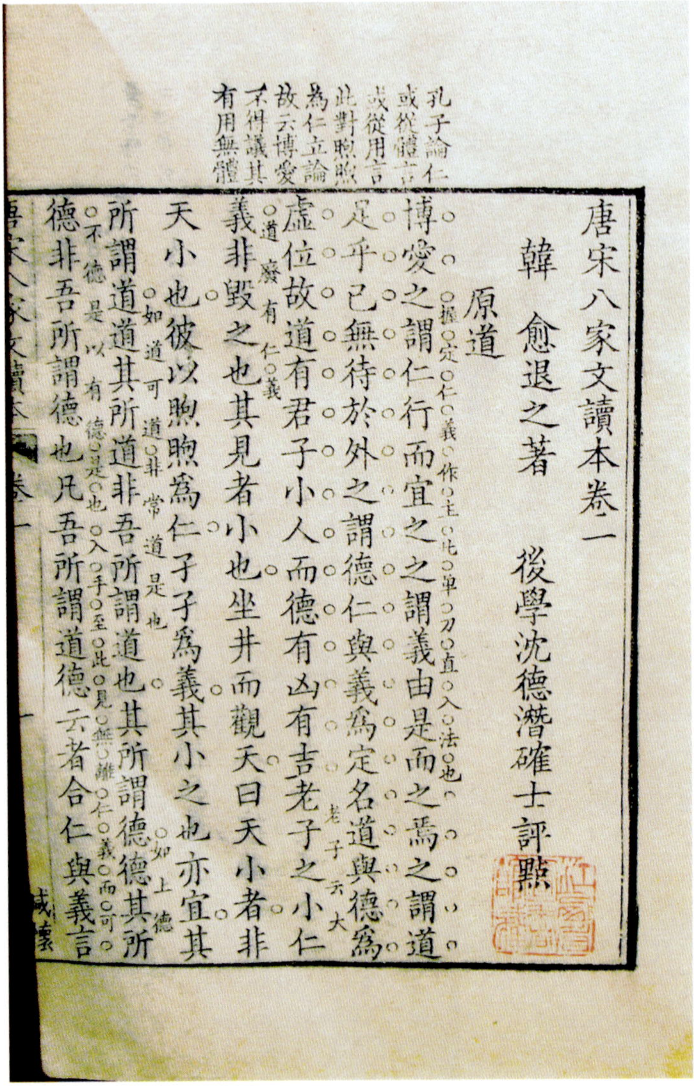

图 12　沈德潜《唐宋八家文读本》卷一

乾隆十七年(1752)陆锦小郁林刻本

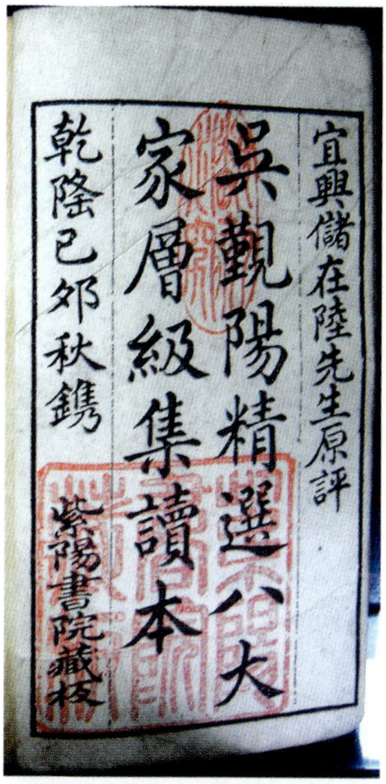


图 13 吴炜《唐宋八家精选层级集读本》内封
乾隆二十四年(1759)歙县紫阳书院刻本

图 14 王应鲸《古文八大家公暇录》内封
乾隆三十年(1765)嵩秀堂刻本

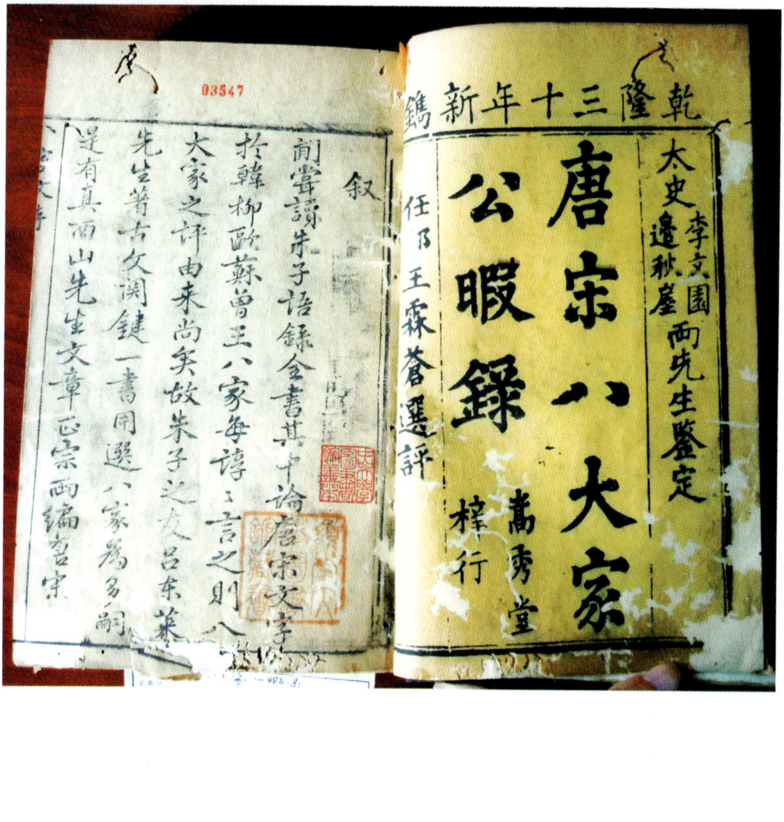

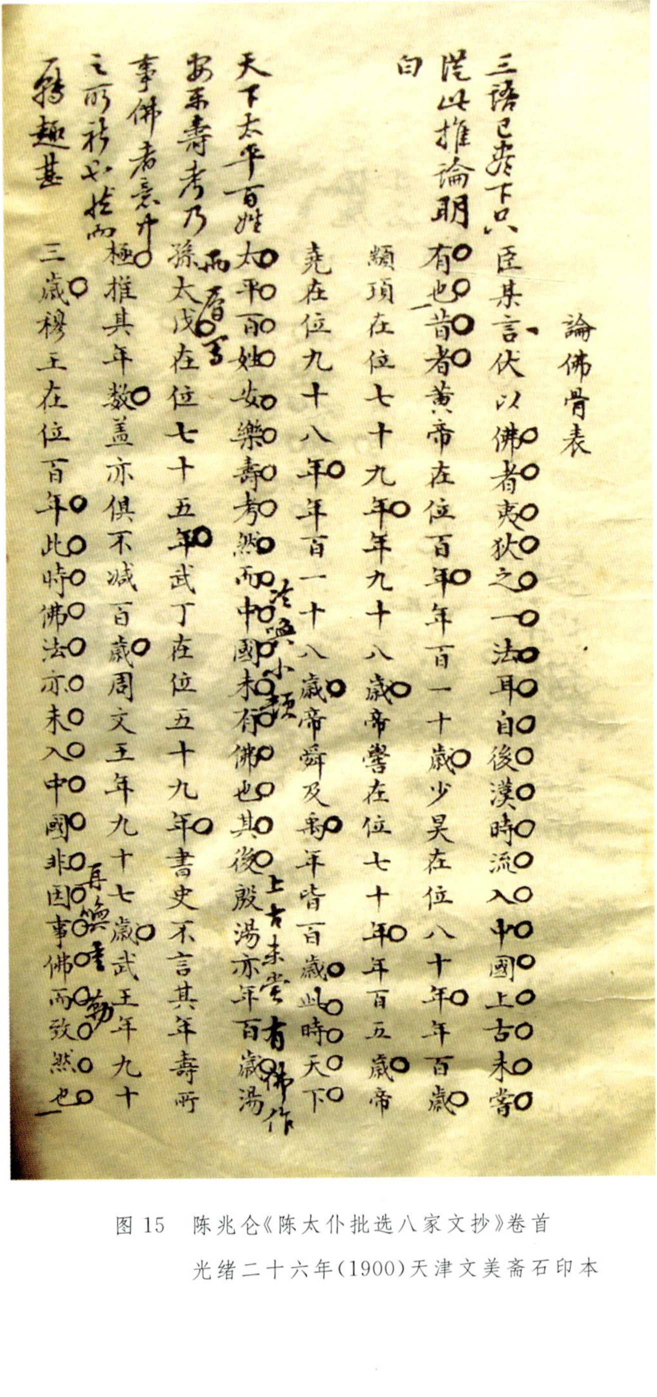

論佛骨表

臣某言伏以佛者夷狄之一法耳自後漢時流入中國上古未嘗有也昔者黃帝在位百年年百一十歲少昊在位八十年年百歲顓頊在位七十九年年九十八歲帝嚳在位七十年年百五歲帝堯在位九十八年年百一十八歲帝舜及禹年皆百歲此時天下太平百姓安樂壽考然而中國未有佛也其後殷湯亦年百歲湯孫太戊在位七十五年武丁在位五十九年書史不言其年壽所極推其年數蓋亦俱不減百歲周文王年九十七歲武王年九十三歲穆王在位百年此時佛法亦未入中國非因事佛而致然也

图 15　陈兆仑《陈太仆批选八家文抄》卷首

光绪二十六年(1900)天津文美斋石印本

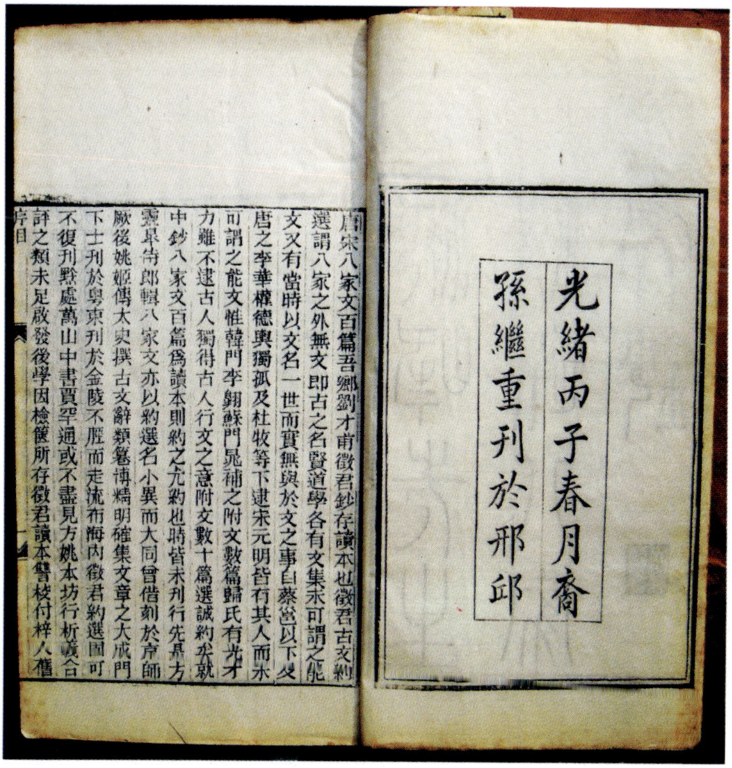


图 16　刘大櫆《海峰先生精选八家文抄》内封

光绪二年(1876)刘继邢邱刻本

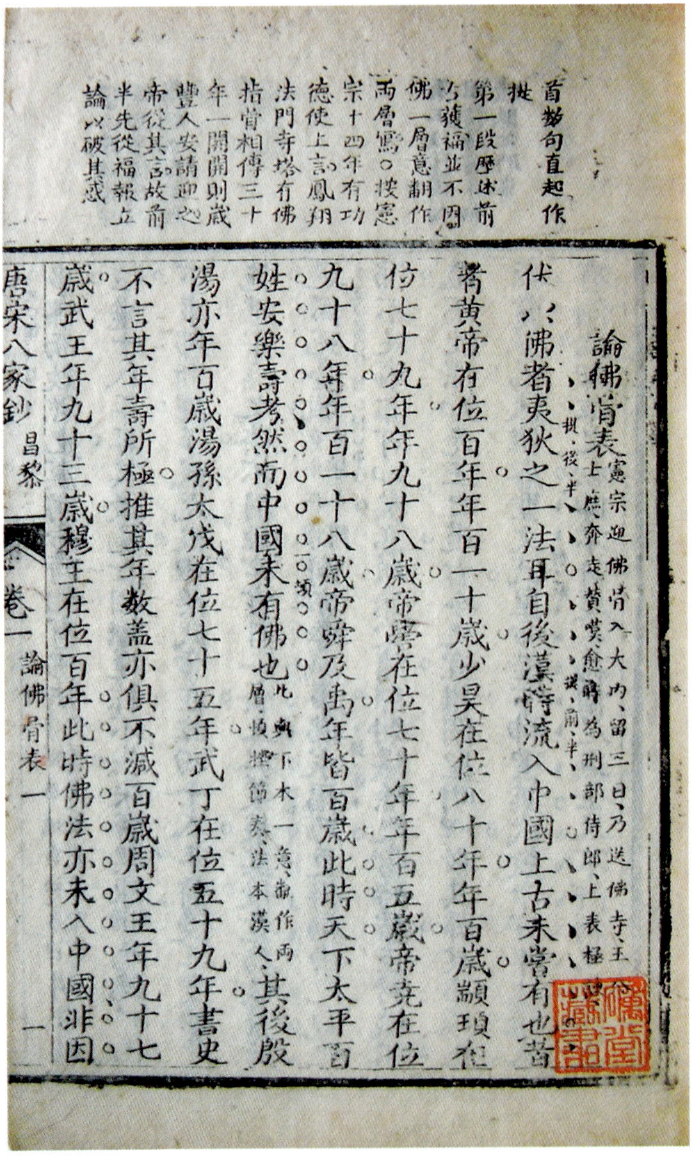
首數句直起作批

第一段歷述前代獲福並不因佛一層意翻作兩層寫○按憲宗十四年有功德使上言鳳翔法門寺塔有佛指骨相傳三十年一開開則歲豐人安請迎之帝從其言故前半先從福報上論以破其惑

論佛骨表 憲宗迎佛骨入大内，留三日，乃送佛寺，王公士庶奔走贊嘆，愈時為刑部侍郎，上表極諫

伏以佛者夷狄之一法耳自後漢時流入中國上古未嘗有也昔者黃帝在位百年年百一十歲少昊在位八十年年百歲顓頊在位七十九年年九十八歲帝嚳在位七十年年百五歲帝堯在位九十八年年百一十八歲帝舜及禹年皆百歲此時天下太平百姓安樂壽考然而中國未有佛也此與下末一意，翻作兩層，頓挫節奏，法本漢人其後殷湯亦年百歲湯孫太戊在位七十五年武丁在位五十九年書史不言其年壽所極推其年數蓋亦俱不減百歲周文王年九十七歲武王年九十三歲穆王在位百年此時佛法亦未入中國非因

唐宋八家鈔 昌黎 卷一 論佛骨表 一

图 17 高塘《唐宋八家钞》卷首

清双河堂刻本

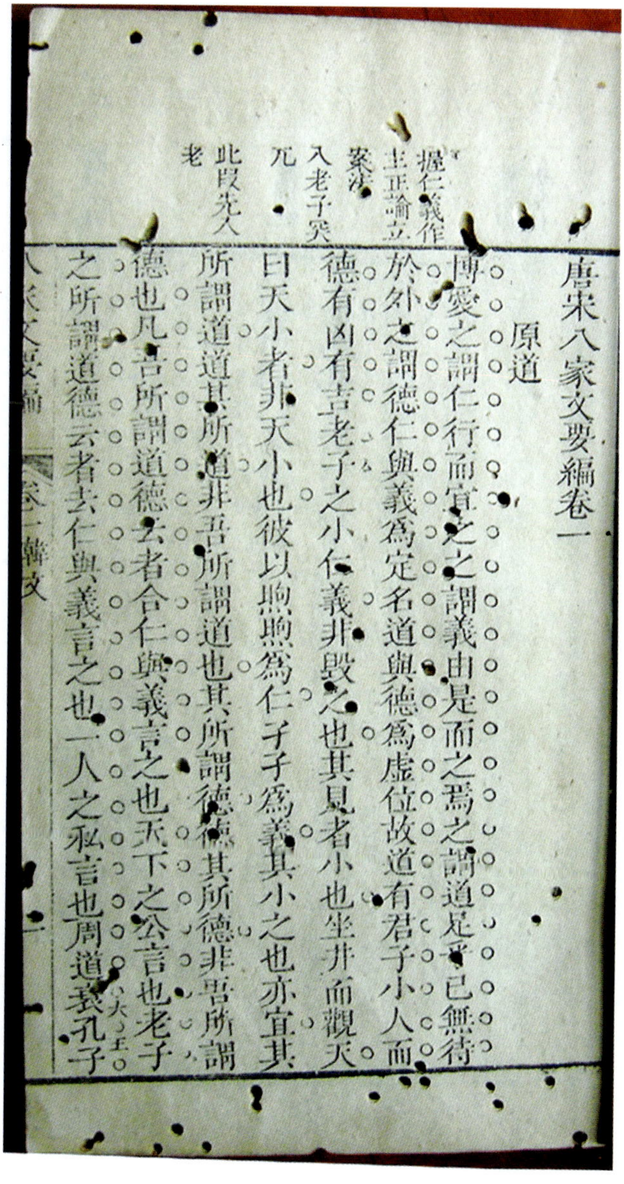

图 18　卢文成《唐宋八家文要编》卷一

嘉庆四年(1799)序刻本

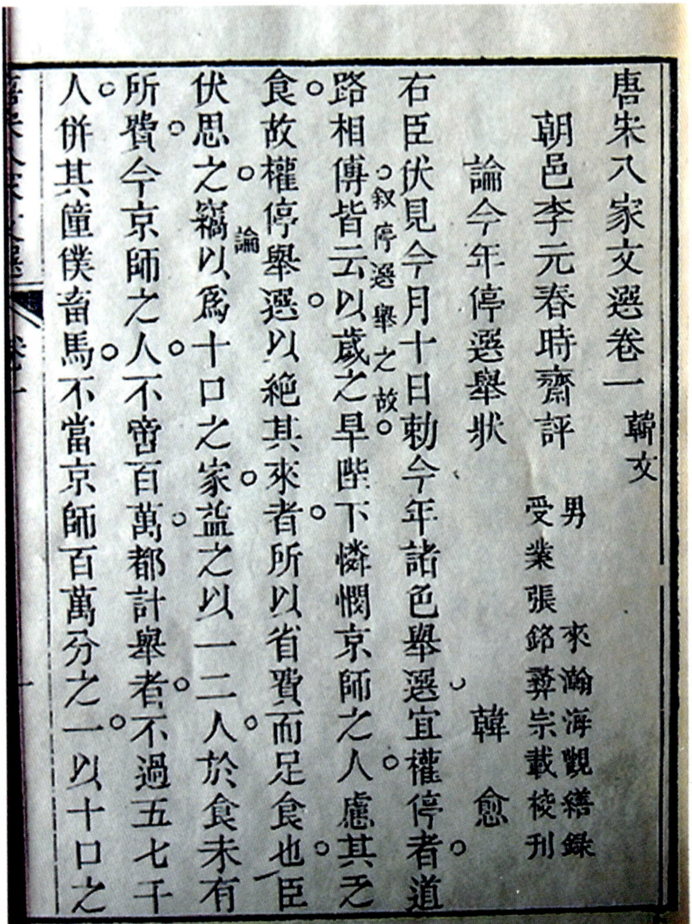

唐宋八家文選卷一　韓文

朝邑李元春時齋評

男　來瀚海觀繕錄

受業張銘彝宗載校刊

論今年停選舉狀　韓愈

右臣伏見今月十日勅今年諸色舉選宜權停者道路相傳皆云以歲之旱陛下憐憫京師之人慮其乏食故權停舉選以絕其來者所以省費而足食也（叙停選舉之故）臣伏思之（論）竊以為十口之家益之以一二人於食未有所費今京師之人不啻百萬都計舉者不過五七千人併其僮僕畜馬不當京師百萬分之一以十口之

图 19　李元春《唐宋八家文选》卷一

道光年间刻本

# 总　序

中国古代散文从上古延续到晚清，是一座内涵丰富、数量庞大、亟待挖掘的学术宝库。在浩瀚的历史长河中，从经世济民、精思博学、传情言性，到描写社会、塑造历史、表现习俗，散文承担着其他文体难以取代的巨大的社会作用。从文献分类来看，经、史、子、集四部文献都以散文文体作为最核心的撰述方式，这就形成了一个以经部为源头，史部、子部分头并进，集部蔚为大观的古代散文世界。

中国古代的散文研究随着散文的产生而发生，历数千年而绵延不绝，表现出一些显著的文化特点：第一，与诗歌的"抒情性"不同，散文具有鲜明的"书写性"特征，在中国古代社会生活中发挥着广泛而巨大的实用功能，大量散文专书、别集、总集等盛行于世，上自贵族士夫，下至文人书生，通过对散文文本的编选笺释、教育讲授、阅读赏析，自觉并积极地参与散文研究，形成散文研究的普遍化特征；第二，从"知人论世"的研究方法出发，中国古代一直重视散文史料的搜集与编撰，从作家传记、作品评论到目录编制、资料汇编，形成了一座极其丰富的散文研究资料宝库，为散文研究打下了坚实基础；第三，同中国传统的包容性、随意性、领悟性的思维方式互为表里，古代的散文研究大多采用随笔式、杂感式的研究方法，研究成果多为随思、随感、随录而成的札记体、杂论体文章，散见于文人的交谈、书信、序跋、笔记、杂论等形式之中，甚至包含于文人的经学、史学、子学等著作之中，散文研究成果几乎无所不在；第四，古代的散文研究特别注重对散文文本内涵丰富性的深度发掘，注重勾连散文文本与社会生活、学术思想、文化习俗之间的密切联系，散文经典在不断阐释中被赋予生命，成为文学、文化、思想的重要载体和重要呈现，从而构建了开放而宏阔的散文研究格局；第五，由于散文具有实用性的“书写”功能，书写实践的需要促成历代文人乐此不疲地探究散文的写作体式（或表达方式），因此关于散文体式的研究成果数量庞大，内容丰富，论析细致，包括文体、篇体、语体、修辞、体貌等“散文写作学”的认知和辨析，足以构成中国古代“文章学”丰富而完整的话语体系。

由此可见，中国古代的散文研究观念和散文研究格局是相当宏通，也是相当开阔的。但是，20 世纪以来，受到西方文学观念和现代文化思想的严重冲击，中国古代传统的“文学研究”发生了结构性变化。从总体上看，古代文学研究界更为热衷于记述和评论文学现象，探索和总结文学规律，而相对忽略对文学文献本身的整理与研究；而且在文学现象与文学规律的研究中，也更为偏重作家作品的评论与文学规律的总结，而相对忽略作家活动的记述与文学过程的梳理。具体落实到对论析中国古代的散文研究成果方面，学术界普遍倡导和实施散文批评史与散文理论史的建构，而相对忽略散文研究现象的描述与展现。所以大多数的研究成果，要么是断代的散文批评或散文理论研究，要么是某某作家或作家群（文学流派）的散文批评或散文理论研究。由于在根本上中国古代并没有出现过西方学术意义上的“纯文学”以及与之相伴而生的“纯文学观念”与“纯文学理论”，因此散文批评史与散文理论史研究无论何等细致深入，都难免在不同程度上与中国文化传统及散文史风貌方枘圆凿。这种主动地将丰富多彩的古代散文研究成果狭隘化的学术视野，限制了散文研究的拓展和深入，一方面切断了与中国古代丰富而精彩的文学世界的联系，另一方面中断了与传统学术文化思想的对话。所以,20 世纪以来的中国古代散文研究虽然努力开拓“审美空间”“文学空间”,但是由于无法与中国古代深刻博大的审美精神与文化精神互相对话、互相融汇,不免导致散文研究长期以来一直陷入难以形成自身独立的价值体系、学术概念和研究方法的尴尬局面,在古代各体文学的研究中成为一个相对薄弱的环节。

毋庸置疑,散文是最具中华传统文化特色的文体形式,散文的功能、散文的类型、散文的写法、散文的美感,在中国古代都呈现出极为独特的表现形式,的确难以同古往今来的外国文学构成畅通无阻的文化对话。因此,20 世纪以来,散文概念乃至散文研究观念长期处于古今分裂、中外对立的文化语境之中,致使研究者在现有的学科体系中,无法对中国古代的散文概念、范围、研究观念等进行有效的界定和确立,在展开古代散文研究时常常感到无所适从。

我们认为,中国古代散文研究本质上属于历史研究,必须回归古代散文世界,并进一步回归古代散文所依存的学术世界和文化世界,在宏观、整体的视野下重新审视丰富多彩的古代散文现象,这样才能真正建立古代散文研究自足的话语体系和理论体系。正是有鉴于此,北京师范大学在 2013 年成立了中国古代散文研究中心,2014 年申请了国家社科基金重大项目《中国古代散文研究文献集成》。从 2016 年开始,我们又陆续出版《北京师范大学中国古代散文研究中心专刊》,希望在广泛吸收前人的编纂经验和研究成果的基础上,全面而深入地整理与研究中国古代散文的文本文献与研究文献,在贯通古今、打通中外的文化语境中,提炼、总结、发挥、建构古代散文研究的理论与方法,进而为建构中华文化独特的理论框架、学术话语和叙述方式尽一份绵薄之力。

无论古今中外,不同思想、不同阶层、不同群体的人们都能够以散文作为表情达意的书写方式,在各类文体中,只有散文真正实现了最为充分的社会化、大众化,当今社会也仍以新媒体下的散文作为主要的表达工具，这一点是古今相通的。而且，散文又是一个多元并存的世界，不同的社会阶层、社会群体，不同思想的指导和表达，不同时代的创作，构成了一个多元的散文世界，这一点也是古今相通的。在这两个相通的基础上，散文的社会功能无疑是巨大的，理应引起研究界的高度重视。中华文化的核心载体是散文，散文具有丰富深厚的精神内涵和文化内涵，特色鲜明的表达方式和审美特征，是中华优秀文化精神价值的重要载体。作为一份极其宝贵的人类文化遗产，中国古代散文值得我们仔细地品读、深入地体验和充分地阐释，从中发掘中华优秀传统文化的宝藏，为世界文化的继承和发展贡献独具一格的中国智慧和中国价值。

北京师范大学的中国古代散文研究具有悠久的传统，并取得了丰硕的成果。已故的郭预衡教授集毕生心血，独立撰著出版了体大思精的三卷本《中国散文史》，享誉学界。郭预衡教授晚年还积极倡导并亲自主持北京师范大学重点学科建设项目“中国散文通史”。该项目于2003年立项，历经十年，最终于2013年出版了十二卷本《中国散文通史》。这是一部迄今为止最为深入、全面而系统地描述中国古今散文演变史的学术著作，以扎实的学术基础、丰厚的论述内容和全新的撰写体例，实现了对中国古今散文史的一次全新的建构。以这两部散文史著作为基础，在商务印书馆的鼎力支持下，《北京师范大学中国古代散文研究中心专刊》将提供一个坚实的学术平台，逐步推出本研究中心专职和兼职研究人员的学术著作，向学术界展现中国古代散文研究的新思想、新方法、新成果，为中华优秀传统文化的创新性发展和创造性转化做出贡献。我们热切期待学术界同仁踊跃加入中国古代散文研究的学术队伍，我们更热切期待学术界同仁对我们的研究成果提出宝贵的批评意见，帮助我们在中国古代散文研究领域“更上一层楼”。

郭英德

2016年8月10日

# 目　录


引　论 …………………………………………………… 1

第一章　清代前期唐宋八大家散文选本考录 ………………… 39

第一节　卢元昌《唐宋八大家文选》 ………………………… 39

第二节　孙琮《山晓阁选唐宋八大家全集》 ………………… 49

第三节　蔡方炳《唐宋八大家文选》 ………………………… 65

第四节　姚靖《唐宋八大家偶辑》 …………………………… 79

第五节　储欣《唐宋八大家类选》 …………………………… 86

第六节　吕留良、吕葆中《晚邨先生八家古文精选》 ………… 129

第七节　江承诗《唐宋八大家古文读本》 …………………… 143

第八节　张伯行《唐宋八大家文钞》 ………………………… 150

第九节　朱璘《唐宋八大家古文》 …………………………… 174

第十节　汪份《唐宋八大家文分体读本》 …………………… 183

第十一节　唐琯《唐宋八大家文选》 ………………………… 203

第十二节　璩绍杰《唐宋八家古文析解》 …………………… 211

第十三节　华希闵《增订八大家文钞》 ……………………… 218

第二章　清代后期唐宋八大家散文选本考录 ……………… 233

第一节　程岩《唐宋八大家文约选》 ………………………… 233

第二节 沈德潜《唐宋八家文读本》 …… 244
第三节 秦跃龙《唐宋八大家文选》 …… 268
第四节 吴炜《唐宋八家精选层级集读本》 …… 277
第五节 王应鲸《古文八大家公暇录》 …… 285
第六节 陈兆仑《陈太仆批选八家文抄》 …… 294
第七节 刘大櫆《唐宋八家文百篇》 …… 311
第八节 高嵣《唐宋八家钞》 …… 322
第九节 卢文成《唐宋八家文要编》 …… 331
第十节 李元春《唐宋八家文选》及其他 …… 338

第三章 清代唐宋八大家散文选本佚书考录 …… 347
第一节 王昊《唐宋八家文》 …… 347
第二节 魏禧《八大家文钞选》 …… 349
第三节 戴名世《唐宋八大家文选》 …… 350
第四节 杨仲兴《唐宋八家文钞》 …… 352
第五节 刘大櫆《唐宋八家文选》 …… 355
第六节 其他唐宋八大家散文选本佚书丛考 …… 358

主要参考文献 …… 374

后　记 …… 379

# 引　论

茅坤的《唐宋八大家文抄》初刊于万历七年(1579),这是现存最早的唐宋八大家散文选本。此后以迄晚清数百年间,出现了许多赓续之作[①],实际上形成了一个规模庞大的选本群。所谓"清代唐宋八大家散文选本",是指这个选本群中成书于清代的那一部分。钟志伟《明清唐宋八大家选本研究》(2008),对清人吕留良、蔡方炳、储欣、张伯行、沈德潜、秦跃龙、陈兆仑和高嵣编选的8种选本作了系统研究。在此基础上,本人相继到国内15个省市的30多家图书馆查阅馆藏古籍资料,并通过钟志伟先生的帮助获得了庋藏于台湾地区的相关文献,又有一些新的收获。业已知见清代唐宋八大家散文选本48种,其中存佚各半。

本书就是对上述48种选本的考辨和综录,简称"考录"。见表1。

考录以选本为单元,以时代为先后,以文献为中心,涵盖编者生平、成书及刊刻缘起、版本异同、体例特征、选文规模和宗旨、评点特色、八家座次、序跋选录八个方面。除此之外,《引论》部分宏

① "赓续之作"是指茅坤《唐宋八大家文抄》之后出现的唐宋八大家散文的合选本,不包括多于八家、少于八家、溢出八家或专选八家中某一家的选本。

**表 1　清代唐宋八大家散文选本知见录**

| 序号 | 编者 | 选本名称 | 存佚 | 序号 | 编者 | 选本名称 | 存佚 |
|---|---|---|---|---|---|---|---|
| 1 | 卢元昌 | 唐宋八大家文选 | 存 | 19 | 陈兆仑 | 陈太仆批选八家文抄 | 存 |
| 2 | 孙　琮 | 山晓阁选唐宋八大家全集 | 存 | 20 | 刘大櫆 | 唐宋八家文百篇 | 存 |
| 3 | 蔡方炳 | 唐宋八大家文选 | 存 | 21 | 高　嵣 | 唐宋八家钞 | 存 |
| 4 | 姚　靖 | 唐宋八大家偶辑 | 存 | 22 | 卢文成 | 唐宋八家文要编 | 存 |
| 5 | 储　欣 | 唐宋八大家类选 | 存 | 23 | 李元春 | 唐宋八家文选 | 存 |
| 6 | 吕留良<br>吕葆中 | 晚邨先生八家古文精选 | 存 | 24 | 李　钠 | 唐宋八大家文 | 存 |
| 7 | 江承诗 | 唐宋八大家古文读本 | 存 | 25 | 王　昊 | 唐宋八家文 | 佚 |
| 8 | 张伯行 | 唐宋八大家文钞 | 存 | 26 | 魏　禧 | 八大家文钞选 | 佚 |
| 9 | 朱　璘 | 唐宋八大家古文 | 存 | 27 | 戴名世 | 唐宋八大家文选 | 佚 |
| 10 | 汪　份 | 唐宋八大家文分体读本 | 存 | 28 | 杨仲兴 | 唐宋八家文钞 | 佚 |
| 11 | 唐　琯 | 唐宋八大家文选 | 存 | 29 | 刘大櫆 | 唐宋八家文选 | 佚 |
| 12 | 璩绍杰 | 唐宋八家古文析解 | 存 | 30 | 李向阳 | 唐宋八家文录 | 佚 |
| 13 | 华希闵 | 增订八大家文钞 | 存 | 31 | 唐　达 | 八大家纂评 | 佚 |
| 14 | 程　岩 | 唐宋八大家文约选 | 存 | 32 | 陈　骝 | 八家文粹 | 佚 |
| 15 | 沈德潜 | 唐宋八家文读本 | 存 | 33 | 郑旦复 | 唐宋八大家集 | 佚 |
| 16 | 秦跃龙 | 唐宋八大家文选 | 存 | 34 | 施　清 | 唐宋八大家注 | 佚 |
| 17 | 吴　炜 | 唐宋八家精选层级集读本 | 存 | 35 | 鲍芳照 | 八家读本 | 佚 |
| 18 | 王应鲸 | 古文八大家公暇录 | 存 | 36 | 叶　亮 | 八大家澄心录 | 佚 |

续表

| 序号 | 编者 | 选本名称 | 存佚 | 序号 | 编者 | 选本名称 | 存佚 |
|---|---|---|---|---|---|---|---|
| 37 | 李　锦 | 八家文评 | 佚 | 43 | 钱仁起 | 八大家评疏 | 佚 |
| 38 | 熊大栻 | 唐宋八大家文选 | 佚 | 44 | 蒋士桓 | 唐宋八家文 | 佚 |
| 39 | 陆伟然 | 八家文评选 | 佚 | 45 | 潘天抡 | 唐宋八家文评 | 佚 |
| 40 | 孔毓琼 | 唐宋八家文选 | 佚 | 46 | 吕　璜 | 评点唐宋八家文 | 佚 |
| 41 | 叶　蕃 | 八家评 | 佚 | 47 | 方宗诚 | 古文简要 | 佚 |
| 42 | 张　叙 | 评选唐宋八大家文载 | 佚 | 48 | 王志远 | 评定唐宋八家文集 | 佚 |

观考察唐宋八大家散文选本的再生产机制，并综合论述选文宗旨的趋同性和差异性，从而与考录部分构成相济为用的两个基本框架。考录着力寻绎每一个选本在某个或某些方面对此前选本的传承和突破，从而进一步增强全书的整体性和纵深感，并插入丰富的书影作为佐证，庶收点面结合、图文并茂之效。

## 一　关于"唐宋八大家"名称合法性与冠名权的论争

"唐宋八大家"定名于茅坤的《唐宋八大家文抄》，但其为学界接受经历了一个复杂的过程。清代唐宋八大家选本的大量产生，是以认可这一名称为前提的。梳理茅《抄》以后学界关于"唐宋八大家"名称的质疑及其解决，对于理解清代唐宋八大家散文选本的大量产生，具有基础性意义。

关于"唐宋八大家"名称的论争，集中于合法性和冠名权两个方面。学界对茅《抄》的关注和批评发轫于崇祯时期，但这些批评都不约而同地遵循着"方应祥模式"，即在整体肯定"唐宋八大家"立名的前提下就某些方面提出批评。与明人不同，清人对茅《抄》的批评更为苛严，不时泛起全盘否定的声音，其中最突出的就是对茅坤所立“唐宋八大家”名称的质疑。这些质疑之声虽然颇为嘈杂，但大都以否定其合法性和冠名权为指归。

新朝建立之初，往往苛论旧朝。一方面，在清初的特殊背景下，茅《抄》遭遇苛评不可避免。清代后期，随着阳湖派的兴起，攻击桐城派的势头增大，而桐城派以唐宋八大家文统的接续者自认，作为唐宋八大家文统的建立者，茅《抄》自然难以摆脱干系。另一方面，不对茅坤的冠名权直接提出质疑，而通过寻绎“唐宋八大家”得名源流以归美前贤者，也不乏其人。这一派的批评要比诬蔑茅坤欺世盗名来得温和，但其不甘心将冠名权独归茅坤的心态与前者并无不同。总起来看，清人的批评不免过激，但在系统性和深刻性方面已超过明人。

“合法性”就是合理性。“法”不是指法律，而是指“理据”。理据来源于对象的实际情况和人类的思维逻辑。如果一个名称以及冠名者赋予这个名称的内涵，被认为不符合对象的实际情况，或者不合常理，那么它的合法性就会受到质疑。

对于一个文学流派而言，共性是合法性的基础。唐宋八大家生活的时代不同，个人风格和文学成就也各不相同，如果他们没有共性，凭什么把他们凑到一起？茅坤当然深谙此理。他为八大家找到的共性是“双合”：合于“六艺之旨”和“不易之统”。按照方应祥的概括，就是“有当于孔子之六艺，而不失庖牺以来人文不易之统绪”。[①] “六艺”即《诗》《书》《易》《礼》《乐》《春秋》，也称六籍、六经，据说皆由孔子删定，故称“孔子之六艺”。“有当于孔子之六艺”即“于六籍中求其吾心者之至，而深于其道，然后从而发之为文，譬则金之在冶，而种种色色，无不得其鼓铸之真者”。[②] 也就是

---

① 方应祥：《重刻八大家文钞序》，茅坤《唐宋八大家文抄》卷首，崇祯元年（1628）方应祥刻本。（各书版本仅在每章首次出现时标注，余同。）

② 茅坤：《玉芝山房稿》卷三《复陈五岳方伯书》，《四库全书存目丛书》集部第106册，齐鲁书社1997年版，第37页。

说从六经中体认出“道”来，从而发为文章；这些文章虽然“种种色色”，但须得六经涵养，受六经范围，万变不离其宗。“庖牺以来人文不易之统绪”即《易经·系辞》所说的“其旨远，其辞文”。“其旨远”即“不诡于道”，也就是羽翼六经而不相违戾。“其辞文”即“道之灿然若象纬者之曲而布也”，[①]形式虽然可以很华美，但必须是道的体现。

这样，茅坤就在经、道、文交叉点上建构起一个具有共同渊源的统系，从而在唐宋八大家之间找到了具有崇高法理依据的共性。在他看来，“韩、柳、欧、苏、曾、王辈，固有正统”；而此前的东汉、魏、晋、齐、梁、陈、隋，以及此后的李梦阳诸人，皆系“草莽偏陲”，[②]不得与于正统。茅坤依六经而立道统，依道统而立文统，将唐宋八大家界定为远绍六经、近接西汉的正统接续者。为立此论，附会之处，亦所不免。黄宗羲说：“欧公谓正统有时而绝，此是确论。鹿门特以为统之在天下，未尝绝也。如此必增多少附会。”[③]茅坤所立“正统”是道统和文统的混合物，其中道统是文统的合法性来源，附会之处居多。实际情况是，唐宋八大家是一个文学群体，而不是一个道学群体。如果以道相绳，特别是以后起的宋明理学来衡量，难免醇驳互见，不洽人意。这就开启了后世关于八大家“醇驳”问题的论争；与此相关，其命名的合法性自然也受到质疑。

首先发难者是孙慎行。其崇祯初年所作《唐宋八大家文抄序》提出，文章分为明道之文、经世之文和文家之文，“若八家，时明道，时经世，盖兼举肆力而未为颛门者也。故有醇有剥，有畅有

① 茅坤：《唐宋八大家文抄》卷首《总序》，万历七年(1579)茅一桂刻本。

② 茅坤：《玉芝山房稿》卷三《复陈五岳方伯书》，《四库全书存目丛书》集部第106册，第37页。

③ 黄宗羲：《南雷文定前集》卷三《答张尔公论茅鹿门批评八家书》，《续修四库全书》第1397册，上海古籍出版社2002年版，第283页。

阏，而究竟不免为才人学士穷奇逞怪之文”。就是说，八大家文主要是文家之文，在其他方面并不突出。所以他又说：“（八家）去经世远矣，至道术，则益又远。”[①]这就剥去了八大家的道统光环，还原了其“文家之文”的本来面目。

这一论断影响深远。张伯行以“文人之文”定位八大家，即由此而来。其康熙末年所作《唐宋八大家文钞序》说：“文人之文，不免因文而见道，故其文虽工，而折衷于道，则有离有合，有醇有疵。”又说：“韩、柳、欧、曾、苏、王诸公，卓然不愧大家之称，流传至今而不朽者，夫岂偶然也哉？”[②]也就是说，在道方面的不足不影响其成为不朽的“大家”。这就从与茅坤不同的视角赋予了“唐宋八大家”名称的合法性，从而化解了茅坤附会道统所带来的名不副实的自身矛盾。

张伯行为理学名臣，他的论断非同小可。在此之后，骂八大家“不知道”者仍然不乏其人。例如，康熙末年，张谦宜说：“八家之于经，只是模仿字句，用文作料。就中道理，都未细心研究，所以韩不言格物，欧不信《系辞》，王斥《春秋》，苏氏论《诗》《易》《中庸》，极为背戾，皆不得曰知道。”[③]孙慎行、张伯行等既已将八大家文还原为“文人之文”，与“明道之文”区分开来，则其知道与不知道，皆无损于“唐宋八大家”作为文学流派名称的合法性。此事已有论定，所以张谦宜的过激之言并没有产生很大的负面影响。

孙慎行和张伯行运用“还原法”，迂回地实现了“醇驳”说与“大家”论的兼容，而蔡方炳和沈德潜则正面回击了“醇驳”论。康熙初年，蔡方炳说：“夫八家之文，有合乎道者，有不尽合乎道者，

---

① 孙慎行：《孙宗伯精选唐宋八大家文抄》卷首《八大家文抄序一》，清初刻评点本。

② 张伯行：《唐宋八大家文钞》卷首自序，同治八年（1869）福州正谊书院刻本。

③ 张谦宜：《絸斋诗话》，王水照《历代文话》第 4 册，复旦大学出版社 2007 年版，第 3929 页。

盖其旨主于揆时度势、救弊补偏，以洗儒者迂疏无用之学。要其衷诸孔孟，以上推二帝三王之说，何尝不异轨而合辙乎？是合道者，守道之经；即不合道者，亦用道之权。讵必专言理学，乃为荷道之人；不专言理学，遂非翊道之人耶？余故断以孔孟已往而后、濂洛未兴以前，赖此八家之文以载道于天壤间也。”①蔡氏将原始儒家学说与宋明理学区分开来，认为唐宋八大家虽不尽合于宋明理学，却与原始儒家学说（即“孔孟”“二帝三王之说”）“异轨而合辙”。准此，他反对以后起的宋明理学标准逆向要求八大家，并尖锐地批判了理学家的此类学霸习气：不“专言理学”，即诬为“非翊道之人”。关于八大家在道统中的地位，他认为，在“孔孟已往而后、濂洛未兴以前”的“圣道湮晦”之际，如果没有八大家的“羽翼昌明之力”，圣道就会“绝而不续”。这就从一个宏大的视角，将八大家放在古往今来的道统链条中加以观照，肯定了其存亡续绝之功，呼应并加强了茅坤赋予八大家的道统光环，进一步论证了“唐宋八大家”的内在一致性。

乾隆初年，沈德潜说：“文之与道为一者，理则天人性命，伦则君臣父子，治则礼乐刑政，欲稍增损而不得者，六经四子是也。后此宋五子庶能表章之。馀如贾、董、匡、刘、马、班，犹且醇驳相参，奈何于唐宋八家，遽求其备乎？”理学家普遍认为，八大家不过“因文见道”，与“道成而文自显”的合一境界判然有别，不得谓之“知道”。沈德潜站在文学家的立场上，在此提出了有力的反驳：“文道合一”的境界，只有“六经四子”能够完全符合；以此要求八大家，是求全责备。他还说：“宋五子书，秋实也；唐宋八家之文，春华也。天下无骛春华而弃秋实者，亦即无舍春华而求秋实者。”②这就打通了理学与文学之间的壁垒，肯定了唐宋八大家之于宋明

① 蔡方炳：《蔡息关先生八大家集选》卷首自序，康熙二十年（1681）刻本。
② 沈德潜：《唐宋八家文读本》卷首自序，乾隆十五年（1750）小郁林刻本。

理学的积极意义，有力地论证了其存在的必要性和合法性。

所有这些都是在承认八大家“醇驳相参”的前提下展开的，或者认为“醇驳相参”不妨碍其成为文学“大家”；或者认为“不合道者，亦用道之权”，不足以为八家病；或者认为只有圣贤能够做到有醇无驳，不必苛求八家。至此，茅坤立名依据的内在矛盾得到了多方面的解决，“唐宋八大家”作为具有共性的专名，其合法性也大大增强。

否定“唐宋八大家”名称合法性的另一个理由是择人不当。持此意见者认为，大家无定数，而且茅坤所定八家比例失调，高下悬殊，不足为凭。康熙中期，储欣批评茅坤“选大家而限以八”是“坐井之窥”，[①]“适足以掩遏前人之光”，并说“大家有定数哉？可以八，即可以十矣”。[②] 于是增李翱、孙樵为十大家，显然也觉得茅坤所定“唐二宋六”比例不当。乾隆时期，袁枚发挥了储欣的看法。他说，“夫文莫盛于唐，仅占其二；文亦莫盛于宋，苏占其三”；又说茅坤“取千百世之人而强合之为一队”，其所立“唐宋八大家”之名“不可以为定称”。[③] 清末皮锡瑞也说，“列汇八贤，总归一格”是“削趾适屦”。[④] 不过，反对此派意见的也大有人在。与储欣同时而稍晚的何焯，就持不同观点。他认为：“八家文各自成家，其不悖乎六经之旨、不离乎史迁之法则一，故可合八而一之。先是，止称韩、柳、欧、苏四家，渐衍为八家。定为八家者，自鹿门茅先生始。近者卢文子、蔡九霞、王惟夏、孙执升评骘八家文，非不各有

① 储欣：《唐宋十大家全集录》卷首《凡例二十则》，《四库全书存目丛书》集部第404册，第238页。

② 储欣：《唐宋十大家全集录》卷首《总序》，《四库全书存目丛书》集部第404册，第236页。

③ 袁枚：《小仓山房文集》卷三十《书茅氏八家文选》，《续修四库全书》第1432册，第351页。

④ 皮锡瑞：《伏师堂骈文二种》第二种卷四《茅批唐宋八大家文书后》，《续修四库全书》第1567册，第369页。

发明，要皆为鹿门先生扬其波而益其炎焉尔。或增唐李翱、宋叶适为十家，学者究未尽允。似此八家者，增一不可，损一不可，于是鹿门《文钞》为文章家不易之书矣。”[①]在何焯看来，八大家之文，归旨于经，取法于史，具有共性；八大家得名经历了一个自然的衍生过程，其来有自；后来的选本皆以茅《抄》为蓝本，不足掩蔽前贤。这就对“十家说”提出了否定，并旗帜鲜明地肯定了“唐宋八大家”名称的合法性——书为“不易之书”，自然名为“不易之名”：“增一不可，损一不可。”

择人不当论的另一个看法是，曾巩、苏辙文学成就不足，与“大家”之名不相称。唐琯说：“选家每以醇厚推南丰，予虑夫气之优柔，或犹乎东汉之就衰也。”[②]袁枚则认为，“曾文平钝，如大轩骈骨，连缀不得断，实开南宋理学一门，又安得与半山、六一较伯仲也？”[③]其实，关于曾文的缺点，茅坤早已指出，“八君子者之中，曾子固殊属木讷蹇涩、嗷之无声、嘘之无焰者”。[④] 将他列入八家，正是看中了其“开南宋理学一门”。对于此点，蔡方炳所论最为明切。其《南丰文选序》云：“余读其文，上与刘中垒相后先，下启伊洛、考亭之风。唐荆川、王遵岩推崇其书，而茅鹿门侪之大家之列，良不诬也。呜呼，使曾氏之文不著，世将谓大家专取奇恣而峭厉，无复有古者淳厚之遗矣。故录曾氏之文，正以云救也。”[⑤]曾巩是文道两栖的人物，茅坤将他列入八大家，就是为了增加“道”的分量，从而增强其立名的合法性。袁枚却站在文学立场上以此作

---

① 何焯：《唐宋八大家文抄序》，茅坤《唐宋八大家文抄》卷首，康熙云林大盛堂刻本。

② 唐琯：《唐宋八大家文选》卷首自序，北京大学藏雍正九年（1731）朱墨二色稿本。

③ 袁枚：《小仓山房文集》卷三十《书茅氏八家文选》，《续修四库全书》第1432册，第351页。

④ 茅坤：《玉芝山房稿》卷三《复陈五岳方伯书》，《四库全书存目丛书》集部第106册，第37页。

⑤ 蔡方炳：《蔡息关先生八大家集选》。

为否定其合法性的理由，颇有几分讽刺意味。

对于苏辙，茅坤的评价很高，但明末王志坚说苏辙“坦而近于庸”。[①] 康熙初年，蔡方炳则从另一个视角对苏辙作了充分肯定。其《颍滨文选序》说：“颍滨奇崛不能胜老泉，浑灏恣肆不能胜东坡，譬之山矗起万仞之高、水淼然千顷之大，既已骇心夺目，而无平岗复岭、清溪安澜以纡徐映带于其间，则临之者固不能以终日，其将神竭而返也。”[②]这就从读者的阅读感受出发，将风格的多样性和互补性作为重要的考量标准，肯定了苏辙的价值。同时而稍晚的华希闵也赞扬苏辙“师友父兄，而为文自辟门户，无所附丽”。[③] 人树一帜，各不相袭，才能称为大家。蔡、华二人皆能抓住这一点，以能否“自辟门户”、独标风格作为判断“大家”的标准，突破了单纯以成就论高下的成见。不过同样以风格要求大家的袁枚，却得出了与华、蔡完全不同的结论。他说：“所谓一家者，谓其蹊径之各异也。三苏之文，如出一手，固不得判而为三。”[④]由此作为否定茅坤立名合法性的理由。实际上，“眉山苏氏父子兄弟相师友，而明允之豪横，子瞻之畅达，子由之纡折，亦有人树一帜，各不相袭者”。[⑤] 袁枚“三苏之文，如出一手”的论断显然不够允当，因而影响不大。

择人不当论的第三个看法是，王安石“得罪于圣人，流毒于天下后世”，[⑥]而且执拗狠戾，党同伐异，在人品上很成问题，不当列

---

① 王志坚：《古文渎编》卷首自序，《四库全书存目丛书》集部第 336 册，第 13 页。

② 蔡方炳：《蔡息关先生八大家集选》。

③ 华希闵：《延绿阁集》卷六《书唐宋八家文后》，《四库未收书辑刊》玖辑第 17 册，北京出版社 1997 年版，第 738 页。

④ 袁枚：《小仓山房文集》卷三十《书茅氏八家文选》，《续修四库全书》第 1432 册，第 351 页。

⑤ 吴振乾：《唐宋八大家类选序》，储欣《唐宋八大家类选》卷首，雍正元年（1723）刻本。

⑥ 唐瑄：《唐宋八大家文选》卷首自序。

入八大家。以人论文是中国的通例。由于王安石被认为有人品问题,后世“恶其人并不师其文”[1]“嫉其人而因以不重其文”[2]的现象十分普遍,所以在中国散文史上,以王安石文为师法的作家很少。在这样的现实面前,茅坤将他选入八大家,自然难洽人意。康熙时期,储欣曾“再三欲斥去,勿列大家”[3]。雍正时期,唐琯认为王安石“滥厕”八家,“欲以紫阳朱子易之”。[4] 但都没有这样做,其共同的理由是八家之选,由来已久,贸然更易,“徒足骇怪学者之耳目”。[5] 乾隆时期,高嵣也说:“岂谓八家足尽唐宋哉?然唐宋首推八家,前人论定,汇萃成编,三百年来无异议,余亦何庸更置他词?”[6]一边对茅《抄》表达不满,一边仍然沿用其名,这样的矛盾态度很有代表性。

名称的本质是符号,不可能反映对象的所有特征。学界对“唐宋八大家”名称的种种质疑,是以某一方面的名实不符为根据的。其前提就是要求名称反映对象的所有特征,不能不说过于苛刻。另一方面,名称的合法性主要是通过“因果的链条”实现的。一个名称产生之后,只要不同地域、不同时代的人都跟着这样叫起来,久而久之,就成为理所当然的了。至于其是否与对象的特征完全一致,已经变得不那么重要。正如索尔·克里普克所说:“当一个专名一环一环地传递下去的时候,确定该名称的指称的方式对于我们来说是无关紧要的,只要不同的说话者给它以相同

① 蔡方炳:《蔡息关先生八大家集选·荆公文选序》。

② 张伯行:《唐宋八大家文钞·王文引》。

③ 储欣:《唐宋十大家全集录》卷首《凡例二十则》,《四库全书存目丛书》集部第404册,第238页。

④ 唐琯:《唐宋八大家文选》卷首《自序》。

⑤ 储欣:《唐宋十大家全集录》卷首《凡例二十则》,《四库全书存目丛书》集部第404册,第238页。

⑥ 高嵣:《唐宋八家钞》卷首自序,道光十五年(1835)双河堂刻本。

的指称对象。”[①]明清学人以名实应该完全相符为前提审视茅坤的立名，自然觉得许多地方与事实不合。但“八家之文最裨经义”，[②]在科举力量推动下，唐宋八大家再选本层出不穷，每一个新选本的诞生和流行都以重述的手段塑造着其经典地位，每一个“因果的链条”都加强了其名称的合法性。那些嘈杂的批评声音尽管十分尖刻，但并没有占据舆论的制点高，成为压倒性的力量。

再说冠名权。“唐宋八大家”得名于茅坤，这一点在明代并无异议。孙慎行曾说茅《抄》选文太杂，不如唐顺之《文编》“有裁”[③]。孙慎行是唐顺之的外孙，他推尊《文编》不难理解，但并没有说《文编》为茅《抄》所自来。吴应箕认为茅坤的评点“最能埋没古人精神”，“自谓得古人之精髓、开后人之法程，不知所以冤古人、误后生者正在此”。[④] 措辞很尖刻，是仅就其评点而言，并没有怀疑其冠名权。清初黄宗羲指出，“鹿门八家之选，其旨大略本之荆川、道思”，[⑤]第一次指出茅《抄》与唐顺之、王慎中的联系，但无意说茅坤盗袭唐、王。“盗袭”说的提出者为朱彝尊。其《明诗综》说：

> 世传“唐宋八大家”之目系鹿门茅氏所定，非也。临海朱伯贤定之于前矣。彼云六家者，合三苏为一耳。今《文抄》本大约出于王道思、唐应德所甄录。茅氏饶于赀，遂开雕以行。[⑥]

---

① 〔美〕索尔·克里普克：《命名与必然性》，梅文译，上海译文出版社 2005 年版，第 125 页。

② 卢文成：《唐宋八家文要编》卷首自序，嘉庆四年(1799)刻本。

③ 孙慎行：《孙宗伯精选唐宋八大家文抄》卷首《八大家文抄序三》，清初刻评点本。

④ 吴应箕：《楼山堂集》卷十五《答陈定生书》，《续修四库全书》第 1388 册，第 544 页。

⑤ 黄宗羲：《南雷文定前集》卷三《答张尔公论茅鹿门批评八家书》，《续修四库全书》第 1397 册，第 283 页。

⑥ 朱彝尊：《明诗综》卷四十七，《景印文渊阁四库全书》第 1460 册，台湾商务印书馆 1986 年版，第 158 页。

朱氏认为,《唐宋八大家文抄》一书系出王慎中、唐顺之所选(即甄录),“唐宋八大家”之名系由明初朱右所定,而茅坤只是一个“开雕以行”的出资人。如果以此推论,那么茅坤的《唐宋八大家文抄总叙》在大谈“唐宋八大家”立名依据时只字不提朱右(字伯贤),其万历七年(1579)初刻本《凡例》自称“凡予所录八大家之文”云云,正文卷首自称“归安鹿门茅坤批评”,不是“盗袭”,又是什么呢?

所谓盗袭,是指“盗”王、唐之选、“袭”朱右之名。关于盗王、唐之选,实无此事。茅坤的外甥顾尔行说:“《八大家文抄》者,行舅氏鹿门公手披而录之者也。舅氏性好读书,虽少入仕籍,而不能废书以自娱。其谪广平及官陪京,皆冷曹,无所事事,则诸家之籍咸批之,无不详且至。比不肖自既髫知诵习,尝时擘画以教焉。迩十馀年来,表弟辈习为经生者日众,而时有司益重以后场风诸生,则又搜唐宋诸家,凡敷陈资于举子业者,而以充广之;八公其表表者也。表弟桂,性好古,宝所习而次为若干卷板行焉。”①可见,茅坤评书,由来已久。《唐宋八大家文抄》从选文到评点皆出自茅坤之手,系其晚年为儿辈举业而编的家用教材,其主要目的是帮助他们写好“后场”的论、策等②。当然,茅坤与唐顺之、王慎中交厚,两人的影响肯定是有的。唐顺之《文编》成书在前,也包括八家文,其选篇和评点对茅坤的影响当然更大。不过,茅坤于所录唐、王评点,皆已注明。茅坤《唐宋八大家文抄凡例》云:“凡录批评,特据予所见而已。古之吕东莱、娄迂斋、谢枋得而下,多不录,以其行于世已久,而学士大夫无不知之者。独近年唐荆川、王遵岩二公所传,世未必知之,故唐以○,王以△,各标于上,以见

① 顾尔行:《八大家文钞题辞》,茅坤《唐宋八大家文抄》卷首。

② 明代乡、会试分三场,“初场试《四书》义三道,经义四道。……二场试论一道,判五道,诏、诰、表、内科一道。三场试经史时务策五道。”(《明史·选举志》)后场指二、三场,主要考论、策等应用文体,与前场考书义和经义不同。

两公之用心读书处。于(与)予所见合与否,亦不暇论。”①盗人之选而又自注其姓名,实在于理不通。尽管这样,朱彝尊“盗袭”说还是影响很大。后来的吕葆中就信以为真,王应奎宣扬此说,津津乐道。② 第一个为茅坤辩诬的是《钦定四库全书总目》,《唐宋八大家文抄》提要说:“说者谓其书本出唐顺之,坤据其稿本,刊板以行,攘为己作,如郭象之于向秀。然坤所作序例,明言以顺之及王慎中评语标入,实未讳所自来,则称为盗袭者,诬矣。”可谓有理有据,一锤定音,流传近百年的“盗王、唐之选”说由此渐行渐远。

关于“袭朱右之名”,情况较为复杂。朱彝尊的袭名说影响很大,到杭世骏生活的雍、乾时期,已成共识。杭世骏说:“元末临海朱氏始标八家之目,迄今更无异辞。”③此说经四库馆臣的刻意宣扬,影响更大。《唐宋八大家文抄》提要说:“考明初朱右已采录韩、柳、欧阳、曾、王、三苏之作为《八先生文集》,实远在坤前。”④然而,朱右选本并不叫《八先生文集》。直到清末,才有学者对此加以考辨。刘声木说,朱右所编实为《唐宋六先生集》,而且“立名实未允协,以三苏合为一家,称《唐宋六家文集》可也,乃以‘六先生’名集。三苏本属父子兄弟三人,焉能并三人为一人耶?”⑤由此他

---

① 茅坤:《唐宋八大家文抄》。

② 吕葆中《八家古文精选凡例》云:“茅鹿门《文钞》钩勒点缀之法略备。相传《文钞》本子出自荆川,故有渊源。”(吕留良《八家古文精选》,《四库禁毁书丛刊》集部第94册,北京出版社1997年版,第312页)王应奎《柳南续笔》卷三《茅选唐宋八家》云:“世传所谓唐宋八大家者,系归安茅氏所定,而临海朱伯贤实先之。朱竹垞则谓大约出于唐应德、王道思所甄录,茅氏饶于赀,遂刊之以行耳。余观此书,颇斤斤于起伏照应、波澜转折之间,而其中一段精神命脉不可磨灭之处,却未尽着眼。有识者恒病之。”(《丛书集成初编》第2963册,上海商务印书馆1936年版,第9页)

③ 杭世骏:《道古堂文集》卷八《古文百篇序》,《续修四库全书》第1426册,第273页。

④ 纪昀等:《钦定四库全书总目》(整理本),中华书局1997年版,第2647页。

⑤ 刘声木:《苌楚斋三笔》卷八,《丛书集成三编》第7册,台北新文丰出版公司1996年版,第2514页。

认为朱右所定之名“转不如坤之迳云八家之为得也”。[①] 这就推翻了“袭朱右之名”的旧说,还原了事实真相。

也有人将“唐宋八大家”立名的源头上溯至元代乃至南宋。文政二年(1819,嘉庆二十四年)日本刘煜所作《续唐宋八家文读本序》云:“元吴澄历举古来文宗,每称韩欧七家,已兆其端。至明初朱右辑录八家文为《八先生集》,而八家之名立。举世谓昉于坤,非也。”[②]晚清驻日大使黎庶昌受此影响,将此观点舶来中国,其《续古文辞类纂序》云:“茅鹿门八家之说,皆以为定自朱右,不知吴文正草庐序王文公集已言之。眉山只数二苏氏,仅得七人,子由尚不与也。”[③]吴澄(1249—1333),字幼清,学者称草庐先生。其至元二十四年(1287)所作《别赵子昂序》提出“唐宋七子”说,八大家只少苏辙。[④] “唐宋七子”说对唐宋八大家的形成确有影响,但也只能说“已兆其端”。

在此之前,王应鲸上溯至南宋朱熹、吕祖谦等。其乾隆二十六年(1761)所作《古文八大家公暇录序》云:“闲尝读朱子《语录》《全书》,其中论唐宋文字,于韩、柳、欧、苏、曾、王八家,每谆谆言之,则八大家之评,由来尚矣。故朱子之友吕东莱先生著《古文关键》一书,用选八家为多。嗣是有真西山先生《文章正宗》两编,唐宋之文亦八家为备。宋季谢叠山先生有《文章轨范》七卷,共六十有九篇,亦以八家为指南。”[⑤]与王应鲸同时的杭世骏也说:“鹿门八家之说,袭真西山《读书记》中语。”[⑥]其共同心态是推美前贤,不

---

① 刘声木:《苌楚斋随笔》卷一,《丛书集成三编》第 7 册,第 34 页。

② 〔日〕村濑诲辅:《续唐宋八家文读本》,文政九年(1826)刻本。

③ 黎庶昌:《续古文辞类纂》,光绪二十一年(1895)金陵状元阁铅印本。

④ 参见李宜蓬:《吴澄“唐宋七子”说的理论价值——兼论唐宋八大家概念的形成》,《江西师范大学学报》2008 年第 6 期。

⑤ 王应鲸:《古文八大家公暇录》,乾隆三十年(1765)嵩秀堂刻本。

⑥ 杭世骏:《小仓山房文集序》,袁枚《小仓山房文集》卷首,《续修四库全书》第 1431 册,第 697 页。

甘心将“唐宋八大家”冠名权独让茅坤。对于这种倾向，高嵣就颇为不满。其乾隆五十三年(1788)所作《唐宋八家钞序》云：“唐文有韩、柳，宋文有欧、苏、曾、王，朱子盖尝亟称之。嗣是古文选本如吕东莱之《关键》，真西山之《正宗》，楼迂斋之《文诀》，谢叠山之《规(轨)范》，率皆以诸家为准的，而亦诸家文为较多，然未始有八家之名目。八家专本行世，盖自归安茅鹿门始也。”[①]既肯定了南宋诸人对八家文的关注，又将八大家的冠名权还于茅坤。日久论定，可谓不失分寸。

真相愈辩愈明。经过旷日持久的论争，在“唐宋八大家”名称的合法性和冠名权两个方面基本达成了以下共识。

唐宋八大家是文学家，而不是道学家，其在道方面的“醇驳相参”不影响其成为文学“大家”。唐宋八大家文学成就高下有别，风格各异，正可以相济为用，为读者提供不同的审美感受。唐宋文不止八家，但八大家既经茅坤论定，脍炙人口，楷模士林，不可随意更易。总之，“唐宋八大家”之名既具有内在一致性，又在漫长的历史时空中得到了广泛认同，在理论和实践上都具有合法性。

## 二　茅坤《唐宋八大家文抄》的负面评价与唐宋八大家散文选本的再生产

茅坤所立“唐宋八大家”之名日久论定，逐渐为清代学人所认同，但如果茅《抄》被认为无可挑剔的权威选本，就没有必要别出手眼，加以再选，清代唐宋八大家选本群也就无由产生。清人大量重新编评唐宋八大家散文选本，是茅坤所立“唐宋八大家”之名不断得到广泛认同和茅坤《唐宋八大家文抄》不断遭受负面评价的自然结果。崇祯以后以迄清末，学人一边没完没了地对茅《抄》

---

① 高嵣：《唐宋八家钞》卷首自序。

加以批评，一边又不弃不离地对它加以再选。在三百余年的历史跨度上，累积起丰富的思想资源，其中包含着对茅《抄》的一系列负面评价。那么，这些负面评价的主要内容有哪些？其与唐宋八大家选本的再生产之间存在着怎样的逻辑关联呢？

茅《抄》在初刊后的半个世纪并不出名，《明史》所谓"其书盛行海内，乡里小生无不知茅鹿门者"，是对前人文献的误读①。学界对茅《抄》的关注发轫于崇祯时期。崇祯元年(1628)，方应祥重刊茅《抄》，指出并订正了其存在的局部问题。此后的孙慎行、王志坚、吴应箕等人，从不同方面拓展了对茅《抄》的批评。在此基础上，清人黄宗羲、王夫之、储欣、华希闵、袁枚、皮锡瑞等一大批学者的参与将这一批评引向系统和深入。其中的负面评价及相关论争，可以从宗旨、选文、评点和影响四个方面加以总结。

**(一)宗旨:"为举业而设"**

举业往往被看作"营宠媒利"②的工具，选本一旦与"举业"二字联系起来，其品位就会大打折扣，不论这个选本在市场上多么热销。明正德时期，王守仁把举业比喻成"士君子求见于君之羔雉"，并认为"士虽有圣贤之学、尧舜其君之志，不以是进，终不大行于天下"③，论证了举业在科举体制下的必要性和正当性。在此

---

① 万历二十九年(1601)，茅坤去世，朱赓为作《墓志铭》云："今读所著《白华楼藏稿》《玉芝山房稿》《耄年稿》，率雄浑浩荡，真古今巨丽之观也。文章名满天下，乡曲小学无不知有鹿门先生。"(朱赓:《朱文懿公文集》卷九，《四库全书存目丛书》第149册，第364页)显然，"乡曲小学无不知有鹿门先生"一句，是就其《白华楼藏稿》等个人著述的影响而言，并不是指《唐宋八大家文抄》。《明史》(卷287)则说："坤善古文，最心折唐顺之。顺之喜唐宋诸大家文，所著《文编》，唐宋人自韩、柳、欧、三苏、曾、王八家外，无所取，故坤选《八大家文抄》。其书盛行海内，乡里小生无不知茅鹿门者。"(《景印文渊阁四库全书》第301册，第851页)这样一来，人们很容易认为"其书"指《八大家文抄》，因为它"盛行海内"，所以"乡里小生无不知茅鹿门者"。

② 薛应旂:《新刊举业明儒论宗》卷首自序，隆庆元年(1567)金陵三山书坊刻本。

③ 王守仁:《文章轨范序》，谢枋得《文章轨范》卷首，嘉靖四十年(1561)郭邦藩常静斋刻本。

之后，以迄晚明，主流舆论和各种举业读本不再讳谈举业。茅坤说苏轼《大悲阁记》等"狃于佛氏之言，然亦以其见解超朗，其间又有文旨不远、稍近举子业者，故并录之"①，又说苏洵《衡论序》"议论多杂以申、韩，余第谓其与举子业较近，故并录之"(卷八)。显然，其选文标准首先是有资举业，文章的醇驳与否还在其次。顾尔行也说："迩十馀年来，表弟辈习为经生者日众，而时有司益重以后场风诸生，则又搜唐宋诸家，凡敷陈资于举子业者，而以充广之；八公其表表者也。"②可以说，"为举业而设"是茅《抄》的胎记，无论是编选者，还是校刊者，都无意加以掩盖。

清初黄宗羲、顾炎武猛烈批判科举败坏人才，举业一词重新为舆论所鄙薄。第一个批评茅《抄》"为举业而设"并产生很大影响的是储欣。他说："尝即其选与其所评论以窥其所用心，大抵为经义计耳。其标间架，喜排叠，若曰：此可悟经义之章法也；其贬深悔，抑生造，若曰：此可杜经义之语累也；其美跌宕，尚姿态，若曰：此可助经义之声色也。经义以阐圣贤之微言，诸大家之文以佐学者之经义，所以之书一出，天下向风，历二百年至于梨枣腐败，而学者犹购读不已，有以也。"③这段文字将茅《抄》的"天下向风"归因于"为经义计"这一"用心"，颇有不屑之意。储氏自言其《唐宋十大家全集录》意在"破学者抱匮守残之见"，系为"成学治古文之人"④而编，与茅《抄》的选评宗旨和读者定位都不相同，但并没有得到舆论的认同。四库馆臣说："茅坤所录，大抵以八比法说之。储欣虽以便于举业讥坤，而核其所论，亦相去不能分寸。"⑤同样是八大家散

---

① 茅坤：《唐宋八大家文抄》卷首《凡例》。

② 顾尔行：《唐宋八大家文抄题辞》，茅坤《唐宋八大家文抄》卷首。

③ 储欣：《唐宋十大家全集录》卷首《总序》，《四库全书存目丛书》集部第404册，第236页。

④ 同上。

⑤ 纪昀等：《钦定四库全书总目》(整理本)，第2659页。

文选家的卢文成说:“前明茅鹿门先生《文抄》一选,深为经义计也,故是书出而四方争购,至今翕然向风。本朝储在陆先生批点钩画,本归安之意而畅明之。”①在卢氏看来,就举业而言,储欣选本与茅《抄》不只“相去不能分寸”,甚至可以说是有过之而无不及。

储欣对茅《抄》的态度在清代很有代表性:尽管动辄讥评茅《抄》为举业而设,但其新编八大家选本的举业倾向更为严重。明人的兴趣广泛,八大家选本所关心的绝不只是举业。例如,茅评对八大家的文学性十分关注②,同时也“借文章以谈经世之略”③,尤其喜欢谈兵。孙慎行选本以“深醇尔雅”④为宗,郑郊意在寻绎“精神心术之所存”⑤,吴正鹍强调“学古而通今”⑥,也即从八大家中寻找济世良方,王志坚《古文渎编》的兴趣则在于以文证史。或明道,或经世,或治学,立意高远,并非只与举业有关。

批评“为举业而设”,实质上是批评为“时文”而选古文。从“治时文”的角度看,从唐宋八大家散文入手,显然比从墨卷房书入手,更有根柢。而从“治古文”的角度看,用后起的八股思维和方法选评八大家散文,无异南辕北辙、方枘圆凿。正如四库馆臣所说:“夫能为八比者,其源必出于古文。自明以来,历历可数。坤与欣即古文以讲八比,未始非探本之论。然论八比而沿溯古文,为八比之正脉;论古文而专为八比设,则非古文之正脉。”⑦这个评价一分为二,可谓允当。值得关注的是,将古文选本的“为举

---

① 卢文成:《唐宋八家文要编》卷首自序。

② 参见夏咸淳《〈唐宋八大家文抄〉与明代唐宋派》,《天府新论》2002 年第 3 期。

③ 茅坤:《玉芝山房稿》卷二《与王工部书》,《四库全书存目丛书》集部第 106 册,第 32 页。

④ 孙慎行:《孙宗伯精选唐宋八大家文抄》卷首《又序》。

⑤ 郑郊:《唐宋八大家文自怡集》卷首自序,上海图书馆藏崇祯四年(1631)稿本。

⑥ 吴正鹍:《唐宋八大家文悬》卷首自序,崇祯五年(1632)汪复初刻本。

⑦ 纪昀等:《钦定四库全书总目》(整理本),第 2659 页。

业而设”界定为“探本之论”。要深刻理解这个结论的意义，还得从茅《抄》初刊之前举业群体的观念和学风谈起。

在古文与举业关系问题上，长期流行着“古文妨业”的观念。所谓“古文妨业”，就是学习古文妨碍举业。徐渭在嘉靖时所作的《黄潭先生文集序》一文中说：“近世以科条束士，士群趋而人习之，以急于售而试其用，其视古人之文，则见以为妨己之业也，遂相与弃去不讲。”①嘉靖四十四年(1565)，詹仰庇说：“文一而已矣，后世科举之学兴，始歧而二焉。学者遂谓古文之妨于时文也。”②万历三年(1575)，武之望说：“自举业起而经生视古文若异道。”③这说明“古文妨业”的观念在当时已经深入人心。

这种观念之所以盛行，是因为仅就举业而言，只要熟读一些坊刻时文，或者临时抱抱佛脚，就有可能投机成功。顾炎武云：“今以书坊所刻之义，谓之时文，舍圣人经典、先儒之注疏与前代之史不读，而读其所谓时文。时文之出，每科一变，五尺童子能诵数十篇而小变其文，即可以取功名，而钝者至白首而不得遇。”④读时文的功效如此之大，谁还去读古文呢？于是“党塾之师，以时文章句为教”的风气甚为流行⑤。茅《抄》及此后大量唐宋八大家散文再选本的流行，将科举群体的举业读本由时文引向古文，冲破了以时文为教的恶劣风气，其历史功绩不可谓不大。而之所以如此，正是得力于这些选本共同的“为举业而设”的基本定位。

---

① 徐渭：《徐渭集》，中华书局1983年版，第1086页。

② 詹仰庇：《文章指南序》，归有光《文章指南》卷首，《四库全书存目丛书》集部第315册，第623页。

③ 武之望：《举业卮言》卷三，万历三年(1575)金陵周氏万卷楼刊本。

④ 顾炎武：《顾亭林诗文集》，中华书局1983年版，第23页。

⑤ 顾炎武：《日知录集释》，黄汝成集释，栾保群等校点，花山文艺出版社1990年版，第789页。

### (二)选文:“繁杂”“疏漏”

对茅《抄》选文最常见的批评是“繁”,即选文数量过多。署名钟惺的一篇文章说:“夫先生一代文宗,其所遴选原无容置议。但大方之选古文词也,法宜从宽;而初学之读古文词也,数宜从简。”①在肯定茅《抄》的前提下,指出了其选篇过多、不便初学的局限。同时而稍晚的倪思辉也以“简帙浩繁,不便后学”②评价茅《抄》。清初学人或者批评其“浩瀚难读”③,或者指出其“择取者不无过多”④,即承明人意见而来。清末萧穆说:“茅氏文字之见,实能跨越前人,抄录亦称极富,而识者颇病其繁杂,不得为治古文者之善本。”⑤对茅《抄》在选评方面的优缺点作了客观的总结。

一种文学选本选篇过多,很难成为文学读本;不能成为文学读本,就很难得到普及。茅《抄》的万历七年(1579)初刻本收文1313篇,分为144卷;方应祥修订本和以方应祥本为底本的茅著本篇目和卷数更加繁重,很难用作文学读本,更不用说初学读本。学界对其“浩瀚难读”的批评,引导后来的新选本不约而同地走上读本化的道路。其突出特点是选篇数量减少,读者定位明确,适合用作初学读本。孙慎行《精选唐宋八大家文抄》减为432篇,吕留良《晚邨先生八家古文精选》185篇,储欣《唐宋八大家类选》248篇,沈德潜《唐宋八家文读本》377篇,王应鲸《古文八大家公暇录》120篇,高嵣《唐宋八家钞》256篇,程岩《精选唐宋八大家古文正矩》86篇,刘大櫆《唐宋八家文百篇》100篇,陈兆仑《陈太仆批选

---

① 钟惺:《唐宋八大家选》卷首自序,崇祯五年(1632)汪应魁贻经堂刻本。

② 倪思辉:《唐宋八大家选序》,钟惺《唐宋八大家选》卷首。

③ 卢元昌:《唐宋八大家文选》卷首自序,顺治十五年(1658)金阊王遇升刻本。

④ 戴名世:《南山集》卷四《唐宋八大家文选序》,《续修四库全书》第1419册,第103页。

⑤ 萧穆:《敬孚类稿》卷二《刘海峰先生唐宋八家文选序》,《续修四库全书》第1560册,第633页。

八家文抄》116 篇。这些选本的篇目多则为茅《抄》的 1/3，少则不足 1/10。一般读者主要是通过这些简约的再选本学习八大家散文的，真正将茅《抄》用作读本的人却很少。从这个意义上说，学界关于茅《抄》选篇过“繁”的否定性评价促进了唐宋八大家选本的再生产，推动了唐宋八大家散文的普及化和经典化。

“繁杂”的第二层意思是选文标准庞杂。孙慎行说：“腐文可唾，卑文可扫，奇文可嗜，高文可师，如之何其混而一也？既已可混而一，又焉得不畔而逃？余少读《轨范》，一斑耳；已而睹茅氏《八大家文抄》，则浩矣。”[①]批评茅《抄》将“腐卑奇高”之文汇为一选，没有统一的审美标准。实际情况也是如此。例如，《方山子传》这种滑稽的文章对于举业用处不大，但茅坤“特爱其烟波生色处，往往能令人涕洟，故录入之”（卷二十三），显然是看重其文学性。再如，其收录柳宗元《上李夷简相公书》的理由是“子厚困厄之久，故其书呼号哀吁若此，录而存之，以见其始末云”（卷四），有以文存史之意；收录苏辙《书金刚经后》以“稍见子由禅学一派”（卷二十），表现出对苏辙思想倾向的关注。他又说苏辙《羊祜论》议论失当，但“予独爱其言足为后世人主持盈者之戒，故录而识之”（卷十），表现出诫世的热情。更有甚者，他还有意选录观点谬误或文词拙劣的文章。例如，他认为曾巩《答王深甫论扬雄书》“所议甚舛，姑录而质之有识者”（卷三）。由此看来，其选文标准很庞杂，而这一点又是其选文数量庞大的原因所在。

在对茅《抄》选文标准的批评声中，后来的选本，特别是清代选本，大都聚焦于举业一途，失去了茅《抄》灵动活泼的个人气息和利物济人的宏大关怀，从而沦为面目枯槁、死气沉沉的举业工具书。就此而言，对茅《抄》选文标准的批评产生了持久而深刻的消极影响。清人萧穆说，茅《抄》之后，“选本愈多，而识又或出于

① 孙慎行：《孙宗伯精选唐宋八大家文抄》卷首《书八大家文抄后》。

茅氏之下，所录愈失前人之真”[①]，其所以如此，这种批评难辞其咎。

也有一派批评茅《抄》选文“疏漏”，也就是说漏选了从某一角度来看有价值的文章。明末吴正鹍为苏轼《乞增修弓箭社条约状》所作的眉评说：“此等文章真实有用，《文抄》或遗漏未选，予每增入一二。”[②]吴正鹍以“有用”于国计民生为纲，以人君、人臣、吏治、士类、民生、财赋、兵戎、夷虏、盗贼、政要十事为目，将全书分为十卷，因事隶文，与茅坤选文宗旨和编纂体例大不相同，自然会觉得有“遗漏未选”处。黄宗羲说，茅《抄》“去取之间，大文当入、小文可去者，尚不胜数也”[③]。华希闵则认为，对于柳宗元的文章，“《文抄》于元和以前多置弗录”，因而“增入颇多”[④]，其中许多是骈文。在他看来，“四六之文靡于六朝，宋人近于腐矣。柳州熔铸经史，敷陈情事，华而不靡，庄而不腐，最为得体。旧本皆遗，今录置首卷”[⑤]。或以大小论文，或以文体论文，所见不同，去取自异，本不必过为褒贬。储欣说：“韩柳者，文章之宗，尤八家之主也。韩柳且疏，他复何校哉？由斯以观，虽曰表章前哲，而挂漏各半，适足以掩遏前人之光；虽曰开导后学，要所以锢牖其耳目，而使之不广者亦以多矣。欲无遗议，得乎？”[⑥]以“掩遏前人之光”“锢牖后学耳目”评价茅坤的选文，不能不说有失平允。

---

① 萧穆：《敬孚类稿》卷二《刘海峰先生唐宋八家文选序》，《续修四库全书》第1560册，第633页。

② 吴正鹍：《唐宋八大家文悬》卷七，崇祯五年（1632）汪复初刻本。

③ 黄宗羲：《南雷文定前集》卷三《答张尔公论茅鹿门批评八家书》，《续修四库全书》第1397册，第283页。

④ 华希闵：《延绿阁集》卷十一《书唐宋八家文后》，《四库未收书辑刊》玖辑第17册，第738页。

⑤ 华希闵：《增订柳柳州文抄》卷一《礼部为文武百寮请听政第二表》文后评，《增订唐宋八大家文抄》，清初刻本。

⑥ 储欣：《唐宋十大家全集录》卷首《总序》，《四库全书存目丛书》集部第404册，第236页。

从选文的来源看，茅《抄》之后的新选本可分为两类：一类完全以茅《抄》为底本，无所增益；一类以唐宋八大家别集为底本，以茅《抄》为参照，有所增益。后者就是"疏漏"论的产物。此类选本往往在茅《抄》之外别有所选，并以此矜夸于人。但总起来看，茅《抄》所选，差不多已经包含了唐宋八大家散文的精华，为后来的再选本提供了丰富的备选资源。那些有意在茅《抄》选文之外标新立异的选本往往并不出彩，影响也不大。

**（三）评点："埋没古人精神"**

学界认为茅《抄》的评点"埋没古人精神"，主要基于两点。第一点是说茅评有谬误和失当之处，结果"错会古人主意"。最早指出其知识性错误的，是明人王志坚。王志坚长于史学，对茅评中由于历史知识不足而造成的错误多所驳正。例如，苏轼《议学校贡举札子》评语说："鹿门评云：当时张商英、张无垢辈并好禅寂，苏氏兄弟亦于此着脚。按，张无垢绍兴二年进士，恐熙宁年间尚未生也。"[①]苏轼《乞诏边吏无进取及论鬼章事宜札子》评语说："《宋史》云：……八月，鬼章就擒，赦之，授陪戎校尉，听招其子以自赎。用苏公议也。……鹿门评此篇云：此苏公搏虎手，惜乎世不能用。是未见正史耳。"[②]又如，曾巩《讲官议》评语说："此议当在熙宁初，鹿门谓当因伊川争坐讲而发。按，两人原不同时。"[③]在此之后，各路学人群起响应，纷纷以揭发茅评谬误为快事。其中影响最大的是黄宗羲。他批评茅坤不明宋制，"不知韩氏为何人"；不明史实，"疑（顾）十郎为座主"。又批评茅坤以"似狎而少庄"评韩愈《罗池庙碑》，批评茅坤将韩愈的"务去陈言"理解为追求字句的"生割"，并坚定地指出，"盖不知昌黎之所谓陈言者，庸俗之议论也，岂在字句哉？"茅坤为柳宗元《寄许京兆孟容书》所加

① 王志坚：《古文渎编》卷五，《四库全书存目丛书》集部第336册，第739页。
② 同上。
③ 王志坚：《古文渎编》卷二，《四库全书存目丛书》集部第337册，第477页。

的评语说："予览苏子瞻安置海内(外)时诗文及复故人书，殊自旷达，盖由子瞻晚年深悟禅宗，故独超脱，较子厚相隔数倍。"(卷一)黄宗羲对此评颇不以为然。他说："子瞻所谪为奸邪所忌，而子厚之谪，人且目之为奸邪。心事不白，出语凄怆，其所处与子瞻异也。若论禅宗，子厚未必让于子瞻耳。"既指出了茅坤的知识性错误，又指出了其主观判断的偏颇和失当。黄氏的另一拓展是对茅《抄》的圈点加以批评。他认为茅《抄》"圈点勾抹多不得要领，故有腠理脉络处不标出，而圈点漫施之字句间者，与世俗差强不远"①。圈点不得要领，评点又有知识性的错误和主观性的偏颇，势必错会古人主意，埋没古人精神。

"埋没古人精神"的第二层意思是说茅《抄》评点繁密，又过于注重法度，文章的精神因此得不到充分阐发。从这个角度对茅坤提出尖锐批评的，是明人吴应箕和陈贞慧。吴应箕说："大抵古人精神不见于世者，皆评选者之过也。弟尝谓张侗初之评时义、钟伯敬之评诗、茅鹿门之评古文，最能埋没古人精神，而世反效慕恐后，可叹也。彼其一句一序皆有释评，逐段逐节皆为圈点，自谓得古人之精髓、开后人之法程，不知所以冤古人、误后生者，正在此。"②"冤古人"即"埋没古人精神"，原因之一就是"一句一序皆有释评，逐段逐节皆为圈点"，即过于繁密的评点湮没了文章的神明精蕴。而在陈贞慧看来，茅评"埋没古人精神"的原因在于过分注重文法，在文意的阐发上用力不够。陈贞慧(1604—1656)，字定生，江苏宜兴人，有《八大家文选》一书，已佚，今存吴应箕所作序文一篇。此序引录陈贞慧的看法说："古文之法，至八家而备。八家之文，以法求之者辄亡。夫文不得其神明之所寄，徒以法泥之；

① 均见黄宗羲：《南雷文定前集》卷三《答张尔公论茅鹿门批评八家书》，《续修四库全书》第1397册，第283页。

② 吴应箕：《楼山堂集》卷十五《答陈定生书》，《续修四库全书》第1388册，第544页。

未尝无法也，舍其所以寄神明者，而惟便己之为求，天下岂有文哉？”[①]这段文字当出自陈贞慧为《八大家文选》所作的自序，系针对茅《抄》而发。其突出的观点是将茅《抄》的“埋没古人精神”归因于唯法是求。后来黄宗羲说，“鹿门一生仅得其转折波澜而已，所谓精神不可磨灭者，未之有得”[②]。王夫之说，“钩锁之法，守溪开其端，尚未尽露痕迹；至荆川而以为秘密藏。茅鹿门所批点八大家，全恃此以为法，正与皎然《诗式》同一陋耳”，又说，“立此法者，自谓善诱童蒙，不知引童蒙入荆棘，正在于此”[③]。黄宗羲“所谓精神不可磨灭者，未之有得”，即陈贞慧“不得其神明之所寄”之意，王夫之所谓“引童蒙入荆棘”，即吴应箕所谓“误后学”之意。不过，黄、王的观点对后世影响很大，而吴、陈的批评则鲜为人知。

在此之后，蔡方炳、魏禧、储欣、华希闵、戴名世、汪份、沈德潜、王应奎、刘大櫆、袁枚、皮锡瑞皆对茅评有所驳正。其中华希闵和皮锡瑞态度最为激烈。华希闵直批茅评为“皮相”[④]“矮人观场”[⑤]。韩愈《曹成王碑》文后评又说：“旧评诋其穿凿生割，然则剽窃陈言，乃为熟割耶？”[⑥]柳宗元《愚溪对》文后评说：“自状其冒进抵触，只坐一愚，乃创巨痛深，真切之语。旧评谓之自矜，夫愚亦何足矜也？”[⑦]旧评即指茅评。不是肆意漫骂，就是冷嘲热讽，用语也很尖刻。清末皮锡瑞以“六陋”总括茅《抄》，说茅坤“挟塾师拘墟之见，武断是非；仿试官品第之辞，判分甲乙”，又说茅评运用

---

① 吴应箕：《楼山堂集》卷十七《八大家文选序》，《续修四库全书》第1388册，第557页。

② 黄宗羲：《南雷文定前集》卷三《答张尔公论茅鹿门批评八家书》，《续修四库全书》第1397册，第283页。

③ 王夫之著，戴鸿森笺注：《薑斋诗话笺注》，人民文学出版社1981年版，第205页。

④ 华希闵：《增订柳柳州文抄》卷一《与李翰林建书》文后评，清初刻本。

⑤ 华希闵：《增订韩文公文抄》卷五《清边郡王杨燕奇碑》文后评，《增订唐宋八大家文抄》。

⑥ 华希闵：《增订韩文公文抄》卷五《曹成王碑》文后评，《增订唐宋八大家文抄》。

⑦ 华希闵：《增订柳柳州文抄》卷五《愚溪对》文后评，《增订唐宋八大家文抄》。

“几同牛毛之法”“强作解事”，而且“疏舛既不胜举”，又“不穷其原委，而务窃其形模”，因而虽然“五色标识，仍未脱夫狐禅”①，把茅《抄》说得一无是处。所有这些，皆以“埋没古人精神”归罪茅评。

平心而论，茅评的知识性谬误是存在的，但比例很小。其评论“失当”与否，见仁见智，本不必强求一律。至于茅评是否过分注重法度而埋没了古人精神，很值得讨论。从现存的八大家再选本来看，就其对八大家散文“精神”的揭示而言，只有储欣、沈德潜、陈兆仑的选本稍能接近茅《抄》。其他选本，或急于事功，心不在焉；或坐而论道，借题发挥；或沉湎举业，了无情致；或专意射利，粗制滥造，都无法与茅《抄》相提并论。说到茅《抄》与后起的再选本，特别是清代选本，何者更重视法度，可以说一目了然。从万历七年(1579)初刻本的情况来看，茅《抄》用来说明“钩锁照应”之法的文字比例很小，而且绝大部分放在正文行间夹评中，各家小引、题下评和文后总评大都用来揭示文章的精神。而从大部分再选本来看，用来阐发文法的文字比例很大，而且连篇累牍，无处不在，阐释文法的新术语也大量增加。清代选本(如孙琮《山晓阁选唐宋八大家全集》、程岩《唐宋八大家文约选》)的评点，大都分成两块：一是文章段意的梳理，一是“起承转合”之法的总结。段意的梳理大都不是为了发掘文章的精神，而是为总结“起承转合”之法服务。总起来看，茅《抄》之后的再选本，特别是清代选本，因过于注重文法而疏于揭示文章精神的倾向更为明显。

**(四)影响:“其书行而流祸深”**

学界对茅《抄》的批评不仅指向茅《抄》本身，还指向其所产生的负面影响。明末吴应箕最先批评茅《抄》“误后生”，并说“其书行而流祸深，诗文所以日亡也”②。将诗文之亡归罪于茅《抄》的流

---

① 皮锡瑞:《师伏堂骈文二种》第二种卷四《茅批唐宋八家文书后》,《续修四库全书》第1567册,第369页。

② 吴应箕:《楼山堂集》卷十五《答陈定生书》,《续修四库全书》第1388册,第544页。

行。至于其原因，他说："以其文有法度之可求，于场屋之取用甚便，而袭其词者，但蕲以动悦有司之一日，非必真有得于古人不传之妙而师之也，于是文之精神以亡。且天下购其书者日益众，苦于篇卷繁积，思有以节录之，因而选者四起，而文之精神愈亡。故八家之文以其传与习者久且多如此，实皆无所得而使之亡。"① 在吴氏看来，诗文之亡，一是因为茅《抄》只被当作举业工具，二是因为后起的再选本推波助澜，进一步强化了其工具性。与此相应，八大家散文的文学性不再成为读者关注的中心。这个评价有其深刻和正确的一面。与吴氏的古文立场不同，王夫之是站在时文立场上批判茅《抄》的。他说："有皎然《诗式》而后无诗，有《八大家文抄》而后无文。立此法者，自谓善诱童蒙，不知引童蒙入荆棘，正在于此。"②"《文抄》盛行，周莱峰、王荆石始以苏、曾为衣被，成片抄袭，有文字而无意义。"③ 又说："学八大家者，之而其以，层累相叠，如刈草茅，无所择而缚为一束；又如半死蚓，沓拖不耐，皆贱也。"④ 在他看来，"陋人"茅坤的选本只会"以钩锁呼应法论文"，后来的时文选家取径愈狭，时文作者又学之不善，所以导致了时文创作的"贱"相。

毫无疑问，茅《抄》负面影响的产生不仅与茅《抄》自身有关，也与时代的要求和读者的接受有关。吴、王二人在批判茅《抄》的同时，都将读者的接受作为关注点之一，开启了后人对这一问题更为深入的论述。雍正时期的华希闵说："今之读八家者，拘泥格套，指摘字句，孰为眼目，孰为柱子，孰为起伏照应，操觚家不暇推明大意，先有一死法胶于心目之间。"又说："赝唐宋者以叫嚣为雄

---

① 吴应箕：《楼山堂集》卷十七《八大家文选序》，《续修四库全书》第1388册，第557页。

② 王夫之著，戴鸿森笺注：《薑斋诗话笺注》，第205页。

③ 同上书，第208页。

④ 同上书，第202页。

奇,以腐烂为醇正,美矉而学步,寻其旨趣,茫如也,是优人之啼笑尔已。"在他看来,归有光"自谓肩随欧曾,抗行临川,今取其全集读之,求其规摩一语,不可得"①,算不得善学八家。清人陶元淳说,魏禧从茅《抄》入手学古文,结果只学得"规抚节奏"②,也算不得善学八家。

关于"学八家不善"的问题,前人多有创论。袁枚说:"学六朝不善,不过如纨绔子弟,熏香剃面,绝无风骨止矣。学八家不善,必至于村媪呶呶,顷刻万语,而斯文滥焉。"③纪昀说:"茅鹿门诸人以摹拟八家为倡,于是人人皆八家,而人人之八家又同一音。模造面具,其斯之谓欤?"④张美翊也说:"李空同以字句摹秦汉,而秦汉为窠臼;茅鹿门以机调摹唐宋,而唐宋又为窠臼。"⑤面具也罢,窠臼也罢,都从一种困境走向另一种困境。皮锡瑞甚至认为,茅坤"妄托颛门,津逮后学,遂使乡曲小儿,谬下雌黄,唐宋名流,横遭红勒"⑥,不仅后人学八家不善应归罪茅坤,唐宋八大家选本的再生产也应归罪茅坤。

如上所述,学界对茅《抄》的负面评价主要表现在五个方面,每个方面的意义或大或小,各不相同。总起来看,其核心意义在于推动了唐宋八大家选本的再生产。那么,学界的负面评价何以能够推动唐宋八大家选本的再生产?它们之间存在着怎样的逻

① 华希闵:《延绿阁集》卷六《增订八大家文抄序》,《四库未收书辑刊》玖辑第17册,第653页。

② 王应奎:《柳南续笔》卷三《茅选唐宋八家》,《丛书集成续编》第2963册,台北新文丰出版公司1988年版,第152页。

③ 袁枚:《小仓山房文集》卷三十《书茅氏八家文选》,《续修四库全书》第1432册,第351页。

④ 纪昀:《纪文达公遗集》卷九《香亭文稿序》,《续修四库全书》第1435册,第364页。

⑤ 张美翊:《论文集要跋》,薛福成《论文集要》卷首,王水照主编《历代文话》第6册,第5764页。

⑥ 皮锡瑞:《师伏堂骈文二种》第二种卷四《茅批唐宋八家文书后》,《续修四库全书》第1567册,第369页。

辑关联呢？

任何事物，一旦被奉为至高无上的权威，就会排斥批评，从而封闭了自我发展和提高的空间。当一个事物被认为重要但并非至高无上时，情况就有所不同。其重要性使它足以引起广泛的关注，其非权威性又为负面评价的发生提供了可能。只有当一个事物向负面评价敞开时，其缺点和局限才会暴露出来，其自身的改良和后来者的革新才有可能发生。在这种情况下，负面评价就产生了实际的正面意义。

学界对茅《抄》的负面评价，也应作如是观。在此起彼伏的负面评价声中，不满茅《抄》的人们不断对它加以改编或再选，以适应不同时代、不同群体的不同需要。每一个新选本都在扬弃茅《抄》的基础上有所变革，同时又不可避免地因袭了茅《抄》的基本特征，这个基于共同母本、有因有变的衍生过程就是唐宋八大家选本的再生产过程。如所周知，科举力量是唐宋八大家选本生成的动力之源，人们编选、评点、刊刻、购买和阅读唐宋八大家选本，大都围绕举业展开。但如果茅《抄》被公认为适用于所有人群、所有时代的最佳举业读本，那么对它加以改编和再选就失去了必要。正因为人们对于它的种种不满，才产生了这些种类繁多的新选本。就此而言，学界对茅《抄》的负面评价与科举力量一道，从不同侧面共同推动了唐宋八大家选本的再生产。

## 三　清代唐宋八大家散文选本选文宗旨的趋同性和差异性

“选文宗旨”是指选文的主要目的。从清代唐宋八大家散文选本的实际情况来看，其选文宗旨可以概括为举业、明道、经世、学术、文学五个方面，其中“举业”最有代表性。中国是一个官本位的社会，科举是做官的必由之路，不要说知县以上的官员，就是训导、教谕之类，至少也要取得举人、贡生或者监生的资格，例如王应鲸由举人做到知县，刘大櫆由副榜贡生做过教谕。在科举中取得功名是做官的前提，因而官本位必然带来科举本位。什么东西一旦与科举联系起来，就会格外受人关注。唐宋八大家散文之所以受人追捧，就是因为它与秦汉文相比有法可循，能为科举考试中第一场八股文和第二、三场论策文的写作提供有益的帮助。正如储欣评茅坤《唐宋八大家文抄》所论，正是因为其“为举业而设”，“所以之书一出，天下向风，历二百年，至于梨枣腐败，而学者犹购读不已”。① 作为编者，只有为举业而编评唐宋八大家选本，他的书才可能受到更大关注。作为出版者，其唐宋八大家选本只有“为举业而设”，才会带来可观的销量和丰厚的利润。除此之外，为“明道”“经世”“学术”这样的宏大目的也罢，为“文学”这样的高雅目的也罢，都不会成为十分流行的八大家选本，不管其所编选本的质量如何，也不管编者的名声有多大。正因为如此，许多八大家选本都不约而同地以“举业”作为其选文宗旨，表现出鲜明的趋同性。

举业一般被视作“钓利之饵，希禄之媒”②，为举业而编的选本往往讳言举业，或者拿出一个高尚的名头来打掩护。在本书所涉及的48种唐宋八大家选本之中，24种已成为佚书，其是否为举业而设，没有实物可证。另外24种，其书尚存，而且已经本人经眼，但部分选本对其选文宗旨语焉不详，有的甚至对“举业”二字讳莫如深，不拟列入举业选本。公开承认“为举业而设”者共16种，其基本情况见下表。

---

① 储欣：《唐宋十大家全集录》卷首《总序》，《四库全书存目丛书》集部第404册，第236页。

② 邹守益：《新刻续选批评文章轨范序》，王守仁选、邹守益评：《新刻续选批评文章轨范》卷首，万历四十三年(1615)余完初怡庆堂刻本。

**表2 “为举业而设”的清代唐宋八大家散文选本一览表**

| 编号 | 编者 | 依　据 |
| --- | --- | --- |
| 1 | 卢元昌 | 爰取三先生所评次者，覆为较雠，汰其无用，取其有裨者，标出以质海内。庶海内之为制举义者，使知不可不脱胎于古大家，而古大家之为文，其脱胎亦自有本。（卢元昌《唐宋八大家序》） |
| 2 | 储　欣 | 1. 明切委备，学者得其大意，不独二、三场冠世，亦最利于前场。（储欣评欧阳修《本论中》）<br>2.《八家类选》系先生壮盛时聚徒讲学所手批而口授者，故择之也务简，取之也务精，其间篇法段落、波澜意度表白之也务详务显。允哉，举业之准绳、初学之津梁也。（吴振乾《唐宋八大家类选序》） |
| 3 | 吕留良 | （先君子）常语学人曰：“今为举业者，必有数十百篇精熟文字于胸中，以为底本；但率皆取资时文中，则曷若求之于古文乎？”（吕葆中《晚邨先生八家古文精选序》） |
| 4 | 江承诗 | 欲为时文，而不求之古文，而日冀时文之善，是犹欲为琴瑟而无材、欲成衣裳而无币也。岂可得乎？……予因是数年来于八家之文反复讽诵，取其与时文相近者不及三百篇，为之次第排缵。（江承诗《唐宋八大家古文读本序》） |
| 5 | 张伯行 | 时艺代圣贤口气发明道理，期于达意而止。若理不足而专求诸辞，其弊也支离繁缛，斗声竞妍，为纤为杂为鄙倍，左支右吾，罅漏百出，不几于侮圣言乎？愿尔诸生悉除诸弊，以先辈大家文为式，余将采其尤者，刊刻流布，以树风声。（张伯行《紫阳书院示诸生》）① |

① “先辈大家文”即其私下告诉家人的“前辈八大家文”（《张清恪公年谱·康熙二年》），可见张伯行编刊《唐宋八大家文钞》究竟还是为书院生徒写作“时艺”之用，只不过一般的举业读本重在阐明文法，而他的选本则重在阐明道理，从而为时文写作提供思想资源或者话头。

续表

| 编号 | 编者 | 依　　据 |
|---|---|---|
| 6 | 朱　璘 | 集中所选，以波澜壮阔、机神遒逸、裨益举子业者为最，所以议论之文为多，辞命次之，叙事又次之。诸如四六用韵、体涉骚赋者，皆置不录，既非所急，亦限于数。（朱璘《唐宋八大家古文凡例》） |
| 7 | 唐　琯 | 韩柳皆工于碑碣，然韩之碣志大率当时名卿巨室，故其文亦煌煌大篇，因稍无裨于举业，虽甚宝贵，而什逸其九。（唐琯评柳宗元《故秘书郎姜君墓志》） |
| 8 | 璩绍杰 | 是编也，乃吾生平之所熟读而玩味者。据其所见，辑而录之，聊以示吾子弟及从游之士，为应试举业之一助。（璩绍杰《唐宋八家古文析解序》） |
| 9 | 程　岩 | 总挈其纲领，细疏其笔法，条分缕析，各就部署，潆洄绾结，不失自然。俾成学治古文者观之，无改于素；而专攻制举之业、欲精其艺以应有司之选者，亦于是乎取之，使知古文之道不异于时文。（程岩《唐宋八大家文约选序》） |
| 10 | 沈德潜 | 1. 文删存三十卷，钩画点读，稍分眉目，初学者熟读深思，有得于心。由此以览茅氏、储氏所葺，并窥八家全文，更有旷然心目间者。治经义者有得于此，治古文者亦未必不有得于此。（沈德潜《唐宋八家文读本序》）<br>2. 文之轻快流美，最利举业，而于韩文中为平调。（沈德潜评韩愈《送齐皞下第序》） |
| 11 | 秦跃龙 | 余客宛南，采茅氏《文抄》之尤粹者，为诸生按日课程，窃考其本末，而备论之。（秦跃龙《唐宋八大家文选序》） |

续表

| 编号 | 编者 | 依　据 |
|---|---|---|
| 12 | 吴　炜 | 1. 初学读古，自策略、论著后，又益之书序，以充其气势、发其光华矣。更当进诸章奏以穷其事，博诸杂体以会其趣，庶几大可施之清庙明堂，而下亦可采为春华秋实，而气更懋而词愈古，而文益闳以肆。斯为时艺之极至，而学古之阶梯也。（吴炜《唐宋八大家精选层级四集小序》）<br>2. 提一本字作主，原委通畅，有风水相遭、自然成文之妙，不但利于举场，更利于初学，以其流逸动荡也。欧苏两家，最为近之。（吴炜评欧阳修《本论中》） |
| 13 | 王应鲸 | 公事之暇，严选八大家文脍炙人口者，都为一集，共一百二十篇。洵以八家之文于制义为近，初学易读，亦便用也。（王应鲸《古文八大家公暇录叙》） |
| 14 | 陈兆仑 | 凡作时艺，每题有一题之面貌，有一题之骨髓……古今文一理，汝曹之不能相通，病亦坐躁心未除也。（陈兆仑评苏辙《黄州快哉亭记》） |
| 15 | 高　嵣 | 八家者，冠冕两朝，笼罩百子，洵古文之极则、制艺之渊源也。……是钞采集较富，体亦独备，如论、辨、记、序、碑、铭等篇，皆前钞所缺，兼可为有志古作者之助，抑不独为举子业有益时文云尔也。（高嵣《唐宋八家钞序》） |
| 16 | 卢文成 | 余自成童粗知经史，即酷嗜古文。因思八家之文最裨经义，为辑百馀篇，与经义合订，加以评点，抉其指归，教授生徒，名曰“要编”。（卢文成《唐宋八家文要编》） |

上述自称为举业而设的唐宋八大家选本，占本书所及现存清代唐宋八大家散文选本的67%。即使不考虑举业选本而讳言举业，或者未必为举业而设但实际上被用作举业选本的情况，这个数字也可以说明，大多数清代唐宋八大选本是以“有资举业”为选文宗旨的。或者说，近七成的八大家选本并不是为古文而选古

文，而是为时文而选古文，其在目标设定方面，具有鲜明的趋同性特征。

这只是就其主要方面而言，如果将清代唐宋八大家选本作为一个整体加以考察，还可以看出，这个规模不小的选本群既有趋同性，也有差异性。也就是说，并不是所有选本都为举业而设，即使自称为举业而设的选本，也存上着复杂的差异性。关于此点，可以从两个方面加以说明。

第一，茅坤之后的唐宋八大家选本是在与茅坤《唐宋八大家文抄》顺应与反动的链条上衍生的，就"举业"宗旨而言，顺应者虽然是主流，但反动者也不乏其人。在清代唐宋八大家散文选坛上，批评茅《抄》"为举业而设"甚至成为常见的话头，立意与茅《抄》相反，讳言举业或不屑为举业而设，在举业而外另标宗旨者，也可以略举数例如下。

**表 3 "举业"之外另立宗旨的清代唐宋八大家散文选本**

| 编号 | 编者 | 宗旨 | 依据摘要 |
|---|---|---|---|
| 1 | 蔡方炳 | 实落经济 | 此状凡三条：一言捡放灾伤，二言禁榷盐税，三言勘会盗贼。皆实落经济，今存一条，已足见政牍中原有如许妙文。……余录此状，不为文字录，而为经济录。（蔡方炳评苏轼《论河北京东盗贼状》） |
| 2 | 姚 靖 | 使读者无揣摩之苦而有得精神之乐 | 诚得一至简至严者与世更始，俾诵习者无揣摹之苦，而有得其精神之乐，因源溯流，使人能沦肌浃髓于八大家之中，而复引而伸之，而至于《左》《国》、秦汉八种，则是集也，非特裨益于韩柳八大家之全文，并能裨益于《左》《国》、秦汉八种之全文也。（姚靖《唐宋八大家偶辑序》） |

续表

| 编号 | 编者 | 宗旨 | 依据摘要 |
|---|---|---|---|
| 3 | 汪　份 | 文章之真诀 | 将以救乎或者学八家而伪之弊，而告之以文章之真诀，则莫若即举八家各体之文焉以告之。（汪份《唐宋八大家文分体读本序》） |
| 4 | 华希闵 | 情文并至 | 1. 柳州以俊杰之才，承六朝绮丽之习，猎鲜腴于左国，漱芳润于骚选，一时才名惊爆，力能沾丐四方，洵当世之英也。《文钞》于元和以前多置弗录，兹增入颇多，诚以椎轮大辂，时有攸宜，未等借复古为名，以文其寒俭耳。（华希闵《书唐宋八家文后》）<br>2. 公祭文多用议论，今择情文并至者录之。（华希闵评欧阳修《祭尹师鲁文》） |
| 5 | 李元春 | 以古文倡后进 | 予自少学时文，即妄意学古文。今老矣，两者俱荒。又妄意于讲授时文外，以古文倡后进，既评选史汉、八家及诸子，因思表章吾乡前辈，亦可为吾乡后进楷模。（李元春《西河古文录序》） |
| 6 | 李　钠 | 有补实学 | 自明以八股开科取士，使往古之尊德性无闻，即书数、文学、礼乐、政刑之道，问学不讲，惟以自古至今之道途听其传言而修辞巧丽以为优长，窃取名利。若考其言行，异乎古，背乎今，不免以世俗所见所闻为是非，以任性纵情为才能，所谓道听而途说，全无修己治人之实功，此世风之所以愈趋而愈下。予因之而有感焉，想于家塾中求一挽回之术，或有补于子弟实学之万一，亦未可得而知也。（李钠《自得庐刊书序》） |

姚靖选本以给读者带来阅读乐趣自期，华希闵的选本既看重词采，又看重情感，其选文宗旨的定位在于“文学”，而不是“举业”。蔡方炳和李钠的选本，意在经济与实学，试图从唐宋八大家散文中寻找经邦济世的良方，显然溢出文学之外追求实用，也与举业关系不大。汪份选本旨在以唐宋八大家散文为例阐发其文体理论。李元春自言以“古文”倡后进，如果他的话可信，则可以认为其选本比举业有更高的追求。

另一方面，即使自称为举业而设的选本，也千差万别，不可一概而论。

首先，为举业而设的唐宋八大家选本，是为第一场的八股文而设，还是为第二、三场的论策文而设，其具体目标不同，则其面目也各不相同。如果只为第一场的八股文写作而设，其选文往往侧重起承转合之迹甚明而且无中生有、思路活脱的文章，以便给八股文的写作提供基本的文体训练和思维训练。这类选本的选文，就作家而言，以欧苏(轼)为主；就文体而言，以议论文为主；就风格而言，以“波澜壮阔、机神遒逸”为主。“波澜”和“机神”较为逊色的曾巩文，与举业不切的记叙文(如墓志铭)和韵文，皆不为此类选本所热衷。如果只为第二、三场的论策文而选，则往往选入那些具有“明道”和“经世”功能的文章，以便举业者在临场发挥时从中渔猎，而对于文法则不太关心。由此可见，举业读本与明道、经济之间有着密切的联系，因而为后场而设的举业读本往往拿出明道或经济的大派头自我标榜，这是一种值得玩味的现象。

其次，为举业而设的唐宋八大家选本，是为初学而设，还是为成学而设，其读者定位不同，面目也各不相同。为成学而选者，大都是义理闳深的长篇大论；为初学而选者，大都是浅显易懂的短篇小论。卢文成的选本是为初学而选的。其评苏轼《既醉备五福论》说：“此首鹿门、伯敬皆不录，予以其俊逸清新，可为初学之助，存之。”(苏轼卷一)又评欧阳修《秋声赋》说：“中有见理句，然不及宋玉、潘岳，录之为童子游艺可也。"（欧文卷二）由于将读者定位于"初学""童子"，其选篇多书、序、记、传等篇幅不大而又颇有情趣的脍炙人口之作。唐宋八大家选本大都为初学而设，而且为初学而设的定位越来越明确，所以出现了一批优秀的举业选本。

再次，什么样的文章才有益于"举业"，对这个问题的理解不同，举业选本的面目也会有所不同。例如，很多编者认为骈文与举业不切，因而对柳宗元贬谪之前的骈文多弃弗取，而秦跃龙对骈文的态度则与此相反。

总之，看待为举业而设的唐宋八大家选本要放出新的眼光。清代唐宋八大家散文选本在选文宗旨上既有举业趋同性，也存在着复杂的差异性。也就是说，为举业而设的唐宋八大家选本并没有完全为"举业"二字所缚，而是在顺应与反动的衍生链条上逐渐与"明道""经济""文学"等要素取得了兼容，因而呈现出丰富而多彩的特征。

# 第一章　清代前期唐宋八大家散文选本考录

## 第一节　卢元昌《唐宋八大家文选》

### 一　卢元昌其人与编选缘起

卢元昌字文子，又字随庵，晚号半林居士，江南松江府华亭县东门外人。① 明诸生，顺治十八年(1661)，牵入"奏销案"中，诸生学籍被削，以著述终老。著有《杜诗阐》《左传分国纂略》《思美庐半林稿》《鼓离稿》②。所选时文及古文风行天下，为四方坊人翻刻；《唐宋八大家文选》是其中之一。

卢氏自称："予二十岁外迄二十五六岁，五经诸子，颇为涉猎，《史记》、两《汉》，则有手抄，《国策》、三传，下至丛书各种，虽不能淹贯，亦云晓畅大略，遂了然于八大家之所自出也。自兹以往，世事沧桑，流离播徙，向时书簏，凡所批阅善本，尽付荒烟蔓草。"

---

① 乾隆《华亭县志》卷十四，《中国方志丛书》华中地方第 462 号，台北成文出版社 1968 年版，第 626 页。

② 颜光敏：《颜氏家藏尺牍姓氏考》，《清代传记丛刊》第 29 册，台北明文书局 1986 年版，第 778 页。

(《唐宋八大家序》)可见明亡时,约二十五六岁,则其出生约在万历四十八年(1620)前后。其《左传分国纂略》存其康熙二十八年(1689)所作《序言》和《纂例》,又知是时尚在人世,则卢文成享年不下69岁。

卢元昌一生笔耕不辍,其著述生涯可以顺治十八年(1661)"削籍"为界,分为顺治和康熙两个时期。顺治时期操时文和古文选政,康熙时期转而从事注疏,以严肃的学术著述作为生命价值的寄托。关于此点,其康熙二十一年(1682)所作《杜诗阐自序》有一段真切的剖白:

> 犹忆余丁壮盛,沉溺于鸡林之业者垂二十年。彼时朝讽夕披,寒不炉,暑不扇,矻矻不少休。虽非为己之学,而乐此不罢,亦足以消磨岁月,即精神志气得有所寄托,而穷通得丧、生老病死,果不足以介其怀。自被放辍举子业,鸡林之请谢。自分非场屋中人矣,碌碌于此,奚为者?①

"鸡林"即鸡林(国名)贾。《新唐书·白居易传》:"居易于文章精切……鸡林行贾售其国相,率篇易一金。"后用为文章精美、为人购求之典。"鸡林之业"指应书坊购求,选评时文和古文,由此可以获得酬金,又可以博取名声,对于自己的举业也不无帮助。顺治时期,清朝统治者为了收买士心,经常连年科考,而且每科录取人数众多。在这种情况下,其时文和古文选本很受青睐。顺治十五年(1658),卢元昌在《唐宋八大家文选序》中说:"十年来屈首制举义。自戊子迄今戊戌,三选墨,四选行牍,四选房书。"可见,自顺治五年(戊子)至十五年(戊戌)的10年间,其选本行世者已达

① 卢元昌:《杜诗阐》卷首,康熙二十一年(1682)刻本,《四库全书存目丛书》集部第7册,齐鲁书社1997年版,第527页。

12种。康熙二十八年(1689),他很自豪地回忆说:"予昔年选评时牍,率被远贾翻刻。继《唐宋八家》,翻刻者到处皆然。"①可见卢元昌在顺治时期虽然未得一第,但在时文和古文选坛上树起了很高的名声。

顺治十八年(1661),江宁巡抚朱国治以拖欠钱粮为名,黜革苏、松、常、镇四府13 000余绅衿的功名,包括诸生、举人和进士。卢元昌为前明诸生,适在其中。诸生学籍被削意味着他再也没有参加科举考试的资格,这一点给他造成了很大的精神打击。关于其削籍后的情况,康熙十七年(1678)成书的《三冈志略》是这样描述的:

> 卢先生元昌,自号半林居士,湛思经术,昼夜不辍,尤精注疏。所评月旦,倾动海内。素善饮酒,喜长啸,每当高会,浮白拊掌,千人辟易。苟非同志者,白眼睨视,不接一谈,时人往往畏而谤之。晚岁著述益富,虽病,不废笔墨。窃怪天下妄庸之流,取科第如拾芥,而独于三五魁奇磊落之士,一若故靳之,俾颠仆偃蹇,终身沦没,不获展一日之志。岂天之忌才,果若此与?或得者未必是,而失者未必非与?抑丰于名者,必啬于实与?悲矣夫!②

作者董含,字阆石,号榕庵,董其昌之孙,与卢元昌同邑,且颇有过从,曾请卢元昌为《三冈志略》作序。卢元昌赞其"上而日薄星回,下而山崩地震,中而人妖物怪,靡不详核颠末",可见他通读过全书。那么,关于他本人的这段文字,也一定是看过的。这段文字既经朋友写定,又经本人过目,很能反映卢元昌"削籍"之后的真

① 卢元昌:《左传分国纂略》卷首《纂例》,《四库未收书辑刊》叁辑第9册,北京出版社1997年版,第73页。

② 董含:《三冈志略》卷十,《四库未收书辑刊》肆辑第29册,第773页。

实生活和苦闷心态。

在这种苦闷的心境中，他放弃了名利双收的“鸡林之业”，专意于学术著述。其开始系统阅读杜甫诗始于康熙四年（1665），其《杜诗阐》序刻于康熙二十一年（1682），《左传分国纂略》序刻于康熙二十八年（1689），皆发生于削籍之后。沈德潜说：“文子衡门两版，下帷著书，选定古文，不胫而走。为诗少欢娱之词，多愁苦之言，由生平遭际使然，而颂法常在少陵，故忧伤感愤，不知其然而然也。”①前句指顺治时期，后句指康熙时期。今存《唐宋八大家文选》即成书于其“选定古文，不胫而走”的顺治时期。

古文选本大致可分为“为古文而选古文”和“为时文而选古文”两种。那么，卢元昌的《唐宋八大家文选》属于哪一种呢？其《唐宋八大家序》云：

> 予幼好读书，耻为章句学；又有泉明癖，意有所得，不求甚解。其忻然当意，既异于章句，而过目辄解者，惟唐宋八大家文而已。始从事茅鹿门一编，继苦其浩瀚难读，取孙月峰一编参之。既又以月峰一编与鹿门见解各出，取钟伯敬一编折衷之。自十五至二十岁五年中，朝斯夕斯，孳苦不厌。此书而外，无他嗜也。……爰取三先生所评次者，覆为较雠，汰其无用，取其有裨者，标出以质海内。庶海内之为制举义者，使知不可不脱胎于古大家，而古大家之为文，其脱胎亦自有本。

据此可知，20岁以前，卢元昌已对茅坤的《唐宋八大家文抄》和孙鑛、钟惺的相关选本十分熟悉。在这个基础上，从三人选本中“汰

① 沈德潜：《国朝诗别裁集》卷八，乾隆二十五年（1760）教忠堂刻本，《四库禁毁书丛刊》集部第158册，北京出版社1997年版，第278页。

其无用，取其有裨者”，汇为一书。“无用”“有裨”都是相对于举业而言。显然，与其时文选本一样，这本书也是应“鸡林之请”专门为举业群体而编选的，属于“为时文而选古文”的那种。其基本理念就是当时流行的“以古文济时文”的文章观——哪怕是仅仅为了举业，也要读点古文，因为只有“脱胎于”古文的时文才有根柢。不过，这些都是门面话，当作面对举业群体而发的古文选本的广告来看大约更靠谱。卢序末署“顺治戊戌”（十五年，1658）应该就是其《唐宋八大家文选》成书之年。此书苏辙卷一《民政策八》评云：“兵燹之馀，必多旷土，今日亦然，此策可为当事借箸。”可见，书成于入清之后，与顺治十五年（1658）署期相合。

## 二　实物鉴定

浙江省图所见一函九册（索书号：普 814.083/2116），著录为“卢元昌《唐宋八大家文选》十二卷，顺治十五年（1658）王遇升刻本”。半叶九行二十五字，四周单边，白口，无鱼尾，无界行。版心题“唐韩文公集选卷一”，卷首题“唐韩文公集选卷一，孙月峰、茅鹿门、钟伯敬三先生合评，云间后学卢元昌重订”。版框 199×112 毫米。浙图本无内封，北京大学藏本（索书号：SB/817.08/2116）内封题“唐宋八大家文钞（中），鹿门月峰伯敬三先生原评（眉），云间卢文子先生参选（右上），金阊王遇升梓（左下）”。浙图本全书结构依次为卢元昌唐宋八大家序、读唐宋八大家例言八则、唐宋八大家文钞总目、韩文公本传、唐韩文公集选卷之一目录《唐韩文公集选卷一》。以下各家均先有本传，后有目录和正文。据《总目》，该书所排座次为韩愈、柳宗元、欧阳修、苏洵、苏轼、苏辙、曾巩、王安石。卢元昌序前两叶脱简，所存“嗜也”页左下有“64 年清点”朱印，序末署“顺治戊戌岁仲冬月长至前十日云间后学卢元昌拜题”，下镌“元昌”“文子”二方印。《例言八则》末署“百城楼仲冬漫笔”。各卷目录下均题“云间后学卢元昌文子甫重订”。正文有

图 1-1-1　卢元昌《唐宋八大家文选》内封
顺治年间金阊王遇升刻本

圈点、行间评和文后评。文后评主要有茅坤、孙鑛、钟惺和卢元昌四家。见图 1-1-1 和图 1(卷首彩图,余同)。

此书《例言八则》中有四则系从明末刘肇庆发祥堂刻本的《凡例八则》中移抄而来,只是略改数字。例如,刘肇庆本凡例末则云:“较字如扫落叶,言其愈较愈多也。兹编较订,悉照宋本,一字无差。”此本凡例第七则只是删掉“悉”字,并将“差”字易为“讹”,其余照搬;第八则又称“予是编意在振兴古学,嗣此《左》《国》《史》《汉》,各有评本,兹集其一班也。”卢元昌是一个严肃的学者,虽为书贾而选此书,但尚不至于盗取,其所称“振兴古学”与序言所云为举业而设,也不相符,亦未见其有《左》《国》《史》《汉》选本。卢氏曾说,其八大家选本,到处为书贾翻刻。由此看来,此本应当是苏州坊人王遇升的翻刻本,未必刻于顺治十五年(1658),有可能更晚一些,但也不会晚至康熙时期,因为全书避明帝讳,而不避清帝讳,“校”作“较”或“挍”,“玄”不缺笔,也不易为“元”。

## 三　选文规模和宗旨

此书共 12 卷,选文 365 篇。其中韩愈 2 卷,78 篇;柳宗元 2

卷，57篇；欧阳修2卷，69篇；苏洵1卷，30篇；苏轼2卷，56篇；苏辙1卷，26篇；曾巩1卷，21篇；王安石1卷，28篇。唐宋八大家是在唐宋四大家的基础上扩展而来的，因而并不是平起平坐。关于其等级，大致分为两个层次：上层是韩愈、柳宗元、欧阳修、苏轼“老四大家”，下层是苏洵、苏辙、曾巩、王安石“新四大家”。在茅坤的眼里，“老四大家”与司马迁、刘向、班固可以称为古往今来的“圣于文者”，比“新四大家”高出一等。卢元昌对于“老四大家”各选二卷，对于“新四大家”各选一卷，表现了其对茅坤论断的认同。

卢氏选文大抵依茅坤《唐宋八大家文抄》和署名钟惺的《唐文归》《宋文归》为蓝本，按照“有裨举业”的宗旨加以损益。他说：“自《梁太祖本纪》至《宦者传》八篇，皆系公《五代史》内者，照茅选附入。”（欧文卷一《梁太祖本纪》）“茅选”显然指茅坤的《唐宋八大家文抄》。又说柳宗元《衡州刺史东平吕君诔》“此诔有词，今从《文归》删本”（柳文卷二）。所谓《文归》显然指《宋文归》，今人以为“伪托”，①当时的许多人却深信不疑。

茅坤的《唐宋八大家文抄》虽然为举业而设，但并不唯举业是从，其选文标准十分庞杂。卢元昌既受坊人所请，自然身不由己。他所做的工作就是“汰其无用，取其有裨者”。不过，也会增入一些新篇目。例如，苏轼和苏辙均有《既醉备五福》，了不知名，茅、钟二家皆不选，而卢元昌却选入。其理由是：“以既醉不能备五福，一路翻跌，酷似近日时文机调。予正以其近也，收之；鹿门、伯敬两先生，以其近也，置之矣。”（苏辙卷一《既醉备五福》评）由此可以看出，其所选篇目，无论是因袭茅、钟选本，还是自出手眼，其宗旨都离不开“有裨举业”四字；至于王遇升本《例言》所称的“振兴古学”，是不必信以为真的。

同样是“有裨举业”的选本，其读者定位也会有差别。是为成

① 李先耕：《钟惺著述考》，黑龙江大学出版社2008年版，第86页。

学而选，还是为初学而选，就大不一样。为成学而选者，大都是义理闳深的长篇大论；为初学而选者，大都是浅显易懂的短篇小论。卢文成的选本是为初学而选的。其评苏轼《既醉备五福论》说："此首鹿门、伯敬皆不录，予以其俊逸清新，可为初学之助，存之。"（苏轼卷一）又评欧阳修《秋声赋》说："中有见理句，然不及宋玉、潘岳，录之为童子游艺可也。"（欧文卷二）由于将读者定位于"初学""童子"，其选篇多书、序、记、传等篇幅不大而又颇有情趣的脍炙人口之作。

总之，"有裨举业"和"为初学之助"是卢元昌《唐宋八大家文选》的选文宗旨。围绕这个宗旨，其选本既立足举业，搜罗"酷似近日时文机调"的"有用"文字，又锁定初学，选入不少"俊逸清新"的优秀篇章，从而在功能定位和读者定位两个方面找到了一个适当的平衡点。

## 四 评点特色

卢元昌评点的显著特色，是将总括大意与揭示章法加以融通，合二为一，化繁为简，点到即止，不作长篇大论。开导初学，首要的是点明大意，卢氏于此非常用心。例如，其总结柳宗元《段太尉逸事状》的大意，只用"首段写其刚，次段写其仁，三段写其节"（柳文卷二）15 字，言简意赅。在很多情况下，他又习惯性地将章法的揭示与大意的梳理打成一片，因而显得言约义丰。例如，其评柳宗元《陪永州崔使君游燕南池序》云："既慕其去，因忽自怆：羁人之言如是。"（柳文卷一）"既慕其去"与"因忽自怆"既是文意的两大版块，也是章法的关键所在。卢氏找到了这个交会点，一语揭破，然后又一笔宕开，引向深远——"羁人之言如是"，表现出很强的概括能力。再如，其评欧阳修《相州画锦堂记》云："从俗人所夸耀处，一句钩转，曰：惟公不然。以下通发明公之所以不然。意致岸特。"（欧文卷二）将文意的概括、章法的提炼与个人的评价融汇于31字中，可谓简而能达。

为举业而设，又为初学而设，这样的出发点对评点的深度构成了限制。事实上也是如此。卢评没有完整的思想体系，也没有突出的个性和锋芒，整体上显得比较谨慎和平淡，尚不能与茅坤、孙慎行、王志坚等人的评点相提并论。但也有一些地方比较出彩。例如，其评韩愈的三上宰相书说，“详玩三书，首篇婉曲，次激烈，三则切直矣”（韩文卷一《后廿九日复上书》）；评苏洵《再上张侍郎书》说，“极憔悴中，写得极安顿，不似岐路寒乞相”。都切中肯綮。再如，他说：“予于南丰文，读之辄竦然起敬，他文止可爱耳。”（曾文卷一《先大夫集后序》）用“可敬”与“可爱”将曾文与其他七家文分别开来，体会深至，见解精卓。其以“潇洒夷旷”（柳文卷一《愚溪诗序》）、“遒劲廉悍”（柳文卷一《送澥序》）概括柳文，以“典穆”（曾文卷一《宜黄县学记》）概括曾文，以“大儒口角，阔大深醇”（王安石卷一《慈溪县学记》）、“坚老峭卓”（王安石卷一《度支副使厅壁题名记》）、“顿挫简括”（王安石卷一《扬州新园亭记》）概括王文，都十分精准。其评点之中，有时也发表阅读感受，如“予于灯下读此文，又听雨声，殆难为情”（欧文卷二《河南府司录张君墓表》），也有一些鲜活的个人气息。

## 五　序跋选录

此书只有卢元昌一序，兹据北京大学藏顺治时期金阊王遇升刻本录入。

**卢元昌《唐宋八大家序》**

予幼好读书，耻为章句学；又有泉明癖，意有所得，不求甚解。其所忻然当意，既异于章句而过目辄解者，惟唐宋八大家文而已。始从事茅鹿门一编，继苦其浩瀚难读，取孙月峰一编参之。既又以月峰一编与鹿门见解各出，取钟伯敬一编折衷之。自十五至二十岁，五年中朝斯夕斯，孳矻不厌。此书而外，无他嗜也。

既而思韩欧之文本于司马子长，三苏之文本于《齐论》《国策》。柳子之文，其书序出入子长，至作记，则得力于《水经注》，而间有骚人遗风。曾公之文，二雅、两京，是其祖也。王公之文，自成一种，荀、韩家言，是其所取裁者。因是而知善读唐宋八大家文者，又当识八大家文之所自来，而博观于唐宋八大家以前诸书。此予二十岁外迄二十五六岁，五经诸子，颇为涉猎，《史记》、两《汉》，则有手抄，《国策》、三传，下至丛书各种，虽不能淹贯，亦云晓畅大略，遂了然于八大家之所自出也。

自兹以往，世事沧桑，流离播徙，向时书簏，凡所批阅善本，尽付荒烟蔓草。十年来屈首制举义，自戊子迄今戊戌，三选墨，四选行牍，四选房书，薙繁冗之陋习，标先儒之名理，庶不敢以放言淫词蛊惑当世天下之为文者，津津焉莫不心摹手追，竟自拟于先辈诸大家矣。然今之所为大家者，不过制义之大家，上则王、唐、瞿、薛，次亦归、胡、汤、杨已耳。亦知此诸公之号为制义大家者，其所得力，由于古文大家也。取其所为制义大家者，而舍其所为古文大家，是犹二十年前予读唐宋八大家文而未曾会心于大家之所自出也。乌乎可哉？

大抵作文之道，传神为主，而干之以骨，导之以情，鼓之以气，裁之以体，运之以意。神须深远，骨须廉峭，情须绵渺，气须洞达，体须典砚，意须淡折。参之韩，以取其神；参之柳，以取其骨；参之欧，以取其情；参之苏，以苏其气；参之曾，以取其体；参之王，以取其意。融而会之，错综而贯穿之，始能使韩不混柳，柳不混欧，欧不混苏，苏亦不混于曾、王。既能使韩与柳化，柳与欧化，欧与苏化，苏复与曾、王化。是为善读八大家文者，是为善学八大家文者。

爰取三先生所评次者，覆为较雠，汰其无用，取其有裨者，标出以质海内。庶海内之为制举义者，使知不可不脱胎于古大家，而古大家之为文，其脱胎亦自有本，则虽谓读一唐宋八大家文，而凡五经、诸子、《史记》、两《汉》、《国策》、三传，以及丛书各种，尽在是焉可也。是为序。时顺治戊戌岁仲冬月长至前十日，云间后学卢元昌拜题。

## 第二节　孙琮《山晓阁选唐宋八大家全集》

### 一　孙琮及其古文选本

孙琮，字执升，号寒巢，又号礼庵居士，浙江嘉兴府嘉善县清风泾（今属上海市金山区）人。诸生。关于其生平，时人魏坤所言最详。其《山晓阁诗序》云：

> 吾友孙寒巢先生，家清风泾，所居有老梧两树，构一小阁，名曰"山晓"，取"秋色老梧桐"之意，坐卧其中，藏书千卷，手自抄阅，风雨寒暑，未尝或倦。暇则与一二高僧逸士谈禅赋诗，户外事绝不闻也。总角时即皈依华山三昧老人，年未五十脱青衫，换逍遥布衣，诸方尊宿以白拂相贻，先生视之不屑也。平生尤喜山水，扁舟往来吴越间，凡佳山水及精庐名刹，无隐不搜，无微不抉，一一见诸诗。晚年游日以远，诗亦日以工。……辛巳夏，先生从黄山归，予亦新还自岭海，得尽读其纪游诸什，较曩作更工。……先生老矣。嗣君辈恐蹈前辙，急欲谋之剞氏，厘为十二卷。尚有诗馀三百馀首，容续编次。①

光绪《嘉善县志》云：

① 魏坤：《山晓阁诗序》，孙琮《山晓阁诗》卷首，《四库全书存目丛书》集部第251册，第709页。

> 孙琮，字执升，号寒巢，性孝友。兄因累毁家，琮笔耕以事迈亲。亲亡，独营丧葬，奉养其兄至老。以名诸生早自高隐。所居山晓阁，乔木参云，皆数百年物，藏书万卷，手不停披。每评选一书出，人争购之。晚岁放迹名山，笠屐所经，悉发于题咏。著有《山晓阁诗文集》及订选诸古文。①

由上面的两则材料可以看出：第一，魏坤序作于康熙四十年辛巳（1701）之后，此时孙琮已老，则其主要生活于顺康时期，当无异议。康熙时期，龚舜锡将孙琮《山晓阁选唐宋八大家全集》的篇目和评点删节不少，其康熙五十四年（1715）所作的序在指出孙琮选本的不足之后，猛然问道："不识礼庵以为何如？"这说明，此时孙琮仍然在世。否则，前面应该加上一句"九原有知"之类。第二，孙琮在其兄"因累毁家"的困顿背景下毅然担负起"奉亲养兄"的责任，评选包括唐宋八大家在内的历代古文以售世，是其赖以"奉亲养兄"的经济来源之一。

由此入手，可以进一步把握其《山晓阁选唐宋八大家全集》的两个主要特色：第一，为举业而设的功能定位。因为只有为举业而设，才可能有大的销量；只有有大的销量，才能获得更多的利润以"奉亲养兄"。由于为举业而设，许多与举业无关的历史沉思和现实关怀都被搁置一边，因而视野不够宏通。第二，精细的文本细读。评点是否精细，固然与能力有关，也与态度和所下功夫的多少有关。孙琮的评点是认真的，下功夫的。可以说，在唐宋八大家选本的评点史上，还没有一个选家像孙琮那样对每一篇文章的每一个段落都如此精耕细作地加以解析。在家难面前，其古文选本的畅销与否已经关系到全家人的生计问题，为此其投入的精力之多及其对质量的要求之高是可想而知的。关于此点，孙琮本

---

① 光绪《嘉善县志》卷二十四，《中国方志丛书》华中地方第59号，第466页。

人说：

> 余于年来暇日，息心静气，往复沉潜，殚一己之精力，以与诸家相晤对。未尝敢易而置之，惧以轻心而致荒忽也；未尝敢易而登之，惧以躁心而致淆乱也。未尝敢人置亦置，人登亦登，惧以狥众而或失其实也；未尝敢于不当置者而谬为置，于不必登者而强为登，惧以任意而或□□□也。始而诵其文，既而穷其理，又进而深思□□其神与气。（《山晓阁选古文全集序》）

可见，无论是选文，还是评点，他都十分认真，而认真的背后是"笔耕以事迈亲"的现实考虑。

在康熙选坛上，有志向的唐宋八大家选家往往兼选秦汉，甚至一直到元明，从而形成一个系列选本。孙琮和储欣就是其中的代表。关于孙琮的系列古文选本，他本人是这样说的：

> 即专家而成书者，义取乎博该；集众家而成书者，义尚乎精核。余从前诸刻，皆以博该为义也。今兹是编，则于其前之析而为异者，且复合而为同，而又汰其可缓，增所未备。宗周汉，而魏晋名篇间亦采取；尊八家，而后先伟制兼为遴择。即精核之中，而自有博该之意。"（《山晓阁选古文全集序》）

看来，孙琮陆续选评《左》《国》《史》《汉》和唐宋八大家，并先后单行，孙琮称其为"即专家而成书者"。单行本全部出齐之后，又"汰其可缓，增所未备"，推出一个始自先秦、终于唐宋的全本，即《山晓阁选古文全集》32卷。此本存世，我所经眼者选春秋三传（《左传》《公羊传》《穀梁传》）、《国语》、《史记》、唐宋八大家，以及汉代至南宋历代其他名家文章。例如，汉代有汉高帝、汉武帝、邹阳、董仲舒、司马相如、司马迁、杨恽、刘向、扬雄、蔡邕、袁绍等；魏晋有诸葛亮、魏文帝、曹植、杜预、陶潜、鲍照等；唐代有骆宾王、李白、白居易、孙樵、李商隐、杜牧、陆龟蒙等；宋代有范仲淹、司马光、晁补之、陈师道、李易安、范成大、朱熹、文天祥等。全书卷十九至卷二十一、卷二十三至卷三十一选唐宋八大家，共选文305篇。其中韩愈2卷，54篇；柳宗元1卷，42篇；欧阳修2卷，55篇；苏洵1卷，25篇；苏轼4卷，81篇；苏辙1卷，21篇。曾巩、王安石合为1卷，分别选15篇和12篇。其各家所选篇数与此前的单行本相较，都减少许多。

在孙琮的系列古文选本中，唐宋八大家选本最为流行。时人龚舜锡说："礼庵于三传、两《国》、《史记》、《汉书》，俱有选本。八家镌工告竣稍后，而行世较诸刻更广。"[①]我所经眼的《山晓阁选唐宋八大家全集》的单行本有未经删节的清刻石经楼本和康熙五十四年(1715)龚舜锡删节本两种。

## 二 清末石经楼刻本

### (一)实物鉴定

浙江省图书馆所见孙琮《山晓阁选唐宋八大家全集》残本(索书号：G002069)，清石经楼刻本，一函十册，存韩愈、柳宗元、欧阳修各四卷、苏洵二卷，计十四卷。内封镌"山晓阁唐宋八大家选，西吴孙执升评阅，石经楼藏版，汇集古今名评"，左下钤"石经楼印"方形朱印。卷首题"山晓阁选唐大家韩愈全集卷一，西吴孙琮执升手评"，下钤"浙江图书馆藏"方形朱印。版心题"山晓阁，昌黎撰，卷一，表"。半叶九行二十五字，四周单边，无鱼尾，无界行。版

---

① 龚舜锡：《山晓阁选唐宋八大家全集序》，孙琮《山晓阁选唐宋八大家全集》卷首，康熙五十四年(1715)龚舜锡刻本。

框 202×114 毫米。正文有圈点、行间评、文后评。见图 1-2-1。

全书结构依次为内封、孙琮序、山晓阁选唐大家韩昌黎全集目、山晓阁选唐大家韩昌黎全集卷一。韩愈后为柳宗元、欧阳修和苏洵。各家均先有目录，后为正文。孙琮序末署“康熙辛亥秋仲西吴孙琮谨题于山晓阁”。各家目录前均有小序，类似于茅坤的《文钞引》。此书以各家为单元，单独立卷，互不连属，体例亦与茅坤《唐宋八大家文抄》相似。残存 14 卷，计 352 篇。其中韩愈 4 卷，108 篇；柳宗元 4 卷，99 篇；欧阳修 4 卷，99 篇；苏洵 2 卷，46 篇。

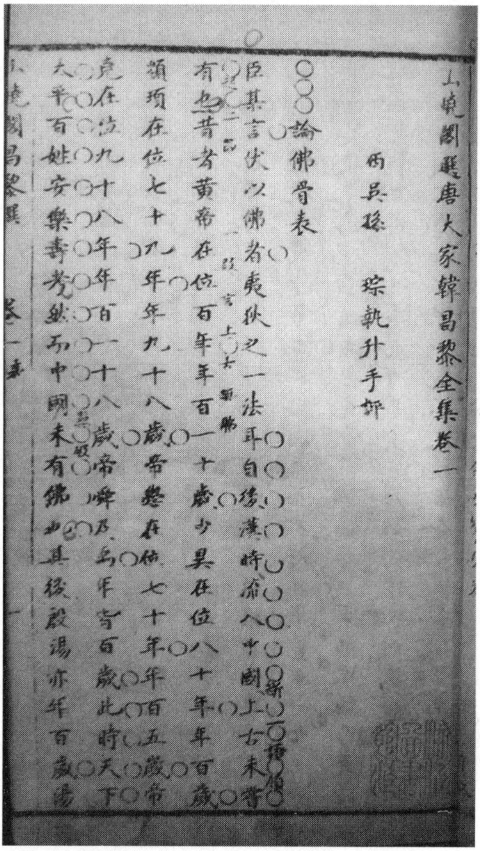

图 1-2-1　孙琮《山晓阁选唐宋八大家全集》卷一　清石经楼刻本

“石经楼”又刊有《廿一史约编》，北京大学图书馆著录为“清末石经楼刻本”。石经楼所刻孙琮《山晓阁选唐宋八大家全集》全书不避清代国讳，如柳文卷三《至小丘西小石潭记》“玄”字不缺笔，不易为“元”，同卷《潭州东池戴氏堂记》“弘”字不缺笔；欧文卷三《送田画秀才宁亲万州序》“宁”字亦不讳。据孙琮序，此书成书于康熙十年(1671)，此后以迄雍、乾之世，文网甚密，国讳甚严，此本不可能刻于此间，很有可能与《廿一史约编》一样，亦为清末刻本。因为清末国讳渐弛，才会有这种现象。

（二）评点特色

与此前唐宋八大家选本的评点相较，孙琮选本评点的特色可以概括为以“段意”和“妙处”为中心的文本细读。孙琮往往首先指明文章的段落层次，然后逐一分析各个段落层次的大意，进而从各个段落层次的承转和搭配入手，揭示文章的妙处所在。例如，柳宗元《送澥序》评云：“此序分四段看。第一段言吾宗宜硕大，第二段言澥能亢宗，第三段勉澥，第四段勉宗人。前幅从宗人期望到澥，后幅从澥期望到宗人。二意回环，机致一片。”（柳文卷二）用简练的语言析明段意，并指出前后段落群之间的区别和联系。再如，柳宗元《梓人传》评：“此传分两大幅看。前半幅详写梓人，后半幅详写相道。前半幅写梓人，处处隐伏下半幅；后半幅写相道，处处回抱上半幅。末幅另发一议，补出不合则去，于义更无遗漏。”（柳文卷四）也尽力找出不同段落层次的逻辑关联，揭示其起承转合之妙，为训练举业者的八股思维服务。这是时文评点腔调，固然不足为奇。

其评点的过人之处在于体会深微，时有新解，与一般举业读本评点的苟且敷衍、陈词滥调并不相同。例如，其评韩愈《送区册序》云：“朋友之道，当适意时，相与为欢，固可念也；然至困顿无聊时，共与慰藉，尤是可念。今公与区生，正是困顿无聊中慰藉之人。故第一段说阳山僻陋，已见其人之不可忘；第二段说其人仪伟好学，尤见其人之不可忘：此序之所以作也。不知文者，谓第一段是写阳山僻陋。夫阳山僻陋，与送区生何与哉？”将“阳山僻陋”与“送区生”的关系一语打开，颇为有见。再如，其评柳宗元《与裴埙书》云：

通篇纯作愤懑无聊文字，极写怨望心事。前二段自述得罪之由。中后四段，凡怨望朝廷，写作两番；怨望友朋，亦写作两番。此不是重复。盖怨望朝廷而不得伸，转而望之友朋；怨望友朋而不得伸，又转而望之朝廷。望之朝廷而终不得伸，于是决意望之友朋。故作四段写来，展转反复，纯是一片愤懑无聊情况。孤臣心事，极力写尽，屈子《天问》，不得专美于前。（柳文卷一）

从柳宗元的复杂心态入手论定此文的两番怨望朝廷和友朋“不是重复”，见解深微。又如其评欧阳修《送曾巩秀才序》云：

昔人云：情生文，文亦生情。予独谓：情能生文，文岂能生情耶？盖文生于情，则情是至情，文亦是至文；若情生于文，则文是伪文，情亦是伪情。故情之深者，其文笃挚而剀切；情之浅者，其文淡宕而萧疏。昌黎《送董邵南序》，则纯是笃挚；此篇送南丰，则纯是淡宕。如前幅吊其见弃有司，不作十分悲愤语；中幅许其必有知遇，亦不作十分属望语；后幅自幸知己，亦不作十分亲热语。想公与子固，特属邂逅，故其为情尔尔。（欧文卷三）

以欧、曾情浅为断，切实而新警，与一般举业读本的盲赞瞎评不同。孙琮总是下足细读的功夫，直到从每一篇文章里寻出一个妙处来，才肯罢休。在一些情况下，孙琮也会对前人的评点作一些反驳，以此表达自己独到的看法。例如，其评柳宗元《与许京兆孟容书》云：“鹿门先生谓此书与马迁《报任安书》相似。然亦有大不同处。迁书激昂，此书悲愤；迁书写得雄快，此书写得郁结；迁书慷慨淋漓，此书呜咽怜惜。分道扬镳，各极其妙。”同中求异，辨析于毫厘之间，不失分寸。所有这些都表现出孙评文本细读的精细程度。

孙琮评点的精细还表现在十分重视语言的生动性和穿透力。例如，评欧阳修《五代史一行传叙》云："此篇妙在前幅数段忽疑忽信，乍有乍无，写出几番寻思，一片迷离，恰如万顷烟波，缥缈难测。后幅妙在详写五人，或合或分，或扬或抑，写出数人地位，各有低昂，恰如江上晴峰，历历可数。笔墨之妙，信称有神。"(欧文卷二)再如，其分析柳宗元《与韩愈论史官书》后半幅云："末幅一收作三段看：一段勉励之，一段激发之，一段切责之。皆是疾风骤雨之文，劈头劈脸而来，令人不可躲避。"可以看出，孙琮在语言的修饰上很下功夫，其突出特点是善于运用描述性和口语化的语言，因而既十分生动，又有很强的穿透力。再如，其评韩愈《祭十二郎文》云：

> 此文段段看去，每段各自有提笔处，各自有放笔处。提笔处是其说起话头，及说到痛极时，不觉失声一哭，不得不放笔矣。哭毕复恸，于是重提笔起，再写再痛，说到痛极时，不觉失声又哭，又不得不放笔矣。通篇一路皆是此法，直至末幅，一往恸绝，不再提笔，纯用放笔矣。(韩文卷四)

将"提笔"与"放笔"的概念及其在文中的表现讲得一清二楚，可见其文笔的醒透。通观所见评点，每一段评语聚精会神，精雕细刻，不肯马虎放过，这在唐宋八大家选本的评点中是少有的。

此前八大家选本的评点更多的笔墨放在各家的比较、相关的史实、当代的时事等文章外部，例如茅坤本的谈兵、吴正鹍本的谈时政、王志坚本的谈史实，都在很大程度上溢出文本之外。清初卢元昌的评点虽然也以文本为主，但比较简括，谈不上细读。金圣叹的《天下才子必读书》对唐宋八大家散文的细读比孙琮要早，而且水平也超过了孙琮，但其书始自先秦，终于唐宋，并不是唐宋八大家散文的专选。孙琮的《山晓阁选唐宋八大家全集》大量引用金圣叹评点，而且其《山晓阁选古文全集》的选文范围也同于金氏的《天下才子必读书》。显然，孙琮以段意和妙处为中心的细读路向，受了金圣叹的影响。尽管如此，如果单从唐宋八大家选本这个系统来看，文本细读的批评方法是从孙琮开始的。

**(三)序跋选录**

浙江省图藏清石经楼本残存孙琮序一篇，韩愈、柳宗元、欧阳修、苏洵序目各一篇，皆有识见，全部录入。

**孙琮《山晓阁选唐宋八大家全集序》**

吴越之际，有奥墟焉，仆生于斯，实寒且鄙。年二十，始窥户外，时一问渡三泖，历九峰，遥睇沧海，烟波渺弥，张王屋、陈征君之遗踪在焉，若隐若现。继而起者，乾一先生实主持风雅。或泛洞庭，登武丘，且转而西游苕霅，溯钱唐，则野君、茂伦诸子，相与吟啸山水间，每忘我之鄙，而高才隐君子之流，得接杖履，而探秘藏，有私幸云。

夫士生千载之下，尚友千载之前，交臂而得今之古人，寤寐而得古人于今之人。每展篇帙，以至登山临水，而性情变态，风景微茫，觉非我不能想之声之笔之，觉我所想之声之笔之者，皆天地万物自有心有舌有手，而适欲借我以出之也。是故我之人，非我之人也，而谓即古之人可；古人之文，非必古人之文也，谓即我之人之文亦可。虽然，古之人之文，不知其几千万矣。偶举一二以谓古之人文在是，且定指一二以谓古之人文罔不在是，此古之人之妙、古之人之文之妙，其为体也，神气章光，凡数变，不可方物。若会心者，亦何往而不自得之也哉！

古人之文，有以八家称者，百数十年矣。自有文以来，岁月递更，容成难纪，而独唐宋以八家称。唐宋之八家，若可以括千古之文，而挺然以八家称，更不必有所益于八家而以他家并称。余幼习八家，即泛览于百家，而亦若安于八家而无以易之。于是乃知八家之文之妙，可以化八家为百家，可以化八家而为一家，皆八家文心之妙，而善读八家者，不得泥于篇章之间矣。抑有说焉。古之人未有以家名者，名之自班孟坚始。其所云儒、道、名、法、纵横、农、杂，其为家参差不一。盖文之有家，自六经已然。凡有家，必有祖有宗，其后支分派别，而亢宗者为大家，故祖夫《诗》者为箴、铭、赋、颂，祖夫《书》者为序、记、奏疏。八家之才人人殊，而渊源则合，要未有不宗经者也。自秦汉以下，百家杂出，道术纷纠，于是黜诸家者谓其畔经，而不知宗有大小，家亦有大小。读千古之文，瑰玮万变，而不离于宗，则唐宋以来纷纷杂出者，大家直以螟蛉斥之，奴隶命之，而岂与于支分派别者哉？夫岳山之宗也，海水之宗也，一拳已具万仞，一勺已具汪洋。而况夫八君子人品学术，卓卓千古。即以文论，如登泰山，临沧海，仰之弥高，望之兴叹而已，岂必俟后学者赞一词哉！时康熙辛亥秋仲西吴孙琮谨题于山晓阁。

**孙琮《山晓阁选唐大家韩昌黎全集序目》**

唐书家有颜平原，文章有韩昌黎，皆至宋而始显。真宗时穆伯长镂板，印数百帙至京，尝谓儒生曰："先辈能读一篇不失一句，当以全部相送。"岂古学之难复，而昌黎之文之不易读固然耶？文起八代之衰，唐时已有此语，后人多能言之。要其卓然树立，成一家言，造端置辞，戛戛乎务去陈言。每云文章自相如、子云后，作者不世出，是为深探本原耳。《原道》《佛骨》诸篇，乃一生大节，乃一生大文，自尧舜以来传之孔孟，孟死，不得其传，隐然以为己任。程子曰："似此言语，非是蹈袭前人，又非凿空撰得。孟子后能将许大见识寻来者，才见此人。"今读其文，无不佐佑六经，一本于理，上正荀、杨，下倡诸儒，其功盖非浅矣。余尝谓其道直接孟子，其文直接史公，譬之书家，鲁公述长□十八法，犹是水痕沙迹，若乃龙跳天门，虎卧凤阁，则山阴老人不得不为历代传宝也。录文篇目如左。

**孙琮《山晓阁选唐大家柳柳州全集序目》**

韩柳并驱，当时已有同称。虽退之亦尝言，其文“深雄雅健，似司马子长，崔、蔡不足多也”。夫其驱驾气势，掀雷扶电，撑抉于天地之垠，与昌黎唱和千古，岂琐琐者可轻拟其优劣哉？迨既遭窜斥，湮厄感郁，一寓诸文；又仿《离骚》数篇，情文凄恻。后人编其集者别为数十卷，而摭异音释，疏别精审，乃知其好奇字如扬子云，世推之诚至矣。若以《河间》一传不得入馆阁，此俗人之论，又何足以轻重子厚耶？史称子厚喜进失志，或少短之，不知其志气沉郁，念所藉以不朽者，绝功名而恃文章，其精神自足独行千古。造物之所以厄子厚者，正所以厚子厚也。人何能穷子厚哉？语云：穷愁之言易工。非知言已。录文篇目如左。

**孙琮《山晓阁选宋大家欧阳庐陵全集序目》**

一朝气运，必有文章钜公主持其间，学者乃知返靡归雅。八家以韩为首，韩、柳同时，而柳不逮韩。距三百馀年而得欧公，其渊源大要得于退之，而丰骨峻整，体度天然，则又本之性成，而笃学以深之。欧与韩，正未可一例论也。遭时贤主，周旋于杜、富、韩、范之列，尽忠匡弼，设施经济，为有宋名臣。尝有言：时文乃干禄之具，既得禄矣，益乃肆力于古，得作者之神。后得苏氏兄弟，针芥相合，大昌厥学。盖一代之文，必有一代宗盟。昌黎著《师说》，抗颜而为师，岂独以文字哉？即子厚犹有所忌，而况他人？宋初文体卑弱，有五代馀习。伯长倡为古文，然犹未盛也。迨欧公、尹师鲁辈出，始极于古，而昌黎之教乃大显。盖韩、欧俱欲以文卫道，不徒作文人，所谓一代宗盟，而气运亦由之也。顾欧公主制举，初亦遭谤议，既而大服。古文不易复，果如是耶？录文篇目如左。

**孙琮《山晓阁选宋大家苏老泉全集序目》**

史臣谓明允之文，大抵兵谋权利机变之言。朱紫阳乃谓得之《战国策》，皆自小处起议论。此盖从史言而因之，亦由荆公爱憎之口所沿流耳。惟曾南丰云：其指事析理，引物托喻，侈能尽之约，远能见之近，大能使之微，小能使之著，烦能不乱，肆能不流。至欧阳公称之，以为贾谊、刘向不过也。而紫阳他日又谓，老苏就《孟子》学作文。此为善论矣。夫明允雄伟精悍，端厚简练，一言一论，无不中窾。二子本其学，以文章名天下。以今观之，老泉行文，自为段落，笔力矫矫，不靡不冗，一击一刺，皆有法度。其集独简，想其不轻下笔，且不欲以多留示瑕疵于后人。识与不识，称为“老苏”，波澜老成，真不负此一字。手录文篇目如左。

## 三 康熙五十四年龚舜锡删节本

### （一）实物鉴定

国家图书馆所见孙琮《山晓阁选唐宋八大家全集》20卷（索书号：80775），康熙五十四年（1715）龚舜锡删节本。半叶九行二十五字，左右双边，白口，无鱼尾，无界行。卷首题“山晓阁选唐大家韩昌黎全集卷一，盈川龚舜锡硁亭参订”，版心题“山晓阁昌黎选，卷一，表”。右下钤“一九四九年武强贺孔才捐赠北平图书馆之图书”方形朱印三行十八字。开卷为龚舜锡序，序署“康熙五十四年岁次乙未七月既望盈川龚舜锡硁亭氏书于南村之晚香堂”，龚序后为山晓阁选唐大家韩昌黎全集目、山晓阁选唐大家韩昌黎全集卷一。韩愈后各家均先有目录，后为正文，依次为柳宗元、欧阳修、苏洵、苏轼、苏辙、曾巩、王安石。见图1-2-2。此书讳“玄”字（如龚序“心怡目眩”的“眩”字，缺末笔），而不讳“禛”“弘”字，确系康熙刻本。

### （二）删节情况

“盈川”乃浙江衢州府龙游县古称，则龚舜锡应为浙江龙游县人。生平事迹不详。关于本书删节缘起，龚氏自序云：

甚矣，八家之有裨于制义也。第礼庵向所点次，珍赏者固众，而訾议者亦恒有。无他，特以圈评太密，反致眉目不清之故。要之，《文钞》之疏略，孙选之周密，其失则均也。兹适重新，因为去其圈之浓者，削其评之非紧要者，务使起伏照应、宾主伸缩之法，了然豁然，庶学士得所寻求，不至如游五都之市，所睹皆光彩陆离，心怡目眩，良久归时，仍素手也。不识礼庵以为何如？

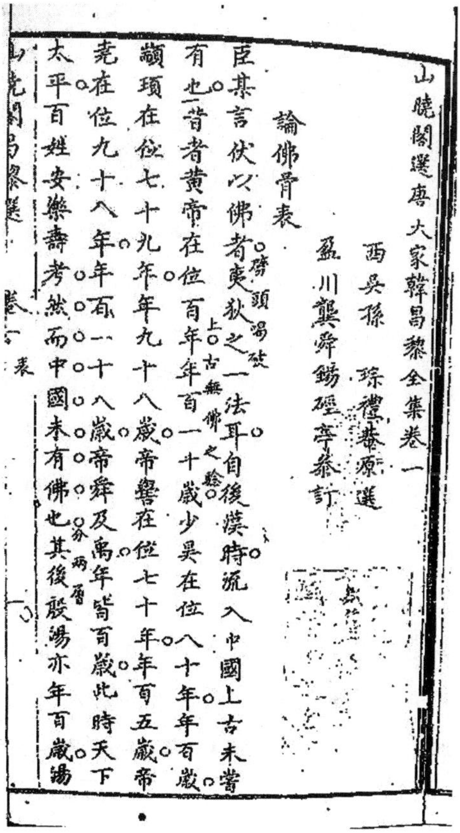
山曉閣選唐大家韓昌黎全集卷一
西吳孫琮禮嵒源選
盈川龔舜錫硜亭參訂
論佛骨表
臣某言伏以佛者夷狄之一法耳自後漢時流入中國上古未嘗有也昔者黃帝在位百年年百一十歲少昊在位八十年年百歲顓頊在位七十九年年九十八歲帝嚳在位七十年年百五歲帝堯在位九十八年年百一十八歲帝舜及禹年皆百歲此時天下太平百姓安樂壽考然而中國未有佛也其後殷湯亦年百歲湯

图 1-2-2　孙琮《山晓阁选唐宋八大家全集》卷一 康熙五十四年(1715)龚舜锡删节本

孙琮的康熙十年(1671)序刻本是为初学者提供的实用性、工作性的举业读本，只有当一一对照孙评逐段阅读选文时，它才具有实际的指导意义。孙琮的评点大都指出该篇有多少幅，每幅有多少段，每段又分为多少小段，每幅、每段的意思是什么，以及幅与幅、段与段之间有什么联系等，这显然是为从来没有读过这些文章的初学者提供的导读性文字，而对于已经读过并掌握了这些文章基本结构的读者来说，或者对于不愿意一一对照孙评逐段分解文意的读者来说，显然有些“圈点太密”。龚舜锡“去其圈之浓者，削其评之非紧要者”，就是为这类读者考虑的。其与孙琮原本读者定位略有不同，因而各有所当。

龚舜锡的删节包括两个方面：一是删篇目，一是节评点。龚氏删节本共 20 卷，选文 406 篇。其中韩愈 4 卷，91 篇；柳宗元 2 卷，53 篇；欧阳修 4 卷，78 篇；苏洵 2 卷，29 篇；苏轼 4 卷，88 篇；苏辙 2 卷，29 篇；曾巩 1 卷，20 篇；王安石 1 卷，18 篇。将上述数据与浙江省图藏石经楼本残存的韩愈、柳宗元、欧阳修、苏洵四家的选文加以对比，可以发现：四家由 14 卷减为 12 卷，选文由 352 篇减为 251 篇。仅四家就删掉 101 篇，删文比例约为 1/3。

对比图 1－2－2 与图 1－2－1 可以看出，孙琮原本的圈点的确过密，龚舜锡删去部分圈点，明显清爽了一些。不过，其最大的变化是将孙琮本所引的金圣叹、王昊等人的评点删去，仅存茅坤等人的少数评点，并对孙琮原评加以节取、简化、压缩、合并或改易。现以 4 篇韩文为例将龚舜锡节评（据国图藏康熙五十四年刻本）与孙琮原评（据浙江省图藏石经楼本）对比如下表。

**表 4　龚舜锡节评与孙琮原评对比表**

| 卷次篇名 | 孙琮原评 | 龚舜锡节评 |
|---|---|---|
| 卷一<br>《上张仆射书》 | 此文前后俱用对偶，独中间散写三段，然其妙处却在前后，而不在中间。如前幅以“不敢言”“不得不言”双双对起，写得何等淡雅；后幅以“不晨入夜归”与“必欲晨入夜归”双双作收，写得又何等酣恣。今读其前幅，若意其必无后文之酣恣者；读其后幅，若竟忘其前文之淡雅者。不知前文不淡雅，必无后文之酣恣；后文不酣恣，殊苦前文之寥寂也。真是妙处难传。 | 前半幅以“言”字为关键，后半幅以“如”字为顿挫，“必皆曰”为层次，只不责以所不能，而待以所能，正反写来，有无数波澜，无数曲折。 |

续表

| 卷次篇名 | 孙琮原评 | 龚舜锡节评 |
| --- | --- | --- |
| 卷一《与于襄阳书》 | 此篇前半幅只是泛论，下半幅方入正文，然其妙处全在上半幅六七个曲折。大意只是一句“相须殷而相遇疏者，其故在上下之有所负”，拙笔行之，一句可了。看他先用提笔，将上之人、下之人两两提出，为第一曲折。此下便可直接“是二人”句，他却又用反笔，写四句作翻，为第二曲折。于是接写“是二人”句，又用一呼一唤，不直说出，为第三曲折。此下又便可直接“上下各负其能”句，他却又用“无可援，无可推”作一宕笔，为第四曲折。于是接出“上不顾下，下不谄上”，为第五曲折。下用正笔，总束二句，为第六曲折。又用反笔，总束四句，为第七曲折。得此七个曲折，便令人如入武夷深处，迷不能出。后半幅只是一段写襄阳，一段写自己，末后一结，便觉俯仰淋漓。 | 提落承锁，俱用对偶体，而不觉其俳，由其转束处多作曲折也。每设疑词以为呼应，虽于公自家双行，而侧重意自见。 |
| 卷一《为人求荐书》 | 作长幅文字，最苦是无间架；作短幅文字，最苦是无曲折。无间架，则长幅滥漫而不可收拾；无曲折，则短幅一览而易尽。如此篇，文仅百字，幅短极矣。却细读之，有许多转折，如五步一楼，十步一阁，反复玩之，委曲不尽。 | 喻起喻收，中正说处，仍不脱喻意，短幅文，曲折翻覆，步步引人入胜。 |
| 卷三《送廖道士序》 | 胸中欲写出一个廖师，因廖师是郴民，先写郴州，又先写岭南山水，又先写衡山灵奇，累累写来，却又不轻写廖师，又写出许多珍奇物产，其势如风雨欲来，烟云万状，令人怖骇之至。及读至后幅，乃竟飘飘然一点廖师，又飘飘然一点其徒，又如云散雨收，万象俱寂，令人愉悦之至。其文章首尾相称，自有相称妙处；首尾不相称，自有不相称妙处。 | 借山川地灵生发，势如风雨欲来，烟云万状，廖师飘然一点，绝不轻许。着眼全在顿宕虚活处。 |

很容易看出，龚舜锡的删改支离空泛，将原评真切细腻、神采飞扬的优点掩抑殆尽。可以说，龚舜锡的删节本既无所发明，又掩盖了孙琮原本的优点，一无可取，而祸枣灾梨，纯属好事。

**（三）序跋选录**

龚舜锡删节本本无可取，但其序言对于了解孙琮选本的接受尚有价值，兹据国图藏康熙五十四年（1715）序刻本录入。

**龚舜锡《山晓阁选唐宋八大家全集序》**

唐宋八大家之有选也，自归安鹿门茅先生始。嗣后选者非一家，莫不藉以为蓝本；孙君礼庵《山晓阁》，其尤著焉。礼庵于三传、两《国》、《史记》、《汉书》，俱有选本。八家镌工告竣稍后，而行世较诸刻更广，即此可觇宇内赏识所在矣。盖八家议论原本六经，而风神遒宕，得之司马子长，与制义最相近。制义数科后风气必变，而八家文不变。当风气盛极将变之际，惟有不变者以维持之，然后变而益进于古。不然，力不足以变风气，而徒为风气所变，有随流日下而已。甚矣，八家之有裨于制义也。

第礼庵向所点次，珍赏者固众，而訾议者亦恒有。无他，特以圈评太密，反致眉目不清之故。要之，《文钞》之疏略，孙选之周密，其失则均也。兹适重新，因为去其圈之浓者，削其评之非紧要者，务使起伏照应、宾主伸缩之法，了然豁然，庶学士得所寻求，不至如游五都之市，所睹皆光彩陆离，心怡目眩，良久归时，仍素手也。不识礼庵以为何如？

或又谓八家宜读全集，《文钞》所搜括可称极备，惜未录唐赋雅诗，不无遗憾，况所选不及什之三四，乌能免于挂漏乎？是殆不然。士子专攻帖括，殚精敝神，役役其中，而不暇他及久矣。拔其尤佳者，示易卒业，所以劝也。不宁惟是，从来读书之诀，贵精不贵多。与其泛涉而随以忘，不如专精而有自得。昔谢叠山先生撰《文章轨范》，卷帙甚简；近日御儿吕氏所选八家，不满二百篇：惟尚其精也。兹选虽少于《文钞》，视谢、吕二书，则不啻倍蓰矣。

尚精尚博，其将奚所适从哉？抑有说焉。海之远无际，有舟以通之；岳之崇百仞，自麓以升之。操觚家欲读《左》、《国》、《史》、《汉》、百氏诸书而或未遑，不妨先读八家。读鹿门先生《文钞》而畏其繁，始从事兹集。则是集也，安在非济川之楫、登山之麓乎？倘曰拳石可尽岱宗之胜、一勺已具沧溟之观，则归安茅先生尚不能无遗议矣，矧后之人哉？

康熙五十四年岁次乙未七月既望盈川龚舜锡硁亭氏书于南村之晚香堂。

## 第三节　蔡方炳《唐宋八大家文选》

### 一　蔡方炳其人

蔡方炳(1626—1709)，字九霞，号息关，别号息关学者，江苏苏州府昆山县人，长洲县学生员，明末山西巡抚蔡懋德次子。蔡懋德(1586—1644)，字维立，号云怡，万历四十七年(1619)进士。崇祯十七年(1644)，李自成攻太原，蔡懋德拼死抵抗，城陷，自缢于三立祠，蒿葬南门外东冈。顺治五年(1648)，蔡方炳携弟负其柩归葬吴县。复以行状入京谒铭，汪琬、毛奇龄为作墓志铭。蔡懋德"以致知格物为根要，以至诚为归宿，以知及、仁守、庄莅、礼动为阶级，以发愤疑问、深造自得为工夫"，特别推尊王阳明。① 蔡方炳秉其父学，湛深性理，留心政治，高自期许。康熙十八年(1679)举博学鸿词，或云"以病辞"，②或云"召试日，因不能奏对，增广生扶出"，③乃

---

① 汪琬：《尧峰文钞》卷十四《前明提督雁门等关兼巡抚山西地方都察院右副都御史加一级蔡忠襄公墓志铭》，《景印文渊阁四库全书》第1315册，台湾商务印书馆1983年版，第333页。

② 秦瀛《己未词科录》将其列入"患病行催不到者十四人"之中，见《续修四库全书》第573册，上海古籍出版社2002年版，第116页。《清史列传》卷七十一《文苑传二》蔡方炳本传亦有此说。

③ 李集：《鹤征前录》壬集，《丛书集成续编》第28册，上海书店出版社1994年版，第756页。

"报罢归"。[①] 康熙十八年(1679),施闰章有《蔡九霞归吴门》诗云:"此去休惆怅,征君重姓名。"大约 20 年后,朱彝尊回忆此事云:"中年巾柴车,起应鹤书召。人多留嚣尘,君乃返蓬藋。立意在千秋,肯贻北陇笑?渊源订伊雒,图收衍周邵。其言明且清,削繁领其要。今已七十馀,行不藉藜篠。"[②]显然,蔡方炳是应召赴试过的。那一年,施闰章和朱彝尊也参加了博学鸿词科的考试,并被录取,是此事的直接见证者。二人诗皆为蔡方炳本人而作,施闰章还是蔡方炳子蔡石宣的老师,[③]自然不能无中生有。因而"报罢归"一说更为可信。

蔡方炳应试不第后,仍然自期甚高。他自称:"读书之士,有攻苦终身,而全不知世务者,此之谓白面书生,不可与谋事。有考古镜今,盱衡时势,揆度权宜,切中肯綮,坐而言,可以起而见诸施行,方是有体有用之学,为经为纬之才,与蹈袭迂阔、纸上空谈者有间。"(苏洵《上仁宗皇帝书》评)在"白面书生"和"经纬之才"之间,他更愿意成为后者。康熙十八年(1679),蔡方炳 54 岁。在此后的 30 年间,他将更多精力转向了"有体有用之学",朱彝尊所谓"立意在千秋",正是此意。《昆新两县志》称其报罢后,"益潜心理学,体究良知之指。其所论述,期于阐发圣贤精奥。睢州汤斌抚吴,延与讲论,深相契合。于成龙总制两江,重其学行,辟修《一统志》。年八十四卒",[④]较全面地概括了其晚年的主要活动——致力实学,勤于著述。

蔡方炳酷嗜理学,但清初的实学风气,对他有很大影响。理学讲"道",实学讲"事",蔡方炳却将二者打成一片,提出了"事中求道"的理论:

---

① 道光《昆新两县志》卷二十七,第 7 页。

② 朱彝尊:《曝书亭集》卷十七《题蔡征君方炳著书图》,《景印文渊阁四库全书》第 1317 册,第 591 页。

③ 施闰章:《学馀堂诗集》卷十二《赠蔡九霞》小注,《景印文渊阁四库全书》第 1313 册,第 463 页。

④ 道光《昆新两县志》卷二十七,第 7 页。

> 治平天下有大道，而载道者惟六经；治平天下有大事，而纪事者唯诸史。道源也，事流也。道散为事，事根于道，二者不可或分。故源深则流远，得本之学也；溯流以穷源，知本之学也；逐流而忘源，无本之学也。其流未尝不合乎道，而或出于纷更，或趋于乖戾，非事之咎，司其事者之咎也。夫明一理而可贯万汇，坐一室而可周四海，立今日而可察夫千载以上、千载以下者，将求诸道乎？抑求诸事乎？求诸道，则道晦而事亦晦；求诸事，则事明而道亦明。①

蔡方炳认为六经中有可以治平天下的"道"，但不能道中求道，要事中求道。他所说的"事"侧重于"诸史"中所记载的有关国计民生的各种制度的"演革损益"。因而，从这些制度的"演革损益"中吸取历史的经验和教训，是蔡方炳著述的不懈追求。今所知者，其著述有《耻存斋集》20卷、《愤助编》2卷、《增订广舆记》24卷、《历代马政志》1卷、《历代茶榷志》1卷、《铨政论略》1卷，并参修《长洲县志》《江南通志》《大清一统志》，编订于成龙《于清端政书》和朱熹《晦庵先生朱文公文集》，选评《八大家文选》。大都为有益于国计民生或世道人心的"事中求道"之书。其《八大家文选》虽然主于论文，但明显有借题发挥、以古镜今的倾向，与其他著述一样，皆为"事中求道"而发。

蔡方炳交游甚广。康熙时期的政要如汤斌、于成龙对他很器重。其生母顾氏八十寿诞时，于成龙为作祝寿诗并序，此诗见于《于清端公政书》卷八。文坛名公如汪琬、毛奇龄、朱彝尊、施闰章，或为其父作墓志铭，或与他有诗文往来，详情已见上述。其与当时的古文评点家，如金圣叹、卢元昌、王昊等皆有过从。王昊

---

① 蔡方炳：《广治平略》自序，《四库禁毁书丛刊》史部第23册，第200页。

(1627—1679),字惟夏,江苏苏州府太仓州人,王世贞从曾孙,诸生,在奏销案中被削籍。康熙十八年(1679)举博学鸿词科,病死于京师,蔡方炳曾经纪其事。①

总之,蔡方炳其人精通理学,致力实学,关心政治,立志高远,学养深厚,交游广泛,视野宏通,是清初颇有分量的学者。

## 二　版本情况

蔡方炳《唐宋八大家文选》不分卷,福建泉州图书馆、台湾大学图书馆有藏。笔者所见为台湾大学藏康熙二十年(1681)刻本的部分书影,系由台湾钟志伟先生惠寄而来。关于此书的版本,钟先生著录为"其书七册,共二函。每半叶九行,每行二十五字,单栏,版心花口",并云"此书今见台湾大学图书馆馆藏一部,已数位化处理,有图片档可供阅览"。② 据书影,此书内封题"蔡息关先生八大家集选,吴郡宝翰楼、文雅堂藏版,康熙辛酉新镌",卷首题"唐大家韩文公文选,平江蔡方炳九霞评定"。版心题"唐大家,昌黎,论今年权停举选状,一,一",上镌朝代,中镌作家、本页篇名及本篇页码,下镌本卷页码,颇具匠心。版心无鱼尾。正文无界行,有双行夹注、行间评和文后评。全书结构依次为蔡方炳总序、昌黎文选序、唐大家韩昌黎文选目次、唐大家韩文公文选。其余各家皆先有小序,再有目录和正文。各家目录前均有小传。全书以各家为单元,互不连属。每家目录亦不分卷,皆以体统篇,每种文体下有小字标明篇数,下列该体所选篇名。总起来看,体例颇为简洁有法,很便于读者检阅,但各家排序次第不明,装订时难免各不相同,亦不无遗憾。见图1-3-1和图1-3-2。

---

① 施闰章《学馀堂诗集》卷三十二《蔡九霞归吴门》诗后小注云:"时因王维夏病革,特留数日经纪。"见《景印文渊阁四库全书》第1313册,第680页。

② 钟志伟:《明清唐宋八大家选本研究》,台北文津出版社2008年版,第25页。

图1-3-1 蔡方炳《唐宋八大家文选》内封
康熙二十年（1681）刻本

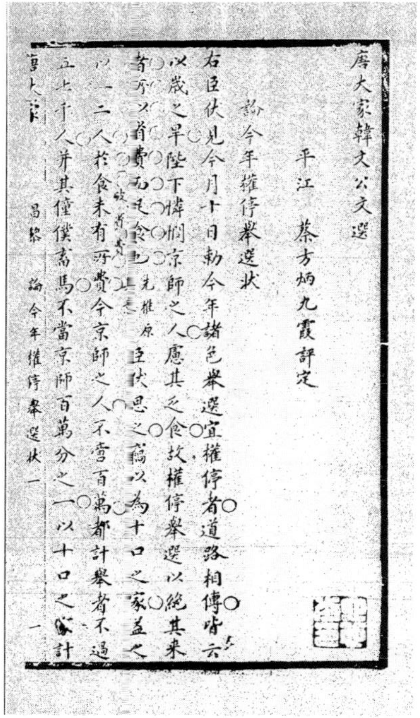
唐大家韓文公文選
平江 蔡方炳九霞評定
論今年權停舉選狀
右臣伏見今月十日勑今年諸色舉選宜權停者道路相傳皆云
以歲之旱陛下憐憫京師之人慮其乏食故權停舉選以絕其來
者所以省費而足食也臣伏思之竊以為十口之家益之
以一二人於食未有所費今京師之人不啻百萬都計舉者不過
五七千人并其僮僕畜馬不當京師百萬分之一以十口之家計

图1-3-2 蔡方炳《唐宋八大家文选》卷首
康熙二十年（1681）刻本

## 三 选文规模和标准

蔡方炳《唐宋八大家文选》共选文597篇，其中韩愈104篇，柳宗元67篇，欧阳修109篇，苏洵46篇，王安石45篇，苏轼123篇，苏辙52篇，曾巩51篇。其选文标准可以概括为两个方面。

### （一）有关系

文章有功于世道人心或国计民生，谓之“有关系”。文章是否“有关系”，是蔡方炳选文的首要标准。他说：“言所传在文，且必举其有关系处，方是文家挈领垂训法，若就小处点染，反觉埋没。故言文所载，当权其大。”（评欧阳修《代人上王枢密求先集序书》）所说为作文法，也未尝不是其选文法。例如，其评苏轼《放鹤亭记》云：“虽主意是写隐居之乐，而是垂戒国君意，遂成有关系文字。”评曾巩《吉州学记》云：“此以天子诏立学说起，见上下风行草偃之盛；以己为吉人掩映生情，见期望乡里风俗醇美之切。俱不是作学记之泛论。有意经世者，不可不闻此言，是有关系文字。”一有“垂戒国君意”，一见“上下风行草偃之盛”，均“不就小处点染”，而是在本题之外寄寓“大”关怀，因而俱为“有关系文字”。两篇得以入选，正是由于这个原因。只要“有关系”，哪怕有瑕疵的文章，也在入选之例。例如，他认为王安石《桂州新城记》“文字做得有关系，便不觉其谀”，则谀文亦所不拒。又有文字不甚精彩，但其内容可为“实落经济”者，亦予选入。例如，其评苏轼《论河北京东盗贼状》云：“此状凡三条：一言捡放灾伤，二言禁榷盐税，三言勘会盗贼。皆实落经济，今存一条，已足见政牍中原有如许妙文。……余录此状，不为文字录，而为经济录。”可见，所谓“妙文”，不是妙在文字，而是妙在“经济”。“经济”犹言“经邦济世”，也就是“有关系”。蔡氏选入此文，就是看中了这一点。再如，其称曾巩《与孙司封书》“此文为宗旦白，实为天下万世尽心谋国者白，有关世道不浅”，欧阳修《五代史一行传叙》“举一二人而足为千万人劝，有功名教不浅”，皆看重其“关系”，与一般选家的眼光有所不同。

**（二）有章法**

蔡方炳选文的另一个标准是，文章是否有“章法”。其评欧阳修《黄梦升墓志铭》云：“欧公表墓志文，极得史迁骨髓，美不胜选。所录诸作，取其每篇各样章法，使读者知所以变格也。”显然，其有意选入不同章法的文章，“使读者知所以变格”。又如，其评王安石《金溪吴君墓志铭》云：“志文之无实事可志者，当学此法。”评曾巩《序越州鉴湖图》云：“笔阵错综，章法严密，南丰集中第一篇文字。”章法如何，是其选本的另一个核心关切。至于指示章法，是为治古文者而设，还是为举业者而设，则态度很不明朗。其评苏辙《刑赏忠厚之至论》云：“颍滨此作，其遒健不及老苏，排宕不及大苏，故选家往往置之。然其丰神遥秀，意思婉折，满幅皆春夏之气，自是发福文字。”《刑赏忠厚之至论》是嘉祐二年（1057）苏轼、苏辙兄弟在礼部会试时所作的科举文，为此他们同科被录取为进士。所谓“满幅皆春夏之气，自是发福文字”，近于茅坤所说的“悠扬宛宕，于今场屋中极利者也”（茅坤评苏轼《刑赏忠厚之至论》）。如果此言成立，则蔡方炳选本大约也有为举业而设的一面。但蔡方炳在9篇序言和5万余字的评点中只字不提“举业”二字，可见其选文所重，主要还在于“有关系”。为举业而梳理文章章法，是他很不屑的事。

## 四　评点特色

蔡方炳《唐宋八大家文选》的评点特色可以概括为两个方面。

**（一）见解特出**

蔡方炳学问淹博，识见卓荦，又有强烈的创新追求，其评点无论是就事论事，还是借题发挥，都有一番出人意外的大见解。例如，韩愈的《潮州刺史谢上表》向来被认为“情哀词迫”（茅坤评）、

“佞词曲舌”(王志坚评),而蔡方炳却说:“处忧患中,其词不得不出于哀;对君父前,其意不得不出于颂。”韩愈的三上宰相书,向来为人诟病,而蔡方炳却认为不仅“立言甚高”(评《上宰相书》),而且颇为“骨鲠”。对于后者,蔡氏给出的理由是“将周公来压倒宰相”和“不肯轻为宰相出脱”。韩愈的《上于襄阳书》向来被认为有“摇尾乞怜”之态,而蔡方炳却说:“意在干求,却只说先达宜汲引后进,不但无摇尾乞怜态,反似有责备于公意。上交不谄,昌黎有焉。”均力排众议,独抒己见,而又入情入理,不为矫激过情之言,足见其眼明心细,而且富有很强的思辨能力。再如,前人批评韩愈《原道》“一字不入佛氏域”(茅坤评)、“不独二氏之旨未尝究心,即吾儒之道,亦仅仅主张门户而已”(王志坚评),而蔡方炳却说:

> 或谓其言道处,未勘到精微地位;其辟佛老处,亦只就佛意之皮壳上说。不知此为维持世道而言,自须在人所共见者示之。然看“圣圣相传,至轲不得其传”一段,若不曾勘到精微地位,则云相传者指何物耶。至佛老皮壳,正是极害人心处;若勘到佛老之精微,则佛老又可不辟矣!真千古开辟文字。

将韩愈“不知佛”之说一笔抹倒,真可谓见解精卓,特出于众人之外。又如王安石向来被认为“执拗”,其《答司马谏议书》是一例证。而蔡方炳评云:“特荆公所行新法,不协民情耳。若为国兴利除害,正须有此强毅不回、担当敢为力量。”论断新警而令人心服。

借题发挥,是蔡方炳评点的另一重要内容。无论涉及哪个方面,他都能宕开一笔,将话题引向深远,发表一番大见解。例如,其评韩愈《送董邵南序》云:“古文至汉以后,大都能为畅满,不能为简严,惟昌黎有此力量,敛千万言为数百字,却仍具长篇局势。”十分有见。评苏轼《六一居士集序》云:“圣贤不出,维持天下者在文章，唐之韩、宋之欧阳是已。拟韩欧于孔孟，盖似弗伦，然孔孟已往，周程诸儒未兴，不有韩欧发明道德之旨，则圣贤统系亦几乎绝。存此几希，韩欧实有功焉。”将韩欧文章与道统存续相提并论，立论高卓，见解闳深。评苏辙《秦论》云：“后世咎秦之速亡者，但论其过在守，不知其过在取也。夫列国并强，人各有君，而乃夷其宗社，有其土地，又不能恤其人民，则胆寒于新主之虐者，愈情深于故国之思，此其所以速亡也。”视角独特，一洗旧论。凡此，皆可见蔡方炳评点卓尔不群的创新品质。

**（二）笔调激切**

入清以后，唐宋八大家选本的评点发生了很大改变。大致说来，评点的现实关怀减少，个性化程度减弱，取而代之的是一种以文意和文法为中心的文本细读，评家的个性及其对现实世界的看法被淹没于苦口婆心而又不温不火的细读之中。但蔡方炳的评点还在很大程度上遗留了明人评点的那种强烈的实现关怀，部分评点也有一定的个性化色彩，这些都造成了其笔调激切的总体特色。此类评点主要有慨世和诫世两种。例如，其评柳宗元《寄许京兆孟容书》云：“今读其虑子嗣之绝，虑丘陇田垆之不保，恻恻伤心；而世之人，犹蝇营蚁附，贪一日之荣，以为祖宗父母辱，可不哀哉！可不慎哉！”评柳宗元《四维论》云：“呜呼！自廉耻之维绝，而人不成其为人，世界不成为世界矣。主持风教者，能使有位无位皆不入寡廉鲜耻之习，人安得有佥壬？世界安得不熙皞？”评苏辙《臣事六》云：“古者（帝王）改容而见三公，无矫情也；下车而拜昌言，无薄心也；斋戒受谏，登拜贤书，又非区区笑貌已也。盖其平时会遇，精神无间，故于降接之际，无往非诚。今此风不存久矣！徒曰：尔有材能，予则爵之。是引人于功利之途，而蓄人于奴隶之列，宜乎？”或影射仕清旧臣，或抹倒当今皇帝，都不作闪烁其词，不觉令人心惊。又如其评柳宗元《与杨京兆凭书》云：“世之所尚乎文章者，抑文末之末矣！故文章盖不足以观人，而固守不知变，有抡才之名，无抡才之实，且奈何？读之令有心斯世者为之呜咽！”矛头所向，直指科举制度。评柳宗元《与李翱书》云：“京师，取富贵之地也，然只许柔媚无骨者取之，非矫然自立者所能取者。昌黎书中乃求助于人者，虽不肯放倒身分，毕竟可哀可伤，既以饱尝此味，自然踌躇不能奋飞。末一段，写贫士无归之况，真情实话，读之增我同慨！”措辞激愤，酣畅淋漓，其愤世嫉俗的个性也呼之欲出。

另一类笔调激切的评点是其诫世的。蔡方炳总是急于从文章中挖掘可资诫世的思想资源，并激切地将其呈现在读者面前。例如，其评苏轼《上文侍中论榷盐书》云：“篇中痛发其病，虽为榷盐说，愿兴利之臣共鉴之。”评《与李方叔书》云：“愿浮薄喜进者，各录一通置座右。”评欧阳修《五代史唐六臣传论》云：“为人臣者，宜读之而憬然；推究到戕弃正人，故国无仗节死绥之士，为人君者，尤宜读知而恍然。”评柳宗元《吏商》云：“拈一商字最为破的，而更就吏商之中分出货商、行商二种，以明有利无利之实，真足点醒梦梦。吾欲专布此文，为大愚极拙之贪夫晓之。”其强烈的诫世热情喷薄而出，无所顾忌，在清代的八大家评点中实不多见。

## 五　序跋选录

蔡方炳《唐宋八大家文选》共有1篇总序和8篇小序，皆有过人之见，兹据台湾大学藏康熙二十年（1681）宝翰楼、文雅堂刻本全录于下。

**蔡方炳《序》**

所维持于天壤间而不敝者，何也？道为之也。昌黎之言曰：“尧以是传之舜，舜以是传之禹，禹以是传之汤、文、武、周公，周公以是传之孔子、孟子。轲也死，不得其传焉。”所传维何？不离《易》、《书》、《诗》、《春秋》、鲁邹两论者，是信乎非文无以载道也。

越自孔孟已往而后，濂洛未兴以前，圣道几绝而不续，虽天人三策、石渠、虎观诸儒，不无阐扬发明之力，而后之学者不尽读其书，惟唐宋八家殆弦诵遍家户，则道之绝而不终绝者，八家之文与有功焉。夫八家之文，有合乎道者，有不尽合乎道者，盖其旨主于揆时度势、救弊补偏，以洗儒者迂疏无用之学，要其衷诸孔孟，以上推二帝三王之说，何尝不异轨而合辙乎？是合道者，守道之经；即不合道者，亦用道之权。讵必专言理学，乃为荷道之人；不专言理学，遂非翊道之人耶？余故断以孔孟已往而后，濂洛未兴以前，赖此八家之文以载道于天壤间也。

客曰："子言过矣。彼八家中，或附权要，或仇道学，或误国家，知道者固如是耶？以文雄世，信矣；以道传世，则未也。"余曰："客言诚当，但天下有闻道而未必能文者，能文之士未有不衷诸道；背道而驰，其为文必不能以垂远。彼仇道学、误国家者，由气质之偏，附权要者，特遭逢之偶，其初念岂遂至此哉？自古文人行不副言者，何可胜数。余特以圣道湮晦之馀，八家微有羽翼昌明之力，而为是说云尔。如谓圣道之传实寄于是，余亦未敢谓然。"则余之为是选也，仍止与之论文。康熙辛酉仲秋平江蔡方炳九霞氏撰。

**蔡方炳《昌黎文选序》**

甚哉！道易信而难明，易明而难守也。昌黎尊圣道，辟异端，不惜以身犯天子之怒，非信道者不办。然持正之士，犹或能为。昌黎言：尧舜以来递传而至孔孟，孟子死，不得其传。其所传者何哉？道也。明道而后知道之所以传，乃《原道》《原性》诸篇支离旁杂，于道之大本未有明焉，则又何也？以身任道，上以告于君，下以垂训后世，宜其体诸□行，无一非道者。而志急荣达，哀吁宰相之门，若不可终日；遭贬斥，复进封禅之说，以希上旨，与《佛骨》一谏相刺谬。其守道之笃，更茫乎不可问矣。

然自汉儒表章秦火之后，濂洛关闽未兴以前，落落千有馀年，其任道之功必推昌黎者，则亦有故。近代所称儒者，童而习于六经四子之书，长而循是以取功名，宜无人不合于道，乃求一明道信道者，不易得。昌黎承六朝靡烂之馀，奋迹拔起，不由师传，不因国制，独以仁义为宗，以道为归，以圣贤为必可法。吾譬之水，江河溃决，坏田野，破庐室，杀人民牛马，于此而有能堤堰以障其流、杀其势者，虽不必遽言平成，而一时之功，固已不在禹下矣。子瞻曰："文起八代之衰，道济天下之溺。"文不本道，无以起衰；道不著于文，亦无以济溺。读昌黎文者，求其合于道，而审其浅言道焉可也。平江息关蔡方炳九霞氏题。

**蔡方炳《柳州文选序》**

学问知进则不穷，仕宦知退则亦不穷。柳州附王叔文辈，方谓可大用其学，未几与之俱败。古今未有专权擅国之人而不败者，亦未有专权擅国无人焉蚁附之而不卒与之俱败者，特不当出之读书明理之士。柳州既败，丧名节，投身荒厉，当时贤士大夫犹深谅不弃绝，后世犹时时称说。或曰：柳州之传以文。固也。然观其窜斥后绝不矫一辞以饰往日之非，所望有力大人哀怜其困，亦绝不思进用。夫知进不知退，于道为亢，在方进且然，况既退时罪状暴于天下，而欲盖弥彰，适足为识者笑。柳州不出此，柳州所以收誉于末路也。

有唐一代之文，惟韩与柳。韩深醇雄博，柳独以劲悍胜。昌黎名节誉望盖一世，而殷殷于摈弃厄塞之柳州，虽爱其文，将亦谓能悔艾以勉终，忧惧以处患，不失为君子云尔。茅鹿门言："子瞻安置海外时，为文殊自旷达，较子厚相隔数倍。"夫子瞻直气亮节著天下，身退而名益重，其以旷达自处，宜也；子厚负罪不即死，幸得窃禄一方，苟慕旷达而忌觥尪，祸不远矣。余故详论其人，使附势者有所警，而失身者思所以全其晚节，弗终为正人所弃也。平江息关蔡方炳九霞氏题。

**蔡方炳《庐陵文选序》**

庐陵而前有昌黎，人称曰"韩欧"；庐陵而后有东坡，人又并称曰"欧苏"。说者曰：庐陵得昌黎集于败簏中，文乃大进；东坡又庐陵所得士，文章渊源，岂不信乎？余曰：不然。庐陵之文，非昌黎之文；东坡之文，亦非庐陵之文。使庐陵、东坡各有所袭，则必不能以文传，与昌黎、庐陵并称后世也。

庐陵盖学史迁得其神者也。古文自《庄》《列》《檀弓》《左》《国》《公》《穀》《战国策》以来，至史迁集其大成。特《庄》《列》诸书，当日固不相师，后人亦若有所限而不易学，至史迁，实有可学之法。然后之作者，实未有能学史迁者，几千年而始得欧阳子。欧阳子岂必袭史迁以为文哉？抑何其神似也？世有好读太史公书者，必好读欧阳子之书。昌黎、东坡亦有神似史迁之作，终不若欧阳子之具体也。平江息关蔡方炳九霞氏识。

**蔡方炳《老泉文选序》**

父子兄弟皆负魁杰之材，以文章气节名千古者，眉山苏氏而已。子瞻、子由以少年能文，殆出天授。老泉年二十七始折节读书，则非有深沉坚苦之力，不易至也。观其《上神宗皇帝书》及《权书》《衡论》，世固有伏处草野中，盱衡古今、筹画当世之务，若数黑白者乎？当其试于有司，辄摈落，不复逢时干禄，从事韩非、荀卿、《战国策》，以扩其识、养其气。知宋世渐流于文弱，而其言一以用刚任术为主，虽不免纵横智略之习，其所以救当世之弊，固甚切已。

每叹老泉之才，有司摈略之，非有欧阳修、韩琦，几以眉山布衣老。然使有司不摈落，不焚其常所为文，不闭户揣摩，其所就乌能至是？然后知凡试于有司，富贵利达之文，皆未足以谋天下事而垂不朽之业也。厥后二苏本其学，犹足为天下雄，声施后世。呜呼！绩学之士，慎无以有司之废弃，遂颓然自放，一跌而不复振哉！平江息关蔡方炳九霞氏题。

**蔡方炳《东坡文选序》**

文有知其不易学而学者，昌黎也；知其可学而学者，东坡也。学韩不成，必折而入于苏；学苏则未有不终成其为苏者。昔人之言曰:韩如潮,苏如海。今夫海,世之珍怪奇宝,无不出其中;巨细美恶,污洁之物,江、淮、河、汉之水,以至畎浍之流,纳之而皆不见其迹。潮亦海之所生也,然其来也,汹涌溯湃,浴日月而震天地,虽智者不能测,勇者不能撼。人可以入海,而不能逆潮,则学者难易之别也。

且夫文章之光芒,由于积理,而极其能事,莫先乎养气。天下事理日出而不穷,非深思力索不能得。耳目之所见闻,身之所历,皆见其所以然之理,而后大之古今治乱贤奸之辨,小之市侩灶婢米盐凌杂鄙亵之情,与竹头木屑粪土之为用,需之而不可竭。非有气以贯之,其何以镕铸古今而卓然成自立之文哉!东坡以气胜者也,而于理能见其所以然,尤莫妙于不自知其然而然。学者于其所以然,以求其不自知其然而然,即神化,不外是矣。平江息关蔡方炳九霞氏识。

**蔡方炳《颍滨文选序》**

文字之盛莫如宋,宋之有大家者六人,而半出苏氏。然以颍滨抗衡父兄之间,则其为颍滨也更难。颍滨奇崛不能胜老泉,浑灏恣肆不能胜东坡,譬之山矗起万仞之高、水淼然千顷之大,既已骇心夺目,而无平岗复岭、清溪安澜以纡徐映带于其间,则临之者固不能以终日,其将神竭而返也。是故颍滨之变为疏宕冲和以自克,亦颍滨之善学其父兄,而自成其一家之言也。然老泉《辨奸论》识安石于未用之先,东坡与韩、欧、司马诸君子合志同方,不附之。既用之后,而颍滨之趋向略同,不敢异于父兄之为人,岂必求异于父兄之文?其所以异焉者,亦颍滨之天质为之也。老泉、东坡文,一见惊怖,叹为殊绝。读颍滨文,始不见其可怖,再复三复之,而后留连而不忍释,是则颍滨之所以抗衡于父兄者也。平江息关蔡方炳九霞氏识。

**蔡方炳《南丰文选序》**

八家并传，而嗜南丰者独少。盖自学者弗尚经术，六经之义不明，故世鲜为经术之文，遂鲜有能读经术之文者，则亦儒学之衰也。南丰，湛于经术者也。文之原本于经者，多质厚而钝，每不若取材于史者之显而敏。学者喜敏而畏钝，故尊苏绌曾无异辞。然余读其文，上与刘中垒相后先，下启伊洛、考亭之风。唐荆川、王遵岩推崇其书，而茅鹿门侪之大家之列，良不诬也。呜呼！使曾氏之文不著，世将谓大家专取奇恣而峭厉，无复有古者淳厚之遗矣。故录曾氏之文，正以云救也。则无庸专嗜之，而亦当识其有可嗜焉耳。平江息关蔡方炳九霞氏识。

**蔡方炳《荆公文选序》**

八家文，荆公特为峭洁。文非峭不古，非洁不雅；古而雅，文之上乘也。人有学韩、学柳、学欧苏、学曾，而学王者盖寡，岂恶其人并不师其文耶？荆公与司马温公同时，才相等，行相高，声相慕，而贤奸迥殊：一诚笃，而一褊执也。如谓荆公之学果悖于圣贤而违理道，吾不谓然。嗟乎！荆公岂与世之权奸欺君肥己者比？特意在聚敛，遂至误国一时，败名千古。夫损上益下，似市恩于民，而正所以为国；剥下奉上，即心未必尽出于私，而国则隐受其祸：此《大学》痛恨聚敛之臣也。使荆公负其所学而善用之，宁遽出温公下？甚矣！择术致君，不可以不慎；而立言立功，固有如是出于两途者。能勿叹以言取人之不易哉！平江息关蔡方炳九霞氏识。

## 第四节　姚靖《唐宋八大家偶辑》

姚靖，自称"古吴姚靖"，人称"姚天目先生"，清顺、康时人。康熙二十八年(1689)，增删明人田汝成《西湖游览志》48卷为《西湖志》8卷、《西湖志馀》18卷，世称"姚氏三鉴堂刻本"。据其自序，康熙十二年癸丑(1673)，姚氏“自京师还里，无事闲居”，已有对当时流行的“古文八种”加以精选之意，但由于“囊无馀资”等原因，十年未能如愿。康熙二十二年(1683)，应书坊主“文芸馆主人”之请选评唐宋八大家，次年遂有《唐宋八大家偶辑》问世。其余7种是否成书，则不得而知。

## 一 版本情况

姚靖《唐宋八大家偶辑》，国内未见藏本。所见为美国哈佛大学藏康熙二十三年(1684)文芸馆刻本书影，系由台湾钟志伟先生惠寄而来。此书半叶九行二十五字，左右双边，白口，无鱼尾，无界行。内封题“唐宋八大家偶辑，姚天目先生评，文芸馆梓行”，首卷卷首题“唐宋八大家卷一，韩集，古吴天目姚靖手评，同学诸子参订”，版心题“唐宋八大家卷一，一，揽胜定本”。正文有圈点，文后有总评，眉上镌评。全书结构依次为内封、姚靖序、唐宋八大家卷一目录、唐宋八大家卷一正文。各家连续立卷，每卷皆有目录。目录较为简约，先标作家及该卷所选篇数，后列所选篇名，例如“韩集(计十七首)：论佛骨表；后十九日复上书……”八大家立卷顺序依次为韩愈、柳宗元、欧阳修、苏洵、苏轼、苏辙、曾巩、王安石。姚靖序署“康熙甲子二月望古吴姚靖叙于天目之放梅”，首页题下钤“哈佛燕京汉和图书馆珍藏印”。各卷目录首页(如卷五、七、十三、十四、十七、十九)多钤“哈佛燕京图书馆珍藏”及“楼圃”印。见图1-4-1和图1-4-2。

## 二 选文规模和宗旨

姚靖《唐宋八大家偶辑》20卷，选文251篇。其中韩愈4卷(卷一至四)，50篇；柳宗元2卷(卷五至六)，39篇[①]；欧阳修4卷(卷

① 卷六目录和正文实收18篇，目录误标为17篇。

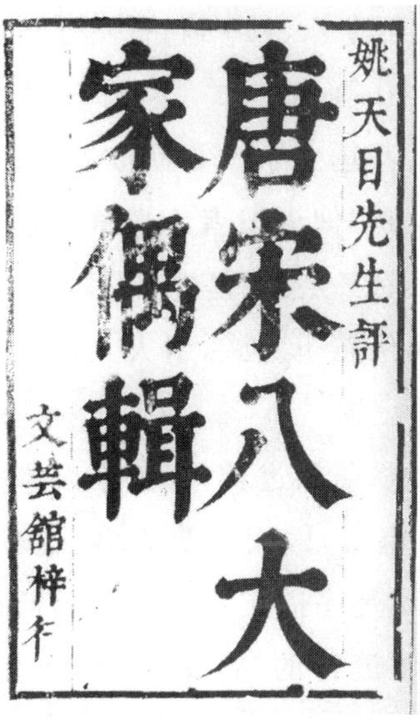

姚天目先生評
唐宋八大家偶輯
文芸館梓行

图 1-4-1　姚靖《唐宋八大家偶辑》内封
康熙二十三年(1684)文芸馆刻本

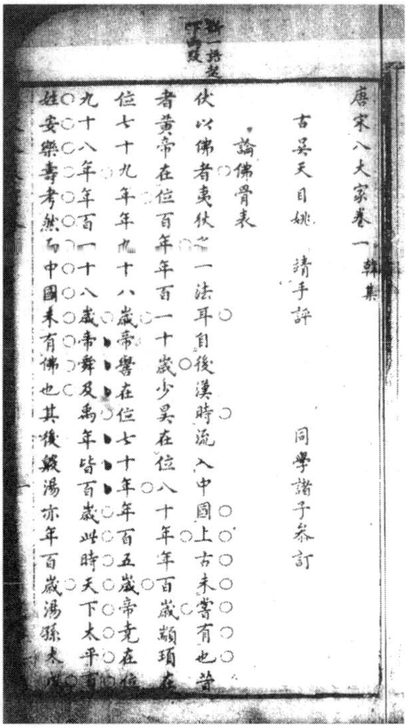

唐宋八大家卷一　韓集
古吳天目姚　靖手評
同學諸子參訂
論佛骨表
伏以佛者夷狄之一法耳自後漢時流入中國上古未嘗有也昔
者黃帝在位百年年百一十歲少昊在位八十年年百歲顓頊在
位七十九年年九十八歲帝嚳在位七十年年百五歲帝堯在位
九十八年年百一十八歲帝舜及禹年皆百歲此時天下太平百
姓安樂壽考然而中國未有佛也其後殷湯亦年百歲湯孫太戊

图 1-4-2　姚靖《唐宋八大家偶辑》卷一
康熙二十三年(1684)刻本

七至十),44 篇;苏洵 2 卷(卷十一至十二),16 篇;苏轼 4 卷(卷十三至十六),53 篇;苏辙 2 卷(卷十七至十八),19 篇;曾巩 1 卷(卷十九),10 篇;王安石 1 卷(卷二十),20 篇。

从姚靖序言及其实际选文来看,其选文宗旨是使读者在阅读过程中感受到快乐,用姚序的话说就是"俾诵习者无揣摹之苦,而有得其精神之乐"。为此,其选文看重三点:一是选篇不多,篇幅不长,便于卒业;二是文情跌宕,多起伏转折之致,引人入胜;三是喜韵文,好佳句,务期朗朗上口,便于记诵。

散文选本选篇过多,或者所选文章篇幅过长,读者难以卒业;即使勉力卒业,也会大耗心力,苦不堪言,因而选篇不多、篇幅不长是读者"无苦有乐"的必然要求。姚靖序借文芸馆主人的话说,茅坤等前人的选本过为"浩繁",当时流行的《古文八种》全文则"茫茫浩浩,盈累千万,虽有豪杰之士,不无作辍其功"。其《唐宋八大家偶辑》就是要反其道而行之,以扭转选坛风气,所谓"得一至简至严者与世更始"即是此意。全书共选文 251 篇,还不到当时流行的茅坤《唐宋八大家文抄》茅著本篇目(1450 篇)的 1/5。八家平均选文仅 30 余篇,曾巩文仅选 10 篇,当得起一个"简"字。从全书的实际选文看,所选篇幅皆不长,为历来选家所青睐的欧阳修《通进司上皇帝书》、苏洵《上仁宗皇帝书》、苏轼《上神宗皇帝书》以及王安石《上仁宗皇帝言事书》等洋洋大篇,皆不与选。所以"简"不仅指选文数量简省,也指选文篇幅简短。

篇幅简短,如果文情平直,读之乏味,只能算"无苦无乐"。蕞尔小篇,又有跌宕之致、简健之格者,用力不多,而兴味悠然,才能使人"无苦有乐"。这类文章,尤为姚氏所看重。例如,其评苏洵《名二子说》云:"寥寥数言,而转折之妙,识见之高,具于是矣。"(卷十一)再如,其所选王安石《王补之墓志铭》仅 4 句 16 字,在姚氏看来,此 4 句可选在于"四句回转"(卷二十)。又如,其评苏辙《古论·蒙恬》云:"子由短幅,颇类史迁,而《斯》《恬》二论,尤简健跌宕，直可肩视。”（卷十八）由此可见，其选文标准不止一个“简”字，简而能曲、简而能健才有资格入选。

姚氏选文的另一个倾向是喜韵文，好佳句，这在唐宋八大家选本中也颇为特出。唐宋八大家选本大都排斥以四六文为代表的韵文，哪怕是古文而“语类四六”者，也被认为是一种瑕疵。姚靖选本对韵文则情有独钟，其所选墓志铭，多将志文删除，仅存几行或一行铭文，可见他对韵文的偏好。苏轼的制文系四六文，写得很漂亮，但一般选本不选，姚选则用一整卷（卷十六）的版面选了 18 篇此类文章。《赐太师文彦博乞致仕不许诏》一文评点曰“起联妙甚”，其关心所在，由此可见。文章声韵流美，朗朗上口，时有佳句，都是其“无苦有乐”选文思想的内在要求。姚本于曾巩文只选 10 篇，也是因其文情钝滞，气味“苛苦”（卷十九曾巩《宜黄县学记》评点），难以激发读书之“乐”。

总起来看，姚氏“无苦有乐”的选文宗旨在唐宋八大家选本群中独树一帜，对于纠偏茅坤以来唐宋八大家选本过于浩繁和沉重的倾向，具有一定的开创意义。

## 三　删节情况

为了追求阅读的“无苦有乐”，姚氏选文以“简”为要；为了求“简”，他对选文进行了严重的删节，这是姚氏选本的另一个重要特征。所谓“删”就是在保留原文基本面貌的前提下，对局部字句或段落加以切除；“节”就是从原文中摘取一部分自成一文，其余部分弃而不取。姚氏评柳宗元《柳州文宣王新修庙碑》云：“轻曳可喜。”眉评又云：“前段皆不过纪坍塌修葺之事，无当讽览，且此起止恰合，故节录之。”（卷六）由此可见，其选文重“轻喜”“规讽”，节文则注意“起止恰合”，首尾完具，不至过于突兀。经过删节的文章，姚氏于正文标题后多加小字注说明，或曰“删”，或曰“节”，或曰“依某某删节本”。仅从这些附注来看，为姚氏所删节者共有

30篇，约占选文总数的1/8。为其删节而未加注明者尚不在少数，例如卷四韩愈的《太原王公墓志铭》《试大理评事王君墓志铭》，卷八欧阳修的《兵部员外郎天章阁待制杜公墓志铭》《徂徕石先生墓志铭》《南阳县君谢氏墓志铭》，卷二十王安石的《比部员外郎陈君墓志铭》《建安章君墓志铭》《王补之墓志铭》《胡君墓志铭》等，皆有铭而无志。卷六柳宗元《故连州员外司马凌君权厝志》正文有铭而无志，题下注“删志”二字，如准以此例，则上述诸文题下亦应注“删志”。可见，30篇之外尚有删节而未加注明者。

对原文加以删节而后选，去其繁芜，存其精华，以示初学作文门径，无不裨益，但删节过甚，又不加注明，失其本真，就不尽妥当。

## 四 评点特征

姚选正文有圈点，无夹批，有文后评和眉评。所引钟伯敬、孙月峰、茅鹿门、吕东莱、李西涯、邵二泉、何修文、钱鹤滩、王守溪、沈大生、谢叠山、何孟春、林次崖、郭明龙、洪次崖、王阳明、闵如霖、吕雅山、楼迂斋、卢文子、胡龙汇、焦澹园、王荆石、罗大经、王槐野、唐荆川、钱丰寰、胡秋宇、高季迪、姜养冲、袁中郎、朱文公、王观涛、宗子相、王凤洲、吕仲木、李卓吾、王慎中、杨升庵、陈君启、唐子畏等诸家评，多寥寥数语，不见精彩。姚氏自评附于众人之后，列于文后评中，冠以“姚天目曰”四字，大都意到笔随，不主故常，拉杂散漫，鸡零狗碎，缺乏系统性和连贯性。

## 五 序跋选录

此书开卷有姚氏自序一篇，各家无总评，书尾无跋语。录姚序于下。

**姚靖《唐宋八大家偶辑序》**

癸丑春仲，余自京师还里，无事闲居，检童子时所记诵《左》、《国》、秦汉文评，有《古文八种》；《八种》者，《左传》、《国语》、《战国》、《史记》、两汉、六朝、八大家、元明文也。今屈指几十年矣，缘囊无馀资，余复性懒，动辍积岁，是以蓄是愿十年，而因循莫之逮也。去年冬，文芸馆主人先请八大家行世，且曰："八大家自月峰、鹿门、伯敬三先生始，其集浩繁，诵习者莫能得其指归，故虽诵之习之，而多未能揣摹而得其精神也。诚得一至简至严者与世更始，俾诵习者无揣摹之苦，而有得其精神之乐，因源溯流，使人能沦肌浃髓于八大家之中，而复引而伸之，而至于《左》、《国》、秦汉八种，则是集也，非特裨益于韩柳八大家之全文，并能裨益于《左》、《国》、秦汉八种之全文也。"余曰："然，固余愿也，非余素心也。余尝恨所谓'高头说约''必读古文'矣。圣贤精义，'高头说约'强为之制之；古人议论，'必读古文'强为之一之：是皆误世之具也。余《八种》之刻，方欲尽评其全文，一变世俗所谓'高头说约''必读古文'之见识，以归于正大而后快。如主人言，与余左矣。"主人曰："否。世不乏《八种》之全文也，特其茫茫浩浩，盈累千万，虽有豪杰之士，不无作辍其功。欲尽读《八种》之文，以揣摹其精神之所在，抑亦难矣。故欲变世俗而进之隆古，莫如八大家；欲变世俗而使尽人之乐诵习《左》、《国》、秦汉之文，亦必不如八大家之易入人。欲世俗之乐诵习八大家，又莫如严核八大家之文以尝之，而使之知其味之旨与否，然后可徐起而图之也。"余退而思之，不觉喟然叹曰："斯言也，诚有补于八大家也，诚有补于《左》、《国》、秦汉八种也。"于是严以订之，详以核之，得文若干首。呜呼，隘甚矣，亦正世俗"必读古文"之见识也。然其所弃所取，则固或有异焉者矣。倘世能谅我，不指与"必读古文"一律为误世之具，则是集也，固八大家全文之先资，亦即《左》、《国》、秦汉八种全文之先资也。然究世俗"必读古文"之见识也，隘甚矣。时康熙甲子二月望古吴姚靖叙于天目之放梅。

## 第五节 储欣《唐宋八大家类选》

### 一 储欣其人

#### (一)储欣的选文思想

储欣,字同人,江苏宜兴人,康熙二十九年(1690)庚午科举人。生于崇祯四年(1631),卒于康熙四十五年(1706)。清初教育家和古文选家,曾辟在陆草堂,教读其中,人称在陆先生。储欣的家塾文学选本口碑很好,在当时的国内和国际有很大影响。清人云,“惟储氏选本多得作者真诠”,[①]“储氏之学衣被宇县,其所甄纂珍于秘府,外国贡使必宝购以归”。[②] 其中《唐宋十大家全集录》是《御选唐宋文醇》的底本,其十家之目和许多评点均为乾隆皇帝所采信。《唐宋八大家类选》在清代的流行程度,大约只有沈德潜的《唐宋八家文读本》堪与比并。

江苏宜兴储氏自始祖储光羲以来,分流衍派,人才辈出,蔚为望族。然而,并不是所有的人才都会才尽其用,对于一个人才高度集中的文化世家来说,科场蹭蹬,或者仕途偃蹇者,实亦多有。储欣的长孙储掌文说:“吾家世以文章名,亦颇以科目显,然大率宦途偃蹇,弗克展其所欲为;甚且有一鸣暂斥,赍志以终年,曾不登强仕者。”[③]又说:“吾储氏父子兄弟间自相师友,颇以能文章世其家,然往往有才遇牴牾之叹。科名禄位不可得,仅青一衿,或一

---

① 秦跃龙:《唐宋八大家文选》卷十五欧文《太尉王文正公神道碑铭》旁批,乾隆十八年(1753)刻本。

② 潘永季:《云溪文集叙言》,储掌文《云溪文集》卷首,《四库全书存目丛书》集部第267册,第484页。

③ 储掌文:《云溪文集》卷一《孝廉恒夫传》,《四库全书存目丛书》集部第267册,第492页。

衿并不可得青，竟困顿童子军中以老。”[①]储氏“父子兄弟间自相师友”的家风和“以文章世其家”的家学不断造就着知识人才，而“宦途偃蹇”或“科名禄位不可得”的现实又不断将其中一部分人才抛向社会的下层，这就使得储氏支裔既有科甲鼎盛的官宦世家，也有退而求其次的塾师世家。后者可以储欣为代表。

储欣所属的丰义一支，在清代有过“一科四甲”的辉煌。不过，储欣子孙三代无缘进士，主要以坐馆为生。储欣19岁丧父，率兄弟教读力学，60岁中康熙二十九年（1690）举人，翌年春闱失利，遂绝意功名，以塾师终老。其子储芝困顿诸生，储欣“即世后，家益贫”，与其子掌文“舌耕糊口且不给”。[②] 储掌文中康熙五十六年（1717）举人，一度为纳溪县令，后为锦江书院山长，然而为时皆不长。自称“弱冠授徒”，“卖文为活”，[③]先后在真州、扬州坐馆30余年，在储欣之后“为举世仪型，作斯文宗主”，是乃祖“在陆之学”的“力荷真传”者。[④]

总起来看，储氏三代都以塾师为职业，对塾师身份有着深切的认同。储掌文曾说：“造就学者乃吾家本分事。”[⑤]其族侄储大文为储欣所作的《在陆先生传》详列其门人登科者姓名及年份；储樵为其父储掌文所作的《先府君云溪公行状》则详列其在各地坐馆的东家姓氏及坐馆年月，皆以“造就学者”为终生业绩。

储欣既是时文教育家，又是时文作家和时文选家，曾“以时文

---

① 储掌文：《云溪文集》卷一《子将叔父子合传》，《四库全书存目丛书》集部第267册，第498页。

② 储芝：《在陆草堂文集序》，储欣《在陆草堂文集》卷首，《四库全书存目丛书》集部第259册，第383页。

③ 储掌文：《云溪文集》自序，《四库全书存目丛书》集部第267册，第485页。

④ 储掌文：《云溪文集》附录《先府君云溪公行状》，《四库全书存目丛书》集部第267册，第661页。

⑤ 储掌文：《云溪文集》附录《云溪公传》，《四库全书存目丛书》集部第267册，第660页。

名海内垂四十年”,[①]“坊人请选闱墨房行,学者悉奉为指南”。[②]他本人却说:“某治时文最久,然非性所好。少壮时渔猎书籍,有志古作者之林,今白发满头,蓄志未就,然缘此于时文之业虽久而不专。坊人弗察也,妄意老马识途,属以选政。”[③]曹鸣也说储氏“不从时文中作生活”,“时文非所屑为”。[④] 看来,储欣虽然“治时文最久”,又为坊人所请,操时文“选政”,其志向所在仍是古文。当时人们认为古文与时文“风马牛不相及”,[⑤]因而很多塾师“从时文中作生活”。储欣则十分强调古文之于时文的重要性和有效性,认为即使仅就举业而言,驰骋秦汉唐宋文,则“文与道必将有得焉”。[⑥] 总之,打通古文与时文,以古济时,是其选文的核心思想:

> 时文之美,鱼也,肉也,宿昔之食耳。古文如谷种,其生不穷,食之岂有量哉?但今日未能去离时文,即所先置力者,必择其与时文不甚悬隔,而以己之材质参焉。或取与己近者,不则与己反者。取与己近,所以充吾长也;取与己反,所以攻吾短也。[⑦]

---

① 储芝:《在陆草堂文集序》,储欣《在陆草堂文集》卷首,《四库全书存目丛书》集部第 259 册,第 383 页。

② 曹鸣:《在陆草堂文集序》,储欣《在陆草堂文集》卷首,《四库全书存目丛书》集部第 259 册,第 372 页。

③ 储欣:《在陆草堂文集》卷二《答邵文孙书》,《四库全书存目丛书》集部第 259 册,第 411 页。

④ 曹鸣:《在陆草堂文集序》,储欣《在陆草堂文集》卷首,《四库全书存目丛书》集部第 259 册,第 372 页。

⑤ 储欣:《在陆草堂文集》卷二《答杨明扬书》,《四库全书存目丛书》集部第 259 册,第 405 页。

⑥ 储欣:《在陆草堂文集》卷五《四书镜序》,《四库全书存目丛书》集部第 259 册,第 468 页。

⑦ 储欣:《在陆草堂文集》卷二《答汪尊士书》,《四库全书存目丛书》集部第 259 册,第 409 页。

这段文字全面反映了储欣的文学教育思想和选文思想，正如清人所言，“凡先生所以学、所以教者，当于此求之”（文后评语）。在他看来，“区区科举之文，三年小变、十年大变之物，本非有定论也”，①正如鱼肉一样，系速朽之物，无法与生生不已的古文等量齐观。因而要学好时文，必须先“置力”于古文。为此，他提出了两个选文标准：一是“与时文不相悬隔”；二是根据读者的“材质”，扬长补短。后一点也就是他在另一篇文章中提出的“因天顺成”思想：

> 学士家言，文章辄喜创而恶因。予谓不然。文莫善于因，惟因能创。且谓予所谓因，非夫人所谓因也。彼所谓因，因人耳，因时耳，由是则苟且雷同剽窃似是而非之弊，不可胜道也。予所谓因，因乎其人之天。……因其天而顺成之，充所长，辅所短，则皆可以有立。故曰：文莫善于因，惟因能创。②

“因天”，是指“因乎其人之天”，也就是根据受教育者现有的知识结构和认知能力加以选文和施教。“顺成”就是在“因天”的基础上，“充所长，辅所短”，并由此自然而然地使读者达于“有立”乃至“能创”的新境界。

正是带着一个教育者的眼光，储欣剔除了真德秀《文章正宗》以来以载道相标榜的选文风气，恢复了文学选本的文学教育本位。与此相应，储欣旗帜鲜明地提出了尊唐的主张，与《唐宋八大家文抄》尊宋的路向迥然有别。储氏论唐宋文优劣云：“词气并胜

---

① 储欣：《在陆草堂文集》卷五《默镜居文集序》，《四库全书存目丛书》集部第259册，第473页。

② 储欣：《在陆草堂文集》卷五《瀛杰文稿序》，《四库全书存目丛书》集部第259册，第485页。

者，唐文也；气胜词者，宋文也。夫气胜词，似不若词气并胜者尤光焰万丈也。”[①]他认为，唐宋文虽然都有“气胜”的优点，但唐文词气并胜，宋文词不逮气，相较而言，唐文更加“光焰万丈”。带着这样的认识，储氏对八大家中的韩柳二家十分赞赏，而对宋六家则时有微词。储氏曾将韩愈全集“择善书者录在净纸，装成八本，锦囊贮之，不顷刻去离几席”。[②] 又认为茅坤“选大家而限以八”是“坐井之窥”，增入唐人李翱、孙樵，以与宋六家抗衡。至于八家中的宋六家，则持论较为苛严。例如，他认为王安石很“狷狂”，不应列为八大家之一；欧阳修“喜于荐士，而暗于知人”；苏轼“序事冗沓，乃大逊于韩柳”。[③] 立论是否允当姑且勿论，其对于唐文的偏好和对于宋文的不满是显而易见的。《唐宋八大家文抄》是唐宋派文学主张的一面旗帜，而唐宋派看重的是宋文，这是其道学取向在选文标准上的反映。储欣的选文思想之所以能够打破唐宋派的宗宋樊篱，主要因为他的选文不是站在道学立场上，而是站在文学立场上。他之所以看重唐文，是因为唐文“词气并胜”，最具有“因天顺成”的文学教育功效。就此而言，他同时又是站在教育立场上的。

“以古济时”“因天顺成”“尊唐薄宋”而外，储欣的另一个选文思想是“兼收并拔”。明代中叶以来，秦汉派与唐宋派各画疆域，相持不下。茅坤《唐宋八大家文抄》以来，唐宋派的文学主张占了上风，成为古文选本的主流思想。储氏针锋相对地提出了“兼收并拔”的观点。他认为，“著文难，司衡文尤难”，因为“大抵著文者欲自成一家之言，而衡文者务周知百家之言”，然后才能“兼收并

① 储欣：《唐宋十大家全集录》卷首《凡例》，《四库全书存目丛书》集部第 404 册，第 239 页。

② 储欣：《唐宋十大家全集录》卷首《韩文序》，《四库全书存目丛书》集部第 404 册，第 254 页。

③ 储欣：《唐宋十大家全集录》卷首《凡例》，《四库全书存目丛书》集部第 404 册，第 238—240 页。

拔，而无有漏吾网者焉”。[1] 在这种认识前提下，他对《唐宋八大家文抄》的疏漏和褊狭提出了尖锐的批评：

> 由斯以观，虽曰表章前哲，而挂漏各半，适足以掩遏前人之光；虽曰开导后学，要所以锢牖其耳目而使之不广者，亦以多矣。欲无遗议，得乎？[2]

在他看来，已享有盛名的茅《抄》“掩遏前人之光”，其实未尽各家精华，不足以作为理想的文学读本，必须自出手眼，加以再选。那么，要选哪些文章，才不至于“掩遏前人之光”呢？他曾告诫门人说，“《左》《国》为文字之祖”，[3]“由秦汉入则句不冗”。[4] 其门人对此论的解释是：“《左传》上继《尚书》，下开迁固以后历代史。其中历载二百四十年之故实，足以广学者之识，而又纬以绣绘追琢之文辞，足以工学者之言。故学古之始基，端在乎此。”[5]这就是说，秦汉文足以“广学者之识”“工学者之言”，乃“学古之始基”，学者必须取法乎上，由此而入。这一点是其“兼收并拔”选文思想的精华所在。其选文实践也与此相符。他既有《唐宋八大家类选》《唐宋十大家全集录》，又有《左传选》《穀梁传选》《公羊传选》《国语选》《战国策选》《史记选》《西汉文选》，后者合称“七种古文选”。这就不仅突破了茅《抄》的“八家”范围，也突破了秦汉与唐宋的樊篱。在此影响下，有清一代的家塾文学读本既重视唐宋

① 储欣：《在陆草堂文集》卷五《瀛杰文稿序》，《四库全书存目丛书》集部第259册，第485页。

② 储欣：《唐宋十大家全集录》卷首自序，《四库全书存目丛书》集部第404册，第237页。

③ 储在文：《国策选序》，储欣《七种古文选》。

④ 储大文：《在陆先生传》，储欣《在陆草堂文集》卷首，《四库全书存目丛书》集部第259册，第377页。

⑤ 徐永勋：《左传选序》，储欣《七种古文选》。

文，也重视秦汉文，有力地打破了茅坤《唐宋八大家文抄》以来偏于唐宋的狭隘选文格局，对清代散文选本产生了持久而深远的影响。

### （二）储欣所编古文选本

储欣所编的家塾文学选本有《唐宋十大家全集录》和“七种古文选”，可以分为“全文以契古真”和“约选以便初学”两类。[①]《唐宋十大家全集录》属于前者，其目的在于“为成学治古文者楷式”；“七种古文选”属于后者，其目的在于“为初学治时文者揣摩”。[②]其编选的动机，要从壮年课徒和晚年课孙说起。《唐宋八大家类选》和《唐宋十大家全集录》的成书就是一个例子。清人云：“自储欣以古文词有名，其家父子兄弟多以此相镞砺。掌文为欣之孙，得其指授为多。今世所传欣选《左》《国》《史》《汉》及《唐宋十家文》，即其甄录以授掌文者也。”[③]储掌文为储欣独子储芝的长子（据储大文《在陆先生传》）。不难理解，储欣在这位长孙身上寄托了光耀门楣、传承家学的殷切希望，因而读本的编选颇为用心。据吴华孙《储云溪先生传》，储掌文生于康熙二十六年（1687），卒于乾隆三十五年（1770），享年 84 岁。[④]康熙四十五年（1706）储欣去世时，储掌文 19 岁。吴振乾亦云：“先生晚年课孙，自《左》《国》《史》《汉》，下逮唐宋诸家，各有约选定本，而《八家类选》一书尤便揣摩。”[⑤]《唐宋八大家类选》编定于康熙三十八年（1699），距储欣去世相隔 7 年，可以称得上晚年；而这一年储掌文 13 岁，正是可以学习古文的年龄。不过，

① 储大文：《西汉文选序》，储欣《七种古文选》。

② 徐永勋：《唐宋八大家类选序》，储欣《唐宋八大家类选》卷首，光绪二十八年（1902）翰文堂刻本。

③ 纪昀等：《钦定四库全书总目》，中华书局 1997 年版，第 2280 页。

④ 储掌文：《云溪文集》附录《储云溪先生传》，《四库全书存目丛书》集部第 267 册，第 658 页。

⑤ 吴振乾：《西汉文选例言》，储欣《七种古文选》。

吴振乾又说：

> 广陵吴文篁村既取先生所定《唐宋十家文》刊刻以行诸世矣。顾是书也，先生订定于晚年，卷帙颇繁，点次颇淡。观其序言，原为成学治古文者旁搜博览以开拓其心胸，而非为初学治时文者设也。独有《八家类选》系先生壮盛时聚徒讲学所手批而口授者，故择之也务简，取之也务精，其间篇法段落、波澜意度表白之也务详务显。允哉，举业之准绳，初学之津梁也。①

由此可知，《唐宋八大家类选》原为储欣"盛壮时聚徒讲学"所用的教材，康熙三十八年(1699)始发凡起例，编为一书，以便作为13岁的孙子学习古文的读本。而《唐宋十大家全集录》则"订定于晚年"，实由《唐宋八大家类选》增广而来。显然，随着孙子年龄和学问的增长，为"初学"而编的《类选》一书已不能满足需要，因而要编选一部内容更丰富的选本，以便孙子现在和将来"治古文"之用。总之，课徒和课孙是储欣编选家塾文学选本的主要动机。

从现存的材料看，储欣早年即致力于文学读本的编选，积累了丰富的经验。其家塾文学选本之所以出类拔萃，固然得益于壮年讲学和晚年课孙需要的催动，同时也与此前的积累分不开。储欣早年曾与蒋景祁选《春秋》"四传"以解《春秋》，名曰《春秋指掌》，今存康熙二十七年(1688)序刻本。《春秋指掌》是为举业而编的解经之书，并非文学选本，但它所选章节很注重文学性，有以文解经的显著特征。这就为后来《左传选》《穀梁传选》《公羊传选》的编选打下了基础。尤其值得一提的是，储欣"嗜《左》尤深"(徐永勋《左传选序》)的个人爱好及其《左传选》的编选极大地影

---

① 吴振乾：《唐宋八大家类选序》，储欣《唐宋八大家类选》卷首。

响了后来家塾文学选本。此后出现的《古文析义》《古文观止》等著名选本都大量选入《左传》，储欣的影响不可低估。至于《国策选》，正如《唐宋八大家类选》一样，原不是为课孙而作，不过在课孙时经过再次修订，成为定本罢了。其门人云："先生自注评选《国策》年月，谓起于甲辰九月，至乙巳六月校定。又云：少喜此书，及长评点数过，至今始得成帙。"（吴振乾等《战国策选例言》）储氏"少喜此书"，后来又"评点数过"，至康熙四年（乙巳，1665）已经"校定"，当时距储掌文出生还有 22 年，显然不是为课孙而编。《史记选》的情况也大略如此。其门人云："先生初选《史记》十九篇授门下士，识者宝之，传写之馀，浸失真本。及晚年课孙，稍扩之，而有是选。"①可见，《史记选》的编定很像《唐宋十大家全集录》，系由壮年课徒教材扩选而来，以作为更理想的课孙教材。

**（三）储氏弟子与其古文选本的刊刻**

像大部分塾师一样，储欣无力刊刻自己的著述，他的文学选本是由门人刊刻的。康熙四十四年（1705），《唐宋十大家全集录》由其门人校刊于扬州。储欣云："是书门下十生校雠精到，而商酌出入，往往起予，又力赞其尊大人捐赀以公诸世者，吴生蔚起豹文也。""门下十生"，不列姓氏。对于捐资人，储氏作了详细介绍："吴子尚木，古君子也。三十岁以前读书砥行，已而历游天下名山大川，定居维扬葺存园，邀余训子婿者三载。见余是书，大悦之，且曰：茅板漶漫不可读，得先生书行于世，嘉惠后学不浅矣。竟捐赀锓板，成其志云。"②捐资人系"门下十生"之一吴蔚起的父亲吴尚木，即储欣坐馆"训（其）子婿者三载"的老东家。

《唐宋十大家全集录》刊成的第二年，储欣去世。16 年后，其门人开始谋刻"七种古文选"。首倡其事者为门人徐永勋、吴振乾

---

① 吴振乾：《史记选例言》，储欣《七种古文选》。

② 储欣：《唐宋十大家全集录》卷首《凡例》，《四库全书存目丛书》集部第 404 册，第 238—240 页。

和董南纪，其子储芝、孙储掌文、从孙储在文也参与了相关工作。由于《史记选》《西汉文选》“卷帙稍省”，[①]在康熙六十一年(1722)即“先付开雕”。[②] 雍正元年(1723)又先后刊出《战国策选》和《唐宋八大家类选》。储在文《战国策选序》云：“徐君公逊偕其友吴君文岩、董君宗少谋刊在陆草堂遗选，既出《史记》《汉书》二种，从叔五采又以《左》《国》选本授付剞劂。”所谓《汉书》，其实是指《西汉文选》。“从叔五采”即储芝，“《左》《国》”即《左传选》和《战国策选》。《战国策选》的确初刊于雍正元年(1723)，而《左传选》却并没有按计划刊出，其原因是要“急梓八家”，也即为《唐宋八大家类选》让路。《唐宋八大家类选》分校于雍正元年(1723)秋，同年底如期付刊。在此之后，储欣后人和门人艰于财力，其他三种选本的刊刻一度停顿下来，没有着落。雍正四年(1726)底，徐永勋勉强将《左传选》付梓。雍正六年(1728)，《公穀选》和《国语选》由储欣再传弟子史章期、任环、吴景喜、徐铭砚集资刊刻。任环《公穀选序》云：

> 吾友徐子公逊表章草堂遗选，先《史》《汉》，次《国策》，次《八家》，最后乃刻《左传》。甫成，而吾友衣食于奔走，羁留燕赵间，卒卒未有暇也。故《国语》及《公穀》虽有志嗣出，而仍藏箧中，不及付梓。……余生也晚，不及师事先生，而受业草堂，侧闻绪论，愿比诸私淑之列。……爰偕二三同学取公逊所有志未逮者续成之。《国语》凡八十馀篇，《公穀》共百有二十篇，次第鸠公镂板，而后草堂遗选始得睹其大全。[③]

---

① 吴振乾：《西汉文选例言》，储欣《七种古文选》。

② 储在文：《西汉文选序》，储欣《七种古文选》。

③ 任环：《公穀选序》，储欣《七种古文选》。

储欣去世20余年后，经过其子孙、弟子和再传弟子历时7年的接力，其文学选本终于全部刊出，世人得以“睹其大全”。清代塾师著作，常由其门人集资刊刻，或人各一种，或人各一卷或数卷，费用各自负担，卷首署出资暨校刻者姓氏，已为惯例。储欣选本就是一个典型的例子。

## 二　初刻本鉴定

储欣《唐宋八大家类选》版本甚多，存世亦夥，但其雍正元年(1723)受祉堂刻本，世所罕观。所见为浙江省图书馆藏本(索书号:普814.083/2477.2)，共十六册。半叶八行二十五字，四周单边，白口，无鱼尾，无界行。版框197×104毫米。内封题“唐宋八大家类选，宜兴储同人先生评，翻刻必究，受祉堂藏板，雍正癸卯新镌”。卷首题“唐宋八大家类选卷一，宜兴储欣同人评，男芝五采参述，门下后学吴振乾文岩、徐永勋公逊、董南纪宗少、孙男掌文曰虞校订”。版心题“唐宋八大家类选卷一”。正文有圈点和行间评，无眉评。文后有储欣评，无他家评。全书结构依次为内封、吴振乾序、储欣唐宋八大家类选引言、唐宋八大家类选目次、唐宋八大家类选卷一正文。吴振乾序署“癸卯孟冬朔日门下后学吴振乾识”，储欣《引言》末署“康熙己卯孟冬画溪储欣题于在陆草堂”。吴振乾序所署“癸卯孟冬”与内封“雍正癸卯新镌”时间一致，显非后来翻刻本。“癸卯”为雍正元年(1723)，是年秋其门人云:“目今分校《唐宋八大家》。”①同年孟冬又云:“予既偕徐子公逊，董子宗少取草堂遗选次第开雕，于《国策》《史》《汉》外急梓八家，公诸当世，亦谓先生启迪后学，开示来兹，尤在《类选》一书哉。既成，聊赘数语以附于简末。”(吴振乾《唐宋八大家类选序》)可见，《唐宋八大家类选》的校刻均在雍正元年(1723)，则浙江省图书馆藏雍

---

①　吴振乾等:《战国策选例言》，储欣《七种古文选》。

正元年(1723)受祉堂本正是初刻本。此距储欣去世(康熙四十五年丙戌,1706)17年,距其成书(康熙三十八年己卯,1699)24年。此初刻开本不大,刻工水平不高,印刷和纸张也很差,可以想见储氏弟子当时募集的经费并不宽裕。但此本经过其子孙和门人的校雠,与后来的翻刻本相比,较为精审和可信。例如,光绪十八年(1892)湖北官书处刻本刻工、印刷和纸张都很好,但对储评时有改易,失其本真,远不如此本。见图1-5-1和图1-5-2。

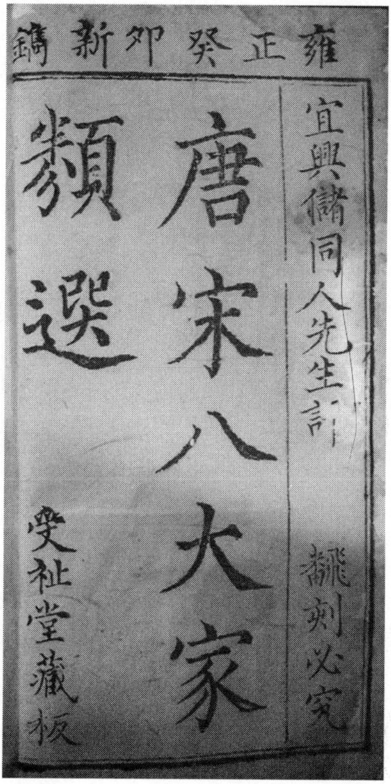


图1-5-1　储欣《唐宋八大家类选》内封
雍正元年(1723)受祉堂刻本

吴振乾序首页右下钤"章厥生教授遗书捐赠浙江省立图书馆"及"浙江省立图书馆甲申整理馆书之章"二枚长方朱印。章嵚(1879—1931),字厥生,浙江仁和人,光绪二十九年(1903)癸卯科举人。[①] 曾留学日本,回国后任北京大学、北京师范大学教授。马叙伦称其"为北京师范大学国文系主任最久"(《石屋续瀋》),其间与鲁迅有往来[②]。后任中央大学、浙江大学教授。著有《中华通史》等。由二印章可知,此书为章嵚先生旧藏,1931年章先生去世后

---

① 民国《杭州府志》卷一百一十三,《中国地方志集成》浙江第2册,上海书店1993年版,第1030页。

② 1923年1月14日,鲁迅写道:"晚得章厥生信片。"见《鲁迅全集》第15册,人民文学出版社2005年版,第458页。

捐赠浙江省立图书馆，1944年甲申查验时在馆，又经“文革”劫火，完整保存至今。

## 三　体例特征及其文体理论

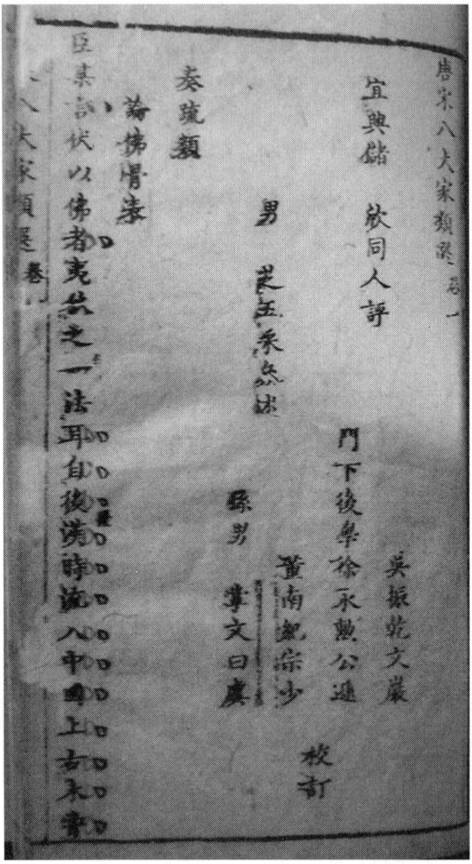
唐宋八大家類選　卷一
宜興儲　欣同人評
男　芝五　禾然　述
門下後學　徐永勳公遜
吳振乾文巖
董南紀宗少
孫男　掌文曰虞
校訂
奏疏類
論佛骨表
臣某言伏以佛者夷狄之一法耳自後漢時流入中國上古未嘗
八大家類選　卷

图1-5-2　储欣《唐宋八大家类选》卷一
雍正元年(1723)受祉堂刻本

在唐宋八大家选本群中，打破作家界限，以文体分类选文，并不始自储欣的《唐宋八大家类选》，而是始自明人孙慎行的《精选唐宋八大家文抄》。不过，孙选将八大家文分为序、记、碑铭、杂文四大类，过于简率；将书、论、说、箴、赞、传、跋、颂、辩、铭等序、记、碑铭以外的文体皆归入“杂文”，殊为失当。此后署名钟惺所选的崇祯五年(1632)汪应魁《唐宋八大家选》亦以文体分类，而不以各家为单元，不过其将文体分为论、议、辨、策、上书、表、疏、札子、状、书、书启、序、题后、引、记、传、赋、说、解、颂、铭、赞、对、文、祭文、哀词、庙碑、功德碑、墓碑、墓碣、墓表、墓志铭32小类，过于繁苛，又不分大类加以统系，过于烦琐。储欣的选本则将八大家文分为6大类29小类：

**表5　储欣《唐宋八大家类选》文体分类**

| 大类类目 | 小类类目 |
| --- | --- |
| 奏疏第一 | 六类：书、疏、札子、状、表、四六表 |
| 论著第二 | 八类：原、论、议、辨、说、解、题、策 |
| 书状第三 | 三类：状、启、书 |
| 序记第四 | 三类：序、引、记 |
| 传志第五 | 四类①：传、碑、志铭、墓表 |
| 词章第六 | 五类：箴、铭、哀辞、祭文、赋 |

不难看出，储氏分类以大类统系小类，以简驭繁，纲举目张，又得繁简之中，较孙慎行、汪应魁的分类更加合理。储氏以上述分类结构全书，将八大家文分别隶于各类文体之中。在同类文体中，又以各家为单元，以韩愈、柳宗元、欧阳修、苏洵、苏轼、苏辙、曾巩、王安石为顺序，将文体的先后与作家的座次有机结合起来。另一方面，储氏只在各大类中分列各家，然后将小类隶于各家名下，避免了同一作家的文章在全书的不同区域重复出现过于频繁的弊端。同一大类名下的作家，或多或少，或全或缺，不求一律。例如"奏疏类"未选柳宗元文，"论著类"未选曾巩文，"词章类"未选柳宗元、苏洵、苏辙、曾巩文，皆根据作家所擅加以变通。

尤为特出的是，各大类及各小类的排序均别有深意。例如，其将奏疏列第一，寓"尊君"之意；将"赋"列于全书之末，是为八家"讳所短"；将"四六表"列于"奏疏类"之末，是因其"体卑"等，皆匠心独运，而绝非漫无所谓。至于其"类选"体例的深意，其门人吴

---

①　雍正元年(1723)受祉堂本及所见其他版本所载储欣《唐宋八大家类选引言》皆作"传志第五……曰传、曰碑、曰志铭、曰墓表：为类五"。检阅正文，亦只有四类文体，"五"字当系误计。是否"志铭"当分为二类呢？以下"词章第六"中已有"铭"体，而且"传志第五"正文所收墓志铭皆志铭一体，未有有志无铭或有铭无志者，故"志铭"不当分为二类。本文以四类计。

振乾所作的序言作了十分透彻的阐释。他认为唐宋八大家“文不类而体类”，也就是说，同是归类的前提，而八大家风格各不相同，无法归类；可以归类的是其文体，“奏疏有奏疏之体，论著有论著之体，推而至于书状序记传志辞章，蔑不然”。在这一认识的支持下，“在陆先生别八家之类而分之，复比八家之类而合之。其分之者，使人由不类中以求其类，而悟行文之体之所以同；其合之者，并使人由类中以思其不类，而见古人之文之所以异”。吴氏具有很高的理论水平，对乃师文体理论和编排理念作了深入的阐发，对此后八大家选本的体例创新产生了深远的影响。

## 四 选文规模和宗旨

储欣《唐宋八大家类选》14 卷，选文 247 篇。其各体选文总数及八大家各家各体选文情况如下：

**表 6 储欣《唐宋八大家类选》选文统计**

| 体类 | 卷次 | 总数 | 韩愈 | 柳宗元 | 欧阳修 | 苏洵 | 苏轼 | 苏辙 | 曾巩 | 王安石 |
|---|---|---|---|---|---|---|---|---|---|---|
| 奏疏类 | 1—2 | 22 | 3 | 0 | 5 | 2 | 9 | 1 | 1 | 1 |
| 论著类 | 3—7 | 86 | 18 | 4 | 6 | 17 | 28 | 9 | 0 | 4 |
| 书状类 | 8—9 | 42 | 22 | 5 | 2 | 5 | 3 | 1 | 2 | 2 |
| 序记类 | 10—12 | 68 | 19 | 13① | 17 | 5 | 4 | 2 | 6 | 2 |
| 传志类 | 13 | 17 | 9 | 3 | 2 | 0 | 2 | 0 | 0 | 1 |
| 词章类 | 14 | 12 | 6 | 0 | 2 | 0 | 3 | 0 | 0 | 1 |
| 总计 | 14 | 247 | 77 | 25 | 34 | 29 | 49 | 13 | 9 | 11 |

《唐宋八大家类选》原为储欣盛壮时聚徒讲学所用的教材，去世前 7 年（康熙三十八年）又加编订，作为 13 岁的长孙储掌文学习古文的读本。《唐宋十大家全集录》实由《唐宋八大家类选》增广而来。可以说，《唐宋八大家类选》是储欣课徒课孙的自编教

① 卷十柳宗元《永州铁炉步志》有篇无目，计入。

材，经过了反复的修改和提炼，凝结了其一生的心血。毫无疑问，课徒也罢，课孙也罢，都是以举业为指向的。其门人说，《唐宋十大家全集录》“为成学治古文者楷式”，而《唐宋八大家类选》则“为初学治时文者揣摩”（出处均见上），二书不仅有家数多少、选篇繁简之别，其读者定位和功能定位也不相同。关于此点，其门人吴振乾说得很显豁：

> 《八家类选》系先生壮盛时聚徒讲学所手批而口授者，故择之也务简，取之也务精，其间篇法段落、波澜意度表白之也务详务显。允哉，举业之准绳，初学之津梁也。①

由此可见，《唐宋八大家类选》的功能定位是“举业”，读者定位是“初学”，其出发点是为初学提供一部有资举业的古文读本。如此说来，“有资举业”或者说“有资时文”就是其选文宗旨。储欣曾自言，古文选本要选“与时文不甚悬隔”者。选哪些文章，不选哪些文章，就是要看其是否“有资举业”，万变不离其宗，故称宗旨。储欣在 15 000 字的评点中，曾 5 次提到举业，由此可见窥见其“有资举业”选文宗旨的基本内涵：

**表 7　储欣《唐宋八大家类选》举业定位举证**

| 序号 | 卷次 | 作　家 | 篇　目 | 评　　点 |
|---|---|---|---|---|
| 1 | 3 | 韩　愈 | 原毁 | “五原”当以此为殿，但清快利举业。 |
| 2 | 4 | 欧阳修 | 本论中 | 明切委备，学者得其大意，不独二、三场冠世，亦最利于前场。 |

① 吴振乾：《唐宋八大家类选序》，储欣《唐宋八大家类选》卷首。

续表

| 序号 | 卷次 | 作　家 | 篇　目 | 评　　点 |
| --- | --- | --- | --- | --- |
| 3 | 10 | 韩　愈 | 送李愿归盘谷序 | 公作此文，才二十四岁。公尝云：辞不备，不可谓成文。看此文于李愿口中描写三种人，各极情状，如化工之付物，信乎其辞之备也。学者解之，最利举场。 |
| 4 | 10 | 柳宗元 | 永州新堂记 | 前叙述，后议论，开后人多少法门，尤利举业。 |
| 5 | 13 | 韩　愈 | 圬者王承福传 | 人有以言传者，王承福是也。详尽流利，熟之最利举业。 |

“五原”指韩愈的《原道》《原性》《原毁》《原人》《原鬼》，储欣认为《原毁》写得最差（“以此为殿”即此意），之所以将它选入，是因为它“清快利举业”。也就是说，写得不够好，但“有资举业”者，也可以入选，可见其选文以“举业”为宗，至于文之佳恶，尚在其次。《送李愿归盘谷序》情绪激荡，用语刻露，其意绪格调，施于科场，最为败事，但储欣从“辞备”的角度肯定其于“举场”的积极意义，予以选入。科举文，无论是前场，还是第二、三场，都是议论文，碑传等叙事文与时文“悬隔”不小，一般举业读本很少选此类文章，但储欣选入韩愈《圬者王承福传》，原因是其行文“详尽流利，熟之最利举业”。凡此皆说明，储欣对“有资举业”的理解是宽泛的、通达的，并不拘于形似。另一方面，储欣编订此本时，其长孙才 13 岁，举业只是一个潜在的目标，还没有急切地浮现出来，成为压倒性的追求。因而其《唐宋八大家类选》为举业而设，但并无一般举业选本的浮躁、激切和功利习气。

总之，储欣对什么样的古文“有资举业”，什么样的古文“与时文不甚悬隔”，态度比较通脱，并不拘泥形似。从其实际选文，所选皆为脍炙人口的文学名篇，不以标新立异吸引读者的眼球。他以时文选家和古文选家的双重眼光，在举业与文学之间找到了适当结合点，这正是其选文的独到之处。

## 五　评点特征

储欣学养深厚，识见超卓，既是古文选家，又是古文作家和时文名家，四库馆臣称其“以制艺名于时，而古文亦谨洁明畅，有唐、宋家法，大致以苏轼为近”，[①]殆非虚语。关于其评点，其门人吴振乾以为“其间篇法段落、波澜意度表白之也，务详务显”，诚然不错。“详显”即“详细而且显豁”，为初学而评古文，不得不然。除此之外，尚有如下两方面的特征。

### （一）有新见

所谓有新见，就是与以往的评家相比，有新的见解，而不只是蹈习成说，人云亦云。例如，韩愈的《潮州刺史谢表》和三上宰相书向来被讥为“摇尾乞怜”之作，而储欣则为其开脱说：“人臣依恋阙廷，自是爱君，非徒为禄位计也。且以远窜之苦，入告天子，此亦呼天呼父母之意，岂云摇尾乞怜乎？”（卷一）再如，宋代以来至于茅坤，韩愈常被讥为“不知道”，储欣尖锐地指出：“宋人沿袭公说，便谓如日再中，反谓公之于道，有未尽知者，得非饮水而忘其源乎？”（卷十韩愈《送王埙序》）又如，他认为西汉之文既有邹阳、枚乘的“属辞缀事，藻耀风流”，又有晁错、贾谊、司马迁的“雄伟顿挫，直写胸臆”，而“学者概言公文绍西汉，不知六朝之文，其滥觞亦在西汉时，顾所择何如耳”（卷八韩愈《上宰相书》）。此论甚卓，非深于史者不能道。又如，为了论证“唐宋八大家”作为文学流派的合法性，茅坤有意将其打扮为一脉相承的文统中人，后来评八

① 纪昀等：《钦定四库全书总目》（整理本），中华书局1997年版，第2569页。

家者往往有“某文仿某文”之类的臆说，而储欣则认为，八家各不相袭，所以能够自成一家。例如，他称赞韩愈“序事力脱马迁门户”（卷十四韩愈《欧阳生哀辞》），称赞王安石《上田正言书》“有精采，有骨力，绝不蹈袭韩欧，故能于韩欧之外，独成一军”（卷九），皆本此意。关于此点，其门人所论最为精彩：“奥若韩，峭若柳，宕逸若欧阳，醇厚若曾，峻洁若王，既已分流而别派矣。即如眉山苏氏父子兄弟相师友，而明允之豪横，子瞻之畅达，子由之纡折，亦有人树一帜，各不相袭者。”这可以视作对乃师思想“独成一军”论的最好诠释。

**（二）有会心**

有会心就是能够领悟到文章的精妙之处或者说文心所在，而不只是表面的东西。例如，苏洵《辩奸论》矛头所向是王安石，而储欣却说：“起段讥切欧阳诸公，洞中底里，非独论安石也。”（卷四）“起段”指“惟天下之静者，乃能见微而知著”一句，暗讽欧阳修不能识王安石之奸，不是一个“见微而知著”的“静者”。不能不说此评很深入，揭出了文字背后的精义。其评柳宗元《寄许京兆孟容书》云：“子长以无罪被刑，故言之慷慨而激烈，其辞愤；子厚以有罪见谪，故反复怨艾，其词哀。”（卷八）将柳文与司马迁《报任安书》比较，同中求异，不为无见。其评苏洵《上田枢密书》：“求用于人者，其情似急，而故缓之；辞易卑，而故亢之。此暗脱范雎、蔡泽辈骨子，而尽变其貌，直使人不觉。”（卷九）将苏文与《史记》所载范雎、蔡泽不辱君命所使用的外交辞令相较，异中求同，颇为深切。其评韩愈《祭十二郎文》云：“以痛哭为文章，有泣，有呼，有踊，有絮语，有放声长号。此文而外，柳河东《太夫人墓表》同其惨裂。”（卷十四）既体会深至，又视野宏通。

除此之外，储欣还不时描摹评文时的状态与心绪，其于贤而不遇尤为动心，情绪颇为伤感。例如，其评韩愈《与孟东野书》云：“韩孟贤而不遇，故其书如此。读之令人流涕。”（卷八）评韩愈《与汝州庐郎中论荐侯喜状》云："余读韩公所论知己难遇处，爽然不知涕之何从也。"联系储欣学博望隆而科场蹭蹬的生平，不难理解其怀才不遇的心结。

总之，储欣评文，探深撷大，指要发隐，有独到之处，而且其用语明洁，逻辑清晰，意深而言浅。如其评韩愈《祭鳄鱼文》云："先喻以义，继道其归，末复慑之以威。"（卷十四）寥寥数语，揭示大义。其评王安石《上仁宗皇帝言事书》云："荆公此书，只是要改制变法、大肆更张耳。胸中有无数见解、无数话头，却寻出'人才不足'四字统之，架堂立柱，将胸中所欲言者，尽数纳入，随机大发，故议论愈多，头绪愈整，由其以一线贯千条也。"（卷二）明畅而条达，简明而扼要，将这篇长文的结构说得清清楚楚。

## 六　版本源流及翻刻本概览

储欣《唐宋八大家类选》编定于康熙三十八年（1699），由其门人吴振乾等初刻于雍正元年（1723），是为雍正元年受祉堂初刻本。乾隆十年（1745）受祉堂重刻此本，依然是单本独行。自康熙六十一年（1722）至雍正六年（1728）的 7 年间，其门人还相继刻成了储欣所编评的《左传选》《穀梁传选》《公羊传选》《国语选》《战国策选》《史记选》《西汉文选》，均系受祉堂刻本。乾隆三十八年（1773），同文堂将《左传选》《穀梁传选》《公羊传选》《国语选》《战国策选》《史记选》《西汉文选》与《唐宋八大家类选》加以合刊，称为《古文选》。乾隆四十五年（1780）武林三馀堂又将《左传选》《穀梁传选》《公羊传选》《国语选》《战国策选》《史记选》《西汉文选》加以合刊，称为《七种古文选》，以《唐宋八大家类选》作为附刊。乾隆四十九年（1784）金阊书业堂亦将《左传选》《公羊传选》《穀梁传选》《国语选》《战国策选》《史记选》《西汉文选》加以合刊，称《重订七种古文选》，并附刊《唐宋八大家类选》。乾隆五十年（1787）二南堂将《穀梁传选》《公羊传选》合为《公穀选》，从而将《唐宋八大家类选》列为“七种古文选”之一种，结束了其附刊的地位。由此看来，储欣《唐宋八大家类选》实有以受祉堂本为代表的单行本和以同文堂为代表的合刻本两种。

储欣《唐宋八大家类选》的单行本，受祉堂本以外，尚有光绪九年（1883）储廷杰静远堂刻本、光绪元年（1875）湖北崇文书局刊本、光绪十八年（1892）湖北官书处刻本、光绪二十八年（1902）翰文堂刻本、光绪二十八年庆文堂刻本等多种。

从版本优劣来看，雍正元年（1723）受祉堂初刻本经过其子孙及门人的通力校雠，最为精审；同文堂、三馀堂、书业堂、二南堂等坊刻本则较为粗疏，错字较多；湖北官书处刻本，刻印质量颇佳，但对储欣评点逞臆忘改，殊失本真，最不可靠。其相关细节将在下面分别述列，此不赘言。

连同上文已经叙录的雍正元年（1723）受祉堂初刻本，我所知见的《唐宋八大家类选》共有 11 个版本，知而未见者又有 5 个版本，共计 16 个版本。兹简要叙列于下。

**（一）乾隆十年受祉堂刻本**

所见为清华大学图书馆藏乾隆十年（1745）受祉堂重刻本（索书号：庚 311 7740.01），一函八册。半叶八行二十五字，左右双边，白口，无鱼尾，无界行。版框 191×105 毫米，书 227×126 毫米。内封题“唐宋八大家类选，受祉堂□□，宜兴储同人先生评，翻刻必究，乾隆乙丑新镌”。右上钤“在陆草堂遗选”椭圆朱印。卷首题“唐宋八大家类选卷一，宜兴储欣同人评，男芝五采参述，门下后学吴振乾文岩、徐永勋公逊、董南纪宗少、孙男掌文曰虞校订”。右下钤“清华大学图书馆藏”方形朱印。版心题“唐宋八大家类选卷一”。正文有圈点、行间评、文后评。全书结构依次为内封、吴振乾序、储欣唐宋八大家类选引言，然后是目录和正文。如图1－5－3和图 1－5－4。

图 1-5-3　储欣《唐宋八大家类选》内封
乾隆十年(1745)受祉堂重刻本

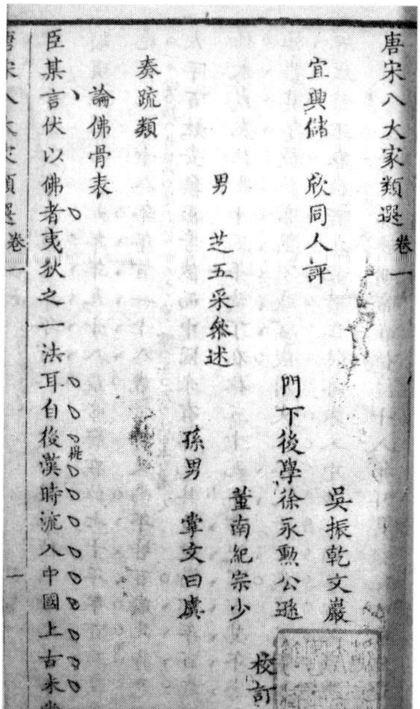


图 1-5-4　储欣《唐宋八大家类选》卷一
乾隆十年(1745)受祉堂重刻本

吴振乾序后半篇与雍正元年(1723)初刻本所载颇异，其文曰：“予既偕徐子公逊、董子宗少取草堂遗选，其讹谬者而不可得，此不特先生诲人之苦心悉为湮没，而后之学者闻声相思，复何所窥而寻耶？以乾与先生既笃世好，又积向往之诚，所为惕然惧，愀然思，有以留之也。窃不自量，欲悉梓手披诸本以赠遗天下嗜古之徒，俾家藏一卷，人习一编，即未经指授于先生者如亲指授。区区之心，诚不胜大愿，而仓促顾未之逮也。爰与同学数君子先取《国策》《史记》及西汉文锓诸梨枣，传诸通邑大都。呜呼！观于此者，不可见先生之大凡欤？乙丑春正上元前一日，门下后学吴振乾识。”此次受祉堂对《唐宋八大家类选》加以重刻，距雍正元年初刻已过去22年，其门人对储欣遗著的刊刻早已告竣，如吴振乾序再保留雍正元年序所谓“于《国策》《史》《汉》外急梓八家”就不合时宜，因而此次重刻，吴振乾对原序作了修改，自在情理之中，不应看作受祉堂的擅自改易。

此本所选篇数及各体各家篇数与雍正元年本一一吻合，个别地方对雍正元年本中的误字作了修改，如雍正元年本吴振乾序“夫文之有体，亦若是则已矣”一句，“则”字不当，此本改为“而”，甚是。

**(二)乾隆三十八年同文堂刻本**

所见为北京师范大学藏乾隆三十八年(1773)同文堂刻本，一函五册。半叶九行二十五字，四周单边，白口，无鱼尾，无界行。版框193×104毫米，书225×120毫米。内封题“唐宋八大家类选，宜兴储同人先生评，同文堂梓行，乾隆癸巳新镌”。卷首题“唐宋八大家类选卷一，宜兴储欣同人评，男芝五采参述。门下后学吴振乾文岩、徐永勋公逊、董南纪宗少、孙男掌文曰虞校订”。版心题“唐宋八大家类选卷一，奏疏类一，昌黎，大德”。各页书口下皆镌“大德”。正文有圈点、行间评，文后有总评。全书结构依次为内封、吴振乾序、储欣引言，然后是目次和正文。湖南省图藏与北师大本同，卷一首页钤“刘□氏珍藏”“□城刘氏□之珍藏书画之章”二朱印，见图1－5－5和图2。

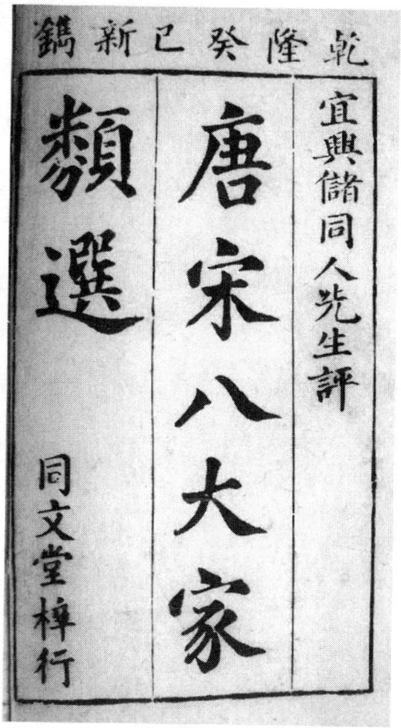

图1－5－5　储欣《唐宋八大家类选》内封
乾隆三十八年(1773)
同文堂刻本

此为储欣《古文选》合刊之一种。《古文选》共选文8种，计4函25册，《唐宋八大家类选》在第四函。第一函四册，皆为《左传选》，其内封题：“左传选，宜兴储同人先生评，同文堂梓行，乾隆癸巳新镌。”徐永勋《叙》云：“《左传》注释必推元凯、唐翁两家，而失之繁冗，则徒乱人意；其评论必推伯敬、月峰两先生，而失之疏略，亦莫得其精微：俱不足为初学定本也。学者自束发受书，于四子五经成诵后，便当读《左氏春秋》。是书也，上继《尚书》，下开迁、固以后历代史，其中历载二百四十年之故实，足以广学者之识，而又纬以绣绘追琢之文辞，足以工学者之言，故学古之始基，端在乎此。然而读本未定，虽日取《左氏》呫哔之，识遂广、言遂工乎哉？在陆先生少习麟经，贯通四传，而嗜左尤深，丹黄并下，已叙十过，犹不敢云尽善也。晚课孙，乃定斯本，始稍稍称意。大约其点次也谨而严，其持论也约而尽，其间采诸家之训诂也简而明，使学者开卷豁然，洞若观火。呜呼，是亦足矣！虽前此杜氏、林氏之注释，钟氏、孙氏之评衡，举可废也，况其他乎！予垂髫即受业草堂，与先生长孙同研习，朝吟夕咏，窃于其编有得焉。今谨不敢自私，公之当世，俾初学之士奉为定本，庶几□所揣摩云。时雍正四年岁在丙午季冬之月，门下后学徐永谨书。”此序于考证储欣《左传选》之成书，颇有裨益。

第二函8册，前二册为《国语选》，第三册《穀梁传选》，第四册《公羊传选》，第五册至第八册《战国策选》。《战国策选》内封后储在文序曰：“从祖在陆先生尝语在文曰：‘《易》《书》《诗》《春秋》四经而下，《左》《国》为文字之祖。其就左氏言之，则内外传是也；其合《战国策》言之，则内外传皆为《左》。左氏及见圣人，是非之合于经者十八九。必兼外传而事迹始备，文辞闳雅，后之作者无能出其门户。’……在文年十一二，即见先生《战国策》抄本，受而读之。其后齿逾三十，与同学汪子牧庭同侍先生数年，如得内外传，手订全文，盖其晚年定本也。会徐君公逊偕其友吴君文岩、董君宗少谋刊在陆草堂遗选，既出《史记》《汉书》二种，从叔五采又以《左》《国》选本授付剞劂，而属在文识其缘起，因述先生之绪论，附于卷端。今所刊者，三书选本也。若其全文定本，将俟诸异日，校布以行之久远焉。雍正元年秋九月受业从孙在文谨书。”后有《例言》云：“……先生自注评选《国策》年月，谓起于甲辰九月，至乙巳六月校定。又云：‘少喜此书，及长评点数过，至今始得成帙。’先生幼习麟经，故于左氏内外传，嗜好尤笃。然观其遗本，往往丹黄并下，评点议论多所异同。目今分校《唐宋八大家》，未暇订正。俟唐宋文迄工后，即当次第开雕，以公同好。癸卯秋日后学吴振乾、徐永勋、董南纪谨识。”储在文序及吴振乾等《例言》于储欣生平研究，俱有价值。

第三函8册，第一至第四册为《史记选》，其《例言》末云：“先生初选《史记》十九篇授门下士，识者宝之。传写之馀，浸失真本，及晚年课孙，稍扩之而有是选。文简而该，评点精当，实为初学指南。读者幸勿以挂漏为诮。壬寅冬日后学吴振乾、徐永勋、董南纪谨识。”后四册为《西汉文选》，内封后有储在文序：“在文年十四，受经于从祖在陆先生，质疑问难，无间寒暑，如是者二十馀年。幼读《左传》，专嗜韩文。……又叹先生用功之勤，熟复不厌，有中人之资所不屑为，故能深造自得如此也。……先生所□诸书，有全文以契古真，有约选以便初学。……其传记全文暨先秦、两汉、唐宋八大家约选，将次第裒校锓版以行世云。康熙后壬寅孟冬朔日受业从孙在文谨书。”后有《例言》云：“古文以章法为主，善乎在陆先生之言曰：‘唐宋法显，汉法微；唐宋法严，汉法宽。’即其微与宽处疏通证明，嘉惠来学，其功不浅。先生晚年课孙，自《左》《国》《史》《汉》，下逮唐宋诸家，各有约选定本，而《八家类选》一书，尤便揣摩。因兹编卷帙稍省，故先谋付梓，以俟续刻，公诸同好。世有真赏，幸勿以荆山片玉少之。壬寅冬日后学吴振乾徐永勋董南纪谨识。”第四函5册为《唐宋八大家类选》。

**（三）乾隆四十五年武林三馀堂刻本**

北京师范大学所见乾隆四十五年（1780）武林三馀堂刻本，一函十册。半叶八行二十五字，四周双边，白口，无鱼尾，无界行。版框188×105毫米，书228×127毫米。内封镌“唐宋八大家类选，宜兴储同人先生评，受祉堂藏板，乾隆庚子新镌”。卷首题“唐宋八大家类选卷一，宜兴储同人评，男芝五采参述，门下后学吴振乾文岩、徐永勋公逊、董南纪宗少、孙男掌文曰虞校订”。版心题“唐宋八大家类选卷一”。正文有圈点、行间评，文后评。

此本为储欣《七种古文选》附刊本。《七种古文选》及附刊凡二函二十册，《唐宋八大家类选》在第二函。第一函第一册首页为《七种古文选》总内封，题“重订七种古文选，宜兴储同人先生原本，武林三馀堂梓行，乾隆庚子新镌”。第一至六册为《左传选》，其内封题“左传选（中），宜兴储同人先生评（右上），受祉堂藏板（左下），乾隆庚子新镌（上）”。第七册为《公羊传选》，第八册为《穀梁传选》。第二函一至二册为《国语选》，三至五册为《国策选》，六至九册为《史记选》。十至十二册为《西汉书文选》，其内封为“西汉书文选（中），宜兴储同人先生评（右上），尺木堂藏板（左下），受祉堂原本（上）”。同文堂及三馀堂重刻储欣古文八种时，大都在内封保留初刻本“受祉堂”名号，不欲掩其底本所自来，并不表明系受祉堂所刊，这一点较易理解。三馀堂《西汉书文选》内封所镌“尺木堂”与三馀堂是何关系，尚待考据。

**（四）乾隆四十九年金阊书业堂刻本**

北京师范大学所见乾隆四十九年（1784）金阊书业堂刻本，计一函八册。半叶八行二十五字，四周双边，白口，无鱼尾，无界行。版框 186×104 毫米。内封镌“唐宋八大家类选，宜兴储同人先生评，受祉堂藏板，乾隆甲辰冬镌”。版心题“唐宋八大家类选卷一，一”。正文有圈点、行间评、文后评。

此为金阊书业堂所刊《重订七种古文选》附刊本。《重订七种古文选》共两函二十六册，《唐宋八大家类选》在第二函。全书总内封题“重订七种古文选，宜兴储同人先生原本，金阊书业堂重刊”。由此可知，《唐宋八大家类选》内封所刊“受祉堂藏板”是指其所依底本，并非此次刊刻的书坊名。此次重刻者实为金阊书业堂。第一函为《左传选》《国语选》《公羊传选》《穀梁传选》《战国策选》；第二函为《史记选》《西汉文选》《唐宋八大家选》。《左传选》内封题“左传选，宜兴储同人先生评，受祉堂藏板，乾隆甲辰冬镌”。《公羊传选》《穀梁传选》内封题“公穀选，宜兴储同人先生评，受祉堂藏板，乾隆甲辰冬镌”。其余各选内封皆同，唯书名异。而《西汉书文选》题“西汉书文选，宜兴储同人先生评，受祉堂藏板，乾隆庚子新镌”。由此可见，书坊重刻储欣八种古文选时，大都只在总内封新镌坊名和刊年，其余各本大都延续所用底本内封，不加改易，因而颇为混乱。对于这类情况，不能单依各本内封定其坊名及刊年。

湖北省图和山东省图均藏金阊书业堂《七种古文选》附刊的《唐宋八大家类选》，其内封镌“受祉堂藏板”，其实皆系乾隆四十九年（1784）金阊书业堂重刻本，参以北师大所藏《重订七种古文选》总内封“金阊书业堂重刊”数字，此理自明。湖北省图藏本与北师大藏《重订七种古文选》附刊本的行款、版框、断板等一一吻合，卷一首页右下钤“中南图书馆藏书”印。见图 1-5-6 和图 1-5-7。

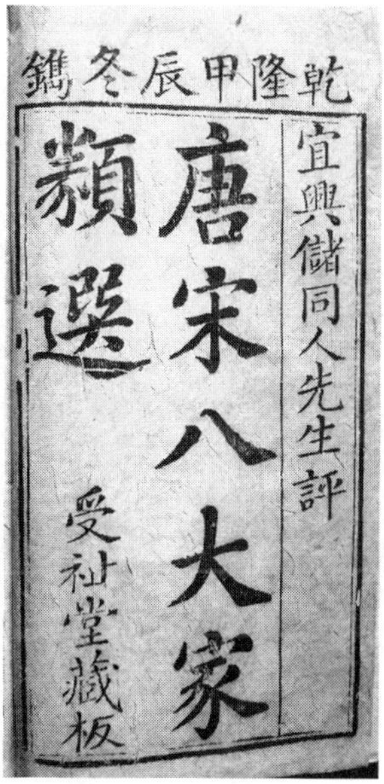


图 1-5-6　储欣《唐宋八大家类选》内封
乾隆四十九年(1784)
金阊书业堂刻本

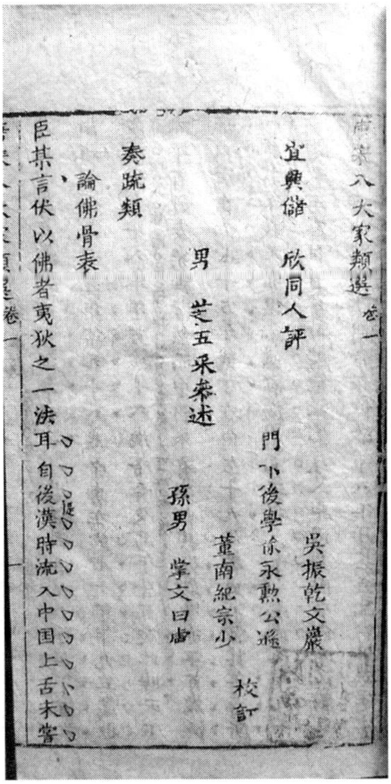

图 1-5-7　储欣《唐宋八大家类选》卷一
乾隆四十九年(1784)
金阊书业堂刻本

### (五)乾隆五十年二南堂刻本

所见为浙江省图藏乾隆五十年(1785)二南堂刻本,半叶九行二十五字,左右双边,白口,单黑鱼尾,无界行。版框208×139毫米。内封题“唐宋八大家类选,宜兴储同人先生评,二南堂梓行。乾隆乙巳新镌”。卷首题“唐宋八大家类选卷一,宜兴储欣同人评,男芝五采参述,门下后学徐永勋公逊、董南纪宗少,孙男掌文日虞校订”。版心题“唐宋八大家类选卷一,奏疏类,昌黎,二南堂”。每页书口下

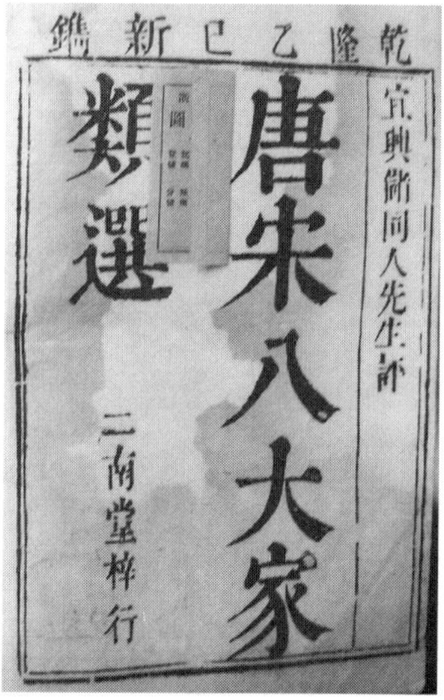
乾隆乙巳新鐫
宜興儲同人先生評
唐宋八大家類選
二南堂梓行

图1-5-8　储欣《唐宋八大家类选》内封
乾隆五十年(1785)
二南堂刻本

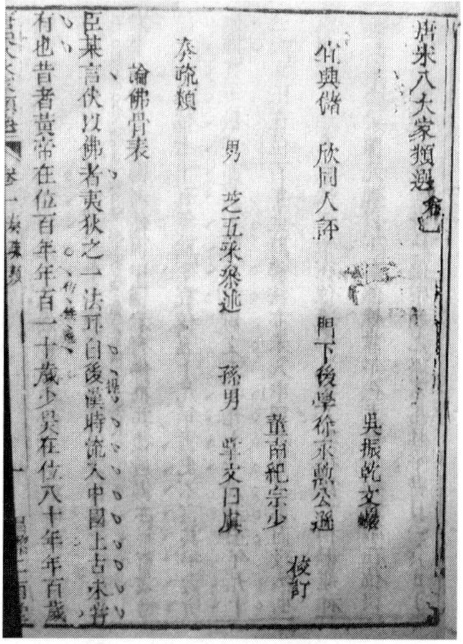
唐宋八大家類選卷一
宜興儲　欣同人評　吳振乾文
門下後學徐永勛公遜
董南紀宗少　校訂
男　芝五采參述　孫男　掌文日虞
奏疏類
論佛骨表
臣某言伏以佛者夷狄之一法耳自後漢時流入中國上古未嘗有也昔者黃帝在位百年年百一十歲少昊在位八十年年百歲

图1-5-9　储欣《唐宋八大家类选》卷一
乾隆五十年(1785)二南堂刻本

皆题“二南堂”。正文有圈点、行间评、文后评。全书结构依次为内封、储欣引言、吴振乾序,然后是目录和正文。见图1-5-8和图1-5-9。

此本为储欣《重订七种文选》之一种。《重订七种文选》开卷总内封题“重订七种文选,宜兴储同人先生评,二南堂梓行,乾隆乙巳新镌”。第一种为《左传选》,内封题“左传选,宜兴储同人先生评,二南堂梓行,乾隆乙巳新

镌”，下为徐永雍正四年（1726）序，序首有“浙江图书馆藏”“浙江省立图书馆甲申整理馆书之章”“64 年清点”等五枚朱印。第二种为《公穀选》，内封后有门人史章期、任环雍正六年（1728）序。第三种为《国语选》，内封后有门人徐铭砚、吴景喜雍正六年（1728）序。第四种为《战国策选》，内封后有储欣从孙储在文雍正元年（1723）序及同年吴振乾、徐永勋、董南纪所作《例言》。第五种为《西汉文选》，内封后为储在文康熙六十一年（1722）序及同年吴振乾等《例言》。第六种为《史记选》，内封后为吴振乾雍正元年（1723）序及康熙六十一年（1722）《例言》。第七种为《唐宋八大家类选》，叙录见上。

由此看来，二南堂将《公羊传选》《穀梁传选》合为《公穀选》，将总书名由“七种古文选”改为“七种文选”，从而将《唐宋八大家类选》纳入“七种文选”，结束了其长期作为《七种古文选》附刊的尴尬身份。

二南堂本与同文堂、三馀堂、书业堂一样，系坊刻本，其粗疏之处所在多有。将此本的储欣评点与雍正元年（1723）初刻本稍作比较，就会发现这个问题。兹举例于下：

**表 8　储欣《唐宋八大家类选》二南堂本疏漏举例**

| 序号 | 卷次 | 作　家 | 篇　名 | 雍正元年（1723）受祉堂本评点 | 乾隆五十年（1785）二南堂本评点 |
|---|---|---|---|---|---|
| 1 | 1 | 欧阳修 | 论台谏官唐介等宜早牵复札子 | 不争台谏所言是非，只说此时言大臣之难，与诸台谏立朝本末，则是非不待辩而自明。 | 脱“非”字；“辩”作“辨” |
| 2 | 2 | 苏　轼 | 上神宗皇帝书 | 仁宗为子孙得两相，熙宁时不用二苏，用介甫，此北宋治乱存亡之机也。 | “二”作“三” |

续表

| 序号 | 卷次 | 作　家 | 篇　名 | 雍正元年(1723)受祉堂本评点 | 乾隆五十年(1785)二南堂本评点 |
|---|---|---|---|---|---|
| 3 | 2 | 苏　轼 | 上圆丘合祭六议札子 | 礼本因时制宜，而学者辄是古非今，不度时而强为之说，此荀卿所**目**为沟犹瞀儒也。悲夫！ | “目”作“自” |
| 4 | 3 | 韩　愈 | 禘祫论 | 韩公理学精深，盖诸儒所不及，故其所议，独深得夫孝子慈孙报本返始不忘其所**由**生之本意。 | “由”作“自” |
| 5 | 4 | 欧阳修 | 泰誓论 | 千馀年承讹传谬，得公之论，如日再中，有功经学不小。然识不如公，而挟其迂疏固滞之见，以推测圣**经**，至欲举祖说而尽空之，是又公所不取也。 | “经”作“绍” |
| 6 | 4 | 欧阳修 | 纵囚论 | 纵囚一事，或一时不忍觳觫之所为，然其事**足**以悦愚夫愚妇，而不合于尧舜三王，故公直以好名责之，非刻也。 | “足”作“之” |
| 7 | 4 | 苏　洵 | 谏上 | 此生平学问得力处。故言之明切，即字法亦精，如“理**谕**”“势禁”，及“必悟”“必惧”等字，俱移易不得。 | “谕”作“论” |

续表

| 序号 | 卷次 | 作　家 | 篇　名 | 雍正元年(1723)受祉堂本评点 | 乾隆五十年(1785)二南堂本评点 |
|---|---|---|---|---|---|
| 8 | 4 | 苏　洵 | 审势论 | 上下古今，须有不可磨灭之言，而后可以**慑**服千古……仁宗制科得二苏，喜曰：吾为子孙得二宰相。盖其家**学**如此。 | “慑”作“摄”；“学”作“厚” |
| 9 | 5 | 苏　轼 | 正统论上 | 名轻实重，论正统最确最精。后人沾沾于《三国志》南北《史》之间，用意过当。流弊至李**焘**《长编》，而卤莽割裂，史家传信之法荡然矣。 | “焘”作“寿” |
| 10 | 5 | 苏　轼 | 平王论 | 志林文字，与公从前诸论不同。诸论盖有意于文而为之者，虽纵横出没，犹若有法可**橅**。 | “橅”作“撫” |
| 11 | 6 | 苏　轼 | 蓄材用 | 观古来名将，大率**多**起行伍中。 | “多”作“名” |
| 12 | 7 | 苏　辙 | 唐论 | 其行文俊伟光明，复而不**厌**，固属栾城胜场。 | “厌”作“状” |
| 13 | 9 | 欧阳修 | 与高司谏书 | 愤其诋诮范公，而移书责之，非冀其尚能一言以救也，故书词激直无款曲。然欧公用此窜斥，而其文**亦**遂与日月争光。 | “亦”作“一” |

续表

| 序号 | 卷次 | 作　家 | 篇　名 | 雍正元年(1723)受祉堂本评点 | 乾隆五十年(1785)二南堂本评点 |
|---|---|---|---|---|---|
| 14 | 9 | 苏　轼 | 上富丞相书 | 此书大旨，欲富公进用偏才之士，而**惟**恐其不纳。 | “惟”作“惧” |
| 15 | 10 | 韩　愈 | 送殷员外序 | 虽公所履倍难，而史载回鹘可汗骄甚，**侑**不为屈，庶几弗负经术者。 | “侑”作“值” |
| 16 | 10 | 韩　愈 | 送董邵南序 | “古今”二**字**是关键，“吾知”“吾恶知”是俯仰呼应处。 | “字”作“意” |
| 17 | 11 | 欧阳修 | 送杨置序 | 公深于琴者，故能言之若此。予不知**音**，每读之，仿佛琴声铿铿，盈我两耳。 | “音”作“者” |
| 18 | 11 | 苏　洵 | 张益州画像记 | 明允最着意文字，叙次**纪**律秩如，然毕竟议论处好。 | “纪”作“绳” |
| 19 | 13 | 欧阳修 | 泷冈阡表 | 所志不过一二事，而父母之仁贤圣善，**炳**铄千古矣。 | “炳”作“灼” |
| 20 | 14 | 欧阳修 | 祭石曼卿文 | **运**长短句，一气旋转。 | “运”作“连” |

其中有无心的脱误，如第1、3、5、8、11、20条，更多的是有意的改篡。例如，第2条，二南堂本将“熙宁时不用二苏”改为“熙宁时不用三苏”，熙宁年间，苏洵已经去世，何谈不用“三苏”？再如第7条，二南堂本将“理谕”改为“理论”，殊不知“理谕”即苏洵《谏上》“理而谕之”一句的缩写，改为“理论”，成何事体？又如第9条，二南堂本将“李焘《长编》”改为“李寿《长编》”，李焘，字仁甫，

号巽岩，四川眉州人，南宋史学家，著有《续资治通鉴长编》，哪里有什么“李寿”！又如第15条，二南堂本将“侑不为屈”改为“值不为屈”，不知“侑”乃殷外员之名。凡此皆说明，二南堂书坊不明就里，却自作聪明，据臆妄改，其版本较之雍正元年（1723）初刻本，大为逊色，甚不足据。

**（六）光绪元年湖北崇文书局刻本**

湖北省图书馆所见储欣《唐宋八大家类选》14卷（索书号：集三1863），光绪元年（1875）湖北崇文书局刻本。半叶八行二十五字，四周单边，白口，黑鱼尾。封面题“唐宋八大家类选，宜兴储同人评”，内封题“光绪纪元夏月湖北崇文书局开雕”。卷首题“唐宋八大家类选卷一，宜兴储欣同人评，男芝五采参述，门下后学吴振乾文岩、徐永勋公逊、董纪南宗少、孙男掌文曰虞校订”。版心题“唐宋八大家类选，卷一，奏疏类，昌黎”。卷一首页钤“湖北省图书馆所藏善本”朱方印。全书结构依次为封面、内封、吴振乾序、储欣唐宋八大家类选引言、唐宋八大家类选目次、唐宋八大家类选卷一正文。选文总篇数及各体各家篇数与雍正元年（1723）本同。见图1-5-10。

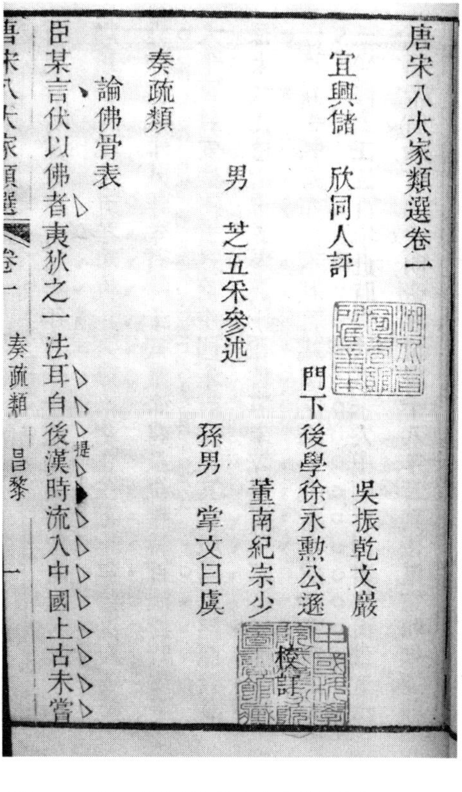
唐宋八大家類選卷一
宜興儲　欣同人評
男　芝五采參述
門下後學　吳振乾文巖
徐永勳公遜
董南紀宗少
孫男　掌文曰虞　校訂
奏疏類
論佛骨表
臣某言伏以佛者夷狄之一法耳自後漢時流入中國上古未嘗
唐宋八大家類選　卷一　奏疏類　昌黎　一

图1-5-10　储欣《唐宋八大家类选》卷一

光绪元年（1875）湖北崇文书局刻本

### (七)光绪九年储廷杰静远堂刻本

所见为复旦大学藏光绪九年(1883)储廷杰刻本(索书号:961199),一函十册。半叶九行二十五字,四周双边,白口,单黑鱼尾,无界行。版框 190×129 毫米,书 245×154 毫米。内封题“八家选,光绪九年重刊,静远堂藏板”。卷首题“唐宋八大家类选卷一,宜兴储兴同人评,男芝五采参述,邑后学周恭寿伯匡、族裔孙廷杰少瞻重校”。版心题“唐宋八大家类选,卷一,奏疏类”。正文有圈点、行间注、文后评。

内封后为吴振乾序、储欣唐宋八大家类选引言。据目录,收奏疏类 22 篇,论著类 86 篇,书状类 43 篇,序记类 67 篇,传志类 18 篇,词章类 13 篇,与雍正元年(1723)本略有出入。目录后跋云:“先生《十家文选》篇末间有尾注,揣其详略,似评定时随笔。兹刻是选,移置其文注于行间,量为增广;移置题注于题下,照他家各选本所录,以增所未备焉。”则此本将储欣《唐宋十家全集录》中的部分评点移入,亦与他本不同。南京图书馆藏本与复旦藏本同,卷一右下钤“南京图书馆藏”朱印,见图 1-5-11。

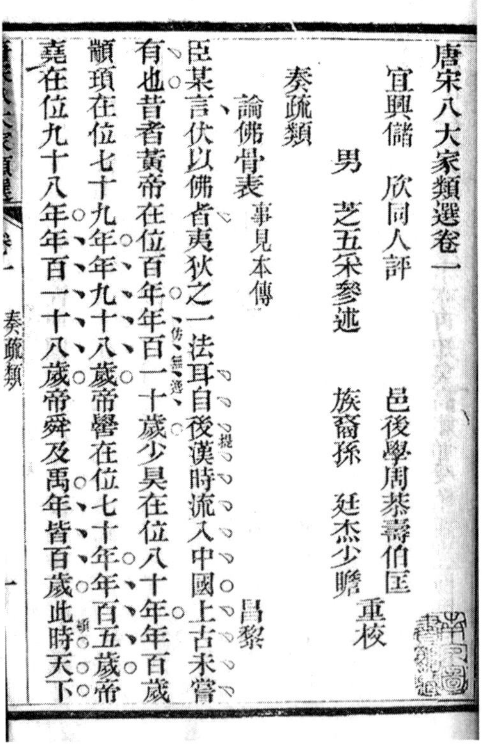
唐宋八大家類選卷一
宜興儲　欣同人評　邑後學周恭壽伯匡
男　芝五采參述　族裔孫　廷杰少瞻重校
奏疏類
論佛骨表　事見本傳　昌黎
臣某言伏以佛者夷狄之一法耳自後漢時流入中國上古未嘗
有也昔者黃帝在位百年年百一十歲少昊在位八十年年百歲
顓頊在位七十九年年九十八歲帝嚳在位七十年年百五歲帝
堯在位九十八年年百一十八歲帝舜及禹年皆百歲此時天下

图 1-5-11　储欣《唐宋八大家类选》卷一
光绪九年(1883)储廷杰静远堂刻本

## （八）光绪十八年湖北官书处刻本

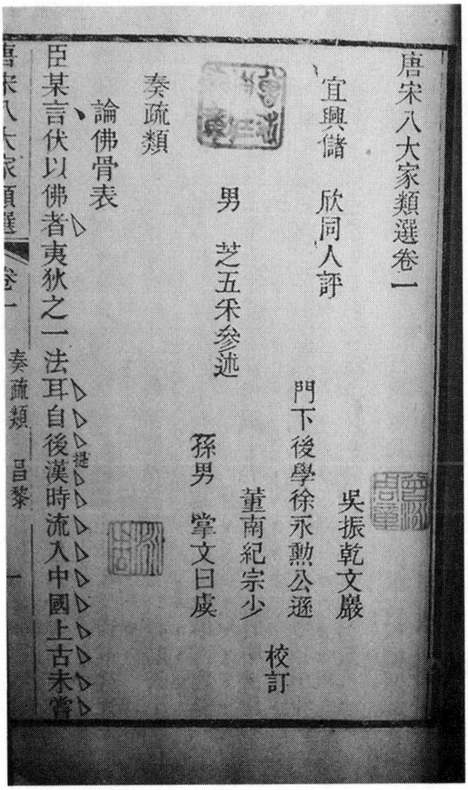
唐宋八大家類選卷一
宜興儲　欣同人評
吳振乾文巖
門下後學徐永勲公遜
男　芝五釆參述
董南紀宗少　校訂
孫男　掌文曰虞
奏疏類
論佛骨表
臣某言伏以佛者夷狄之一法耳自後漢時流入中國上古未嘗
唐宋八大家類選　卷一　奏疏類　昌黎　一

图 1-5-12　储欣《唐宋八大家类选》卷一光绪十八年(1892)湖北官书处刻本

湖南省图藏光绪十八年(1892)湖北官书处刻本（索书号：412/141－2），6册。半叶八行二十五字，左右双边，白口，黑鱼尾，无界行。版框190×111毫米。封面题“唐宋八大家类选，宜兴储同人评，二十一年重校”。内封题“光绪壬辰闰六月，湖北官书处重刊”。卷首题“唐宋八大家类选卷一，宜兴储欣同人评，男芝五采参述，吴振乾文岩，门下后学徐永勋公逊、董南纪宗少、孙男掌文曰虞校订”。版心题“唐宋八大家类选卷一，奏疏类，昌黎一”。正文有圈点、行间评、文后评。全书结构依次为内封、吴振乾序、储欣唐宋八大家类选引言，以下是目录和正文。见图1－5－12。

此本选文与雍正元年(1723)本同，但对于储欣评点多有改窜，兹列举数端如下。

表9　储欣《唐宋八大家类选》湖北官书处本改窜原评举例

| 序号 | 卷次 | 作家 | 篇名 | 雍正元年(1723)受祉堂初刻本评点 | 光绪十八年(1892)湖北官书处本评点 |
|---|---|---|---|---|---|
| 1 | 2 | 苏　轼 | 上神宗皇帝书 | 通达治体，而忠君爱国之忱，溢于言表，读之**未尝不**流涕。 | “未尝不”作“可为”。 |
| 2 | 2 | 苏　轼 | 代滕甫辩谤乞郡书 | **五**更鼓角，清亮弥哀。 | “五”作“三”。 |
| 3 | 2 | 苏　轼 | 乞常州居住表 | 其感动人主，只是**一**真。 | “一”作“个”。 |
| 4 | 5 | 苏　轼 | 续欧阳子朋党论 | 名言至计，其写君子小人情状逼真，此化工，非画工也。 | 删此评。 |
| 5 | 10 | 韩　愈 | 送殷员外序 | 虽公所履倍难，而史载回鹘可汗骄甚，**侑**不为屈，庶几弗负经术者。 | “侑”作“俯”。 |
| 6 | 10 | 柳宗元 | 陪永州崔使君游谯南池序 | 乐景哀情，抒写**俱**尽。 | “俱”作“殆”。 |
| 7 | 11 | 欧阳修 | 送杨置序 | 公深于琴者，故能言之若此。予不知音，每读之，仿佛琴声铿铿，**盈我两耳**。 | 删“盈我两耳”四字。 |
| 8 | 11 | 欧阳修 | 王彦章画像记 | 篇中非表其智勇，即表其忠，而**末**尤归重忠字上。 | “末”作“文”。 |

续表

| 序号 | 卷次 | 作家 | 篇名 | 雍正元年(1723)受祉堂初刻本评点 | 光绪十八年(1892)湖北官书处本评点 |
|---|---|---|---|---|---|
| 9 | 12 | 苏　辙 | 元祐会计录序 | 百馀年国计盈缩，叙次若指上螺文，乃气雍容顿挫，固当求之建武以上。 | 改为“雍容顿挫，叙百馀年国计盈缩，若指上螺文”。 |
| 10 | 12 | 曾　巩 | 先大夫集后序 | 一言字绾结通篇，**其**阐扬先人处，**亦**最得大体。 | 删“其”“亦”二字。 |
| 11 | 13 | 韩　愈 | 衢州徐偃王庙碑 | 小说稗官，经公运用，便如典籍。 | 删此评。 |
| 12 | 13 | 苏　轼 | 方山子传 | 始侠而今隐，侠处写得豪迈，须眉生动，则隐处益复感慨淋漓，传神手也。 | 只存“慷慨淋漓”四字，馀皆删除。 |

重刻本因误刻而有错白字，在所难免，且不必论。单从有意的改动来看，乾隆五十年(1785)二南堂坊刻本只是改动单字，光绪十八年(1892)湖北官书出刻本不只改动单字，还会删除或改易句或数句，比坊本走得更远。这些改动或者多此一举，如第1、2、3、6、10条；或改对为错，如第5条，“侑不为屈”即“殷侑(殷员外)不为所屈”，改“侑”为“俯”，真是不知所云。也有可改可不改，改而逊色者，如第8条，“文”字显然不如“末”字更具体。至于删除数句(如第4、11条)，或将数句压缩成一句(如第12条)，更无足取，适见其妄庸而已。

**(九)光绪二十八年翰文堂刻本**

山东大学所见光绪二十八年(1902)翰文堂刻本(索书号：835.41/914)，两函十二册。半叶十行二十五字，四周双边，白口，黑鱼尾，无界行。内封题“唐宋八大家类选，宜兴储同人先生评，

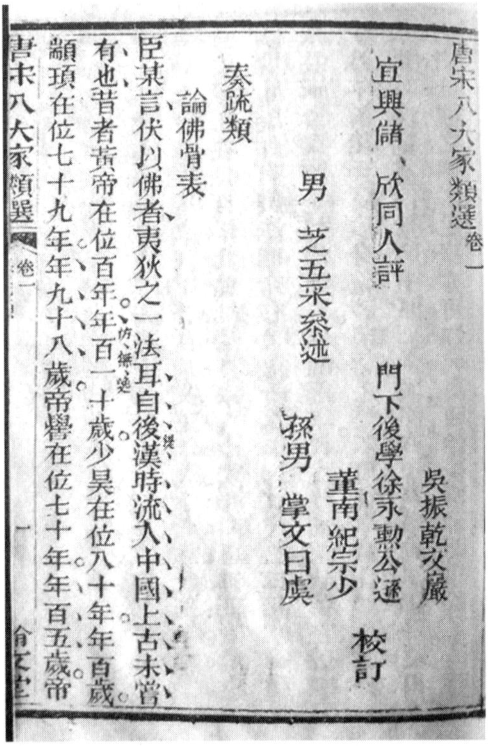


图 1-5-13　储欣《唐宋八大家类选》卷一　光绪二十八年(1902)翰文堂刻本

校订无讹，翰文堂藏板，光绪壬寅新镌”。卷首题“唐宋八大家类选卷一，宜兴储欣同人评，男芝五采参述，门下后学吴振乾文岩、徐永勋公逊、董南纪宗少，孙男掌文曰虞校订”。版心题“唐宋八大家类选，卷一，一，翰文堂”。正文有圈点、行间评和文后评。全书结构依次为内封、徐永勋序、吴振乾序、储欣唐宋八大家类选引言，然后是目次和正文。储欣引言首页钤“赵氏模［囗］阁收藏图籍书画印”白方印、“孝陆”朱方印、“国立山东大学图书馆藏书”蓝印等。赵录绩，字孝陆，山东安丘人，民国藏书家，去世后部分藏书售山东大学图书馆。山大所编《渠丘赵氏模［囗］阁所藏善本书目》著录其图书 700 余种。① 可见，此本系赵录绩旧藏。见图 1-5-13。

此本的特别之处，是以前诸本署名为吴振乾的序，此本署名为徐永勋，内容也颇不相同。“是则先生之志也夫”一句，“志”误作“气”，此句以下部分与雍正元年(1723)及乾隆十年(1745)本所

① 郑伟章：《文献家通考》，中华书局 1999 年版，第 1724 页。

载该序皆不相同,其文曰:

> 予既偕徐子公逊、董子宗少取草堂遗选、先秦史汉,讫工之后,次及八家,别其类有六,计其文凡三百有奇;而目次评点,悉仍其旧,未尝敢一字增损也。呜呼,先生教育之意,可见于此矣!前有《十家》一书,为成学治古文者楷式;兹有《类选》一书,为初学治时文者揣摹:斯固可以并行而不悖也夫。癸卯冬门下后学徐永勋谨识。

上文于考证储欣编选《唐宋八大家类选》的初衷颇为有益,序作于雍正元年癸卯(1723),而浙江省图所见雍正元年本不载。尤为可重者,此本又有吴振乾雍正元年所作一序,亦不见于此前诸本。其文曰:

> 广陵吴丈篁村既取先生所定《唐宋十家文》刊刻以行诸世矣。顾是书也,先生订定于晚年,卷帙颇繁,点次颇淡。观其序言,原为成学治古文者旁搜博览以开拓其心胸,而非为初学治时文者设也。独有《八家类选》系先生壮盛时聚徒讲学所手批而口授者,故择之也务简,取之也务精,其间篇法段落、波澜意度表白之也务详务显。允哉,举业之准绳,初学之津梁也。
>
> 予方成童,师事五采夫子,读书在陆草堂中。是时先生发齿就衰,而神气犹健,有叩庐请谒者,辄竟日谈不倦,或商确今古,考论得失,予亦窃闻之。而五采师教人之法,一本诸家学渊源,凡先生向时手披口授传诸其徒者,俾得次第卒业,而予于《类选》一集,尤孳孳笃好云。
>
> 今先生往矣,遗选犹存。予伏而诵之,珍而藏之久矣,因念四方好学能文之士,必有思先生而未获亲炙者,读其遗选,

犹亲炙先生焉。予何敢私之什袭哉！于是偕二三同志鸠工镂板，垂之无穷。自次第开雕，于《左》《国》《史》《汉》外，急梓八家，公诸当世，亦谓先生启迪后学，开示来兹，尤在《类选》一书哉！既成，聊赘数言以附于简。癸卯孟冬朔日，门下后学吴振乾识。

此文真切笃挚，绝非坊人妄撰，当有所本。这说明，光绪二十八年(1902)翰文堂本所据底本与此前诸本有所不同，因而在《唐宋八大家类选》版本链中尤为可重。

**(十)光绪二十八年庆文堂刻本**

山东省图书馆所见光绪二十八年(1902)庆文堂刻本(索书号:8/08402)，十二册。半叶十行二十五字，四周双边，白口，黑鱼尾，有界行。内封题"唐宋八大家类选，宜兴储同人先生评，校订无讹，庆文堂藏板，光绪壬寅新镌"。卷首题"唐宋八大家类选卷一，宜兴储欣同人评，男芝五采参述，门下后学吴振乾文岩、徐永勋公逊、董南纪宗少，孙男掌文曰虞校订"。版心题"唐宋八大家类选，卷一，庆文堂"。版心下端均镌"庆文堂"。正文有圈点、行间评和文后评。全书结构依次为内封、吴振乾序(广陵吴丈)、徐永勋序(唐宋之有八家)、储欣唐宋八大家类选引言，然后是目次和正文。卷一首页右下钤"山东省图书馆藏书印"朱方印。此本"唐宋之有八家"序亦署徐永勋，又增吴振乾"广陵吴丈"序，与同年翰文堂本同出一源，或系翰文堂本的翻刻本，见图1-5-14。

储欣《唐宋八大家类选》的翻刻本，知而未见者尚有首都图书馆藏乾隆二十一年(1756)刻本(索书号:G/丙四2260，12册)、中山图书馆藏嘉庆十年(1805)同德堂刻本(索书号:423.14/1101，8册)、安徽省图藏光绪二十四年(1898)鸿文书局石印本(索书号:4:27243-4:27248，6册)、中国人民大学藏光绪二十五年(1899)书业德刻本(索书号:PG41/42，二函六册)。另有中国科学院藏嘉庆十八年(1813)静远堂《七种古文选》附刊本,见《中国古籍总目·丛部》第448页著录。

## 七　序跋选录

储欣《唐宋八大家类选》的重要序跋是吴振乾雍正元年(1723)所作的两篇序,但"广陵吴丈"一序不见于浙图所藏雍正元年受祉堂本,此序已据光绪二十八年(1902)翰文堂本全文录入。兹据浙江省图藏雍正元年本录入吴振乾"唐宋之有八家"序及储欣的《唐宋八大家类选例言》。

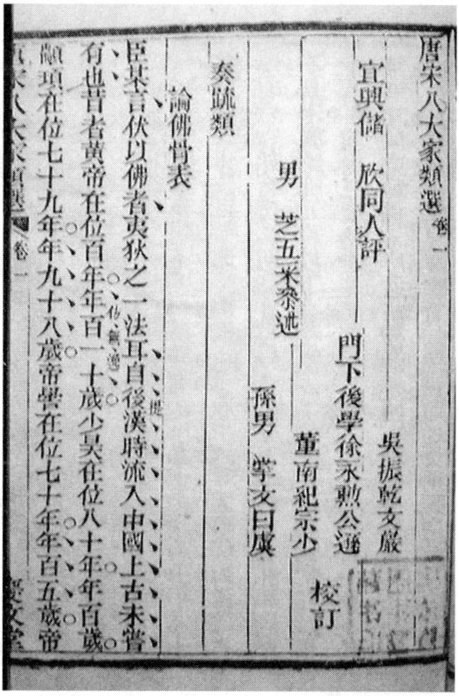

图1-5-14　储欣《唐宋八大家类选》卷一
光绪二十八年(1902)庆文堂刻本

**吴振乾《唐宋八大家类选序》**

唐宋之有八家,类乎?夫人而知其不类也。奥若韩,峭若柳,宕逸若欧阳,醇厚若曾,峻洁若王,既已分流而别派矣。即如眉山苏氏父子兄弟相师友,而明允之豪横,子瞻之畅达,子由之纡折,亦有人树一帜,各不相袭者。盖古人采取百家,要自成一家之言,而止必谓子面如吾面,则其文弗传,传亦弗远。故曰:八家不类也。

然不类者文耳,其行文之体究无不相类。故奏疏有奏疏之体,论著有论著之体,推而至于书状、序记、传志、辞章,蔑不然。譬如人身,耳目口鼻陶冶而成于化工者,彼此判如也;顾耳纵目横，口方鼻直，合之千万人，卒未尝不肖。此无他，其体类也。夫文之有体，亦若是则已矣。在陆先生别八家之类而分之，复比八家之类而合之。其分之者，使人由不类中以求其类，而悟行文之体之所以同；其合之者，并使人由类中以思其不类，而见古人之文之所以异：是则先生之志也夫！

予既偕徐子公逊、董子宗少取草堂遗选次第开雕，于《国策》《史》《汉》外急梓《八家》，公诸当世，亦谓先生启迪后学，开示来兹，尤在《类选》一书哉！既成，聊赘数言，以附于简。癸卯孟冬朔日门下后学吴振乾识。

**储欣《唐宋八大家类选例言》**

**奏疏第一。**首奏疏，尊君也。数君子学问、文章、经济，予于奏疏微窥一班，而韩、欧、苏文忠所以批鳞蹈坎，挫辱不畏，尽节致身于所事者，千载下读之，凛凛有生气，未尝不想见其人。曰书，曰疏，曰札子，曰状，曰表，曰四六表：为类六。

**论著第二。**此诸君子所汲汲立言，以求为法天下而不朽乎后世者，列第二。或曰：策论，科举之文，可谓立言乎？余曰：言以适用也。科举文如苏氏，譬则稻粱之于口，丝纩之于体，针艾方药之于疾，其不谓之适用欤？苟适用，奚其朽？曰原，曰论，曰议，曰辨，曰说，曰解，曰题，曰策：为类八。

**书状第三。**曰状，曰启，曰书：为类三。

**序记第四。**文或有意为之，或无意为之，或不得已督促黾勉而为之；书、状、序、记在此三者间。要之序如韩，记如柳，尽变极妍，神施鬼设，独步千古已。曰序，曰引，曰记：为类三。

**传志第五。**子长、孟坚氏不作，而史学颓，六朝俳俪，词芜记秽，规矩荡然。韩、欧、王天纵巨手，起衰绍绝，史学中兴。曰传，曰碑，曰志铭，曰墓表：为类五。

**词章第六。**有韵之文，古人所勒诸金石、盘盂、几杖、户牖者，大都词奥旨深，与《诗》《书》相表里。秦汉而后，足观者鲜矣。数公所撰，未尽与古人抗行，然有可采者。曰箴，曰铭，曰哀辞，曰祭文，曰赋：为类五。无韵祭文附内。

殿赋，讳所短也。柳仪曹之赋善矣，然不以一概七也。四六表，列其类之末，厥体卑也；卑而得列者，以诸公之为之，犹善乎尔。

嗟乎！予于是选有戒心焉。使天下相率而抽黄配白，选青匹紫，其不为文字之患者几希。时康熙己卯孟冬画溪储欣题于在陆草堂。

## 第六节　吕留良、吕葆中《晚邨先生八家古文精选》

### 一　吕留良其人

吕留良字庄生，一字用晦，号晚村，又名光轮，浙江嘉兴府崇德县人。[①] 生于崇祯二年（1629），卒于康熙二十二年（1683）。清代著名思想家和时文评论家。为人"颀身岳立，音如洪钟，风采峻厉"，"少时能弯五石弧，射辄命中，馀至握槊投壶、弹琴拨阮、摹印斫砚，技艺之事，皆精绝"。[②] 崇祯二年，其父吕元学69岁而卒，4月后吕留良出生，出继给伯父吕元启为嗣子。13岁之前，其伯父母及本生母杨氏相继而卒。可以说，吕留良的青少年时代是在战乱和孤苦中度过的，这与其狷介性格的形成有一定联系。

顺治十年（1653），吕留良考取县学生员，既而大悔，作"谁教失脚下渔矶，心迹年年处处违"诗以自责。康熙五年（1666），岁试不赴，以学法除名，自弃诸生。康熙十八年（1679），举博学鸿词不

---

① 崇德县，康熙元年（1662）改为"石门县"，今为桐乡市崇福镇。

② 吕葆中：《行略》，吕留良《吕晚村先生文集》附录，《续修四库全书》第1411册，第55页。

赴。不久即削发为僧，归隐吴兴埭溪之妙山。他给朋友写信说："弟比买得一小山，名曰妙山，离家百里许，有峭壁深潭，长溪修竹。将埋身其中，补辑旧闻，以毕此生，不复知有世事矣。"[①]"补辑旧闻"，包括编选有明一代八股文集《知言集》。为此他频繁嘱托山外的朋友搜罗明人八股。其《与某书》云："目下收拾有明三百年之文为《知言集》，虽布衣社稿皆与焉。但生存不录，以人物界限必盖棺论定也。苦样稿不备，正在搜讨，不审贵处先民文字有可访求者否？"[②]其时呕血病已日渐加剧，到康熙二十二年（1683）去世时，此书实未编成。

吕留良在时文评选上倾注了毕生心血。其评选时文，始于顺治初年，不久就成为很有名气的职业时文选家。顺治十七年（1660），吕氏回忆这段事业说："酉、戌以来，类皆分阅而互参，凡有事一选，辄摒弃他业，汲汲顾景，以徇贾人之志。"[③]"酉"指顺治二年乙酉（1645），"戌"指顺治十五年戊戌（1658），在此期间，其选文最为投入。例如，顺治十二年（1655）冬，其"与雯若同事房选于吴门，市傭一室如农车，大键闭其中，匝月而竣事"。[④] 盛名之下，许多作者向他投稿，冀入其选，其中就有一个叫许力臣的，吕氏复书云："某僻劣无似，于选家二字素所愧耻，偶因补辑亡友遗选，并刻及塾课本子，行迹乖误，刺违本怀，故于癸丑后立意不复评点，虽倾倒如尊文，未效表章之力，亦以例割爱也。"[⑤]由此可知，吕氏选评时文大略在顺治二年乙酉（1645）至康熙十二年癸丑（1673）

---

① 吕留良：《吕晚村先生文集》卷三《复徐孔庐书》，《续修四库全书》第1411册，第110页。

② 吕留良：《吕晚村先生文集》卷二《与某书》，《续修四库全书》第1411册，第105页。

③ 吕留良：《吕晚村先生文集》卷五《庚子程墨序》，《续修四库全书》第1411册，第154页。

④ 同上。

⑤ 吕留良：《吕晚村先生文集》卷二《答许力臣书》，《续修四库全书》第1411册，第104页。

的 29 年间，尤以顺治时期最为活跃；而且除选文之外，他还“刻及塾课本子”。“塾课本子”主要指时文选本，吕氏选刻本皆镌“天盖楼”牌记。这些“天盖楼”牌的“塾课本子”从评选、刊刻到出售，皆由吕氏家族完成，形成了一个颇有规模的产业链。吕留良自开刻局，雇工有“二十许人”，[①]在金陵设有门市，专门销售“天盖楼”牌图书，特别是时文选本。吕留良说：

> 某年来乞食无策，卖文金陵，亦止僦寓布家，自鬻所刻，并非立坊，亦未尝贩行他书。所谓天盖楼者，乃旧园屋名，不可以移饷者也。若金陵书坊，则例有二种：其一为门市书坊，零星散卖近处者，在书铺廊下；其一为兑客书坊，与各省书客交易者，则在承恩寺。大约外地书到金陵，必以承恩为主，取各省书客之便也。凡书到承恩，自有坊人周旋可托，其价值亦无定例，第视其书之行否为高下耳。某书旧亦在承恩寺叶姓坊中发兑，后稍流通，迁置今寓，乃不用坊人。其地离承恩尚有二三里，殊不便兑客也。[②]

吕氏又说：“弟经年不至金陵，所发书坊叶姓者，颇萌欺蚀之意，敝友索之不吐。倘终于顽梗，欲仗大力与雪客兄以法弹压之。”可见天盖楼所刻诸书原在承恩寺叶姓书坊中批发，后来叶氏“萌欺蚀之意”，吕留良乃自开门市以售。顺治一朝 18 年间 10 次开科，时文和古文评选的繁荣亘古未有，许多文人赖此谋生，例如王世贞的从曾孙王昊就乐此不疲。雍正皇帝称吕留良“以天盖楼选刻时文，

---

① 吕留良：《吕晚村先生文集》卷四《答韩希一书》，《续修四库全书》第 1411 册，第 125 页。

② 吕留良：《吕晚村先生文集》卷二《答潘美岩书》，《续修四库全书》第 1411 册，第 101 页。

将本朝制科内名人之墨卷文稿刊板求利，致富不赀”，[①]基本属实。

与众不同的是，“求利”之外，吕留良还把评点时文作为“明道救时”的一项庄严事业。时文的评点向来为人鄙薄，但吕留良认为“事理无大小，文义无精粗，莫不有圣人之道焉。但能笃信深思，不失圣人本领，即择之狂夫，察之迩言，皆能有得，况圣贤经义乎？”因而“点勘八股文字，精详反覆，穷极根柢，每发前人之所未及，乐不为疲也”。[②] 他的门人也反复强调“先生非选家也，《偶评》非时书也，先生之言间托于是尔”，并不断提醒读者“繇其言得其所不言”。[③]《吕子评语正编略例》云：“吕子评刻时文，不过借为致其说于天下之具耳。……此编自成吕子明道救时之书，与从来讲章本头，丝毫不相比附。”[④]这些时文评点中，颇多触犯时忌之言。当时就有不少好心人劝他“孙言”，他也承认“时文批评中酒酣耳热，未免放言”，[⑤]“偶于时艺寄发狂言，如病者之呻吟，亦其痛痒中自出之声”。[⑥] 揆诸实际，其时文评点确有不少“微言大义”。例如，《吕子评语正编》“管仲非仁者与”章云：

> 此章孔门论出处、事功、节义之道，甚精甚大。子贡以君臣之义言，已到至处，无可置辨。夫子谓义更有大于此者，此《春秋》之旨，圣贤皆以天道辨断，不是夫子宽恕论人，曲为出脱也。后世苟且失节之徒，反欲援此以求免，可谓不识死活矣。无论若辈，即王魏事功，安得据管仲之例乎？

---

① 雍正皇帝：《大义觉迷录》卷一，《四库禁毁书丛刊》史部第22册，第297页。

② 吕葆中：《行略》，吕留良《吕晚村先生文集》附录，《续修四库全书》第1411册，第59页。

③ 吕留良：《天盖楼偶评》卷首，《四库禁毁书丛刊》经部第5册，第402页。

④ 吕留良：《吕子评语正编》卷首，《四库禁毁书丛刊》经部第7册，第603页。

⑤ 吕留良：《吕晚村先生文集》卷四《寄柯寓匏书》，《续修四库全书》第1411册，第132页。

⑥ 吕留良：《吕晚村先生文集》卷一《与施愚山书》，《续修四库全书》第1411册，第74页。

圣人此章意旨甚大。君臣之义，域中第一事，人伦之至大。此节一失，虽有勋业作为，无足以赎其罪者。若谓能救时成功，即可不论君臣之节，则是计功谋利，可不必正谊明道。开此方便法门，乱臣贼子接迹于后世，谁不以救时成功为言者。将万世君臣之祸，自圣人此章始矣。看"微管仲"句，一部《春秋》大义，尤有大于君臣之伦，为域中第一事者。故管仲可以不死耳。原是论节义之大小，不是重功名也。①

吕氏是说，"桓公杀公子纠，召忽死之，管仲不死"，管仲于君臣之义有亏，但是他"尊王攘夷"，因此孔子赞扬他说，"微管仲，吾其披发左衽矣"。由此可见，在孔子眼里，华夷之辨大于君臣之伦；华夷之辨才是"域中第一事"。这就是其"言"中之"不言"，而这一观点在清初这样一个敏感的时代是很有煽动性的。诸如此类，在时文评点中寄寓反清思想、鼓动反清情绪的言论不在少数。

吕留良去世45年后，其时文评点中所寄寓的反清思想引发了轰动全国的曾静案，给吕氏家族带来了灭顶之灾。湖南郴州永兴县诸生曾静授徒为业，对吕留良推崇备至，将吕留良与孔子相提并论，而且认为当今皇帝合该由吕留良来做。雍正六年(1728)，曾静派其门人张熙游说川陕总督岳钟琪反清，岳钟琪上奏雍正皇帝，曾静被捕。曾静被捕后，将责任全部推到吕留良的时文评点上。他说："弥天重犯之磔尸碎骨，灭门赤族，俱因吕留良之逆凶毒祸之所致也。今日使吕留良而在，弥天重犯当食其肉而寝其皮，岂但忿恨而已！"②为此曾静、张熙师徒无罪释放，吕氏一门被判"大逆"之罪。吕留良及长子吕葆中(康熙四十六年去世)、门人严鸿逵开棺戮尸，次子吕毅中、严鸿逵门人沈在宽等处

---

① 吕留良:《吕子评语正编》卷十七，《四库禁毁书丛刊》经部第8册，第113—114页。

② 雍正皇帝:《大义觉迷录》卷二，《四库禁毁书丛刊》史部第22册，第308页。

斩，吕氏族人60余口发往宁古塔为奴。株连而死者尚有《吕子评语》的刻书人车氏兄弟等。

吕留良对自己的学问渊源及一生着力所在，有自评云："某荒村腐子也。平生无所师承，惟幼读经书，即笃信朱子细注。因朱子之注，而信程、张诸儒，因朱子、程、张而信孔孟。故其所见皆迂拘而不可通，于世所谓理学讲道，则概乎未有闻也。其在文字，亦止知八股制艺，于所谓古文、诗词，亦概乎未有闻也。"①虽然自谦过甚，但仍能看出，其一生得力处主要是朱熹的《四书章句集注》，其时文评点深切详明，探微抉奥，有"明道救时"之力，其来有自。时文，也就是首场的八股文，其题目皆出自四书，所以精通四书的评注对时文评点大有裨益。也正因为如此，吕留良的时文评点侧重文义的阐发，而且是有隐蔽的政治指向性的激进阐发，与一般时文评点的侧重文法的功利主义倾向有所不同。这是吕留良时文评点的学术意义和思想意义所在，对于理解其《八家古文精选》也具有启发意义。

## 二　版本情况

所见北京师范大学藏《晚邨先生八家古文精选》不分卷（索书号：834.4/451－9），吕留良辑，吕葆中评点，康熙四十三年（1704）吕氏家塾序刻本。一函八册。半叶十行二十五字，细黑口，左右双边，双黑鱼尾。封面题"官版八家古文精选，韩"。卷首题"晚邨先生八家古文精选"。版心题"韩文精选，吕氏家塾读本"。《四库禁毁书丛刊》所收北京大学藏本卷首无"晚邨先生八家古文精选"数字，亦不见封面有"官版"字样；其目录首页"晚邨先生八家古文精选"之"晚邨"二字被剜去，微有痕迹；吕葆中序末"葆中又识"之"葆中"二字为墨笔涂盖。可见《四库禁毁书丛刊》收北京大学藏

① 吕留良：《吕晚村先生文集》卷二《复王山史书》，《续修四库全书》第1411册，第102页。

本系雍正六年(1728)曾静案发后剜板后印本。

北师大藏本有墨笔题跋云:“此书刊印精良,选文亦斟酌不苟。壬寅之岁,游日东,获见于琳琅阁,乃以日金叁元购之,用备巾箱中茹古之需,固非以禁书而重之也。剑华道人手记。”“剑华道人”即吴广霈(1855—1919),字剑华,号瀚涛,晚号剑华道人,安徽泾县茂林人。清末为驻日公使随员,后升任神户副领事。回国后任招商局文案。民国时任清史馆纂修。著有《天下大势通论》《剑华道人救时要策万言书》《石鼓文考证》《南行日记》《劫后吟》等。据题跋,光绪二十八年壬寅(1902),吴氏于日本琳琅阁古籍书店购得此书,带回国内。则此书应当较早流入日本,因而未经剜抹,自然较他本更为珍贵。此本“刊印精良”,而北大藏本则墨迹淋漓,笔画漶漫。不过,二书是否出于同一板片,尚待考证。此书序刻于康熙四十三年(1704),24 年后曾静案发,吕留良著作被列为禁书,刊印吕氏著作的车鼎丰兄弟还为此丧命,此后不当有敢重刻此书者。吕氏《八家古文精选》是否还有其他版本,是一个尚待回答的问题。

## 三　缘起、体例和座次

据吕葆中序和凡例,吕留良晚年选定古文,包括《公羊传》《穀梁传》《战国策》《韩诗外传》《说苑》《新序》《唐宋八大家全选》及唐陆贽、李翱、杜牧的散文。吕留良从《唐宋八大家全选》中“撮其精腴若干篇以付家塾”,是为选文 185 篇的《八家古文精选》。但吕留良本人未加评点,而是将评点的任务交给了长子吕葆中,要求他“毋繁冗,毋穿凿,但正句读,分段落,于一篇要害处稍为提出,粗示学者以行文之法”。[1] 其所评点经吕留良本人过目者也只有

① 吕葆中:《八家古文精选序》,吕留良《八家古文精选》卷首,《四库禁毁书丛刊》集部第 94 册,第 308 页。

“大半”，而非全部。因而所谓《晚邨先生八家古文精选》实由吕留良选定、吕葆中评点，系父子合作的产物。

吕留良选文所用的底本有数十种，系从“花山马寒中”处借来。马思赞，字寒中，又字仲安，号衎斋，康熙时期浙江海宁人，居灵泉乡插花山，故称“花山马寒中”。家有道古楼、红药山房，藏宋元古籍甚夥。吕葆中的批点主要参考了从马思赞那里借来的吕祖谦《古文关键》、楼昉《崇古文诀》、谢枋得《文章轨范》、唐顺之《文编》和茅坤《唐宋八大家文抄》五种。

《八家古文精选》是为吕氏家塾教学而编的，体例实用、简明，而又方便。全书结构依次为吕葆中序、总目录、凡例和正文。正文不分卷，各页书口下皆镌“吕氏家塾读本”，并镌本页篇名及本篇页码次第，如“原道一”，中镌作家集名，如“韩文精选”，很便于检阅。又十分重视圈点，特别是段落的划分。吕氏认为，“古文惟段落最要批，古文惟段落最难。盖段落有极分明者，有最不易识者，其间多有过接钩带，显晦断续，反覆错综之法”(《凡例》)，大段落用“—”，小段落用“∟”，颇为明晰。紧要字眼外用大圈“○”，议论精策处连用侧圈“○○○○”，亦有法度。每篇文章，自为起讫，互不连板。目录与正文一一吻合，没有其他选本常见的有目无文或有文无目等舛错现象。这些都反映了家塾文学选本精审而实用的特征。

据总目录和正文，其八大家座次为韩愈、柳宗元、欧阳修、曾巩、苏洵、苏轼、苏辙、王安石。吕留良笃信程朱理学，反对阳明心学，其“抑苏扬曾”的看法也与朱熹一脉相承。他说：“三代以下，学者大都被司马迁、苏轼二子教坏，令人靡所不为；其病中于心术。人必不为二子所惑，而后可以言学。诗文虽小道，其源流亦出于是。”①在吕氏父子眼里，曾巩的文章也有过于苏轼者，例如其

① 吕留良：《吕晚村先生文集》卷一《答张菊人书》，《续修四库全书》第1411册，第82页。

评曾巩《送周屯田序》云："以古义望世，亦以古义自处，读之觉温厚和平之意盈溢楮上。此等文字，令东坡为之，必有多少尖利隽妙语，而意亦衰薄矣，那得如许醇茂。篇中字句烹炼，俱极雅驯。"其将曾王提到三苏前面，就是这一认识支配的结果。

## 四　选文规模和宗旨

《八家古文精选》共选文185篇，其中韩文33篇，柳文18篇，欧阳文43篇，曾文21篇，老苏文11篇，大苏文34篇，小苏文10篇，王文15篇。

《八家古文精选》的读者设定是"初学"，功能设定是"家塾读本"，因而其选文贵精贵少，不贵多。"初学"学力有限，选篇太多，难以卒业；为家塾教学而选，没有商业追求，但求实用，不必炫博钓奇。不仅如此，《八家古文精选》贵精贵少的选文宗旨，是吕氏家塾教学法的内在要求。在古文教学方面，吕留良强调一个"熟"字。吕葆中转述其观点云：

> 夫读书无他奇妙，只在一熟。所云"熟"者，非仅口耳成诵之谓，必且沉潜体味，反覆涵演，使古人之文若自己出，虽至于梦呓颠倒中朗朗在念，不复可忘，方谓之熟。如此之文诚不在多，只数十百篇可以应用不穷。①

既要求"口耳成诵"，又要求"沉潜体味"，并由此达于"若自己出"的化境，可见吕留良所要求的"熟"是一个很高的境界，选篇过多，自然难以达到，所以他说"如此之文诚不在多"。少才能熟，少又必须精。从实际选文来看，吕氏所选都是脍炙人口的名篇，可见

---

① 吕葆中：《八家古文精选序》，吕留良《八家古文精选》卷首，《四库禁毁书丛刊》集部第94册，第308页。

他无意避熟就生，搜奇猎异，以眩惑读者。这一点正是家塾文学选本的共性。

## 五 评点特色

吕葆中的评点，可以概括为以下几个特色。

### (一)聚焦文法，无意借评立说

《八家古文精选》的评点虽出自吕葆中之手，但其基本原则是由吕留良确立的。他要求吕葆中的评点"毋繁冗，毋穿凿，但正句读，分段落，于一篇要害处稍为提出，粗示学者以行文之法。至精妙处，则在学者熟复深思自得之耳"(吕葆中序)。也就是说，评点要以"文法"为中心，分段落，指要害，都是为了指示行文之法；至于文意的"精妙"之处，则不要求过度阐释，应由读者通过"熟复深思"而"自得之"。从评点的实际情况看，吕葆中遵循了这个原则。明人的评点，如茅坤、王志坚，喜欢借题发挥，自逞其说，往往就文章所谈的内容谈出自己的一番见解，使其附古人著作以传后世。吕留良时文评点的突出特色也是借题发挥，借评立说，重视文意的阐发，而轻视文法的指点。在吕留良的授意下，吕葆中则紧紧围绕"行文之法"这个中心展开，非是者弗道。不难理解，《八家古文精选》为家塾中的"初学"学习古文而选，不像其时文评点那样承担"明道救时"之类的宏大责任，因而"文法"而外，无所关心。

### (二)对话古人，无意自说自话

此前的八大家评点，有广收前人评点以炫博的倾向。例如，明末汪应魁伪托钟惺的《唐宋八大家选》竟然汇集 120 家评点，意见驳杂，真伪莫辨，所加新评对所引评点又无所发明或驳正，虽然貌似荟萃古今，其实脱离了古今评点的链条而自说自话。所引诸评只是为了装点门面，吸引读者，增加销量，以达到射利的目的。吕葆中的评点则有针对性地引录前人的评点，以为是者则加以阐发，以为非者则加以驳正，与不分青红皂白杂烩前人评论务以炫博的流俗判然有别。例如，柳宗元《寄许京兆孟容书》先引茅坤评语："子厚最失意时最得意书，可与太史公《与任安书》相参，而气似呜咽萧飒矣。"然后自评云："然余谓太史公所犯是公罪，子厚所犯乃私罪。汉法太严，史公愤激，宜也。在子厚真是愤激不得，只好作凄苦语、忏悔语，以冀当途之或见怜，那得不呜咽萧飒乎？然子厚之呜咽萧飒，乃正其愤激之郁而成者也。"深入剖析了其所以"呜咽萧飒"之故，同时又指出此文较之司马迁《报任安书》虽有"呜咽萧飒"之不同，但也不乏共性，即皆有"激愤"，只不过司马迁的激愤发之于外，而柳宗元的激愤郁结于内。可以看出，吕氏新评不仅仅是挪移成说，而是在茅坤评论的基础上更深一步、更进一层，在"对话"中表现了其强烈的创新追求。再如，苏轼《练兵实》一篇先引唐顺之评"极是组织，然不见一线索"，然后吕氏自评云："前陈二害，后举六善，二害显出，六善暗点，荆川所谓'组织而不见线索'者也。《文钞》因后六节，乃于前幅亦分五节以配之，则牵强矣。"对唐顺之评而当者加以阐发，对茅坤分段而不当者提出否定，将个人评点置于古往今来的评点链条中加以定位。又如，王安石《临川王君墓志铭》先引茅坤评云："曾、王志墓，数以议论行叙事之文，而王为甚，多镵思刻书处，然非史汉法矣。"然后加以批驳云："写王君是一个孝友真朴人，面目如见，无通套话，此正史汉法也。"抓住一点，针锋相对，在前人评点的基础上翻新出奇，不作游衍无根语。

### （三）明断是非，无意含糊其辞

吕留良性格狷介，为文激切亢爽，直接痛快，反对心存两是，含糊其辞。他说："论道理必须直穷到底，不容包罗和会；一着含糊，即是自见不的，无所用争，亦无所用调停也。"[①]吕葆中的评点

① 吕留良：《吕晚村先生文集》卷一《与施愚山书》，《续修四库全书》第1411册，第74页。

大有父风。其对茅坤评点的批评最为用力，用语也十分尖刻。其评韩愈《讳辨》说："争名者之说，依乎孝敬，人或终疑为贤者之过，故昌黎于篇末特为诛心之论以驳其妄：此正是全篇要害处。鹿门但以为后尾抱前而已，尚未识痛痒在。"评苏轼《策断上》说："此篇一顺说下，塞亡之门在得其权；欲权在我，在先发而后罢。前引秦事证权在我，后以太宗事证先发，宪宗事证后罢，井然不紊。鹿门乃云'引事重，为作文游衍法'，何其愦愦！"以"未识痛痒""何其愦愦"这样的字眼来评价茅坤的评点，措辞很重。不过，痛詈茅坤以自高的风气在评坛上由来已久，吴应箕、储欣等早已如此。与此相反的是，对《古文关键》等宋人评点和明人唐顺之、王慎中的评点则一例毕恭毕敬，推崇备至。不过，吕葆中的评点是一个例外。其评苏轼《范增》云："此篇文势极变诡，法度却极整齐，《关键》《文诀》《轨范》皆极叹赏，然于钩画段落处，犹欠分明。"评柳宗元《梓人传》云："文以理胜，又间架峻整，文势跌宕，造语精警，可谓尽善。荆川乃云'文体方，不如《圬者》圆转'，此等讲究，适见荆川之陋。"评曾巩《宜黄县学记》云："如高山乔岳，必有千里坡陀以尽其势，其体前方后圆，前整后曲，不照应而照应，最是文家妙处。遵岩乃云'后段文字绝去刻画刀尺，颇觉浑转胜前段'，是未究全篇局势而识作者之用意也。"皆一语道破，直逞其见，不用婉转含混语。

对古人如此，对时人亦如此。吕葆中的评点就有两处大骂黄宗羲，兹举其一。其评韩愈《柳子厚墓志铭》："近有人为死友作志传，但视其后人显赫即贡谀，子姓凋零则卖直，尚自诧曰'古义则然'，此正昌黎所云'禽兽不为'者也。"黄宗羲为高斗魁（字旦中）所作的《高旦中墓志铭》讥其因医而误学，吕留良亦提囊行医，以为有所讥切，而且认为文章倨傲，厚诬死友，于是多次著书诋讥黄宗羲人格。其《与魏方公书》云："当道朱门，枉辞贡谀；纨绔铜臭，极口推尊。馀至幺龢嵬琐，莫不为之灭瘢刮垢，粉饰标题。独取此贫交死友，奋然伸其无稽之直笔，而且教于人曰：此为古文之法，志铭之义当然也。”①《答万祖绳书》又云：“念旦中当日所周旋分甘给火、手援翼覆之人，今多反唇诟詈，声达九泉，惟老兄殷殷轸恤，痛痒关切。友道之砥柱，于兹仅见耳。”②皆讥切黄宗羲。黄宗羲曾应吕留良之邀入吕氏家塾坐馆，于吕葆中有师生之谊。吕葆中评点至以“禽兽”相詈，其评点激直无隐的特点由此可见一斑。

除此之外，吕葆中评点还颇有识见。例如，他说：“凡作文字，必有奇妙意思藏在后幅以为出场，否则读至终篇，索然尽矣。”（韩愈《释言》）颇有会心。又说：“老苏文不甚用起伏照应之法，如此篇，就客径收，绝不回顾。文章照应之法，史汉后至韩欧而始备，老苏文学先秦，故往往脱略自在。”（苏洵《项籍》）议论宏阔。又说：“老泉之文善为近，颍滨之文善为远。老泉之文，一起手便擒住题目；颍滨之文，纡徐而起，读数十行尚未测其意之所向，数转之后，适与题会，趣味无穷。二法皆学文者所当知。文章急切要惊动人，当学老泉；若要引人入胜，使人不能舍我而去，当学颍滨也。”（苏辙《破例》）析父子文风同异，导引后学抉剔别择，各有一段精深见解。

从评点的基本结构来看，吕葆中的评点也颇有匠心。其评点往往先引古人评语，然后从中抓取一点，深入剖析，或明其所以是，或摘其所以非，末又略引史籍或王志坚《古文渎编》的评点，介绍相关人物、事件等写作背景。例如，其评欧阳修《有美堂记》，先引唐顺之评“如累九重之台，一层高一层，真是奇绝”，又引茅坤评“胸次清旷，洗绝古今”，然后加以新评云：“合二评方尽是文之工：

① 吕留良：《吕晚村先生文集》卷二《与魏方公书》，《续修四库全书》第1411册，第91页。

② 吕留良：《吕晚村先生文集》卷二《答万祖绳书》，《续修四库全书》第1411册，第95页。

唯其笔妙古今，故能多作曲折，而无层累之迹。”将茅评与唐评的因果关系一语打通，接着又介绍受序人杭州知府梅挚云：“梅挚字公仪，知杭州，出于自请。赐诗宠行，首句云：地有吴山美，东南第一州。”可谓层次分明，简而有法，大大超出一般家塾读本的评点水平。

## 六　序跋选录

### 吕葆中序

先君子晚岁选定古文，其于唐之韩、柳，宋之欧、曾、王、苏诸家，则又撮其精腴若干篇以付家塾，而命葆中曰：“汝试为点勘，以授学者。毋繁冗，毋穿凿，但正句读，分段落，于一篇要害处稍为提出，粗示学者以行文之法。至精妙处，则在学者熟复深思自得之耳。”葆中既受命，随点数卷以进；先君子览之，亦不以为非。常语学人曰：“今为举业者，必有数十百篇精熟文字于胸中，以为底本；但率皆取资时文中，则曷若求之于古文乎？夫读书无他奇妙，只在一熟。所云熟者，非仅口耳成诵之谓，必且沉潜体味，反覆涵演，使古人之文若自己出，虽至于梦呓颠倒中朗朗在念，不复可忘，方谓之熟。如此之文诚不在多，只数十百篇，可以应用不穷。”又常曰：“读书固必熟而后用，亦有用而后熟，此又不可不知也。若必待熟而后用，则遂有虽熟而不用者矣。此其法当先勉强用之，用之既久，亦能成熟。譬之人家有百十僮仆，为主人者终日不曾呼唤使令，此等亦遂成偃蹇。今但遇有事，辄呼而用之，久久习常，其初犹必俟主人之命而后至，其后主人虽未命之，亦自能窥承意指，趋跄而前矣。”今者诸弟共请以选本付雕开，以余所批点大半曾经先人过目，因遂仍之；而余并述绪语于简端，以为学者读是书之法。康熙甲申长至后三日御儿吕葆中谨识。

## 第七节　江承诗《唐宋八大家古文读本》

### 一　编刻缘起

江承诗字雅臣，江苏苏州人。康熙时人，生平事迹不详。其《唐宋八大家古文读本》为康熙四十三年（1704）刻本。据其自序，康熙三十六年（1697）冬，曾冒雪到南京旅舍拜访戴名世，与戴“挑灯对坐，杯酒谈文”。戴氏批评了当时唐宋八大家选坛上“浓圈密赞”的不良风气，鼓励江承诗自编一个卷帙不繁、评点不滥的选本。六年后，戴名世来到苏州，江承诗将业已编好并“自用为读本”的《唐宋八大家古文读本》请戴名世指正。戴名世为其作序，并劝其“刊以行世”。浙江图书馆所藏江承诗《唐宋八大家古文读本》（康熙四十三年刻本）所载此序云：

> **江子雅臣少好古**，而尤嗜八家之文。**吾尝见其读本**，其择取者简而不繁，而八家之美已尽。其评点论次，则务著明其指归，与其起伏呼应联络宾主抑扬离合伸缩之法，洗刷眉目，疏通脉理，而八家之尘于是乎尽去，所以开学者之明，而救其眯目之患，将在于是书矣。

戴名世《南山集》亦收此序，名曰《唐宋八大家文选序》，内容基本相同，唯此段云：

> **余少好古**，而尤嗜八家之文。**居尝盖有读本**，其择取者仅二百馀篇，而八家之美已尽。**一二学徒复请余为之评点论次**，于是闲昼无事，乃执笔为著明其指归，与夫起伏呼应联络

宾主抑扬离合伸缩之法，务使览者一望而得之。①

一为江承诗作序，一为自己作序，一文而序二书，颇为反常。是不是江承诗选本改易戴序以为己序呢？坊人改易名人序跋以重其书，是常见的现象。但从江承诗的自序来看，关于其与戴氏往来的记录都很真切翔实，所及戴氏行实与《南山先生年谱》也一一吻合。最为重要的是，《南山先生年谱》明确记载《唐宋八大家文选序》正作于康熙四十三年(1704)。② 从江承诗"今年田有来姑苏……予因付之剞劂"的话来看，《唐宋八大家古文读本》于作序的当年(康熙四十三年)即已付刻，也就是说，戴序写出不久即已刊出，江承诗选本所载版本最早。而《南山集》所载戴氏此序为康熙间尤云鹗本所无，乃光绪二十六年(1900)张仲沅刻本所加，比前者的梓行晚了将近200年。

康熙五十年(1711)，戴名世《南山集》案发，后来其"著作脱轶，莫为之收，而一二藏书家有其稿者又秘弗敢出"。道光间文禁稍驰，其宗人戴钧衡乃遍搜遗稿，编成《南山集》14卷，为张仲沅刻本所本。戴钧衡重编《南山集》时，将"持议过当、立言太激、行文太率者"删落六十余篇，③对于未全文删落而局部有上述瑕疵者自然难免有所改易。《南山集》所载戴序"(余)居尝盖有读本"一句有些不通。自己有没有读本应该是十分清楚的，何必加个"盖"字？其由江选所载原序"吾尝见其读本"一句改易而来的痕迹十分明显。这些改易痕迹就使得《南山集》光绪刻本所收戴氏《唐宋八大家文选序》的可信性有所降低。

《戴名世年谱》的作者戴廷杰未见康熙四十三年江本所载戴

① 戴名世：《南山集》卷四，《续修四库全书》第1419册，第103页。

② 《南山先生年谱》，戴名世《南山集》卷首，《续修四库全书》第1419册，第6页。

③ 戴钧衡：《南山集跋》，戴名世《南山集》，《续修四库全书》第1419册，第19页。

序，对于其与光绪年间刻本《南山集》所载戴序的关系未作考辨。在没有得到有力的证据之前，二序不合的原因可以存疑，但前者比后者更为可信，这一点是可以肯定的。

## 二　版本经眼录

江承诗《唐宋八大家古文读本》不分卷，康熙四十三年（1704）学古堂刻本，吴江图书馆和浙江图书馆有藏。吴江图书馆所藏为残本，存韩、柳、欧、曾、王五家文，缺三苏文，无序跋和目录。正文有缺页，其装订顺序与浙图藏本目录亦多不合。见图3。浙江图书馆所藏为足本，一函八册，为刘承干嘉业堂旧藏。半叶九行二十五字，白口，四周单边，无界行。内封题“唐宋八大家古文读本，吴门江雅臣选评，学古堂藏版，康熙四十三年新镌”。卷首题“唐宋八大家古文读本，吴郡江承诗雅臣选评，弟三锡燕臣同订”。版心题“韩文，佛骨表，刘永良”。正文各叶版心下多镌刻工姓名，如韩文《与浮屠文畅师序》所在页有“刘长安”，《答李翊书》有“方我云”，《上宰相书》有“刘正五”，《为人求荐书》有“刘磊石”等。全书结构依次为内封、戴名世序、江承诗自序，以下是目录和正文。戴名世序不署年月，江氏自序末署“康熙甲申十月望前一日吴门江承诗雅臣氏题于学古堂”。甲申为康熙四十三年，7年后《南山集》案发，戴名世入狱，其书被禁，自然不会有人将他的序言刻于卷首。戴名世序加强了江承诗《唐宋八大家古文读本》的版本可靠性。

## 三　选文规模和原则

全书将八大家文章分为8个单元，每人一个单元，相当于人各一卷，但不标卷次，无由得知八大家座次。各单元也不统一标注页码，装订失次在所难免。应该说，其体例颇为粗疏。全书选文286篇，其中韩愈72篇，柳宗元32篇，欧阳修58篇，苏洵15

篇，苏轼 59 篇，苏辙 17 篇，曾巩 19 篇，王安石 14 篇。

江承诗选文和评点的总原则，都是康熙三十六年（1697）戴名世于南京旅舍中所定的。戴氏批评茅坤《唐宋八大家文抄》"择取者不无过多"（戴序）、"卷帙浩繁，不能卒读"（江序），希望江承诗拿出一个卷帙简省而又尽收八家之美的选本。江选选文 286 篇，相当于茅选的 1/4，可以说得繁简之中，基本达到了戴氏的要求。从具体的选文看，显然以韩、柳、欧、苏（轼）为主，其他四家皆不足 20 篇，加起来只占全书的 23%，可以反映出江承诗对八大家的个人评价。但这只是选多少的浅层问题，至于选什么，江、戴二序均没有明确的表述。

无论是戴名世的设计，还是江承诗的落实，其意图都是为时文而选古文。不过，与其他举业古文读本相比，其注意于发明"起伏呼应联络宾主抑扬离合伸缩之法"，因而所选不拘长篇短制，要以文法谨密者为主；对于"笔势汗漫"者，则多置弗录。其评欧阳修《五代史宦者传赞》云："原本起势汗漫，故依毛（茅）氏《文钞》本去之。"评《江邻几文集序》又云："微嫌入手叙志铭八九行，笔势汗漫不紧。"一篇有汗漫之疵者，尚且念念于心；全篇汗漫者，自然不会选录。结构谨密，虽长篇大制，亦所不弃。例如，其所以选入苏洵《上仁宗皇帝书》、苏轼《上神宗皇帝书》和王安石《上仁宗皇帝言事书》等洋洋大篇，主要是看中其"起伏呼应联络宾主抑扬离合伸缩之法"。其选文的另一个特征是各取所长，如韩愈的书、三苏的论、曾巩的序，都入选较多。不过这一点，大部分选本都能做到，还称不上特色。

## 四 评点特征

戴名世批评茅坤《唐宋八大家文抄》"点次简略，使人汗漫无所窥测"（江序），又批评当时坊本"句句而圈其旁，语语而颂其美，其意思之所存与其法度之所在，选者茫然不知也，读者亦茫然不知也"(戴序)。江承诗的评点较好地落实了戴名世的要求。其评点既不像茅评那样"简略",也不像坊本那样"浓密",而是繁简适中,全力聚焦于"意思"和"法度",有意避开当时"语语而颂其美"的习套。这是其评点的基本特征。例如,其评韩愈《通解》云:"今人之号为通者,乃其所以不通也;古人之独行,乃其所以通也。文之大旨如此。岂若后世之所谓通不通者,只在于语言文字之间;犹且以不通而拟夫通也,斯又远出唐人下矣。"评欧阳修《与荆南乐秀才书》云:"此文诸家多误解。细按文义,盖乐秀才所问者,不过时文,方欲取禄仕而窃名誉,而其人未可与语古文者。又悼时文之坏,而不屑论。教之以顺时,诱之耶?讥之云尔。于此见古文之难知,而顺时之获效,已不独今日为然矣。"评苏轼《凌虚台记》云:"欧阳公《真州东园记》,是由今日之盛而遥想前日之衰;苏之《凌虚台记》,是因今日之盛而逆揣后日之衰。两篇正可参看。古人作文,借端发论,不似后世之多避忌。此文自是发明废兴成毁之理,升庵谓为骂太守,非也。"总括大意,眼明心细,约而能达;或借古论今,或翻驳旧评,识见性情,皆有可观,其着力点在于发明"意思之所存"。不过,相较而言,其评点在发明"法度之所在"方面更为用力。例如,其评苏洵《诗论》云:

> 此篇章法,譬之形家。起手提出"礼"字,其"祖龙"也;后三段,其"辞楼下殿"也。"圣人忧焉"一段,其"过峡"也;"严于礼而通于诗",其"结穴"也。后又诗礼伴讲,好色、怨诽分疏,其"缠护"也。结到礼之权,乃"回龙顾祖";而并及《易》与《乐》,乃是"星峰罗列、远山朝拱"也。

文喻中最常见的是水喻,此以"形家"(堪舆家)术语论文,颇有新意,可见其揣摩之深。其所揭示的文法名目繁多,如"讲题前、讲题后、讲题中之法"(评韩《论佛骨表》)、"逐段叙逐段锁之法"(评韩《上宰相书》)、“化实为虚法”(评韩《送石处士序》)、“单叙、夹叙、带叙、追叙之法”(评韩《张中丞传后叙》)、“死中求活法”(评柳《贺进士王参元失火书》)、“无中生有法”(评柳《箕子碑》)、“主客互形法”(评柳《梓人传》)、“翻主为客法”(评柳《捕蛇者说》)、“先案后断法”(评柳《桐叶封弟辩》)、“始如处女、后如脱兔之法”(评欧《与高司谏书》)、“上下、内外、初终、前后、中偏、左右布置渲染之法”(评欧《李秀才东园亭记》)等,可见其用心之专。其自称“数年来于八家之文反覆讽诵……凡一篇中起伏照应、波澜意度之所在,无不一一指而出之。未敢遽谓登古人堂奥也,其于古人之用心,庶乎百不失一焉。”从实际情况看,他的评点虽然谈不上“百不失一”,但其阐发“意思”和“法度”处,确有一些个人的见解。

## 五　序跋选录

康熙四十三年(1704)学古堂刻本有戴名世和江承诗二序,兹据浙江图书馆藏本录入。

**戴名世序**

人之目而有所眯者,尘之侵也。入乎尘,而求目之无眯,不可得也;去乎尘,而求目之无明,亦不可得也。孔子曰:“所信者目,而目犹不可信。”其不可信者,则其眯之时也。古人有言曰:“视日者眩,听雷者聋。”世之学者视古人之书,不啻若日与雷,然惟有眩且聋而已耳。有导之者曰:“尔勿眩,吾有以视子。”及其视之,而目罔不眯者,则其导之者尘也。导之者先自眯,而因以眯人,于是乎百物之光华、五色之灿烂,皆莫之见焉。而自以为览宇宙之大全,则其目势且至于瞽,岂特眯而已乎!

唐宋八大家之文,皆学者所当诵习,而卷帙浩繁,往往穷年而难究。有明之世,归安茅顺甫有八家之选,号曰《文钞》。其择取者不无过多,而评点论次亦多疏略而未备,学者眩之。至近日而吴会间所行刻本子,则眯目者纷然出矣。句句而圈其旁,语语而颂其美，其意思之所存，与其法度之所在，选者茫然不知也，读者亦茫然不知也。以眯导眯，而八家之文于是乎为尘之所蒙而不可出矣。

今夫欲穷山水之观者，必问其境于曾经游历之人。某泉则如此，某石则又如彼，举所为岩姿壑态，一一了然于指点之下，而后听者可以卧游而神会之。今乃据瞽人之说而曰："山水之胜，吾已得之。"其说岂可信哉！

江子雅臣少好古，而尤嗜八家之文。吾尝见其读本，其择取者简而不繁，而八家之美已尽。其评点论次，则务著明其指归，与其起伏呼应联络宾主抑扬离合伸缩之法，洗刷眉目，疏通脉理，而八家之尘于是乎尽去，所以开学者之明，而救其眯目之患，将在于是书矣。适秦者立而至焉，有车也；适越者坐而至焉，有舟也。雅臣是书，是亦学者之舟车也。余故劝其刊以行世，而书此以先之。桐城戴名世序。

**江承诗自序**

欲为时文，而不求之古文，而日冀时文之善，是犹欲为琴瑟而无材、欲成衣裳而无币也。岂可得乎？古文中惟唐宋八大家与时文最近，今日操觚家莫不殚精敝神以为时文，果能移其为时文之精力，转而之于唐宋八家之文，心摹手追，恍然豁然，务求有得于己，吾知其于时文必无有不善者矣。

予平日最爱八家文，从事于此，殚精敝神，既有年矣。犹忆岁丁丑冬，冒雪访田有于秦淮旅舍；田有当代古文宗工也。其夜挑灯对坐，杯酒谈文，论及八家渊源，与予心契神合，而独虑世无善本，因谓予曰："八家虽有鹿门先生《文钞》甚善，而卷帙浩繁，学者不能卒读；且点次简略，使人汗漫无所窥测。而坊间所盛行选本，则又浓圈密赞，使古人用意之所在，反因之而晦。子曷不选定为一书？"予因是数年来于八家之文反覆讽诵，取其与时文相近者不及三百篇，为之次第排缵。凡一篇中起伏照应、波澜意度之所在，无不一一指而出之。未敢遽谓登古人堂奥也，其于古人之用心，庶乎百不失一焉。盖卷帙既简，易以记诵，而圈点无滥，则其眉目一览了然。至于评语，亦止就其意思法度，各指明之，不敢妄为赞美；文之至者，无所用其赞也。书既就，自用为读本，不敢示人。

今年田有来姑苏，予因出而就正。田有大喜，且劝予梓以公之世，曰："时文而有是，其殆为为琴瑟之美材、为衣裳之美锦乎！世之为时文者而能从事于此书，则时文莫非古文也。"予因付之剞劂，而书其为此书之大略如此。

时康熙甲申十月望前一日吴门江承诗雅臣氏题于学古堂。

## 第八节 张伯行《唐宋八大家文钞》

### 一 张伯行其人

张伯行字孝先，号恕斋，一号敬庵，卒谥清恪，河南开封府仪封县通安乡崇儒里人。[①] 生于顺治八年（1651），卒于雍正三年（1725）。康熙二十四年（1685）中三甲第八十名进士，庶吉士落选，着康熙皇帝谕，"新进士回家依旧读书，不可荒废学业"[②]。归里后，在南郊"构书屋数楹，藏书数千卷，日夕博览不辍"。[③] 7年后，考授内阁中书，入京履职。三十三年（1694）改中书科中书，丁父忧归里。买地20亩建请见书院，三十七年（1698）落成，其时

① 杭世骏：《道古堂文集》卷三十二《礼部尚书张公伯行传》，《续修四库全书》第1426册，第516页。

② 康熙帝对此科所取文武进士均致不满，他说："此番武进士文字甚属不佳，一甲三名，尚不如往年三甲之人；且今年考试文进士内亦有学问浅陋者。似此不可不惩治数人。"（《康熙起居注》中华书局1984年版，第1379页）将部分新进士发还原籍读书，而不即授官，当与此有关。

③ 张师栻：《张清恪公年谱·康熙二十四年》，《续修四库全书》第554册，第395页。

“已无志功名，欲退而修明先儒之书，引掖后进，以垂正学于来世”。① 三十八年(1699)，仪封大水，雇民工加固堤防，受河督张鹏翮赏识，以中书科中书衔赞理河务，颇有劳绩。四十一年(1702)补山东济宁道。翌年山东大饥，从家乡船运钱米及棉衣，又动用官仓储米两万余石赈灾，上司欲加其罪，力辩乃已。是年张伯行53岁，考中进士已有18年。不难看出，在50岁之前，张伯行的仕途并不顺利。

康熙南巡，张伯行负责运河航道安全，受到赏识，这是其仕途的转折点。四十四年(1705)，康熙御书“布泽安流”匾额嘉奖，翌年升江苏按察使。四十六年(1707)，康熙当众称赞他“实不要钱”②；同年三月，升任福建巡抚。四十八年(1709)，移江苏巡抚。其间与两江总督噶礼不和，发生了轰动一时的“督抚互参”案。噶礼，姓栋鄂氏，满洲正红旗人。康熙称他“办事历练，至操守，则朕不能信。若无张伯行在彼，则江南地方必受其朘削一半矣”。③ 不难看出，康熙派张伯行为江苏巡抚，有“以廉抑贪”的用意。他们之间发生矛盾在所难免。康熙五十年(1711)，江南乡试，“副主考赵晋与提调马逸姿内外交通，广放关节”，发榜后士论哗然，“苏州士子千馀人愤懑不平，共抬财神入文庙，供明伦堂”。④ 翌年，张伯行上疏弹劾噶礼向涉案人员“要银五十万，保全无事”。噶礼亦上疏弹劾张伯行“七罪”，其中包括“作《南山集序》之进士方苞系伯行好友，竟不差一官一役提拿；且《南山集》版方苞收藏，苏州书肆

① 张师栻：《张清恪公年谱·康熙三十七年》，《续修四库全书》第554册，第398页。

② 张师栻：《张清恪公年谱·康熙四十六年》，《续修四库全书》第554册，第405页。

③ 张师栻：《张清恪公年谱·康熙五十一年》，《续修四库全书》第554册，第422页。

④ 张师栻：《张清恪公年谱·康熙五十年》，《续修四库全书》第554册，第416页。

印行三千馀部，伯行并不追问”“专以卖书著书为事”等。[①] 康熙两番派钦差会审，皆偏袒噶礼，最后康熙裁定张伯行革职留任，噶礼革职。

康熙五十二年(1713)，张伯行官复原职，但次年又发生了一件更为严重的事情。是年五月，张伯行上疏弹劾江苏布政使牟钦元藏匿海盗，结果以“诬陷良民，挟诈欺公”罪“论斩”，[②]得康熙特赦，入南书房行走。寻转仓场侍郎，先后充顺天乡试正考官、会试副考官。雍正元年(1723)，擢礼部尚书，三年(1725)卒于任，年七十五。纂述百余种。辑《道统录》《道统源流》《伊洛渊源录》《伊洛渊源续录》《小学集解》《小学衍义》《养正类编》《养正先资》《训蒙诗选》《学规类编》《学规衍义》《近思录集解》《续近思录》《广近思录》《性理正宗》《家规类编》《闺中宝鉴》。选《古文载道编》《斯文正宗》《濂洛风雅》《唐宋八大家文钞》。自著《困学录》24 卷，《续困学录》24 卷，《正谊堂文集》40 卷，《正谊堂续集》10 卷，《居济一得》5 卷。[③]

张伯行天性朴诚，为官清正，被誉为“天下清官第一”。“历官二十馀年，轻驺简从，不以眷随。日用菜蔬米麦，尺布寸丝，以至磨牛碾石，皆自家中运载之官”。[④] 在江苏巡抚任上，“日用所需，一切皆取于家，每年约运三千金，而家赀因以日匮。无锡县依往例送惠泉水至署，公初受之，后知亦派民载送，即不受”。[⑤] 其解任时，江苏吏民有“止饮吴江一杯水”之誉。

张伯行治民以教为本，所至好修建书院。据《张清恪公年

---

① 清国史馆编：《汉名臣传》卷九，《清代传记丛刊》第 39 册，第 96 页。

② 《清史稿》列传五十三张伯行本传。

③ 杭世骏：《道古堂文集》卷三十二《礼部尚书张公伯行传》，《续修四库全书》第 1426 册，第 516 页。

④ 王晫：《今世说》，《清代传记丛刊》第 18 册，第 174 页。

⑤ 张师栻：《张清恪公年谱・康熙四十九年》，《续修四库全书》第 554 册，第 412 页。

谱》，其出资修建者，在家乡仪封有请见书院，占地 20 亩，聚书数千卷；在山东临清有清源书院，升任江苏按察使后“犹留银二百两置田，以为永久之计”（康熙四十三年，1704）；在江南、山东接壤的夏镇有夏镇书院，“檄二省士子读书其中，一时人文蔚起”（四十三年）；在山东济阳有济阳书院，“岁久倾圮，公捐赀修葺，焕然一新”（四十四年）；在福建九仙山之麓有鳌峰书院，有书舍 120 间，“俾有志者入院肄业，资其供给衣服，并给往来路费”，康熙赐“三山养秀”匾额（四十六年）；在苏州有紫阳书院，“拆吴江淫僧水北庵材木以供用，又藉其田三百馀亩以为诸生膏火资”（五十二年）。雍正二年（1724）回乡时，“请见书院因无人经理，几绝弦诵，公命师栻、师载修葺墙屋，且面订孝廉刘学山先生主教事。次年遭公丧，又值水灾，不果行”（雍正三年）。可见张伯行修建书院的热情至老不衰。慷慨捐俸而外，他还延请名师，编刻图书，制定章程，添置膏火，有时亲任教席，苦口婆心，事无巨细，不遗余力。

张伯行崇尚程朱理学，排击陆王心学。其中进士归乡后所读之书即程、朱、周、张“宋五子”之书，其“希圣”之志亦萌于此时。其长子张栻说：“既读《小学》、《近思录》、程朱《语类》、文集，恍然曰：此孔孟正传也，入圣门庭尽在此矣。乃于濂洛关闽之书，口诵手钞，仡仡如将不及。嗣后官闽官吴所辑诸书，大半于家园读书时裁定者也。”（《年谱·二十四年》）从此以后，居官所至皆极力宣扬程朱理学，以为圣贤可学而至，并以自期者期人，接引后进，亹亹不倦。其在江苏巡抚任上所收的门人说：“窃惟公以己之所得者，推而致诸人人，故苟有来学，必反覆指诲；又惧人徒事言语，不反求诸身心也，每陈说古义，随人与事，曲为摩切。”[①]“反求诸身心”是张伯行理学观的一个突出方面，他是强调不能空谈道理，要

---

① 沈彤：《果堂集》卷十一《述先师仪封张公训》，《景印文渊阁四库全书》第 1328 册，第 372 页。

恭行实践，以理学修养造福国计民生。他把朱熹的“主敬以立其本，穷理以致其知，反躬以践其实”这三句话作为为学之要，常挂在嘴边，教育后生。他为官一任，总是关心民生，作育人才，务使移风易俗，家给户足，就是对其理学思想的践行。

张伯行是一个有宏大关怀和崇高追求的理学家、教育家和政治家，但“督抚互参”案发生后，他在康熙皇帝眼里，除了“清廉”外几乎一无是处。透过这些负面评价，我们可以看到更深层的问题。康熙五十四年(1715)十一月初九日，康熙皇帝在畅春园对诸大臣说：“大凡人虚言甚易，实行最难。如张伯行初任江苏巡抚具折奏称：臣惟有使江南移风易俗，家给人足，以仰报皇上。今果能副其言乎？朕前南巡时，江南米价每石不过五、六钱，凡诸食物价亦甚贱。自张伯行莅任以来，岁屡不登，米价贵至一两二、三钱，食物之价亦几倍于昔。所谓移风易俗，家给人足者，如此乎？”又说：“张伯行偏执任性，务报私仇，是其短处。只清之一字，不可泯没。但其家甚富，所置田产跨三、四州县。河南富家以张伯行、宋荦为首，而张伯行田产更多于宋荦。”又说：“张伯行为巡抚时，每苛刻富民。如富民家有堆积米粟，张伯行必勒行贱卖，否则治罪。此事虽使穷人一时感激，要非正道，亦只为米价翔贵，欲自掩饰耳。地方多殷实之家，是最好事。朕闻明季如项家、季家富厚异常，今时已无此等富民矣。彼之家赀皆从贸易积聚，并非为官贪婪而致者，何必刻剥之以取悦穷民乎？”不仅对他的政绩一笔抹倒，对仅存的“清之一字”也大打折扣。[①] 康熙皇帝对张伯行以理学自任也深恶痛绝。同月十七日，他又说：“朕尝潜玩性理诸书，若以理学自任，则必至于执滞已见，所累者多。反之于心，能实无愧于屋漏乎？宋、明季代之人，好讲理学。有流入于刑名者，有流入于佛老者。昔熊赐履在时，自谓得道统之传。其没未久，即有

---

① 上引均见《康熙起居注》，第2217页。

人从而议其后矣。今又有自谓得道统之传者，彼此纷争，与市井之人何异？凡人读书，宜身体力行，空言无益也。”①本月二十三日，又说：“张伯行所奏，俱系空言，并不能行。”十二月一日又说：“张伯行自谓知性理之书，性理中之《西铭》篇尚不能背诵，以为知性理，可乎？”②可见他对张伯行理学名臣的时望也全面否定。十一月二十三日，康熙当面训斥张伯行说：“尔实无才干，并不读书，尔所修之书，皆不过他人代修耳。岂尔自修者耶？”又说：“由今观之，（张伯行）甚是粗鄙，直未曾读书者，不可为封疆大臣，有钱粮小地方尚可用之。”③张伯行以修撰图书、作育人才有名于时，康熙皇帝以“粗鄙”“未曾读书”这样极端的字眼将其一贬到底。在“督抚互参”中，噶礼被革职，不久其母又告发他投毒弑母，五十三年（1714）被康熙帝赐死。噶礼曾随康熙帝出征噶尔丹，又以勤敏为康熙知重。至此，康熙帝乃将噶礼之死迁怒于张伯行。康熙五十四年（1715）十二月初九，他说：“张伯行每称噶必欲杀伊，今噶礼已死。彼虽另有应死之罪而死，不因张伯行而死，究竟噶礼死于张伯行之手乎？抑张伯行死于噶礼之手乎？朕今日果置张伯行于法，反应张伯行之口矣。”不难看出康熙皇帝对噶礼的怀念和对张伯行的怨恨。

由康熙晚年对张伯行的恶评可以看出，张伯行与康熙皇帝在民本与皇本、求真与求用方面存在着重大分歧。同时，也可以看出，张伯行以程朱理学的圣贤标准和人格追求要求自己，也以同样的标准和人格要求他人，因而接人待物不免过于理想和严苛。在谈到如何对待陆王心学问题上，张伯行与康熙帝有一段对话：“上云：‘前辈不必辟他也罢了。’奏云：‘论人品自然当尊敬他，论学术则不可不辨，恐贻误后人。’”④张伯行对古今人物的严苛要求

① 《康熙起居注》，第2222页。
② 同上书，第2228页。
③ 同上书，第2226页。
④ 张师栻：《张清恪公年谱·康熙五十四年》，《续修四库全书》第554册，第432页。

和评价是出于坦荡的学术关怀和宏大的文化担当，而不是狭隘的个人攻击，他对唐宋八大家的严苛批评也当作如是观。

## 二 编选缘起和版本情况

张伯行考中进士，得力于唐宋八大家文不少。其子张栻说，“公尝自言，初学文时随俗诵习时选墨程，屡试辄斥，乃从先王父言取前辈八大家文习之，果获售”。[①] 张伯行的文章很高调，其《正谊堂文集》颇多批评为举业而读书的文字，读八大家“果获售”这样的话只可能私下对家人讲，而这更加说明八大家文作为不传之秘在他心头的分量。其后来为鳌峰书院编选立言部，专收唐宋八大家文，当与此有关。康熙四十六年(1707)，张伯行赴任福建巡抚，同年捐赀建鳌峰书院，并“出先儒《语类》《文集》诸书，命分任编辑，亲为校正论定，付之剞劂”(《年谱》)，这就是《正谊堂全书》。《正谊堂全书》包括初集和二集。初集由立德部、立功部、立言部、气节部四部分组成，二集则荟萃历朝文集。立德部以宋五子(周敦颐、程颢、程颐、张载、朱熹)为主，又加上宋人杨时、尹焞、谢良佐、罗从彦、李侗、张栻、黄榦、真德秀、熊禾、陈文蔚，元人许衡，明人薛瑄、胡居仁、罗钦顺、吴海、曹端、陈真晟的文集。[②] 立功部由诸葛亮、陆贽、韩琦、范仲淹、司马光五家文集组成。气节部包括宋人文天祥、谢枋得，明人方孝孺、杨继盛、杨涟的文集，凡五家。历朝文集包括宋人石介、吕祖谦，明人崔铣、魏校、海瑞、汪循、蔡叆、陈瑚、张履祥，清人陆世仪、魏裔介、熊赐履、汤斌、耿介、施璜、吴曰慎、汪璲、应撝谦、魏象枢等人的文集，凡 21 家。《正谊堂全书》初刻本存世者多残缺不全，而且与张伯行序及张栻《张清恪公年谱》所载书目有出入，故略加考证，以见《唐宋八大家文钞》所自出。

---

① 张师栻:《张清恪公年谱·康熙二年》,《续修四库全书》第 554 册，第 392 页。

② 参见张伯行《正谊堂文集》卷七《立德部总序》,《四库全书存目丛书》集部第 254 册，第 85 页。又见《张清恪公年谱》,《续修四库全书》第 554 册，第 409 页。

唐宋八大家文在立言部,《张清恪公年谱·康熙四十八年》云:"此部编韩、柳、欧、曾、苏、王之文。公以八家文时有合乎道者,然因文以求道,犹与道为二,故仅传以文,欲学者学其文更求其上也。"张伯行《立言部总序》亦明言此部专收唐宋八大家之文,并云"余选是集,不特以资作文之用,而穷理格物之功,即于此乎在",将八大家与"穷理格物"联系起来,突出了《正谊堂全书》作为理学丛书的基本特征。可以看出,立言部不像其他三部一样系各家文集的汇刻,而只是一个"选集",与现在可以见到的同治八年(1869)福州正谊书院刻本性质相同。

从《张清恪公年谱》来看,《正谊堂全书》是按照立德、立功、立言、气节、历朝文集的顺序陆续编刻的。《张清恪公年谱·康熙四十八年》"编次历朝文集"条云:"立德、立功、立言三部为初集,兹又得二十一家文为二集。始于是年,其后次第告成。"由此可知,康熙四十八年(1709)开始编刻历朝文集时,收录八大家文的立言部应该已经编刻完成。不过,《中国古籍总目·丛书部》著录的鳌峰书院《正谊堂全书》初刻本未列立言部子目,本人亦未从馆藏中觅得张伯行《唐宋八大家文钞》鳌峰书院初刻本。立言部编定于康熙四十八年孟夏,现有同治八年福州正谊书院刻本所载张伯行序末所署日期及《张清恪公年谱·康熙四十八年》所载信息为证,但现存的同治八年所刻《唐宋八大家文钞》19卷是立言部的另名,还是立言部而外,别有一书呢?张伯行《紫阳书院示诸生》云:

> 时艺代圣贤口气发明道理,期于达意而止。若理不足而专求诸辞,其弊也支离繁缛,斗声竞妍,为纤为杂为鄙倍,左支右吾,罅漏百出,不几于侮圣言乎?**愿尔诸生悉除诸弊,以先辈大家文为式,余将采其尤者,刊刻流布,以树风声。**①

---

① 张伯行:《正谊堂文集》卷十二,《四库全书存目丛书》集部第254册,第156页。

“先辈大家文”即其私下告诉家人的“前辈八大家文”(《张清恪公年谱·康熙二年》)。张伯行在苏州捐俸所建的紫阳书院落成于康熙五十三年(1714)三月,[①]则《紫阳书院示诸生》当作于此后。也就是说,此时他正准备从业已编成的收录唐宋八大家文的《立言部》中“采其尤者,刊刻流布”,以为紫阳书院诸生“发明道理”之助。同治八年(1869)福州正谊书院采访所得的《唐宋八大家文钞》19卷本,是康熙四十八年(1709)所编立言部的另名呢,还是康熙五十三年准备“采其尤者,刊刻流布”的精选本?如是前者,为什么同治八年本所载的张伯行序与《立言部总序》的开头不一样?如是后者,同治八年本所载张伯行序为什么仍然署“康熙四十八年”?是否可以作以下推断:现存的同治八年福州正谊书院刻本就是康熙五十三年张伯行在江苏巡抚任上为苏州紫阳书院“采其尤者,刊刻流布”的原立言部的精选本,因为选文和评点皆出自原立言部,序言亦由《立言部总序》略加修改而来,因而仍然沿用旧的署期。当然,实际情况究竟如何,仍有待于进一步探讨。

今天所能见到的张伯行《唐宋八大家文钞》,系同治八年福州正谊书院采访刻本。同治五年(1866),闽浙总督左宗棠在福州创办正谊书局,同治八年改为正谊书院。左宗棠遍访鳌峰书院《正谊堂全书》初刻本,由正谊书院(正谊书局)加以重刻,其续刊部分包括张伯行《唐宋八大家文钞》19卷,后来的《丛书集成》本即据此排印。本人经眼者为遵义图书馆藏本(索书号:11006－13),半叶十行二十二字,左右双边,白口,单黑鱼尾,有界行。封面题“唐宋八大家文选”,内封有“福州正谊书院藏版”长方形牌记。卷首题“唐宋八大家文钞卷之一,韩文公文,仪封张伯行孝先甫重订,受业诸子仝校”。版心题“八大家文钞,卷之一,一,正谊堂”,每页版

① 张师栻:《张清恪公年谱》,《续修四库全书》第554册,第427页。

心下端皆镌“正谊堂”三字。全书结构依次为封面、内封、张伯行原序、罗伦序、茅坤曾文定公文钞原引、张伯行韩文引及柳文引、欧阳文引、三苏文引、曾文引、王文引、韩文公本传、唐宋八大家文钞目录、唐宋八大家文钞卷之一。张伯行序署“康熙四十八年己丑孟夏谷旦仪封后学张伯行题于榕城之正谊堂”，目录及卷一后均镌“同治八年三月福州正谊书院采访续刊”长方形木记及“侯官杨浚雪沧总校，闽县梁济谦德邻覆校，闽县林祚曾省轩覆校”三行二十六字。书名所在封面正上方钤“贵州省遵义图书馆藏书”朱方印。正文无圈点，无行间评及眉评，有文后评。文后评多引唐顺之、茅坤评点，然后加上自评。见图 1－8－1 和图 4。

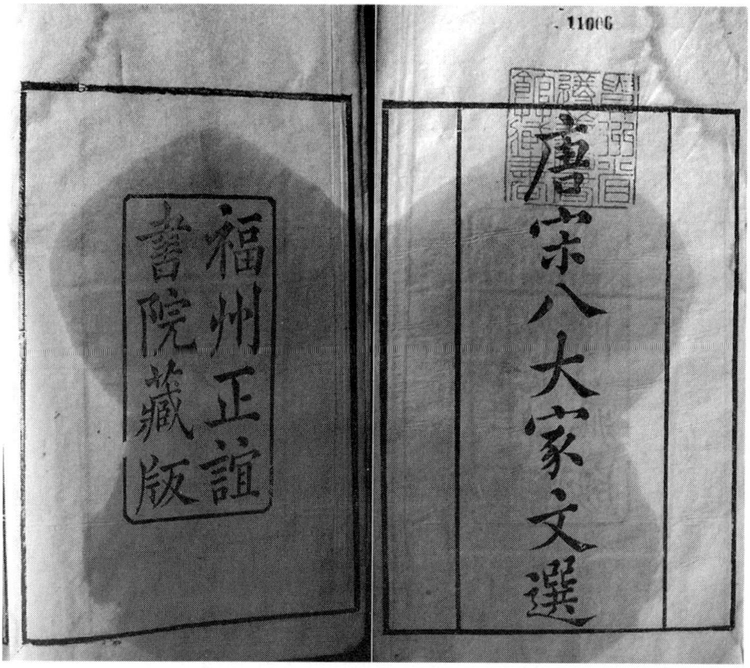


图 1－8－1　张伯行《唐宋八大家文钞》封面

同治八年(1869)福州正谊书院刻本

## 三 选文规模和标准

张伯行《唐宋八大家文钞》依韩愈、柳宗元、欧阳修、苏洵、苏轼、苏辙、曾巩、王安石为序连续立卷，各卷列明作家姓氏及篇名，不以文体细分。全书共 19 卷，选文 317 篇。其中韩愈 3 卷（卷一至三），60 篇；柳宗元 1 卷（卷四），18 篇；欧阳修 2 卷（卷五至六），38 篇；苏洵 1 卷（卷七），2 篇；苏轼 1 卷（卷八），27 篇；苏辙 2 卷（卷九至十），27 篇；曾巩 7 卷（卷十一至十七），128 篇；王安石二卷（卷十八至十九），17 篇。

此前的八大家选本，特别是举业读本，往往选三苏文多，选曾巩文少。主要是因为三苏文翻新出奇，意气风发，容易激发才思，拓展思路，最利举业；而曾文"凡到要紧话头便缩舌"，①蹇涩迂滞，为举业大忌。但张伯行所选三苏文加起来也不到曾巩文的 1/2，其中苏洵文仅选两篇。不仅如此，张伯行既作《曾文引》，又增入宋人罗伦为曾巩写的序和茅坤《唐宋八大家文抄》的《曾文定公文抄引》，一人而有三序；苏氏父子三人却只有一序——《三苏引》。那么，其极端的扬曾抑苏倾向从何而来呢？肖瑞峰说："个中原因，一如编者在卷首的《曾文引》中所揭示的那样，不外乎曾文'原本《六经》'，且为'朱子喜读'。而苏洵文之所以'聊存一二'，也是因为朱子说过'人不可读此等文字'的话。这意味着其选录标准在很大程度上是以朱子的好恶为转移的。"②所言甚是。朱熹对唐宋八大家各有定评，其最突出的就是扬曾抑苏。张伯行十分崇拜朱熹，他的选本可以说是朱熹好恶的具体化和极端化。循此可以对其选文标准作出下列总结。

---

① 茅坤：《唐宋八大家文抄》曾文卷一《熙宁转对疏》眉评，万历七年（1579）茅一桂刻本。

② 肖瑞峰：《张伯行与〈唐宋八大家文钞〉》，《古典文学知识》1995 年第 4 期。

### （一）以合道而醇者为主

张伯行对八大家的文章之“工”，毫无保留地给予全面肯定。他认为八家“卓然不愧大家之称”（《原序》），对于韩、欧、曾三家尤其推扬备至，自不待言。就是对柳、苏、王三家的文章，也同样赞不绝口。他说：“吾尝论韩文如大将指挥，堂堂正正，而分合变化，不可端倪；柳则偏裨锐师，骁勇突击，囊沙背水，出奇制胜，而刁斗仍自森严。韩如五岳四渎，奠乾坤而涵万类；柳则峨眉、天姥，孤峰矗云，飞流喷雪，虽无生物之功，自是宇宙洞天福地。其并称千古，岂虚也哉？”（《柳文引》）尽管柳宗元“见道不如”，但其文章自有至处，足与韩文“并称千古”，评价之高，出人意外。他认为三苏文章多非“正大之旨”，不免坏人心术，同时又承认其“文字工”“议论快”“移人速”“便于举业”（《三苏文引》）；王安石“以学术坏天下”，但“自是文章之雄”，“其文之精妙，终不可没也”（《王文引》）。不过，他认为八大家文究竟是“文人之文”，文章虽工，但若以道相绳，就不尽合格，因而需要放出道学眼光，对其“离合醇疵”加以抉剔和别择。

从全书来看，张伯行此选主要选入“合道而醇者”，作为正面阐扬程朱理学的工具，至于其他选家所关切的文章自身的文学性和技术性，似乎并不放在心上。例如，他说：“余选三苏文，老泉聊存一二，东坡、子由亦择其醇正者而录之；其多从小处起议论者不录。知道之士，必能识予去取之深意也。”（《三苏文引》）又评苏辙《上高县学记》说：“此文质醇而有意味，亦颍滨集中之粹然者，故录之。”选录苏氏兄弟文章，大旨皆以“醇正”为标准。苏老泉的文章共选入两篇，其中一篇因为“辞旨多未纯”，只节取一个开头（卷七苏洵《上仁宗皇帝书》），另一篇因为“道理醇正”，所以“于老苏集中，独取斯文”（卷七），这就是《苏氏族谱序》。看来，各家选多少，选哪篇，是全选，还是节取，都以“醇正”与否为标准；而且其设定的知音也不是普通读者，而是“知道之士”。由此可见其选文标准突出的道学取向。

**(二)兼选离道而疵者**

从选文实际情况看,张伯行也有意选入部分“离道而疵者”,作为警示当今的反面教材和口诛笔伐的抨击对象。例如,苏轼的《留侯论》和《贾谊论》都是“坏人心术”的离道之文,本应该加以摒弃,但他却一反常态地选入,并借此发表了一番痛快淋漓的议论。其评《留侯论》曰:

> 论子房生平以能忍为高,却从老人授书、桥下取履一节说入,乃是无中生有之法。其大旨则本于老子柔胜刚、弱胜强意思,**非圣贤正经道理**。但古来英雄才略之士,多用此术以制人。**学者若喜此等议论,其渐有流于顽钝无耻而不自知者**。故韩信之受辱胯下,师德之唾面自干,要其心术皆不可问也。(卷八)

在他看来,此文所谓“忍”不是体道深切、涵养性情的自然结果,而是克敌制胜、翻云覆雨的策略手段,其目的究竟在于害人,所以其“心术皆不可问”,必然使人“渐有流于顽钝无耻而不自知”;更何况大旨本于道家思想,自然“非圣贤正经道理”。经过这番批驳,此文的“疵”处充分暴露在世人面前。其评《贾谊论》又云:“中间代贾生打算一段,却欲其深交绛、灌,使不疑忌,十年便可得志,则是权诈作用,并将上面所引孔、孟皇皇救世之心,都错看入此途去也。此最坏人心术处。读者勿徒爱其文,而忘其理之不正也。”(卷八)此文的“权诈作用”源于战国策士,与上文“大旨本于老子”,皆其“疵”而不“醇”之处。一经点破,其于阐扬程朱理学之功,自不待言。再如,其论苏辙《上两制诸公书》云:“至谓圣人于道已知之,而不遂以明告天下,是尤以私意窥圣人者。盖六经之说昭若日星,特见未到,则信不及耳。姑就其文而论之,以振末学卑陋之习。”（卷九）论苏轼《六一居士传后》云：“人之所以异于物者，以其能别是非而不为物累也。若以有知觉之人与无知觉之物等而视之，谓能不累于物，则天下无是理也。欧公自号‘六一’，聊以寄兴，未必有此意。而东坡以老庄之旨从而为之辞，此朱子所以讥其不根而害道也。存此以论之，以概其馀。”（卷八）“存此以论之，以概其馀”，“姑就其文而论之，以振末学卑陋之习”数语道破了其选评八大家的意图：他的八大家选本不是让读者从中获得感动或审美享受，也主要不是为举业而设，而是要借文论道，并由此扭转学术风气。为此，有说可立者，有见可表者，有诫可垂者，无论醇疵，皆可入选。醇者可资正面阐发，疵者可资反面驳诘，相反相成，并行不悖。但对于“离道而疵者”，是采取了以一篇或数篇“以概其馀”的采样式方法，与“合道而醇者”相比，不是主流，数量也有限。

## 四　评点特色

### （一）以发覆“离合醇疵”为中心

张伯行《唐宋八大家文钞》的编选意图在于借文论道，其核心关切不是文法，甚至也不是文意，而是借人家文意谈出自家一番道理，最终达到羽翼程朱理学的目的。八大家文章虽工，但其思想醇疵互见，要借此羽翼程朱理学，自然要进行一番清理。他说八大家文不过是文人之文，而“文人之文，不免因文而见道，故其文虽工，而折中于道，则有离有合，有醇有疵；而离合醇疵之故，亦遂形于文而不可掩”（《自序》）。其评点的任务，就是将这些“形于文而不可掩”的“离合醇疵之故”揭示出来，也即指出八大家文章何处合乎道，何处离乎道，何处合道而醇，何处醇中有疵，然后对见道而醇者加以表彰，见道不醇者加以指正，离道而疵者加以批驳，从而使羽翼程朱的宏大目的有实落下手处。张伯行认为韩愈“于道见其大原”（《柳文引》），赞扬其“以道德为己任，穷通之来，不接吾心”的见解说：“非韩公见道之明，何以及此？”（卷一评《与卫中行书》）这是其“醇”处。同时也指出其“死于执事之门无悔”的话“未免节侠馀习，非士君子气象”（卷一评《上张仆射书》）。又大力批驳韩愈《上于襄阳书》“莫为之前，虽美不彰；莫为之后，虽盛不传”（卷一）的话“长世人奔竞之心”：

> （此语）古今传诵，以为名言。自余论之，以为理固如是；然上之人当汲汲以求贤，而下之人不可皇皇以干进。**韩公合而言之，不几长世人奔竞之心乎？**且上之人所贵汲汲求贤者，固欲与之修德讲学，以共成天下之务，守先王之道以待后之学者，但非借后进之士为之后以传其盛，而使之垂休光、照后世已也。**苟以是而为心，则求贤之念，固已屈于一己之私，而非圣贤正谊明道之旨矣。**然则公之诵此言者，不知其何所本；而欲人知其志之所存者，又不知其果何志也。姑存其文而论之如此。

此论抓住要害，析理透辟，气度恢宏，高出众人一头。合观他评，可以说对韩愈文章的“离合醇疵”作了立体式的揭示和评估。再如，其评柳宗元《陪永州崔使君游宴南池序》云：“写景物之胜、宴游之乐，而末乃自发其悲感无聊之况。子厚工于文而无见乎道，内既无所得于己，而外未免移乎物。是以当欢而悲、情词局促如此。此君子贵乎知命而乐天也。”（卷四）在他看来，柳宗元之所以“当欢而悲、情词局促”，一是因为“无得于己”，也即没有坚定的信仰，没有强大的内心；二是“移乎物”，也即喜怒哀乐为外物所左右，而这正是“无得于己”的结果。究其本质，则是“无见乎道”。在指出其“疵”处之后，又悬出宋明理学家“乐天知命”的人生观①，

①　张载《西铭》所谓“存，吾顺事；殁，吾宁也”，与张伯行所谓的“君子贵乎知命而乐天”是相通的。

将发覆“离合醇疵”与推扬程朱理学接合起来。张氏的评点思路和重心大抵如此。韩柳而外，张氏评点对苏氏父子“疵”处的揭露最为用力，上文的“选文标准”部分已略举数例，此不赘言。

**（二）以宣扬“程朱理学”为指归**

从上面的论述可以初步看出，发覆八大家文章的“离合醇疵”还只是手段，其目的最终还在于宣扬程朱理学。通观全书评点，可以深切地感受到，张伯行对程朱理学念念不忘，总是不失时机地讲一番唐宋八家乃至诸子百家都不如程朱理学重要的话，真可谓苦口婆心，不厌其烦。例如，其评曾巩《熙宁转对疏》云：“其引经术，直是西汉文气味，韩、欧集中俱未有也。特其说到为学工夫，终少把柄，与程朱论学又隔一重。故学者欲求圣贤之学，必自程朱之绪言入，方有实地可依据。”（卷十一）其评王安石《王逢原墓志铭》云：“中以扬雄与孔、孟、夷、惠并称，此择焉不精之过。大抵诸子百家未及程朱辨正，往往如此。韩文公尚以孔、墨并称，况馀人乎？以此知程朱之功大矣。”（卷十九）在张氏看来，八家中最为“醇正”的曾巩也罢，“与道见其大原”的韩愈也罢，都与程朱隔着一层，不可相提而并论，似乎全书的评点都是为了证明这句话。全书有 30 余次提到“朱子”“程朱”，引宋五子观点处更是不胜枚举，其对程朱理学的宣扬热情可见一斑。以著名的“文以害道”说为例，其借评宣扬者就有五六次之多。他说：“学书费纸，学医费人，世之学无用诗文，以费精神、费岁月者多矣。吾愿其亟返而自省焉。”（卷八评苏轼《张君墨宝堂记》）又说：“国家取士，必得孝悌忠信之人，以正世道而厚风俗。乃取之以无用之诗赋，则所取非所用，是何异使人牧牛羊者，不课以牛羊之肥瘠，而课以樵苏之多少，则人有不舍此而趋彼者乎？”（卷九评苏辙《民政策二》）又说：“古之君子，道足乎己，不得已而发为文；后之学者，道未至而欲为文以自见，故其文皆得已而不得已。夫得已而不已者，为人之心胜，而非切于为己者也。士之蹈此病者多矣，读曾公此书，能无赧乎?"(卷十三评曾巩《答李沿书》)又说:"道,一也,而其说不能一者,圣人之道未尝明也。是非取舍不衷于圣人,虽有魁奇拔出之才、伟丽可喜之文,亦何所用乎?"(卷十四评曾巩《王子直文集序》)又评欧阳修《送徐无党南归序》云:

> 欧公此文,盖悲文章言语之无用,而慨学者勤一世以尽心于此者为可惜也。可谓返本之论矣。虽然,飘风之华,过耳之音,为文章丽而言语工者云尔也。**夫丽与工,则岂立言之谓哉?世之人以妃青丽白、繁弦急管、妖冶眩目、淫哇聒耳者,误认以为立言,而不知古之所谓立言者,正不如此也。**盖惟和顺积中,英华发外,故言出而明道觉世,如菽粟之可以疗饥,药石之可以愈疾,高而为日月之经天,下而为江河之行地。**自六经、四子而下,惟周、程、张、朱诸君子之书可以当之**,如是然后可以谓之立言,而古圣贤之不朽者,胥借是以传焉。学者所当勤一世以尽心其间者,此也。岂曰言不足恃,而遂以为戒乎哉?因读其文以补其说。(卷六)

"害道"说的提出者是宋人程颐。有人问:"作文害道否?"他说:"害也。凡为文,不专意则不工,若专意则志局于此,又安能与天地同其大也?"又说:"某素不作诗,亦非是禁止不作,但不欲为此闲言语。且如今言能诗无如杜甫,如云:'穿花蛱蝶深深见,点水蜻蜓款款飞',如此闲言语,道出作甚?某所以不尝作诗。"①张伯行所谓学诗文"费精神、费岁月"即程颐"不专意则不工"之意,所谓诗文"无用"即程颐"闲言语"之意。甚而认为只有宋五子之文当得"立言"二字,却又将八大家文置于立言部,为宣扬程朱之

① 程颢、程颐著,〔朝〕宋时烈编,〔韩〕徐大源点校:《程书分类》,上海辞书出版社2006年版,第532页。

至尊，自扫其说，也在所不惜。

### （三）新眼光带来新结论

在此之前，八大家选本的编评者大都是中下层文人，像张伯行这样兼封疆大吏与理学名臣于一身的大人物，在八大家散文编选史上还是第一个。不同的身份必然带有不同的眼光，不同的眼光必然带来不同的结论。例如，其不以先后排序而以选文多少轩轾八家，实现了对唐宋八大家座次的全新调整，这是以理学家、政治家的独特眼光重新审视旧有秩序的结果。在全书的评点中，也不乏这样的新眼光和新结论。例如，其评苏辙《上两制诸公书》云："大意以为圣人之道甚大，而为诸子百家淆乱其间，惟学之有得，乃可以遍观而不为所惑，自明己之能执约以穷乎博也。其实数言可了，而故为汪洋浩瀚之势，以夸其奇。"（卷九）苏辙散文的"汪洋浩瀚"之态向来受人好评，而在张伯行看来，这些"汪洋浩瀚之势"都是多余的显摆，虽然不过是"诗文无用"论的具体应用，还是显得有些惊人。

最能表现其新眼光、新结论的是曾文评。曾巩文的优点，前人大旨不过说"醇厚"。张伯行则以巨大的热情和独到的眼光深入发掘了其散文的魅力所在，大大拓展了前人的评论。例如，其评《自福州召判太常寺上殿札子》云："称述君德以歆动其勉学意，文气敷腴，细读之，则字字濯炼而出。此子固之文所以质实深厚而有馀味也。"（卷十一）评《上欧阳学士第二书》云："师生道义之爱，娓娓动人。中间写道中所见，忽然生出烟波。笔墨之妙，何其淋漓无际也。"（卷十二）评《上蔡学士书》云："其文词缠绵劲折，又是曾公本色。"（卷十二）评《上欧蔡书》云："文字曲曲折折，愈劲愈达，如水之穿峡而出，不知其所以然，而适与之相赴。"（卷十二）评《福州上执政书》云："读其一篇用笔，如鸾鹤之盘旋于霄汉，将集复翔。到末一收，神情完足。"（卷十二）评《上杜相公书》云："地步尽高，胸襟尽大，较昌黎投书时宰，徒以寒饿自鸣，不高出一等耶!”(卷十二)评《寄欧阳舍人书》云:“行文之妙,无法不备,又都片片从赤心流出。此南丰之文所以能使人往复嗟诵而不能已者也。”(卷十三)评《齐州杂诗序》:“叙次历落,而南丰之政事文学,风流儒雅,悠然可想。”(卷十四)评《书魏郑公传》云:“其文逶迤曲到,足以发人识见而正其心术,非苟作者。”(卷十七)评《虞部郎中戚公墓志铭》云:“文字苍劲峻洁,全学太史公来。”(卷十七)以“敷腴”“濯炼”“淋漓”“劲折”“片片从赤心流出”“风流儒雅”“逶迤曲到”“峻洁”等概括曾文的优点,全面而不失其实。张氏此选称得上曾文研究的力作。曾巩的文章,茅坤认为水平最差,而张伯行则认为“视欧阳庐陵,几欲轶而过之,苏氏父子远不如也”(《曾文引》)。两种不同评价是两种不同价值尺度造成的:是以文评文,还是以道评文,尺度不同,结果自然不同。张伯行的“新结论”,正当作如是观。

张伯行“偏执任性”,[①]又以严格的道学标准要求八家,故持论甚为严苛。其评韩愈云:“公可谓文中之圣矣。特其一生精神专用于文,而以司马相如辈为标准,故后之儒者不无遗憾云。”(卷二评《答刘正夫书》)在他看来,只要“一生精神专注于文”而不专注于道,哪怕混到“文中之圣”,也“不无遗憾”。柳宗元既“生平所读书,只为作文用”,又“见道不如”(《柳文引》),更是等而下之。就是他最看好的曾巩,也“本原未彻”(《自序》)。至于三苏讲“权术作用”而“坏人心术”(卷八评苏轼《贾谊论》),王安石“坚僻执拗”(卷十三评曾巩《与王介甫第二书》)而“坏天下”(《王文引》)、“祸人国”(卷十三评曾巩《与王介甫第二书》),则不独令人遗憾而已。以道绳文,盛气凌人,将道看作人世间的唯一价值,将所有人都驳得体无完肤,实非通论。

但是,张伯行本人信道笃而见道彻,躬行实践,见之于行事,

---

① 《康熙起居注》,第 2217 页。

奋发乎文章，复以律己者而以律人，因而情辞恳至，心口如一，语语皆从肺腑中流出，与空谈道学、大言欺人、口是心非的伪道学究竟不同。从全书评点来看，大处立论，体会深至，见解高卓，气度不非，别有一番精彩，而且经常有感而发，论及时事，夫子自道，亦不乏性情。例如，其评柳宗元《种树郭橐驼传》："为官者当与民休息，而不可生事以扰民。虽曰爱之，适以害之，是可叹也。然所谓烦其令者，虽未得爱之之道，而犹有爱之之心焉。若今日之吏来于乡者，追呼耳，掊克耳，是直操斧斤以入山林也，岂特爪其根、摇其本已哉？噫！"（卷四）评苏轼《李君藏书房记》云："古人书少而学者多，今人书多而学者少。念之良可浩叹。余来闽中，置藏书楼于鳌峰书院，将与好学深思共之，幸毋蹈坡公之所讥也。"（卷八）由此也可以看出其质直真切的一面。

八大家散文之所以成为经典，就是因为具有广阔的阐释空间，文学家看见文，道学家看见道，举业家看见法，经济家看见术。张伯行以理学家和政治家的独特眼光对八大家所作的新解读，再次证明了八大家散文的魅力所在，不论偏执与否，其学术意义都是客观存在的。

## 五　序跋选录

张伯行的一篇总序和六篇《引》都写得大气磅礴，识见不凡。《丛书集成》排印本所载数文与同治八年（1869）刻本时有出入，例如张伯行《曾文引》"发千圣心传以垂教万世"一句，《丛书集成》本作"发于圣心，传以垂教万世"。兹据遵义图书馆藏同治八年福州正谊书院刻本录入。

**张伯行《原序》**

古之所称"三不朽"者，曰立德、立言、立功。是三者，果可分而视之哉？夫惟古之圣贤，本其德而垂诸言，以为功于万世，尧、舜、禹、汤、文、武、周公、孔、曾、思、孟；能兼是三者而有之，六经、四子之书是也。自孔门设教分为四科，有以德行称者，有以言语、政事、文学称者，群弟子学焉而得其性之所近。至于后世，源远而流益分，则三者之各有所立以不朽于世者，其不能兼亦宜矣。

是以文章一道，近于古之所谓立言者，而盛衰升降，亦同源异流，不可胜纪。综而论之，六经，治世之文，文之本也；《国语》，衰世之文也；《战国策》，乱世之文也。秦焚书，故无文。汉之文，贾谊、董仲舒、刘向为盛。东汉之文弱，三国之文促，六朝之文，淫哇靡丽，乱杂而无章；立言之士，盖寥寥焉。至唐有韩退之、柳子厚，宋有欧阳永叔、曾子固、王介甫、苏氏父子，数百年间，文章蔚兴，固不敢望六经，而彬彬乎可以追西汉之盛。后之论者，因推以为大家之文，傥所谓立言而能不朽者耶？

夫立言之士，自成一家为难；其得称为大家，抑尤难也。是故巧言丽辞以为工者，非大家也；钩章棘句以为奥者，非大家也；取青妃白、骈四俪六以为华者，非大家也；繁称远引、搜奇抉怪以为博者，非大家也。大家之文，其气昌明而俊伟，其意精深而条达，其法严谨而变化无方，其词简质而皆有原本；若引星辰而上也，若决江河而下也，高可以佐佑六经，而显足以周当世之务。此韩、柳、欧、曾、苏、王诸公，卓然不愧大家之称，流传至今而不朽者，夫岂偶然也哉？盖诸公天分之高，既什百于人，而其勤一生之精力以尽心于此道者，固非浅植薄蓄之士所能仿佛其万一也。

虽然，道者，文之根本；文者，道之枝叶。圣贤非有意于文也，本道而发为文也。文人之文，不免因文而见道，故其文虽工，而折中于道，则有离有合，有醇有疵；而离合醇疵之故，亦遂形于文而不可掩。韩子之文正矣，而三上宰相书，何其不自重也。子厚失身遭贬，而悲蹙之意形于文墨。欧阳子长于论事，而言理则浅。曾南丰论学虽精，而本原未彻。至于王氏坚僻自用，苏氏好言权术，而子瞻、子由出入于仪、秦、老、佛之馀。此数公者，其离合醇疵，各有分数，又不可不审择明辨于其间，而概以其立言而不朽者，遂以为至也。余故选其文而论之，不特以资学者作文之用，而穷理格物之功，即于此乎在。盖学者诚能沿流而溯其源，究观古圣贤所以立言者，则由六经、四子而下，惟有周、程、张、朱五夫子之书，可以上接尧、舜、禹、汤、文、武、周公、孔、曾、思、孟之心传，兼立德、立言、立功以不朽于万世者，夫岂唐宋文人之所及也哉！

康熙四十八年己丑孟夏穀旦，仪封后学张伯行题于榕城之正谊堂。

**张伯行《韩文引》**

韩昌黎文起八代之衰，学者仰之如泰山北斗。然读其文而不知其所以为文，虽徒仰之何益？李汉序其文，以为"日光玉洁、周情孔思"，可谓善形容矣；而所以为文者，汉不能道也。老泉比之"长江大河，浑灏流转，鱼鼋蛟龙，万怪惶惑"，亦犹李汉之见也。他如宋景文赞其"刊落陈言"，黄山谷称其"无一字无来处"，东坡以为文至韩子，乃集大成。其论当矣，而犹未知公所以为文者。何也？公固自言之矣。曰："非三代两汉之书不敢观，非圣人之志不敢存。"是其学为文之心也。曰："行之乎仁义之途，游之乎诗书之源。"是其养乎文之道也。曰："沉潜乎训义，反覆乎句读，砻磨乎事业，而奋发乎文章。"是其积之厚以为文之本也。曰："本深而末茂，实大而声宏，行峻而言厉，心醇而气和，昭晰者无疑，优游者有馀。"所以尽乎文之妙也。曰："为文宜师古圣贤人，师其意，不师其辞。"曰："文无难易，惟其是。"曰："能自树立，不因循。"是所以提纲挈要，教人为文之法也。盖公所以为文者，尽乎公所自言者矣。自李汉以下，推尊公文者，能言其然，而不能言其所以然；非不能言也，无以复加乎公所自言也。后之学者，毋徒读公之文，当知公所以为文者。于公之言，深味之，无患乎趋向之不正矣。

**张伯行《柳文引》**

唐世文章称"韩柳"，柳非韩匹也。韩于书无所不读，于道见其大原，故其文醇而肆。柳自言其为文，以为本之《易》《诗》《书》

《礼》《春秋》，参之《穀梁》《国语》《孟》《荀》《庄》《老》《离骚》《太史》。其平生所读书，只为作文用耳。故韩文无一字陈言，而柳文多有摹拟之迹。是岂才不及韩哉？其见道不如故也。然李朴有言："柳醇正不如韩，而气格雄绝，亦韩所不及。"吾尝论韩文如大将指挥，堂堂正正，而分合变化，不可端倪；柳则偏裨锐师，骁勇突击，囊沙背水，出奇制胜，而刁斗仍自森严。韩如五岳四渎，奠乾坤而涵万类；柳则峨眉、天姥，孤峰矗云，飞流喷雪，虽无生物之功，自是宇宙洞天福地。其并称千古，岂虚也哉？

虽然，柳子所工者，文也；余所执以绳柳子文者，道也。谓柳子无见于道固不可，然道有离合，岂可因其文之工而掩之乎？择之约，论之严，不为柳子恕，而后可以见柳子。

**张伯行《欧阳文引》**

五代之季，文体坏矣。宋兴，士犹仍旧习。景祐中，石守道、穆伯长、尹师鲁辈，务为古学，以力变靡丽馀波，然而文尚未盛也。至欧阳公出，文章遂为天下宗匠，学者翕然师尊之，争自濯磨，以通经学古为事。此其起衰之功，不在昌黎下。

公博极群书，好学不倦，为人质直闳廓，见义敢为，立朝侃侃，无所回挠。故其文如其人，即昌黎所谓"本深而末茂，实大而声宏，行峻而言厉，心醇而气和"者，岂可袭取而强为之哉？

公之文最长于论事，其所上札子，委曲畅切，得人臣纳忠之道。序记文字，敷腴温润，令人喜悦。世之号为文章，非繁缛，则浅陋，非庸腐，则怪奇，安得公之文以变其所趋耶？朱子曰："六一文一唱三叹，今人是如何作文？"又称其"平淡中却自美丽，有不可及处"。读公之文者，当以是说味之。

**张伯行《三苏文引》**

朱子曰："李泰伯文字得之经中虽浅，然皆自大处起议论；老苏父子自史中《战国策》得之，故皆自小处起议论。"此言极得苏氏之病。然盱江之文传者少，而三苏文章不惟倾动一时，至今学者家习而户诵之。盖正大之旨难入，而巧辩之词易好也。且以其便于举业，而爱习苏氏者，尤胜于韩、柳、欧、曾。及其习焉既久，与之俱移，不觉权术之用，生于心而形于文字，莫有知其弊者。朱子自谓老苏文字初亦喜看，后觉自家意思都不正当，以此知人不可读此等文字。夫文字愈工，议论愈快，其移人愈速。朱子尚觉其如是，况学者乎？苟惟苏氏之文是习，其不至为心术之坏也几希。余选三苏文，老泉聊存一二，东坡、子由亦择其醇正者而录之；其多从小处起议论者不录。知道之士，必能识予去取之深意也。

张伯行《曾文引》

南丰先生之文，原本六经，出入于司马迁、班固之书。视欧阳庐陵，几欲轶而过之，苏氏父子远不如也。然当时知之者亦少。朱子喜读其文，特为南丰作年谱，尝称其文字确实，又以为比欧阳更峻洁。夫文不确实，则不足以发挥事理；不峻洁，则其体裁繁蔓、字句瑕累，亦不足以成文矣。南丰之文，深于经而濯磨乎史汉。深于经，故确实而无游谈；濯磨乎史汉，故峻而不庸、洁而不秽。文而至于是，亦可以上下千古，而卓然垂不朽于著作之林矣！

虽然，以先生之好学深思，而仅以文人著称，何也？朱子以为南丰初亦止学为文，于根本工夫见处不彻，所以如此。今观朱子之文，波澜矩度似亦从南丰来；而其义理广大精微，发千圣心传以垂教万世者，视南丰相去何如也？吾因选南丰之文，特表而出之，以告学者。

张伯行《王文引》

王介甫以学术坏天下，其文本不足传。然介甫自是文章之雄，特其见处有偏，而又以其坚僻自用之意行之，故流祸至此；而其文之精妙，终不可没也。当时曾子固荐其文于欧阳公，公击节叹赏，为之延誉。二公皆文章哲匠，其倾服之如此，则介甫之文可知矣。其后用之而祸天下，世之君子嫉其人，而因以不重其文。使介甫不用，以终其身，或用矣，而仅处以翰墨之职，使其以文章流传于世，而不得大行其志，则介甫之名当益尊。至其以学术坏天下，固天下之不幸，而即介甫之不幸也。虽然，文也，肖其人而出之者也。介甫文虽精妙，而其学术意见，隐然有倔强之意形于笔墨间，固不待其用之之后而乃知其祸天下也。余特择其文为世所传诵者若干首评之，以质知言之君子。

## 第九节　朱璘《唐宋八大家古文》

### 一　朱璘其人和选评缘起

朱璘字青岩，主要生活在康熙时期。关于其籍贯，有常熟、上虞二说。常熟说肇始于四库馆臣。《诸葛丞相集》提要云："璘字青岩，常熟人。"①康熙三十七年（1698）万卷堂所刻《诸葛丞相集》卷首所载朱璘序末署"古虞青岩氏"，下钤"上虞朱青岩氏书记""臣璘之印"二方印。② 可见"古虞"实指浙江上虞，非江苏常熟。四库馆臣将"古虞"与"虞山"相混，乃有此误。同治《苏州府志·艺文志》③《清人别集总目》仍《四库提要》之误，亦作"常熟人"④。光绪《上虞县志校续》卷三十九《经籍志》著录其著述二种，嘉庆《南阳府志》卷四、光绪《山西通志》卷八十一均称其为上虞人。朱璘为浙江杭州府上虞县人无疑。关于此点，今人已有考证，兹不赘言。⑤

关于其仕履，光绪《山西通志》卷八十一《职官》"洪洞县"条云："朱璘，武清籍，上虞人，贡监，康熙十七年任。"卷三十五《学

① 纪昀等：《钦定四库全书总目》（整理本），第 2647 页。

② 参见《四库全书存目丛书》集部第 3 册，第 3 页。

③ 卷一百三十八，《中国地方志集成》江苏第 10 册，第 544 页。

④ 李灵年、杨忠主编：《清人别集总目》，安徽教育出版社 2000 年版，第 413 页。

⑤ 参见江曦《〈清人别集总目〉订误》（《当代图书馆》2009 年第 9 期）和何光涛《清代三种亡佚屈原戏考论》（《戏剧》2012 年第 2 期）。

校》"洪洞县儒学"条云:"顺治十年知县赵三长重修,康熙十八年知县朱璘、三十六年知县李宣继修。""讲学书院"条云:"康熙二十年知县朱璘建,复置水田十亩,赡来学者。"清代方志,凡称"某某籍"或"某某贯"者,均指其科籍。如吴炜本系安徽歙县人,但由浙江仁和县县学中雍正八年(1730)进士,乾隆《杭州府志》卷七十一记作"仁和贯,歙县人"。朱璘为上虞人,由武清县学入贡,故又称"武清籍"。康熙十七年(1678)任山西平阳府洪洞县知县。上任第二年修葺县学,又二年建讲学书院,并为置学田。嘉庆《南阳府志》卷四《秩官》载:"朱璘,上虞人,监贡,康熙二十九年任。"光绪《南阳县志》卷四《学校》载:"国朝康熙三十年,知府朱璘始建南阳书院于府治东,聘襄城李来章为之师。来章严立学规,勤于训迪,一时学者百馀人。督学使张润民尝过书院,听诸生讲学而叹美之。故南阳自康熙以来,士风朴厚,朱、李之教也。"由此可知,康熙二十九年(1690),朱璘升任河南南阳知府,其间修建书院,延请名师,增置学田,南阳士风为之一变,颇得时评嘉许。其《唐宋八大家古文》即编刻于南阳知府任上,时在康熙五十二年(1713),也就是其上任此职的第二十三个年头。《唐宋八大家古文》而外,其著述尚有《历朝纲鉴辑略》56 卷、《明纪纲鉴补》16 卷、《明纪全载》16 卷,又辑刻《诸葛丞相集》4 卷,纂修《南阳府志》6 卷。

关于选评缘起,《唐宋八大家古文・凡例》云:"予涖宛郡,已选评历科墨卷四百馀篇,以教南阳书院受业之士,盖示之以有司尺度、先民准绳,使其务受衔勒,不得泛驾。既又念古人为文,皆折衷于经,取裁于史,确有原本,非可袭取,若不导以学古,虽极力揣摹,究不免寄人篱下。此所以继历科程墨,适而更有评选古文之役也。""宛郡"系南阳古称。显然,此书是为南阳书院而选的举业古文读本。又云:"周、邵、二程、张、朱、许、薛八子,继孔孟之统,为吾道大宗,穷乡下邑,多以不获全书为憾。……予于是役告竣,即笺注八子之书,将与宛南人士共讲求乎濂洛关闽之学,以为立身行道之本焉。”从现存的资料看，评选八大家古文和“浅注八子之书”并非由朱璘一人完成，其中一个重要的参与者是李来章。

李来章（1654—1721），名灼然，以字行，号礼山，河南襄城人，康熙十四年（1675）举人，有盛名于时。著有《礼山园文集》8卷。其本传云：“庚午，登封耿逸庵介与冉永光，招同讲学于嵩阳书院几二载，溪边亭上，随处体认，所见益亲，所造益邃。嗣是朱太守璘聘主南阳书院，严立学规，著《达天录》，评点二程、朱子之文以教学者，古学大振。谢归，修葺紫云书院，读书其中，学者多自远而至。”①“庚午”为康熙二十九年（1690），则为朱璘聘为南阳书院山长当在“几二载”之后的康熙三十一年（1692）。其《紫云书院读易洞记》又云：“康熙三十四年，舞阳杨子上甲复裹粮从予读书于紫云书院。……上甲曩尝从予游宛、叶，读书南阳书院。”②由此可知，至迟在康熙三十四年（1695），李来章即离开南阳书院，则其在南阳书院任山长时间约为三年。其间为南阳书院所编的教材有《朱子文略》《二程文略》。其《二程文略序》云：“予不敏，窃辑二先生之文，共成三卷。离析句读，界画段落，稍缀数言，发挥指趣，为南阳书院初学之士而设。”③《朱子文略序》云：“予向批注《左》、《国》、《史》、《汉》、唐宋八家之文以教南阳书院。从游诸子今又汲汲焉采辑文公之文，并略述大旨于纸尾。”④可见，在康熙三十四年之前，李来章已为南阳书院选评程、朱之书，并“批注”唐宋八大家文。朱璘康熙五十二年（1713）所作《凡例》所谓“《左》、《国》、秦、汉，文体质朴浑穆，初学之士最宜诵读，已另为编辑”，当即指李来章所批注的《左》《国》《史》《汉》四种。其康熙五十二年编刻的《唐宋八大家古文》卷首题“襄城礼山李来章同阅”，可见此本

---

① 李来章：《礼山园文集》卷首，《四库全书存目丛书》集部第246册，第498页。

② 李来章：《礼山园文集》卷五，《四库全书存目丛书》集部第246册，第573页。

③ 李来章：《礼山园文集》卷一，《四库全书存目丛书》集部第246册，第500页。

④ 同上书，第501页。

系由李来章《批注唐宋八大家文》修改而来，或者至少参考了李选。倘若如此，李来章在全书中的实际作用就不只是“同阅”而已。

朱璘于康熙五十二年（1713）十月所作的《唐宋八大家古文序》说：“予于去冬从事斯役，今年适奉宪檄督运襄米，马足车尘，不废丹铅。”则此书评选始于康熙五十一年（1712），历时一年完成。其与康熙三十四年（1695）之前李来章完成的《批注唐宋八大家文》之间存在着怎样的承递关系，仍然是一个有待进一步明确的问题。详见下文“评点特征”部分。

## 二　实物鉴定

朱璘《唐宋八大家古文》存世甚少，所见为吴江图书馆藏康熙五十二年（1713）万卷堂刻本。半叶九行二十二字，左右双边，白口，单黑鱼尾，无界行。内封题“唐宋八大家古文读本，古虞朱青岩评选，五十二年新镌”，卷首题“八大家古文，古虞朱璘青岩评选，襄城礼山来章、柘城受业李克广同阅”，版心题“八大家古文，卷之一，韩文，一，万卷堂藏板”。版心下端均镌“万卷堂藏板”5字。正文有圈点、夹批和末批，眉上镌评。全书结构依次为内封、朱璘序、朱璘凡例、韩文目录、韩文公本传，然后是正文。朱璘序末署“康熙五十二年十月望日古虞朱璘青岩氏题于宛署之适园”，下镌“青岩”“朱璘之印”二方印。除卷一外，各卷卷首“八大家古文”后均标卷次，如卷二卷首题“八大家古文，卷之二”。八大家连续立卷，依次为韩愈、柳宗元、欧阳修、苏洵、苏轼、苏辙、曾巩、王安石。各家均由目录、本传和正文组成。

此书朱璘序与内封所署年月相同。全书避康熙皇帝讳，而不避雍正和乾隆讳，例如卷六苏洵《礼论》末批“玄机”讳作“元机”，而卷三柳宗元《潭州东池戴氏堂记》末批“弘”字不缺笔。这说明此本确系康熙五十二年初刻本，并非康熙以后的翻刻本。见图

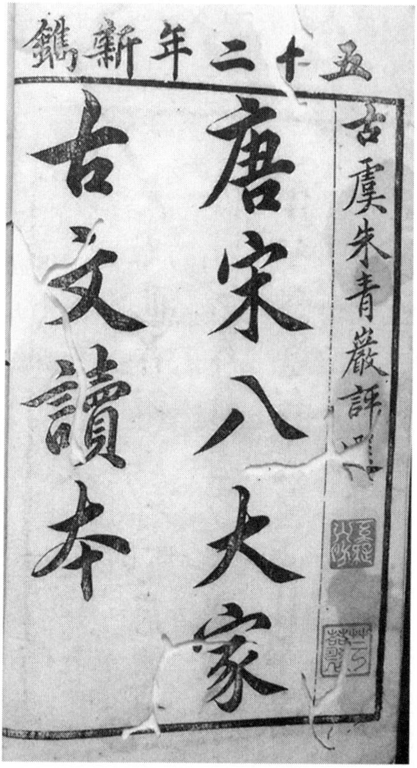


图 1-9-1 朱璘《唐宋八大家古文》内封

康熙五十二年(1713)万卷堂刻本

1-9-1和图5。

## 三 选文规模和宗旨

朱璘《唐宋八大家古文》12卷，选文268篇。其中韩愈2卷(卷一至二)，44篇；柳宗元1卷(卷三)，22篇；欧阳修2卷(卷四至五)，46篇；苏洵1卷(卷六)，22篇；苏轼2卷(卷七至八)，46篇；苏辙1卷(卷九)，22篇；曾巩2卷(十至十一)，44篇；王安石1卷(卷十二)，22篇。

关于其选文宗旨，朱氏自述甚详。他说："八家全集，无非珠玉。鹿门《文钞》已属割爱矣。兹又慎择而约其数焉，凡以为宛南士子学制艺者计也。八家各分为一二帙，统计不过三百之数，务令一岁之间，反覆熟诵，皆可上口。数少工专，虽中人才质，皆可勉及，不至望洋而叹。"其功能定位是有资举业，其基本思路是"数少工专"。又说："集中所选，以波澜壮阔、机神遒逸、裨益举子业者为最，所以议论之文为多，辞命次之，叙事又次之。诸如四六用韵、体涉骚赋者，皆置不录，既非所急，亦限于数。拙选虽略，各有所主，阅者幸勿嗤其未备也。"(《凡例》)为举业而设的古文读本，就作家而言，以欧苏(轼)为主；就文体而言，以议论文为主；就风格而言，以"波澜壮阔、机神遒逸"为主。"波澜"和"机神"较为逊色的曾巩文，与举业不切的记叙文(如墓志铭)和韵文，皆不为此类选本所热衷。朱璘此选选曾巩2卷44篇，其规模可与韩愈、欧阳修、苏轼相提并论，在举业读本中也比较少见。其对曾文的重视与张伯行选本的影响分不开。如此看来，此选本既为举业而设，又自觉接受当时选坛主流话语的约束，这正是官选举业读本与民选举业读本的不同所在。

## 四　评点特征

此前唐宋八大家选本的评点有四大关怀：一是举业关怀，为此要分析段意并揭示段与段之间的逻辑关联及其妙处（也即文法），从而为第一场的八股文写作提供必要的逻辑准备，或者阐扬民生、吏治、君臣、漕运等有用经济，为第二、三场的策论写作提供必要的材料准备；二是道学关怀，为此要分析八大家文章的离合醇疵，合道而醇者加以阐发，离道而疵者加以驳诘；三是立说关怀，为此要借题发挥，抓住一点，阐明自己对该问题的新见解，使其附骥以传；四是文学关怀，为此要分析八大家文章的感人之处或审美风格及其各自异同。那么，朱璘《唐宋八大家古文》的评点都有哪些关怀呢？

其《序》云："前辈娄迁斋、唐荆川、茅鹿门、王遵岩诸先生，皆有评本，称最善矣。第其词约略可以语上，彼幼学小子安能望其于言下领会了然无疑也？予窃不自揆，僭为发明，盖于开阖反正、断续抑扬诸法，一篇之中三致意焉。若字义事迹，坊本已详，则不复赘及也。"《凡例》又云："兹选批评务于开阖断续段落章法，细为阐发，就古人名篇，示以文有指归，期于适当云尔。"可见其评点立意以"开阖反正、断续抑扬"等文法为中心，对于相关的"字义事迹"尚且漠不关心，更不用说其他，则其关怀所在仅止于举业，而且仅止于第一场的八股文。至于文学、载道、立说以及第二、三场的策论写作，都不在其关怀范围内。

从韩愈部分的评点来看，眉批分析段意，夹批随处点明段与段之间的起承转合等逻辑关联，末批则总括全文文法的妙处，基本形成了段意—文法—妙处三个板块各有分工又相济为用的模式。例如卷一《进撰平淮西碑文表》眉批云："此表宜分三大段读。第一段总叙。……第二段虚写，中就虚实正反文势，分四小段。……第三段实写，以次叙入，中亦分四小段。"正文夹批具体阐明段意而外，又点明何处为"虚"，何处为"实"。最后末批总括全文云："段落极其分明，而气质浑穆，居然先秦西汉。其通篇起伏照应，结构锁顿，俱系一气团聚，浑然无迹，是为至文。"眉批和夹批随处点评，具体灵活，末批则加以总括和提升，最后作出评价，心无旁骛，语不外溢，皆以"文法"为中心。又如卷一《送温处士赴河阳军序》末批云："是送温生文字，温生是主，石生是客。能取二生，总由乌公，乌公又为主中之客。末后以温生拜见乌公兼称送者之言，意不辨其谁为主、谁为客矣。五花八门，须认取中军所在。"总离不开虚实、主客、起伏等八股旧套。韩愈的《祭十二郎文》向来被认为自然成文的"至情"之作，孙慎行评其"苍茫历乱"（《精选唐宋八大家文抄》卷四）即指其翻来覆去，无法可寻，但在《唐宋八大家古文》的评者看来，此文之所以感人乃是由于文法经营得当之故。其末批云："此文读之，未有不哭者，亦只是开合断续，用笔有法，故能使肝肠肺腑，倾吐纸上。古人言文生于情，又言情生于文，此法中三昧，不可不细参之。"其"情生于文"的论断是否恰当姑且勿论，其将一切归于文法的评点特征由此可见一斑。

不过，韩愈以下评点则兼论文意，往往竭力透过皮相，揭出文心，时有卓见，似非出自一人之手。例如，评柳宗元《邑州马退山茅亭记》云："突然而来，斩然而止。笔墨之妙，全在倒提、横插、追叙、双结处见力量、见精神。若专以雕镂景物为先生长技，殆皮相耳。"（卷三）评欧阳修《释秘演诗集序》云："写三人离合盛衰之感，若谓只从交游起见，尚是皮相。此文须参会'智谋雄伟非常之士无所用其能'数句，便见得朝廷于此一辈人，皆听其自为消磨，不能使之出而效力于世，真可惜也。”（卷四）评欧阳修《送田画秀才宁亲万州序》云：“总见人当因时自奋：时而用武，宜自奋于战功；时而用文，宜自奋于辞业。篇中从田氏家世写来，正是勉励文初，令以文章光大祖业。若看作感慨悲愤，牢骚不平，便失作者本旨。”（卷四）有论文法者，有论文意者，皆力图觑破皮相，直指本真，不甘为“举业”二字所缚。由此可见，朱璘此本的评点很可能借鉴了李来章早年为南阳书院评注的唐宋八大家文，或者系从李本增益而来，也未可知。否则，评点水平参差不齐、正文与《凡例》不完全相符等情况就很难得到合理解释。

总起来看，全书评点眼界不高，视野不宽，而且纵深度不够，也缺乏批判的眼光。其赞扬八大家散文处，用语过重，有盲赞瞎评之嫌。例如其评韩愈《送廖道士序》云：“此等文，熟读万遍，笔下定添神力。”评韩愈《平淮西碑》云：“古人文章，能仿《左》《国》《史》《汉》足矣，未有能仿六经者。兹则原本典谟训诰，而更出以自己机轴，裔裔皇皇，宁止起衰八代已耶？”虽然意在激励初学，而用词过重，又语焉不详，终究不能令人信服。

当然，全书也时有新见。例如，其论苏洵《上韩枢密书》云：“正意未完，突插譬喻，有时另拈，亦或复出，如疾风冻雨，横斜无端，去来莫测，叹为奇绝。”比喻贴切，识见亦确。一些地方也颇有生气，如评韩愈《上张仆射书》云：“此作自七八岁时诵之，便已烂熟，今细阅之，犹如庖丁之刀，初发于硎，亦只是曲尽人情，故光彩常新耳。”（卷二）评柳宗元《捕蛇者说》云：“写残黎困苦流离，令人心酸；写悍吏狰狞苛暴，令人发指。从古世事，如一丘之貉。莅事者，何可不各书一通于座侧！”或自叙经历，或愤慨时事，皆有性情，有态度。尚论古人，当出于平心，而且选本不一，功能各异，未可一笔抹杀。

## 五 序跋选录

### 朱璘《唐宋八大家古文序》

夫文也者，所以寄心思之精微，以济耳目之穷者也。故时有古今，地有远迩，耳目不及，人固无可奈何；惟有文以载之，则精神命脉，宛相告语，不啻如同堂觌面焉。孔子之系《易》曰：“其旨远，其辞文。”他日又曰：“辞达而已矣。”盖必典切雅驯，其音醇古，于天人性命、道德礼乐，无所不包，而又能于笔墨之间，一一尽抒其胸中之曲折，无不宣之隐，始可以谓之为文也。若涂饰面貌，组织章句，非不烂然也，真气销亡，斯为蠡蠹。嘻！盖难言之矣。

《左》《国》《史》《汉》而后，文统中绝，韩文公崛起河阳，河东柳子实倡和之。嗣此欧阳、三苏、曾、王诸公，递承其后。其所著述，彬彬然皆大雅之音也。迄今取而读之，无论长篇巨作，即据案疾书，寥寥数语，皆能使后之学者恍如即乎其事，见乎其人，徘徊流连，不能自已，则八君子之文，固皆有合于孔子之指归，而后世艺苑之士诚不可不奉以为轨范者已。前辈娄迁斋、唐荆川、茅鹿门、王遵岩诸先生，皆有评本，称最善矣。第其词约略可以语上，彼幼学小子，安能望其于言下领会了然无疑也？予窃不自揆，僭为发明，盖于开阖反正、断续抑扬诸法，一篇之中，三致意焉。若字义事迹，坊本已详，则不复赘及也。

编垂竣，乃进南阳书院二三子而告之曰：古人之作，诸如书、论、叙、记、碑、铭、颂、辨，其体不一，要其行文之法，有首尾，有眼目，有针线，有尺度，一累黍不中，则为泛驾之马。若以之舞交衢，逐水曲，上下于九折羊肠之坂，鲜有不败者。昔艾东乡尝言，不留心古文，必不能作时文。今大司寇翁铁庵先生亦言，制义乃文之一体，原无古今之别。今二三子讲圣贤之学，方将抒为拜献先资之言，亦乌可不于八君子之书而加之意乎？

予于去冬从事斯役，今年适奉宪檄督运襄米，马足车尘，不废丹铅。尚愧予才钝拙，不能达所欲言，以发明文字之曲折。若其精义微旨，则古人之心思存焉，愿二三子潜玩默会之、自得之耳，固非予言所能尽也。

时康熙五十二年十月望日古虞朱璘青岩氏题于宛署之适园。

## 第十节　汪份《唐宋八大家文分体读本》

### 一　汪份其人

汪份字武曹，江南苏州府长洲县人。生于顺治十二年(1655)，卒于康熙六十年(1721)。与其弟汪钧[①](康熙四十一年举人)、汪士鋐(康熙三十六年进士)、汪倓俱知名，时称“吴中四汪”[②]。汪份于康熙三十八年(1699)举于乡，四十二年(1703)成进士，选庶吉士，相继丁父及继母忧[③]，家居近十年。五十二年(1713)授翰林院编修，六十年冬奉命提督云南学政，未之官而卒，享年六十有七。[④] 其著述有《河防考》《四书大全》以及时文选本《庆历文读本》《汪武曹稿》等。

汪份考中进士时，已经48岁，在此之前的数年间，他曾与戴名世合选时文，并以时文选家身份知名于时。康熙三十九年(1700)，戴名世说：“岁甲戌、丁丑，吾友汪君武曹从事房书之选，

---

① 方苞《汪武曹墓表》作“汪侃”。

② 《清史列传》卷七十一，《清代传记丛刊》第104册，第832页。

③ 据沈彤《果堂集》卷十一《汪先生行状》(《景印文渊阁四库全书》第1328册，第367页)，康熙四十二年(1703)冬，其父汪元絅卒于甘肃岷州任上；康熙四十七年(1708)继母汤氏卒。又，江庆柏《清朝进士题名录》(中华书局2007年版，第252页)云汪士鋐为“汪琬子”，误。据方苞《望溪先生文集》卷十二《汪武曹墓表》及沈彤《汪先生行状》，汪份及汪士鋐皆为汪元絅子。

④ 方苞《望溪先生文集》卷十二《汪武曹墓表》，《丛书集成三编》第54册，台北新文丰出版公司1996年版，第639页。

余实襄其役。"[1]关于这段合作,《南山先生年谱》云:"盖武曹是时在吴门操选政,先生亦客是与商榷也。"[2]在康熙三十三年甲戌(1694)至三十六年丁丑(1697)的三年间,汪、戴二人在苏州合作的时文选本至少有《甲戌房书》《甲戌房书小题文》和《丁丑房书》。戴名世《甲戌房书小题文序》云:"今年南宫试士,得隽者先后邮致其平居所作制义,不啻数千首。因相与抉择其最工者,大题小题各为一帙,要皆有当于吾之所云云者,为之排缵点定,而去年秋二三友朋举于乡者,其所授行卷亦间附焉,于是次第刻于吴中。"[3]《丁丑房书序》又云:"岁丁丑,武曹论次新进士之文,而自姑苏以书召余于青溪曰:'愿与吾子共商之也。'比余至,而书已垂成,余以己意增入之者且百篇。"[4]由此可以得知汪份在考中进士前操时文选政的许多细节。

汪份无别集行世,关于其生平,方苞《汪武曹墓表》而外,传世文献甚少。戴名世的《汪武曹稿序》为我们打开了又一扇门:

> 武曹熟谙前代典故,其利弊变更,言之洋洋缅缅,无不洞悉其原委。酒阑灯炧,解衣磅礴,余闻之,未尝不为之色飞而起舞也。顾武曹抑郁不得志,第以举业教授生徒。……武曹古文辞深得司马、欧阳家法,区区所为时文,即武曹亦不欲自存。顾自时文兴而古文亦亡,顷者余与武曹执以古文为时文之说,正告天下,而真能以古文为时文者,武曹而外,余未之多见也。[5]

---

① 戴名世著,王树民校:《戴名世集》卷四《庚辰小题文选序》,中华书局 1986 年版,第 114 页。

② 戴名世《南山集》卷首附录,《续修四库全书》第 1419 册,第 10 页。

③ 戴名世:《戴名世集》,王树民校,第 90 页。

④ 同上书,第 92 页。

⑤ 同上书,第 100 页。

可见，汪份不仅操时文选政，还“以举业教授生徒”。关于汪份对时文和举业的看法，此序又引述其语云：“武曹之言曰，时文兴而先王之法亡。世之从事于举业者，冥冥茫茫，不以通经学古为务，其于古今之因革损益，与夫历代治乱兴废之故，无所用心于其间，则虽文辞烂然，而识不足以知天下之变，才不足以应天下之用，是举业之有累于先王之法也。”由此可知汪份对时文和举业持尖锐的批判态度。就时文而言，强调“以古文为时文”；就举业而言，强调“知天下之变”“应天下之用”。在清代，“以古文为时文”已成为共识，因而时文选家往往也是古文选家，汪份与戴名世均有唐宋八大家选本，当与此有关。其“知变应用”的思想也突出地体现在《唐宋八大家古文分体读本》的评点中。

## 二　实物鉴定

所见为湖北省图书馆藏康熙五十九年（1720）遄喜斋刻本，半叶八行二十四字，小字双行同，左右双边，细黑口，单黑鱼尾，无界行。版框 240×146 毫米。封面题“八大家合编，康熙五十九年刻，遄喜斋藏板”，上钤“御览”圆形朱印，右下钤“姑苏阊门外西津桥观音山香幽巷汪氏新居发兑”朱方印。全书共三集，每集前有封面。第一集封面题“唐宋八大家文分体读本第一集，翰林院编修汪份武曹定，康熙五十八年新镌”。卷首题“唐宋八大家文分体读本第一集卷之一，翰林院编修汪份武曹定”，版心题“八家文读本一集，一，遄喜斋”，正文版心下皆镌“遄喜斋”三字。全书结构依次为总封面、第一集封面、汪份唐宋八大家文分体读本序、汪份唐宋八大家文分体读本后序、唐宋八大家文分体读本第一集卷一至卷八目录、唐宋八大家文分体读本第一集卷之一正文。汪份序署“康熙五十八年正月三日翰林院编修《钦定春秋传说汇纂》分修官长洲汪份序，原充日讲起居注官左春坊左中允兼翰林院编修南书房旧直今候补弟汪士鋐书”。可见此选成书于康熙五十八年

(1719)正月,至五十九年刻成,从苏州阊门外西津桥观音山香幽巷汪氏新居批发点售出。汪份选定此书后,大概曾呈康熙皇帝御览,因而封面钤有"御览"大印,以抬高身价。《清史稿·艺文志》对唐宋八大家选本多不著录,而汪份此选有此殊荣,当与御览不无关系。

汪份序系由其弟汪士鋐手写上板。汪士鋐"为书有奇势,横纵自放,分间布白,无分寸失,名公卿碑版,多出其手",系当时享有盛名的书法家。汪士鋐"少受学于份",①因而"事兄如其父"。《唐宋八大家文分体读本》成书的康熙末年,汪份在翰林院为编修,而汪士鋐则在丁继母忧服阕后不复补官,"闲居无事,卜宅于京师之日南坊,疏泉种树,日赋诗著文,临古书法于其间以自娱"。② 其为乃兄书写此序,是在这种背景下进行的。

湖北省图藏本封面日期与汪份序署日期相合,刻印精良,书法遒美,避康熙讳而不避雍正、乾隆皇帝讳,确系康熙五十九年遄喜堂初刻本,又有书坊售书印和御览印,洵为难得之善本。见图6、图1-10-1和图1-10-2。

## 三 体例特色

汪份《唐宋八大家文分体读本》以文体分类,将八大家文分别隶于不同文体中,这种文以体分、以体统人的"体序"体例,明代有孙慎行《精选唐宋八大家文抄》,清代有储欣《唐宋八大家类选》,并非汪份选本的特色。其特色在于将"体序"与"级序"融为一体,从而创造了非常精善的"双序"体例。所谓"级序"就是按照文章的浅深难易、轻重缓急等层级结构全书,以便于读者循序渐进地学习。汪氏选本在"体序"的基础上,按照先易后难的级序将各类

---

① 《清史列传》卷七十一《汪份传》附,《清代传记丛刊》第104册,第832页。

② 沈彤:《果堂集》卷十一《右春坊右中允汪先生行状》,《景印文渊阁四库全书》第1328册,第367页。

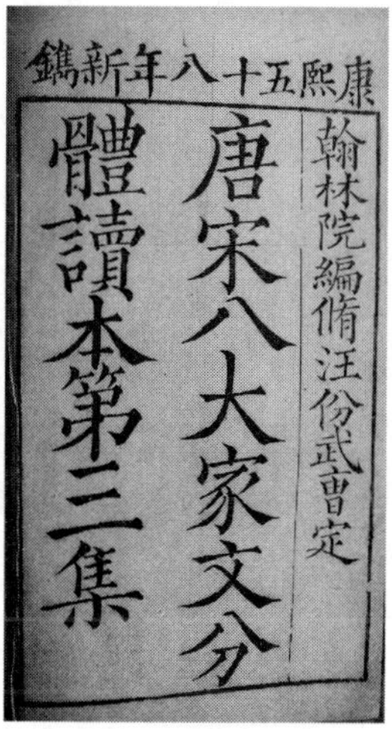


图 1－10－1　汪份《唐宋八大家文分体读本》第三集封面
康熙五十九年(1720)遄喜斋刻本

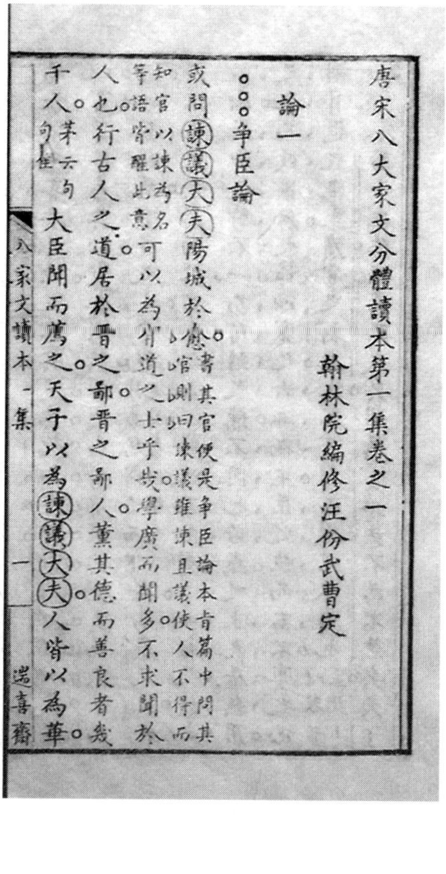


图 1－10－2
汪份《唐宋八大家文分体读本》
第一集卷一
康熙五十九年(1720)遄喜斋刻本

文体分成一、二、三集，打破了此前选本按政治等级排序的体例。他说：“敢问合八家各体之文以求其尽善，而又分之为三集者，何也？夫学者之于文也，求之必有其序焉，分之为三集，而先后之序见矣。”为此，他将“气象峥嵘，采色绚烂”的议论文作为第一集，而将“王言”和记叙文作为最后一集。将碑志等记叙文放在最后一集，是因为“凡古文之难，尤难于作史，而碑志之属，则近乎史者也，故姑留置第三集中”；将“王言”放在最后一集，是因为王言以“四六居多”。由此看来，汪份三集的排列既以难易为序，也以重要性为序，大致可以概括为“先易后难，先重后轻”。这在唐宋八大家散文选本的体例上是一个很大的突破。

储欣的《唐宋八大家类选》也是文分众体，以体统人，但其为了“尊君”，将奏疏列为第一，为了替八家“讳短”，将“赋”列于最后，皆论尊卑，讲情面。汪份选本以难易轻重为序将全书分成三个板块，打破了论尊卑、讲情面的传统体例，以读者为中心建立起体序和级序相济为用的双序体例，既具有科学性，又具有进步性。其将“王言”置于末集的做法，与储欣相比，尤见胆识。

汪份选本在三集后又有附录一卷，以 3 集 24 卷所收文体依次立目，摘录古往今来论述该文体特征及演变的言论分别隶于各体之下，并附以己见，与正文可以相互发明，不为无益。全书每集立一个目录，将该集所收各卷目录一起列出，这样全书只有三个目录，既避免了只有一个目录的繁重，又避免了各卷自有目录的烦琐。每卷目录详列文体，文体下详列作家姓名及篇名。其正文有圈点，有大圈勾出文眼，有方框或虚钱画出关键，有钩乙截住段落，有旁圈、旁点指点佳处，尤为特出的是，正文和末批皆有句读。其正文评点也不采用此前选本所用的行间夹批，而是小字双行夹批，而且不使用眉批，这就使得全书既功能齐全，便于使用，又眉清目秀，非常整洁。所有这些都反映了汪份选本在体例方面的匠心所在。见图 1－10－3。

不过，与储欣《唐宋八大家类选》相比，汪份选本的文体分类类目繁多，命名不尽恰当，又没有大类加以统摄，整体上显得过于粗疏和碎密。如“上皇帝万言书”“上书论事”作为文体名称，不够整饬；将韩愈《张中丞传后序》置于“序”体中，亦不恰当。

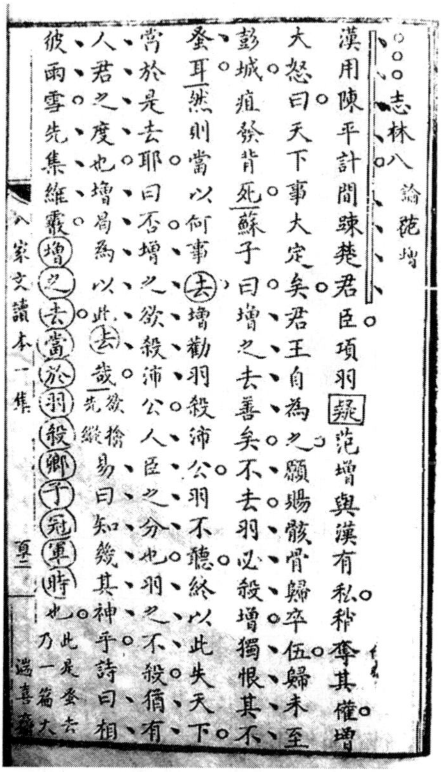
志林八　論范增

漢用陳平計間疏楚君臣項羽疑范增與漢有私稍奪其權增大怒曰天下事大定矣君王自為之願賜骸骨歸卒伍歸未至彭城疽發背死蘇子曰增之去善矣不去羽必殺增獨恨其不蚤耳然則當以何事去增勸羽殺沛公羽不聽終以此失天下當於是去耶曰否增之欲殺沛公人臣之分也羽之不殺猶有人君之度也增曷為以此去哉易曰知幾其神乎詩曰相彼雨雪先集維霰增之去當於羽殺卿子冠軍時也

八家文讀本一集

遄喜齋

图 1－10－3　汪份《唐宋八大家文分体读本》内页

康熙五十九年（1720）遄喜斋刻本

## 四　选文规模、宗旨和八家座次

汪份《唐宋八大家文分体读本》24 卷、附录 1 卷，共选文 1228 篇。其中第一集 8 卷，297 篇；第二集 8 卷，503 篇；第三集 8 卷，428 篇①。其各体各家所选篇数分别是：

① 本统计以单篇为据，不以目录立目数量为据，例如第一集卷三苏辙《古史论二十五首》以 25 首计，第一集卷七柳宗元《论语辩二首》以两首计。

**表 10　汪份《唐宋八大家文分体读本》选篇统计**

| 集次 | 文　体 | 韩愈 | 柳宗元 | 欧阳修 | 曾巩 | 王安石 | 苏洵 | 苏轼 | 苏辙 | 总计 |
|---|---|---|---|---|---|---|---|---|---|---|
| 第一集 | 论 | 1 | 3 | 19 | 0 | 3 | 30 | 44 | 43 | 143 |
| | 议 | 1 | 2 | 0 | 3 | 0 | 0 | 0 | 0 | 6 |
| | 制策 | 0 | 0 | 0 | 0 | 0 | 0 | 2 | 0 | 2 |
| | 策问 | 13 | 0 | 0 | 0 | 0 | 0 | 7 | 0 | 20 |
| | 策 | 0 | 0 | 0 | 0 | 0 | 2 | 25 | 25 | 52 |
| | 原 | 5 | 0 | 0 | 0 | 1 | 0 | 0 | 0 | 6 |
| | 辩 | 1 | 9 | 0 | 0 | 0 | 0 | 0 | 0 | 10 |
| | 说 | 4 | 6 | 0 | 0 | 1 | 2 | 3 | 0 | 16 |
| | 说书 | 0 | 0 | 0 | 0 | 0 | 0 | 1 | 0 | 1 |
| | 问答 | 1 | 3 | 0 | 0 | 0 | 0 | 1 | 0 | 5 |
| | 解 | 2 | 0 | 0 | 0 | 1 | 0 | 0 | 0 | 3 |
| | 戒 | 1 | 2 | 0 | 0 | 0 | 0 | 0 | 0 | 3 |
| | 杂作 | 3 | 1 | 0 | 0 | 0 | 1 | 6 | 0 | 11 |
| | 上皇帝万言书 | 0 | 0 | 0 | 0 | 1 | 0 | 1 | 0 | 2 |
| | 上书论事 | 0 | 0 | 1 | 0 | 0 | 0 | 1 | 1 | 3 |
| | 表 | 4 | 1 | 0 | 0 | 0 | 0 | 0 | 0 | 5 |
| | 疏 | 0 | 0 | 0 | 1 | 0 | 0 | 0 | 0 | 1 |
| | 状 | 1 | 0 | 0 | 1 | 0 | 0 | 1 | 0 | 3 |
| | 札子 | 0 | 0 | 0 | 0 | 1 | 0 | 4 | 0 | 5 |
| 第二集 | 序 | 23 | 6 | 20 | 19 | 10 | 1 | 4 | 5 | 88 |
| | 记 | 6 | 21 | 22 | 14 | 11 | 4 | 26 | 1 | 105 |
| | 书 | 37 | 18 | 13 | 7 | 18 | 10 | 11 | 3 | 117 |
| | 赋 | 4 | 6 | 1 | 0 | 0 | 0 | 11 | 2 | 24 |
| | 文 | 3 | 8 | 0 | 0 | 0 | 0 | 0 | 0 | 11 |
| | 箴 | 1 | 0 | 0 | 0 | 0 | 0 | 0 | 0 | 1 |
| | 铭 | 1 | 3 | 0 | 0 | 0 | 0 | 20 | 0 | 24 |
| | 颂 | 2 | 0 | 1 | 0 | 0 | 0 | 3 | 0 | 6 |
| | 赞 | 0 | 1 | 0 | 0 | 0 | 0 | 17 | 0 | 18 |
| | 辞 | 0 | 0 | 0 | 0 | 0 | 0 | 0 | 1 | 1 |
| | 祭文 | 17 | 12 | 7 | 0 | 10 | 0 | 9 | 0 | 55 |
| | 诔 | 0 | 1 | 0 | 0 | 0 | 0 | 0 | 0 | 1 |
| | 哀辞 | 2 | 2 | 0 | 0 | 0 | 0 | 1 | 0 | 5 |
| | 题跋 | 2 | 1 | 23 | 1 | 4 | 0 | 15 | 0 | 46 |
| | 书事 | 0 | 0 | 0 | 0 | 0 | 0 | 0 | 1 | 1 |

续表

| 集次 | 文 体 | 韩愈 | 柳宗元 | 欧阳修 | 曾巩 | 王安石 | 苏洵 | 苏轼 | 苏辙 | 总计 |
|---|---|---|---|---|---|---|---|---|---|---|
| 第三集 | 册 | 0 | 0 | 1 | 0 | 1 | 0 | 0 | 0 | 2 |
| | 制诰 | 0 | 0 | 0 | 15 | 15 | 0 | 57 | 0 | 87 |
| | 诏 | 0 | 0 | 0 | 1 | 4 | 0 | 17 | 0 | 22 |
| | 批答 | 0 | 0 | 0 | 0 | 0 | 0 | 31 | 0 | 31 |
| | 勑 | 0 | 0 | 0 | 0 | 2 | 0 | 0 | 0 | 2 |
| | 四六表状牒启 | 1 | 18 | 17 | 1 | 21 | 1 | 72 | 0 | 131 |
| | 碑志状传 | 57 | 16 | 43 | 0 | 32 | 0 | 0 | 5 | 153 |
| 总计 | 41类 | 193 | 140 | 168 | 63 | 136 | 51 | 390 | 87 | 1228 |

关于其选文宗旨，可以作以下总结。

第一，各取所长，各有侧重。从上表可以看出，其各体各家选文数量悬殊，不求均衡和一律。对于最能指示读者文法的文体，如论、序、记、书、四六表状牒启、碑志状传等所选最多，其他文体或适量选入，或只取一二，作为补充或点缀。就一种文体而言，某家擅长者则大量选入，不擅长者则只选少许，或干脆不选，务求撷其精华，避其不足，绝不因循姑且，等量齐观。汪份说："欧公长于叙事，而论则远不及老苏、大苏，观欧公所谓'老夫当放出一头地'，盖欧公固自知之。"（《附录》第5页）正因为如此，在"碑志状传"中，欧阳修入选43篇，而老苏、大苏皆零入选；在"论"中，老苏、大苏入选74篇，而欧阳修只有19篇。可见其取长略短的基本思路。从宏观上来看，在41类文体中，八家皆有文章入选者只有论、序、记、书4类，其余37类文体皆只选入部分擅长此体的作家的作品。曾巩的文章仅入选议、疏、状、序、记、书、题跋、制诰、诏、四六表状牒启10类文体，其余31类文体皆为零入选。苏洵的文章仅入选论、策、说、杂作、序、记、书、四六表状牒启8类文体，其余33类文体皆为零入选。就是欧阳修这样的人物，其零入选的文体也有29种之多。这充分反映了汪份各取所长、各有侧重的选文宗旨。

第二，注重选文的系列性。汪份此选的目的在于指示不同文体的不同文法，其论文法，不仅注重揭示某一篇文章的章法奇变或某一类文体的一般规律，还格外注重揭示系列论文之间的章法不同及其内在关联，因而十分重视选文的系列性。其评苏轼《中庸论上》说："议论虽荒唐，然行文自佳；且既选后二篇，不得不存此篇也。"（一集卷二）为了与下两篇形成一个完整的系列，议论荒唐，也在所不弃。其评苏辙《民政策七》又说："其说不可行，而文气亦平。"（一集卷六）可见，为了不中断这个由10篇文章组成的系列论文，哪怕其中一篇义理和文气均无可取，也予选入。

第三，以文法优劣为标准。欧阳修和苏轼各有《仁宗皇帝飞白御书记》，汪本选入欧文，而不选苏文。至于其原因，汪份说："坡公《仁宗皇帝飞白御书记》前幅说仁宗以盛德得人处，竟不说看御书。嫌其宽泛，故去彼选此。但坡公作自称臣，称王公称其讳，却比此文为得体，不可不知。"（二集卷三评欧阳修《仁宗御飞白记》）苏文得体而不得选入，其是因为其前幅不切题，在文法上有"宽泛"之病，可见其选文首重者为文法。又如其评苏辙《君术策四》云："妄人于颍滨之策，每鄙夷不屑道之，惟不知其笔法之奇巧变化耳。"（一集卷六）三苏策论往往讲"权术作用"（张伯行评语），向来受人诟病，而汪氏所重者在于"笔法之奇巧变化"，角度不同，结论自然不同。由此正可以看出其选文注重文法而对于义理是否醇正并不苛求的基本倾向。

第四，尚高古而抑卑弱。所谓"高古"主要指有秦汉风味，"卑弱"则指有齐梁风味。对于两种不同风格的文章，汪份持完全不同的态度。其评柳宗元《永州新堂记》云：

> "遍延绿野，远混天碧"二句，毕竟未古，然通体自佳，故选入集中。至《桂州訾家州亭记》所谓"日出扶桑，云飞苍梧，海霞岛雾，来助游物。其隙则抗月槛于回溪，出风榭于篁中"等语，皆带齐梁气；或谓气魄所至，早已化齐梁为秦汉，吾不

谓然。若《潭州东池戴氏堂记》《邕州马退山茅堂记》，皆洗濯未尽，非柳文之佳者，并去之。（二集卷三）

汪氏又称“欧公赋，气骨皆不甚高，《憎苍蝇》篇尤有俗调，故不入选”（二集卷七评《秋声赋》）。勉强入选者，多不满意，如谓其《相州画锦堂记》“用笔甚卑弱，殊无古健意”（二集卷三），其《秋声赋》“气骨不能高古，故与骚人相远”（二集卷七），皆可以看出其对以繁缛为特征的卑弱文风的厌恶。在他看来，韩愈、柳宗元要高出欧阳修许多，其原因就是“高古”。他说：“朱子论韩柳之赋直接屈宋，其推崇之如此，故韩公四赋尽入选中。”又说：“韩柳赋皆高古，直逼屈平，而韩赋较柳更觉平易。”（二集卷七评韩愈《感二鸟赋》）因而，被欧阳修讥刺为“羡二鸟之光荣，悼一饱之无时”（《读李翱文》）的《感二鸟赋》得以入选。不同的评价来自不同的眼光，由此可以看出汪份推重高古风格而鄙薄卑弱风格的审美取向。

汪氏选本不以八家为板块连续立卷，从其宏观结构无由得知其八家座次，但同一种文体名下的文章是以各家为单位排序的，由此可以考察其座次。全书有四种文体（论、序、记、书）全部收录了八家文章，其座次均为韩愈、柳宗元、欧阳修、曾巩、王安石、苏洵、苏轼、苏辙。但从入选文章的数量来看，其座次是苏轼、韩愈、欧阳修、柳宗元、王安石、苏辙、曾巩、苏洵。录文先后大都必须考虑时代、伦理等因素，如先唐后宋、先父后子、先师后徒之类，而选文多少则不必拘泥于此，两者从不同侧面反映了选家对八大家的轩轾。

## 五　评点特色

### （一）专论章法，详明深透

汪份曾感慨“良工心苦，谁能知之？”（二集卷二评曾巩《新序目录序》）其评点即以揭示八大家文章的“良工”为己任，聚精会神，专论章法，而不论字法、句法或义理。其评苏洵《礼论》云："笔力如神龙之反覆腾挐而不可测识，姑置其理不论可也。"（二集卷二）苏洵的文章常被批评为讲"权术作用""害人心术"（张伯行语），但这并不是汪份的关心所在，其评点只论章法，不论义理。对其余七家文章的态度也大抵如此。可以说，汪份选本更像一部研究唐宋八大家散文章法的专著，其所选文章既是其研究对象，也是其章法理论的例证。

论章法向来是八大家散文评点的重头戏，但此前的评点未有专论章法者，而且往往只给出结论，不加以充分论证；汪份章法评点的最大特色是既有结论，又有论证，论证又务求详明深透，令读者一目了然。例如，其论韩愈《原毁》"宾主"关系云：

> 古之君子不毁是宾，今之君子好毁是主。古之君子待人轻以约，是其不毁也；然惟责己重以周，所以待人轻以约。责己重以周，是宾中宾；待人轻以约，是宾中主。今之君子责人详，是其好毁也；然惟待己廉，所以责人详。待己廉，是主中宾；责人详，是主中主。要之待己廉、责人详，乃毁之枝干也，而非其本根也。毁之本根在怠与忌，而怠是处己，忌是待人。惟怠故忌，此篇后幅所以既抉出怠与忌二字，而又只说忌字意，而怠字意自包含在内也。（一集卷七）

结合文本，将宾、主、宾中宾、宾中主、主中宾、主中主及其相关概念的逻辑关系分析得明明白白，毫发毕现，绝不吞吐掩抑，故弄玄虚，以眩惑读者。汪评不仅细致入微地分析每篇文章的章法，还大气磅礴地分析系列论文之间的章法异同和内在关系。例如，其分析苏洵《礼论》《易论》《乐论》《诗论》云："《易》《乐》《诗》三论，皆跟《礼论》说来。《易论》开口从礼出易，双关提清；《乐论》中间方出乐，不与礼并说；《诗论》亦中间出诗，而就礼出诗，又将礼与诗对双锁之，已下方专言诗。作法各别。”（一集卷一《诗论》）既总结其关联，又分析其区别，颇为宏通。

汪氏评八大家散文章法，善于运用概念，如主客、虚实、断续、藏露、正反、开合、方圆、生熟、一意翻作两层、立柱分应、急脉缓受、牵搭、纽合等。例如，为了阐明“一意反覆说”这种章法的使用要领，他用了许多概念：

> 一意反覆说者，须晓得顺逆法，又须晓得虚实法。“子房以盖世之才”一段，从子房说到老人；“夫老人者”一段，从老人说到子房：此顺逆法也。虚实法者，即《高帝》篇荆川所谓“藏”“露”也。得此二法，便能一意翻为两层。又须晓得急脉缓受法。前“千金之子”云，此以譬喻为缓受法也；后引郑伯勾践事，是以引古为缓受法也。且一路皆说子房不能忍，而譬喻及引古皆是能忍者，乃反正相间法也。又须晓得信手拈来，头头是道理。后幅项籍之不能忍，衬起高帝之能忍，而以为子房教之。又言高帝犹有忿忿不能忍，而非子房不能全之。如此方滚滚不穷。（一集卷二苏轼《留侯论》）

“一意反覆说”容易造成重复和板重，关于如何解决这个问题，汪氏给出了顺逆法、虚实法、急脉缓受法、反正相间法、信手拈来法，由此可见其善于运用概念的思维特征。对于每一个概念的内涵，他都会在某处或某几处加以解析和例证。以“急脉缓受法”而言，其苏轼《晁错论》评点云：“前幅‘错有以取之’下，‘古之立大事者’是一层；禹之治水，引其人以实之，是又一层：皆急脉缓受法。《论学绳尺》有‘折腰体’，有‘掉头体’。‘折腰体’者，缘上意别生话头，而不急入题者也；‘掉头体’者，不缘上意别生话头，而不急入题者也。即此法是也。”（一集卷二）经过这样的解析，我们知道，原来“急脉缓受法”就是对于读者要知道的内容，故意岔开话头加以延宕。

汪氏评八大家章法，尚“圆”而抑“方”。“立柱分论”是从几个互不联系的层面论证一个结论。如果不将几个层面的联系打通，或者几个层面的论述雷同多而变化少，那么其结构就“方板”。反之，如果将不同的层面用一根线索贯穿起来，使全文成为一个有机整体，而且每个层面的论述又都有变化，互不雷同，就是“灭尽分柱形迹”“运板为活”。例如，其论苏轼《高帝论》云：“此论以叔孙通力争不得，与用留侯策仅得之，提起作二柱子。其分说处，中间却插入或曰一段，已自变化。其接入留侯处，陡直峰峦，若不知其所自来，遂灭尽分柱形迹，可谓神笔。”（一集卷二）评欧阳修《尹师鲁墓志铭》又云：“文学、议论、材能、忠义，凡四者，是散钱也。以世人之称之为索子，盖以四者立柱，若平平呆事铺排，便苦其板钝，今以人之称之者之知不知立论，运板为活，句句欲飞矣。”（三集卷七）每层皆有变化，又有“索子”一线贯穿，这样文章就发生了“运方为圆”的转变，汪氏盛称为“奇变”，而“奇变”是章法的最高境界。

总起来看，汪份用全部精力论述八大家文章章法的“奇变”，深入细致，颇为通透。

**（二）对话古今，推陈出新**

此前的八大家选本，特别是坊编本，繁引前人评点者甚多，或者夸多斗靡，鱼龙混杂，或者装点门面，引而不评，或者虽有对话，只是偶尔为之。有针对性地引用古人评点，是者加以阐发，非者加以驳正，是非杂陈者加以解析，这种“对话”体评点，此前已有王志坚的《古文渎编》和吕留良的《八家古文精选》。但从对话规模和对话深度来看，汪份《唐宋八大家文分体读本》更胜一筹。而且王志坚以“史法”为中心，吕留良以“文法”为中心，而并不专于“章法”。以章法为中心广泛而深入地与前人对话，而且能够推陈出新、有所发明的八大家选本，不能不首推汪份的《唐宋八大家文分体读本》。

在柳宗元《晋文公问守原议》(一集卷四)文尾,汪份先引吕祖谦评云:"看他回互转换,贯珠相似,辞简意多:大抵文字使事须下有力言语。"又引朱熹评云:"柳《守原议》极局促不好,东莱不知如何喜之?"然后加以自评云:"东莱所谓'回互转换,贯珠相似'虽是,然朱子之说更精。"将古人与古人、自己与古人的评点都放在古往今来的对话链条上加以生发,与那种不管前人说了什么自己一味自言自语的评点相比,多了一份历史纵深感,也更容易走向创新。

至于其对话方式,有正接前人论断而更为具体质实者。例如,评韩愈《唐故朝散大夫商州刺史除名徙封州董府君墓志铭》一文,先引唐顺之"虚借形"三字,然后结合文本推阐其内涵云:"荆川所谓'虚借形'者,如云'诸子虽贤,莫敢望之',是借其兄弟相形也;太师累践大官及太师之平汴州二段,是借其父相形也。已而又借陆长源相形,又借杨凝、孟叔度相形。其曰'大尹屡黜已见',则又借大尹相形也。"(三集卷四)将唐顺之的结论阐发得质实可感,对于理解此文"虚借形"的章法特征颇为有益。又如其评欧阳修《尚书主客郎中刘君墓志铭》云:

> 荆川于前幅批曰"以官叙",后幅批曰"类叙",学者每不晓其说。盖凡某事某事在某任作者,则逐条书于某任之下。如止西南夷侵欺,是通判泸州时所为;察闽冤狱黜泉州守及其通判,是提点福建刑狱时所为;于本路吏举察简而贤否当,及抚辰溪诸蛮,是荆湖北路转运使时所为。盖居某官为某某事,挨其官之次第顺叙,此"以官叙"之说也。
>
> 至其生平所为,有某事是一类,又有某某事是一类,则逐类叙去。如不营产业是一类,历官四十年皆然,非一任事也;不求磨勘,自复为司勋以后皆然,非一任事也;与人寡合而喜

荐士，终身皆然，而举荐杜杞、田瑜以见其馀，非一任事也；掌财赋而以民为先，为转运盐铁皆然，非一任事也；守官不为势牵利夺，则亦终身皆然，而举青溪主簿、通判泸州及转运盐铁四事以实之，非一任事也。盖不挨官之次第，惟以事相从而并叙，此"类叙"之说也。（三集卷七）

解释唐顺之提出的"以官叙""类叙"两个关于章法的概念，例证丰富，定义恰切，令人豁然开朗。其对前人评点的推阐之功，自不待言。

其对话方式，有反接前人而另辟蹊径者。例如，其批判关于苏轼《前赤壁赋》末段"蛇足"论云："起处言风来月出，兹游可乐。中间借客言人生易尽不若水月无穷为可哀。后幅言物我与水月皆无尽，不必羡彼，惟当共享风月之乐，收到兹游之可乐上。议论对针，首尾相应，而或者乃谓末段为蛇足，何其妄也！"（二集卷七）从章法"对针""相应"的独特视角论证末段的不可或缺性，令人信服，对于"蛇足"论是致命一击。再如，其针对茅坤关于曾巩《徐孺子祠堂记》"推汉之以亡为存，归功孺子辈"的结论指出："记中谓汉之以亡为存，乃党锢诸贤之功，非归功孺子也。子固之意，盖谓党锢诸贤，虽有功于时，然不如孺子见不可而止合于圣人。其极赞党锢诸贤处，非以客夺主也，乃正所以抬高孺子。此其结构之神妙不可测处，茅评失其旨矣。"（二集卷四）从"以客形主"的视角推翻茅坤的误评，颇为有见。又有反接前人评点，并在此基础上更深一层、更进一步发掘章法"奇变"者。例如，评苏轼《策略三》，首先指出文章开头"交互翻弄"，并非如茅坤所说的那样"二句作柱，后分解"，然后笔锋一转云：

此尚未足尽此文之高也。起处"天下不足治"下，本可即立二柱，说从古有二患，却先着请言当今之势，与下"臣窃以为当今之患"云云相应，乃是以当今运化古来二患，手持绳尺，指挥如意。其奇变一也。欲说非法制之罪，却先透失在任人，其后将"故曰：失在任人而已"一句收上接下，灭去段落痕迹。其奇变二也。"失在任人"下，便可说古之能任人者，却先说"有人不用云云，其失一也"，乃是直对针庆历时事说，使人读之，心目朗然。其奇变三也。如徒谓此篇疏畅，犹未深知良工苦心也。

汪份不仅指出茅评的不足，而且进一步发掘茅评未及的三个"奇变"。汪份评点的对话，不仅指向前人，也指向时人。其全书评点多次批评"妄人"，但为避时忌，并不出其姓名，为时人无疑。例如，评苏辙《臣事策三》针对茅坤的"纡徐百折"论借题发挥说："纡徐百折中自有驰骋奋迅之致，而妄人乃议其纡徐太过，宽平汗漫，不着痛痒。以'神''气'说才最精，分明自《孟子》'养气'得来，而妄人乃云：何必说到此？"（一集卷六）由此可见其对话的深度和广度。

总之，汪份的评点以大量的术语、充分的例证和详明的解析，初步建立起关于唐宋八大家散文章法的理论体系，在八大家选本中独树一帜。

**（三）轩轾八家，自出机杼**

在唐宋八大家选本的评点中，优秀的评家对八大家的高下及其各自特色总有自己的看法，绝不屑人云亦云。汪份可以称为这样的优秀评点家。其评点最突出的一点是从章法的奇变与否这个独特的视角盛赞韩愈，而贬抑欧阳修。在汪份看来，"欧公赋气骨皆不甚高，《憎苍蝇》篇尤有俗调"（二集卷七《秋声赋》），又说其《相州画锦堂记》"用笔甚卑弱，殊无古健意，鹿门称为冶女之文，令人悦眼者，非也"（二集卷三），其《有美堂记》"笔力有衰弱处，则不可不知，而以之为戒也"（二集卷三），其《送杨置序》"虽复层层叠叠意思不穷，然只是一笔写成文字，茅以为‘肩视昌黎而直上之’，吾不谓然”（二集卷一）。凡此皆可以看出，其对欧文的贬抑。此前王志坚《古文读编》对欧阳修多有讥评，不过其矛头所向在于“居丧食肉”“不省父墓”等人格问题，而汪份矛头所向则在于文体和章法。

其对苏辙文章的激赏，也是其评点的突出创新点。其评苏辙《民政策二》云：

> 此篇与《君术》第四篇说古今之奇变，当驾东坡策而上之。予尝谓颍滨之论不如坡公，而策却或胜之。盖坡公之策，其体或有方而不尽圆者，而颍滨则奇变不测也。此论乃前人所未发者。或疑颍滨之策笔力不如坡公雄健，此其说非不然，然须观其结构之巧妙细密奇变处，虽欧公叙事之文，何以过之！（一集卷六）

八大家在文体上各有长短，在风格上各有不同，性格、际遇差别更大，从不同的角度自然会得出不同的结论。汪氏关于苏辙不让欧阳修、苏轼的结论是从“结构之巧妙细密奇变”这个独特的角度衡量的结果。

汪份曾长期从事时文的选评，其《唐宋八大家文分体读本》所使用的术语大都来自时文评点，其论八大家文章章法尚“圆活”而抑“方板”、尚“奇变”而抑“平滞”的思维也与时文评点一脉相承。其选本既非为举业而设，又不是严格意义上的学术著作，其读者定位和功能定位不够明确，因而在清代选坛上并不流行。

## 六　序跋选录

以下二序皆据湖北省图藏康熙五十九年（1720）遄喜斋刻本录入。

**汪份《唐宋八大家文分体读本序》**

将以救乎或者学八家而伪之弊，而告之以文章之真诀，则莫若即举八家各体之文焉以告之。且夫遑遑焉勤一生之心与力于斯，而适以成其为伪八家者，何也？得其粗而遗其精，袭其貌而失其神。如是而起，如是而承，如是而转，如是而合，其笔无之而非平也，其笔无之而非顺也，其笔无之而非板实钝拙也。则虽日取斯文而诵习之，而摹仿之，而沾沾焉自以为似之，而不自知其违而去之也则愈远矣。今夫所恶于伪者，为其似之而实非也。是故昔者为史汉而伪，是史汉之贼也；今也为八家而伪，是八家之贼也。病生于不求其真诀，而惟似之是求也。

盖宋之学者，非韩不学，如欧阳，如曾、王，如三苏，此六君子者，不皆出自韩而谁出也？韩子之真诀，非六君子者得之而谁得也？然而六君子者，各体之文之面目，其同不同何如也？且世人之不察，而谓夫苏氏父子兄弟之文之宜若相似然。嗟夫！挟斯说也以读八家之文，其愈慕愈追而去之愈远也则宜。然则如之何而救之？曰：吾前者既已言之矣，莫若即举八家各体之文告之是也。告之如何？告之以各体之真诀而已矣。

今且有数工师者于此，乃若其作室之规矩绳墨，既必有一定之法而不可移易者矣。至其分而为门、为堂、为室、为楼、为台、为榭、为亭、为廊，于是焉合数者之体制，以成一甲第。拓之充之，而可以极其广以深，约之敛之，而可以极其狭以浅。可以高，可以卑，可以长，可以短，可以疏，可以密。可以崇其藻饰，而使人耳目为之惊且愕；可以去其芬华，而使人性情为之恬以愉。则固争妍斗巧，殊形诡制，奇变百出，而彼此不蕲其相肖也。嗟夫！欲求八家各体之文者，盍亦观于是以求之？

康熙五十八年正月三日，翰林院编修《钦定春秋传说汇纂》分修官长洲汪份序，原充日讲起居注官左春坊左中允兼翰林院编修南书房旧直今候补弟汪士鋐书。

## 汪份《唐宋八大家文分体读本后序》

昔之人患夫学者，欲识文章之体而卒难寻考也，而于是乎分为某体某体，而命之曰“辨体”云。辨之诚是也，抑犹有不能使人无疑焉者。今将示人以希世之珎，而引之入群玉之府，而忽瑊玏之兼收，碔砆之杂插，几何其不迷人之心目而滋之疑也。吾于此书，所以必专取之八家者以此。且夫语乎法之密而至于欧公，语乎笔之雄而至于苏公，然犹各有所长，而不能以相兼，是故必合八家某体某体之文，而择焉以极其精，夫然后乃可使吾书无一体之不工，而不至有混淆丛杂之患。

敢问合八家各体之文以求其尽善，而又分之为三集者，何也？夫学者之于文也，求之必有其序焉，分之为三集，而先后之序见矣。然而求之恶乎先？曰：莫先于作论。刘勰曰：述经叙理曰论。盖论也者，兼乎议、说、传、注、赞、评、序、引诸体者也。故第一集先之以论三卷。而曰议，曰制策，曰策问，曰策，共为三卷。次之曰原，曰辨，曰说，曰问对，曰解，曰戔暨诸杂作，合为一卷。又次之其第八卷，则章奏之文之尤工而皆可成诵者也。东坡先生教其侄作文，宜令气象峥嵘，采色绚烂，而使之读己及颍滨应举时文字。余之定此八卷为第一集，即此意也。

第一集成矣，请言第二集。曰序，曰记，曰书，各二卷，共六卷。曰赋，曰文，曰箴，曰铭，曰颂，曰赞合一卷。曰祭文，曰诔，曰哀词及题跋，合一卷。盖得此第二集八卷，而古文之体略具矣。而独不及碑志、行状、传者，抑凡古文之难，尤难于作史，而碑志之属，则近乎史者也，故姑留置第三集中。

第三集首之以王言，曰诏，曰拟答，曰册，曰制诰，曰口宣，皆王言也。王文中虽有散文，而四六居多。既及四六之文，故以四六表启为卷二、卷三。乃若碑志、行状、传，则共为五卷，以终是集云。

盖已上三集，通计二十四卷。既以鄙意详注于篇中，以发其秘钥，而犹以为未足也，则又取古人论文宗旨，间亦参以鄙意，别为一卷附焉。嗟夫！此二十五卷者，其为书虽不多，苟能反覆沉潜于此，其于文章之真诀乎何有？奚而伪，奚而伪？长洲汪份武曹。

## 第十一节　唐琯《唐宋八大家文选》

### 一　关于唐琯

《唐宋八大家文选》的编者唐琯自称“青浦复堂甫唐琯”，当系江苏松江府青浦县人，字复堂。现存署名“青浦复堂甫唐琯”辑评的古文选本尚有《左传》《战国策》和《国语》，均为稿本。《青浦县志》又著录“国朝唐琯”《老子注》《庄子集解》《列子辨》《韩子摘隽》四种。《老子注》下双行小字录其自序云：“老子忧在后世，其立说微而深，总以厌好胜者之心，制其刚果之气，使渐反于始生之柔弱，以几于道。因暇诠解，姑举大旨。”[①]今北京大学图书馆藏《唐宋八大家文选》稿本所载其雍正九年（1731）自序云：“且由周以来，有《庄》，有《骚》，有《荀》，有《韩非》，有《吕览》之类，荀于举业，足以畅其枝叶，发其菁英者，亦将采摘捃摭，以游乎富有盛大焉。讵不称饾饤之胜事乎矣乎，而病未能也。然使天假之年，而培其精力，虽老矣，尚能续而成之。”《韩子摘隽》等当即其此后为举业“续而成之”者，没有数年之功很难毕事。由此可知，雍正九年之后的若干年间，唐琯仍然在世。

光绪《青浦县志》卷十九《文苑传》“唐璟”条附载“唐琯”生平云：

---

① 光绪《青浦县志》卷二十七，《中国地方志集成》江苏第16册，第1814、1816页。

> 唐璟，字侣宋，诸生，有《怡庵倡和集》。自序云："髫年受经时，学诗者非唐不宗。迩年始有《宋诗钞》刻，披诵之馀，偶然则效，辄不自知。"盖由唐入宋，当时风会如此。弟瑗，字师蘧，贡生，官宿松训导。琯，字来虞，雍正癸卯举人，己酉应浙江闱，聘官当涂教谕、太平府教授。康熙辛未仲夏，璟与瑗、琯举素心吟社，放舟小镜湖，分赋五言古二章。同社者十九人，璟为之跋。

末又有按语云："此邑中所称'三唐'也。"那么，这位作为"青浦三唐"之一的唐琯与《唐宋八大家文选》的编者是否同一个人呢？

显然，《唐宋八大家文选》的编者字"复堂"，而"三唐"之一字"来虞"，二人同名而异字。唐来虞为雍正元年癸卯(1723)举人，至雍正七年己酉(1729)入仕为当涂教谕，那么此时他应该有多大年纪呢？康熙三十年辛未(1691)，其与两兄举素心吟社，且分赋五言古二章，为人传诵，其年龄当不至于很小。姑以当时为20岁计，至雍正七年入仕，已经58岁。到雍正九年(1731)自称"老矣"的唐复堂写《唐宋八大家文选序》时，已经60岁出头，同样算得上"老矣"。由此可见，唐复堂与唐来虞同姓、同名、同里、同时、同龄，很可能是同一个人。古人改字，是很常见的事，但新字与旧字须本姓名而来，二者往往有联系。例如，吕留良原字"庄生"，后改为"用晦"，庄子主张"无为"，有韬光养晦之意，前后二字实有相接处。"来虞"与"复堂"二字亦有相接处。"来复"即去而复来，唐尧、虞舜时代是古人心目中的上古盛世，"来""复"二字均有希望盛世重来之意。由此推断，《唐宋八大家文选》的编者唐琯，原字来虞，后改字复堂。但这个推断是否正确，仍然有待于进一步考证。

## 二　实物鉴定

所见唐瑄《唐宋八大家文选》不分卷，系北京大学图书馆藏雍正九年(1731)朱墨二色稿本(索书号:SB/817.08/0013)，一函六册，正文八行二十二字，小字双行同。四周单边，白口，单黑鱼尾，无界行。版框223×136毫米。上中下三栏，上栏总括文意，十四行六字；下栏为音注，十四行三字；中栏正文，有圈点、双行小字夹批和行间夹批。文后有末批。正文及双行小字夹批为墨色，上下栏及正文圈点及行间夹批为硃色。各家无传，只于各家卷首以双行小字略作注释，如柳集卷首标题下注“柳宗元，字子厚，柳州刺史”。全书结构依次为唐瑄序、唐宋八大家昌黎文选目、唐宋八家昌黎正文。韩愈以下各家分别为柳宗元、欧阳修、苏洵、苏轼、苏辙、曾巩、王安石，皆先有目录，后为正文。唐瑄序署“雍正辛亥仲冬复堂瑄书”，各家目录标题下均题“青浦复堂甫唐瑄评辑”。书尾无跋。各家自为单元，无卷次。

各家正文卷首右下钤“北京大学文学院图书室藏书印”“北京大学图书馆藏印”二朱方印。全书“玄”“真”“慎”“镇”字，皆缺末笔，而不讳“弘”字，确系雍正稿本。见图7。

## 三　选文规模和标准

全书收文289篇，其中韩愈85篇，柳宗元60篇，欧阳修27篇，苏洵22篇，苏轼45篇，苏辙14篇，曾巩9篇，王安石27篇。可以看出，宋六家选文总数比唐二家还少一篇，这是此前选本从来没有的现象。结合唐序和评点，我们可以对其选文标准作如下总结：

### (一)以水平高下为标准——尊唐薄宋

唐瑄尊唐薄宋的倾向十分鲜明。其评韩愈《答李翱书》云：“(此文)开欧、曾法门，而究非欧、曾所能及也。”评柳宗元《与萧翰林俛书》云:"舌底澜翻,触处皆成妙文,此与韩之书辞均非宋人所能及。"他认为八家中韩柳水平最高,而宋六家又分为两个梯队,各代各家选文多少即依此而定。其自序云:

> 六一居士之文,力追昌黎,纡馀委折之中,自寓浑灏之气,而奇则稍逊。苏氏父子,各自成家。老泉则得力于先秦,其气之纵衡排奡,能使千人坐废;东坡则更曲畅而豪横矣,庶几近于昌黎之神奇,而复兼柳州之峭警者乎?至若栾城,仅得其一体已耳。而选家每以醇厚推南丰,予虑夫气之优柔,或犹乎东汉之就衰也。更可怪者,以半山足其数,读者无不以为滥厕;纵其文洵称峻洁,独不计其得罪于圣人、流毒于天下后世耶!予欲以紫阳朱子易之,顾君子不以人废言,朱子亦不以能文为重。且此八家之选,由来已久,何必不仍其故哉?故于半山暨南丰、栾城三家,仅仅择取一二十篇,而居士、老泉倍之,东坡又倍之,如柳柳州之数。

显然,选文的多少与其对唐宋文的总体评价及其对各家的具体评价密切相关。在他看来,宋六家中唯一能与韩、柳接近的是苏轼,因而在宋文中选入苏轼文最多(45篇),但也不过是韩愈的1/2、柳宗元的3/4。苏辙"仅得其一体",曾巩"优柔",各有不足。王安石"得罪于圣人、流毒于天下",属于"滥厕"者,本想用朱熹将他换掉。但其文章究竟"洵称峻洁",因而实际入选者达27篇,与欧阳修齐平,并不因其政治方面的原因而过于贬抑。以此推之,唐氏对唐宋文及各家文的轩轾是以文章水平为标准的。实际上,他是按文章水平高下将八大家分成了"韩、柳→轼、欧、洵、王→辙、曾"三个降序排列的梯队,每代选多少,每家选多少,大致依此为据。

应该指出,其尊唐薄宋的基本倾向是以水平高下为标准的逻辑结果。此前贬唐者多指摘韩愈在人格上"不能守困",而柳宗元在政治上投机取巧、不自贵重等；又因为宋文特别是欧苏文，活脱灵变，便于举业，因而选唐文少，而选宋文多。唐琯摒弃了这些以人格、政治等外部因素衡文的旧套，转而以文章水平高下作为选文的标准，因而尊唐而薄宋，二者具有因果关联。

## （二）以有资举业为标准——尚彩尚奇

唐琯选本为举业而设的功能定位非常明确，其在自序和评点中屡次申明。其评韩愈《进学解》云："公此篇与《送穷文》《南海神庙碑》，皆超前轶后之作，然以其与举业似不相宜，意欲同在割爱之列，独此为选家所共采录，恐不知者指为遗憾，故存之。"评柳宗元《故秘书郎姜君墓志》云："韩柳皆工于碑碣，然韩之碣志大率当时名卿巨室，故其文亦煌煌大篇，因稍无裨于举业，虽甚宝贵，而什逸其九。"反复表明其对于"无裨于举业"者加以"割爱"的基本态度。但是，关于什么样的文章"有裨"于举业，他的看法较为通脱。八股文并非骈文或韵文，因而一般的举业古文读本很少选这类文体，但唐琯却有自己的看法。其评韩愈《祭河南张员外文》云："选此似无益于时艺，然祭文有体裁，亦不可不知。如《祭十二郎文》，学者所共脍炙，究于体裁，恐非宜也。且古文中用韵语者不少，若《庄子》，若柳集，皆可考证。至其立意选辞，秩然斐然，又宁与时艺非出一律乎？而谓其不必读与？"在他看来，《祭可南张员外文》虽然用韵，但是"秩然斐然"，又比不用韵的《祭十二郎文》更有"体裁"，同样对"时艺"有帮助。其评韩愈《为裴相公让官表》云："骈体，亦举业中所不遗，故特有取于此；且令知欧苏擅长，亦自公开之。"其盛赞苏轼《贺欧阳少师致仕启》云："骈体而乃一气游行，极如组如舞之乐，非真大手笔，孰克办此？"又评《谢兼侍读表》云："四六体，唯宋名家不嫌其板重，公尤其最者也。仅录二首略见一斑。"可见唐氏选本并不因为举业而设就摒弃骈文，而是择其有情彩、有章法者酌量收入。

唐琯论文，还有"尚奇"的倾向。他认为欧阳修与韩愈的差距在于“奇则稍逊”，而苏轼的优点则在于“近于昌黎之神奇”。可见在他的心目中，韩愈之所以压倒众人，就在于一个“奇”字；“奇”是一个判断作家水平高下的核心指标。韩柳俱有“怪怪奇奇”之文，向来为人津津乐道，但举业读本多摒而不录。唐琯选本是一个例外。例如，柳宗元的《天说》是一篇奇文，举业读本而选此文者甚少。而唐琯却说：“拘学见之，未有不口呿而不合者，然不可不读；不读无以知议论之骇异——为庸碌所不敢道有如此。”其又评韩愈《毛颖传》说：“初学每苦心思不灵，笔端拘滞，毫无奇趣恣横，况在小品，尤易致枯窘乎？读此庶足启其聪明，发其神智。”看来，其为初学选入这些奇情异彩、骇人耳目的文章，是为了“启其聪明，发其神智”，实在与当时的“拘学”所见大相径庭。

其对哪些文章有裨于举业的理解既有独得，选文不废奇情异彩、骈四俪六之文，同时也不唯举业是尚。例如，其选韩愈《送石处士序》，是因为“后人作序，每取法于此，录之以存一格”；选王安石《与马运判书》是为了“存此书，见介甫所言所行违背如是”。皆说明选哪些文章，还有举业以外的其他追求。

唐琯选入“秩然斐然”的骈文，是其“尚彩”倾向的具体表现；而“尚彩”与“尚奇”都是为了“启其聪明，发其神智”，二者具有内在的一致性。从唐氏序可以看出，其选本的功能定位是举业读本，读者定位是家塾初学，对于这些初学，举业还是较为遥远的事情，因而其选文意图不在于务求速效，而在于“启其聪明，发其神智”。正是由于这个原因，才可能有别于一般的举业读本的急功近利。

## 四　评点特色

举业读本的评点大都以讲文法为主，而唐琯选本则以发表感慨为主。其评点大抵就其一点，发表感慨，意到笔随，不主故常。例如，其评韩愈《杂说四》云：“天下未尝无才人，而知才者实间世一出，故令瓦釜雷鸣，庸愚反得驾乎豪杰之上。有才者孰肯俛首而就奔走之役哉！唯有隐宕穴以老死耳。此世之所以乏才与？”评韩愈《答冯宿书》又云：“甚矣！世途之可畏也。不能自好而与世浮沉，则获罪于圣门；苟知自好而不与流俗为伍，则取谤于众口。虽君子不为小人之汹汹而易其行，然欲获上信友而求免于萋菲之词，亦何苦召怒取怨，而令无识者目之以为怪物乎？吁，入世之难盖如此。”个性发露，情绪激烈，与板起面孔讲文法的举业读本的评点相比，更加真切动人。

通观全篇，唐氏怀才嗟卑、愤世嫉俗之情时溢楮墨间。其评苏洵《上王长安书》云：“士必自卑也，然后公卿从而卑之。曳裾于公卿之门，嗫嚅趑趄，胁肩谄笑，无论权势烜赫者不足当其一盼，即在贤公卿，有不视之如奴隶乎？甚且幸其徒之不用，以苟容其身，如此情态，谅甘为奴隶而亦不羞也。吁，可哀夫！”其评王安石《泰州海陵县主簿许君墓志铭》又云：“孔孟栖栖皇皇，悲天悯人，大抵意在用世也。然自孔孟以来，士之获遇者何如人？圣贤之伦，虑皆以不遇终也。然则高尚之士，明知与世龃龉，何苦以其贵重之身有求于世，而甘受庸夫之屈辱哉？是非自异于孔孟，守其道以有待于后，当亦圣贤之所许也。”一唱三叹，声口宛然，如此逞露自我，此前的举业读本，罕有其匹。

唐氏评点无论是逞露性情，还是揣情度理，掘发文心，都有过人处。例如，其评韩愈《后十九日复上书》云：“柳柳州上李夷简相公陈情书，设喻望救，亦是此意。岂困于穷饿，废为孤囚，情隘辞戚，非此不足以动听耶？”评柳宗元《邕州马退山茅亭记》云：“柳州诸记皆于小处着神，而在永者尤佳，然不过记其山川之奇诡幽邃，与选胜者之赏心悦目，非有十分巨丽也。而巨丽之观，已即具于琐细中矣。且不从琐细中入手，而好举夸大之辞，都是浮泛套语耳，那能新警出色！”或以心度心，或就文论文，都议论深微，不乏精见卓识。

唐琯以感慨为中心的评点，避免了以文法为中心的评点的呆板和枯燥，对于开发塾童的情智无疑更有效果。其评苏辙《上枢密韩太尉书》云："气不壮不可以为文，然眼孔小，耳闻浅陋，气何由而壮？叙其见见闻闻，所以补读书之所未逮，而壮其文之气也。其言可谓亲切而有味矣。"这段评语当作唐氏评点此文的夫子自道也未尝不可。他的评点特色就是以亲切有味的语言，陈述其所感所想和见见闻闻，以补塾童"读书之所未逮"。以此而论，其评点风格与其选文标准都以"启其聪明，发其神智"为指归，而不以急功近利为追求，二者具有内在的一致性。

## 五　序跋选录

**唐琯《序》**

唐宋八家之选，始自有明茅鹿门先生，至今因而不易，名曰古文，实为举业计也。盖举业之文，虽骈次双耦，而非得秦汉人气魄，使有浩然沛然者行乎其间，则每患其颓堕委靡，稚弱而不振。阅之者未及终篇，而已闭目不欲观矣，尚得谓之文乎？

而气魄之雄悍卓荦，奔放流转，起八代之衰，复秦汉之旧者，则唯昌黎公树厥帜；辅之者，柳先生而已。夫一人倡之，必有数十人从而和之；一时开之，必历数十百年因其绪而昌大之。是故继唐而能扩弘文运者，则有宋，是而欧苏诸公其最也。六一居士之文，力追昌黎，纡徐委折之中，自寓浑灏之气，而奇则稍逊。苏氏父子，各自成家。老泉则得力于先秦，其气之纵衡排奡，能使千人坐废；东坡则更曲畅而豪横矣，庶几近于昌黎之神奇，而复兼柳州之峭警者乎？至若栾城，仅得其一体已耳。而选家每以醇厚推南丰，予虑夫气之优柔，或犹乎东汉之就衰也。更可恠者，以半山足其数，读者无不以为滥厕；纵其文洵称峻洁，独不计其得罪于圣人、流毒于天下后世耶！予欲以紫阳朱子易之，顾君子不以人废言，朱子亦不以能文为重。且此八家之选，由来已久，何必不仍其故哉？故于半山暨南丰、栾城三家，仅仅择取一二十篇，而居士、老泉倍之，东坡又倍之，如柳柳州之数。唯昌黎更为诸家之所宗，起八代而复秦汉，犹秦汉文之支分派别，而其源则悉仰给于《左氏》，故方之《史记》《汉书》，又加倍焉。而炳炳烺烺，鸿篇椽笔，极宇内之巨观，不可不寓目者。犹以其稍无裨于举业，姑从割爱。盖真超轶前后，时时以不能尽录为憾，毋疑其与诸家多置不齐也。

然则即兹所选，可以知唐宋八家之大概矣；而予于家塾读本之属，亦可以告竣矣。虽然，古文岂特此数种而已哉？即有宋而论，紫阳朱子而外，岂繄无文乎？即有唐而论，昌黎之前有陆宣公，后有李习之辈，岂繄无文乎？予欲选唐宋杂文，以补鹿门之所阙。且由周以来，有《庄》，有《骚》，有《荀》，有《韩非》，有《吕览》之类，苟于举业，足以畅其枝叶，发其菁英者，亦将采摘捃摭，以游乎富有盛大焉。讵不称饾饤之胜事乎矣乎，而病未能也。然使天假之年，而培其精力，虽老矣，尚能续而成之。时雍正辛亥仲冬复堂琯书。

## 第十二节　璩绍杰《唐宋八家古文析解》

### 一　璩绍杰其人

璩绍杰字超万，安徽安庆府桐城县人，主要生活于康雍时期。关于其生平，所知甚少，仅见道光《桐城续修县志》卷十六《人物志·文苑》："璩绍杰，字超万。赋性颖异。十八岁为郡诸生，每试辄高等。门下士数百人。著述多脍炙人口。雍正间由岁荐授睢宁县训导。批镌《唐宋八家古文析义解》十二卷行世。"[1]但光绪《睢宁县志·职官表》不载其姓氏，亦未见其他资料。其雍正十二

① 《中国地方志集成》安徽第12册，第561页。

年(1734)所作《唐宋八家古文析解序》云:"是编也,乃吾生平之所熟读而玩味者。据其所见,辑而录之,聊以示吾子弟及从游之士,为应试举业之一助。"这样看来,璩氏为安庆府学生员,在当地小有名气,从游者甚众。《唐宋八家古文析解》即其为子弟及门人所编的举业古文读本,当然也是其授徒的教材。

## 二　实物鉴定

厦门大学图书馆所见璩绍杰《唐宋八家古文析解》十二卷,雍正十二年(1734)宝翰楼刻本(索书号:811/112)。共两册。上下双栏,下栏正文半叶九行二十字,上栏半叶十八行十字。四周单边,白口,单黑鱼尾,正文无界行。上栏有眉批,下栏正文有圈点和行间夹批,文后有末批。内封题"唐宋八大家古文精选,储同人先生原本,桐城璩超万析解,宝翰楼藏板",卷首题"唐宋八家古文析解卷之一,桐城璩绍杰超万评选,韩文",版心题"唐宋八家古文析解,卷之一,一"。全书结构依次为内封、周大璋序、璩绍杰自序、凡例、唐宋八家古文析解卷之一。周大璋序署"雍正十二年岁次甲寅仲夏之吉,同里周大璋撰",首页右下钤"宝翰斋"长方朱印及"厦门大学图书馆藏书印"长方紫印。璩绍杰序署"雍正甲寅孟夏朔日桐城璩绍杰超万氏书于觉林精舍"。戴名世弟子尤云鹤在苏州设有书坊,名宝翰楼,刻书甚夥。康熙五十年(1711)《南山集》案发,尤云鹤受到牵连,书坊一度衰落。璩氏选本所钤"宝翰斋"朱印与内封"宝翰楼"有别,其雕版风格与尤云鹤宝翰楼所刻也大为不同,大概并非尤氏宝翰楼所出。璩选以各家为单元,选文 321 篇,而储欣《唐宋八大家类选》以文体为单元,选文 247 篇,体例和选文皆不同;璩氏自序和凡例亦未提及其与储选之关系。由此看来,内封所镌"储同人先生原本"显系宝翰楼书坊假托名人以自高,其实与储选关系不大。见图 1-12-1 和图 8。

璩氏此选传世甚少,厦大藏本有雍正时期书坊所钤"宝翰斋"

印记，序跋、凡例齐全，颇为珍贵。但此本无目录，正文又多残缺，不无遗憾。兹将残缺卷次及页码列举于下：

卷之二：9—11，14，28、29 与 30 页错简，34—35，47—48，67—68 页；

卷之三：1，5—8，33—35，41—42 页；

卷之四：13—14，35，38，53—54，59，67—70 页；

卷之五：3—4，13—33，43—46，51—52，58—59，79—80 页；

图 1-12-1　璩绍杰《唐宋八家古文析解》内封
雍正十二年(1734)宝翰楼刻本

卷之六：1—14，21—22，25—26，38—44，48—52，57—64 页；

卷之七：4—5，10—13，16—24，28—36，41—42 页；

卷之八：5—34，46—50，53—54，62—63 页；

卷之九：4—16，27—35，39—65 页；

卷之十：3—14，19—53 页；

卷之十一：1—6，9—11，16—19，26—27，31—32，37—38，41—44 页；

卷之十二：1—4，7—43，46—55，60—62，65—67，73—74 页。

## 三　选文规模和宗旨

厦大藏本既无目录，正文又多缺页，因而无法核知其实际选文数量，好在璩绍杰自序明言此本选文"共计三百二十一首"，其各家选文则无由而知。从现存的情况看，全书存文187篇。其中韩愈3卷（卷一至三），58篇；柳宗元1卷（卷四），36篇；欧阳修2卷（卷五至六），34篇；苏洵文1卷（卷七），10篇；苏轼文2卷（卷八至九），23篇；苏辙文1卷（卷十），5篇；曾巩文1卷（卷十一），9篇；王安石文1卷（卷十二），12篇。

璩氏选文有时删而后选。其论删节苏轼《上神宗皇帝书》的理由说："苏东坡《上神宗》、王荆公《上仁宗》二书，乃古今万言书之绝艺。但王文虽长，丝丝入扣，苏文则间有冗漫繁杂之处。前人已有驳诘之者，今谬以鄙意，僭加删正。读者较阅原本，孰得孰失，谅有同见。"（《凡例》）其又自述删节欧阳修《岘山亭记》的想法云："'盖元凯以其功，叔子以其仁'二句，前后俱无照应。'二子所为虽不同'二句，开合亦不圆融。愚意节去'元凯以其功'二句及'虽不同'三字以下句，'然'字易'固'字，读去方顺。姑存之，以质高明。"以己意删改古人文章，强古人之文以就己说，虽然有时便于为初学指示章法，究竟不可为训。不过，晚明坊本及清初姚靖选本已开其先，璩氏非始作俑者。

此选系为子弟及门人"应试举业"而编，其选文宗旨自然是有资举业。其《凡例》云："八家全集，卷帙浩繁，美不胜收。兹集所选，不及什之三四，初学取其便于记诵。其馀墓志碑铭，选不及什一。诗辞表赋尺牍诸体，概未入选。"举业读本大都不选"诗辞表赋"等韵文，对于"墓志碑铭"等叙事性文体也兴趣不大，其兴趣所在主要是意气风发的议论文。璩氏选本也是这样。不过，其所选既是"生平之所熟读而玩味者"，自然并非完全为举业而设。从实际选文来看，其所选大都为篇幅不长而又颇有趣味的脍炙人口之作，如《进学解》《毛颖传》《送穷文》《马说》《龙说》等，以便于初学记诵为要，不以求生避熟、标新立异为能。从这一点讲，此书的选文堪称精当，不失为适用于初学的优秀选本。

## 四　评点特征

按照璩绍杰本人的陈述，其选本的评点特色在于“析解”，即“按其节奏，循其条理，枝分而节解之”，以“发挥乎作者之志，令读者之开卷了然”（《自序》）。也就是通过“析解”段落，阐明章法。其《凡例》说：“从前选本批解，止撮其大旨，约略指点，其中委曲详细处，未及尽举，初学犹苦难通。兹编逐节分疏，始终本末，无所不尽，务使读者明白透彻而后已。自知不免费辞之讥，然于初学之士，庶有助于万一焉。”评价前人过低，而自评过高。分解段意和章法是唐宋八大家选本评点的常规项目，前人孙琮的段意析解和汪份的章法析解，并非“止撮其大旨，约略指点”，其发掘八大家文章“委曲详细处”的全面和深刻，均非璩氏选本所能及。因而璩氏自陈并不属实，“析解”段落并非其评点的特色所在。

璩评往往用眉批析解段意，末批总括文意，正文行间夹批主要用以标明段落间的起承转合。所引前人评点，则分见于眉批、末批和夹批中。其评点总体上较平泛，在创新性、深刻性、批判性和系统性方面都算不上出彩。例如，评柳宗元《至小邱西小石潭记》云：“石潭景象之清邃，迥绝人间，柳州曲曲写出，如在目前，不必亲历，已觉通体透寒。”（卷四）又评柳宗元《寄许京兆孟容书》云：“遭谤不明，还乡无日，一腔愤懑，悲凉情绪，写得凄惨欲绝，读之那得不太息流涕。”（卷四）评苏洵《欧阳内翰书》云：“文章知己，千古为难，老泉自负命世之才，遇欧阳公一代宗匠，安得不倾心向往。”（卷七）所评未尝不是，只是既没有针对性，又缺乏独得之见。

据璩氏自序，其自幼熟读八大家散文，后来“读之愈久，好之愈笃，沉潜反复，如是者有年”，亦时有所得。例如，其评韩愈《送浮屠文畅师序》“何故谒吾徒而来请也”一句眉批云：“文畅之求序与诗，不过欲借达官名士之赠送，为游踪装点门面耳，非有反邪归正之念。昌黎却就此引入，可谓善诱。”末批又云：

> 辟佛老是昌黎一生本领，然送浮屠氏，若当面痛斥其非，未免唐突不情，故文中不责文畅不宜惑于佛教，但责吾徒不告以正道。其铺叙圣道处，极其详尽；至讥讽浮屠，则止以“孰为孰传”一句轻轻驳倒便了。大旨与《原道》相似，但彼直此婉。读者当分别观之。（卷二）

体会深至，入情入理，令人信服。其评柳宗元《与萧翰林俛书》则云：“与《寄许京兆书》同一情绪，但彼云蛮方水土不习，念切子嗣先墓，不能辨白谤毁，以自振拔，说得极其凄怆。此篇则云居蛮既久，习惯相安，自分终于贬所，无复还乡之想，区区谤毁，又何足辨，说得极其和平。然长歌之悲，过于痛哭，则和平之中，其凄怆愈不堪言。读者慎勿以一样情绪，草草看过。”（卷四）分析同中之异，异中之同，眼明心细，而且逻辑清晰，通俗易懂。其评亦有批驳前人、自立新说者。如其评韩愈《曹成王碑》云：“韩文险怪极矣，由其学博才高，子史百家，供其驱使，平陂正变，随其运用。人以为险，彼以为易；人以为怪，彼以为常，盖奇而确者也。茅鹿门病其穿凿生割，岂非知昌黎而未尽者乎？”（卷三）分析韩文险怪成因，责茅评知而未尽，不为无见。凡此均可见其对八家文“熟读而玩味”的精深程度。

## 五　序跋选录

**周大璋《序》**

文之有唐宋八家，犹工之有规矩、师之有六律也。前乎此者，必至于是，而其法始密；后乎此者，必至于是，而其艺始精。虽于圣贤之微辞奥旨未尽吻合而无参差，然其行文之律度绳尺，抑扬开合、呼吸照应之严密精详，其美而可爱，爱而可传者，则上下数百年如合符节。是以世之学者，于《左》、《史》、《庄》、《骚》、先秦两汉之文，虽曰无所不读，然未有不抉唐宋八家之藩篱而能升其堂、入其室者。盖文至韩、柳、欧、苏、曾、王，殆极天下古今之大观而无遗憾矣。

顾自有八家以来，凡操觚之士，孰不家传户诵以嘉惠后学为心者？孰不丹铅甲乙、钻纸镂板、流播人间？然求其能提挈纲维，指授关键，不失乎作者之心，足为后学津梁者，不过数家。犹患其大义虽明，而微言未析，初学之士未易窥其阃奥。予方思与同志辑录一编以公海内，而未暇也，适璩子超万以其所订《唐宋八家文析解》持以示予，且乞一言以弁其首。予读之，见其钩摘搜猕，错综经纬，与古人参会于毫芒杪忽之间。析其条理，则段落分明，如列眉指掌之望而可知也；会其脉络，则首尾贯通，如珠联璧合之融而无间也。非其好学深思，沐浴于八家者有年，讵易及此乎？嗟呼！士生千百世之下，而参稽于千百世之上，以意逆志，先后同揆，若璩子者，可谓深契韩柳诸君子之心，深知韩柳诸君子之文，而大有造于天下后世之学古者也。

虽然，非知古人之心者，不足以评古文；非知评古文之心者，亦不足以读古文。世之小儒俗学，拘牵习见，主其先入之言，则于兹选固扞格而不相入；其卤莽涉猎者，又或略观大意，而不肯降心紬绎，以会其惨淡经营、谆谆启牖之苦心，则于兹选，亦徒嚼其渣滓，而未咀其精液，其不以予言为河汉者几希。若是，则岂璩子评选兹集之心，而亦岂予所以属望天下士读璩子兹集之心也哉？

雍正十二年岁次甲寅仲夏之吉，同里周大璋撰。

**璩绍杰《自序》**

或有问于予曰："子之评订唐宋八家之文，而以'析解'名篇，其说可得而闻与？"曰："古人之为文也，一篇之中，元气浑成，首尾一贯，而其间浅深虚实、先后详略之宜，又各有一定不可易之节度，如田之有畔，如途之有程，秩然有序而不乱，截然有等而不过。苟不从而条分缕析，标明其眉目，区别其段落，则作者之意不彰，而读者亦将何所依据，以窥见古人立言之章法次第乎？予于唐宋八家之文，少而读焉，茫乎不知其畔岸，浩乎不见其津涯，其于古人下笔用意之蹊径，固概乎未之有得也。已而读之愈久，好之愈笃，沉潜反复，如是者有年。一旦恍然若有所得，曰：嗟乎！古人之文，外有以极其规模之大，而内有以尽其节目之详，如一元之气流行于一岁之中，浑合无间，而分而为四时，散而为五纪，又析而为二十四气，其理则一，而其分则殊，信如田之有畔、途之有程，此疆彼界，毫发不容于假借。古人立言之章法次第，俱于是乎在。非按其节奏，循其条理，枝分而节解之，何以发挥乎作者之志，令读者之开卷了然乎？此予之所以名篇之意也。"

问者曰："有是哉！信吾子之厌饫于八家之文而不厌也。盍公之海内，使凡为学者藉之以为学古之阶级乎？"予曰："是编也，乃吾生平之所熟读而玩味者。据其所见，辑而录之，聊以示吾子弟及从游之士，为应试举业之一助云尔，何堪持以问世？虽然，周君聘侯，吾乡之好古而能文者，亦谬为许可曰，是足为后学之津梁；且赐之弁言，劝授诸梓。予重违其意，因编次其卷帙，合八家之文共计三百二十一首，俾镂诸版，以质诸当世博雅之君子。"

时雍正甲寅孟夏朔日，桐城璩绍杰超万氏书于觉林精舍。

## 第十三节　华希闵《增订八大家文钞》

### 一　华希闵其人

华希闵字豫原，江苏常州府无锡县人。生于康熙十一年(1672)，卒于乾隆十六年(1751)。康熙五十年(1711)贡生，[①]同年任安徽泾县训导，[②]后中康熙五十九年(1720)举人。[③] 乾隆十六年，皇帝南巡，迎驾于无锡惠山孝子祠，钦赐知县职衔，不数月而

① 光绪《无锡金匮县志》卷十七，《中国方志丛书》华中地方第21号，第285页。
② 嘉庆《泾县志》卷十三，《中国方志丛书》华中地方第231号，第1107页。
③ 光绪《无锡金匮县志》卷十六，《中国方志丛书》华中地方第21号，第277页。

卒，享年八十。① 著有《延绿阁集》《性理注释》《易书诗春秋集说》《通鉴地理今释》《广事类赋》，曾修《金匮县志》。②

关于其生平，《无锡金匮县志》载："希闵笃嗜儒先书，勤于著述。雅好修先贤古迹，如复邵文庄墓、筑高子水居、重建松滋王侯祠，皆巨举也。尝埋父遗金于地，抚幼弟希闳成立而予之。平生慷慨尚气节。巡抚张伯行与总督噶礼互揭，主其狱者庇噶礼而罪伯行，希闵上书斥之，几罹祸。后卒如希闵言。"③华希闵曾上张伯行论学书二篇，第一篇自称"某生十八年而服膺濂洛之书，阅今二十载矣，而卒未有所窥见"④，则康熙四十八年（1709）华希闵 38 岁时，即与刚刚到任江苏巡抚的张伯行有来往。张伯行去世后，为作《张清恪公传》，可见其对张伯行的钦服。但从《增订八大家文钞》的选文和评点来看，其文学观与张伯行存在着很大分歧。

## 二　残本概况

南京图书馆所见华希闵《增订八大家文钞》若干卷，清刻王芑孙墨批残本（GJ/120451）。现存 6 册，21 卷，计 511 篇。第一册为《韩文钞下》，存韩文卷四至六，共 78 篇。第二册为《柳文钞上》，存柳文卷一至四，第三册为《柳文钞下》，存柳文卷五至七，共 209 篇。第四册为《欧文钞上》，存欧文卷一至四，第五册为《欧文钞下》，存欧文卷五至八，共 156 篇。第六册为《曾文钞全》，包括曾文卷之上、卷之中、卷之下，共 68 篇。开卷为韩文第四卷目录。

---

① 《钦定南巡盛典》卷六十九，《景印文渊阁四库全书》第 659 册。又见《无锡金匮县志》卷二十一，《中国方志丛书》华中地方第 21 号，第 370 页。

② 光绪《无锡金匮县志》卷三十九，《中国方志丛书》华中地方第 21 号，第 695 页。

③ 光绪《无锡金匮县志》卷二十一，《中国方志丛书》华中地方第 21 号，第 371 页。

④ 华希闵：《延绿阁集》卷九，《四库未收书辑刊》玖集第 17 册，第 699 页。

柳、欧、曾文全存，韩文缺卷一至三，三苏和王安石四家文全缺。由此可见，华希闵原本选韩文六卷，柳文七卷，欧文八卷，曾文三卷，三苏和王安石文卷数不详。

从柳文卷一首页来看，此本半叶九行二十字，四周单边，白口，单白鱼尾，有界栏。卷首题“增订柳柳州文钞卷之一，茅鹿门先生选本，后学无锡华希闵增订，男缨、纮校”，版心题“柳文，卷一，表，一”。正文无圈点，无行间夹批和眉批，只有末批。末批之后，时有墨笔批点，并有“惕甫经眼”长方朱印。王芑孙，号惕甫，江苏长洲人，乾隆五十三年（1788）召试举人，阅书常钤“惕甫经眼”朱印。则此本曾经王芑孙批阅。

残书无序跋，不过，华希闵《延绿阁集》卷六有《增订八大家文钞序》一篇，卷十一有《书唐宋八家文后》八篇，现收于《四库未收书辑刊》第玖辑第 17 册。由此可见其编选缘起。《增订八大家文钞序》云：“《文钞》行世既久，旧版漶漫，累经摹印，讹谬百出。余自己卯迄今，举业之暇，取诸家全集，重加雠校，间有管见，辄疏篇末。”可见此书之选始于康熙三十八年己卯（1699），其增订之法是以“诸家全集”雠校茅坤《文钞》，并附以己评。但揆诸实际，此本对茅坤《唐宋八大家文抄》的篇目和评点大量增删，卷次和卷数也大幅更易；其所存少许茅评，又大都经过删改。其新增柳文多达 80 篇，删落欧文多达 113 篇。因而虽然题为“增订”，其实是一个自出手眼的新选本，根本不是任何意义上的增订本。见图 9。

载其《增订八大家文钞》序跋的《延绿阁集》序刻于雍正十一年（1733），则《增订八大家文钞》的编选始于康熙三十八年，至迟在雍正十一年已经成书。

## 三　增删篇目和基本取向

华希闵于茅坤《唐宋八大家文抄》之外的新增篇目，皆于各卷目录篇名下注以“增”字。从残本所见韩、柳、欧、曾四家21卷目录来看，共增文95篇。各家篇数及篇目是：

**韩愈(9篇)：**

《知名箴》《讼风伯》《感二鸟赋》《复志赋》《闵己赋》《别知赋》《祭郴州李使君文》《祭马仆射文》《祭郑夫人文》

**柳宗元(80篇)：**

《献平淮夷雅表》《礼部为文武百寮请听政第二表》《为王京兆贺雨表》《王京兆贺雨表》《贺亲自祈雨有应表》《礼部贺甘露表》《为裴中丞贺破东平表》《为裴中丞贺克东平赦表》《柳州贺破东平表》《代裴中丞贺分淄青为三道节度表》《代裴中丞谢讨黄少卿贼表》《代永州韦刺史谢上表》《为武中丞谢赐樱桃表》《代人进瓷器状》《为南承嗣上中书门下乞两河效用状》《柳州上本府状》《贺诛淄青逆贼李师道状》《贺平淄青后肆赦状》《代裴中丞上裴相贺破东平状》《为桂州崔中丞上中书门下乞朝觐状》《为裴中丞伐黄贼转牒》《上广州赵宗儒尚书启》《上湖南李中丞启》《与杨诲之敦勉用和书》《王氏伯仲唱和诗序》《送苑论登第后归觐诗序》《送班孝廉擢第归东川觐省序》《送严公贶下第归兴元觐省诗序》《送韦七秀才下第求益友序》《送表弟吕让将仕进序》《送独孤申叔侍亲往河东序》《送诗人廖有方序》《送豆卢膺秀才南游诗序》《送南涪州量移澧州序》《送韩丰群公诗后序》《送邠宁独孤书记赴辟命序》《同吴武陵赠李睦州诗序》《送易师杨君序》《送崔子符罢举诗序》《送澥序》《送文畅上人登五台遂游河朔序》《送文郁师序》《送玄举归幽泉寺序》《监察使壁记》《永州龙兴寺西轩记》《柳州复大云寺记》《剑门铭》《寿州安丰县孝门铭》《朝日说》《起废答》《答问》《贞符》《骂尸虫文》《哀溺文》《招海贾文》《赋》《蝜蝂》《师友箴》《敌戒》《吏商》《祭弟宗直文》《祭姊夫崔使君简文》《祭崔君敏文》《祭李中明文》《祭外甥崔骈文》《终南山祠堂碑》《唐故特进赠开府仪同三司扬州大都督南府君睢阳庙碑》《曹溪第六祖赐谥大鉴禅师碑》

《唐故万年令裴府君墓碣》《先侍御史府君神道表》《柳州司马孟公墓志铭》《处士段弘古墓志》《故秘书郎姜君墓志》《吕侍御恭墓铭》《唐故岭南经略副使御史马君墓志》《故岭南盐铁院李侍御墓志》《志从父弟宗直殡》《先太夫人河东县太君归祔志》《亡妻弘农杨氏志》《小侄女墓砖记》

**欧阳修(1 篇):**

《尚书户部侍郎赠兵部尚书蔡公行状》

**曾巩(5 篇)**

《特进观文殿大学士除节度使开府仪同三司制》《敕监司考核州县治迹诏》《节相制》《户部侍郎制》《刑部侍郎制》

很明显,柳宗元文增入最多。在唐宋八大家中,柳宗元的文章最多“六朝绮丽之习”。而对于“六朝绮丽之习”,华希闵与茅坤的态度大不相同。茅坤《凡例》云:“予览子厚之文,其议论处多镵画,其纪山水处多幽邃夷旷。至于墓志碑碣,其为御史及礼部员外时所作,多沿六朝之遗,予不录。录其贬永州司马以后稍属隽永者凡若干首,以见其风概云;然不如昌黎多矣。”所谓“六朝之遗”,是指文体近俳、词采富丽的行文风格。这正是柳文的特色,也是华希闵的最爱。他说:“柳州以俊杰之才,承六朝绮丽之习,猎鲜腴于《左》《国》,漱芳润于《骚》《选》,一时才名惊爆,力能沾丐四方,洵当世之英也。《文钞》于元和以前多置弗录,兹增入颇多,诚以椎轮大辂,时有攸宜,未等借复古为名,以文其寒俭耳。”①其评柳宗元《唐故特进赠开府仪同三司扬州大都督南府君睢阳庙碑》云:“欧阳公言,偶俪之文,苟合于理,未必为非,不可谓此非彼是也。”评柳宗元《礼部为文武百寮请听政第二表》又云:“四六之文靡于六朝,宋人近于腐矣。柳州熔铸经史,敷陈情事,华

① 华希闵:《延绿阁集》卷十一《书唐宋八家文后》,《四库未收书辑刊》玖辑第 17 册,第 738 页。

而不靡，庄而不腐，最为得体。旧本皆遗，今录置首卷。”（柳文卷一）观念不同，口味不同，茅氏所删者，复为华氏所赠，自在情理之中。

华希闵增文，看重词采，也看重情感。其所增文，大都以词采富赡、情感充沛者为主。其评韩文卷五新增《祭郴州李使君文》云：“写生前交情凡三节，一谪官过郴，二宥归假馆，三改官叙别。情词斐亹，祭文绝调。”又在欧阳修《祭尹师鲁文》末批中重申其选文取向云：“公祭文多用议论，今择情文并至者录之。”茅坤选本也有重“情感”的一面，但其格于常见，对“词采”尚多疑忌。华希闵合情文于一体，以是否“情文并至”作为取舍依据，更加通脱和允当。

华希闵“情文并至”的审美取向，与其师陈体乾的影响分不开。其《先师体乾陈公言行略》云：“先生教人作文，兼重词采。意犹骨，词犹肉也，毛羽不丰满，不可以高飞。”①受唐宋古文运动和宋明理学的影响，茅坤以来的八大家散文选家几乎异口同声地尊散薄骈，鄙弃词采，因而柳宗元散文的入选篇目相对偏少。华希闵秉承陈体乾“兼重词采”的文学观，而又融会己见，别出手眼，增入许多词采富艳的新篇目，这就使得其选本在八大家选本群中独树一帜，占有重要的一席。

华希闵选本大量增入新篇目，也大量删落旧篇目。例如，对于韩愈的“五原”，茅选全选，而华选删落《原人》和《原鬼》，只剩三篇。韩愈文共六卷，前三卷残缺，无由考察其删文全貌。完整保存下来的是柳、欧、曾三家文，通过对比茅、华二选所收三家文的多少②，可以大致了解华选对茅选篇目的删落幅度：

---

① 华希闵：《延绿阁集》卷十，《四库未收书辑刊》玖辑第 17 册，第 730 页。

② 茅坤选本所收篇数以万历七年（1579）茅一桂初刻本为据，少数有目无文者亦计入。

表 11 华希闵《增订八大家文钞》增删茅坤《唐宋八大家文抄》篇目举隅

| 选本＼作家 | 柳宗元 | 欧阳修 | 曾 巩 |
| --- | --- | --- | --- |
| 茅坤选本 | 123 | 268 | 84 |
| 华希闵选本 | 209 | 156 | 68 |

看来，华氏偏爱柳文，只增不删。其增文数量还不限于其在目录中标出的80篇，应当还有6个新增篇目没有标出，否则其总篇数应当为203篇。而对于欧文，在新增1篇的情况下，选文总数还比茅选少112篇，说明其将茅选的原有欧文篇目删落了113篇。曾文在新增5篇的情况下，选文总数比茅选少16篇，说明其将茅选的原有曾文篇目删落了21篇。如此大规模增删，而曰“增订”，实有未安处。

## 四 评点特色

翻驳茅坤选本，力图自辟新说，是全书的特色，也是其评点的特色。其《书唐宋八家文后》可以看作全面翻驳茅评的总纲领。此文由八篇总评连缀而成，每篇分评一家，皆或隐或显地对茅评加以驳诘。例如，《昌黎集书后》云：“集中碑版，尤称绝调，鹿门谓不得史汉法。夫公与史汉，同得统于经，其视太史，所谓同工异曲之一耳，肯屑屑焉则而效之哉？鹿门固病夫貌史汉者，而又欲以此病公，亦过矣。”《河东集书后》云：“鹿门谓风概不如昌黎，愚谓二公并世，旗鼓相望，千载一时。一如崇山峻岭，一如惊涛绝壑；一如严霜烈日，一如怨风凄雨：皆时与地为之也。”《东坡集书后》云：“先生自言不为人作志传，此风千古无两。世传游戏翰墨，嘻骂皆文，岂知矜重乃如此。或遂谓碑志非先生所长，试读《潮州庙》《表忠观》《淮阴》诸碑，裔皇典重，讵出昌黎下哉？”茅坤评欧阳修《资政殿学士户部侍郎文正范公神道碑铭》云：“欧阳公碑文正公，仅千四百言，而公之生平已尽；苏长公状司马温公几万言而上，似犹有馀旨。盖欧得史迁之髓，故于叙事处裁节有法，自不繁而体已完；苏则所长在策论纵横，于史家学或短。”（欧文卷二十四）如此看来，《东坡集书后》一段亦驳诘茅坤。

正文评点则随处翻驳，与《书唐宋八家文后》紧密呼应。例如，其评韩愈《清边郡王杨燕奇碑》云：“条次战功，总叙官爵，后加激赞，虚实浅深，互相映发，攒簇烹炼，光怪陆离。动引《史记》镌责，真是矮人观场。”（《卷五》）系针对茅评“不及太史公遒逸”而发。评韩愈《曹成王碑》云：“金石之文，体宜壮丽，与史传据事直书不同，平原所谓‘碑披文以相质，铭博约而温润’。旧评诋其穿凿生割，然则剽窃陈言，乃为熟割耶？”（卷五）系针对茅评“句字生割，不免昌黎本色”而发。评柳宗元《与李翰林建书》云：“谪后诸书皆直抒胸臆，而顿挫缠绵，自成音节，无怼怨不平之鸣。旧评谓规摹龙门舅甥，直皮相耳。”（卷一）用“皮相”“矮人观场”“熟割”之类措辞，或直言詈骂，或冷嘲热讽，皆十分尖刻，具有鲜明的情绪化倾向，于说理服人处尚隔一层。例如，其评柳宗元《愚溪对》云：“自状其冒进抵触，只坐一愚，乃创巨痛深，真切之语。旧评谓之自矜，夫愚亦何足矜也？”（卷五）茅坤原评“柳子自嘲，并以自矜”（柳文卷十）一语，其实并无不妥，此文自嘲中确有自矜在。不能不说，华评驳茅评之处，有意气太盛而析理不深之弊。尽管如此，华评的特色和精彩之处，仍在于翻驳茅评。

翻驳茅评是八大家选本的常态，大致可分为理胜和气胜两种。理胜者论事析理，切中要害，气不加扬，而令人心服；气胜者逞气使性，激昂慷慨，足以撼人，而质其所有，终少发明。储欣亦多翻驳茅评，以理服人。其评韩愈《国子助教河东薛君墓志铭》而为华希闵所引者云：“鹿门云‘誉而讽’，余谓前务奇，后益弃奇，非德不恒也，少气高而年加长，见事多则气渐平耳。志正称其进德处，奚其讽？”（卷六）揣度事理，别出机杼，不用詈语，人自服膺。相较而言，华希闵评属于气胜一路，揣情析理，非其所长。

总起来看，在喜好翻驳茅评的选本中，如此不遗余力而又充满个人意气者，尚不多见。

华希闵于“举业之暇”评点八家文，似乎并非为举业而设，其评点也力避举业读本的评点格套。其自序说：“今之读八家者，拘泥格套，指摘字句，孰为眼目，孰为柱子，孰为起伏照应，操觚家不暇推明大意，先有一死法胶于心目之间。”从残本所见其评点的实际情况看，确以“推明大意”为主。例如，其评柳宗元《游黄溪记》云：“诸记人评其奇峭，吾见其清真，舍真而求奇，钩章棘句，一览之后，无馀味矣。”（卷四）又评其《先太夫人河东县太君归祔志》云：“宦海波涛，高堂风烛，一朝蹉跌，负疚穷泉，如柳州者，可胜悲哉！嗟乎，负米柴门，含饴牖下，不可谓非人伦之至乐，乃世多厌此而艳彼者，独何心欤？读此文可以憬然悟矣。”（卷七）或着眼文章风格，或即兴发一番感慨，不乏轻灵洒脱之致。但这一优点并不突出，称不上特色。

华希闵评点将茅评删落殆尽，而加以新评，茅坤所引的唐顺之、王慎中评点亦多为其删落，而增入他家评点，尤以储欣评点为多。其所引少量茅评，多加以删改。例如，欧阳修《本论中》一文，茅评原为：“佛之所以能入为中国之赤帜者，固由王道之衰，而欧阳公所谓修其本以胜之，是也。然达磨以下，彼固有一片直见本性之超卓处，故能驱天下聪明颖悟之士而宗其教。欧阳公于佛氏之旨犹多模糊，而所谓修其本以胜之，恐非区区礼文之习而行之之所能胜也。”华氏删节为“佛入中国，固由王道之衰，然达磨以下，见性超卓，故能驱天下聪明颖悟之士而宗其教。欧阳谓修其本以胜之，恐非区区礼文之习而行之所能胜也。”（卷四）凡此种种，均说明华希闵选本命名失当，体例芜杂，评点粗疏，虽然序跋精卓，尚不足以掩其草率。

## 五　序跋选录

华希闵《增订八大家文钞》的序跋，不见于南京图书馆残本，所幸为《延绿阁集》所收，宏词伟论，多有过人之处，今据此集录入。

**华希闵《增订八大家文钞序》**

有明弘、正间，北地李献吉倡为先秦两汉之文，薄唐以下不足为，信阳何仲默出而和之，学者靡然从风。沿及嘉、隆，归安茅顺甫始斥其伪，以文章之道本乎六艺，不宜剽窃摹拟，遂谓古文在是，乃评点唐宋之文，欲矫其弊。此《八家文钞》所由起也。同时晋江王道思、毗陵唐应德力以古文自任，顺甫与相扣击。既而崑山归熙甫昌明古学，潜心八家之文，虽服膺李、何如太仓王元美，晚亦降心焉。于是李、何之论稍绌，而《文钞》益盛行于天下。嗣是二百年家弦户诵，然而深明八家之文者或鲜矣。

今之读八家者，拘泥格套，指摘字句，孰为眼目，孰为柱子，孰为起伏照应，操觚家不暇推明大意，先有一死法胶于心目之间。且意而逆之曰："某学史汉，某学庄骚。"又比而同之曰："某文似韩，某文似欧。"夫八君子之学，原本经术，贯串百家，见于所自述者，各有其血脉，各有其神髓。若夫陶铸于性情，枨触于事变，而移换于工力，譬之山立川驶，跬步改观，云蒸霞起，瞬息殊态，虽一人之心与手，不及相谋，而况他人乎？太史公曰："好学深思，心知其意。"学八家者，求其所以为文之意可矣。不得其所以为文，而规规焉字句段落，步趋于尺寸，是与向之为秦汉者异候而同病也。赝秦汉者，雕镂面目，涂泽皮毛，索其生理，块然也，是土偶之衣冠尔已；赝唐宋者，以叫嚣为雄奇，以腐烂为醇正，美矉而学步，寻其指趣，茫如也，是优人之啼笑尔已。熙甫之为文也，自谓肩随欧曾，抗行临川，今取其全集读之，求其规模一语不可得，其斯为善学八家者欤？

《文钞》行世既久，旧版漶漫，累经摹印，讹谬百出。余自己卯迄今，举业之暇，取诸家全集，重加雠校，间有管见，辄疏篇末。而推原《文钞》所由起，与夫善读八家者如此。①

① 见华希闵《延绿阁集》卷六，《四库未收书辑刊》玖辑，第17册，第653页。

### 华希闵《书唐宋八家文后》

#### 《昌黎集》

昌黎之文，原本经子，而得力于□□□□□□功德，则典谟之浑噩也；敷陈风物，则□□□□□□□□方略；叙次勋绩，则《牧誓》《武成》，整肃而严明也。故集中碑版，尤称绝调。鹿门谓不得史汉法。夫公与史汉，同得统于经，其视太史，所谓同工异曲之一耳，肯屑屑焉则而效之哉？鹿门固病夫貌史汉者，而又欲以此病公，亦过矣。

公自言学文本末详矣。而其要则曰“无望其速成，无诱于势利”，又曰“誉之则以为忧，犹有人之说者存也”，又曰“举世浮沉，不自树立，虽不为当时所怪，亦必无后世之名”。所自信可知矣。咏李杜曰：“不知群儿愚，那用故谤伤。蚍蜉撼大树，可笑不自量。”然则李汉所云“始而惊，中而笑且俳”者，真不足当公一噱也。

《答崔立之书》以边境尚有被甲执兵者，思取一障乘之。《论淮西及黄家贼事宜》《与柳中丞》二书，皆晓畅兵事。平淮之役，公实在行。河朔藩镇，久阻声教，送李端公、董邵南二序，并寓招徕之意。《送韩侍御》篇末言西北边所没地，可指顾而有。东坡所云“勇夺三军之帅”，正不独出牛元翼一事而已。公怀抱如许，岂区区与文人词客夸攘斥于风云月露之微者乎？

“羡二鸟之光荣，悼一饱之无时”，欧阳子所以悲公也。嗟夫！三上书宰相不见报，四就选吏部卒无成，而志不忘乎宽闲之野、寂寞之滨。其号呼当路，诚有大不得已者。他时痛定思痛，谓不知何以得过。而今人方盛推其作，岂知公心者哉？

#### 《河东集》

柳州以俊杰之才，承六朝绮丽之习，猎鲜腴于《左》《国》，漱芳润于《骚》《选》，一时才名惊爆，力能沾丐四方，洵当世之英也。《文钞》于元和以前多置弗录，兹增入颇多，诚以椎轮大辂，时有攸宜，未等借复古为名，以文其寒俭耳。

以幽深之思，发为要眇之音，而文格于是乎一变。骚赋诸篇，直追屈宋。与李建、萧俛诸书，情词婉约，有建安诸子之风。馀皆领异标新。世第赏其诸记而已。碑志之文，与昌黎各极其胜。昌黎调宏而气锐，恣阖辟为波澜；柳州局峻而味长，韫机锋于隽永。要之神情生动，其为颊上三毫，则一而已。

鹿门谓风概不如昌黎，愚谓二公并世，旗鼓相望，千载一时。一如崇山峻岭，一如惊涛绝壑；一如严霜烈日，一如怨风凄雨：皆时与地为之也。韩之论柳，曰"踔厉风发"者，为御史及礼部员外时作也；曰"泛滥停蓄"者，深博无涯涘，为谪永州作也。柳之论韩曰："若捕龙蛇、搏虎豹，意与之角，而力不暇。"夫文章千古，得失寸心，惟两公心知之，互能言之，岂后人所得而品量乎？

**《六一居士集》**

或谓庐陵之文自昌黎出，愚谓同其道，不同其文。尊六经，排释老，其道同。陈、隋而后，文习卑靡，起之以昌明而博大；景、祐以还，文多怪僻，正之以典要而冲和，故文不同。盖二公皆原本经史，而造诣各殊。昌黎经之苗裔，庐陵史之宗嫡也。东坡序云，论大道似韩愈，记事似司马迁，斯言两得之矣。

公在朝思收异材，出奇计，立百世功，特未竟其略。故于曼卿、子美、秘演之徒，深致慨惜，而于圣俞则序其《注孙子》。至于交游赠送，吊古伤今，如《送田画秀才》《题王彦章画像》《读李翱文》等篇，神采飞动，犹见壮心不已、抚髀扼腕时。惜读者不察也。

公之论曰："文之为言，难工而可喜，易悦而自足。一有工焉，则曰吾学足矣。甚者至弃百事不关于心，曰：吾文士也，职于文而已。"读此数语，令一时文士汗颜。又曰："失志之人，穷居隐约，苦心危虑，而极于精思，与其有感激发愤，惟无所施于世者，皆一寓于文词。"读此数语，又为千古文人吐气。

鹿门云："欲览欧阳子之全，必读余批注《唐书》《五代史》。"别有《史钞》二十卷，今节录论赞一卷。然二史自合专行，岂宜漫加删节？亦使读者见公专门之学，全力有在，是其吉光片羽耳。

《嘉祐集》

明允之文，世称其奇崛，而自叙所得，首曰“诗人之优柔”，疑若相反。试细读《审敌》《用间》《项籍》《任相》诸篇，虽极豪迈，而步骤舒徐，波澜旖旎，一唱三叹，绰有馀妍，可谓极“优柔”之致矣。今人乃轻目为纵横，未梦见眉山家法在。嘉祐在靖康前，垂七十年，是时朝野晏然，一草茅布衣，蚤识积薪之下有火，或微言规讽，或痛切指陈，举朝莫之省悟。召试不就，心知其不可为矣。千载而下，勿以文士目之。

叶石林《避暑录话》载，韩魏公为枢密使时，军政久驰，士卒骄惰，欲稍裁制，恐忤怨生变。方阴为之图，会明允自蜀来，乃探公意，遽为书显载其说，且声言教公先诛斩。公览之，大骇，谢不敢再见，微以咎欧文忠；而富郑国亦不乐之。故明允久之无成而归。此真齐东野人之语。明允生平磊落，文忠称其纯明笃实，乃逆探韩意上书，且漏言于外。此浮浪奸人所为，何足以蔑公？近有存之篇末者，恐其致惑，附辩于此。

《东坡集》

东坡先生，材无所不包，学无所不诣，极平生服膺韩、欧，绝不相摹仿。其文屡变益高。嘉祐、治平，应举对策，气雄志锐，如风涌泉发，凌厉无前。熙宁、元丰，洊更中外，如良医折肱，老成持重，非复少年用壮。元祐以后，放斥流离，孑身海外，达观任运，解脱尘纷，毁誉死生，于先生何有，而况浅浅者乎？后世独推其策论为绝调，不知是固先生所唾弃者耳。

先生自谓作文如万斛泉源，不择地皆可出。愚谓乍读如长江大河，一泻千里，细寻之，则方圆曲折，随地赋形，无隐不彰，无微不贯，正少陵所谓“毫发无遗恨，波澜独老成”也。鹿门谓结构裁剪，非其所长。是入阿房、建章，欲数斧斤之迹；披天吴、紫凤，强寻针线之痕。不已劳乎！

《志林》一卷，海外所作，《文钞》杂置“论”内。今别出之，其论体有与之类者，并合为一。应练既久，识力倍高，迥出诸论之上，意编纂之误耳。

名士之文，应酬易滥，由汉以来，例皆不免。昌黎之崛强，刘乂讥其谀墓得金，况他人乎？先生自言不为人作志传，此风千古无两。世传游戏翰墨，嘻骂皆文，岂知矜重乃如此。或遂谓碑志非先生所长，试读《潮州庙》《表忠观》《淮阴》诸碑，矞皇典重，讵出昌黎下哉？

**《栾城集》**

颍滨师友父兄，而为文自辟门户，无所附丽。少年《韩太尉》一书，奇伟恢弘，初无少逊，后乃敛抑融化，改为古雅淡漠之音、冲夷萧散之趣，如山水之有平远，不欲与层峦叠嶂争奇，令观者别生神解。不知者或讥其薄，或议其衰。世间学语小儿，不难承虚接响，公岂为之哉！语云：学我者拙，肖我者死。东坡尝谓“子由胜我”，正为此耳。

公立朝风节，颉颃伯氏，而品有狂、狷之分。东坡万死一生，豪放自若，公则冲夷淡漠，始终略如其文。至其壁立万仞，未尝不同也。独恨坡公羁穷潦倒，计四海知己，仅一子由，万里投荒，馀此一念，竟以术四拙计，令江水之誓与听雨之约付之来生。兄弟悲夫！录下狱纳官之疏与汝州祭葬之文，为之泫然。

**《南丰集》**

王三槐序谓南丰文似刘向，不知韩愈为何如；晦庵朱子亦以刘向比之。盖当时以直言策士，士各抒胸臆，功利名法，纷杂并进，公独称引经术，粹然一出于正，而文之疏畅，又足以达之，所以与诸子抗衡，而为一大家也。余尤爱《福州上执政书》，引经自况，而有沉挚之思、委曲之绪贯乎其间，最得汉人风旨。若掇拾经文，铺张道理，则晚宋以后，优为之，何必南丰？

《与孙司封书》《颜鲁公祠堂记》，序所云“慓鸷雄悍”者，集中少见其比，岂少壮之作，晚多自削之耶？

**《临川集》**

介甫初年刻意励行，故文特峭洁，兀奡不群，睥睨当世，成一家言。当国以后，议者蜂起，救过不遑。投老钟山，始自悔艾，而意象茶矣。其短章遒逸，一句一转，独得太史公神韵，金陵焦弱侯极称之。

志铭自庐陵后不得不推介甫。庐陵迤逦而行，介甫突兀而起。庐陵于闲冷中点染，介甫于整齐处错综。庐陵为相知者倍著精神，介甫不问何人，皆有生趣，虚实互用，变化多姿，观止矣。

# 第二章　清代后期唐宋八大家散文选本考录

## 第一节　程岩《唐宋八大家文约选》

### 一　程岩其人

程岩字巨山，号海苍，江西广信府铅山县人。生于康熙五十三年(1714)，卒于乾隆三十三年(1768)。乾隆四年(1739)进士，改庶吉士。散馆授翰林院检讨。十二年(1747)充陕西乡试正考官。十三年(1748)提督广东肇高学政，后擢广东学政。十七年(1752)擢顺天府府尹，仍留学政。十九年(1754)任满回京。二十五年(1760)擢内阁学士兼礼部侍郎衔，二十七年(1762)提督顺天学政。三十年(1765)调礼部右侍郎，仍留学政。三十一年(1766)因病乞养归里，三十三年卒于家。蒋士铨为作传，裘曰修为作墓志铭。

程氏多年担任地方学政，历官所至，以培养人才为本，其《唐宋八大家文约选》就是在肇高学政任上为培养当地人才而编。蒋士铨云：

> 公学术醇正，汲汲以培养人才为本，居官不惮劳瘁，务尽厥职。性冲和平易，不矫立岸异，而操守谨密，使人亲爱之而不可狎。在肇高任，悯士昧师承，文章浅陋，乃选先正时艺一帙曰《文辙》，又评骘八家古文，刊给诸生，俾知取法。试日口授指画，至吻燥不倦。以是庚午乡举，肇高所属得廿馀人。继此领解首、官翰林者勃然蜂起，为向所未有。①

程岩《唐宋八大家文约序》亦云："余选《文辙》上下集合二百篇，详注而切言之，俾诸生知时文之道，悉本于古文。既又思诸生之于古文，虽复家有其书，而恐未窥其堂户，欲以指画授诸生，而试事稠叠，亦不暇博取。偶携书案间时选唐宋八大家文一二本，随手点定，凡八十有四篇。"据《国史馆本传》，肇高学政辖肇庆府、高州府、雷州府、廉州府、琼州府和罗定州，共五府一州。《唐宋八大家古文约选》系程岩为肇高属地的"诸生"举业而编，与其业已选定的时文选本《文辙》构成了姊妹编。作为当地学政，程岩不仅亲自编写教材，还"口授指画，至吻燥不倦"，这种作为举业师和地方学政的双重身份给《唐宋八大家古文约选》带来了此前举业古文读本所没有的新元素。

## 二 实物鉴定

湖北省图书馆所见程岩《唐宋八大家文约选》不分卷，乾隆十三年(1748)存真堂刻本(索书号:集三 808)，四册。半叶九行二十五字，左右双边，白口，无鱼尾，无界行。版框 178×111 毫米。内封题"唐宋八大家文约选，肇高督学使者程评点，存真堂藏板，乾隆戊辰冬刻"。正文首页无标题。版心题"唐宋八大家约选，昌黎，一，五箴，一，存真堂"，每叶书口下皆镌"存真堂"三字。全书

---

① 《清代传记丛刊》第 145 册，台北明文书局 1986 年版，第 292 页。

结构依次为内封、程岩序、《唐宋八大家文约选目录》，然后是正文。程岩序署“乾隆十三年岁次戊辰季冬月中浣，肇高等处督学使者程巖书于端州公署”，下镌“鹅湖程岩”阴文方印、“巨山程海苍”阳文方印。内封所署日期与程序署期及蒋士铨《传》所记相合；全书讳“玄”字，亦讳“弘”字，如苏洵《史论》末批“弘”字缺笔。凡此数端可证此本确系乾隆十三年(1748)初刻本。见图 2-1-1 和图 10。

## 三　体例特征

程氏选本的体例十分简易。全书只有一个总目录，依次列明作家及篇名，不以文体分类，也不列卷次。各家文章以韩愈、柳宗元、欧阳修、苏洵、苏轼、苏辙、曾巩、王安石的顺序依次排列，各家首页无标题加以区分，例如正文第一页为韩愈文首页，首行即列篇名“五箴(并序)”。但是，全书连续编排页码，八大家的先后座次清晰可见。各页版心均自上而下依次列明书名、作家、全书总页码、本页篇名及页码、

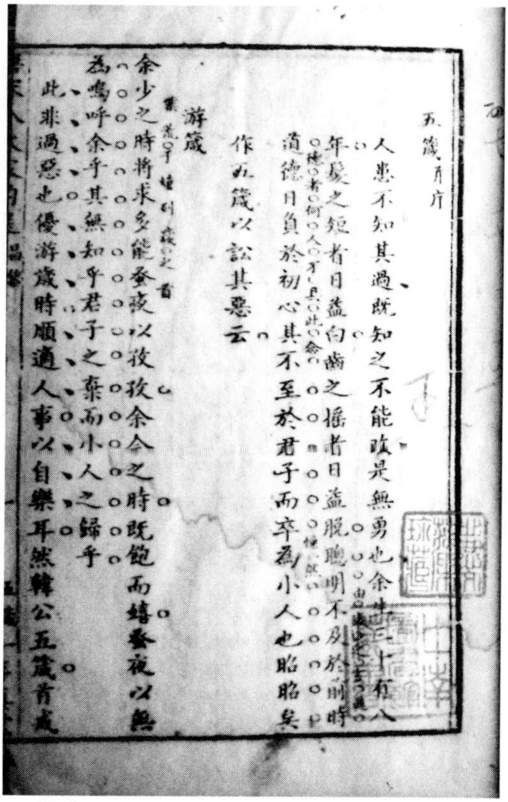
五箴并序
人患不知其過既知之不能改是無勇也余生三十有八
年髮之短者日益白齒之搖者日益脫聰明不及於前時
道德日負於初心其不至於君子而卒為小人也昭昭矣
作五箴以訟其惡云
游箴
余少之時將求多能蚤夜以孜孜余今之時既飽而嬉蚤夜以無
為嗚呼余乎其無知乎君子之棄而小人之歸乎
此非過惡也優游箴時順適人事以自樂耳然韓公五箴首戒

图 2-1-1　程岩《唐宋八大家文约选》卷首

乾隆十三年(1748)存真堂刻本

书坊名，例如，第一百八十五页版心题“唐宋八大家约选，颍滨，百八五，快哉亭记二，存真堂”，这样，此页所选何人，作品何名，全书所在第几页，本篇所在第几页，以及书名及坊名如何，皆一一列清。因而，体例虽然简易，信息却很全面，并不影响读者的检阅。

这种简易而实用的体例，吕留良的选本已开其端。吕留良《八家古文精选》系为家塾教学而编，但求实用，不求体面，自在情理之中。程氏选本的追求简明实用，当与其上任伊始急于造士有关。程岩于乾隆十三年(1748)八月抵肇高学政任，九月即上书乾隆皇帝说:“岁科二试，通历五府一州，见风俗尚属简朴，士气犹近质实。雷、琼二府远处天末，读书士子虽有僻陋之弊，已无嚣陵之习。”①一月之间，已“通历五府一州”，访得士习利弊得失，其不惮劳瘁、急于造士的心情可见一斑。《唐宋八大家文约选》成书于“季冬月中浣”，即十二月中旬，距其到任仅四个月，而且此前还完成了时文选本《文辙》的编评，加之“试事稠叠”，其编评此书的急迫和仓促不言而喻。由此可以大致了解其简易体例的成因。

## 四 选文规模和宗旨

乾隆十三年(1748)存真堂刻本共选文85篇，其中韩愈23篇，柳宗元13篇，欧阳修10篇(含书尾所附补编1篇)，苏洵10篇，苏轼12篇，苏辙9篇，曾巩4篇，王安石4篇。

其选文宗旨，可以概括为三个方面。

### (一)便于初学者

程氏曾自言:“吾兹集之选，非为成学治古文者习之，为初学也。”(韩愈《张中丞传后序》)通观全书，此言属实。全书选文仅85篇，每家平均不足11篇，在我所经眼的唐宋八大家选本中选文最少。所选篇目大都为中短篇，历来为选家热衷的欧阳修、苏轼、王

---

① 李桓:《国朝耆献类征初编》卷八十六，《清代传记丛刊》第145册，第283页。

安石等人的上皇帝书等洋洋大篇皆不入选。选篇少而且篇幅短，处处为“初学”着想。

**（二）便于劝学者**

举业者耗敝精神于时文，以应有司之选，对于古文则束书不观，游谈无根，是八股取士制度下的通弊。数百年来，有识之士不断呼吁要以古文为根基，从古文中汲取写作时文的有益资源，但在广东的肇、高、雷、琼、廉等边远地区，这样的观念尚未深入人心，“士昧师承，文章浅陋”的现象仍然普遍存在。程岩到任伊始，即以学政之尊为士林之师，竭力向当地士子灌输“古文之道不异于时文”的思想，因而其选本倾向于选那些章法机调与时文切近，能够证明“古文之道不异于时文”的篇目，从而达到鼓励士子学习古文的目的。可以说，其选本的主要目的不在于“教”，而在于“劝”。透过其评点，可以更深切地感受到这一点。例如，其评韩愈《衢州徐偃王庙碑》云：“开头请一陪客，是绝妙生发。做一段徐偃王，做一段衢州徐偃王庙，再做一段衢州徐偃王庙碑。逐字装连，逐层做去。古文之题与古文之法，有异于时文否欤？诸生欲读上好时文，此其选矣。”评欧阳修《有美堂记》云：“竟拈题中一字作文，此真与时文书题无异矣。看其点题法、反面做、正面做法，美字有陪衬，有词采，有收束，层层脱卸，层层包裹，入之制举义中，亦是一篇玉茗堂文字。尚谓古人远人耶？”汤显祖是制艺名家，“玉茗堂文字”即指其所作时文。由此数例不难看出，程岩反复向读者申明古文与时文无异，学点古文对写作时文大有好处，其劝学苦心洋溢楮墨间。

**（三）便于饬行者**

“司衡文”与“饬士行”是地方学政的两大职责，其《唐宋八大家文约选》即有溢出举业之外，专为“饬士行”而选者，如此书开篇即选韩愈《五箴》，而《五箴》这样的韵文与时文悬隔太大，多为举业读本所不选。程岩自言其选入的意图云：“韩以上《五箴》，登之篇首，各缀数言，俾诸生以韩公为师，庶有益也。”（《知名箴》末批）曾巩《列女传目录序》“士之苟于自恕，顾利冒取，而不知反己者，往往以家自累故也”句旁批云：“诸生读之，人人猛省。”可见，其选文不仅考虑是否有利于初学和劝学，还考虑是否有利于教化士人，端正士风。这是其特定身份的必然要求，也将其选文宗旨与其他举业读本分别开来。

## 五　评点特色

### （一）以阐明“古文之道不异于时文”为中心

关于此本的评点，程氏自评云：“总挈其纲领，细疏其笔法，条分缕析，各就部署，潆洄绾结，不失自然。俾成学治古文者观之，无改于素；而专攻制举之业、欲精其艺以应有司之选者，亦于是乎取之，使知古文之道不异于时文。”（序）其末批“总挈其纲领”，正文行间夹批“细疏其笔法”，眉批则“条分缕析，各就部署”，即于相应段落析明段意。“笔法”包括字法、句法、章法，如韩愈《潮州刺史谢上表》“四海之内，莫不臣妾”旁批评句法云：“此下称述功德，多用四字句，如古诗古谣，一气累数十句，而气愈逸，笔愈健，是何等家数！”苏轼《韩非论》“仁义之道，起于夫妇”旁批评章法云：“此等空举法，是苏家独步。作时文人得其一二，能使平实之笔忽松忽活，此圣药也。”不过，这样的评点体例在唐宋八大家选本的评点中十分常见，算不上特色。其特色在于评点内容紧紧围绕“使知古文之道不异于时文”一项展开。“古文之道不异于时文”，或者说“文章之道古与今合”，是说古文与时文虽然文体不同，但就“文章之道”而言却有相通之处，“古文之道”完全可以用于时文写作。程氏评点的中心就是在唐宋八大家古文中寻找与时文共通的“文章之道”，从而打通古文与时文之间的壁垒，以便于举业者将“古文之道”应用于时文写作，在科举中拔出众人，而这一点正是地方学政的职责所系。其序又云：“薄俗之士，知相与尊之为古文，而及其自为制科之文，则遂噤口闭目，摇手掉头，而誓不敢学，是可叹也。"其评点倾力解决的正是时古悬隔这样一个突出问题。

为此程氏评点经常从八大家古文中总结出适用于时文的"文章之道"。例如，其评韩愈《原人》云："此所谓三才三极之理，以人统物，不闻圣人言四才四极也。理极寻常，却以奇笔出之，妙甚。凡行文，理欲正而笔欲奇，理欲常而话欲颖。以此推之，一以类万。不晓此诀，理题入手，如食木札矣。"先指出《原人》一文"理极寻常，却以奇笔出之"，接着总结出"理欲正而笔欲奇，理欲常而话欲颖"这一适用于时文写作的重要原则。八股文系代圣贤立言，只需阐扬经义，不必标新立异，但是结构要奇，话头要新，才能拔出众人，脱颖而出。关于此点，其评苏轼《留侯论》又云："凡所谓翻案文字者，他人见浅，我独见深，而立论以破之，使千年沿误至此革除，是谓圣贤之功臣、英雄之耳目，故足贵也。若惟务惊人，故作新论，开罪名教，如明人郭子章之《管蔡论》古文，项煜之《周公使管叔监殷》时文，皆聋盲之徒，犯不赦之罪，其可为耶？作文人不翻不快，而必慎其所为翻者，故并言之。"就不同的文章对相同的话题作了深度的规律性总结，使读者对"理欲常"这句话有了更全面和准确的理解：理并非一定要常，但翻新一定要慎重。

这些"文章之道"固然由八大家古文得出，但最后仍然心心念念、密密麻麻地落在时文上。例如，其评柳宗元《驳复仇议》云：

> 此时文辨难攻击题体式也。凡攻击题，必先提清所议一事，便可发论攻击。玩是提清事由，以下必须立案。其立案之法，或引经语，或援事例，或自立正论，必须坚确贴切，不得支离浮泛。立案已定，以后便可放手攻击。其攻击之法，不以类拘，而其最妙者，莫如夹击。至夹击之法，或两面对垒，不分胜败，而兵自有客主，如此篇是也。更有用三驷法：弱者出战，强者为继，以浅一层入而深一层破之。又有用叠阵法：

> 浅一层入而深一层破之，深一层入而又深一层破之。又更有用荡军法：中军严兵戒斗，而用游骑偏师制胜，以深一层入而翻浅一层以破之。而攻击之法备矣。总而论之，未有孤军能胜者，必有借力助斗之兵。变化虽多，要之均不出于合战、夹击而已。合战既胜，便可收局，视通篇之文势以为补裁，无难事矣。此文百法具备，诸生取而读之，更以《文辙》中所选议论攻击题一类参之，有何时文古文之别乎？

三百余字的末批，不啻一篇关于攻击题攻击法的专论。这些攻击法虽然从柳宗元《驳复仇议》一文总结而来，最终还是为时文写作服务，并由此例证并无“时文古文之别”。程评评点，大抵如此。

唐宋八大家选本大都为举业而设，为时文而评点古文并不稀奇，但如此密集、贴切、深入、专注、系统地阐发古文与时文共通的“文章之道”，却绝无仅有。其评韩愈《与孟尚书书》云：“此等章法，又整又变，乃如天造地设。为诸生指而言之，此为强古人之文以就我说否耶？读古人之文，特恨明眼人不多得耳。”隐然以“明眼人”自居，并非大言欺人。其评点谨密周详，热诚恳挚，苦口婆心，娓娓不倦，论古文与时文共通的“文章之道”，多有发明，确有眼明心细、卓然自立处。

**（二）既指示作文法，又指示读文法**

程氏评点的另一个特色是评论八大家文章外，又指示作文法。例如，其评苏轼《代张方平谏用兵书》云：“作长文须大间架，看此篇有头、有脚、有上停、有中停、有下停，其中筋脉贯联，转折灵动。二三千言文字尚如此，能熟读之，时文止数百字，何患章法不贯耶？”同时又指示读文法。例如，其评韩愈《送郑尚书序》云：“凡读文，须识其所以作文之意。工部尚书郑权，多蓄姬妾。家贫不能给，因郑注以通贿于王守澄，得岭南节度使。此事举朝知之，韩公独不知耶？篇中所言，悉是架空文字。言其体统之尊，所以愧之；言其责任之重、机事之危，所以惕之。夫翳目捕雀，谓雀不见；掩耳盗铃，谓人不闻。贪者必昏，夫有所蔽于中也。故须当头一棒以醒之。至入后称功德，则作混语，其馀皆是讽语、反语、冷语。至今读之，犹觉字字齿寒也。"评韩愈《平淮西碑》云："如此文前有命将一段，后有战功一段，皆须以地形细细较之，方有益。"评韩愈《原道》云："凡观先儒大贤之言，如对严师，心所不安，正自不妨质疑。雷同附和，非所以为诚也。"评韩愈《答崔立之书》云："此与太史公《报任安书》，真如一手。当置之案头，日诵百回，常觉有雄辞灏气在喉间欲吐。久之，即真到笔下滚出。好学者试之。"其评苏辙《臣事策八》云："不问何等人，能将此等文日诵数十过，便有生气从十指间拂拂而出，此异宝也。岂无英隽之士，为我诵之者乎？"论读文之法，或揣意，或求实，或质疑，或熟诵，一一指点，不厌其烦，如慈父之于子女，其汲汲劝学之意，颇有令人感动处。

## 六　乾隆时期明经堂重刻本

江西省图藏程岩《唐宋八大家古文正矩》四卷，清明经堂刻本（索书号：22896），四册。上下双栏，上栏镌评，下栏正文。下栏半叶八行二十二字。四周单边，上黑口，单黑鱼尾，无界行。版框164×110毫米，书247×154毫米。内封题"精选唐宋八大家古文正矩，金坛王罕皆原选，铅山程海苍手评，明经堂重镌"，版心题"古文正矩，卷一，昌黎，五箴，一"，卷首题"五箴（并序）"。其评点样式及内容一如乾隆十三年（1748）存真堂刻本。全书结构依次为内封、王步青序、程岩序、唐宋八大家古文正矩目录，然后是正文。王步青序署"金坛罕皆王步青撰"，程岩序署"铅山程岩海沧氏撰"，均不具日月。

此书正文所收篇目及各篇评点与乾隆十三年存真堂本完全相同，实系存真堂本的重刻本。其不同之处在于以下三点：第一，将原《唐宋八大家文约选》易名为《精选唐宋八大家古文正矩》，易名之处包括内封和各页版心。至于易名原因，王步青认为程氏选本于文章之法"独得其正"（序）。第二，在目录和正文中将全书分为四卷，卷一为韩愈文，卷二为柳宗元文、欧阳修文，卷三为苏洵、苏轼文，卷四为苏辙、曾巩、王安石文及欧阳修补编一篇。正文版心鱼尾下标注卷次，但各卷首页仍无卷首。第三，排版更加疏朗，存真堂本下栏正文九行二十五字，而此本八行二十二字。除此之外，正文及各处评点一尊存真堂本。

此重刻本开卷有王步青序。王步青（1672—1751），字罕皆，号己山，江苏镇江府金坛县人。50岁以前授徒为生，操时文选政二十余年，有盛名于时。雍正元年（1723）进士，选庶吉士。散馆授翰林院检讨。越二年因疾告假归里，仍操旧业，一度执教维扬书院。一生选篇制艺数十种，著有《己山先生文集》。事迹见从孙王廷琬所作《家传》及陈弘谋《王检讨己山先生传》，附于《己山先生文集》卷首，今收于《四库全书存目丛书》集第273册。江西省图藏明经堂所刻程岩《精选唐宋八大家古文正矩》无序刻年月，但从王步青去世于乾隆十六年（1751）这一点来看，此书必成书于乾隆十三年至十六年间。见图2-1-2和图11。

此本卷首所载王步青序云：

> 刘彦和曰："独照之匠，窥意象而运斤，此盖御文之首术，谋篇之大端。"又曰："圆者规体，其势也自转；方者矩形，其势也自安。"文章之体，如斯而已。是所构者虽殊情异态，而运意象于规矩之中，一也。故纯粹者入矩，踳驳者出规。如唐宋诸大家，作为文章，各极其致，要皆本之经术，参之《左》《史》《庄》《骚》等书，以旁推而交通之，然后外文绮交，内义脉注。引而伸之，则两句敷为一章；约以贯之，则一章删成两句。夫岂无师法掉以轻心者所能至哉？

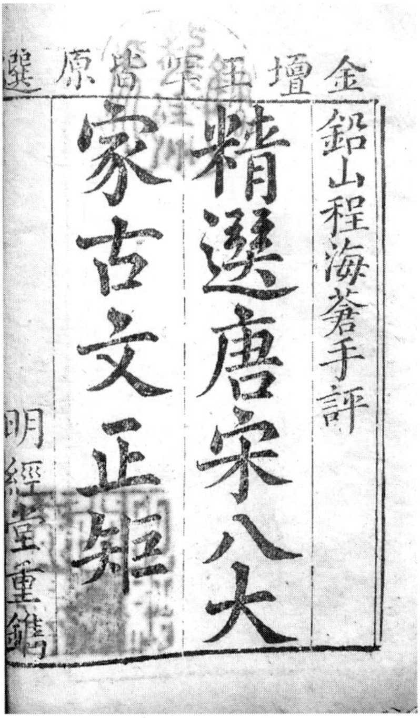


图 2-1-2　程岩《唐宋八大家古文正矩》内封
清明经堂刻本

自归安茅氏以韩柳八家为古文之宗，后学靡不垂髫受读，及搦管为文，求其不悖绳墨者，不数数观也。铅山程海沧太史，取八家之文，凡若干首，总挈其纲领，细疏其笔法，一字一句之中綮肯者，亦缕晰而示之，使习举子业者，知古文与时文原无异径。诚求之篇章字句之间，得古人曲直方圆之法，将见篇之彪炳，章无疵也；章之明靡，句无玷也；句之精英，字不妄也。代圣贤立言之道不外是，即应有司之选者亦不外是。导引后学者深矣。至神明于规矩之中，变化于规矩之外，则又俟乎其人之自至焉耳。颜之曰《正矩》，以文章之法，是集独得其正云。金坛王罕皆王步青撰。

## 七　序跋选录

兹据湖北省图藏乾隆十三年(1748)存真堂刻本录入程岩序。

**程岩《唐宋八大家文约选序》**

今人与古人一也。在家思孝，涖官思忠，言思信，行思敬。不得谓古人之所为，为吾之所不能为，则今人之文与古人之文亦一也。根于性而为理，举于心而为意，矢于口而为言，借书于手而成文，其极一致焉。亦不得谓古人之所为者，为吾之所不能为也。而卑靡者汩之，华巧者乱之，非其本矣。夫六经，圣人之所创也，后世无及焉。自此而下，明道经世之言，贤人之著述，可学而几。若仅取诸唐宋以来如韩欧诸子之所作，尤其近情而可师者也。薄俗之士，知相与尊之为古文，而及其自为制科之文，则遂噤口闭目，摇手掉头，而誓不敢学。是可叹也。

余选《文辙》上下集，合二百篇，详注而切言之，俾诸生知时文之道，悉本于古文。既又思诸生之于古文，虽复家有其书，而恐未窥其堂户，欲以指画授诸生，而试事稠叠，亦不暇博取。偶携书案间时选唐宋八大家文一二本，随手点定，凡八十有四篇，为之总挈其纲领，细疏其笔法，条分缕析，各就部署，潆洄绾结，不失自然。俾成学治古文者观之，无改于素，而专攻制举之业欲精其艺以应有司之选者，亦于是乎取之，使知古文之道不异于时文。读兹集者，知文章之道古与今合，而返求之身，其于人亦庶几矣。点次既定，颜曰《八家约选》。虽篇目至隘，然于古人之文，特以隅举，读者当不厌其略焉。乾隆十三年岁次戊辰季冬月中浣，肇高等处督学使者程岩书于端州公署。

## 第二节 沈德潜《唐宋八家文读本》

### 一 沈德潜其人

沈德潜字确士，号归愚，江苏苏州府长洲县人。生于康熙十二年(1673)，卒于乾隆三十四年(1769)。乾隆四年(1739)进士，选翰林院庶吉士，时年六十有七。散馆授编修。官至内阁学士兼礼部侍郎。乾隆十四年(1749)致仕，家居20年而卒，享年97岁。彭启丰为作《墓志铭》，袁枚为作《神道碑》。著有《归愚诗钞》《归愚文钞》等。生平事迹见自订《年谱》、《清史列传》卷十九、《国朝耆献类征初编》卷八十四等。

沈德潜以诗受乾隆皇帝知遇，往来赓和，多称上旨。乾隆皇帝先后赐诗40余首。十六年(1751)南巡时所赐诗有"玉皇案吏今烟客,天子门生更故人。别后诗裁经细检,当前民瘼听频陈"之句,[①]可见其于赓和对答间时陈民间疾苦。彭启丰亦云:"公既以诗受上知,其所奏进,陈善纳忠,往往能继古《泂酌》《卷阿》之作者。其于闾阎息耗,四方水旱,归本宸居,责成牧守补救之实,壹见于诗,反复尽意,不苟为虚美。"[②]君臣相得,堪称佳话。袁枚感叹说,"诗人遭际,至于如此,盛矣哉!古未尝有也。"[③]并非过言。

有道是"久亲必疏,久荣必辱",君臣之际,尤其难逃此运。乾隆二十六年(1761),沈德潜呈览《国朝诗别裁集》,乾隆皇帝大为不悦,痛斥其以钱谦益冠首、慎郡王诗称名等舛误,命南书房删改重刻,并亲自作序,加以驳正。[④] 三十四年(1769)八月又命两江总督高晋搜查沈德潜家,以验其是否藏有钱谦益《牧斋初学集》,直到九月沈德潜去世,才算罢休。四十三年(1778),江南东台县已故举人徐述夔所著《一柱楼集》有违碍语,为县民告发,而此集所载沈德潜序称赞徐氏品行文章皆可为法。乾隆皇帝龙颜大怒,对已去世十年的沈德潜大加挞伐:

> 沈德潜于徐述夔悖逆不法诗句,皆曾阅看,并不切齿痛恨,转为之记述流传,尚得谓有人心者乎?沈德潜自中式进士及选入翰林,时朕因其平日学问尚好,格外施恩,又念其留心诗学,且怜其晚成,是以不数年间擢为卿贰,又令在尚书房行走。而伊自服官以来,不过旅进旅退,毫无建白,并未为国

① 沈德潜:《沈归愚诗文全集》卷首《自订年谱》,《清代诗文集汇编》第234册,上海古籍出版社2010年版,第23页。

② 彭启丰:《芝庭先生集》卷十三《沈文悫公墓志铭》,《清代诗文集汇编》第296册,第577页。

③ 袁枚:《小仓山房文集》卷三《沈文悫公神道碑》,《丛书集成三编》第56册,台北新文丰出版公司1996年版,第377页。

④ 参见沈德潜:《国朝诗别裁集》,乾隆二十六年(1761)翰林院删订重刻本。

> 丝毫出力，众所共知。及乞休后，给尚书衔，晋赠太子太傅，并予在籍食俸，恩施至为优渥。沈德潜理宜饬躬安分，谨慎自持，乃竟敢视悖逆为泛常，为之揄扬颂美，实属昧良负恩。且伊为徐述夔作传，自系贪图润笔，为囊橐计。其卑污无耻，尤为玷辱缙绅。使其身尚在，虽不至与徐述夔同科，亦当重治其罪。①

以“昧良负恩”“卑污无耻”“毫无建白”这样极端的措辞将沈德潜人品事业一笔抹倒，又追夺其阶衔祠谥，仆其墓碑。荣辱之来，真如白云苍狗，变幻莫测。

沈德潜晚达，为官只有十年。其一生事业主要不在于为官期间的“建白”，而在于80年间的造就人才。沈德潜继承父业，以教授生徒为生，11岁即代父授徒，后来辗转各地坐馆，67岁考中进士后才结束授徒生涯。77岁致仕之后，应江苏巡抚王师之邀主掌苏州紫阳书院，长达十余年。其间造就人才甚众。其自订《年谱》一一记载门生及紫阳书院生徒登科者姓名。兹据《年谱》分列于下：

**表12　沈德潜门生科第年表**

| 科阶 | 科　年 | 姓　　名 |
| --- | --- | --- |
| 进士（14人） | 乾隆二年（1737）丁巳恩科 | 王其章（乾隆元年举人）、温葆经（雍正十年举人） |
| | 乾隆十年（1745）乙丑科 | 顾灦、高玉驹 |
| | 乾隆十六年（1751）进士辛未科 | 蒋㩦（乾隆十五年举人） |
| | 乾隆十九年（1754）甲戌科 | 王鸣盛、钱大昕（乾隆十六年南巡钦赐举人）、王昶、钱策（乾隆十八年举人）、汪存宽（乾隆十二年举人）、危映奎 |
| | 乾隆二十二年（1757）丁丑科 | 陈诠 |
| | 乾隆二十五年（1760）庚辰科 | 毕沅、金士松（乾隆二十四年举人） |

① 《清史列传》卷十九，《清代传记丛刊》第98册，第296页。

续表

| 科阶 | 科　年 | 姓　　名 |
|---|---|---|
| 举人（16人） | 雍正十年（1732） | 谢于蕃、金焘、彭廷抡 |
| | 雍正十三年（1735） | 干令仪 |
| | 乾隆六年（1741） | 凌钧（来吉）、王庄阅、李绳（勉百） |
| | 乾隆九年（1744） | 薛观光（南闱解元） |
| | 乾隆十二年（1747） | 王世琪 |
| | 乾隆十五年（1750） | 时敷五（长洲人）、吴翀（吴县人）、张宏燧（青浦人）、申世铣 |
| | 乾隆十六年（1751）南巡钦赐 | 褚寅亮 |
| | 乾隆二十二年（1757）南巡钦赐 | 吴宽 |
| | 乾隆二十五年（1760）举人 | 陈庸 |

**表 13　沈德潜掌教期间紫阳书院生徒中举年表（1751—1765）**

| 科　年 | 姓　　名 | 人数统计 |
|---|---|---|
| 乾隆十七年（1752） | 吴闻（昌宗）、朱挺、徐伸、顾祁 | 4 |
| 乾隆十八年（1753） | 华封祝、陈汝薪、陈王宾、刘慧远、顾颢遇① | 5 |
| 乾隆二十一年（1756） | 司马梦祥、袁钰、潘凯、徐作梅、张光焯 | 5 |
| 乾隆二十二年（1757）南巡钦赐 | 王昶、曹仁虎、吴省钦、褚廷璋、徐曰琏、韦谦恒 | 6 |
| 乾隆二十四年（1759） | 陆锡荣、吴鼎科、邓安道、费弘勋 | 4 |
| 乾隆二十五年（1760） | 唐琪、潘瑛、邱季思、薛起凤、陈师集、陈初哲、沈士骏、蔡大镛、段玉裁、陈基德、汪为善 | 11 |
| 乾隆三十年（1765）举人 | 沈鐄、蒋麟书、徐藻、周梦棠、周赞、魏模、王莘槐、佚名②、韩畅、张埙、李世枢、沈大中、沈杲之、褚超、顾何昌 | 15 |

① 沈德潜自订《年谱·乾隆十八年》所记书院中中举者尚有钱策，十九年（1754）钱策中进士，是年所记为“门生”，兹据此列入门生。

② 沈德潜自订《年谱·乾隆三十年》自云中式八人，只有七人姓名，当漏录一人。

沈德潜门生共有进士14人，举人16人，其掌教期间紫阳书院生徒中举者共50人，两项共计80人，其中不乏钱大昕、段玉裁、毕沅、王鸣盛、王昶这样的名流。乾隆十五年（1750），其门生中举人者多达五人，十九年（1754）甲戌科中进士者多达六人①。二十二年（1757），乾隆皇帝南巡，召试古学，钦赐七名举人，其中六名为紫阳书院生徒，一名为沈德潜门生。由此可见沈德潜"天子门生更故人"这一特殊身份的巨大影响。难怪乾隆二十二年85岁高龄的沈德潜欲辞去紫阳书院掌教时，书院生徒及当地官员苦苦相留，谓其"为国作人，即是文章报国，此正公之素心"（《年谱》）。苏州紫阳书院系康熙五十三年（1714）张伯行捐俸所建，至沈德潜掌教，盛极一时；乾隆三十年（1765）中举者竟有15人之多，可谓盛事。

## 二 编刻始末

沈德潜26岁时师从叶燮学诗，此后论诗主格调说，编有《古诗源》《唐诗别裁集》《明诗别裁集》《国朝诗别裁集》等，以诗人为世称许。实际上，沈德潜一生的主要精力放在教授生徒举业上，他本人又有17次参加乡试的经历，揣摩时文和古文正是他的本业，其在时文和古文的写作上也有不凡的成就。沈德潜44岁时曾刻《归愚四书文》，89岁选刻《紫阳书院课艺》，其时文稿还曾经皇帝御览。沈德潜少时的理想是"结撰古文"，46岁曾作古文六十余篇，50岁刻成《古文稿》，73岁刻成《续古文稿》。

沈德潜18岁时，"时文、八家间读"；65岁，"馆旧徒蒋子宣重光家，批唐宋八家文选"，时在乾隆二年（1737）。乾隆六年（1741）在翰林院期间，又"续批八家文百馀篇"，并删定为30卷，是时其妾陈氏随宦在京。乾隆十四年（1749）致仕回苏州家居时，其门人

---

① 按，其中危映奎系其乾隆八年（1743）为湖北乡试正主考时所录取的举人。

顾禄百及原四川保宁知府陆锦“斟酌参订”，共襄此事。[①] 乾隆十五年(1750)，沈德潜所作《唐宋八家文读本凡例》云：

> 是编为少时所读，随手点定，共书二十四卷。雍正乙卯携之京师，又增八卷，评点略有更易。乾隆己未复之京师，又删去二卷。己巳归吴，顾子禄百见之，谓是书简而明，可以问世。惜乎锓版多费，未能也。与陆太守闇亭商之，闇亭捐赀，力任其事，十阅月告成。中间斟酌参订，两君为将伯之助云。

袁枚说：“苏州顾禄百，张匠门先生外孙也。晚年不遇，为归愚先生权记室。凡先生酬应之作，皆顾捉刀。”[②]沈德潜《挽顾禄百》云：“少年依外祖，廿载住都门。同辈南皮俊，追从北海鲲。文场经屡挫，家训守独惇。反璞还乡国，耕锄道自尊。”[③]由此可见其大致生平。陆闇亭，即陆锦，江苏长洲人，江南岁贡，雍正四年(1726)任四川嘉定州知州，雍正七年(1729)任四川保宁府知府。[④] 关于其出资刻《唐宋八家文读本》事，沈德潜门生汪美基回忆说：“保宁太守陆闇亭公少游韩文懿公慕庐先生之门，一麾出守巴蜀，以经术饰吏治。归田林下，见吾师沈文悫公师愚先生所选唐宋八家文课本，捐赀付梓。”[⑤]汪美基作序的嘉庆十八年(1813)刻本内封即镌“沈归愚先生原选，陆闇亭、顾禄百编次”，可见二人为力甚多。

关于《唐宋八家文读本》的刻成年月，沈德潜乾隆十五年仲冬序称“十阅月告成”，而其自订《年谱·乾隆十七年》则云：“先是保

---

① 沈德潜：《沈归愚诗文全集》卷首《年谱》，《清代诗文集汇编》第234册。

② 袁枚：《随园诗话》卷十，人民文学出版社1982年版，第331页。

③ 沈德潜：《归愚诗钞馀集》卷十，《续修四库全书》第1424册，上海古籍出版社2002年版，第530页。

④ 张晋生等：《四川通志》卷三十一《景印文渊阁四库全书》第560册，第671、688页。

⑤ 汪美基：《唐宋八家文读本序》，沈德潜《唐宋八家文读本》卷首，嘉庆十八年(1813)刻本序。

宁太守陆閬亭镌予批选唐宋八家文，至是五月告成。”两处不合。大概十五年作序时正准备刊刻，或尚未刻毕，后因事搁置，序所谓“十阅月告成”乃预期之事。《年谱》自订于乾隆三十年(1765)，更为可靠。准此可以认为，沈德潜《唐宋八家文读本》30卷，刻成于乾隆十七年(1752)五月，而不是乾隆十五年十一月。

## 三　实物鉴定

江西省图书馆所见沈德潜《唐宋八家文读本》三十卷，乾隆十七年(1752)陆锦小郁林初刻本(索书号:63390)。十二册。半叶十行二十字，左右双边，白口，单黑鱼尾，无界行。版框151×113毫米，书261×163毫米。内封题“唐宋八家文读本，长洲沈碻士评点，小郁林藏板”，右下钤“徽州府城察院前启圣堂书坊”长方朱印。卷首题“唐宋八家文读本卷一，韩愈退之著，后学沈德潜确士评点”，版心题“唐宋八家文读本，卷一，一，昌黎，咸怀”。版心下端多有刻工名，如卷一“咸怀”“长仁”“省南”“汉爵”“灿行”“茂生”“维新”等。正文有圈点、行间夹批、末批，眉上镌评。全书结构依次为内封、沈德潜序、沈德潜凡例十则、唐宋八家文读本目录、唐宋八家文读本卷一。沈序署“乾隆十五年岁次庚午仲冬月，长洲后学沈德潜撰”。八大家连续立卷，其座次为韩愈、柳宗元、欧阳修、苏洵、苏轼、苏辙、曾巩、王安石。

此书为陆锦出资刊刻，版权归陆锦所有。“小郁林”即陆锦致仕后在苏州宝成仓对河所建的私家庄园，又称涉园，后改偶园。①内封钤印说明此书虽然刻于苏州，但其售出则在安徽徽州府城察院前启圣堂书坊。此后60年，才有汪美基、陆云洲嘉庆十八年(1813)重刻本。此为沈德潜生前初刻本，刻印精良，内容完整，刻于何地，售于何坊，标志显然，凿凿无疑，弥足珍贵。见图2-2-1

① 同治《苏州府志》卷四十六，《中国地方志集成》江苏第8册，第382页。

和图 12。

## 四　选文规模和标准

全书 30 卷，共选文 379 篇。其中韩愈 6 卷（卷一至六），94 篇；柳宗元 3 卷（卷七至九），49 篇；欧阳修 5 卷（卷十至十四），63 篇；苏洵 3 卷（卷十五至十七），33 篇；苏轼 7 卷（卷十八至二十四），75 篇；苏辙 2 卷（卷二十五至二十六），22 篇；曾巩 2 卷（卷二十七至二十八），20 篇；王安石 2 卷（卷二十九至三十），23 篇。

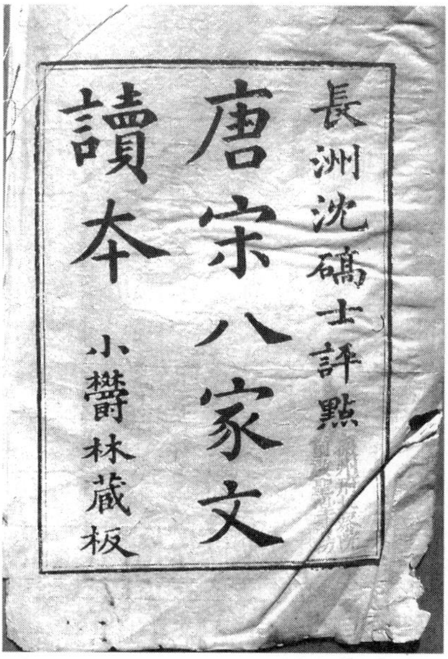

图 2-2-1　沈德潜《唐宋八家文读本》内封
乾隆十七年（1752）陆锦小郁林刻本

关于其选文标准，沈德潜说：“文不嫌于熟，然太熟而薄，则不能味美于回。昌黎如《与张仆射书》《与李秀才书》《送何坚序》之类，庐陵如《醉翁亭记》，东坡如《喜雨亭记》之类，编中汰之，嫌其熟，实嫌其薄也。若昌黎《上丁襄阳书》、后二次《上宰相书》《与陈给事书》《代张籍与浙东书》之类，此又因其推挫浩然之气，当分别观之。”由此可见其选文弃薄取厚、弃卑取高的基本倾向。

欧阳修《醉翁亭记》与《丰乐亭记》皆作于滁州任上，但沈德潜独取《丰乐亭记》，而弃选《醉翁亭记》。在他看来，《丰乐亭记》“记一亭，而由唐及宋，上下数百年之治乱，群雄真主之废兴，一一在目，何等识力！中间休养生息一段，见仁宗之滋培元气，养以雨风，子孙不用更张，隐然言外。”（卷十二）与此不同，《醉翁亭记》不过写环滁山水及游观之乐，别无深意。可见，其所谓“薄”是指文章没有厚重的“识力”和含而不露的“言外”之意供人“味美于回”，也即在命意上过于单薄。通观全书，其选文很看重一个“厚”字。例如，他认为柳宗元《陆文通先生墓表》（卷九）、王安石《桂州新城记》（卷三十）“醇厚”，欧阳修《吉州学记》“浑厚”（卷十二），曾巩《福州上执政书》“深厚”（卷二十七），可见“厚”字在他眼中的分量。

对于韩愈的三上宰相书，沈德潜只取第一篇，而弃取后两篇。关于其原因，他解释说：“二篇陈情以感之，故情隘辞蹙；三篇直辞以折之，故声色近厉。文极变态，而身分不无太贬矣，所以独存首篇。外间选本独去首篇，何也？”之所以“独存首篇”，是因为其“大指谓宰相宜长养教育人材，君子既抱负在己，宜出其所成就以见用于世；上不必待其自举，下亦不嫌于自进。心事如青天白日，不同于后世树私人干禄位而已也。”（卷三）也就是说，首篇不像后二篇一样仓皇失据，自贬过当，格调卑下。沈德潜论诗，独创“格调说”，在内容上主张温柔敦厚，在体格上力主取法乎上，古体法汉魏，近体宗盛唐。从审美角度看，其选文弃薄取厚、弃卑取高的倾向与其“格调说”是一致的。其选文不仅讲人格的高下，还讲体格的高下。在他看来，能追踪秦汉者方为高格。其评韩愈《送水陆军使韩侍御归治所序》云：“于篇末归美天子，又引中台士大夫公论，致不能尽用之意，有君无臣，隐然言外矣。文笔朴老，犹近西京。”（卷三）看来，此篇得以入选，正因其既有言外之旨，厚而不薄，又逼近西京，文格高古。评韩愈《为裴相公让官表》“对偶中浑浩流转，仍是汉京气味，所以独高”（卷二）。又称赞曾巩《福州上执政书》为“匡、刘遗风”，以“汉京气味”为高格。

沈德潜明确指出，《唐宋八家文读本》系为初学举业而编，因而其选文迁就举业者亦复不少。例如，其评韩愈《送齐皞下第序》云：“文之轻快流美，最利举业，而于韩文中为平调。”（卷四）评苏轼《刑赏忠厚之至论》云：“以长公之高才，欧文忠之巨眼，而闱中遇合之文圆熟流美如是，宜后世墨卷，不矜高格也。为之三叹。”

（卷二十）或为“平调”，或不入“高格”，皆不令人满意，但因其“最利举业”，还是破格选入。这说明，其选文标准游走于个人好尚与举业追求之间，颇为参差。如前所论，沈德潜《唐宋八家文读本》三十卷本是在其家塾所用二十四卷本的基础上增删而来。二十四卷本编于中进士之前坐馆期间，自然以教授生徒、有资举业为目标；而三十卷本编定于在翰林院做庶吉士期间，自然不免兼顾个人爱好。

## 五　评点特色

### （一）宽容：回护八家之短

苛评八家是八大家选坛上相沿已久的传统，大略谓八大家因文见道，醇驳互见，与宋五子相比，不得谓之醇儒，如韩愈的见道不彻、柳宗元的汩于佛氏、三苏的讲权术作用等。或上承朱熹所论而添枝加叶，或在朱熹之外另辟蹊径，以攻击八家为快事者，颇不乏人。沈德潜则以长者的宽容回护八家之短，不事苛评。他认为，八家与宋儒，譬如“春华”与“秋实”，不有春华，焉得秋实？二者各有其用，不可割裂。只有“六经四子”有醇无驳，“馀如贾、董、匡、刘、马、班，犹且醇驳相参，奈何于唐宋八家遽求其备乎？”（《唐宋八家文读本序》）他批评攻击八家者说：“今有人得八家之粗，即力攻八家之短，吾不知其何心矣。噫！”（卷十二欧阳修《记旧本韩文后》）显然认为这种“得其粗而攻其短”的人忘其得力所自来，既不够资格，也不够厚道。针对执定一端、不计其余的恶评风气，他提出了“论人当观其大”的新观点。其评曾巩《抚州颜鲁公祠堂记》云：“论人当观其大，公既为忠臣，为仁人，虽杂于神仙浮屠氏言，亦无碍，且亦不必为之讳也。近世论人者，以王文成为禅学，至比于无父无君，而其生平之忠贞义勇，俱不计焉，果足为知人论世之识也欤？”（卷二十八）大处可称，则“虽杂于神仙浮屠氏言，亦无碍”。其评八大家，正是运用了这样的眼光，所以对所谓“八家之短”多有回护。

三苏好讲权术，向来为人攻击，而沈德潜却认为臣事其君，就应当讲点“策士之术”。其评苏洵《谏论上》云：“引君当道之心，以策士之术行之，此中大有作用，不得以纵横家而少之也。明代诸臣，以直戆杀身，而于国无益者甚多，毋乃于术有未工者乎？”（卷十六）揆情酌理，出入古今，结合个人体验，不为概念所缚，乃有此高论，不觉令人吃惊。苏轼的《论养士》，大意以为“分富贵与共之，俾得自奋于功名之途，乱萌无自启也”，既讲权术作用，又引人于富贵利禄之途，显然“坏人心术”，驳而不醇，但沈德潜却很赞赏，并补充说：“唐末之黄巢，以不第而乱；明末之牛金星，以斥革乡举而归闯贼：皆处之不得其所也。柄国者尚加之意焉！”（卷二十一）他甚至认为，圣人也用权术，所谓“道之以德，齐之以礼，有耻且格”即其一端（卷十七苏洵《审势》）。其评苏轼《策略四》又例证说：“狂狷，即所谓知勇之士也。圣人以术激发之，使之踊跃奔赴，而坐收其功，正如病痿者，必振发其精神，然后可以有为也。”沈德潜生活的时代正是程朱理学昌盛的时代，而程朱理学认为圣人正大光明，不以权术奔走天下。由此可见沈德潜思想自由奔放、不为主流观念所缚的一面。

沈德潜评八大家的宽容态度不仅表现在论其“道”，也表现在论其“文”。从文章优劣评八大家，见仁见智，众说纷纭，是八大家评点中非常引人注目的一面。即使对八大家的文章，沈德潜也力避恶评，甚至对前人所指短处多有回护。例如，其评韩愈《原人》云：“东坡驳‘一视同仁’为近于墨氏，其论甚辩。然一视而同仁，体也，即‘天地万物本吾一体’也；笃近而举远，用也，即‘亲亲而仁民，仁民而爱物’也。本无罅隙可攻。”（卷一）其评韩愈《论佛骨表》云：“明儒谓其未说到论佛宗旨。当时宪宗意在祈寿，则直言事佛得祸以破其惑可矣，何暇论佛宗旨耶？言有似是而无关紧要者，此类是也。”（卷二）其评苏轼《司马温公神道碑》云：“鹿门谓子瞻不长叙事，不得太史公法门，以入手宽缓，中间夹入议论也。然此文奉诏作，则推原君德，归美先帝，乃为合格。况既有状志，事迹亦可从略，乌得以寻常法绳之?”(卷二十四)揣情度理，卓尔不群，用语简确，情感真挚。凡此均可看出，沈德潜既有宽容的态度，又有非凡的眼光，其回护八家处，力大才雄，足以拨乱反正，成一家之言。

沈德潜为人“性和厚，与人交，不为町畦之行，不为逆億；与人语，款款不为堑陗之言”[①]，堪称长者。其于八家不事苛评，固然与其不为程朱理学所缚有关，也与其谨厚老成的性格有关。

**(二)敏锐:掘发言外之意**

沈德潜既是一个长者，又是一个诗人，眼明心细，高自期许，不屑讲一些常语、套语，其评八家文章处，精见卓识，随处可见。尤为卓越者，在于以敏锐的诗人眼光发掘八家文章的言外之意。唐宋八大家皆当世名流，所作多关乎当世，不得已而用曲笔隐言者，实在不少。对其言外之意，此前评家也有零星透发，至沈德潜乃大放厥词，跨越前人。

唐人马燧、马畅父子皆有功于唐，而其后人马继祖至贫不能自存，37岁而殁，韩愈为作《殿中少监马君墓志铭》，“哭少监，并哭其父祖，将三世官位、三世交情、三世死丧，层叠传写，字字呜咽”。关于其中深意，沈德潜评云：

> 北平王燧，子畅，畅子继祖。畅为宦官窦文场所谗，畅惧进宅，废为奉诚园。白太傅诗谓“不见马家宅，今作奉诚园”是也。畅之后有流为丐者。吴融遇于敷水，作诗闵之。唐之待功臣，亦云少恩矣。**昌黎作志时，马氏已衰，文中不便说**

---

① 沈启丰:《芝庭先生集》卷十三《沈文悫公墓志铭》，《清代诗文集汇编》第296册，第576页。

明，以含蓄出之。读者须领于意言之外。（卷六）

引据史实，揭出其“不便明说”的当朝“少恩”之意，并录吴融诗云：“天地尘昏九鼎危，大貂曾出武侯师。一心忠赤山河见，百战功名日月知。旧宅已闻栽禁树，诸孙仍见丐征岐。而今不要教人识，正藉将军死斗时。”文史互证，又以诗阐文，令人信服，与一般选家的盲赞瞎评相比，真有霄壤之别。再如，柳宗元《四门助教厅壁记》卷末盛赞贞元之世“王化既成”，但在沈德潜看来却是隐言当代“人文不振”。其说曰：“博士助教之官，于道则尊，于职则散，沿至后代，比于饩羊之供矣。文中先言章志兴教之重，后言王化既成，无须教导，一时有文誉者，耻为其官，何学校之衰也。至相继得三文士，京师异之，则人文之不振可知矣。无限感慨，以回护出之，令读者隐然遇之言外。”（卷八）掘发其“言外”之意，不得不令人叹其精卓。

沈德潜对八大家文章言外之意的掘发，用力很大，创获良多。其评韩愈《送水陆军使韩侍御归治所序》云：“开营田之法而行之，前此已有成效。则八年冬入朝所奏，不过推此而广之，可以卜其兵农兼得者也。乃大臣持议不下，深为可惜。公于篇末归美天子，又引中台士大夫公论，致不能尽用之意，有君无臣，隐然言外矣。”（卷四）评欧阳修《资政殿学士户部侍郎文正范公神道碑铭》云：“公有志于平治天下，而屡起屡仆，以小人妒嫉之者众，非天子知之深，几不能保全始终矣。铭词中益露其旨，无限婉惜，无限徘徊，令读者于言外得之。”（卷十二）二文皆归美天子，而贬抑同僚，如果明言此意，则势必得罪时人，只好半吞不吐，隐然见于言外。经沈氏揭出，才豁然开朗，使读者得见其文心。评柳宗元《与萧翰林俛书》云：“仪曹得罪，为世指斥，故以思谦之相知，不敢望其显然昭雪，只云既遇遭时利物之君子，决不至弃我于一物之外，其情诚可悲也。须看其难下笔时不显言而自达之妙。”（卷七）指出柳宗元写此书时只求“不弃”，绝不敢“望其显然昭雪”，可谓如见肺腑。

唐人郑权贪贿公行，非有清节可称者，而韩愈赠序赞扬其“仁而不富”，明人王志坚以此例证韩愈“应世之圆”，[①]而沈德潜则认为“仁而不富”一语不是赞扬郑权，乃是“以廉风之”。他说：“郑权因郑注通王守澄以得节镇，非清节者。文中以廉风之，称其‘仁而不富’，即岑参送人南海作尉谓‘此乡多宝玉，慎勿厌清贫’也。立言之妙如此。”（卷四《送郑尚书序》）引诗阐文，一语道破，王志坚“应世之圆”说不攻自破。沈德潜的评点大都不随人后，绰有发明，力争在百家争鸣中发出自己独特的声音。

沈德潜对言外之意的掘发，与其诗人气质有关。例如，他认为柳宗元《愚溪诗序》中的“以愚辱溪”并不是一句庄语，而是一句愤激无聊的“肮脏语”。其说曰：“以愚辱溪，柳子肮脏语也。后善鉴万类，隐言其识；清莹秀彻，隐言其清；锵鸣金石，隐言其文。又何等自负！”（卷八）通过山水与人格间的比德关联，他读出的不是自惭形秽的“愚”字，而是充满自我肯定的“何等自负”，从而证明“以愚辱溪”果然是一句“肮脏语”。其解韩愈《贞曜先生墓志铭》又云：“维执不猗，言所守之正也；维出不訾，言不可訾议其才也；维卒不施，言在卜位，不能有功于人也。既已不訾不施，则维昌其诗而已。东野诗无一字犹人，公之铭恰与相配。”见微知著，由此及彼，精确透达，这些都得益于其敏锐的诗人特质。

沈德潜评点优点很多，不限于上述两条。其可称述者还有流露性情、文史互证等，这些虽然算不上特色，但确有不可埋没之处。

沈德潜与乾隆皇帝的关系很密切，也很复杂，而且在当时名满天下，一言一行都得格外谨慎，弄不好就会惹来麻烦。尽管如

---

① 王志坚：《古文渎编》韩集卷一《送郑尚书序》评点，《四库全书存目丛书》集部第 336 册，齐鲁书社 1996 年版，第 69 页。

此，他还是在评点中寄寓了一定的现实关怀，并不时流露个人性情，这是其评点的又一优点。例如，其评欧阳修《与张秀才第二书》云："文境少平，然论道切近，足以针砭骛高远而入虚无者。乃近今学者舍人伦日用而谈太极太虚，三尺童子皆然，此亦渺茫之渐也。安得如欧公者起而针砭之耶?"（卷十一）评苏轼《李氏山房藏书记》云："近代藏书家，厌常喜新，每求僻简断编，《七略》《四库》所不列者，诧为秘函，其实前贤所不暇观者也。读《李氏藏书记》并及之，以告天下之好新奇而弃朴学者。"（卷二十三）评苏轼《与谢民师推官书》云："前几年有巨公某，专取不可解之文，支离杜撰，天下从之，靡靡向风，如漂鬼国，此又扬子之罪人也。"（卷二十三）皆讥切时事，流露性情。论学风，论藏书，有时也论人君。其评苏辙《陈州为张安道论时事书》云："凡为君者，宜存此心，不止宋神宗也。大抵即位之初，每怀兢惕，既而侈大之心渐生，阿谀之言日进，法家拂士胥远，而人君予圣自雄，不能挽回矣。"当时乾隆皇帝正处于"即位之初"，后来"予圣自雄"，嘉庆以后大清国势终于每况愈下，"不能挽回"。将此评看作乾隆皇帝的写照或预言，未为不可。由此可见其评点的现实关怀及其性情、灵性所在。

唐宋八大家选本大都为举业而设，不少编选者受雇于书坊主，其评点难免会迁就其射利需求和安全考虑，因而既关怀现实又流露性情的选本其实不多。正因为如此，沈德潜的选本才显得更加重要。

沈德潜的评点在文史互证方面也很出色。他说："文中事有关系者，每考诸史传，旁及诸文籍记载，或录为总评，或列于旁批，俾读者两相证印，亦尚友古人之一助焉。"（《凡例》）从全书来看，其引史证文，精当贴切，而且得繁简之中，无王志坚繁称远引、喧宾夺主之失。例如，其为韩愈《答元侍御书》补充史实云："济字孟成，安禄山封刀召之，以□疾免；继安庆绪致之，亦不屈。后肃宗使受伪命者遥望见济，以愧其心，盖重之也。"（卷三）为欧阳修《苏氏文集序》补充苏顺钦得祸始末云："时子美兼进奏院。院中赛神，例卖故纸钱为饮燕费。子美承例请诸名流。李定欲与会而子美却之，王拱辰、李定辈弹奏。时馆阁之士罢逐一空，子美除名为民，杜祁公亦罢相。"（卷十一眉批）言约事丰，详略得当，对于读者颇有助益。明人王志坚的《古文渎编》长于文史互证，但其意在于借文论史，借评立说，不专于文章。沈德潜引史证文，其意在文而不在史，而且其所引史料力避与王志坚重复，各有侧重。譬如以上二文亦为王选所收，但王志坚并未提供史料。至于引诗阐文，信手拈来，打成一片，自是沈德潜长技。例如，其评柳宗元《袁家渴记》云："王右丞'安知清流转，忽与前山通'，神来之句，读'舟行若穷'二语，故应胜之。"凡此数端，均可看出沈德潜评点的总体水平很高，在唐宋八大家选本中不可多得。

能够反映沈德潜评点总体水平的，尚不限于以上所举。例如，其论散文字句演变大势云："六经、《左》、《国》、《史》、《汉》，不独意到，无不炼字炼句。韩柳文犹多炼者。至宋人，纯是策论气习时文，非古文矣；宋人中，曾南丰间有炼句。"（卷一韩愈《进学解》）论曾巩《宜黄县学记》的地位及影响云："先叙古人之建学，次序后代之废学，后叙宜黄之立学，末叙勉励士子之进学，虽未推阐天命人心之奥，五常百行之原，然汉代以来，能见及此者罕矣。行文不用间架，每段收住处，含蕴无穷，后惟朱子之文肖其神味，王遵岩学曾，不勉有形迹在也。"（卷二十八）论作文必有主脑云："作文必寻一事作主，如欧公于苏子美，则以不遇为主；于石守道，则以刚介为主；于苏明允，则以能文为主；于梅圣俞，则以能诗为主，而此篇则以师道为主。盖主意为干，而枝叶从之，所以能一线贯穿也。后人草志传，必期事事罗列，既表其言行，复扬其文章功业，本末巨细，一一兼该，如散钱无索，宜识者贬为谀墓辞矣。"（卷十四欧阳修《胡先生墓表》）皆视角阔大，不为题缚，纵论古今，多有创获。即使概括大意，也要言不烦，有过人处。例如，其提炼苏洵《养才》大意云："大意谓奔踶之马，可致千里，负俗累之士，可立功名，国家宜收罗于平日，不应绳以文法，急而求之，甚或加以刑法，使之北走胡、南走越也。议论发越，锋芒四露，自是老泉本色。"（卷十七）偶尔借题发挥，也有过人之识。例如，其评苏洵《辨奸论》云："荆公之奸，从不近人情看出，千古卓见。然古今来亦多以近人情而曲行其奸者，不可不知。"（卷十六）《归愚文钞》卷六《王安石论》对"借近人情以售其奸"者有透彻论述，此评微露片言只语。沈德潜的八大家评点用语浅淡、似不经意处多有深思，非狂言大语者可比，将其诗文集与此书评点对照，此意自明。

沈德潜自陈征引典故的原则是"人人意中语，胥从阙如"，不屑于"人人意中语"也可以看作全部评点的原则。通观全书，凡有所言，必有一番见解，不屑人云亦云。例如，评韩愈《送孟东野序》者往往喜谈"鸣"字，而沈德潜认为"外间但赏其连用四十鸣字，犹皮相也"，其评则聚焦于"河汉其言"与"法律谨严"的对立统一。他说："从物声说到人声，从人声说到文辞，从上古乏文辞历数以下，说到有唐，然后转落东野，位置秩然，而出以离奇惝恍，使读者河汉其言。其实法律谨严，无逾此文也。"（卷四）拨开成说，自立新说，不屑蹈袭前人。再如，茅坤讥评韩愈《曹成王碑》"字句生割"（卷十一），而沈德潜却认为，字句虽然生割，但其脉络却很清晰，不妨其"文从字顺"，将"字句生割"与"文从字顺"打通，见解生新，独树一帜。

总之，沈德潜既有非凡的能力，又有非凡的追求，这两点加起来成就了其非凡的评点。

## 六　重刻本概览

沈德潜《唐宋八家文读本》三十卷，初刻于乾隆十七年（1752），是为陆锦小郁林刻本。此后六十余年，也即嘉庆十八年（1813），陆锦玄孙陆景初（字云洲）与其塾师周奎彰又加以重刻。

光绪时期，重刻本甚多，大都以陆云洲重刻本为底本，而且大都为石印本，其版本价值远不如乾隆十七年初刻本。兹将本人经眼者叙录于下。

**(一)嘉庆十八年陆云洲覆刻本**

江西省图所见沈德潜《唐宋八家文读本》三十卷，嘉庆十八年(1813)陆云洲重刻本(索书号:63378)。共十册。半叶十行二十字，左右双边，白口，单黑鱼尾，无界行。版框 155×114 毫米，书 239×150 毫米。内封题“唐宋八家文读本，沈归愚先生原选，陆闇亭、顾禄百编次，周念萱、陆云洲重校，嘉庆癸酉孟春镌”。卷首题“唐宋八家文读本卷一，韩愈退之著，后学沈德潜确士评点”，版心题“唐宋八家文读本，卷一，一，昌黎，咸怀”。此本系据乾隆十七年(1752)陆锦小郁林初刻本覆刻，各页版心刻工皆同，只是此本间或略去初刻正文中的一些圈点，如卷一首页第九行第一和第三个“道”字，初刻均有旁圈作为句读标记，而嘉庆本没有。其另一个不同是，初刻本只有一个总目，而嘉庆覆刻本则将各卷目录分别隶于各卷正文之前。从字体来看，覆刻本有些板重拘挛，不如初刻本之舒展洒脱。全书结构依次为内封、沈德潜序、沈德潜凡例十则、汪屺瞻跋、唐宋八家文读本卷一目录，然后是卷一正文。汪屺瞻跋云：

保宁太守陆闇亭公少游韩文懿公慕庐先生之门，一麾出守巴蜀，以经术饰吏治。归田林下，见吾师沈文慤公归愚先生所选《唐宋八家文》课本，捐赀付梓。乾隆庚午迄今六十馀载矣，版已残缺失次。其冢元孙景初詹事，官京师，以告假旋里，能绳祖武，并克承其尊甫蔚圃茂才之志。杜门课子钟馥，自《左》《国》《公》《穀》《尔疋》《周礼》《史》《汉》，以逮唐宋八家文，因与西席周君奎彰翻阅校订付梓。从此嘉惠后学，厥功不浅也。余喜而志其缘起如此。嘉庆癸酉首春汪美基屺瞻谨识。

可见，此本系陆锦（字闇亭）玄孙陆景初（字云洲）为课子而准备的家塾读本，其塾师周奎彰亦参与校订。汪美基（字屺瞻）系沈德潜门生，《归愚诗钞》有赠汪屺瞻诗。

在陆锦乾隆十七年（1752）刻本版片“残缺失次”的情况下，陆云洲的覆刻本最大限度地保存了原书面貌，除保留沈德潜原序和《凡例十则》之外，又增加了新跋，对此书的版本源流作了清晰的介绍，因而很受欢迎。此后出现的数种石印本皆以此为底本，足见其重要性。见图 2－2－2。

**（二）光绪十四年江左书林刻本**

国家图书馆所见沈德潜《唐宋八家文读本》三十卷，光绪十四年（1888）江左书林重刻嘉庆十八年（1813）陆云洲本（索书号：80784）。一函六册。半叶十行二十字，左右双边，白口，单黑鱼尾，无界行。版框 155 × 114 毫米，书 242 × 156 毫米。封面题“唐宋八家古文读本，沈归愚先生原选”。封面钤“江左书林督造书籍”“书业德自在江浙苏闽拣选古今书籍发兑”朱印。内封镌“陆闇亭、顾禄百两先生编，周念萱、陆云洲两先生校，丁亥春平江李元度署，光绪十四年夏六月补刊藏板”。卷首题“唐宋

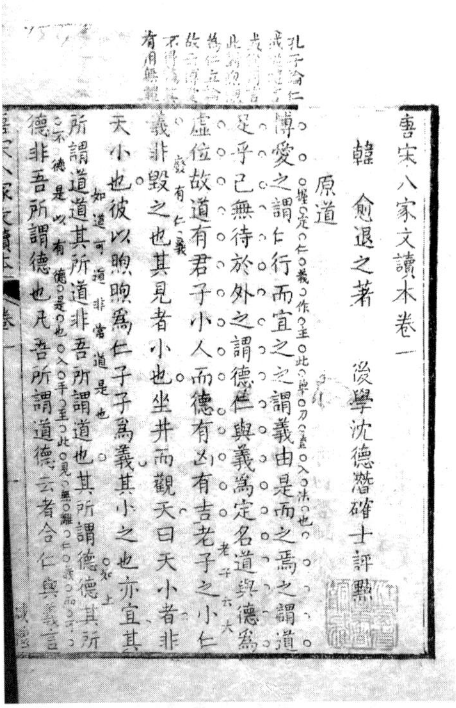
唐宋八家文讀本卷一
韓　愈退之著　　後學沈德潛確士評點
原道
博愛之謂仁行而宜之之謂義由是而之焉之謂道
足乎己無待於外之謂德仁與義爲定名道與德爲
虛位故道有君子小人而德有凶有吉老子之小仁
義非毀之也其見者小也坐井而觀天曰天小者非
天小也彼以煦煦爲仁孑孑爲義其小之也亦宜其
所謂道道其所道非吾所謂道也其所謂德德其所
德非吾所謂德也凡吾所謂道德云者合仁與義言

图 2－2－2　沈德潜《唐宋八家文读本》卷一
嘉庆十八年(1813)陆云洲覆刻本

八家文读本卷一，韩愈退之著，后学沈德潜确士评点”。下钤“一九四九年武强贺孔才捐赠北平图书馆之图书”朱印。版心题“唐宋八家文读本卷一，咸怀”。版心有刻工“省南、茂生、维新”等。正文有圈点、行间评、眉评。内封后为沈德潜序。下为《凡例十则》，后有汪美基跋。

**(三)光绪二十四年上海江左书林石印本**

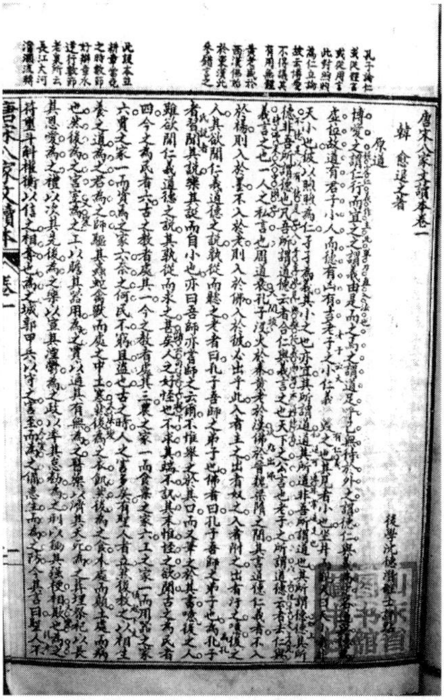
唐宋八家文讀本卷一
韓　愈退之著
原道
後學沈德潛確士評點

图 2-2-3　沈德潜《唐宋八家文读本》卷一 光绪二十四年(1898) 上海江左书林石印本

山东省图所见沈德潜《唐宋八家文读本》三十卷，光绪二十四年（1898）上海江左书林石印巾箱本。一函六册。半叶十八行四十字，四周双边，白口，单黑鱼尾，无界行，巾箱本。版框 164×116 毫米，书 198×131 毫米。内封题“唐宋八大家古文读本，沈归愚先生评选，寿椿萱馆主书检”，另一页又题“顾闇亭、顾禄百二先生编，周念萱、陆云洲二先生较，戊戌仲秋中浣，上海江左书林重楷精校，用泰西脱影法石印”。卷首题“唐宋八家文读本卷一，后学沈德潜确士评点”。版心题“唐宋八家文读本，卷一，一”。正文有圈点、行间夹批、末批，眉上有评。封面后依次为沈德潜序、凡例、汪美基跋、目录、正文。首都图书馆所见此本封面第二页左下有“江左书林督造书籍”牌记。均以汪美基覆刻本为底本。见图 2-2-3。

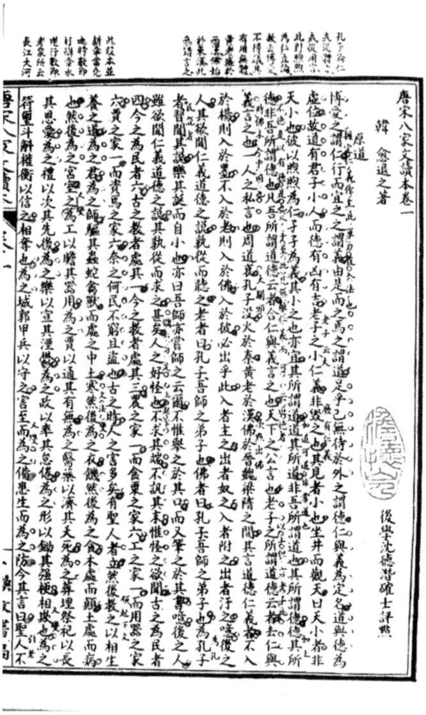

图 2-2-4　沈德潜《唐宋八家文读本》卷一
光绪二十四年(1898)
上海焕文书局石印本

**(四)光绪二十四年上海焕文书局石印本**

湖南省图书馆所见沈德潜《唐宋八家文读本》三十卷,光绪二十四年(1898)上海焕文书局石印本(索书号:412/143)。六册。半叶十八行四十字,四周双边,白口,单黑鱼尾,无界行。封面题“唐宋八大家古文读本,沈归愚先生评选”,另一面又题“光绪戊戌仲冬焕文书局石印”。卷首题“唐宋八家文读本卷一,韩愈退之著,后学沈德潜确士评点”,书口题“唐宋八家文读本,卷一,焕文书局”。有眉批、行间夹批,正文有圈点。内封后依次为沈德潜序、凡例十则、目录和正文。沈序首页钤“湖南省中山图书馆藏书”朱方印。见图 2-2-4。

**(五)光绪二十七年上海同文俊记石印本**

上海图书馆所见沈德潜《唐宋八家文读本》三十卷,上海同文俊记石印本(索书号:线普 510538-43)。六册。半叶十五行四十字,四周双边,白口,单黑鱼尾,无界行,巾箱本。版框 134×87 毫米,书 164×100 毫米。内封题“唐宋八大家古文,(另一面)光绪辛丑孟冬,上海同文俊记石印”。卷首题“唐宋八家文读本卷一,后学沈德潜确士评点”。版心题“唐宋八大家文抄卷之一”。有眉批、末批和行间夹批。内封后依次为沈德潜序、凡例、汪美基跋。

### （六）光绪二十八年宁波汲绠斋石印本

山东省图书馆所见沈德潜《唐宋八家文读本》三十卷，光绪二十八年（1902）宁波汲绠斋石印本（索书号：8/00010）。半叶十八行四十字，四周双边，白口，单黑鱼尾，无界行。封面题“唐宋八大家文读本，长洲沈归愚先生评选，古瀫梦鹿埜人题签”，另一面又题“光绪壬寅年孟夏宁波汲绠斋石印”。正文有圈点、行间夹批和末批，眉上有评。卷一首页有“山东省图书馆藏书印”朱方印。

### （七）宣统元年扫叶山房石印本

浙江省图所见沈德潜《唐宋八家文读本》三十卷，宣统元年（1909）扫叶山房石印本（索书号：814.083/3423.6）。六册。半叶十八行四十字，四周双边，白口，单黑鱼尾，无界行。封面题“唐宋八家文读本”，另一面又题“宣统元年秋月扫叶山房石印”。卷首题“唐宋八家文读本卷一，后学沈德潜确士评点”，书口题“唐宋八家文读本，卷一”。版框 168×120 毫米。封面第一页右下钤“86年清点”长方朱印。全书结构依次为封面、沈德潜序、凡例十则、唐宋八家文读本目录、唐宋八家文读本卷一正文。只有一个总目，无汪美基跋。目录首页有朱笔题识云：“浙江江山清湖李家捐献，一九六三年十二月。”

### （八）宣统元年江左书林石印本

上海图书馆所见沈德潜《唐宋八家文读本》三十卷，宣统元年（1909）江左书林石印本（索书号：线普 450159－164）。六册。半叶十八行四十字，四周双边，白口，单黑鱼尾，无界行。版框 170×120 毫米，书 203×136 毫米。封面题“唐宋八家文读本，宣统元年，吉石题”。内封题“唐宋八家文读本，己酉江左书林督造书籍，（另一面）宣统元年秋月，江左书林石印”。卷首题“唐宋八家文读本卷一，后学沈德潜确士评点”。版心题“唐宋八家文读本卷一”。正文有行间评、文后汇评，眉上有评。内封后依次为沈德潜序、凡例、汪美基跋。汪跋署“嘉庆癸酉首春汪美屺瞻谨识”。“美”后脱

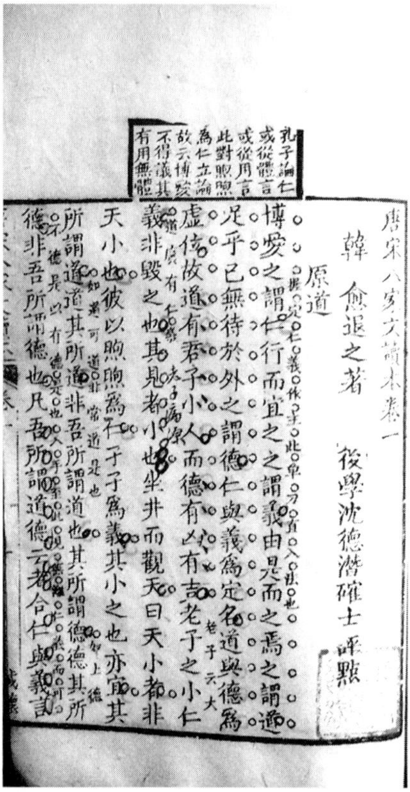

图 2-2-5　沈德潜《唐宋八家文读本》卷一清文奎堂刻本

"基"字。

### (九)清文奎堂刻本

南京图书馆所见沈德潜《唐宋八家文读本》三十卷,清文奎堂刻本(索书号:GJ/805682)。十六册。半叶十行二十字,四周单边,白口,单黑鱼尾,无界行。内封题"批点唐宋八家古文,后学沈德潜先生选,文奎堂藏板"。卷首题"唐宋八家文读本卷一,韩愈退之著,后学沈德潜确士评点",版心题"唐宋八家文读本,卷一,一,咸怀"。有眉批、末批和行间夹批,正文有圈点。眉批四周有边栏。各页书口下端有原本刻工,无汪美基跋,系据乾隆十七年(1752)陆锦初刻本重刻。见图 2-2-5。

### (十)清文光堂刻本

湖北省图所见沈德潜《唐宋八家文读本》三十卷,清文光堂刻本(索书号:集三 884)。十二册。半叶十行二十字,左右双边,白口,单黑鱼尾,无界行。版框 151×110 毫米。内封题"唐宋八家文钞,文光堂梓;后学沈德潜选"。卷首题"唐宋八家文读本卷一,韩愈退之著,后学沈德潜确士评点",版心题"唐宋八家文读本,卷一,一,咸怀"。有眉批、末批和行间夹批,正文有圈点。此为坊本,雕印俱不佳。

## 七　序跋选录

兹据江西省图藏乾隆十七年(1752)小郁林刻本录入沈序。

**沈德潜《唐宋八家文读本序》**

唐宋八家文，始于茅氏鹿门撰次。后储氏同人病其疏漏，因增益之，倍有加矣。予赋性謭陋，少时诵习只十之三四。年既长，亦尝综览两家选本，并八家全文，而精神贯注仍在少时诵习者。既因门弟子请，出向时读本，粗加点定，俾读者视为入门轨涂，志发轫也。

或谓：八家之文，果皆以言载道、有醇无驳者乎？应之曰：文之与道为一者，理则天人性命，伦则君臣父子，治则礼乐刑政，欲稍增损而不得者，六经四子是也。后此宋五子庶能表章之，馀如贾、董、匡、刘、马、班，犹且醇驳相参，奈何于唐宋八家遽求其备乎？今就八家言之，固多因事立言、因文见道者。然如昌黎上书时相，不无躁急；柳州论封建，挟私意窥测圣人；庐陵弹狄青，以过激没其忠爱；老泉杂于霸术；东坡论用兵，颍滨论理财，前后发议，自相违背。而南丰、半山于扬雄之仕莽，一以为合于箕子之明夷，一以为得乎圣人无可无不可之至意，此尤缪戾之显然者。然则八家之文，亦醇驳参焉者也。

或谓：如子言，后之学者唯应于宋五子书是求，而乃问途于唐宋八家之文，则何也？应之曰：宋五子书，秋实也；唐宋八家之文，春华也。天下无骛春华而弃秋实者，亦即无舍春华而求秋实者。惟从事于韩柳以下之文而熟复焉，而深造焉，将怪怪奇奇、浑涵变化，与夫纡馀深厚、清隋遒折，悉融会于一心一手之间，以是上窥贾、董、匡、刘、马、班，几可纵横贯穿而摩其垒者夫。而后去华就实，归根返约，宋五子之学，行且徐趋而辅其庭矣。若舍华就实，而徒敝敝焉约取夫朴学之指归，穷其流弊，恐有等于兽皮之鞟者，吾未见兽皮之鞟或贤于虚车之饰者也。

文删存三十卷，钩画点读，稍分眉目，初学者熟读深思，有得于心。由此以览茅氏、储氏所葺，并窥八家全文，更有旷然心目间者。治经义者有得于此，治古文者亦未必不有得于此。外此，唐则有李习之、杜牧之、孙可之，宋则有李泰伯、司马文正公、王梅溪、陈同甫、文信国诸公文，俱当搜讨畋渔者。学者尚究心焉。乾隆十五年岁次庚午仲冬月，长洲后学沈德潜撰。

## 第三节　秦跃龙《唐宋八大家文选》

### 一　秦跃龙其人

秦跃龙，“字山公，号鹤峰，江苏无锡人，生于清康熙二十九年(1690)，卒于清乾隆二十二年(1757)，享年六十八”[①]。与其兄秦伯龙合著有《五经类纂》。秦伯龙，雍正二年(1724)进士，曾任维县知县。[②] 秦跃龙事迹不详，序称“余客宛南，采茅氏《文抄》之尤粹者，为诸生按日课程”，则其《唐宋八大家文选》系其为教授南阳府学诸生而编的古文课本，时在乾隆十八年(1753)，64岁。

### 二　版本叙录

秦跃龙《唐宋八大家文选》三十六卷，乾隆十八年序刊本，今见台湾钟志伟博士所寄香港中山图书馆藏本的全部书影。原书“匡高16公分，宽11.7公分”，[③]半叶十行二十一字，左右双边，白口，单黑鱼尾，无界行。卷首题“唐宋八大家文选卷一，昌黎韩愈退之”，版心题“卷一，昌黎，一”。全书结构依次为秦跃龙序、唐宋八大家文选总目、论文附录、唐宋八大家文选卷一目录、唐宋八大

---

① 钟志伟:《明清唐宋八大家选本研究》，台北文津出版社2008年版，第30页。
② 光绪《无锡金匮县志》卷十六，《中国方志丛书》华中地方第21号，第265页。
③ 钟志伟:《明清唐宋八大家选本研究》，第30页。

家文选卷一正文。秦跃龙序署“乾隆十八年癸酉仲冬长至前三日，梁溪后学秦跃龙书”。《唐宋八大家文选总目》列明各家选文卷数，后有跋语云：

> 右录八家文，共三十六卷。自愧管窥蠡测，未可据依，故多采诸家之评。然必其切中肯綮者始收入，否则宁阙无滥。尝思古人之文，因评而明者十之三，因评而晦者十之七。兔园夫子各出其一知半解，操觚以踞品题之席，醉呶梦呓，曲说附会，而古人之真面目亡矣。故学者不可不深思而慎取之也。秦跃龙谨识。

其各卷自有目录，目录题下署“后学梁溪秦跃龙编次”，而各卷正文卷首皆不署编者姓氏。八大家连续立卷，其座次为韩愈、柳宗元、欧阳修、苏洵、苏轼、王安石、曾巩。《论文附录》仿茅坤《唐宋八大家文抄》万历七年（1579）茅一桂刻本《八大家文旨》，荟萃前人论文要点，以资读者参阅。此书各卷卷尾多钤“香港中山图书馆藏书”长方朱印。见图 2－3－1。

## 二　选文规模和基本取向

秦跃龙《唐宋八大家文选》三十六卷，乾隆十八年（1753）序刻本，共收文 576 篇。其中韩愈五卷（卷一至五），93 篇；柳宗元四卷（卷六至九），70 篇；欧阳修七卷（卷十至十六），114 篇；苏洵三卷（卷十七至十九），36 篇；苏轼八卷（卷二十至二十七），154 篇；苏辙三卷（卷二十八至三十），28 篇；王安石三卷（卷三十一至三十三），55 篇；曾巩三卷（卷三十四至三十六），26 篇。全书目录与正文有少数不合者，如卷六柳文《罴说》有文无目，卷十一欧文《浮槎山水记》有目无文。疏漏起于刻者，非关编者本意，而推原编者本意，这些篇目皆在当选之列，故一并计入。

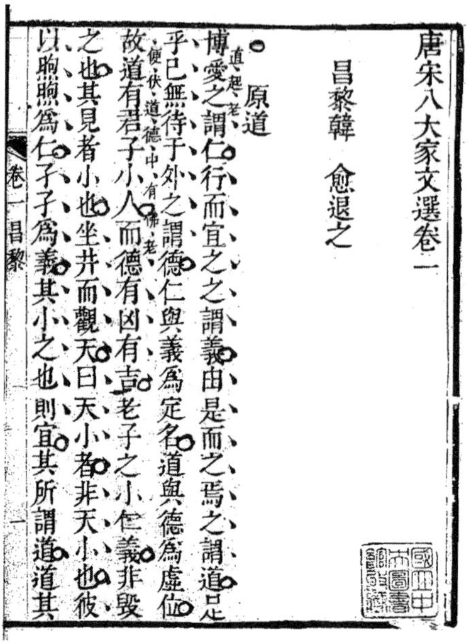
唐宋八大家文選卷一

昌黎韓　愈退之

○原道　道起老

博愛之謂仁行而宜之之謂義由是而之焉之謂道足乎已無待于外之謂德仁與義爲定名道與德爲虛位　便伏道德中有佛老　故道有君子小人而德有凶有吉老子之小仁義非毀之也其見者小也坐井而觀天曰天小者非天小也彼以煦煦爲仁孑孑爲義其小之也則宜其所謂道道其

卷一　昌黎　一

图 2-3-1　秦跃龙《唐宋八大家文选》卷一　乾隆十八年(1753)序刻本

秦氏自言“采茅氏《文抄》之尤粹者”，其实并不尽然。其所选篇目，亦有溢出茅氏《文抄》者。例如，韩愈《为宰相贺白龟状》《潮州请置乡校牒》(俱见卷三)、《乳母墓铭》(卷四)、柳宗元《时令论上》(卷六)、《馆驿使壁记》(卷七)、《为桂州崔中丞上中书门下乞朝觐状》《为裴中丞伐黄贼转牒》《曹溪第六祖赐谥大鉴禅师碑》《南岳弥陀和尚碑》《先太夫人河东县君归祔志》《囚山赋》(俱见卷九)、欧阳修《跋后汉太尉刘宽碑阴题名》《跋唐华岳题名》《跋晋王献之法帖》《跋唐薛稷书》《跋唐流杯亭侍宴诗》(俱见卷十六)、苏轼《后杞菊赋》(卷二十六)等，茅坤《唐宋八大家文抄》万历七年(1579)茅一桂刻本、崇祯元年(1628)方应祥刻本、崇祯四年(1631)茅著刻本均不收。

秦跃龙论文，大致讲究“理气”，对于“文法”，并不十分推重。他认为，明人唐顺之“以法胜”，归有光“以理气胜”，俱得八家之传，但二者仍有高下之别。他说：“以法胜者，裁剪结构，体严而绪密，其流失或不免蹈空之弊；以理气胜者，则大含细入，囊括万有。大抵文专求之法，于理气究鲜根柢。若理气既足，振笔直遂，以追其所见，而法自从之，所谓‘不烦绳削而自合’者。”(《唐宋八大家选本序》)有理气，又须有“根柢”。他说：“文字固当论其根柢何如，徒法正，未可恃也。”(卷十六欧阳修《书梅圣俞稿后》末批)而所谓“根柢”是指“根柢经术”，大略如曾巩《礼阁新仪目录序》。文章有根柢，便有理气；有理气，则“法自从之”。若专讲法度，理气不副，则“不免蹈空之弊”。在他看来，韩愈的《新修滕王阁记》播弄“局阵间架”，质其内容，则“中空无有”，堪称“后人蹈空之祖”（卷一韩愈《新修滕王阁记》末批）。与此相反，曾巩《越州赵公救灾记》则绝无此弊。他说：“赵公经济，得斯文而传；而后之讲求荒政者，亦藉以有所考。余尝谓记事之文，全在征实，但求诸局阵间架之间，为讨便宜法门，而中空无有，如韩愈《新修滕王阁记》等篇，虽不作可也。何仲默云：‘古文之法亡于韩。’岂尽诬哉？”由此可以看出其论文重理气而轻法度、贵质实而贱空疏的基本倾向。

从全书来看，秦跃龙选文也以理气充沛、内容质实者为主，其选入部分“蹈空”之作只是为了示诫学者、逞露己见，作为反面教材。秦跃龙反对架空吊诡、专门播弄文法的习气，但并不泛然否定形式。例如，其评柳宗元《为裴中丞伐黄贼转牒》云：“八家中四六，子厚及东坡、介甫为最工，漫云‘雕虫篆刻，壮夫之所不为’，究竟于此道有欠缺处耳。”（卷九）评曾巩《战国策目录序》云：“南丰《新序目录序》与此篇同意，而绝少光焰，至其抑刘向而称扬雄，尤属偏见，故不录。”（卷三十五）“光焰”近于词采或才情。可见，其选文既重视内容的充实和醇正，又不偏废形式，向来为古文家所鄙薄的“四六”文和为道学家所掊击的“光焰”，都是他所看重的。

总起来看，秦跃龙选文大致以内容充实、形式精致者为主；对于文章的形式，特别在意声色词采等激荡人心的外在“光焰”，而对于当时举业家倾心的“局阵间架”等内部结构，并不十分推重。由此可见，秦跃龙选本虽为举业而选，但并不为举业所缚，与此前为举业而设的古文读本相比，其选文的眼光具有独到的一面。

## 四 评点特色

秦跃龙《唐宋八大家选本》虽为教授诸生而选，但并不专意于文法，与常见的举业古文读本有别。秦氏自言："尝思古人之文，因评而明者十之三，因评而晦者十之七。兔园夫子各出其一知半解，操觚以踞品题之席，醉呶梦呓，曲说附会，而古人之真面目亡矣。"但从全书来看，其自评亦复不少。其评点有末批和行间夹批两种，主要以末批为主。其末批往往先引前人评点，然后加以自评，又往往于自评后增入故实，以资读者参阅。至于自评，则随机发挥，最引人注目的是惯于采用人格视角。

八大家散文的评点，大抵不脱于文学视角、道学视角、举业视角和人格视角，虽然数者并用最为常见，但往往总有一种视角较为突出。秦氏选本有一种从人格视角分析问题的思维惯性。以卷三韩文为例，其评《后二十九日复上书》云："伺候于公卿之门，奔走于形势之途，昌黎亦为之耶？岂当时风气如是，贤者有不免耶？何仆仆不惮烦也。读竟，为之三叹。"讥其奔竞失态，不能自免于流俗。评《与陈给事书》云："伺当路之意旨以为忧喜，俯仰于人，亦太自苦矣。若夫圣贤当此，必不肯为，故宁遁世而无闷也。"评《代张籍与李浙东书》云："乞怜于李公，以冀其养赡，词卑而情亦苦矣。"讥其乞哀自苦，无贤者气象。《邓州北寄上襄阳于相公书》末批云"一篇谀词，却喜写得古雅"，《与汝州卢郎中论荐侯喜状》末批云"即以侯喜之感卢公闻于卢公，是昌黎善为吹嘘处"，讥其佞词曲笔，献谀当道。评《上张仆射书》说："只求免于晨入夜归耳，乃排出如许局阵，岂昌黎当日以古文自许，借此驰骋其笔力耶？"评《与于襄阳书》说："所志不过在刍米仆赁之资，而布置间架，何其大而夸也？"(卷三)讥其借故炫才，如见肺腑。其评《后十九日复上书》又云："第一书云，'宁往告焉，若不得志，则命也，其亦行矣。'此公所自道，胡不能践其言耶？"讥其言行不一，自食其言。秦氏又善引前人评点，以表暴其耽声妓、服硫黄、少修养等。《潮州刺史谢上表》引胡元任评云："凡人能处忧患，盖在其平日胸中所养。韩退之，唐之文士也，正色立朝，抗疏谏佛骨，疑若杀身成仁者。一经窜谪，则忧愁无聊，概见之诗词。由此论之，东坡所养，过退之远矣。”一卷之中，不厌其烦而又不遗余力地掘发其人格缺陷，充分表现了其评点的人格视角。

对于韩愈不能守困等所谓人格缺陷，大致不外苛论和宽容两种，前者以茅坤为代表，后者以储欣为代表。秦跃龙大略同于茅坤，而异于储欣。他曾批评储欣云：“其于昌黎之文，荐樽至矣。然曲为附会、过誉失当者，亦往往有之。宜后人授以口实欤！”（卷二《送李愿归盘谷序》）由此可以看出其从人格着眼有意抑韩的基本倾向。

抑韩者往往扬欧，秦跃龙也有扬欧倾向，不过其所采用的仍然是人格视角。其评欧阳修《李秀才东园亭记》云：“随州风土僻陋，且不过流寓于此耳，然身所少长处，即依依不忘，亦公之厚也。”（卷十一）不从章法着眼，而津津于作家人格高下厚薄，的确与众不同。其评《送曾巩秀才序》云：“叹赏嗟惜，津津不啻口出，先生之奖掖后进如此。”（卷十二）评《答陕西安抚使范龙图辞辟命书》又云：“欧公最推重范公资望，又稍后于范，然已不肯入其幕，其气骨矫矫处。”（卷十四）皆拨开俗见，从文章中掘发作家的人格魅力。再如，其《与荆南乐秀才书》云：“篇中极称许时文，至云‘先辈学之，是真齐肩于两汉之士’，津津不啻口出矣。或尚疑其鄙薄时文，不欲乐秀才学之者。岂公故作诳语以欺人耶？目盲者耳食，大概如此。可叹也。”这段议论，从欧阳修不可能“故作诳语以欺人”这个独特的角度论证其对时文的称许是肺腑之言，从而扫灭了此前的曲说附会。

又如，在《凌虚台记》末批中，秦跃龙用有力的证据证明苏轼“少年性气洵可畏”，“甚憎太守而鄙之”，以此支持杨慎关于此文“骂太守”的结论，很有力量（卷二十二）。其评苏轼《拟进士对御试策一道》又云：“不管介甫羞愤，痛棒利锥，俱击中其要害。此固先生奋不顾身之忠，而笔锋亦太毒矣。诗案之狱，南荒之窜，其能免乎?”(卷二十七)既见其忠,又见其毒,皆着眼人格。评苏辙《五霸论》云:“颍滨每论用兵处,即惕惕乎其不欲战,此仁者之心也,与老泉意见迥别。”(卷二十八)又评王安石《答司马谏议书》云:“虽强词夺理,然当日介甫意见实是如此,盖从肺腑中倾出者。”(卷三十三)将“不欲战”与“仁者之心”打通,将“强词夺理”与“肺腑中倾出”打通,皆系从人格视角得出的结论。

除此之外,秦跃龙的评点还有其他优点。首先,许多评点体会深至,颇为精微。如评韩愈《祭十二郎文》云:“其絮语则嘈嘈杂杂也,其哀音则凄凄切切也,以至情发为至文,不知是泪是墨也。”(卷五)评柳宗元《陪永州崔使君游谯南池序》云:“恒与佳山水为伍,欢处在此,悲处亦在此,羁旅牢愁,心事如见。”(卷七)评其《送李渭赴京师序》云:“谪居无聊,托李君以寄慨,怪其来吏,喜其将行,全是借他人酒杯,浇自己块垒之意。”(卷七)又评其《答吴秀才谢示新文书》云:“陋劣之文,再三陈渎,可厌孰甚焉。全无许可。只以调笑答之。遇俗子不得不如此。”(卷八)要言不烦,而洞中底里,颇为新警。韩愈的《送王含秀才序》写得迷离惝恍,颇不易解。秦氏评云:

> 王无功不遇圣人,未能平其心,故有托而逃于酒。王含秀才为无功后裔,而穷于世,其心当必有不平者。昌黎力不能振之,于其行亦姑与之饮酒而已。此通篇金针暗渡处。(卷二)

撷一“酒”字破解其旨趣,探赜索隐,连贯脉络,豁然开朗。

其次,秦氏引录前人评点,或增入相关故实,皆简明切当,倍见精彩,于知人论世,颇有助益。例如,其评欧阳修《太尉王文正公神道碑铭》云:“归震川论太史公叙事,如大塘上打纤,千条万条,俱不妨碍。愚谓惟庐陵得其笔法,故叙事处多多益善,彼秃屑以就简绝者，只缘力薄，欲借此以为藏拙计耳。”（卷十六）借前人意见，引出自己结论，丝连线牵，聚精会神，与一味逞博炫奇、漫然无归者不同。评王安石《祭欧阳文忠公文》云：“介甫尝言：‘欧阳修在一郡，则坏一郡，在朝廷则坏朝廷。’此文又何称重如此？”（卷三十三）引据有力，出人意表，发人深省。

其于文末增入故实，大都详明真切。如欧阳修《滁州谢上表》交代其知出滁州缘由云：

> 按，欧阳公妹适张氏，夫死，携孤女赴父家，嫁公族子晟。晟之官宿州，赴郡宴，归而失其舟。至京师，捕得之。开封尹勘，乃稍人与晟妾通，妻知而欲笞之，反为妾所诱，并与稍人通。府尹承当路风旨，令张氏引公以自解狱。奏，仁宗大骇，遣中使王昭同监勘。而张氏反异，公遂得白，犹坐以张氏奁具买田，作欧阳户名，出知滁州。（卷十三）

此类故实有表暴尊者家丑之嫌，选本多不载，但对于深入理解此文，几乎不可或缺，因而仍然称得上切当。其评苏轼《吕惠卿责授建宁军节度使本州安置不得签书公事制》还介绍此文的影响云：“其后程门司谏贾易劾坡公草《吕惠卿制》谤讪先帝，无人臣礼。夫以惠卿之奸邪，流毒天下，坡公此制出，人人称快。而易乃引为罪案，真别有肺肠者矣。”有引有评，对于知人论世，颇为有益。

秦氏自云：“自愧管窥蠡测，未可据依，故多采诸家之评。然必切中肯綮者始收入，否则宁阙无滥。”（目录后跋）从全书来看，所引有茅坤、王志坚、储欣、汪份、华希闵、雷何思、王或庵、卢元昌等诸家评，大都择优采录，“切中肯綮”。选本自诩过高，而实不相符者，不在少数。秦氏选本采录精审，足副其言，可谓言大而非夸者。

## 五　序跋选录

此书卷端有秦跃龙序一篇，兹据钟志伟所寄香港中山图书馆藏本书影录入。

**秦跃龙《唐宋八大家选本序》**

有明中叶，前后七子之徒，论文断自西京以上，恢恢乎有其形貌，摹拟剽窃，缪种流传。吾吴唐荆川、归震川相继而起，以唐宋八家之文矫之。学者始知循流探原，复归于正。维时归安茅氏，爰有《八家文钞》，盛行于世，迄今二百馀年矣。

且夫八家之文，亦自西京门户中出，初何尝摹拟剽窃为耶！各因乎性情之所近、学问之所到，以驰骋其笔力，东西南北，分路扬镳，而按之马、班诸风，风神脉理、波澜臆度之所以然，无不吻合，故足贵也。譬之山下出泉，演而为沼沚，涌而为江湖，只此一线之绵延而不绝。如其此疆尔界，画为鸿沟，是欲壅泉于山，使不得入沼沚江湖之内，而曰泉在是焉。泉亦涓滴之水耳，况乎漫取潢汙行潦以为泉，实似是而非者哉！

荆川、震川俱得八家之传，而荆川以法胜，震川以理气胜。以法胜者，裁剪结构，体严而绪密，其流失或不免蹈空之弊；以理气胜者，则大含细入，囊括万有。大抵文专求之法，于理气究鲜根柢。若理气既足，振笔直遂，以追其所见，而法自从之，所谓“不烦绳削而自合”者。向见吴中先辈宗荆川，而尤宗震川，良有以也。

余客宛南，采茅氏《文钞》之尤粹者，为诸生按日课程，窃考其本末，而备论之。学殖谫陋，安敢道古？私淑之馀，聊述乡先生之绪言云尔。乾隆十八年癸酉仲冬长至前三日，梁溪后学秦跃龙书。

## 第四节　吴炜《唐宋八家精选层级集读本》

### 一　吴炜其人

吴炜字觐阳，安徽徽州府歙县篁南人。与其侄吴华孙同中雍正八年（1730）进士，因其以浙江仁和籍登科，乾隆《杭州府志》（卷七十一）和乾隆《歙县志》（卷八）俱载其科年。乾隆九年（1744）和十五年（1750）曾两度任分守口北道，统辖直隶口北之张家口、独石口、多伦诺尔三厅，“专管钱粮刑名命盗等案，并口外台站盘费及北路一切军需钱粮支放之事”。[①] 后“侍直内廷四年”，历官工科给事中、光禄寺少卿等。致仕后应邀主掌歙县紫阳书院。吴炜生平事迹存世资料较少，乾隆《歙县志》卷十一《节概》和道光《歙县志》卷八之二《宦迹》有其小传，略有异同。道光《歙县志》云：

> 吴炜，字觐扬[②]，篁南人。雍正庚戌进士，官工科给事中。章疏数十上，皆蒙温旨嘉纳，并宣示中外。尝劾河臣完颜伟及九卿荐举朱文灏、毕宗高非其人，直声大振。出任口北道，兴利祛弊。岁凶，不俟关白大吏，即行发粟，饥民赖之。

乾隆九年在工科给事中任上曾上疏乾隆皇帝，为紫阳书院请题“道脉薪传”匾额，中有“皇上神圣绍尧舜禹汤之统，性道阐濂洛关闽之传，道统与治统兼隆，作君偕作师立极”等赞语，[③]其后《篁墩

---

① 乾隆《口北三厅志》卷四，《中国方志丛书》塞北地方第36号，台北成文出版社1968年版，第71页。

② 扬：吴炜掌教的歙县紫阳书院乾隆二十四年（1759）所刻《唐宋八大家精选层级集读本》均作“阳”。

③ 乾隆《歙县志》卷二，《中国方志丛书》华中地方第232号，第172页。

程朱阙里乞洒宸翰疏》又概括为“皇上以作君兼作师，以治统而承道统”。其“章疏数十上，皆蒙温旨嘉纳，并宣示中外”，与善于颂美天子不无关系。[①]

关于《唐宋八家精选层级集读本》的编选缘起，其乾隆二十四年(1759)所作自序云：“余承乏口北时，每于公务之暇，取储在陆先生《八家类选》，引而伸之，触类而长之，以发其所未尽发，课予子若孙。……余去口北后，侍直内廷四年，亦以此本为惓惓。及因病予告，而当事漫以予为识途之马，延予于紫阳书院，予因出此本以课士。而诸生乐其循循善诱，请以此公之同好，予不能禁也。”可见，此书本为课子孙而选，后来复以此课徒；始编于口北道任上，刻成于任紫阳书院山长期间，前后历时十余年。

## 二　实物鉴定

浙江省图书馆所见吴炜《唐宋八家精选层级集读本》四集，乾隆二十四年歙县紫阳书院刻本(索书号：814.083/2694)。一函八册。函封题“唐宋八大家精选层级集读本，八册，凡一函”。半叶九行二十五字，左右双边，白口，无鱼尾，无界行。版框 189×116 毫米。内封题“吴觐阳精选八大家层级集读本，宜兴储在陆先生原评，乾隆己卯秋镌，紫阳书院藏板”。卷首题“唐宋八家精选层级集读本，宜兴储在陆先生原评，门下后学吴炜觐阳氏增订”，版心题“唐宋八家层级集读本，卷一，一，大苏”。正文有圈点、行间夹批和末批，无眉批。全书结构依次为内封、吴炜精选八家层级集读本序、唐宋八家精选层级集读本总目、唐宋八大家精选层级初集读本小序、唐宋八大家精选层级初集读本目录、唐宋八家精选层级集读本初集正文、唐宋八大家精选层级二集读本小序、唐宋八大家精选层级二集读本目录、唐宋八家精选层级集读本二集正文、唐宋八大家精选层级三集

---

① 乾隆《歙县志》卷十六《节概》，《中国方志丛书》华中地方第 232 号，第 790 页。

读本小序、唐宋八大家精选层级三集读本目录、唐宋八家精选层级集读本三集正文、唐宋八大家精选层级四集读本小序、唐宋八大家精选层级四集读本目录、唐宋八家精选层级集读本四集正文。总目及各集目录标题下题“宜兴储在陆先生原评，门下后学吴炜觐阳氏重编，子薠孙楚材、葵孙曙含，孙荣诏巘兼校字”。吴炜自序署“乾隆二十四年二月朔日古歙吴炜觐阳氏叙于紫阳书院”，首页钤“浙江图书馆甲申整理馆书之章”“浙江省图书馆收藏”朱方印。内封下钤“紫阳书院藏板”大朱方印，上钤“翻刻必究”椭圆朱印，确系乾隆二十四年歙县紫阳书院初刻本，此外未见翻刻本。见图13和图2-4-1。

## 三　体例特色

打破以作家先后结构全书的旧例，而以文章浅深难易为先后分集划卷，前者已有汪份选本。汪份《唐宋八大家文分体读本》按照先浅后深、先易后难的级序将各类文体分成一、二、三集，在体例上具有创新意义。不过，其所谓浅深难易主要是就“文体”而言，例如他认为在诸文体中碑志最难，因而放在最后一集。而吴炜选本则

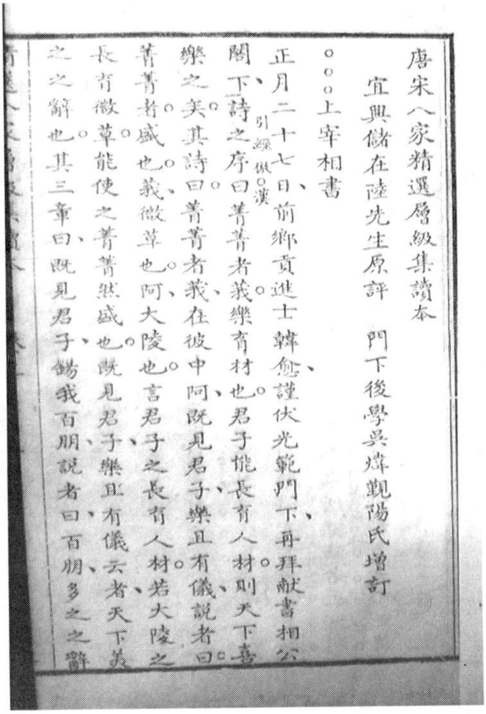
唐宋八家精選層級集讀本
宜興儲在陸先生原評　門下後學吳煒覲陽氏增訂
○○○上宰相書
正月二十七日、前鄉貢進士韓愈、謹伏光範門下、再拜獻書相公
閣下、詩之序曰菁菁者莪、樂育材也。君子能長育人材、則天下喜
樂之矣。其詩曰、菁菁者莪、在彼中阿、既見君子、樂且有儀、説者曰
菁菁者、盛也。莪、微草也。阿、大陵也。言君子之長育人材、若大陵之
長育微草、能使之菁菁然盛也。既見君子、樂且有儀云者、天下美
之之辭也。其三章曰、既見君子、錫我百朋、説者曰百朋、多之之辭

图2-4-1　吴炜《唐宋八家精选层级集读本》三集卷首
乾隆二十四年(1759)歙县紫阳书院刻本

在文体浅深难易之外，对各集的功能、境界和篇数，都有明确的层级设计。据其为四集所作的四篇小序，可以将其为各集设计的层级差异胪列于下：

**表 14 吴炜《唐宋八家精选层级集读本》层级设计一览表**

| 项目<br>集次 | 文体 | 功　能 | 境　界 | 篇数 |
|---|---|---|---|---|
| 初集 | 策略 | 疏其气，达其意——使其气疏达而不滞，使其词意明白而晓畅，使其局法层次而开展。 | 无艰深之苦，无窘促之状。 | 17 |
| 二集 | 论 | 开其心思，拓其议论——开其心思，使之如茧抽丝，愈出而愈不穷；拓其议论，使之如泉赴壑，愈达而愈不竭。 | 光采绚烂 | 49 |
| 三集 | 书序 | 充其气势，发其光华——观其知人论世之识，而浑灏流转之气，愈拓而愈不穷，光怪陆离之奇，愈出而愈焕发。 | 文章大观 | 52 |
| 四集 | 表奏、疏状、碑铭、传记等 | 穷其事，会其趣——进诸章奏以穷其事，博诸杂体以会其趣，庶几大可施之清庙明堂，而下亦可采为春华秋实，而气更懋而词愈古，而文益闳以肆。 | 时艺之极至，学古之阶梯 | 58 |

可以看出，其层级的设计理念非浅深难易所能范围，还涉及更为深层的认知规律问题，如先以洋洋洒洒的策论引导初学入门，然后才增入雄辩滔滔的论文以开其心思、拓其议论。在此基础上引入光怪陆离的书序以充其气势、发其光华，最后再杂引庄重肃穆的表奏、碑铭等体以开阔其眼界、凝练其笔调。这样的进阶已充分考虑了读者年龄增长与兴趣转换之间的对应关系。不同的年龄有不同的兴趣，不同的层级为不同的年龄而设，因而各集选文均须迎合不同年龄的不同兴趣，也就是“会其趣”，显然已超出浅深难易之外。因而与汪份以文体浅深分为三集相比，吴炜选本在“级序”体例的理论和实践方面都有所推进。

另外，吴炜选本在体例上要比汪份选本简约。汪份选本的体例体大思精，全书分为三集，每集分成八卷，卷下分体，体下分家。吴炜选本则分为四集，各集不立卷，直接以篇隶集，而且目录和正文篇名下均不标文体及作家名号，作家名号标于正文各页书口下端，很不起眼，但不影响检阅。

汪份选本的功能定位是借唐宋八大家文推阐古文章法，有一种自觉的学术追求和创新追求；而吴炜选本则是为教授子孙和生徒举业应试而选，因而既有明确的教育指向，又有简约和实用的朴素风格。课读家人的自编教材在体例上大都追求实用，而不讲体面，如吕留良为吕氏家塾而编的《八家古文精选》等。吴炜选本层级设计与汪选的差异大致可以作如是观。

## 四　选文规模和标准

全书四集，共选文 174 篇。其中韩愈 48 篇，柳宗元 18 篇，欧阳修 29 篇，苏洵 25 篇，苏轼 35 篇，苏辙 10 篇，曾巩 5 篇，王安石 4 篇。

吴炜自序称“取储在陆先生《八家类选》，引而伸之，触类而长之，以发其所未尽发”，目录称“宜兴储在陆先生原评，门下后学吴炜觐阳氏重编”，卷首又称“门下后学吴炜觐阳氏增订”。将此本与储欣《唐宋八大家类选》雍正元年（1723）初刻本比较，可以发现，除二集苏洵《书论》系新增外，其余 173 篇全部出自储欣选本。不过，储选收文 247 篇，吴选仅收 174 篇。如此看来，吴选将储选删掉 74 篇，新增 1 篇，并将其以文体为板块的类序体例改为以层级为板块的级序体例，又大量增入新评，则所谓“增订”或“重编”均不贴切，毋宁说是一个参照储选而自出手眼的新选本。

吴炜的选文标准，四集各有侧重。用其各集小序的话来说，初集收“洋洋洒洒”之文，二集收“光采绚烂”之文，三集收“光怪陆离”之文，四集收“气懋词古”之文。各自不同，各有其用，各有进阶。但通观全书，其选文标准又有统一性。吴炜选文一为初学，一为举业，因而大抵选“流逸动荡”之文。其评欧阳修《本论中》云：“提一本字作主，原委通畅，有风水相遭，自然成文之妙，不但利于举场，更利于初学，以其流逸动荡也。欧苏两家，最为近之。”（二集）欧阳修、苏轼两家之外，韩愈的文章也有气势充沛、波谲云诡的特点，称得上“动荡”二字。三家选文达112篇，约占65%。与此相反，曾巩文纡蹇滞涩，王安石文拗峭板严，与“流逸动荡”格格不入，因而两家文章入选者仅有9篇，约占5%。由此可见其选文标准尚“逸”而斥“涩”、尚“动”而斥“板”的基本倾向。

吴炜选本虽为初学举业而设，但由于举业对于初学而言还是较为遥远的事情，尚不至于急功近利，因而能够放出文学的眼光，最大限度地将举业追求与文学欣赏融为一体。其选文系在储欣选本的基础上优中选优，体例、评点又有意与初学相适配，因而可以称得上到当时为止最适用于初学的唐宋八大家古文读本。

## 五　评点特色

吴炜的评点，最为突出的是，几乎对每一篇文章，都指明其用途，努力从古文中挖掘可为时文写作所用的有效资源。例如，其评苏轼《晁错论》云：“须看其议论之妙，自出主见，纵横上下，而笔力又足以赴之。熟读诸论，作文自有识力，自有笔力，不肯随题敷衍矣。”（二集）精准地指出此文的看点和效用。其评韩愈《送廖道士序》云：“道士无可赞颂，将其山川灵异处赞颂一番，又将其土产铺扬一番。落到题矣，又复曲折生波，变幻夭矫，总不下一实笔。此凌空步虚之妙，可悟虚题作法。”（三集）评欧阳修《丰乐亭记》云：“文于庸俗题忽开出大议论来，波澜叠涌，鱼龙变化，无所不有，却处处回抱映照本面，不致走却题位，是其法也。转合处神气一丝不走。悟此知文章无中生有之妙，又知能放能收之法，便进乎技矣。”（四集）都是先指出其特点，再发掘其用途。

吴评有时还会突破一篇的限制，总结规律性的东西，指示初学，以资时文写作之用。例如，其评苏轼《策略二》云："文气固欲其浩瀚，而机法又欲其流转。不能流转，则浩瀚之气，无波折潆回之妙，又虑其易尽而无馀也。此文当观其浩瀚处，尤须熟其流转处。"（初集）评苏轼《厉法禁》云："翻案之文，须说理明透，用意曲畅。不明透，不足以胜前人之说；不曲畅，不足以达一己之见。其所以能明白曲畅者，总看其心思之灵妙，运笔之转旋而已。"见解贴切，语言明净，态度温和，甚得循循善诱之法。

在唐宋八大家评点史上，以攻击八大家为快事者屡见不鲜。吴炜的评点则一味用铺张的语言盛赞八大家散文之高妙，绝口不及其缺点。例如，其评韩愈《答崔立之书》云："借来书劝勉之词，发抒其愤恨不平之概，淋漓感慨，兴会飙举，有川涌云兴，风驰雨骤之势，读之令人神旺。"（三集）评韩愈《后廿九日复上书》云："以周公陪起，大开大合，气势如生龙活虎，捉摸不住，又如翻波层云，变化动宕。初学放开笔仗，必须熟读此种，不徒袭其词调，极须玩其转折不穷之妙。"（三集）用语铺张，气势雄迈，有一种鼓荡人心的力量。韩愈的三上宰相书向来以不能守困为人攻击，而吴评只谈文章，不谈是非。就是对于文章涉及的人物，吴氏的态度也大都如此。例如，其评韩愈《送郑尚书序》云："极言体统之尊、责任之重，非其人不足当之，则郑公之贤，再不必多赘矣。古奥非初学所及，亦可知叙次之简练。"郑尚书家多姬妾，又贪财行贿，臭名昭著，显然并非一个贤者。其事载于《新唐书》，吴炜大约并非不知，只是为初学计，只谈文艺，不谈是非。

总之，吴炜评点用略带铺张的语言盛赞八大家文章，又用慈爱的语气点明每篇文章之于时文写作的启发意义，具有昂扬、温馨而又激荡人心的感染力。这是吴氏有意设计的结果，对于引导和鼓励初学，颇为有益，与识陋学浅、漫无所谓的盲赞瞎评不能等量齐观。

## 六　序跋选录

兹据浙江省图藏乾隆二十四年(1759)歙县紫阳书院刻本录入吴炜序文五篇。

**吴炜《精选八家层级集读本序》**

余承乏口北时,每于公务之暇,取储在陆先生《八家类选》,引而伸之,触类而长之,以发其所未尽发,课予子若孙。选文不满二百篇,分为四集,以示层序升阶之意。夫自有古文以来,每集多者千馀篇,少亦不下数百篇,若观海然,茫乎不知其畔岸,浩乎不知其津涯,令人每望洋而叹,自崖而返,夫岂引进初学之法哉?余承《类选》,更为定其先后。《读本》约为四集,量其浅深,分其层级,鼓舞而驯致之,庶不至望洋而叹,以渐造于精微奥妙之域,岂以此集足尽古文之境哉?譬若垣墉,立其基址,层而累之可也。

余去口北后,侍直内廷四年,亦以此本为惓惓。及因病予告,而当事谩以予为识途之马,延予于紫阳书院,予因出此本以课士。而诸生乐其循循善诱,请以此公之同好,予不能禁也。其《左传》《史》《汉》《国策》,以及《国语》《公》《穀》,俱有批本,竢续而刊之,以就正好古之君子。是为序。

乾隆二十四年二月朔日古歙吴炜觐阳氏叙于紫阳书院。

**吴炜《唐宋八大家精选层级初集小序》**

初学入门读古,先求其洋洋洒洒之文而读之,使其气疏达而不滞,使其词意明白而晓畅,使其局法层次而开展,无艰深之苦,无窘促之状,使为循序渐进之方。先选策略,共计十七篇。

**吴炜《唐宋八大家精选层级二集小序》**

初学入门,既先读策略以疏其气、达其意矣,再宜开其心思,使之如茧抽丝,愈出而愈不穷;拓其议论,使之如泉赴壑,愈达而愈不竭。正东坡先生所谓"少年文字,须先令其光采绚烂"也。次选论,共计四十九篇。

**吴炜《唐宋八大家精选层级三集小序》**

初学入门，既读策略以疏其气、达其意矣，复读论著以开其心思，拓其议论，又当上下书序，以观其知人论世之识。而浑灏流转之气，愈拓而愈不穷，光怪陆离之奇，愈出而愈焕发。此文章大观也。次选书序，共五十二篇。

**吴炜《唐宋八大家精选层级四集小序》**

初学读古，自策略、论著后，又益之书序，以充其气势、发其光华矣。更当进诸章奏以穷其事，博诸杂体以会其趣，庶几大可施之清庙明堂，而下亦可采为春华秋实，而气更懋而词愈古，而文益闳以肆。斯为时艺之极至，而学古之阶梯也。终选表奏、疏状、碑铭、传记各体，共五十八篇。

## 第五节　王应鲸《古文八大家公暇录》

### 一　王应鲸其人及编选缘起

王应鲸字霖苍，号闇斋，直隶河间府任邱县人。约生于康熙五十七年(1718)，卒于乾隆六十年(1795)。乾隆元年(1736)恩科举人。[①] 乾隆三十六年(1771)、四十五年(1780)，两度任福建福鼎知县。[②] 四十八年(1783)因事罢官归里。中年肆力经史，著述甚夥。所著有《周易说》二卷，《春秋说》四卷，《朱子纲目注义》一百二十四卷，《韵法准说》一卷，《唐宋八家公暇录》六卷，[③]《慎馀录》八卷，《闇斋文钞》二卷，《馀事诗集》四卷，《桐山集》二卷，《群书广注》一卷，《子夏易考》一卷，《韩诗考》一卷。[④] 生平事迹见道光《任

---

① 乾隆《任邱县志》卷八，《中国方志丛书》华北地方第 521 号，第 712 页。

② 嘉庆《福鼎县志》卷五，《中国方志丛书》华南地方第 223 号，第 541 页。

③ 乾隆《任邱县志》卷十一《艺文上》《中国方志丛书》华北地方第 521 号，第 1262 页。

④ 道光《任邱续志》卷下《艺文》《中国方志丛书》华北地方第 498 号，第 295 页。

邱县志》卷上之《人物上》和徐世昌《大清畿辅先哲传》卷十五。

徐世昌《大清畿辅先哲传·王应鲸传》云：

> 王应鲸，字霖苍，晚号闇斋，祖籍古北口外小兴州，后徙任邱，遂占籍。应鲸颖异，嗜书。家苦贫，取庙中断香照读。凡四子五经，皆手钞诸儒论断，别黑白而定一尊。年十六入邑庠，学使钱陈群称为端士。十九中乾隆元年举人。应礼闱试，三荐不售，遂绝志进取。广搜古今书籍，积数千卷，时典衣购买，肩负以归。……三十五年，授福建福鼎知县①。邑环山傍海，号岩邑。应鲸洁己爱民。每食，羹一器，饭一盂，酒三巡而已。行案入乡，备酒食以从，一钱不扰民。……三十九年充乡试同考官，所得多知名士。明年引疾归，僦居京师。四十五年复补福鼎，益淬厉图治。有陈姓者，家素丰，某移尸图诈。陈夜持千五百金求免刑，却之，置某于法。有武生诬族弟妇奸，以金指环为证。应鲸曰："叔嫂不亲授受，汝何缘见弟妻手以金环证乎?"武生屈服。痛责之，褫其衿。巡抚雅德谓应鲸闽中老吏，调闽县、侯官，皆力辞不就。四十八年，以罣误罢官。贫不能自存，米薪皆邑民供给。争为歌诗揭于衢，作长生位于文昌神祠祀之。及归，邑人醵金六百，给舟车，遣二役送还里。漳浦蔡新重其德，过任邱，携二役以行。应鲸归里，贫益甚，晨炊常不继，意恬如也。六十年卒，年七十九。

其著述多成于乾隆元年(1736)中举至三十五年(1770)除官之间。其《朱子纲目注义》124卷，始于乾隆七年(1742)，历时19年完成，

---

① 结合嘉庆《福鼎县志》，王应鲸应是乾隆三十五年(1770)除官，三十六年(1771)到任，故两处略有出入。

曾进呈乾隆皇帝御览。此后又以“候选知县”身份纂修《任邱县志》。[1] 其《古文八大家公暇录》即编定于纂修《任邱县志》的“公事之暇”，事在乾隆二十六年(1761)。其是年所作自序云：

> 愚不揣固陋，自壬戌以来著《朱子纲目集注》《集义》，各五十九卷，于诸家旧注补其缺漏，正其错误，明其未详，顺其失次，共不下万数千条。及书竣，又于纂修邑志征文考献。公事之暇，严选八大家文脍炙人口者，都为一集，共一百二十篇。洵以八家之文于制义为近，初学易读，亦便用也。

序八大家而详叙其《朱子纲目注义》，可见此书在他心目中的位置。《古文八大家公暇录》就是在这种富有成就感的心境中完成的。其编评目的是为“制艺”，为“初学”，又以“脍炙人口”为标准，定位明确，选篇精当，与吴炜选本同一机杼。

## 二　实物鉴定

王应鲸《古文八大家公暇录》六卷，成书于乾隆二十六年(1761)，初刻之后又有几次重刻。本人所见最早版本是乾隆三十年(1765)嵩秀堂刻本，现藏中山大学图书馆。其书影由中山大学中文系吴电雷博士(现为贵州民族大学西南傩文化研究院副教授)拍摄惠寄而来。此书半叶九行二十四字，左右双边，白口，单黑鱼尾，无界行。内封题“唐宋八大家公暇录，太史李文园、边秋崖两先生鉴定，任邱王霖苍选评，嵩秀堂梓行，乾隆三十年新镌”。卷首题“古文八大家公暇录卷之一，瀛海李中简文园先生鉴定，任邱王应鲸霖苍选评”，版心题“八大家公暇录，卷一，一”。正文有圈点，有行间夹批和末批，无

---

① 乾隆《任邱县志》卷首《重修任邱县志姓氏》，《中国方志丛书》华北地方第521号，第44页。

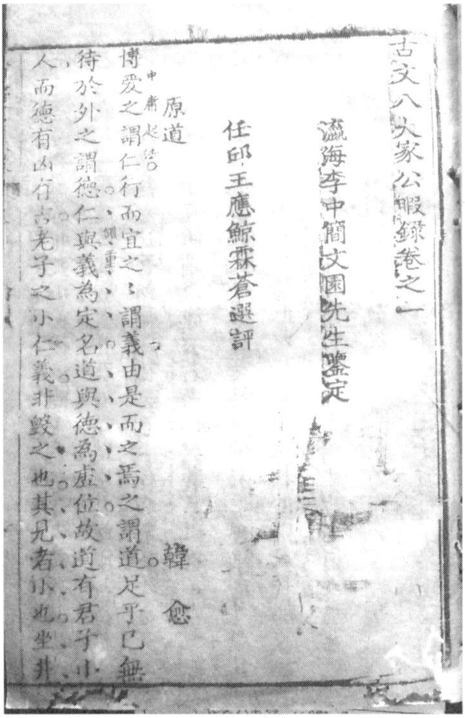
古文八大家公暇錄卷之一

瀛海李中簡文園先生鑒定

任邱王應鯨霖蒼選評

原道 韓愈

博愛之謂仁，行而宜之之謂義，由是而之焉之謂道，足乎己無待於外之謂德。仁與義為定名，道與德為虛位，故道有君子小人，而德有凶有吉。老子之小仁義，非毀之也，其見者小也。坐井

图 2-5-1 王应鲸《古文八大家公暇录》卷一
乾隆三十年(1765)嵩秀堂刻本

眉批。全书结构依次为内封、王应鲸叙、唐宋八大家公暇录目、古文八大家公暇录卷之一。王应鲸《叙》署“乾隆二十六年冬至后一日任邱王应鲸霖苍氏书”，末镌“王应鲸印”“霖苍”方印，尾页左下有满文五字。此序首页右下钤“岭南大学图书馆藏书”“中山大学图书馆善本”朱方印。

嵩秀堂为乾隆中期活跃在北京琉璃厂的一家书坊，①中山大学所藏系乾隆三十年(1765)嵩秀堂书坊重刻本，绝非初刻本。其内封题“太史李文园、边秋崖两先生鉴定”，卷首却只题“瀛海李中简文园先生鉴定”，如此前后不一，当非初刻所固有。李中简，字子敬，一字廉衣，号文园。边秋崖，即边继祖，字佩文，号秋崖。皆直隶任邱县人，同中乾隆十三年(1748)进士。李中简当时与纪晓岚齐名，②而边继祖有“诗压钱刘十才子，学宗濂洛五先生”之誉，③皆负盛名。王应鲸序不及二人，所谓二人“鉴定”者，很可能系嵩秀堂书坊假托。但此刻距成书仅四年，既云“新镌”，则必有所本，由此亦可以窥其原貌。见图 14 和图 2-5-1。

① 〔韩〕朴现圭：《朝鲜使臣与北京琉璃厂》，《文献》2003 年第 1 期。

② 孙星衍：《李文园先生全集序》，李中简《李文园先生全集》卷首，《四库未收书辑刊》拾辑第 15 册，北京出版社 1997 年版，第 2 页。

③ 道光《任邱续志》卷上《人物上》，《中国方志丛书》华北地方第 498 号，第 161 页。

## 三　选文规模和标准

全书共6卷，选文120篇。其中韩愈2卷（卷一至二），39篇；柳宗元1卷（卷三），16篇；欧阳修18篇，苏洵9篇，合为1卷（卷四）；苏轼1卷（卷五），20篇；苏辙、曾巩、王安石各6篇，合为1卷（卷六）。八大家连续立卷，座次分明。

王应鲸对茅坤以来的八大家选本不太认同，其所奉为"准绳"的是宋人吕祖谦的《古文关键》、真德秀的《文章正宗》和谢叠山的《文章轨范》。但从选文来看，他有意选入谢叠山《文章轨范》、吕留良《八家古文精选》和储欣《唐宋八大家类选》遗漏的篇目，并于总目中逐篇标出"某选阙"之类。被标篇目共有94篇，占总篇目的78%。其中被标"谢选阙"者74篇，"吕选阙"者49篇，"储类选阙"者13篇。三家选本均阙者有欧阳修的《相州昼锦堂记》、苏轼的《刑赏忠厚之至论》《谢赐对衣金带马表》《谢赐对衣金带马状》《答王幼安宣德启》，共5篇。其评《答王幼安宣德启》云："工秀之中，颇具逸致。"评《谢赐对衣金带马表》云："东坡四六尤妙在以虚字押韵，或押句尾，或押句腰，无不精警夺目，真有飘然欲仙之意。读此数作，便觉今人板滞。"（均见卷五）从全书的实际选文看，入选篇日以情彩兼备者为多。王应鲸自序称"严选八大家文脍炙人口者"，由此可以窥见，其所谓"脍炙人口"，不仅指传诵人口，还包括情感充沛、词采富丽。

总之，王氏立意严选"脍炙人口者"，而其对于哪些篇章"脍炙人口"，又有自己的标准。以此相量，三家选本自然"不无遗珠"（自序）。在三家选本之外选出被遗漏的"脍炙人口者"，是其创新追求，也可以视为其选文标准。

## 四　评点特征

王应鲸评点大抵以梳理段意为中心，并在此基础上指出何为主脑，何为眼目，何为关键，以及妙处何在，其着力点与一般的举业读本并无不同。其优点是将前人已言者说得浅显而醒透，更便于初学接受。例如，韩愈《进学解》一文，茅坤评其“以怨怼无聊之辞托之人，自咎自责之辞托之己，最得体”，可以说抓住了此文的关键，但哪一段是“怨怼无聊之辞”，哪一段是“自咎自责之辞”，为什么说“最得体”，都不具体指明。王应鲸则云：“前段是进学下手正指。中段将自己一生学业修行及时命之苦难于自叙者，都假托笑于列者发写，愈见得身分之高，而绝不涉夸。后段注意宰相用人器使，而谦己自反，并无怨尤之心，则身分益出。”（卷一）显然并未超出茅评，但他在分解段意的基础上揭示其得体之处在于“不涉夸”“身分高”，意思更加显豁。其评韩愈《代张籍与李浙东书》云：“前半忽喜，忽悲，忽又自奋，三层转折，情景如生。中间说到人皆盲心，则目即不盲，乃盲之大者。后说自己目虽盲，而心却不盲，则不可以盲之小者而见废也。以人心皆盲，愤世无识；己心不盲，高自位置。天下后世有目者读之，安得不悚心自省?”（卷一）浅显易懂，很便于初学。偶尔总括大意，亦能抓住要害，简明醒透。其评韩愈《送廖道士序》云：“大意言名山胜地，灵气所钟，当有非常奇人，而道士一流不足以当之，必别有人在，但不知为谁耳。处处作活语，不说煞，最得体。盖此等文字，若直称赞他，则违吾道；若直贬驳他，又何乐于送？须如此放活方妙。”（卷二）评柳宗元《钴鉧潭西小丘记》云：“大抵有才学之士，见售于京畿，则贵人皆重之；而见谪于边鄙，即俗子皆贱之。但兹丘遇己之知，而自己不遇人之知，则喜邱便是悲己。真令人读之，嘘唏不尽。”（卷三）切中肯綮，用语通脱，声口宛然，如对面絮语，颇得循循善诱之致。

王应鲸评点并非一味推阐前人结论，也有体会深至、发人深省之处。例如，韩愈的《获麟解》文旨如何，向来有争议，王应鲸认为是“自喻”，其说曰：“世有贤人，固是国家之瑞，但贤人在世，每不识得，必有圣天子出，方能用贤。若贤人不待圣君而出，谁识而用之？其遭贬黜，宜也。出处之际，其审矣哉。昌黎盖以自喻，读者须知，乃有意味。"（卷一）既悟得到，又说得彻，颇有道理。再如，韩愈《与孟尚书书》从表面上看确是一篇"自辩书"，但王应鲸认为这是"浅看了韩子"，其说曰："屡屡提掇圣人之道、先王之法，正是压倒佛道、佛法处。中后叙孟子力辟杨墨，以为功不在禹下，即把孟子所传道统，任到身上，力辟佛老。故愚亦推尊韩子，以为功不在孟子下。若只认作韩子为自己辨明，不信奉佛法，便浅看了韩子矣。"（卷一）在常见之外，又透发一层。其又评欧阳修《秋声赋》云："秋声本造化必然之气数，有何可慨？但就物之到秋，渐次摧落，因触起人之多虑，便易见老，是即人心中之秋耳。读此令人达观。"（卷四）指明此文主要不是写"造化之秋"，而是写"心中之秋"，颇有会心。其评苏轼《留侯论》说，"《周书》云：必有忍，其乃有济。孔子云：小不忍，则乱大谋。此论之所自本也。想坡公胸中本有一段能忍不能忍的议论，特借留侯写出耳。其实楚汉当日所以成败的大局不外此。"（卷五）评曾巩《列女传目录序》说："二南之业，本于文王，只此八字，便括全序之旨，便足为周室功臣。朱子本此以为诗传，今人皆知其说之出于朱子，而不知其说之原本曾序也。故特为拈出，以见朱子取裁之正。"（卷六）皆有一番见解。有时又颇为深曲，发人深省。例如，其评柳宗元《邕州马退山茅亭记》云："一起写出俭淡的景象，是描亭以茅名之本色。继写山之翠秀不以远限，便寓人才不为遐壤所域之意。后写山亭之美因人而著，便寓人才必遇知己始不湮没之意。非空空为一山亭作想也。"（卷三）透过表面文字，发掘其微言大义，对于启迪初学，颇为有益，比一般举业读本的俯仰由人要高出许多。

## 五　翻刻本概览

目力所及，王应鲸《古文八大家公暇录》的翻刻本尚有文盛堂、同文堂、聚锦堂刻本。

### (一)嘉庆六年文盛堂刻本

南京图书馆所见王应鲸《唐宋八大家公暇录》六卷，嘉庆六年(1801)刻本(索书号：GJ/92571)。二册。半叶十行二十四字，四周单边，白口，单黑鱼尾，无界行。内封镌“唐宋八大家公暇录，文盛堂梓行，太史李文园、边秋崖两先生鉴定，任邱王霖苍选评，嘉庆辛酉年新镌”。卷首题“古文八大家公暇录卷之一，瀛海李中简文园先生鉴定，任邱王应鲸霖苍选评”，版心题“八大家公暇录，卷一，一”。正文有圈点、行间夹批和末批，无眉批。全书结构依次为内封、王应鲸叙、唐宋八大家公暇录目、古文八大家公暇录卷之一。王应鲸《叙》署“乾隆二十六年冬至后一日任邱王应鲸霖苍氏书”，末镌“王应鲸印”“霖苍”方印，尾页左下有满文五字。见图2－5－2和图2－5－3。

图2－5－2　王应鲸《古文八大家公暇录》内封
嘉庆六年(1801)刻本

### (二)同德堂刻本

北京师范大学所见同德堂刻本，一函六册。半叶十行二十四字，白口，四周单边，单黑鱼尾。内封题“古文八大家公暇录，瀛海李中简、任邱王应鲸两先生鉴定，同德堂藏板”。卷首题“古文八大家公暇录卷之一，瀛海李中简文园先生鉴定，任邱王应鲸霖苍选评”。版心题“八大家公暇录”。正文有圈点、行间夹批和末批，无眉批。

### (三)聚锦堂刻本

清华大学所见聚锦堂刻

本(索书号:庚 311 7238.01),一函八册。半叶十行二十四字,白口,四周单边,单黑鱼尾。内封题“古文八大家,李中简文园先生鉴定,聚锦堂梓行”。卷首题“古文八大家公暇录卷之一,瀛海李中简文园先生鉴定,任邱王应鲸霖苍选评”。版心题“八大家公暇录,卷之一,一”。正文有圈点、行间夹批和末批,无眉批。卷一首页钤“国立清华大学图书馆藏”朱方印。见图 2-5-4。

## 六　序跋选录

### 王应鲸《古文八大家公暇录叙》

间尝读《朱子语录全书》,其中论唐宋文字,于韩、柳、欧、苏、曾、王八家,每谆谆言之,则八大家之评,由来尚矣。故朱子之友吕东莱先生著《古文关键》一书,用选八家为多。嗣是有真西山先

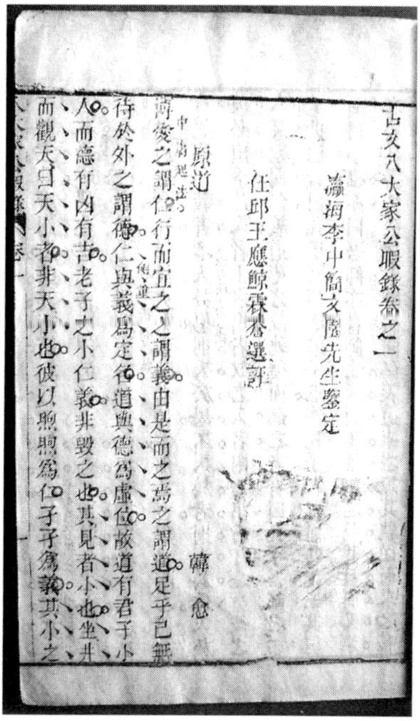

古文八大家公暇錄卷之一
瀛海李中簡文園先生鑒定
任邱王應鯨霖蒼選評
原道　韓愈
中庸起法
博愛之謂仁行而宜之之謂義由是而之焉之謂道足乎己無待於外之謂德仁與義為定名道與德為虛位故道有君子小人而德有凶有吉老子之小仁義非毀之也其見者小也坐井而觀天曰天小者非天小也彼以煦煦為仁孑孑為義其小之

图 2-5-3　王应鲸《古文八大家公暇录》卷一　嘉庆六年(1801)刻本

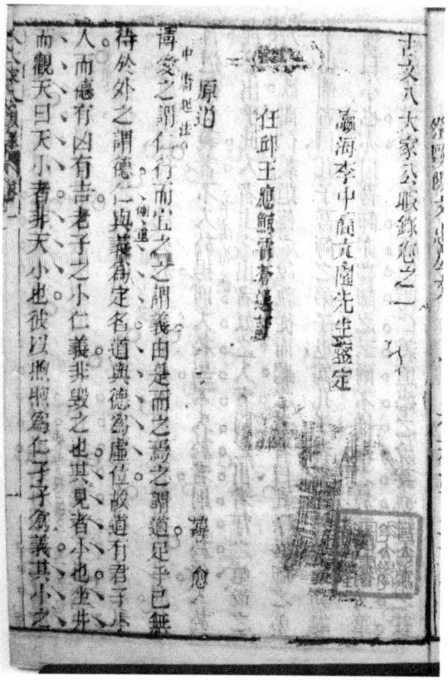

古文八大家公暇錄卷之一
瀛海李中簡文園先生鑒定
任邱王應鯨霖蒼選評
原道　韓愈
中庸起法
博愛之謂仁行而宜之之謂義由是而之焉之謂道足乎己無待於外之謂德仁與義為定名道與德為虛位故道有君子小人而德有凶有吉老子之小仁義非毀之也其見者小也坐井而觀天曰天小者非天小也彼以煦煦為仁孑孑為義其小之

图 2-5-4　王应鲸《古文八大家公暇录》卷一　清聚锦堂刻本

生《文章正宗》两编，唐宋之文，亦八家为备。宋季谢叠山先生有《文章轨范》七卷，共六十有九篇，亦以八家为指南。馀无几焉。此三先生，均以名儒为名臣，故所选本，愚实奉为准绳；而楼宇斋本，不与焉者也。

前明鹿门茅氏爰有八大家全钞，洋洋乎大观矣哉！本朝以来，石门吕氏又约为《八家精选》，便读诵矣，而多有未备。迨储同人，又分为《八家类选》，庶详备矣，而不无遗珠。若储氏《十家文录》，与茅本同一浩瀚，而欧史精文，亦竟阙如；则时下林过诸人一切杂选，不具论矣。盖文选而欲尽惬人意，诚哉其难也。

愚不揣固陋，自壬戌以来，著《朱子纲目集注》《集义》各五十九卷，于诸家旧注补其缺漏，正其错误，明其未详，顺其失次，共不下万数千条。及书竣，又于纂修邑志征文考献，公事之暇，严选八大家文脍炙人口者，都为一集，共一百二十篇。洵以八家之文于制义为近，初学易读，亦便用也。凡程朱诸儒语录，有论断及八家者，合东莱、真、谢诸说，暨茅、吕、储氏等评，详载于尾。至愚之管见，亦附录于末。要使世之读八家者得备览诸儒之评论，而于文之委曲毕尽焉，庶可以无憾矣夫。乾隆二十六年冬至后一日，任邱王应鲸霖苍氏书。（据乾隆三十年嵩秀堂刻本录入）

## 第六节　陈兆仑《陈太仆批选八家文抄》

### 一　陈兆仑其人

陈兆仑，字星斋，号句山，浙江杭州府钱塘县人。生于康熙三十九年（1701①），卒于乾隆三十六年（1771）。雍正八年（1730）进

① 据陈兆仑《紫竹山房诗文集》卷首所附《年谱·康熙三十九年庚辰》，陈生于是年十二月初六日，为公历1701年2月3日。

士，分发福建试用知县。受知于闽浙总督郝玉麟，任鳌峰书院山长，兼领《福建通志》志局，又充福建乡试同考官。十三年(1735)入京，考授内阁中书。乾隆元年(1736)举博学鸿词科，授翰林院检讨。六年(1741)充湖北乡试正考官。十八年(1753)迁太仆寺卿，充《续文献通考》总裁。十九年(1754)擢顺天府府尹。二十三年(1758)以同官迎驾失仪降太仆寺少卿，三十二年(1767)复授太仆寺卿。三十六年(1771)卒于官。著有《紫竹山房诗文集》32卷。生平事迹详见《紫竹山房诗文集》所附《年谱》。

郭麐为作《神道碑》，说他"先后立朝四十馀年，侃侃正色，无纤介之过。文章学术散于当宁，孚于廷寮，崇信于乡党，宗师于后学"。[①] 王昶为其诗文集作序，评价他说：

> 大抵以名节为坊表，以诗书为枕藉，以廉静寡欲、难进易退为标指。入其家，衡门两版，凝尘满席，不知为列卿之尊与京兆之雄骏也。发诸诗文，不以气炫才，不以词害志，淳古澹泊，清远闲放，适如心所欲出。[②]

所谓"淳古澹泊，清远闲放"，大略就其诗而言。至于其文，则大抵结构谨密，而性情流溢，笔调活脱，唱叹有致，如《黄莘田诗集序》之类，与欧苏为近。

陈兆仑早慧，其父又"督课烦密，时加笞楚"[③]，因而早年即博览群书，卓尔不群。15岁即"读毕《十三经》，旁涉子史。有手批《汉书》，虽随笔点定，而高论卓识，老师宿儒，未有以过"，17岁"手

---

① 郭麐：《灵芬馆杂著》卷一《清故通奉大夫太仆寺卿陈公神道碑铭》，《丛书集成续编》第193册，台北新文丰出版公司1998年版，第282页。

② 王昶：《紫竹山房文集序》，陈兆仑《紫竹山房诗文集》卷首，《四库未收书辑刊》玖辑第25册，第212页。

③ 陈兆仑：《紫竹山房诗文集》卷十八《先府君诰赠通奉大夫先妣赠夫人沈太夫人合葬墓志》，《四库未收书辑刊》玖辑第25册，第444页。

钞五经、《左》、《国》并《史记》、两汉唐宋诸文集,时加论断。……凡书经审阅,佳处悉成诵,终身不忘。鬻书者辄相戒曰,慎毋借与某,书留信宿,即不复问直矣"(《年谱》)。但其教授生徒和子孙,则主张由约入博,不令泛览无收。他说:"自古登文章之纂者,罔不淹贯百家,浩无涯涘。究其平生得力,政自无多。故蔡中郎宝王仲任《论衡》,而杜老亦切切以熟精选业训其子。"又说:"中人之资,与为泛涉而无益,不若约守而有功。"(《韩文选序》)又说学文"不在贪多,多即不见功矣"(《大苏文选序》)。他曾回忆雍正初年在紫竹山房授徒事说:"方是时,余以时文授受,无甚高论,但程尺度,务速化,禁诸少年毋得泛览。"①其现存自编教材都十分简约,可以作为例证。其晚年为课孙而作的《课孙草》仅有十篇时文,现有嘉庆九年(1804)黔省熊文光堂刻本。其古文选本《八家文钞》选文仅116篇,正当作如是观。

## 二　实物鉴定

江西省图书馆所见陈兆仑《陈太仆批选八家文抄》不分卷,光绪二十六年(1900)天津文美斋石印紫竹山房家塾本(索书号:63506)。六册。半叶九行二十五字,无版框、界行、鱼尾等。全书260×149毫米。正文有圈点、行间夹批、眉批和末批。封面题"陈太仆批选八家文抄",另一面题"紫竹山房家塾本,光绪二十六年天津文美斋石印"。各家目录后题"五世孙忠俨、伟恭校"。正文卷首无题识。

全书结构依次为封面、陈兆仑韩文选序、韩文选目上卷、韩文上卷正文、韩文选目下卷、韩文选下卷正文。韩以下各家依次为柳宗元、欧阳修、苏洵、苏轼、苏辙、王安石、曾巩,皆各有选序、目录和正

---

① 陈兆仑:《紫竹山房诗文集》卷九《周西隒表弟诗集序》,《四库未收书辑刊》玖辑第25册,第327页。

文，不分上下卷。韩愈而外七家自成单元，每单元可以视为一卷。因而也可以说，此书分为九卷：韩愈二卷外，其余七家人各一卷。

陈兆仑所作的八篇序皆不署年月，其《紫竹山房诗文集》所附《年谱》亦无编选此书信息，因而成书年月难考。全书有"吾意欲汝曹专主于韩"（《韩文选序》）、"汝曹以馀力及之可也"（《柳文选序》）、"汝曹之不能相通，病亦坐躁心未除也"（苏辙《黄州快哉亭记》）等语。由此观之，确系陈兆仑自课生徒及子孙的"家塾本"。陈兆仑去世后14年，王昶曾到钱塘陈氏家中登门求借其诗文集一观，其家人"闷不肯出"。[①] 其《八家文抄》乃其为子孙举业而编的古文读本，事关重大，更会秘不示人。光绪末年，废除科举的呼声越来越高，"闷不肯出"的必要性已经不大，而且长此以往，有失传的危险。其五世孙陈忠俨、陈忠伟[②]终于将家传130年之久的手写本公之于世。这就是江西省图所藏的天津文美斋石印本。见图15。

又有湖北省图所见宣统二年（1910）上海石竹山房石印本（索书号：集三1032），六册。半叶十一行二十六字，四周双边，白口，无鱼尾。封面题"陈太仆批选八家文抄，魏唐施清题"，另一面题"宣统二年庚戌冬月上海石竹山房石印"。卷首题"精选增批八家文钞，皖城陈太仆夫子批选，古吴凤石陆润庠鉴定，后学季直张謇校正"，右下钤"中南图书馆藏书"朱方印。中缝题"韩文上，一"。正文有圈点、行间夹批，有末批和眉批。末批乃据光绪二十六年（1900）天津文美斋石印本手写体覆印，但笔画操切离乱，而眉评改用匠体，与正文出自一手，皆失其真。其版本价值与光绪二十六年本不能相提并论。见图2-6-1和图2-6-2。

---

① 王昶：《紫竹山房文集序》，陈兆仑《紫竹山房诗文集》卷首，《四库未收书辑刊》玖辑第25册，第212页。

② 陈忠俨，监生，光绪二十一年（1895）任直隶大名县知县（民国《大名县志》卷十四，《中国方志丛书》华北地方第165号，第712页）。陈忠伟，字仲彦，光绪十一年（1885）举人，光绪十五年（1889）任奉天盖平县知县（民国《盖平县志》卷三《中国地方志集成》辽宁第13册，第88页）。

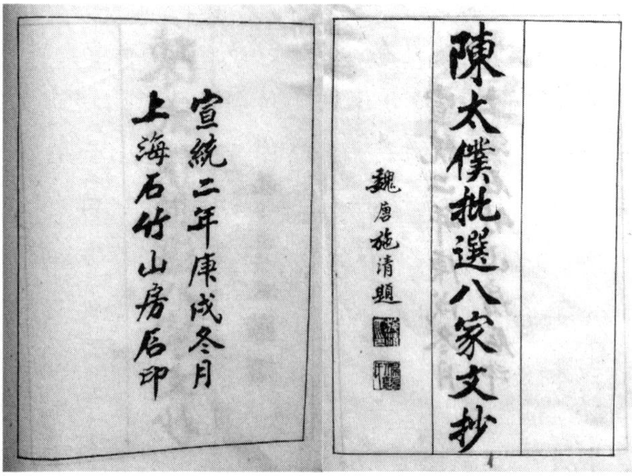


图 2-6-1　陈兆仑《陈太仆批选八家文抄》封面

宣统二年(1910)上海石竹山房石印本

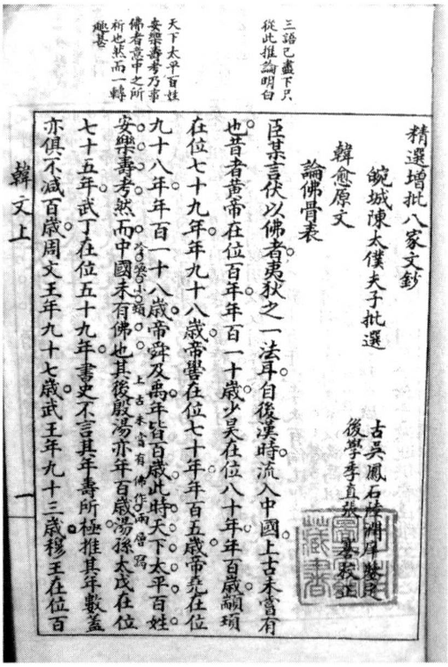

三語已盡下只從此推論明白

天下太平百姓安樂壽考乃事佛者意中之所祈也然而一轉趣甚

精選增批八家文鈔

皖城陳太僕夫子批選

古吳鳳石陸潤庠鑒定

韓愈原文

論佛骨表

臣某言伏以佛者夷狄之一法耳自後漢時流入中國上古未嘗有也昔者黃帝在位百年年百一十歲少昊在位八十年年百歲顓頊在位七十九年年九十八歲帝嚳在位七十年年百五歲帝堯在位九十八年年百一十八歲帝舜及禹年皆百歲此時天下太平百姓安樂壽考然而中國未有佛也其後殷湯亦年百歲湯孫太戊在位七十五年武丁在位五十九年書史不言其年壽所極推其年數蓋亦俱不減百歲周文王年九十七歲武王年九十三歲穆王在位百

韓文上

图 2-6-2　陈兆仑《陈太仆批选八家文抄》卷首

宣统二年(1910)

上海石竹山房石印本

## 三　选文规模与标准

全书选文 116 篇，其中韩愈 40 篇，柳宗元 12 篇，欧阳修 18 篇，苏洵 13 篇，苏轼 12 篇，苏辙 6 篇，王安石 5 篇，曾巩 10 篇。

其选文标准，可以概括为“主韩尚大”。所谓“主韩”是指以韩愈为主，其余七家为辅。韩愈一人入选 40 篇，超过全书选篇的 1/3，而三苏和王安石的选文总和不过 39 篇。王文只选入 5 篇，只是为了充八家之数。他说：“吾既厌恶其人，故不欲阅其文。姑取数篇，以仍八家之号。其实，虽悉置不观，亦无不可。”(《王文选序》)所谓“尚大”是指选文以“大制作”为尚。关于此点，陈氏自述甚明。他说：“吾意欲汝曹专主于韩，而他家则但录其大制作有关经世学术者存之。……此外诸家，只取益我部曲，增长声援，有之固百胜，无之亦不至立败。”(《韩文选序》)“大制作”一指“题大”，也就是“有关经世学术者”。其评韩愈《祭鳄鱼文》云：“祭鳄鱼竟似讨叛贼檄文，非小题大做，题原不小。周处斩蛟刺虎，改恶从善，皆此气魄。看此文是何等心胸笔力，真如举龙文百斛鼎也。”(卷上)可见此文得以入选，不仅因为其“气魄”“心胸笔力”大，还因为其“题原不小”。柳宗元的山水游记，向来为选家所必选，而陈氏则贬之为“小文”，概不入选。他说：“至于妍妙小文，柳最称夥，而概从割舍，谓非其至也。”(《柳文选序》)同时也可以看出，“但录其大制作”不仅适用于柳宗元以下七家，也适用于韩愈。例如，他盛赞韩愈《潮州刺史谢上表》《上孟尚书书》、苏洵《礼论》为“撑天拄地”之文，“历万劫而不朽”(上卷)，亦皆撷其大者。

“大制作”的第二层含义是“晕大”。陈氏云：“某尝谓大家之文如佛顶圆光，大于其身；文章之晕亦大于其题。须仔细参来。”(曾巩《宜黄县学记》)也就是说文章要有题外之旨，耐人寻味，而不是言尽意竭，过于刻露。其评曾巩《移沧州过阙上殿札子》云：“凡为文到主意欲露时，即如大地结穴，必有一种□薄往复之精神，又有一种左挈右攫唯恐或失之意象。有此精神意象，方缠绵有味，顿挫有节。圣人复起，不能易也。自俗学不复此旨，而牧斋伪体，奉为拱璧，悲夫！”钱谦益的文章尖新刻露有余，而“缠绵有味”不足，达不到“晕大于题”的境界，因而为其所鄙薄。

“大制作”的第三层意思是“理大”，或者说“理胜”。题目有关经世学术，文章也写得缠绵有味，如果论断不新、析理不明，也算不得“大制作”。陈兆仑说：“自柳而下，别择过严，但求其理最胜者登之，冀以开豁拘滞之胸，徐收浸淫之益。”(《柳文选序》)一般的举业古文读本大都看重文法，而陈兆仑选本则看重义理，欲以“理胜”之文“开豁拘滞之胸”，这显然是其过人之处。他说：“秀才家终日不出于轩序，眼光不出牛背，又不思自拓其心胸，见此等至平稳、极的当之文，犹心咤焉。幸而思而得之，又不能推之事事物物，亦终于醯鸡舞瓮已矣。熟玩此文，合老苏六经论读之，闭目静坐十日，而胸襟不开，鄙俗不消，笔底不滚滚欲出，断无是理、无是人也。”（柳宗元《封建论》末批）显然，他认为理畅者自然笔顺，单讲起承转合，而胸中没有见解，很难写出好的八股文章。其评苏轼《礼以养人为本论》云：“非徒理明，亦由笔妙。”其评韩愈《论佛骨表》云：“读此等文，但求明理。”（卷上）皆选“理明”者以冀读者之“明理”。欧阳修《本论》有上、中、下三篇，陈氏选上而弃中、下二篇。其自道原因云：“观下篇亦不出此义，但将浸之以渐意畅衍一番。此何事而可争旦夕之功？此易明也，不录可也。”可见说理不明者不录，理本易明而无过人之识者亦不录。

但理有未精，而说理精爽者，仍在入选之列。例如，其评欧阳修《春秋论下》云：“此专论后两案，文笔清辣，曲到则更胜，而见理未精，不可从也。……此文目光，毋乃未远乎！”又评苏洵《管仲论》云：“文人只图笔底爽辣，不参旁论。学者但摹其笔之辣，而置其理之疏可矣。”可见，其所谓“理胜”并不过于关注所说之“理”本身，而更在于说理的透辟与否。不难理解，其意在于增长读者见识，开拓读者心胸，提高读者说理技巧。这一点，正是举业定位的必然要求。全书不选墓志铭、韵文以及《原鬼》《毛颖传》《方山子传》《送李愿归盘谷序》等“精刨”“奇险”之文，皆因其对举业“沾溉有限”（《韩文选序》）。

## 四　评点特色

举业古文读本的评点大都以文法为中心，斤斤于段意及段意之间的逻辑关联，陈选则以剖析义理为中心，偶尔论及文章的形式，亦视角独特，有一番与众不同的新见解。总起来看，其评点用力深细，而眼界阔大，其特色具体表现在以下三个方面：

**（一）以音节韵调论文**

桐城派代表人物刘大櫆以音节字句论文，人所共知。陈兆仑与刘大櫆同时，比刘大櫆早九年去世，其论文亦围绕音节字句展开，却鲜为人知。其《八家文抄》的评点是一个例证。他说柳宗元《寄许京兆孟容书》的“音节波澜”逼肖司马迁的《报任少卿书》，曾巩的《南齐书目录序》“抑扬抗坠，自然中节”，欧阳修《集古录目序》“字句亦略用雕绘，然好在参差不整齐，而音节始古”，皆从音节字句小处切入。又说韩愈《与李翱书》“纯用曼声”（卷下），而柳宗元《献平淮西雅表》则“出以中声”：“有一语旁及乞哀，不但是献谀求悦，且必寒涩不与题称；稍涉夸大，又非孤臣迁客对君之体。文乃出以中声，至和且□之中，光道郁远，若离若即，永永不可磨没者也。”所谓“曼声”“中声”，都是音节字句的匠心运用所形成的整体声调。其评音节字句又有极为精细的特点。例如，其评曾巩《宜黄县学记》云：

> 三段皆用“欤”字宕住，其光远，其韵长。凡用助字，都非孟浪。“哉”字“欤”字，似可通用，而必不可通。“哉”字开口，“欤”字合口。开口者响，合口者沉。响者疾，沉者迟。疾者往，迟者留。馀可类推。

细细发掘，层层推衍，将字句、音节、韵味之间的逻辑关系节节打通，小处着眼，大处开发，议论深微而不玄虚。其评古文，还会关注是否用韵、如何用韵等问题，亦别具只眼。其韩愈《上宰相书》眉批云：“此段大文，细看都带用韵。李太白及韩公古诗常有此体，有一句一韵，有五六句一韵，有用入过接，使人不觉者。其见于文，则偶一为之。若《进学解》之体，应用韵也。柳子厚亦尝用韵入文，渠则显然明白，不似韩公之浑化耳。"从诗说到文，从韩说到柳，从散文里看出"韵味"来。可以说，其着眼音节韵调的评点方式在唐宋八大家选本中独树一帜。

### （二）从小处发大议论

陈兆仑评文不为题缚，往往从一篇或一点发出大议论。例如，其评苏轼《乞常州居住表》云："一路平仄相承，不差一字。自西汉以来，凡散行平叙处皆然，至转换处而后变调。自初唐四子，竟体不变，文体遂靡，而矫之过者，故为佶屈之辞，又失古文正脉。唯韩退之锐意复古，为得其中。自此欧苏递相祖述，顿迈旧观。若竟体相承，平仄不乱，而去四六偶排之迹，则用之章疏，极宜也。"同样是论音节韵调，但突破了本篇的限制，拓开一笔，将西汉以来平仄在古文中的因革损益之迹说得有头有尾，当得一篇文学史论。其评韩愈《送温处士赴河阳军序》又云："只开头一句，衍出一篇大文。《左传》每篇有线索，史公得之而为洁。若六朝人，翼小出群，只当得一句词色，通篇常有数十百比喻，所以谓之乱杂无章。至初唐四子，而敝极矣。"（下卷）由此文发端，说到《左传》《史记》，又说到六朝和初唐四杰，大致概括出中国散文结构的演变脉络。其指摘初唐四杰平仄"竟体不变"，而且文章结构线索不明、乱杂无章处，亦有精见。在这样的文学史观照下再看韩愈《送温处士赴河阳军序》"只开头一句，衍出一篇大文"的结构特色，无疑会有更深透的理解。所以，大议论从小处发出，又反过来加深读者对小处的理解，二者互相透发，并非断然两截。

有些议论，看似很小，实际上十分深奥，则谓之大议论亦无不可。例如苏洵称赞的欧文之"态"究竟是什么，其实不好说清，而陈兆仑说："态者，非折腰步、堕马簪之谓，其殆如纶中羽扇，雅歌投壶，人忙我闲者近是矣。《高司谏》一书，发之最激，而亦不掩其往复百折之常度。老苏岂欺我哉？"（《欧文选序》）其又说苏文之"锐"云："所谓锐者，无不达之意耳。无不达之意，则意尽而味亦尽。然意尽则理畅，而其言可立见之施行，故以供沉吟唱叹则不足，以资小惩大诫则有馀。”（苏洵《上田枢密书》）皆以实说虚，具体可感，通脱明透。其对比各家长短，也能够以简驭繁，令人有实落下手处。储欣曾将韩愈《答崔立之书》与司马迁《报任安书》相提并论，并认为“马悲韩豪，其情一耳”。陈评则云：“愚谓不尽则悲，尽则豪。言尽而意不尽者，太史也；言与意俱尽者，班韩以下，大抵皆然。”（韩愈卷下《答崔立之书》）其又论苏洵《上欧阳内翰第一书》云：“行文七曲八曲，有似摹欧阳子。然欧取态而此取波，亦如广陵之涛，起于一线，隐隐轰轰而至，则仍是苏子之文，而非欧之文也。”辨析于毫厘之间，深微切至，不愧为大议论。

其从小处发出的大议论不仅包括文学，也包括其他方面，大略信笔直书，或明理，或指谬，或示诫，或谈哲学，或谈世故，总有一番大见解。其评欧阳修《论台谏官言事未蒙听允状》云：“如说白话到底，而字字入情。明主可以理屈，难以情求，盖理外之情，则明主不受，谓其情之私也。若人人必有之情，则入情即是中理。言虽不用，而心未必不折。”从“情”字说到“理”字，将其区别与联系说得极为分明。再如，其欧阳修《梅圣俞诗序》末批从欧阳修的“穷而后工”说到陆龟蒙的“诗能穷人”，然后针锋相对地提出“诗能显人”论：

天下穷人多，而达者少。穷人姓氏，不挂人齿者，何啻亿万？而诗人独传，则是诗能显人，安见为能穷人哉？至于达官中有文誉者少，亦以此道本难，而又心有分用，非以无文誉而得富贵也。前路持论甚确，可以正陆子之谬。吾更推论及此，俾后之学诗文者笃于自信，弗为世说所惑，则庶几于此一脉，不为无助焉。

批驳谬论，识见宏通，笔力千钧，可以说是一篇优秀的诗论。其评王安石《庄周论上》则借题发挥，总括《庄子》全书宗旨，颇为透达。其说曰：

> 举世走富贵如飞蛾投烛，而战攻不息，生民涂炭，故救之以鲲鹏之逍遥，而辱之以鸱吓腐鼠，惕之以文牺入庙，因而齐是非，一生死，以畅其说。诚以仁义之说，不足以夺其心之所艳，莫若举其所艳者而空之，若曰：是粪壤而已矣，是机穽而已矣，何足艳哉？庄子大意，本是如此。然虽拦截其去路，而不还他归路，但以虚室生白、虚舟触船之类，欲其凭空顿悟，而侈大其空幻之说，以为尘垢秕糠犹可陶铸尧舜，则所谓矫之过乎正，同归于枉也。殊不想到归路不踏实，则内失所恃，而人事乍来，猝无以应，只得以刀截乱丝，苟图一日之不扰，而道德之后，流为□名矣。老子韩非合传，史公盖洞□庄之流弊者。余年十六七时读庄，即见及此旨，后观东坡年谱，亦云了不异人意，又见王介甫此论，益以自信。彼陋儒野道士，何足知之！

许多评点者借他人之文以申己说，冀其附骥以传远。陈氏评点借题发挥处，仍在开拓读者心胸，非一味逞见者可比。再如，其评苏轼《贾谊论》又云："长沙王之死，贾生自以为傅无状，哭泣以没，盖大儒而兼有至性，自不暇有许多作用。假若有许多作用，亦不过如陈平、陆贾之流，不成为其贾生矣。然凡才人之年少气锐者，不知世路艰难，往往以不乐损年，当奉此文为万金良药，不必为贾生设法也。"谆谆示诫之意甚明，此类大议论，大都可作如是观。

**（三）善于抉发作者苦心**

陈兆仑认为读古人书要随古人"所处之境"，探其心迹，"贵得其意，不可泥其辞"，也就是发现文字背后的苦心。例如，苏洵的《苏氏族谱引》居然不及始祖苏味道，陈氏逆探其心迹云："谱不及始祖味道者，想因自味道以下，世系不全，则宁缺焉耳。又只叙五服，非徒以亲与情之故。大抵自高祖以上，亦多有缺漏，自味道以来，留蜀之支，式微已久故也。不然，则谱以收族，岂得因亲尽而不载乎？读古人书，贵得其意，不可泥其辞。人各有境地，随所处之境，以尽吾为人子孙之心焉可矣。”这就将读者的注意力引向文章的深层，而不是浮在文章的外表。再如，韩愈的《上襄阳于相公书》一文，储欣认为此文“过誉”于相公，而陈氏则说，文中“称美”于相公处是为“自表所见”打掩护，是手段而不是目的。其说曰：

> 前路是极赞语，后段含有不足意，欲见商略耳。“赞王公之能”，“赞”是“赞助”之赞，非“称赞”之赞。若即作“称”字解，则下句成赘文矣，且何为以农马自处耶？惟急欲自表所见，而又恐触忌于人，故略为逗露，而即以称美句浑之，此当时作文之苦心也。人情忽近而贵远。韩公在当日，亦不过一文士耳。作《师说》以拓后辈，犹且遭骂，况敢唐突将相、自速祸败乎？古人心迹，须于吞吐中求之，不可粗心读也。（下卷）

抉发“作文之苦心”，深微精当，并非牵强附会。其评苏轼《乞常州居住表》又云：“文如失路儿啼，泪珠半落半咽，骤迎其母，乃放声一号，孤孽本易于见思，况忠孝乃其天性哉！”评王安石《周礼义序》不从根本说入，云：“论理该从周官根本说入，介甫知之而讳之，盖根本之地，人主所难，而吾不过借周官以取相位，何用深求其实？”皆揣情度理，如见肺腑。

陈氏抉发作者苦心，多联系时事和作者境遇。例如，其评韩愈《答崔立之书》云：“两试词科不得，三上宰相书不报，正在愤激少味时，忽得崔书规劝，勉以从时降志，遂乃借朋友发怒，淋漓激越，竟与杨恽《报会宗书》相类，而几几为嵇叔夜《绝交》。是时韩公年未三十，未免气质用事，顾崔亦暗于知人。读之使人气盛，又使人想其情事，不觉绝倒。”评柳宗元《与萧翰林俛书》又云：“大旨不过有望于萧俛得便见拯，转之内地，而屈折漫衍，不肯率意径吐，又恐托之空言，转为忌嫉者所□，故笔笔收转‘余又何恨’‘此在望外’‘勿为他人言’‘终欲为兄一言’。文人处穷，志士见摈，情怀历历，曲似江流，诚可悼也。”知人论世，心迹如画，情深绵邈，曲折切至，有大过于人者。

曾巩的文章向来以“味涩体重”为评家所短，至于其成因，则很少有人说得清楚。陈兆仑却有一段高论，于《列女传目录序》末批云：

> 子固文往往有脱节处及不完全处，如《寄欧阳书》“况巩也哉”下接其“追晞祖德”云云，文气似硬接。《移沧州札子》“其于劝帝者之功美，昭法戒于将来”下接“圣人所以列之于经”，中间似有落句，所谓脱节也。《宜黄学记》“士有聪明茂朴之质，而无教养之渐，则其材之不成”，语似未完。此篇“身不行，道不行于妻子，信哉！”，文气已欲宕住，而复接“如此人者”，亦微有脱节。往复读之，始悟古人不可轻议。盖势似断而仍连者，险势也；意到而笔未到，即不必到者，渴笔也。有此渴笔险势，而后其味涩，其体重。范蔚宗华而不靡，全赖有此，却被此老偷来。

以“渴笔险势”释其“味涩体重”，精细高深，而又具体可感，令人信服，皆由逆探作者苦心得来。

举业古文选本的评家，匍匐于古人脚下，盲赞瞎评，夸饰过甚，“语语而颂其美”者，[①]颇不乏人。而陈兆仑心雄气豪，高谈大

① 戴名世：《南山集》卷四《唐宋八大家文选序》，《续修四库全书》第1419册，第103页。

论，虽不至盛气凌人，亦可谓畅所欲言，指瑕摘弊，无所回护。例如，他指出欧阳修《丰乐亭记》“微嫌作态过甚，出锋太多”，又说三苏“武王非圣”“文巧开自圣人”等论，实为“大疵累”等（苏洵《书论》末批）。陈氏盛推韩愈，但对其瑕疵，亦直言不讳。其评《论佛骨表》云：“盖方其下笔时，亦自分不免，索性作此大转身，以为流传万世之地，则好名之病，亦不能为公讳也。”（上卷）《重答张籍书》“已之道，乃夫子孟轲、扬雄所传之道也”眉批云：“此段即是韩好胜少养处，不可不知。”（上卷）关于《送高闲上人序》指出其“遇和尚，便要自见身分”，结果前后矛盾，“致此文后幅，竟成败笔”（下卷）。揭示八家之短，向来是八大家评点的重头戏，这方面虽然不是陈氏选本的特色，但其识定语确，颇有断制，又论证详明，以理服人，与大言欺人、攻短自快者有所不同。

## 五　序跋选录

据江西省图藏光绪二十六年（1900）天津文美斋石印本录入陈兆仑序文八篇。

**陈兆仑《韩文选序》**

退之之文，如元圃积玉，触目琳琅，不可施以别择。顾玉之为用，下自坏块之细，以至鼎铉冕藻之华，罔勿取裁，则所施固有轻重大小，弗能一矣。中人之资，与为泛涉而无益，不若约守而有功。故吾于八家选，约之又约，至以四十首读韩。韩之妙，岂尽于此哉？不得已也。然较他家尚多至数倍，盖吾意欲汝曹专主于韩，而他家则但录其大制作有关经世学术者存之。是何也？凡游讌赠答之作，他家既不能胜韩之理，则韩之大足以括之矣。而就中割爱未登，如墓志铭，乃史氏之体，体尚实，不主乎文，而谀墓又未必皆实，故尽略之。独存《柳子厚墓志》一篇者，韩柳之交，古今有数，不可不深长思也。《原人》《原鬼》极精创，而势奇险，如山石嵚岑，可偶一坐卧，而不可常，则姑置之。吊祭文多韵语，别是一格。送行如《张童子》《殷员外》等作，虽简质入理，而或韵度不长，沾溉有限，卒亦阙焉。《浮屠文畅》，原道之支流，又可略也。四十首中又区为上、次二卷，得其上焉者之妙，而次虽不读可矣。虽然，不可以躐等也。其必由次以进于上，由上而进，以至于无字句处，无非韩子之理趣笔妙现于心目之前。自是而施之时古文，无所不可。此外诸家，只取益我部曲，增长声援，有之固百胜，无之亦不至立败，以有若左右手者为谋主故也。向使无萧相主关中，而但倚韩、彭为用，其遂能释内顾而决进取哉？夫是故得其要而约守之之为贵也。

**陈兆仑《柳文选序》**

乌获举百斛之鼎若鸿毛，楚王效之，绝膑而死。此以知才分秉之天，不可强而同也。建安王仲宣、刘公幹之徒，不受笼于陈王；而李白睥睨杜甫，如富人之悯贫儿，虽似太过，顾亦其克自树立者然欤？近世恽寿平，以山水不能过石谷，变而为没骨花卉，以成其名。此其技又出文士下，而立志不苟如此。良有以夫。柳子之文，凡出自著力者，多不及韩。若其无意求工，而倾吐胸臆，告哀于君友之间，则一往孤清闲肆，沉郁顿挫，自成为河东一家之言，而韩有不能到者矣。韩好以门弟子遇其交游，而诗不能降孟郊，文不能屈子厚，职是故也。自柳而下，别择过严，但求其理最胜者登之，冀以开豁拘滞之胸，徐收浸淫之益。至于妍妙小文，柳最称夥，而概从割舍，谓非其至也。汝曹以馀力及之可也。

**陈兆仑《欧文选序》**

永叔之摹韩，几于寻声答响，望形赴影矣，而不病其袭，则其说见于老苏之书，所谓“态”者是也。态者，非“折腰步、堕马髻”之谓，其殆如纶中羽扇，雅歌投壶，人忙我闲者近是矣。《高司谏》一书，发之最激，而亦不掩其往复百折之常度。老苏岂欺我哉？《秘演》《梅圣俞》二序可不存，存以见古人之于朋友文章，如此其厚也。不然，则《丰乐》《岘山》，已足尽其致矣。

**陈兆仑《老苏文选序》**

朱子评《战国策》，谓“先秦之文章，实是雄迈，非后世所及”。然则，眉山父子可谓雄迈矣，而老苏为最。说者谓苏洵及轼苟得志，未必不如安石。此大谬邪说也。老苏盖不慕富贵者也，藉第令不忘富贵，而亦知廉耻、守礼义者也。何以知之？吾于《辨奸论》知之，吾于《苏氏族谱》知之，吾于小苏之在枢密府知之。

**陈兆仑《大苏文选序》**

杀妻铸剑，妖妄之甚者也。精华受于天，锻炼成乎人，而干莫出矣。大苏之文，犹是也。自古文章之锐，至此而极。所谓“锐”者，无不达之意耳。无不达之意，则意尽而味亦尽。然意尽则理畅，而其言可立见之施行，故以供沉吟唱叹则不足，以资小惩大诫则有馀。欧阳《正统论》，不得大苏，其不见穷于章惇者仅矣。

凡为文，患痿痹而不见大意者，以此药之必瘳。然不在贪多，多即不见功矣。医家称附子为斩关陷阵之将，不可轻用；而蜀中山农啖附子，如蹲鸱然。然则，贪多亦归于痿痹而已。岂不然乎？

**陈兆仑《小苏文选序》**

言忠信，行笃敬，虽蛮貊之邦行矣。天下之欲杀苏氏兄弟者相比也，而辙卒致位通显，以功名终。此孔子所谓“忠信笃敬”者耶？心定者，其言重以舒；仁义之人，其言蔼如。少少许，足观其概矣。

**陈兆仑《王文选序》**

神宗嗣位之初，语廷臣曰：“方今天下，以理财为急。”是时大臣无识，不深维其说，引为君心之忧，但以常语悠忽听之；而下位远臣，有奸深而静观者，乃亟起而乘之，王安石是也。安石既欲希旨取相，而又思务财用之号不可居，而必见攻于众；且揣知神宗以经术虚名拔用，故文之以《周礼》。

安石之称《周礼》，非本意也。既云吾所用者《周礼》，则遂牵连而称尧舜。考尧舜之典，无理财之文，意谓周公之道传自尧舜，则强坐以为法中之鼻祖云尔。王莽非爱周公也。不周公,不可以窃国;又得刘歆窜入《戴记》之文为佐,而王莽于是乎果周公矣。安石不《周礼》,不可以得相;又有郑康成杂取嬴秦之法作注,若预为之地者,而安石之相业,于是乎果《周礼》矣。故曰:非安石之本意也。

暨乎新法行而民病,民病而谤生,谤生而众君子交争。争之不已,而众君子以贬窜放死殆尽。众君子类安石之故人,至于贬窜放死而不惜者,亦非安石之本意也。求固其位,不得不出乎此。所谓非利人之死,而自全之道在人之死耳。

嗟乎!赵宋何负于安石,而安石必如此破坏之。即安石亦不料如此之破坏人国,而病在非宰相不足为之一念中乎其隐,而又欲速得之而久据之,则小人暗于大计而苟图富贵者之为祸烈也,有以哉!鄙夫可与事君也欤哉!

大抵小人所奉之名,皆非其意。安石以祖宗不可胜,故以尧舜周公胜之。其徒蹶而复起,则又以众君子不可胜,而以祖宗胜之。彼岂知有尧舜、周公与祖宗哉?知富贵而已矣。

安石之文,清古简远,似乎言行判然。然其心之迹,抑亦有可寻者。如万言书之言法度,称尧舜即是矣。李斯颂秦石刻,无一篇非尊言法者。此其证也。然则孟子称尧舜,非乎?曰:孟子之称尧舜,因言性善而及之也;安石之称尧舜,因言民俗之不善、祖制之不善而及之也。忠佞贞邪之分界,决于此矣。

论事者不博览当日之纪传,审其时事,以究观其人其徒之本末,但曰介甫有复古之志而坚僻者耳。则是真信以为尧舜有理财之书也,则是真信以为周公之治天下,早用郑氏谬注,而又舍此数事,别无所谓《周礼》也。夫经书具在,可覆也。神宗昏惑狠戾,不足惜。至于南宋儒者,亦往往堕其术中,而为前所云云。此吾所为潸然叹也。

吾既厌恶其人,故不欲阅其文。姑取数篇,以仍八家之号。其实,虽悉置不观,亦无不可。食肉不食马肝,不为不知味。虽汤武之圣，犹见薄于猜主；而小人之涕唾，乃见宝于士人。则士人之不可信用，益明矣。

**陈兆仑《曾文选序》**

南丰之文之最上者，只可以当韩之上中，而亦无韩之下格。其无韩之上上者，天也；其亦无韩之最下者，人也。非徒不能为，亦直不欲为耳。其舒缓迟重似刘向，而近里著己又似仲舒，盖以汉人为师者欤？

欧阳公之诗，有坡老跨之；而文则又遇子固。二子皆公之门人。为人师者，不亦难乎！存其十篇，似有未尽。然而善读书者曰：足矣。

## 第七节　刘大櫆《唐宋八家文百篇》

### 一　刘大櫆其人

刘大櫆字才甫，号海峰，安徽安庆府桐城县人。生于康熙三十六年（1697），卒于乾隆四十四年（1779）。其“状貌丰伟，而性情直谅宽博”，①“嗜酒谐谑，与人易良无不尽”。② 雍正初年，旅店偶遇内阁学士吴士玉，为其激赏，称之为“今之昌黎”。③ 雍正三年（1725）入京，在吴士玉家坐馆近十年。其间又受知于方苞，有“国士”之誉。④ 雍正七年（1729）、十年（1732）两应顺天乡试，皆中副榜，例为贡生。乾隆元年（1736），方苞荐其应博学鸿词科，为同乡大学士张廷玉黜落。乾隆十五年（1750），诏举“经学”，张廷玉荐

---

① 吴定：《海峰先生墓志铭》，刘大櫆《刘大櫆集》附录，上海古籍出版社 1990 年版，第 623 页。

② 姚鼐：《刘海峰先生传》，刘大櫆《刘大櫆集》附录，第 622 页。

③ 刘大櫆：《刘大櫆集》卷三《再与吴阁学书》，第 107 页。

④ 姚鼐：《惜抱轩文集》卷八《刘海峰先生八十寿序》，《续修四库全书》第 1453 册，第 58 页。

其应试，再次报罢。举博学鸿词报罢时，方苞“愀然累日，顿足长吁”。[①] 时人有“数奇”“命穷”之叹[②]。

雍正十三年(1735)，刘大櫆回到家乡。此后相继应江苏学政尹会一、湖北学政陈浩之聘，校试阅文，因而得以往来江南及荆襄各地，游山历水，作诗甚夥。乾隆二十六年(1761)至二十八年(1763)以副榜贡生身份任黟县教谕，[③]“开导生徒，提唱诗文宗旨，阖郡名流，皆为拂席”。[④] 去官后主讲歙县问政书院，纂修《歙县志》《黄山志》。乾隆四十四年(1779)卒于桐城枞阳里第，三子早丧，门人吴定等经济其事。

其选本有《八家古文约选》48卷[⑤]和《唐宋八家文百篇》两种。生前皆无刻本。《八家古文约选》抄本，清末萧穆犹及见之，今不知所终，详见第五章第七节。《唐宋八家文百篇》系由《八家古文约选》“约之尤约”而来，道光三十年(1850)由同乡徐丰玉初刻于贵州，光绪二年(1876)又由其族孙刘继重刻于河南邢邱。

## 二　实物鉴定

国家图书馆所见刘大櫆《唐宋八家文百篇》不分卷，道光三十年徐丰玉贵州刻本(索书号:100175)。一函二册。半叶十行二十字，四周单边，白口，无鱼尾，有界栏。版心题“韩文”，卷首无标题。正文有圈点，题前加密圈，文后有评。版框

---

① 刘大櫆:《刘大櫆集》卷十《祭望溪先生文》，第337页。

② 吴定《海峰先生墓志铭》云:“国家用经义选天下士，而先生以振古之文，生于列圣相承、文教累洽之日，又有持权者为之引延，而卒沦溺下僚，不获展其才以没，则信乎命之穷也。”方苞《与魏中丞定国手书》云:“公见其文，自知其峣然异于侪辈。弟复先言之者，以其数奇耳。”均见《刘大櫆集》附录。

③ 嘉庆《黟县志》卷四《教职》，《中国地方志集成》安徽第56册，第110页。

④ 嘉庆《黟县志》卷四《名宦》，《中国地方志集成》安徽第56册，第120页。

⑤ 道光《桐城续修县志》卷二十一，《中国地方志集成》安徽第12册，第744页。

191×134毫米，书266×165毫米。中国人民大学藏本与此相同。

开卷为徐丰玉序，末署“道光三十年九月，邑后学徐丰玉谨记”。徐丰玉，字石民，安徽桐城人。道光二十五年(1845)，捐纳铨授贵州平远州知州，[①]善于捕盗，受知林则徐。后调任黄平州知州(署威宁)、郎岱同知(署思州府)。咸丰二年(1852)擢黄州知府，三年(1853)擢湖北督粮道。咸丰三年，在湖北田家镇半壁山战役中，与太平军交战失利，自刭。光绪中，李鸿章奏其功，予谥勇烈。《清史稿》卷四百有传。其《唐宋八家文百篇序》云：“黔处万山中，书贾罕通，或不尽见方、姚本；坊行《析义》《合评》之类，未足启发后学。因检箧所存征君《读本》，雠校付梓人。”则其所据底本系随身携带的“箧存”稿，其刊刻则在贵州任上。从序末所署年月来看，在郎岱同知任上的可能性较大，则其刊刻很有可能在思州府。

徐丰玉序后为刘大櫆《序目》，末署“乾隆四十年二月，桐城刘大櫆撰集序目”。是年刘大櫆79岁，家居于枞阳。乃从其《八家古文约选》所载500余篇文章中“就中抄八家文百篇为读本”(徐丰玉序)，大概为初学而设，因而篇目无多。

## 三　选文、座次及评点

徐丰玉所刊《唐宋八家文百篇》不分卷，选文100篇，其中韩愈31篇，柳宗元19篇，欧阳修20篇，曾巩6篇，王安石5篇，苏洵5篇，苏轼11篇，苏辙3篇。据刘大櫆《序目》，八大家座次依次为韩愈、柳宗元、欧阳修、曾巩、王安石、苏洵、苏轼、苏辙。关于八大家的高下及其所长，其《序目》云：

---

① 道光《平远州志》卷七《职官》，《中国地方志集成》贵州第50册，第397页。

> 予谓论则韩、苏，书则韩、柳，序则韩、欧、曾，碑志韩、欧、王。记则八家皆能之，而以韩、柳、欧为最；祭文则韩、王，而欧次之。三苏之所长者一，曰论；曾之所长者一，曰序；柳之所长者二，曰书、曰记；王之所长者二，曰志、曰祭文；欧之所长者三，曰序、曰记、曰志铭。韩则皆在所长。

在他看来，八家各有所长，而韩则无所不长，其尊韩倾向十分明显，因而所选韩文占全书的近1/3。这一点，与陈兆仑选本颇为相近。

至于其选文标准，清末萧穆说方苞论文主"义法"，其《古文约选》"最为严谨"，而刘大櫆论文主"品藻"，其《八家古文约选》"广大宽博"。[①] 此论甚是。《唐宋八家文百篇》既由《八家古文约选》"约之尤约"而来，则其选文仍有重"品藻"的特点，与方苞选本相比，"宽博"而不拘板，重文而不唯道。通观全书，所选多文品高卓、文采焕发之作。以韩愈为例，其《潮州刺史谢上表》以及三上宰相书等"乞哀"之作，品格卑弱，皆弃而不选，而《进学解》《毛颖传》之类词采富丽之文，则所选为多。欧苏和王安石的上皇帝书等大文章也不入选。这说明，刘大櫆是站在纯粹的文学立场上选文的，对于载道、举业之类的非文学因素考虑得很少。作为一个初学古文读本，其选文的精当大约可以用前无古人来形容，只是评点过于简略，影响了其整体水平。

刘大櫆曾师事方苞，但方苞"学行继程朱之后，文章介韩欧之间"，[②]此其志不仅在于文学，也有以道统自任的追求。而刘大櫆自称"闭户为空文，思以垂之于后"，[③]"发为文章，传之千万世而不

---

① 萧穆：《敬孚类稿》卷二《刘海峰先生唐宋八家文选序》，《续修四库全书》第1560册，第633页。

② 王兆符：《望溪先生文集序》，方苞《望溪先生文集》卷首，《续修四库全书》第1420册，第280页。

③ 刘大櫆：《刘大櫆集》卷四《送胡先生序》，第135页。

可澌灭”。[①] 可见他以文章传后自期，并没有“学行继程朱之后”的宏大追求。他又说时文之于圣贤经义，“如栖群蝇于圭璧之上，有玷汙而无洗濯”，[②]非只无补而已。由此看来，刘大櫆虽然向来被看作桐城派的代表作家，但其眼光与此前的方苞及此后附丽道统的桐城派后学都有所不同，与当时只为时文而编选古文的一般选家也不相同。正是由于这个原因，其选本能够自拔于流俗之外。

刘大櫆曾自言，“生平看古人书，亦多有标录而少批评，以批评则滞于语句之下，不能尽文字之妙”，[③]因而其诗文选本皆很少评语，重视以圈点启发读者。《唐宋八家文百篇》的评点正可用“有标录而少批评”来概括。在百篇选文中，有评点者只有 38 篇。其中 17 篇有方苞评，6 篇有姚鼐评，有刘氏自评者只有 16 篇[④]。现将刘大櫆自评列举于下：

**表 15　刘大櫆《唐宋八家文百篇》自评一览表**

| 序号 | 作家 | 篇　名 | 评　　点 |
|---|---|---|---|
| 1 | 韩　愈 | 讳辨 | 结处反覆辨难，曲尽瘦硬，已开半山门户。但韩公力大，气较浑融，半山便稍露筋节，第觉其削薄。 |
| 2 | 韩　愈 | 送杨少尹序 | 驰骤跌荡，生动飞扬，曲尽行文之妙。 |
| 3 | 韩　愈 | 送石处士序 | 兼用左氏文法。 |
| 4 | 韩　愈 | 送孟东野序 | 文以天字为主，而用鸣字善，鸣字纵横组织其间，奇绝变化。 |
| 5 | 韩　愈 | 送董邵南序 | 微情妙旨，寄之笔墨之外，昌黎平生作文，不欲托史记篱下，独此篇为近。 |

① 刘大櫆：《刘大櫆集》卷三《答周君书》，第 120 页。

② 刘大櫆：《刘大櫆集》卷三《张俊生时文序》，第 104 页。

③ 萧穆：《敬孚类稿》卷二《刘海峰先生历朝诗约选后序》，《续修四库全书》第 1560 册，第 633 页。

④ 王安石《泰州海陵县主簿许君墓志铭》既有自评，又引姚鼐评。

续表

| 序号 | 作家 | 篇　名 | 评　　点 |
| --- | --- | --- | --- |
| 6 | 韩　愈 | 送王秀才含序 | 含蓄深婉，颇近子长，退之文以雄奇胜人，独董邵南及此篇深微屈曲，读之觉高情远韵，可望不可即。 |
| 7 | 韩　愈 | 送区册序 | 昌黎阳山后文字，尤为高古。 |
| 8 | 韩　愈 | 送李愿归盘谷序 | 兼用偶俪之体，而非偶俪之文，则哲匠之妙用也。 |
| 9 | 韩　愈 | 送廖道士序 | 此文如黑云漫空，疾风迅雷，甚雨骤至，电光闪闪，顷刻净扫阴霾，皎然日出，文境奇绝。 |
| 10 | 韩　愈 | 送高闲上人序 | 奇崛之文，倚天拔地。 |
| 11 | 韩　愈 | 祭十二郎文 | 退之文无俗韵，独此篇有之。盖本系称述家人骨月，俗情俗事，故不能免俗耳。正如妇人之哭，数长说短，虽令丈夫闻之，有忸怩不宁者，然原其出于真实，亦不以为笑谈也。白乐天之诗，至不足道，而千古庸人奉为圭璧，亦以当于庸俗之心思而已。 |
| 12 | 欧阳修 | 释惟严文集序 | 两释集序，俱以曼卿相经纬，此篇虽不及秘演之烟波，而忽起忽落，自有奇气。 |
| 13 | 欧阳修 | 送徐无党南归序 | 结处抱转草木鸟兽众人二项，滴水不漏，然波澜出之自然，不见照应之迹，故佳。 |
| 14 | 王安石 | 泰州海陵县主簿许君墓志铭 | 以议论行序事，而感叹深挚，跌荡昭朗，荆公此等志文，最可爱。 |
| 15 | 苏　洵 | 送石昌言为北使引 | 其波澜跌宕，极为老成，句调声响，中窾合节，几并昌黎，而与殷员外序实不相似。 |
| 16 | 苏　辙 | 上枢密韩太尉书 | 文亦有疏荡之气。 |

可以看出，其评点也以韩愈为主，其他诸家，只寥寥数语。其精彩之笔，也大都出自韩文评点，例如，第1、5、6、7条，前连后比，议论阔大，第9、11条比喻贴切，识见高卓，情采焕发，在八大家评点中罕有其匹。

总起来看，刘大櫆《唐宋八家文百篇》与陈兆仑《八家文抄》皆有“尊韩”倾向，但其选文标准不同。刘选重“品藻”，并不格外关注“大制作”；而陈选重“义理”，所选多有关经世学术的“大制作”。刘选评点固然不乏精彩，但毕竟过于简略，陈选评点详明，精彩叠见，显然更有宜于初学。

## 四　版本概览

刘大櫆《唐宋八家文百篇》先以抄本形式流布于乡党间，道光三十年(1850)始由其乡人徐丰玉初刻于贵州，光绪二年(1876)其族孙刘继据徐丰玉本重刻于河南邢邱，称为《海峰先生精选八家文抄》。光绪十七年(1891)，天津韩桂荣等又将刘继本石印。兹据所见，略加叙录。

刘大櫆《海峰先生精选八家文抄》不分卷，光绪二年刘继邢邱刻本，上海图书馆、南京图书馆、北师大图书馆、浙江省图书馆、湖北省图书馆均有藏。半叶十行二十四字，左右双边，白口，双黑鱼尾，有界栏。版框 170×139 毫米。内封题“海峰先生精选八家文抄，(另一面)光绪丙子春月裔孙继重刊于邢邱”，首面左下镌“薛成荣印”白方印①。卷首无标题，版心题“韩文”。全书结构依次为内封、徐丰玉序、刘大櫆序目，然后是正文。书尾有曾纪云跋。徐丰玉序署“道光三十年九月邑后学徐丰玉谨记”，刘大櫆《序目》署“乾隆四十年二月桐城刘大櫆撰集序目”，后有“彭泽后学曾纪云轩臣、欧阳霖润生仝校”识语。曾纪云跋署“光绪二年仲秋月彭泽后学曾纪云轩臣甫拜跋”。正文有圈点，文后有末批。见图 16 和图 2-7-1。

刘继重刻本与徐丰玉初刻本有两点不同。一是为 14 篇文章增加了评点，其中徐刻无评而新增者 12 篇，徐刻有评而新增者

① 薛成荣，字晓筠，无锡人，书法家。

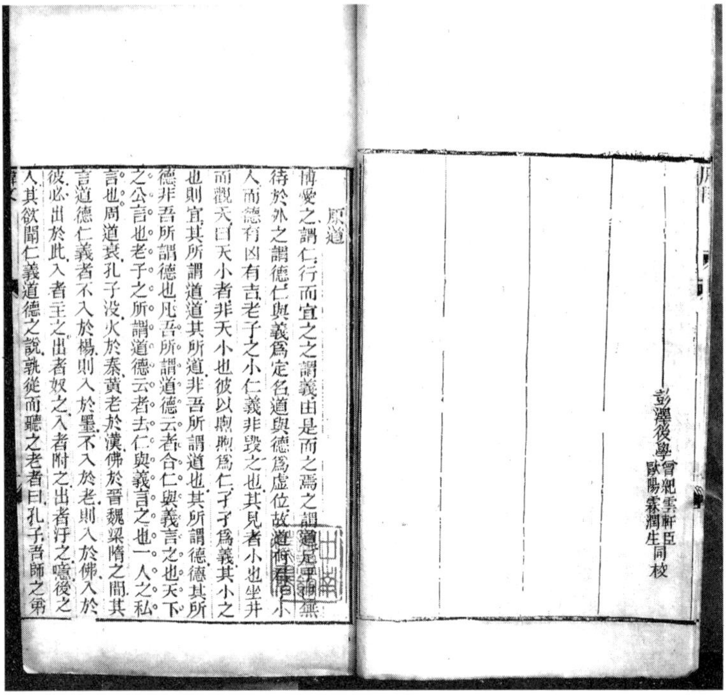
原道
博愛之謂仁行而宜之之謂義由是而之焉之謂道足乎己無待於外之謂德仁與義爲定名道與德爲虛位故道有君子小人而德有凶有吉老子之小仁義非毀之也其見者小也坐井而觀天曰天小者非天小也彼以煦煦爲仁孑孑爲義其小之也則宜其所謂道道其所道非吾所謂道也其所謂德德其所德非吾所謂德也凡吾所謂道德云者合仁與義言之也天下之公言也老子之所謂道德云者去仁與義言之也一人之私言也周道衰孔子沒火於秦黃老於漢佛於晉魏梁隋之間其言道德仁義者不入於楊則入於墨不入於老則入於佛入於彼必出於此入者主之出者奴之入者附之出者汙之噫後之人其欲聞仁義道德之說孰從而聽之老者曰孔子吾師之弟

彭澤後學曾紀雲軒臣
歐陽霖潤生同校

图 2-7-1 刘大櫆《海峰先生精选八家文抄》卷首

光绪二年(1876)刘继邢邱刻本

2 篇。不过是在徐丰玉本的基础上增入朱熹、吕祖谦、唐顺之、茅坤、钱谦益、吕留良、储欣、方苞、姚薹坞之评，又有移人之评而不具名者，如评曾巩《列女传目录序》“二南之业本于文王，只此八字，括全序之旨，朱子即取此为诗传”数句实系王应鲸评点。二是附刊刘大櫆时文 101 篇。曾纪云跋云：“海峰先生本古文作手，文集早经行世，别有时文一百一篇，板俱散失。今其族孙少塗鹾尹重刊之，附古文后，仍以雠校属予。”今所见刘继刻本书尾曾纪云光绪二年(1876)仲秋月跋或署“曾纪云轩臣甫拜跋”，或署“曾纪云轩臣甫谨识于沁阳书院”，内容完全不同。署“沁阳书院”者云：“予粗识之无，于古文词雅未梦见，以少塗鹾尹于覃怀重刻，乞为校字”。覃怀即邢邱，在河南怀庆府，所谓邢邱刻本和覃怀刻本皆系光绪二年(1876)刘继刻本，或附刘大櫆时文，或未附刘大櫆时文，其《海峰先生精选八家文抄》部分同出一个版本，非有二刻。

刘继字少涂，安徽桐城人，刘开子。开字孟涂，一字明东、方来，姚鼐弟子，著述甚富，《清史稿》卷四八六、民国《桐城续修县志》卷十六有传。道光元年(1821)，刘开纂修《亳州志》时突然去世，年仅41岁，是时“子裁四岁”。① 以此而推，刘继当生于嘉庆二十三年(1818)，光绪二年重刊《海峰先生精选八家文抄》时59岁。其刻本内封牌记自称“裔孙”，曾纪云序称其为“族孙”，而刘大櫆34岁时称“幼子三人皆已死”，②后来过继侄孙刘符琢为嗣；其父刘开也称刘大櫆为“刘海峰先生”。③ 则所谓“裔孙”者，并非嫡系，也不是刘符琢后人。《清史稿》称刘继“有信义，遍走贵势求刻其父书”。④ 从南京图书馆藏本来看，与《海峰先生精选八家文抄》及其时文101篇同时刊刻的还有《刘海峰诗文集》19卷和姚鼐《惜抱轩时文》若干卷，皆由“其族孙少涂鹾尹鸠资覆刊于中州”。⑤ “少涂鹾尹”即刘继，其“鸠资”的主要途径是“遍走贵势”。例如同治十年(1871)，刘继曾以其父诗文全集求兖沂曹济道长赓作序，⑥其意即在于“鸠资”。《海峰先生精选八家文抄》的刊刻也是通过这种方式实现的。

其后又有光绪十七年(1891)石印本，湖北省图有藏。半叶12行24字，四周双边，单鱼尾，下黑口，无界行。韩愈《原道》首页右

---

① 陈方海：《刘孟涂传》，刘开《刘孟涂集》附录，《续修四库全书》第1510册，第231页。

② 刘大櫆：《刘大櫆集》卷四《送沈茉园序》，第134页。

③ 刘开：《孟涂文集》卷一《吴生甫先生传》，《续修四库全书》第1510册，第398页。

④ 《清史稿》列传二百七十二《刘开传》附。

⑤ 鲍源深：《补竹轩文集》卷三《刘海峰文集序》，《清代诗文集汇编》第650册，第701页。

⑥ 长赓：《刘孟涂集序》，刘开《刘孟涂集》卷首，《续修四库全书》第1510册，第169页。

下钤“中国科学院武汉分院图书馆藏”朱方印。全书结构依次为徐丰玉序、刘大槐序目，然后是正文。刘大槐序目后题“光绪十七年十二月天津韩桂荣秋崖、阳湖吕葆宗孝珏、昆明戴清翊臣全校”。正文有圈点，文后有末批。字体工整，刷印精良，可谓石印中之上品。见图 2－7－2。

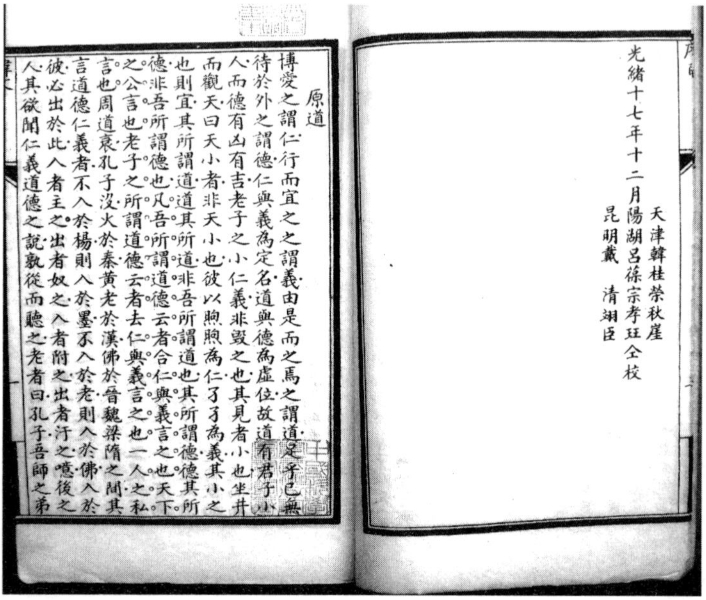

光緒十七年十二月　天津韓桂榮秋崖
陽湖呂葆宗孝珏仝校
昆明戴　清翊臣

原道

博愛之謂仁行而宜之之謂義由是而之焉之謂道足乎己無待於外之謂德仁與義為定名道與德為虛位故道有君子小人而德有凶有吉老子之小仁義非毀之也其見者小也坐井而觀天曰天小者非天小也彼以煦煦為仁孑孑為義其小之也則宜其所謂道道其所道非吾所謂道也其所謂德德其所德非吾所謂德也凡吾所謂道德云者合仁與義言之也天下之公言也老子之所謂道德云者去仁與義言之也一人之私言也周道衰孔子沒火於秦黃老於漢佛於晉魏梁隋之間其言道德仁義者不入於楊則入於墨不入於老則入於佛入於彼必出於此入者主之出者奴之入者附之出者汙之噫後之人其欲聞仁義道德之說孰從而聽之老者曰孔子吾師之弟

图 2－7－2　刘大槐《海峰先生精选八家文抄》卷首

光绪十七年(1891)石印本

## 五　序跋选录

道光三十三年(1850)徐丰玉刻本有徐丰玉跋，据国图藏本录入。光绪二年(1876)刘继邢邱刻本有曾纪云二跋，署“沁阳书院”者据浙江省图藏本、署“拜跋”者据湖北省图藏本录入。

**徐丰玉《唐宋八家文百篇序》**

《唐宋八家文百篇》，吾乡刘才甫征君钞存读本也。征君《古文约选》谓：“八家之外无文，即古之名贤道学各有文集，未可谓之能文。又有当时以文名一世，而实无与于文之事。自蔡邕以下，及唐之李华、权德舆、独孤及、杜牧等，下逮宋、元、明，皆有其人，而未可谓之能文。惟韩门李翱、苏门晁补之，附文数篇。归氏有光，才力虽不逮古人，独得古人行文之意，附文数十篇。”选诚约矣。就中钞八家文百篇为《读本》，则约之尤约也。时皆未刊行。

先是，方灵皋侍郎辑八家文，亦以“约选”名，小异而大同，曾借刻于京师。厥后姚姬传太史撰《古文辞类纂》，博精明确，集文章之大成，门下士刊于粤东，刊于金陵，不胫而走，流布海内。征君《约选》，固可不复刊。黔处万山中，书贾罕通，或不尽见方、姚本；坊行《析义》《合评》之类，未足启发后学。因检箧所存征君《读本》，雠校付梓人。旧有圈点钩乙，暨方侍郎、姚太史评语，盖征君文法受之方而授之姚者也。三先生生同时，居同里，同以治古文名于世，世遂谓“天下文章，出于桐城”云。

道光三十年九月，邑后学徐丰玉谨记。

**曾纪云《海峰先生精选八家文抄跋》之一**

文义之在天壤，如日月经天、江河行地，有目共见，有口共传，历万劫而不敝者也。然而深者见深，浅者见浅，不有人焉抉摘而指陈之，读者成竹在胸，知其佳而不知其所以佳，转失作者之旨矣。八大家文，文之至者也，国朝选者无虑数十百家。但有唐至今千馀年，大宋亦八九百载，从无敢以臆断抉摘可否者。海峰先生精选百篇，钞为《读本》，于意义之警策、字句之鬆泛者，悉从旁圈点而钩乙之，而本来面目，绝不涂抹一字，甚盛心也。

予粗识之无，于古文词雅未梦见，以少塗鹾尹于覃怀重刻，乞为校字，因见有删一二字者，有删数句者，有删整段至数行者。再四展玩，觉较原文局尤紧，格尤炼，语尤快，气犹道。譬诸日月，虽薄蚀而转觉其明，江河虽堵塞而倍形其畅，洵后学之津梁也。独惜诸家评语有与先生旨趣发明者，未经载入，不克互相印证耳。然而先生之功，顾不伟哉！使起八家于九京问之，应无虞仲翔没世之憾也夫。

光绪二年仲秋月，彭泽后学曾纪云轩臣甫谨识于沁阳书院。

**曾纪云《海峰先生精选八家文抄跋》之二**

八韵诗始自唐人，至国朝馆阁诸公，格律谨严，闳中肆外，直驾唐贤而上之，叹观止矣。八股则不然。明季作家入其阃奥，国初诸老泄其菁华，集文义之大成，未有盛于此时者也。乾、嘉而降，不可言矣。格卑而气靡，意腐而调滑，非必今不古若也，定例以此取士，自县府岁科、乡会试，风檐寸晷，急就成章，虽有深造之思，实鲜钻研之暇，故求所谓清真雅正，百变而不离其宗，足为制义之楷模、士林之矩矱者，往往难之。

海峰先生本古文作手，文集早经行世，别有时文一百一篇，板俱散失。今其族孙少涂鹾尹重刊之，附古文后，仍以雠校属予。予惟文以载道，文隆则道从而隆，文污则道而从污，听其卑靡腐滑而不为救正，江河日下，伊胡底乎？先生之文，说理透辟，命意深远，措词精确，布局浑成，瘦折而变化不穷，澹朴而精神如接。博厚高古，直逼史迁；即入明季国初集中，未有能辨之者。学者诚能家置一编，而寝馈以之，岂但格律谨严、闳中肆外如诗学之直驾唐贤而已？其所以楷模制艺、矩矱士林，而转移乎世道者，夫岂尠哉！

光绪二年仲秋月，彭泽后学曾纪云轩臣甫拜跋。

## 第八节　高塘《唐宋八家钞》

### 一　高塘其人

高塘字梅亭，直隶顺德府南和县人。乾隆二十五年（1760）举人①。三十二年（1767）、三十七年（1772）两度任山西沁州沁源县知县，“内宽外和，肇兴学校，风俗为之稍变。……为人精明强干，

① 民国《南和县志》卷七，第8页。

不煅炼周内，其政治殆加人一等。去沁之后，沁民思之，祀于靳公祠”①。四十七年(1782)改任四川重庆府江津县知县②。五十二年任(四十九年升)四川酉阳州知州，“留心文教，以振作士林为己任，选刻《左传》、《国语》、《国策》、《史记》、前后《汉书》七种文钞，家户皆弦诵之”③。其酉阳知州任上所编系列古文读本实有《左传钞》《公羊传钞》《穀梁传钞》《国语钞》《国策钞》《史记钞》《前汉书钞》《后汉书钞》《唐宋八家钞》《归馀钞》十种，始于乾隆五十二年(1787)十二月，终于五十三年(1788)十二月④，前后历时仅一年。此后复有《嘉懿集初钞》《嘉懿集续钞》，成书于五十四年(1789)正月至二月间，大抵采择陈宏谋《训俗遗规》《从政遗规》而略加增补。此前又有时文选本《明文钞》六编、《国朝文钞》五编，皆成书于乾隆五十一年(1786)八月；前者收文 742 篇⑤，后者收文 1100 余篇⑥。同年十月又有《论文集钞》成书，收历代论时文写作之文。上述 14 种汇为《高梅亭读书丛钞》，其影印本现收于《华东师范大学图书馆藏稀见丛书汇刊》(北京图书馆出版社 2006 年版)第 15—39 册。

从序跋来看，《后汉书钞》序成于乾隆五十三年九月，《唐宋八家钞》序成于同年十月。由此看来，《唐宋八家钞》的编抄历时仅有一月；全书共 1180 余页，平均每天需要完成近 40 页。其仓促急就之状，可想而知。至于其编抄意图，高氏自称“兼可为

---

① 民国《沁源县志》卷三《名宦传》，《中国方志丛书》华北地方第 404 号，第 261 页。

② 民国《江津县志》卷六《官师》，第 10 页。

③ 同治《增修酉阳直隶州总志》卷十二《职官志·文秩上》，第 46 页。

④ 高嵣乾隆五十三年(1788)十二月所作《归馀钞序》云：“名之曰‘归馀’，取《左氏》‘归馀于终’之义。缘古文之钞，自昨岁十二月始，至今岁是月终，以此钞为殿；且作者非一时，文亦不一律，统归于此，等于其馀之意也。故云然。”《归馀钞》四卷，收前九种钞以外的文章，始于《庄子》，终于王守仁，与《唐宋八家钞》一样，亦系乾隆五十二年(1787)至五十三年(1788)间所抄古文读本。

⑤ 高嵣：《明文钞初编》卷首自序，乾隆五十一年(1786)刻本。

⑥ 高嵣：《国朝文钞初编》卷首自序，乾隆五十一年(1786)刻本。

有志古作者之助，不独为举子业有益时文云尔也”(《唐宋八家钞序》)，显然主要为酉阳“士林”举业而编。清代地方官，特别是学政、教谕等有“训士”之责者，甫莅一地，往往自编古文或时文选本，广泛印行，既能彰显政绩，又会有不菲的经济收入，可谓名利双收。高嵣的《唐宋八家钞》大抵可作如是观。

## 二 初刻本概况

高嵣《唐宋八家钞》八卷，乾隆五十三年(1788)广郡永邑培元堂写刻本，清华大学、华东师范大学等多地有藏。华师大藏本已影印出版。兹据清华大学图书馆所见，略加叙录，以相印证。

清华藏本二函八册(索书号：庚 311 7088)，半叶九行二十五字，四周双边，白口，单黑鱼尾，无界行。版框 193×144 毫米，书 260×171 毫米。内封题“唐宋八家钞，和阳高梅亭集评，乾隆五十三年订”，左下钤“广郡永邑培元堂杨藏板”朱方印。卷首无标题，首篇首叶版心题“唐宋八家钞，昌黎，卷一，论佛骨表，一”。正文有圈点、双行小注和行间夹批，有末批和眉批。全书结构依次为内封、高嵣自序、唐韩昌黎小传、唐宋八家钞卷一目录，然后是卷一正文。高嵣序署“乾隆五十三年十月下浣和阳高嵣”，下镌“高嵣之印”“梅亭”二方印。八家座次为韩愈、柳宗元、欧阳修、苏洵、苏轼、苏辙、曾巩、王安石。各家均先有小传，后有目录和正文。各卷目录只列作家和篇名，不分文体，后列该卷收文总数。

此本以目统篇，只在各卷目录首页列出书名，正文卷首无标识，但正文各叶版心均详列书名、作家、卷次、篇名和该篇所在页码，仍然很便于检阅。只是版心不列本卷页码，装订时易致重复或失次，是其所短。

包括《唐宋八家钞》在内的《高梅亭读书丛钞》十五种内封皆钤“广郡永邑培元堂杨藏板”朱方大印。“广郡永邑”当指直隶广平府永年县，与其家乡顺德府南和县毗邻。从乾隆五十一年

(1786)秋至五十四年(1789)春,直隶永年杨氏培元堂将这套丛书陆续付刻,其中十种古文抄发往四川酉阳州销售,成为"家户皆弦诵"的畅销书。《唐宋八家钞》应当最为火爆。高嵣说:"昔人言,秦汉文法宽,唐宋文法严;又云,秦汉文法微,唐宋文法显。故初学经书既毕,授以古文,须先从唐宋入手,使有径路可寻;次及史汉,层累而上。"(《唐宋八家钞序》)也就是说,十种古文抄,要先从《唐宋八家钞》读起,然后逆序而上。所谓"家户皆弦诵"者,主要指《唐宋八家钞》。

## 三 选文规模、来源和标准

全书八卷,选文 256 篇。卷一至二为韩愈文,共 67 篇;卷三为柳文,36 篇;卷四至五为欧阳修文,共 60 篇;卷六至七为苏洵、苏轼文,分别收 15 篇、43 篇;卷八为苏辙、曾巩、王安石文,分别收 7 篇、12 篇、16 篇。

关于选文来源,高嵣自称:"圣祖仁皇帝《古文渊鉴》《御选唐宋文醇》颁发学宫,楷模多士,固已集古今之大成,前诸钞咸藉以取法焉。其文增减不一,其批加详,便初学也。"(《归馀钞序》)由此看来,包括《唐宋八家钞》在内的"前诸钞"系由"取法""增减"康熙皇帝的《古文渊鉴》和乾隆皇帝的《唐宋文醇》而来,只是"其批"加详而已。但从全书的实际选文来看,这不过是几句门面话。《唐宋八家钞》自序只字不提《古文渊鉴》《御选唐宋文醇》,正文评点大量明引浦二田(起龙)《古文眉诠》、沈归愚(德潜)《唐宋八家文读本》的评点,暗用王应鲸《古文八大家公暇录》的评点,选篇亦大略本此三选,特别是浦起龙选本。例如,柳宗元《小石城山记》末批云:"此篇别本俱次永州诸记之末,兹依浦刻,置于《袁家渴》前。"《段太尉逸事状》末批云:"前书作总冒,后跋作总束,中三案分作三大段。必如此,方见首尾,章法亦完备。旧本俱不载前书,何也? 兹依浦本补入。"(均见卷三)篇目的先后、段落的取舍,均依浦起龙《古文眉诠》。

高嵣认为，唐宋八家“冠冕两朝，笼罩百子”，其文章系“古文之极则，制艺之渊源”，因而此选“兼可为有志古作者之助，抑不独为举子业有益时文云尔也”(《唐宋八家钞序》)。一选而兼两职，似乎很全面，实际上很难操作。这就造成了其选文标准的庞杂无断状态。欧阳修《春秋或问二条》末批云：“前上、中、下三论，虽于诸家经义未合，然议论明了直捷，可以扩充识见，开发心灵，故并存之。”(卷四)这是为初学举业而选。欧阳修《太尉文正王公神道碑铭》末批云：“唐宋大家碑志，宜以庐陵为正式。坊选只录及交游聚散诸作，而遗其大者，兹钞入王、范二公两篇，垂为体概。”为初学而设的举业读本多不选碑志，特别是欧阳修《太尉文正王公神道碑铭》《资政殿学士户部侍郎文正范公神道碑铭》这样的洋洋大篇。其“钞入王、范二公两篇，垂为体概”，显然是为成学治古者而选。两种标准共用于一书，许多地方又不能兼容，表明了编者的游移无断状态。

## 四 评点特征

高嵣选本的评点，形式多样，功能齐全。大略眉批析解段意，末批汇引前人评点。正文双行小注，或释义，或注音，或训诂，内容颇为丰富。正文行间夹批，多点明段落之间的逻辑关系。篇名之下又多有双行小注，介绍写作缘起或相关人物、事件等。其用力所在，主要在注解和汇评两个方面。

其注解最为用力，也最为出色。韩愈《争臣论》题下注云：“阳城字亢宗，北平人。隐于中条山，德宗召为谏议大夫。未至，人皆想风采。久而未有建白，公作此讥之。”(卷一)三言两语，将此文的写作缘起说得清清楚楚。韩愈《祭鳄鱼文》题下注云：“鳄鱼之状，龙喙虎爪，蟹目鼍鳞，尾长数尺，末大如箕，芒刺成钩，仍有胶粘。多于水滨潜伏，人畜近，以尾击取，盖犹象之任鼻也。”(卷二)

描绘“鳄鱼之状”，准确、细致、生动，而且饶有趣味。又如，其释韩愈《祭十二郎文》“闻汝丧之七日，乃能衔哀致诚”一句云：“七日乃能者，胸中有传之非真一段意思。待审之确，而乃遣使也。”于人所不经意处，讲出一番道理，十分贴合人情。其又释“死而有知，其几何离”一句云：“有知，则死后便可相聚，而生存之离别无多时。”释“其无知，悲不几时，而不悲者，无穷期矣”一句云：“若死而无知，则吾之生存无几时，其为悲有涯，而死后之不悲无涯矣。然说死后之不悲，而生存之悲愈痛。”将道理讲得十分醒透，对于“扩充识见，开发心灵”，的确颇有助益。凡此，均可看出高嵣注解的功力。

其所汇前人评点，主要置于文末，但也有置于眉批、双行小注中者。所引评家有浦二田、储同人、沈归愚、程海苍、归有光、张子韶、茅鹿门、孙可之、倪稼咸、俞桐川、王苍霖、李厚庵、蔡闻之、朱熹、李安溪、何义门、黄东发、陶石篑、谢立夫、陈卧子、徐暗公、谢叠山、唐荆川、杨龟山、黄石斋、真西山等。其中所引沈归愚（德潜）评100余条，储同人（欣）、浦二田（起龙）评均在70条以上。上述汇评，皆冠以“某某曰”。汇评之后，又有不加署名者110余条，一般认为，这是选家的新评。但通观全书，这些“新评”颇为支离暧昧，没有一贯的思想体系，也没有鲜明的个性和独到的见解。其中综辑前人的现成观点而未加注明处颇多。例如，韩愈《杂说四》（《马说》）末批云：“廖廖短章，极顿挫淋漓之致。庸耳俗目，言之慨然。”又云：“千里马为异材之喻，伯乐为知己之喻，与《麟解》《龙说》，皆六义中比体。韩公自命不凡，而遭时不偶，如是如是。”（卷一）前人沈德潜《唐宋八家文读本》对此文的评点是“廖廖短章，写尽庸耳俗目。连《龙说》一篇，六义中比体”（卷一），王应鲸《唐宋八大家公暇录》的评点是“伯乐为知己之喻，千里马为异材之喻，与《麟解》《龙说》同一比体。韩公自命不凡如是，在当时鲜有不以为狂者；至今看来，果是不愧。”很显然，高嵣的此条新批只是对沈、王二人的评点加以拆分、颠倒、切割，既无新意，又误会别人原意，结果呈现给读者的是一段没有断案也没有底气的支离破碎而又吞吞吐吐的文字。再如，欧阳修《秋声赋》末批"秋声本造化必然之气数，有何可慨？但就物之到秋，渐次摧落，因触起人之多虑，便易见老，是即人心中之秋耳。读此令人达观"一段一字不变地移抄王应鲸评点，而不加注明。通观全书，高嵣的评点大都如此。

总起来看，高嵣的《唐宋八家钞》成书仓促，从选文到评点都缺乏个人的创见。这与其对"钞"的独特认识有关。其《明文钞初编序》云："或有问及于序，余曰：此钞也，非选也。文则钞之，作者批则钞之，评者我无与焉。何序之有？"在他看来，"钞"与"选"不同，"选"必须有个人的评点，而"钞"则不必。高嵣编选《唐宋八家钞》的初衷不过是折中群言，给酉阳的"士林"提供一本通用教材，学术创新并不是它的内在要求。而且这个古文读本注解详明，体例精善，刻印精良，对于振作当地士林发挥过重要的作用，在清末的书坊中也多次经过翻刻，产生过不小的影响。

## 五　翻刻本概览

目力所及，乾隆以后的翻刻本有道光十五年（1835）四川江津县杨灿崑刻本。此后又有善成堂、双河堂、土地堂书坊对杨灿崑翻刻本的再翻刻本。还有道光二十二年（1842）的藜照书屋刻本和光绪二十六年（1900）的成都书局刻本，其是否翻刻杨灿崑本，尚不能断定。

湖北省图所见高嵣《唐宋八家钞》八卷，系善成堂坊刻本（索书号：集三 770）。此本版框 199×143 毫米，行款与乾隆五十三年（1788）永年县培元堂刻本相同，但笔画拘挛，刻印粗率。内封题"批点唐宋八家钞，和阳高梅亭集评，道光十五年新镌，善成堂藏版"。见图 2-8-1。各卷首页无标题，版心及全书结构亦与培元堂本相同。唯于高塘序后新增龚在燕序文一篇。龚序云：

> 吾津玉山杨子灿崑，博雅士也。尝重刻高梅亭钞辑有明暨国朝制艺若干卷。近又嗣刻梅亭《唐宋八家古文钞》，一时受而读者，咸属题辞以识之。予嘉杨子之立意甚美，其用心力良苦；俾有裨于举业者，岂浅鲜哉！佇见不胫而遍六合，匪独蜀人士之获益于是矣。谨为叙。大清道光十五年岁在乙未良月既望，几水兰皋龚在燕书。

下镌“龚在燕印”“兰皋”二方印。长江流经四川重庆府江津县城区，呈“几”字状，因而有“几江”“几水”之称，“几水”龚在燕称翻刻者为“吾津玉山杨子灿崑”，则杨灿崑（字玉山）为江津县人无疑。由“匪独蜀人士之获益于是”一句可知，杨灿崑刻印此书，绝不会在四川以外，很可能就在江津县完成。从湖北省图书馆藏本的内封来看，刻印此书的是“善成堂”书坊，而“善成堂”位于北京琉璃厂东头路南，坊主系四川汤氏①。不宁唯

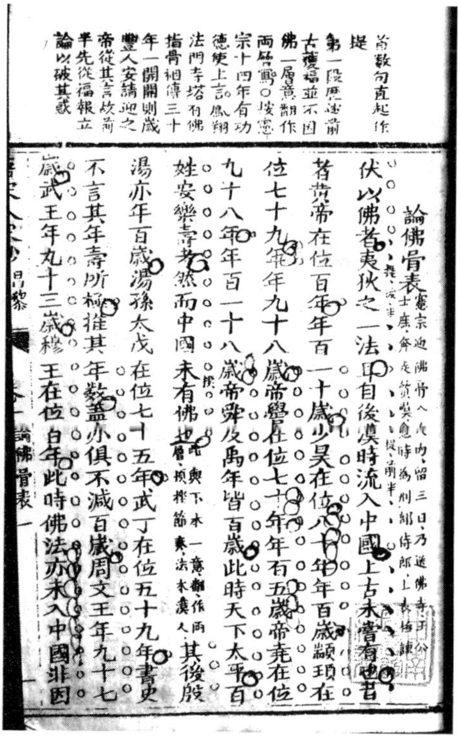
首數句直起作提

第一段歷述前古帝王皆不因佛而得壽考以憲宗十四年有功德使上言鳳翔法門寺塔有佛指骨相傳三十年一開開則歲豐人安請迎之帝從其言故前半先從福報立論以破其惑

論佛骨表

伏以佛者夷狄之一法耳，自後漢時流入中國，上古未嘗有也。昔黃帝在位百年，年百一十歲；少昊在位八十年，年百歲；顓頊在位七十九年，年九十八歲；帝嚳在位七十年，年百五歲；帝堯在位九十八年，年百一十八歲；帝舜及禹年皆百歲。此時天下太平，百姓安樂壽考，然而中國未有佛也。其後殷湯亦年百歲，湯孫太戊在位七十五年，武丁在位五十九年，書史不言其年壽所極，推其年數，蓋亦俱不減百歲。周文王年九十七歲，武王年九十三歲，穆王在位百年。此時佛法亦未入中國，非因

图 2-8-1　高塘《唐宋八家钞》卷首

道光十五年（1835）善成堂刻本

① 瞿冕良：《中国古籍版刻辞典》，齐鲁书社 1999 年版，第 596 页。

是，同样在内封自称“道光十五年新镌”的还有现藏北京大学的双河堂刻本（索书号 X/5235/0226.23，见图 17）和中山图书馆的土地堂刻本（索书号：423.14/429/2），皆为刻印粗劣的坊本。这说明，“道光十五年新镌”数字为江津杨灿崑刻本所固有，善成堂、双河堂、土地堂本不过是杨灿崑翻刻本的再翻刻本，其内封“道光十五年新镌”数字并不可信。也就是说，这些坊本未必刻成于道光十五年，很可能在此之后，而且很可能不在同一年。但无论如何，江津县人杨灿崑曾于道光十五年翻刻乾隆五十三年（1788）培元堂本，此后其翻刻本又为许多书坊辗转翻刻，这一点是可信的。

道光二十二年（1842）藜照书屋刻本，现藏中国人民大学图书馆（索书号：412/47）。一函四册。半叶九行二十五字，四周双边，白口，单黑鱼尾，无界行。版框 199×144 毫米，书 266×170 毫米。内封题“批点唐宋八家钞，较对无伪，藜照书屋藏板，道光二十二年重镌”。版心题“唐宋八家抄卷一，唐韩昌黎一”，首卷卷首题“唐韩昌黎一”。各卷收文篇数与培元堂本同。其各卷卷首有卷标，又与培元堂本及善成堂等坊本不同。

光绪二十六年（1900）成都书局刻本，现存北京师范大学图书馆（索书号：834.4/451）。一函八册。半叶九行二十五字，四周单边，白口，单黑鱼尾，无界行。版框 200×140 毫米，书 262×166 毫米。其边栏和开本都与培元堂本不同。此本封面题“批点唐宋八家文，（另一面）光绪庚子年仲夏月，成都书局重镌，校对无讹”，版心题“唐宋八家钞，卷一，唐韩昌黎一”，首卷卷首题“唐韩昌黎一”。高嵣序残，而且“秦汉文法微”之“文”字识刻为“又”，亦系坊本，均不能与初刻本相提并论。

## 六　序跋选录

高嵣有乾隆五十三年（1788）序文一篇，兹据《华东师范大学图书馆藏稀见丛书汇刊》第20册第451—454页所载该序影印件录入。

**高塘《唐宋八家钞序》**

唐文有韩、柳，宋文有欧、苏、曾、王，朱子盖尝亟称之。嗣是古文选本，如吕东莱之《关键》、真西山之《正宗》、楼迂斋之《文诀》、谢叠山之《规(轨)范》，率皆以诸家为准的，而亦诸家文为较多；然未始有八家之名目。八家专本行世，盖自归安茅鹿门始也。国朝宜兴储同人、长洲沈确士踵而集之，盖以八家者，冠冕两朝，笼罩百子，洵古文之极则，制艺之渊源也。

余自去冬钞三传、《国语》、《国策》及《史记》、两《汉》，事既竣，次及唐宋。如《文苑英华》《文粹》《文鉴》中不少杰作，岂谓八家足尽唐宋哉？然唐宋首推八家，前人论定，汇萃成编，三百年来无异议，余亦何庸更置他词？独是文章一道，随时递降，体裁屡更，诵读之法与编次之体不同。昔人言：秦汉文法宽，唐宋文法严；又云：秦汉文法微，唐宋文法显。故初学经书既毕，授以古文，须先从唐宋入手，使有径路可寻；次及《史》《汉》，层累而上。盖推本以求，由《左》《国》《史》《汉》以下迄唐宋者，穷源及流之道也；逆溯而往，由唐宋以上至《左》《国》《史》《汉》者，先河后海之义也。

是钞采集较富，体亦独备，如论、辨、记、序、碑、铭等篇，皆前钞所缺，兼可为有志古作者之助，抑不独为举子业有益时文云尔也。至诸家各树一帜，各有专长，以及里爵出处，另附于文右。兹不具论。

乾隆五十三年十月下浣，和阳高塘。

## 第九节　卢文成《唐宋八家文要编》

### 一　卢文成及其八家文论

卢文成字郁皋，湖南辰州府泸溪县人。乾隆四十五年(1780)

庚子恩科举人[1]。嘉庆二十五年(1820)任江西南昌府丰城县教谕[2]。自称"余性拙,无他嗜好,只有书癖。年十岁时,家贫无书,敝筐中搜得坊本所选韩、苏文,读而爱之。嗣后购各家选本,顷刻不忍释手。但以体弱养疴,未能追步先哲,恧然自愧。一编风雨,久未赴公车,惟是跌宕于姑□脉望间,差有尚论之乐。"(《唐宋八家文要编凡例》)嘉庆四年(1799)己未科,入京会试,未试而"抱疴返棹",在同人"怂恿"下,将其为"教授生徒"而编的《唐宋八家文要编》加以刊刻。其自序云:

> 余自成童粗知经史,即酷嗜古文。因思八家之文最裨经义,为辑百馀篇,与经义合订,加以评点,抉其指归,教授生徒,名曰"要编"。冀为及门导先路,非敢问世也。适己未计谐,抱疴返棹,同人怂恿付梓。敬识其意于简端。

其所选经义(即八股文)分为机法、词采、理气、神韵四册,与唐宋八大家文140篇"合订",相为表里,以教授生徒。可见其《唐宋八家文要编》是与八股文配套的古文读本,与举业有密切的联系。

茅坤《唐宋八大家文抄》是为子侄辈举业而编的古文读本,与举业有着原生性的联系。此后的选本,也大都为举业而设。不过这些选本或者讳言甚至贬抑举业,或者抬出"载道""经世"等门面话头标榜身价。有些八大家选本,如卢元昌、程岩等人的选本,虽然不讳言举业,其对于举业与八大家古文关系的探讨又不够深入。卢文成则在《唐宋八家文要编》的自序、凡例和评点中对八大家古文与举业的关系作了具体细致的分析。

卢氏认为"有明至今数百年名家经义"皆从八大家古文"脱胎

① 同治《泸溪县志》卷八《选举》,第6页。
② 同治《丰城县志》卷七《文职》,第33页。

而出”，因而不可以“专奉时墨以为揣摩”（《唐宋八家文要编序》），要从八大家古文中获取时文写作的资源。这种“以古济时”的观点早经前人论定，并非卢氏的发明。不过，关于八大家古文何以能够有资举业，他的论述更为详明。他说，“八家文皆经籍之英华”，与“经义”本来相通；与程朱理学文相比，又有文章“炳蔚千古”的优长。因而“经义之佳者，皆从古文化出，合而按之，不差一黍”。他例证此意说：

余选经义分四册：曰机法，曰词采，曰理气，曰神韵。文之大美备矣。细思八家文，其层次排叠，一意贯注，即经义之机法也；其淋漓顿宕，纬以光华，即经义之词采也；其议论畅达，汩汩千言，即经义之理气也；其烟波缭绕，逸兴遄飞，即经义之神韵也。

八家古文可以为经义取资，不仅表现在上述四个方面，还表现在“行文之诀”上。他从举业视角总结八家古文的章法类型说：

八家文有意在题外者，有力追题缝者，有急脉缓受者，有缓落陡起者，有挺转挺接者，有数事而博引互考者，有一事而由浅入深以畅之者，有一意翻出数层者，有一二语括千万言者，有旁推交通而脉必顾母者。其妙处总在开合纵擒得势。熟乎此，不仅悟行文之诀，可以层出不穷。即一题到手，亦能知其前如何来，后如何去，中间如何发挥，自能一丝不走。

很显然，卢氏的八大家文论包括关系论和效果论两个方面。其详论“精读八家文”之于“初学”经义写作的神奇效果云：

初学有拈一题茫然壁立者，精读八家文则四面玲珑，自无茫然之弊；有枯索无说者，精读八家文则机神动荡，自无枯索之弊；有浅薄无味者，精读八家文则雄浑光芒，自无浅薄之弊；有蒙混泛泛者，精读八家文则摄题之全、破题之隙，自无蒙混泛泛之弊；有沉晦生涩者，精读八家文则意到笔随，动心警目，自无沉晦生涩之弊；有平钝板滞者，精读八家文则要起就起，要转就转，要接就接，要住就住，自无平钝板滞之弊。减读时文百篇，熟复深思于此，即见万花飞舞，抽秘骋妍，一点灵台，丹青莫状，又何科名之不可得耶！

语多夸饰，然而意在劝学，可以理解；其中观点，亦不无可取。关于八大家古文与八股文的关系，此前储欣曾有高论。其评茅坤《唐宋八大家文抄》云："其标间架，喜排叠，若曰：此可悟经义之章法也；其贬深晦，抑生造，若曰：此可杜经义之语累也；其美跌宕，尚姿态，若曰：此可助经义之声色也。"①唐宋八大家散文的间架、排叠、流利、姿态等，的确有助于写好八股文，为举业而设的八大家选本也大都以选此类文章为主。储欣的论断深刻而精微，而卢文成的阐发详明而细致，更便于一般读者接受。

## 二　版本经眼录

南京图书馆所见卢文成《唐宋八家文要编》五卷（含《补编》一卷），嘉庆四年（1799）序刻本（索书号：GJ/92569）。四册。半叶九行二十五字，四周单边，白口，单黑鱼尾，无界行。卷首题"唐宋八家文要编卷一"，版心题"八家文要编，卷一，韩文，一"。正文有圈点，有末批和眉批，间有少许行间夹批。全书结构依次为卢文成自序、凡例、八家文要编目录，然后是正文。卢序末署"嘉庆四年

① 储欣：《唐宋十大家全集录》卷首《总序》，《四库全书存目丛书》集部第404册，第236页。

岁在己未夏五月，后学卢文成撰”。凡例末署“棠舫卢文成识”。目录下题“泸溪卢文成郁皋评选，及门诸子、男学仪香宾校”，末镌“八家文共计一百四十篇”一行十字。

此书卢文成自序首页右下钤“木樨香馆范氏藏书”朱方印。晚清藏书家范志熙（1815—1889）有藏书楼，名曰“木樨香馆”，后以该馆图书代偿公帑。宣统二年（1910），南京图书馆的前身江南图书馆购得范氏藏书 4557 种，其中集部 3745 种①。卢文成《唐宋八家文要编》当即其中之一。见图 18。

## 三　选文规模和标准

全书共五卷，收文 140 篇。其中，卷一收韩文 31 篇；卷二收柳文和欧文，分别选文 12 篇、25 篇；卷三收老苏、大苏、小苏文，分别选文 8 篇、21 篇、4 篇；卷四收曾、王文，分别选文 5 篇、10 篇。《补编》所收为四六表启，收韩文 1 篇，欧文 6 篇，大苏文 10 篇，小苏文 1 篇，王文 6 篇。总起来看，八大家依韩、柳、欧、洵、轼、辙、曾、王座次，依次选文 32 篇、12 篇、31 篇、8 篇、31 篇、5 篇、5 篇、16 篇。其选文显然以韩、欧、苏（轼）为主。

关于其选文标准，《凡例》自云：“是编俱取明畅整齐者，口诵心维，不特制义滚滚不竭，三场策略亦可振笔直书。……是编专为经义计，以集隘，仅发其凡，故长篇至数千言者，未能登载。……八股原属偶体，名家亦间用骈词，乃觉铿锵可诵，故是编录四六表启数十首。”可见，其选文以“明畅整齐”的短篇为主，所选骈文亦多，既为首场的八股文着想，也为“三场策略”着想，取法较宽。八股文和策论都不用骈体，因而为举业而设的八大家选本多不选四六文。卢氏认为“八股原属偶体”，《补编》选入了五位作

① 曹红军：《论南京图书馆与古代私家藏书楼的渊源》，《图书馆理论与实践》2008 年第 3 期。

家的 24 篇骈文，占全书选文的 17%，显得较为开明。

## 四 评点特征

卢氏《凡例》云："八家文，前人批评甚多。余方订是编，友人有以程海苍宗伯所选《古文正矩》相示者，皆为经义指点，先得我心。故旁批多仍旧本，未及注明姓氏。"程岩《古文正矩》正文多行间夹批，而卢文成《要编》正文圈点多，而夹批甚少，其眉批亦与程岩本不同。其所谓"旁批"应指末批。从全书来看，卢氏末批对程岩《古文正矩》评语，或明引，或暗用，显然多仍其旧。以韩愈《与孟东野书》一文为例。程岩评云："此篇笔致韵味全别，其于诗为书怀忆旧遣情一例之作，得其一二入时艺中，冷雨疏桐，凄清特绝。"卢文成评云："韵致天然，时文得其一二，便自秀绝人寰。"显然是综辑程评，而以己语出之。再以韩愈《答崔立之书》为例。程评云："当置之案头，日诵百回，常觉有雄辞灏气在喉间欲吐，久之，即真到笔下滚出。好学者试之。"卢评云："端坐诵之，自有奇气伟词奔赴喉间腕下，吾愿时文家勿视此等文为河汉也。"又如，欧阳修《有美堂记》。程评云："竟拈题中一字作文，此真与时文书题无异矣。看其点题法、反面做、正面做法，'美'字有陪衬，有词采，有收束，层层脱卸，层层包裹，入之制举义中，亦是一篇玉茗堂文字。尚谓古人远人耶?"卢评云："前篇追题'丰乐'字，此又追题中一'美'字。四书文直透题意，即犹此也。其运机布局、设色遣声，又何一不与时文合耶?"措辞不同，而观点相似，语气也很相近。其所谓"未及注明姓氏"，大略如此。

很显然，卢氏评点的深细真切远不如程评，但其引诱初学、反复叮咛之致，却并不亚于程评。其评柳宗元《钴鉧潭西小丘记》云："柳州山水记，古文绝调，时文漱其芳润，得西山一桃，亦足以豪矣。"评欧阳修《吉州学记》云："雄博深厚，有典有则，是九天阊阖、万国衣冠气象，四书文能规仿此种，未有不可售世者也。"评苏洵《审势》云:“万马齐奔,大起大落,逼出尚威一句,通篇直如一句也。为时文者不敢读古文,吾谓学古文以为时文,自能以一线贯千条,下笔即有黄河注海之势。精读此文一篇,胜于时文千篇矣。”评苏轼《表忠观碑》云:“得其一二为时文,声色臭味俱妙,自蔚为国华矣。”一再神化八大家古文之于时文写作的力量,与程岩评点热诚恳挚的劝学之意如出一辙。

## 五 序跋选录

南京图书馆所藏嘉庆四年(1799)序刻本有卢文成《自序》和《凡例》,其中《凡例》精彩之处已引于上文。兹据此本录其《自序》。

**卢文成《唐宋八家文要编自序》**

古文之奥者,左之后有司马子长。自汉建元至宋元祐千馀年间,继子长以古文名者,何止八家;而八家之文,法严意畅,肆而能醇,尤与经义相表里。前明茅鹿门先生《文钞》一选,深为经义计也。故是书出,而四方争购,至今翕然向风。本朝储在陆先生批点勾画,本归安之意而畅明之。其序曰:“标间架,喜排叠,可悟经义之章法也;贬深晦,抑生造,可杜经义之语累也;美跌宕,尚姿态,可助经义之声色也。”三复斯言,其抉摘前人之深心以开导来学,可谓明且确矣。

国家功令以经义取士,敷奏以言,必有根本。每怪学者专奉时墨以为揣摩,其弊也庸腐而肯綮不合。其高者又墨守金、陈数十篇,以尚超远,其弊也空疏而精采茶然。嗜琐贪常,古文辄束之高阁。不知古大家之文含经咀史,其学足以阐圣贤之蕴,其识足以透事势之精,其气足以壮日星河岳之观,其才足以发珠玑华实之采。有明至今数百年,名家经义皆从此脱胎而出。苟沉潜而得其所以为文之意,因范以时文之矩矱,炳炳麟麟,震耀心目,售世于斯,寿世亦即于斯也。况今圣天子文治光昭,学者不从韩、欧诸君子探其渊源,徒抱咫尺,以希弋获,其何以副□人之雅化哉?

然学之者博，操之者约。韩子云："记事者必提其要。"读文亦然。寒俭者得其要而循习之，不难纵横以进于博；泛览者本其要而归宿之，则可精切以返于约。征兵满万，不如召募数千，此之谓也。余自成童粗知经史，即酷嗜古文。因思八家之文最裨经义，为辑百馀篇，与经义合订，加以评点，抉其指归，教授生徒，名曰'要编'。冀为及门导先路，非敢问世也。适己未计谐，抱疴返棹，同人怂恿付梓。敬识其意于简端。虽自渐浅陋，而揆诸茅氏、储氏之用心，或有不谬者。若夫成学治古文，则由诸君子全集以上溯《左》《史》，是在深造者之自得焉，又非徒究心于制举之学也。

嘉庆四年岁在己未夏五，后学卢文成撰。

## 第十节　李元春《唐宋八家文选》及其他

### 一　李元春《唐宋八家文选》

#### （一）李元春其人

李元春字时斋，自号桐阁主人，陕西同州府朝邑县人。生于乾隆三十四年（1769），卒于咸丰四年（1854）。嘉庆三年（1798）举人。道光十六年（1836）吏部截取知县，改大理寺评事。咸丰三年（1853）以劝捐出力奉旨赏加州同衔。幼年家贫，"日持镰沙苑中刈蓬蒿菅薪，或于村外冢场间拾柏子以供爨"，[①]又"饲瞽驴，恒代贫家硙碾，得麸糠，采蔬和蒸以为食"。[②] 中举后九次应会试不第，四十余岁乃绝意进取，以授徒为生。道光间曾主讲潼川、华原书院。青年时刻苦力学，"将曙起，四更后就寝，以为常。往往终夜

① 李元春：《桐阁拾遗》卷二《桐阁主人传》，《清代诗文集汇编》第496册，第493页。

② 黄嗣东：《圣清渊源录》卷二十八，《清人传记丛刊》第4册，第714页。

不解带，虽盛暑亦然”，[①]“年八十，犹夜半起读书”，[②]自称“不饮酒，不蓄诸什物器玩，惟喜购书籍。少时试冯翊，见薛文清公《读书录》，两日不食，积钱以买之。后试都门，日限百钱为食费，实常有赢，赢皆以岁佳书。在家时，亦鬻衣易之。渐积书万馀卷，尽置之桐阁，仿唐四库法，分经、史、子、集。朝夕以次自课，即以课诸子及生徒”。[③] 其治学以扶世教、正人心为要，恪守程朱之学。但他强调“即文以明道”，“视夫言文而离道、讲道而薄文者，均有异焉”。[④] 这一点很值得关注。

李元春为授徒而编的古文教材有《七种古文选》，《唐宋八家文选》（又称《八家文选要》《八家文要选》）是其中一种。所知者尚有“史汉”和《两朝文要》（又称《两朝文选要》《两朝文选》）；后者选明清两朝古文。他最为看重的还是《唐宋八家文选》。其门人宁焕章说：“丁酉，先生归，掌其邑华原书院教，余遂负笈从。先生又使学为古文。问其体，曰：叙、论两端而已，前贤之文具在，可按也。问其法，先生则日取八家之文以讲之。”[⑤]丁酉为道光十七年(1837)，李元春为华原书院山长，此间“日取八家之文以讲之”。他自己也说：“予自少学时文，即妄意学古文。今老矣，两者俱荒。又妄意于讲授时文外，以古文倡后进。既评选史汉、八家及诸子，因思表章吾乡前辈，亦可为吾乡后进楷模。”[⑥]由此可见，李元春有一个“学古文”的情结，其《唐宋八家文选》从一开始就是为古

① 李元春：《桐阁拾遗》卷二《桐阁主人传》，《清代诗文集汇编》第 496 册，第 493 页。

② 《清史列传·儒林传》卷六十七，《清代传记丛刊》第 104 册，第 323 页。

③ 李元春：《桐阁拾遗》卷二《桐阁主人传》，《清代诗文集汇编》第 496 册，第 493 页。

④ 宁焕章：《桐窗残笔序》，李元春《桐窗残笔》卷首，《清代诗文集汇编》第 496 册，第 519 页。

⑤ 同上。

⑥ 李元春：《桐窗馀稿》卷三《西河古文录序》，《清代诗文集汇编》第 496 册，第 615 页。

文而设，而非“为举业而设”，这就使其与许多八大家选本区别开来。

**（二）道光刻本经眼录**

山东大学图书馆所见李元春《唐宋八家文选》八卷，道光刻本（索书号：835.4/285）。二函八册。前六册为《唐宋八家文选》，后二册为《两朝文要》。《唐宋八家文选》附唐、宋、元三朝其他作家古文。唐二家后附《唐诸家文选》一卷，收魏徵、王勃、骆宾王、张说、苏颋、李华、李白、刘禹锡、李翱、杜牧之十家古文共12篇。宋六家后附《宋元诸家文选》一卷，收王禹偁、范仲淹、司马光、周敦颐、张载、程颢、程颐、李觏、米芾、晁补之、唐庚、陆游、朱熹、陈亮、王炎午、元明善、虞集、揭傒斯十八家古文共21篇。《两朝文要》二卷，分别收明、清两朝文。卷一收刘基、宋濂、王袆、方孝孺、高启、杨士奇、商辂、程敏政、王鏊、罗洪先、杨慎、宗臣、文徵明、归有光、唐顺之、王守仁、茅坤、王世贞、袁宏道、倪元璐、曾异撰、金声、张溥、左懋第二十四家文共32篇，卷末镌“同里门人仇海、王联治重校”。卷二收李霨、宋琬、顾炎武、侯方域、汪琬、汤斌、魏禧、施闰章、王猷定、陈廷敬、毛际可、计东、陆陇其、储欣、邵长蘅、潘耒、姜宸英、朱彝尊、冯景、林云铭、徐文驹、茅星来、李良年、方苞、李绂、沈廷芳二十六家文共30篇。

《唐宋八家文选》卷首半叶九行二十字，左右双边，白口，单黑鱼尾，无界行。内封题“八家文选要”，卷首题“唐宋八家文选卷一，韩文，朝邑李元春时斋评，男来瀚海观缮录，受业张铭彝宗载校刊”，版心题“唐宋八家文选，卷一，一”。卷一至三卷末镌“朱斗南仝校”，卷五末镌“永济门人甯焕章、同里门人仇海重校”，卷七末镌“静宁门人赵贡玉、庄浪门人崔敬修重校”，卷八末镌“庄浪门人赵善继、石敬儒重校”。全书结构依次为内封、张铭彝《八家文要选序》，然后是正文。无目录。张序认为“八家外之文，亦有比韩、柳、欧、苏者”，因而“选八家，附他家以及元”，但“八家自为主”。末署“桐阁弟子张铭彝谨序”，无署期。见图19。山大藏本第七册有张文宝《两朝文要序》云：

> 时斋夫子向有《西河古文》及《关中两朝文钞》之选，意在表章同乡先达。《西河古文》，里中谢氏刻之；《关中文钞》，蒙氏刻之。人既皆以争睹为快，然两选皆止两朝，以两朝文为盛也。读者或以夫子未评海内全文为憾，而不知《七种文选》，其成帙已非一日，特遍选海内文，则不止两朝矣。戊戌，夫子年七十，诸同人以七种文评不可不公人，分取付梓，而予分得《两朝文选》。《两朝文》为一种，即以两朝继唐宋八家，而人则不止八家也。

由此可知，《七种文选》谋刻于道光十八年戊戌（1838）李元春七十大寿期间，是时他正在朝邑县做华原书院山长，则《唐宋八家文选》的刻成当在是年或此后不久。全书“寧”缺笔，或作“甯”，避道光帝名讳。李元春的著述很多，大都由门人出资分刻；其授课的教材或生徒的课艺等，也多用这种方式随编随刻。例如，其《桐阁会课文刻序》云：“予既选刻前辈暨诸友文，令诸生自出赀，各选刻数艺。”《七种古文》也由门人“分取付梓”而成，其中《唐宋八家文选》的主刻者为张铭彝。

**（三）选文和评点**

全书八卷，人各一卷，依次为韩、柳、欧、洵、轼、辙、王、曾，分别选文50篇、32篇、33篇、15篇、27篇、3篇、16篇、12篇，共188篇。很显然，其选文以韩、柳、欧、苏（轼）四大家为主，其余四家为辅；苏辙最少，仅有3篇。

关于选文标准，其高徒贺瑞麟云：“先生尝曰：‘理学、考据、古文、时文，吾皆为之，而一衷于道。’故选《关中两朝文钞》及《七种古文选》，皆以《张子释要》《诸先生语要》《正学文要》为归宿。”①“提要”是李元春治学的重要方法之一,《张子释要》(即《张子语录释要》)、《诸先生语要》(即《桐阁关中三先生语要》)和《正学文要》是他对道脉传人主要思想的辑录。但从全书的实际选文来看,却并不像贺瑞麟说的那么严重。其所选大都是性情流溢、法度严整、篇幅适中的名篇,找不到以“三要”为“归宿”的痕迹。例如,韩文选《毛颖传》《送李愿归盘谷序》《祭十二郎文》,不选《论佛骨表》《原道》等;柳文选《与萧翰林俛书》,不选《封建论》。向来为选家看重的欧、苏、王的上皇帝书,也不入选。可见其选文并不以道学为指归,而是以文学为指归。他选八大家古文的主要意图在于“以古文倡后进”,也就是教门人学古文,特别是学古文之“法”。贺瑞麟以“三要”为“归宿”的论断意在抬高《七种古文选》的品位,虽在情理之中,但与实事尚有差距。

李元春的评点或提醒文意,或揭示文法,或发表感慨,似乎有些散漫,但总起来看,是以文法为中心的。例如,其评韩愈《原毁》云:“处处作两对说,文势宽绰,已开后世两截、三截排比之渐。须看其提束转换,藏小于大,其中自别有机轴,非六朝人所知。”评欧阳修《梅圣俞诗集序》云:“拈一穷字叙诗,乃于其人有无限感慨,此文章深处,与叙苏氏文同一用意,实各就其人,得切题之法。”评苏洵《上欧阳内翰书》云:“有叙有论,通篇中处处转,每段中句句转,而宾主变化,随笔自到。本文所谓胸中之言日益多,不能自制,于此亦见其概。”皆聚精会神揭示文法。评韩愈《与于襄阳书》云:“上书干谒,高自期许,异于低首下气者之所为。然以昌黎而犹事干谒,宜乎不满人意。文之格调,特有门户可学。”评苏轼《晁错论》云:“错有见事之智,而无任事之才,因有畏事之心,未可云

① 贺瑞麟:《桐阁先生文抄跋》,李元春《桐阁先生文抄》,《北京师范大学图书馆藏稀见清人别集丛刊》第14册,广西师范大学出版社2007年版,第312页。

智也。文窥见其隐，持一意申发，势如涌泉，不可遏抑。”上书干谒，本来是有求于人，却高自位置，大言大语，已经形成了一个套路，所谓“格调”“有门户可学”就是指这一点而言。这与“一意申发”都属于文法。韩文评发表感慨，苏文评提醒文意，最后都仍归结到文法，可见其评点的重心所在。

李元春的评点具有简括而审慎的总体特征。其评点大都抓住一点，三言两语，不作长篇大论。例如，其评韩愈《进学解》云：“高占地步，自解正是自见。”用十个字揭出此文的最大特点，用语简约，而概括力很强。评柳宗元《钴鉧潭记》云：“只于末一唱见意，似乐实凄，故为深隽。”此评可以分解成“似乐实凄，故深；于末见意，故隽”，可谓简而能达，颇见功力。另一方面，其评点不以翻驳前人求新求异为能，而是兼综前人，务求稳妥，表现出审慎的整体风格。

简括审慎的风格，也有其局限。最突出的一点就是不够醒透，不够细致，也缺少个性和深度，因而总体上显得有些庸常。

**（四）序跋选录**

李元春《唐宋八家文选》卷首有其门人张铭彝序，兹据山东省图本录入。

**张铭彝《八家文要选序》**

唐宋八家文，自鹿门茅氏始有选；其后选者亦多，要以本朝归愚沈氏之选为最。夫古今作者代出，即唐宋作者，岂止八家？然自茅氏有选，而八家之名不可易矣。八家之文之高，以其能继两汉者也。特两汉气朴而法浑，八家文笔墨之迹较密较显。此则时运日新，论文日益详，不能不然耳。

就其中通言之，两汉外之文，亦有可比贾、董者；八家外之文，亦有比韩、柳、欧、苏者。虽以八家文言之，其为人所常诵习者，集中文不能尽然也。选本固读者所便矣，选八家，附他家以及元，为此也；而八家自为主焉。实则善学八家者，不规规于八家者也；犹之善学两汉者，不规规于两汉者也。七种文之刻，能一视之，而以古人为我，即以我为古人，得其长而舍其短，取其精而遗其形，是则吾时斋师评辑之意也夫。桐阁弟子张铭彝谨序。

## 二　李钠《唐宋八大家文》

李钠字芋生，湖南长沙府湘阴县人。监生。同治十年(1871)任湖北郧阳府郧西县知县，“勤政爱民，尤注重学校。详请上宪准加六厘附税，为生童膏火赀。聘山长教士，督责严，严师保。邑人于书院中设长生位供之。”[①]光绪元年(1875)调任湖北安陆府钟祥县知县[②]。光绪八年(1882)、十九年(1893)两度任湖北沔阳州知州[③]。著有《牧沔纪略》等。关于其仕履，《湘阴县图志》云：“李钠，以府经历试用湖北、安徽，筹饷功保知州，仍留湖北补用。署郧西、钟祥等县知县、荆门州知州，补兴国州知州。”[④]其《唐宋八大家文》序刻于光绪十九年，时在沔阳知州任上。此书现藏于南京大学图书馆(索书号：61801)，系其《自得庐刊书》之一种。所见《自得庐刊书》共一函二十八册，包括书数科(《书艺蒙求》《数艺蒙求》)、文学科(《道学内篇》《文学外篇》)、礼乐科(《大清会典录要》《皇朝乐舞录要》)和政刑科(《皇朝政体录要》《大清全律名例录》)，共4类8种。文学科之《文学外篇》收秦汉文和唐宋八大家文两部分，其中秦汉文部分包括论辨类、书说类、奏议类、诏令类、序文类、传赞类、碑志类、箴铭类、赞颂类、辞赋类、哀祭类共11类34篇。

《唐宋八大家文》部分在第十一至十四册，包括论辨类、书说类、赠序类、奏议类、檄令类、序跋类、传状类、碑志类、杂记类、赞

---

① 民国《郧西县志》卷六《职官志·宦绩传》，《中国方志丛书》华中地方第359号，第544页。

② 民国《钟祥县志》卷十六《职官表》，第37页。

③ 光绪《沔阳州志》卷七《秩官表》，第22页。

④ 光绪《湘阴县图志》卷十二《选举表下》，《中国地方志集成》湖南第10册，第156页。

颂类、箴铭类、辞赋类、哀祭类，共13类161篇。其中韩愈55篇，柳宗元14篇，欧阳修20篇，苏洵13篇，苏轼23篇，苏辙7篇，曾巩15篇，王安石14篇。以体分类，以类统文，八大家分隶于不同文体中。目录不分卷，而正文每类文体各为一卷，共13卷。各卷卷次不标于卷首，而标于版心。

此书正文首叶半叶十行二十四字，四周双边，白口，单黑鱼尾，有界行。丛书首册内封题“光绪丁酉李氏合刻”，后为《自得庐刊书序》，末署“光绪二十三年丁酉十月古罗李钠书”。《文学外篇》内封题“文学外篇，光绪十年仲冬月镌，古罗李氏家藏”，卷一首页版心题“文学外篇，卷一，论辨类，一，八家文”。《唐宋八大家文目录》首页钤“国立中央大学图书馆”朱方印。正文前有李钠《文学外篇序》，末署“光绪十九年春湘阴李钠谨序”。见图2－10－1。

其光绪二十三年(1897)《自得庐刊书序》云：

> 自明以八股开科取士，使往古之尊德性无闻，即书数、文学、礼乐、政刑之道，间学不讲，惟以自古至今之道途听其传言而修辞巧丽以为优长，窃取名利。若考其言行，异乎古，背乎今，不免以世俗所见所闻为是非，以任性纵情为才能，所谓道听而途说，全无修己治人之实功，此世风之所以愈趋而愈

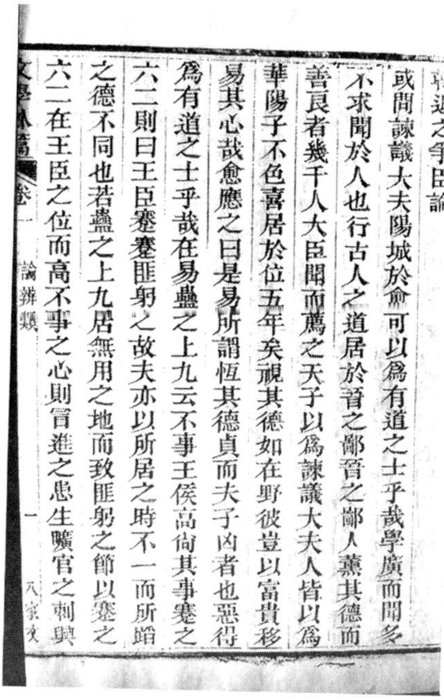
韓退之爭臣論
或問諫議大夫陽城於愈可以爲有道之士乎哉學廣而聞多
不求聞於人也行古人之道居於晉之鄙晉之鄙人薰其德而
善良者幾千人大臣聞而薦之天子以爲諫議大夫人皆以爲
華陽子不色喜居於位五年矣視其德如在野彼豈以富貴移
易其心哉愈應之曰是易所謂恒其德貞而夫子凶者也惡得
爲有道之士乎哉在易蠱之上九云不事王侯高尚其事蹇之
六二則曰王臣蹇蹇匪躬之故夫亦以所居之時不一而所蹈
之德不同也若蠱之上九居無用之地而致匪躬之節以蹇之
六二在王臣之位而高不事之心則冒進之患生曠官之刺興
文學外篇　卷一　論辨類　一　八家文

图2－10－1　李钠《唐宋八大家文》卷首
光绪十年(1884)刻本

> 下。予因之而有感焉，想于家塾中求一挽回之术，或有补于子弟实学之万一，亦未可得而知也。

序作于清廷废除八股前夕，作者对八股文持强烈的批判态度，因而其《唐宋八大家文》作为“文学外篇”之一种，并非为八股文写作而设，而是为“挽回”世风、有补“实学”而设。这就使得其选本与此前的大部分选本的功能定位有所不同。

从《自得庐刊书》所收八种的各自内封来看，其刊年不尽相同，显然原由李钠的家塾陆续刻成，光绪二十三年(1897)才增入李钠的《自得庐刊书序》，整合成一套丛书。《唐宋八大家文》原刊于光绪十年(1884)仲冬，十九年(1893)春李钠增入新序，二十三年(1897)编入《自得庐刊书》，仍由光绪十年旧板刷印而来，非有二刻。丛书《皇朝政体录要序》内封题“光绪丙申古罗李氏”，末署“光绪二十二年仲秋月日，巴陵杜贵墀谨序，星沙学院街萃文堂刊梓”。《唐宋八大家文》也许亦由萃文堂所刊。

# 第三章　清代唐宋八大家散文选本佚书考录

现存文献载有书名或序跋而原书不见于当代馆藏者，称为佚书。从现在掌握的资料看，清代唐宋八大家散文选本大略存佚各半。兹以成书先后为序对 24 种佚书略作考证，期待引起学界的关注和更加深入的研究。

## 第一节　王昊《唐宋八家文》

王昊(1627—1679)，字惟夏，江南苏州府太仓州人，诸生，王世贞从曾孙，“娄东十子”之一。康熙十八年(1679)举博学鸿词科不第，授官正字，恩赐内阁中书衔，诏下而昊已卒。其八大家选本未见著录，仅见于何焯康熙四十五年(1706)所作的《唐宋八大家文钞原本序》。《序》曰：“定为八家者，自鹿门先生始。近者卢文子、蔡九霞、王惟夏、孙执升评骘八家文，非不各有发明，要皆为鹿门先生扬其波而益其炎焉尔。”[①]卢元昌(字文子)《唐宋八大家集选》十二卷，今存顺治十五年(1658)王遇升刻本。孙琮(字执升)《山晓阁唐宋八大家选》二十卷，今存康熙十年(1671)序刻本。蔡

---

① 茅坤：《唐宋八大家文抄》，康熙时期云林大盛堂刻本。

方炳(字九霞)《唐宋八大家文选》不分卷,今存康熙二十年(1681)吴郡宝翰楼刻本。可证何焯所言不虚。以上三家选本集中于顺治末年至康熙初年的二十余年之间。既然四家皆出于同一个时期——"近者",那么王昊选本的成书也应大致在此期间。王昊与蔡方炳、卢元昌都有往来,顺治十二年乙未(1655)蔡方炳曾宴请王昊①。康熙八年(1669)王昊收到卢元昌的书信②。蔡方炳《唐宋八大家文选》的文后评三次转引王昊评点③,进一步说明王昊确有唐宋八大家选本,而且成书于蔡选之前。

其友人计东说:"辛丑前,惟夏尚欲以制科起家,继二美先生数世科名蝉联之盛。"王昊自己也说:"予自癸巳岁读书学山园,刻意揣摩举业。"顺治十八年辛丑(1661)奏销案发后,王昊一度被逮京师,回乡后诸生学籍被废。其在清代"以制科起家"的热情只可能发生在顺治时期,顺治十年癸巳(1653)前后最为高涨。不过他那时更喜欢的还是选历科应举之文。其友黄与坚说:

> 四方友人率贵显,君尚傫然为诸生。书贾请君论定历科之文以行世,宇内翕然奉为规趋,重邮绝傥,捆载骆驿,而君名以逾远。顾欲束首受书,卒非所喜。亡何,奏销之案发。④

---

① 王昊《硕园诗稿》卷一三有《蔡九霞席上喜遇余淡心,时余别淡心已三年矣》,《四库未收书辑刊》玖辑第16册,北京出版社1997年版,第450页。

② 王昊《硕园诗稿》卷二七有《得卢文子、倪暗公书》,《四库未收书辑刊》玖辑第16册,第537页。

③ 见蔡方炳《唐宋八大家文选》之柳宗元《愚溪诗序》、欧阳修《石曼卿墓表》、苏洵《上余青州书》,(康熙二十年吴郡宝翰楼刻本)。例如,《石曼卿墓表》文后评曰:"王惟夏曰:只此纵酒豪放中,摹写其英雄之概,而曼卿才之有用,已历历可指数。文章从虚见实,惟永叔能之。"

④ 黄与坚:《王惟夏墓志铭》,李桓《国朝耆献类征初编》卷四二六,《清代传记丛刊》第181册,台北明文书局1986年版,第809页。

“八家之文于制义为近”①“八家之文最裨经义”②，评选唐宋八大家文既是“揣摩举业”的需要，也与“论定历科之文”相辅相成。王昊选文“捆载骆驿”之时正是奏销案发前的顺治时期，其八大家选本成于此期的可能性较大。

## 第二节　魏禧《八大家文钞选》

魏禧(1624—1680)③，字凝淑，号勺庭，江西赣州府宁都县人，明末诸生，清初著名散文家。其《八大家文钞选序》云：

> 诸子世效将负笈从游，请曰：“茅氏《八大家文钞》卷帙多，唯伯父择其尤者，俾抄而读之。”于是得若干首以命效。而告之曰：八大家文，远者千馀年，近者数百年，言者备矣。自茅氏《文钞》出，百十年间，天下学者奉为律令。予生平尊法古人，至其所独是独非，每不能自贬以徇古今之众，故论列或不尽同茅氏，而韩欧阳诸名文，亦往往有所疵议。盖吾用以私教夫门人子弟，而不敢以出诸人，为有识所诟笑。④

魏氏认为，“古人之文，自《左》《史》而下，各有其病。学古人者必知古人之病，而力洗涤之。不然者，吾既自有其病，而又益以古人之病，则天下之病皆萃于吾一人之身”⑤。看来，其对各家“往

---

① 王应鲸：《古文八大家公暇录》卷首自序，乾隆三十年(1765)嵩秀堂刻本。

② 卢文成：《唐宋八家文要编》卷首自序，嘉庆四年(1799)刻本。

③ 关于魏禧生卒年，存在不同看法。此据魏礼《先叔兄纪略》：“庚申十一月十七日，从无锡赴维扬故人约，舟至仪真，忽发心气病，一夕卒。……生于明天启甲子正月十三日。享年五十有七。”见《宁都三魏全集》之《魏季子文集》卷一五，《四库禁毁书丛刊》集部第6册，北京出版社1997年版，第214页。

④ 魏禧：《魏叔子文集外编》卷八，《续修四库全书》第1408册，上海古籍出版社2002年版，第538页。

⑤ 同上。

往有所疵议”，是出于一种建设性的考虑，与一味攻人之短以自快者不能等量齐观。从“吾用以私教夫门人子弟，而不敢以出诸人”的话来看，此书为抄本，而且没有刊刻的打算。实际上，这是专为其侄魏世效（字昭世，魏礼长子）所选的文学读本，而时间就在“世效将负笈从游”之际。魏世效《八大家摘钞序》云：

> 丙辰春，效将负笈从勺庭伯父南游。先是，请于伯父，为选《八大家文钞》《方舆纪要》《阳明别录》、东房伯父《四此堂稿》，共若干本，装潢之，以藏于笥。既思八家文有未录其篇，而数行数语为伟论美言不可舍弃者盖多矣。于是摘而钞之，为帙凡七。①

古人选文，大都先有序目。此书序目定稿于康熙十五年丙辰（1676）春之前，是为魏世效出行准备的读书目录之一。有些文章仍然有目无篇，单是从这些有目无篇的文章中摘抄“伟论美言”，就有七帙之多，可见规模不小。

## 第三节　戴名世《唐宋八大家文选》

戴名世（1653—1713），字田有，安徽安庆府桐城县人，桐城派先驱，康熙四十八年（1709）进士，康熙五十二年（1713）因南山集案被杀。其八大家选本不见方志著录，由其《唐宋八大家文选序》可略见梗概：

---

① 魏世效：《魏昭士文集》卷三，《宁都三魏全集》附刊，《四库禁毁书丛刊》集部第6册，第305页。

> 唐宋八大家之文，皆学者所当诵习，而卷帙浩繁，往往穷年而难究。有明之世，归安茅顺甫有八家之选，号曰《文钞》，其择取者不无过多，而评点论次亦多疏略而未备，学者眩之。至近日而吴会间所行刻本，则眯目者纷然出矣，句句而圈其旁，语语而颂其美，其意思之所存，与其法度之所在，选者茫然不知也，读者亦茫然不知也。以眯导眯，而八家之文于是乎为尘之所蒙而不可出矣。……余少好古，而尤嗜八家之文。居尝盖有读本，其择取者仅二百馀篇，而八家之美已尽。一二学徒复请予为之评点论次，于是闲昼无事，乃执笔为著明其指归，与夫起伏呼应联络宾主抑扬离合伸缩之法，务使览者一望而得之。①

此序作于苏州，时在康熙四十三年(1704)，戴氏52岁。② “自年二十以来，于时文一事耗精敝神”③，至此已成为著名的时文作家和选家，“凡所作，贾人随购而刊之”④。自言每年大比之后，“各省士子之获售于场屋者，多以行卷授余为之点定行世”⑤。其多次客居苏州，主要是与汪份合作，对这些“行卷”加以选刻，以作为举业者必读的“房书”⑥。以古文济时文，是清初选坛的共识，所以时文选家往往又是古文选家。戴氏与汪份长期操当代时文选政，又都有八大家选本，就是这种风气的产物。汪份有《唐宋八大家分

---

① 戴名世：《南山集》卷四，《续修四库全书》第1419册，第103页。

② 参见戴名世《南山集》卷首附录《南山先生年谱》，《续修四库全书》第1419册，第6页。

③ 戴名世：《自订时文全集序》，王树民编校：《戴名世集》，中华书局1983年版，第117页。

④ 方苞：《南山集偶钞序》，戴名世：《南山集偶钞》卷首，《续修四库全书》第1418册，第565页。

⑤ 戴名世：《己卯行书小题序》，王树民编校：《戴名世集》，第109页。

⑥ 戴氏《庚辰小题文选序》云：“新进士平居之文章，书贾购得之，悉以致选家为抉择之，而付之雕刻以行世，谓之房书。”见王树民编校《戴名世集》，第114页。

体读本》25 卷，现存康熙五十八年(1719)遄喜斋刻本。戴氏选本为收文"二百馀篇"的评点本，其评点的侧重一是文章"指归"，二是行文之法，实即后来方苞所提出的"义法"二字。桐城家法已于此可见端倪。

## 第四节　杨仲兴《唐宋八家文钞》

杨仲兴(1694—1775)，字直庭，号讱庵，广东潮州府程乡县人。雍正十一年(1733)，程乡县从潮州析出，升格为嘉应州，故又称嘉应州(今梅州市)人。历任福建清流令、广西兴安令、湖北按察使等职，官至刑部郎中。"乾隆三十九年升湖北按察使……明年以疾乞归。卒年八十有二。通籍四十馀年，所至凡山川厄塞，民食缓急，与夫学校书院之兴废，必尽心力，无少懈。"①生平以事业自许，自称"士君子以身许国，夙夜匪懈，即岁晚务闲、阴雨篝灯之候，一闻民间愁苦声，辄披衣旁皇，不遑宁处"②。为文"朴质廉悍如其人"③，"初学昌黎，继入于老泉、半山之间"，被推为"近代岭南文第一"④。著有《性学录》《读史提要》《观察纪略》《四馀偶录文集》等。

杨仲兴《唐宋八家文钞》见于其《四馀偶录文集》所载《唐宋八家文钞序》。《文钞序》无署期。但从其《四馀斋偶录文集序》所署"乾隆壬午夏月"看，在乾隆二十七年壬午(1762)之前，《唐宋八家文钞》已经成书。其《唐宋八家文钞序》称"人各一卷，以其近者附

---

① 吴仲焯、温中和：《嘉应州志》卷二三，光绪二十七年(1901)刻本，第 40 页。

② 杨仲兴：《四馀偶录文集》卷首自序，光绪十八年(1892)嘉应杨氏刻本。

③ 吴仲焯、温中和《嘉应州志》卷二三，第 40 页。

④ 吴兰修：《四馀偶录文集序》，杨仲兴《四馀偶录文集》卷首，光绪十八年(1892)嘉应杨氏刻本。

焉、同者并焉，编为四集”①。可知此书共八卷，以“近附同并”的原则分为四集。《四馀偶录文集》又收其《唐宋八家文钞跋》，由此可以进一步了解其分集细节：

> 元集，韩、苏文也。昌黎因文见道，沉实博大。老泉岸然复古，以史证之，起衰之功，不在韩下。故附之。以昌黎、老泉文为一集。
>
> 亨集，柳、王文也。柳州旁推交通，羽翼大道。临川网罗独断，固而存之，深峭镵刻，品格微肖。故附之。以柳州、临川文为一集。
>
> 利集，欧、曾文也。庐陵养邃，其文安而法。南丰质重，其文典而则。所学同也。于欧得若干篇，于曾得若干篇，为一集。
>
> 贞集，二苏文也。东坡得浩然之气，故神动天随，而无定态。颍滨得粹然之气，故纡馀卓荦，而妙事理。其源一也。于大苏得若干篇，于小苏得若干篇，为一集。②

杨仲兴打破此前八大家选本的唐宋界限，将唐宋诸家分类混搭，以类相从，分成四集。每集内以一位作家为主，以另一位相近作家附入。二位作家有主次高下之分，故称“近者附”。四集之间，并无主次高下之分，可以并驾齐驱，故称“同者并”。其分集依据，并不划一。《元集》韩、苏（洵），俱有“起衰之功”，以“功”为据。《亨集》柳、王，“深峭镵刻，品格微肖”，以“格”为据。《利集》欧、曾，“所学”相同，以“学”为据。《贞集》二苏（苏轼、苏辙），“其源”一致，以“源”为据。

---

① 杨仲兴：《四馀偶录文集》卷一《唐宋八家文钞序》。
② 同上。

关于以四集编排的动机，杨氏也说得很清楚。其《唐宋八家钞序》云："八家文，可尽读乎？曰：袭声调者，类优孟而衣冠矣，读无益也。……学者因质性所近而入之，更深造而求其自出，则一而四、四而八，神明变化，存乎其人矣。"①也就是说，对于读者来说，不一定要"尽读"八家，只需选择与自己"质性"相近的一集加以体认，通过"深造"，最终达于"自出"的独得境界，而不是仅仅"袭声调"、学皮毛而已。这样就可以以少总多，举一反三。杨氏将八家分四类编为四集，就是要为不同"质性"的读者提供不同的入门途径。

除"以性近法求其入，再以深造法求其出"②这一高论外，杨氏还提出探究八家"得力之所在"的命题。他说："学古文者，当知其得力之所在。昌黎约六经之旨以成文，河东深博，悉本《诗》《书》，之二者尚矣。庐陵近宗韩子，上法史迁；南丰典则俊伟，有西京轨范，至贯群籍而激固之；荆公尤峭刻焉。是时眉山苏氏父子兄弟为师友，纵横坟典，出入史汉、庄骚、孙吴，投向如意。"③"知其得力之所在"，也就是弄清八家都读过哪些书，受哪些书的影响最大，学者不仅要读八家的书，还要读八家读过的书。在这个基础上，才能进一步确定八家中的哪一家与自己质性相近。所以搞清八家"得力之所在"是"因质性所近而入之"的必要准备。

总之，杨氏独特编排体例是其独特读书法的具体体现。

① 杨仲兴：《四馀偶录文集》卷一《唐宋八家文钞序》。

② 这是近人王葆心对杨仲兴读书法的总结，见王葆心《古文词通义》卷五，收入王水照《历代文话》，复旦大学出版社2007年版，第7237页。

③ 杨仲兴：《四馀偶录文集》卷一《唐宋八家文钞序》。

## 第五节　刘大櫆《唐宋八家文选》

刘大櫆(1697—1780),字才甫,安徽安庆府桐城县人,以贡生终。其八大家选本"自少至老,稿凡数易,行年八十,乃有定本,寝疾之时,犹皇皇厘定评录"①,耗费了大量心力,值得重视。但此书向无刻本,清末萧穆曾得其稿本。关于其选文、评点和体例,萧氏所记最为详审。其《刘海峰先生唐宋八家文选序》云:

> 盖先生当日选本,亦就茅氏钞本择别;又茅氏所未钞者,更有增录。而于茅氏本评跋有可采者,亦节取之。又谓八家之外无文,而于韩门附李翱六首,苏门附晁补之二首。八家之后,惟明归太仆有光,才力虽不逮古人,而稍得古人行文之意,附录三十三首。合之八家,得五百馀首。体类分八,曰议论,曰奏疏,曰书,曰序,曰记,曰碑志,曰祭文,曰杂文。而于前人精神不到,间有一二败句,则钩乙其旁,以为后学择取。仍以"唐宋八家文选"名者,其意盖谓李、晁、归三家,实八家之流亚,但附其文,尚未足与八家争衡也。②

萧氏又说此本"或删剃数行,或一二句,觉庄雅可诵。评定朱墨交遣陆离,至不可辨"③,可见晚年"皇皇厘定"的痕迹。关于其书名,方志著录为"《八家古文约选》四十八卷"④,刘声木著录为

---

① 萧穆:《敬孚类稿》卷二《刘海峰先生唐宋八家文选序》,《续修四库全书》第1560册,第633页。

② 萧穆:《敬孚类稿》卷二,《续修四库全书》第1560册,第633页。

③ 萧穆:《敬孚类稿》卷一二《左端临先生传》,《续修四库全书》第1561册,第103页。

④ 道光《续修桐城县志》卷二一,《中国地方志集成》安徽第12册,第744页。

“《唐宋八家古文约选》四十八卷”[①]。道光末年，徐丰玉说：“方灵皋侍郎辑八家文，亦以‘约选’名，小异而大同。”[②]徐氏所云方苞选本即署名果亲王的《古文约选》，此本兼收秦汉文，并非八大家的专选。但皆以约选名集，仍然易致混淆。“唐宋八家文选”之名大概为刘大櫆晚年修订时所改，与《八家古文约选》四十八卷本当系同书而异名。

刘大櫆门人多寒微，其《唐宋八家文选》稿本又卷帙浩繁，因而多次错过了刊刻的机会。萧穆云：

> (先生)以书与歙县门人吴定，冀其渡江商校，俟吴渡江来枞阳，而先生已卒。其后先生外孙左坚吾欲以先生文集去其牵率酬应者，与《唐宋八家文选》以次授梓。文集曾重刻于浙江，此本竟未之及。先生兄子于先生谢世后亦颇留意此书，与贾人谋将镌板以传，后亦就寝。吴先生晚节益穷，治经授徒以终，于先生遗书亦未暇表章矣。此书邑中副本无多，乾嘉之间，有力者校刻前人遗书，而外间未见，故未能知而访求也。[③]

咸丰四年(1854)秋，萧穆为此书作序，以“冀世有好学之士有力为之镌板，公诸同好”。光绪十七年(1891)，有人愿意出资刊刻此书，但又一次落空。萧穆云：“辛卯之秋，偶为老友黟县李君爰得言之，李君慨然以为己任，且愿出三五千金，将

---

① 刘声木：《桐城文学撰述考》卷一《刘大櫆撰述》，《丛书集成三编》第7册，台北新文丰出版公司1996年版，第440页。

② 徐丰玉：《精选八家文钞序》，刘大櫆《精选八家文钞》卷首，光绪二年(1876)刘继邢邱刻本。

③ 萧穆：《敬孚类稿》卷二《刘海峰先生唐宋八家文选序》，《续修四库全书》第1560册，第633页。

征君著述全刊行世。未几，李君一夕无疾而终，雅意竟未能遂。"[①]光绪十二年(1886)，吴汝纶刊行刘大櫆《历朝诗约选》，亦不及此书。

萧穆所见到的"稿本"，并非原稿本。其《序》又云：

> 往者，乡前辈吴明经孙织，曾于先生族子某得见先生原本，乃借临一幅。先生后人渐就式微，遗书悉就散轶。此本自吴明经家归其门人左某，穆于咸丰甲寅之秋始于左家得见，因乞借观，留数月。[②]

原本存刘大櫆"族子"处，萧氏所见乃吴孙织据此所录的副本。"门人左某"即左庄，字庄士，桐城县诸生，同治二年(1873)卒，萧穆为作《左端临先生传》。此传记述得见《唐宋八家文选》经过云："岁在甲寅，读书于左氏宕村，时与君聚处，且得借先辈遗书浏览。君闲居亦喜与穆谈论古人之文。尝出所藏吴明经所录先辈刘海峰先生《唐宋八家文选》十馀册以示。穆亦手录副本，尝窃取其意为文。"[③]由此可知，萧穆在左庄家所见者有"十馀册"，收文五百余篇，为朱墨二色抄本。现存刘大櫆《海峰先生精选八家文抄》不分卷，收文一百篇，光绪二年(1876)由刘大櫆族孙刘继刻于邢邱。此本并非由萧穆所见稿本而来。刘大櫆另有《评选八家文序目》，系从《八家古文约选》中"约之又约"，以便作为家用"读本"而编[④]，邢邱刻本即据此序目编排。此距刘大櫆去世已近百年，刊

---

① 萧穆：《敬孚类稿》卷二《刘海峰先生历朝诗约选后序》，《续修四库全书》第1560册，第634页。

② 萧穆：《敬孚类稿》卷二《刘海峰先生唐宋八家文选序》，《续修四库全书》第1560册，第633页。

③ 萧穆：《敬孚类稿》卷一二《左端临先生传》，《续修四库全书》第1561册，第103页。

④ 徐丰玉：《精选八家文钞序》，刘大櫆《精选八家文钞》卷首。

者所据乃道光三十年(1850)徐丰玉贵州刻本,因而评点甚为疏略,其版本价值与萧穆所临《唐宋八家文选》的副本尚有很大距离。而萧氏所临副本,今藏何处,亦不得而知。

## 第六节　其他唐宋八大家散文选本佚书丛考

管见所及,除上述五种外,尚有另外十九种佚书。因所见不广,资料有限,故略作考证,丛聚一节,以为抛砖引玉之资。

### 一　李向阳《唐宋八家文录》

李向阳,字孝乾,南直隶徐州府铜山县人,天启四年(1624)举人,著有《孝乾文集》①,道光《铜山县志》录其天启七年(1627)所作《张氏妹墓表》②。康熙《江南通志》有传云:

> 李向阳,字孝乾,天启甲子举人。性纯孝,忘情仕宦。乙丑会试,却逆珰交,几罹祸。后渡江,旅食于金山,归而自吟云:"漫把文章凌北海,欲将事业问东篱。"率子弁躬耕。手疏五经,及注《阴符》《老》《庄》《离骚》,批选八大家诸书,盈千卷。古文词、制义各有藏集。诗媲元孟,书仿钟张。足迹不及市。与万寿祺朝夕相倡和,为莫逆交。大中丞赵累荐弗就。③

同治《徐州府志》著录"明李向阳《唐宋八家文录》"④,即本此

① 乾隆《徐州府志》卷二十四,第10页。
② 道光《铜山县志》卷十九,第48页。
③ 康熙《江南通志》卷五十一,第18页。
④ 同治《徐州府志》卷十九,《中国方志丛书》华中地方第4号,第573页。

传。民国《铜山县志》另据罗筠《李先生传》和徐用锡《跋先君手迹》[1]，所记更加详确：

> （李向阳）夙负异禀，与同里万寿祺以气节相砺十年。会试时，魏奄方龂龁东林诸君子，欲得名士自助，使其私人以大魁啖向阳，向阳峻拒，不入闱而返。魏奄怒遣缇骑追之，不及。向阳避之金山，携一傔匿迹僧寮中数载，奄败始归。崇祯初授金山卫教授，旋以亲老解组躬耕自给，足不及市廛。筑精舍于黄茆冈，葛巾草屦，优游云龙戏马间，与寿祺朝夕唱和，称莫逆。寿祺为绘《黄茆冈隐居图》以赠。明亡，屡辞州郡荐举，闭户著书以终。子弇，字山州，弘光元年拔贡生，息影数十年，专攻诗，著有《忖庵诗集》。新城王士正以为右丞、襄阳辈流也。[2]

崇祯初年，阉党覆灭，李向阳在“匿迹僧寮中数载”后归隐铜山黄茆冈，与同邑万寿祺等八人结社立约，“论学韩愈，记仿宗元”[3]，以文章相期许。其子李弇正做着举业的准备，弘光元年（1645）成为“拔贡生”即为一证。《唐宋八家文录》的编选可以为文社和李弇揣摩大家文章提供方便。入清后向阳“屡辞州郡荐举”，李弇“息影数十年”，父子皆无意仕进。唐宋八大家选本大都为举业而设，以此而论，《唐宋八家文录》成书于崇祯时期的可能性较大，成于清代的可能性较小。

---

① 徐用锡：《圭美堂集》卷二十二，《四库全书存目补编》第 7 册，齐鲁书社 2001 年版，第 300 页。

② 民国《铜山县志》卷五十，《中国方志丛书》华中地方第 32 号，第 1462 页。

③ 万寿祺：《隰西草堂文集》卷三《文旳》，《续修四库全书》第 1394 册，第 230 页。

## 二　唐达《八大家纂评》

唐达，字灏儒，一字灏如，号永言，浙江湖州府德清县人，南明弘光元年贡生，入清后以行医为业，《中医人物词典》有传，著有《永言子集》《琴斋诗集》等①。其《八大家纂评》的著录见郑元庆《湖录经籍考》②，生平事迹见乾隆四年(1739)《湖州府志》：

> 唐达，字灏如，德清人。自幼强记，读书立一程，首象纬、次坤舆之类，遂以博洽闻。甲申拔贡。不出山，隐于医。与桐乡张考夫研究理学，多所发明。性纯孝，贫不克葬，剧同心共襄义举，远近皆效之，名曰唐氏葬社。年逾六十而病，犹删《离骚》，补《尔雅》。临没作《鲲鹏》上下解，越三日卒。③

同治《湖州府志》又说他“研精理学及星历、音律、象数诸书，一时执经问业者甚众，所交皆积学力行之士。……学者私谥渊静先生”④。张履祥，字考夫，与唐达交厚，今存崇祯十五年(1642)至顺治十二年(1655)间致唐达书信五篇⑤。

## 三　陈骝《八家文粹》

陈骝，字阎仙，浙江湖州府乌程县人，崇祯末年岁贡生⑥，与同郡茅元铭、章上奏、吴盘齐名⑦。康熙《归安县志》著录其《八家文

---

① 郑元庆：《湖录经籍考》卷三、四，《丛书集成续编》第71册，第81、99页。

② 郑元庆：《湖录经籍考》卷五，《丛书集成续编》第71册，第119页。

③ 乾隆《湖州府志》卷二十一，第44页。

④ 同治《湖州府志》卷七十五，《中国地方志集成》浙江第25册，上海书店1993年版，第23页。

⑤ 张履祥：《杨园先生诗文》卷四，《续修四库全书》第1399册。

⑥ 乾隆《湖州府志》卷三十三，第30页。

⑦ 傅以礼：《庄氏史案本末》，《四库未收书辑刊》玖辑第4册，第162页。

粹》[1]，并有小传云：

国朝陈骝，字闇仙，乌程人，归安籍，太常卿廷祝公冢孙。早失怙恃，哀毁逾节。友爱两庶弟，同堂合寝，引绳砥志，能相与有成。弱冠试辄高等，负大志，期有所建竖。与张天如、杨维斗诸君倡明理学，操选政，力任廓清，如程墨艾酌雅诸刻，为四方科律。既数困有司，益研究古学。所著有《庄老参同》《八家文粹》《檀庐文集》。卒年四十有五。序应岁荐。易箦时有"只恐神龙轻见尾，半天风雨截中流"之句。[2]

乾隆二十三年(1758)《湖州府志》也说陈骝与艾南英、张溥等"所操选政，一时奉为科律"[3]。其时，艾南英等人正与以陈子龙为代表的复古派针锋相对，大力提倡唐宋文，其为"四方奉为科律"的选本既包括时文选本，也包括古文选本。陈骝的《八家文粹》当亦此类，成书于晚明的可能性较大。

## 四　郑旦复《唐宋八大家集》

郑旦复(？—1667)，字荆山，浙江嘉兴府海盐县人，康熙五年(1666)举人[4]。光绪《海盐县志·文苑传》云："郑旦复，字荆山，号昭侯，生数月失怙。及长，事母尽孝。年舞象，即补博士员，随食饩。键关攻苦，不与户外事。登丙午贤书。选刻《唐宋八大家集》行世。"[5]可见此书为刻本。关于其卒年，康熙《嘉兴府志·孝义传》云："郑旦复，字昭侯，康熙丙午举人。少孤，奉侍其叔如父。

① 康熙《归安县志》卷十，第5页。
② 康熙《归安县志》卷五，第64页。
③ 乾隆《湖州府志》卷二十一，第45页。
④ 康熙《嘉兴府志》卷十三，第42页。
⑤ 光绪《海盐县志》卷十七，第37页。

慷慨好施，时为贫交倚赖。初上公车，闻叔讣音至，哀毁成疾，卒于中道。”[①]《三冈识略》云：“海盐举人郑旦复，端简公孙也。将赴礼闱，乏路资。适邑中一富人，以女许贫士，已委命矣，复改，许其以百金贿。郑乞邑令批照，即日成婚。……及计偕，被斥，呕血数升。买舟言旋，不数程，一痛而卒。”[②]因果报应说固不可信，郑氏暴亡的具体时间也有出入，但有一点是共同的：郑氏卒于康熙六年(1667)春天参加丁未科会试的路上。由此可以确定《唐宋八大家集》成书的下限。

## 五　施清《唐宋八大家注》

施清，字濂侯，浙江杭州府钱塘县人，康熙时人，著有《百尺楼诗文集》等。施氏在康熙时期一度寄居湖南永州，道光《永州府志》(卷九下)著录其八大家选本，其依据是施清为零陵人陈糈《云庄诗集》所作的序：

> 予尝注唐宋八大家之文，而焯然慕周濂溪、元次山、柳子厚之芳徽。盖以诸公之文，勿殊于韩欧三苏之文也，虽气度殊轨，而高雅同风。故意之所至，游亦至焉。寅、卯之际，陟衡峰，泛浯溪，过钴鉧潭，访月台、莲池，往往多隐君子吟啸其壤。[③]

据康熙《钱塘县志》[④]，施清举康熙十八年(1679)博学鸿词科不第。博学鸿词赴选人员由在京三品以上官员及在外科道官员举荐，施清以布衣身份而被推举，可见其在当时的杭州府颇有名

---

① 康熙《嘉兴府志》卷十四，第 39 页。
② 董含：《三冈识略》，致之校点，辽宁教育出版社 2000 年版，第 252 页。
③ 道光《永州府志》卷九下，《中国地方志集成》湖南第 44 册，第 662 页。
④ 康熙《钱塘县志》卷十，第 3 页。

望。从上面的引文看，康熙二十五年(1686)至二十六年(1687)间(寅、卯之际)曾到永州一带游历，在此之前已完成了唐宋八大家文的选注。

## 六　鲍芳照《八家读本》

鲍芳照，字用晦，浙江杭州府馀杭县人，雍正十三年(1735)以子志周贵敕赠文林郎[1]。事迹附嘉庆《馀杭县志·鲍楹传》：

> 楹子芳照，字用晦，诸生。父宦游，芳照治家严肃，家人仆从无敢作戏笑语。苦志读书，不间寒暑。尝与吴世雍、李赤符同考选拔，将出榜，学使者招三人语曰："吴生今科即中，鲍则须俟下科。李生今不贡，终此头巾已耳，予故拔之。莫谓予不识佳士也。"秋闱，吴果得隽。芳照愤激，益攻苦，入闱致病归，寻卒。遗孤志周，年十二。临终大声训之曰："汝祖宦游，吾不能随侍，汝无断我书香，当思我所以致死之故！"所选有三传、《史》、《汉》、八家读本，皆手钞遗后人。[2]

从末句看，此书为稿本。吴世雍为康熙三十八年(1699)举人[3]，鲍芳照为学使黜落事当在此年。据张庚《鲍志周传》，"(乾隆)九年得代，返汴疾作，遂卒，年四十有八"[4]，则其12岁时为康熙四十七年(1708)，从"遗孤志周，年十二"的话来看，鲍芳照当卒于是年，所遗《八家读本》为稿本。

---

① 嘉庆《馀杭县志》卷二十四，《中国地方志集成》浙江第5册，第915页。

② 嘉庆《馀杭县志》卷二十七，《中国地方志集成》第5册，第896页。

③ 嘉庆《馀杭县志》卷二十三，第26页。

④ 张庚：《强恕斋文钞》卷一，《清代诗文集汇编》第256册，上海古籍出版社2010年版，第664页。

## 七 叶亮《八大家澄心录》

叶亮，字敬六，浙江宁波府慈溪县人，康熙四十八年(1709)进士，著有《四书印心录》《经世编》《金薤琳琅订补》《百尺楼诗古文》《读宋史诗》《和陶诗》《集杜诗》《八大家澄心录》，光绪《慈溪县志》著录①。其政绩见于乾隆《杭州府志》②和光绪《定陶县志》。《定陶县志》云：

> 叶亮，字□□，浙江仁和县人，己丑进士。……劝课农桑，不惮勤劳。加意学校，时勤课艺。陶邑人庠额限十二名，侯为申请，复广其三，人材鼓舞，泽及无穷。调沾化县。③

叶亮于康熙五十八年(1719)赴任定陶知县，后调沾化县，因事罢归。刘藻为撰墓志。④ 清人尹元炜云："亮，邑鸣鹤场人，以仁和籍中式，故《杭州府志》载之，有传。"⑤因而其籍贯有慈溪、仁和两说。

## 八 李锦《八家文评》

李锦，字絅文，号芦洲，江苏苏州府长洲县人，与弟文锐同举康熙五十四年(1715)进士。其八家选本的著录见于乾隆十八年(1753)《长洲县志》：

> 李锦，字絅文，康熙乙未会试第一。为文融会先儒理蕴，

---

① 光绪《慈溪县志》卷四十八，第 26 页。
② 乾隆《杭州府志》卷八十九，《续修四库全书》第 703 册，第 327 页。
③ 光绪《定陶县志》卷四，第 22 页。
④ 乾隆《杭州府志》卷八十九，第 17 页。
⑤ 尹元炜：《溪上遗闻集录》卷八，《丛书集成三编》第 84 册，第 563 页。

上宗王唐。历官翰林院侍读。壬子主试湖北。充修圣祖仁皇帝《实录》。……以疾乞归，终岁不见宾客，不涉长吏庭。卒年七十二。著有《文选文粹》《八家文评》《宋儒要义》。①

《八家文评》《宋儒要义》的著录又见于道光《苏州府志》②，大约本乾隆《长洲县志》而来。其著述今皆鲜见，从其为文"上宗王唐（王慎中、唐顺之）"来看，应当是唐宋派文学主张的拥护者，其《八家文评》的编选当与此相关。

## 九　熊大栻《唐宋八大家文选》

熊大栻，字正则，江西南昌府南昌县人。关于其生平及八大家选本，见于乾隆十六年（1751）《南昌县志》：

熊大栻，字正则，晚字恕思，郡增生。年三十丧偶，不再娶。所著有《强恕斋诗文集》《四六存稿》《唐宋八大家文选》《文章轨范定本》《唐三体诗定本》《丹铅杂录》若干卷。年八十四卒。（《熊氏家传》）③

此传所据，乃其家传，深可信据。又据民国《南昌县志》，大栻为南昌县东坛村人。从乾隆十六年《南昌县志》有小传及其小传在县志中的位置来看，应当生活在顺康时期。

## 十　陆伟然《八家文评选》

陆伟然，字季容，雍正四年（1726）举人④，浙江嘉兴府嘉善县

① 乾隆《长洲县志》卷二十五，第37页。
② 道光《苏州府志》卷一百二十六，第9页。
③ 乾隆《南昌县志》卷三十七，第36页。
④ 光绪《嘉善县志》卷十六，《中国方志丛书》华中地方第59号，第309页。

人。光绪《嘉善县志》云："《八家文评选》，国朝陆伟然著，十卷。自序。"①关于其家世，《陆淮传》云："陆淮，字秀壑，号胎簪生，七月丧父。事母孝。伯兄醇谨，代为区画，遇外侮，捍御必力。未弱冠游庠，殚心经史。为文有根柢，不尚浮华。其妻弟计敬，字勖丹，少年食饩，文誉鹊起，为'六计'之一，与淮并驱艺苑，名流倾慕。淮子又嘉，字宫揆，廪贡生；又吉，字宣城，恩贡生。孙毅然，字书承，副榜贡；绍先、伟然俱有传。"陆伟然与陆绍先俱为陆淮之孙，《陆绍先传》云："陆绍先，榜姓屠，字欧亭。善属文，兼善词，工书法。由廪生中雍正元年(1723)举人。公车乏资斧，不能赴礼闱。境遇坎坷，淡泊自守以终。"由此可知，陆伟然的家族诗书传家，在当地稍有名气，但并不显赫。

## 十一　孔毓琼《唐宋八家文选》

孔毓琼，字英尚，江西建昌府新城县宏村人，诸生，师事魏礼，生活在康雍时期。同治《新城县志》著录其《唐宋八家文选》，并有小传云：

> 孔毓琼，字英尚，少迟钝，终日读书不数行，顾好学深思。长为邑弟子员，师事其叔祖尚典，为古文之学。又事宁都魏礼，文益进。常东过阙里，登夫子庙堂，观车服礼器，向道愈力。既归，键户竹林书院，讲求经济实学，思有以自表见，弗竟其志而卒。著有《孔伯子文集》《酬知录》《晓窗诗集》。②

其《孔伯子文集》所收《与仲弟书》有"最爱吕晚村评文"等语，因而被列为禁书③。吕留良，号晚村，明遗民，在古文和时文评点

① 光绪《嘉善县志》卷三十，《中国方志丛书》华中地方第59号，第589页。

② 同治《新城县志》卷十、十一，《中国方志丛书》华中地方第256号，第1486、2053页。

③ 雷梦辰：《清代各省禁书汇考》，书目文献出版社1989年版，第106页。

中寄寓故国之思和反清思想，雍正时期因“曾静案”被开棺戮尸，全家罹祸。吕氏有《精选八家文》，初刊于康熙四十三年(1704)。由此可见其八大家评点的基本倾向及其《唐宋八家文选》失传的原因。

## 十二　叶蕃《八家评》

叶蕃，字锡侯，浙江杭州府昌化县人，雍正年间贡生①。关于其著述，乾隆《昌化县志》著录为“《八家评》，又《昭明文选订》，国朝叶蕃缉”②，《文苑传》载其小传云：

> 叶蕃，字锡侯，桐城令桂祖之孙。幼颖异，读书过目不忘。然沉思好学，未尝以姿分自多。弱冠补弟子员，每试占高等。与同邑章之琦联文社相切摩。相国高安朱公抚浙，二人以文并见激赏。蕃为文据案立就，明白简易，不诡于正。讲四子书，旁引经义，每言“蔑古荒经，卒老无成”，故教学者以穷经为首务。家贫窭，胸次洒澹。尝自寻孔颜乐处，或发之诗歌，论说皆圣贤绪馀。生平无疾言遽色，不议论人长短，人亦不敢以伪相欺。尝手订《昭明文选》，评定八大家文。著有《叶氏家训》《金山诗草》，藏于家。③

章之奇，字奇毓，“以昌明理学为己任，凡关系道统之书靡不深究”，著有《四书讲义》④，主要以理学受知浙江巡抚朱轼(即相国高安朱公)。叶蕃主要以文学受知，其成就也以文学见长，故二人小传分别在《儒林传》和《文苑传》中。

---

① 乾隆《昌化县志》卷十二，《中国方志丛书》华中地方第555号，第670页。
② 乾隆《昌化县志》卷十八，《中国方志丛书》华中地方第555号，第865页。
③ 乾隆《昌化县志》卷十三，《中国方志丛书》华中地方第555号，第703页。
④ 同上书，第695页。

## 十三　张叙《评选唐宋八大家文载》

张叙，字滨璜，一字凤冈，江苏太仓直隶州镇洋县人，雍正十年(1732)举人①，经学家，教育家。著有《易贯》《诗贯》《诗经发微》《孝经精义》《三礼杂说》《经序录》《通鉴纪要》《古文全集》《凤冈诗草》②。其八大家选本的著录见于光绪《太仓直隶州志》："国朝张叙《评选唐宋八大家文载》。"关于其生平，嘉庆《直隶太仓州志》云："张叙，字滨璜，雍正十年举人。乾隆元年(1736)以博学鸿词征，乾隆十六年(1751)举经学，皆报罢。二十六年(1761)以耆年宿学赐国子监学正。生平沉潜理学，穿穴经奥，名重公卿间。前后主讲潞河、莲池、白鹿洞诸书院，成就人才甚多。会开四库馆，当事以所著《易贯》《诗贯》二书进呈，命入《提要总目》。其馀籍述俱详艺文类。卒年八十六。"③其《八大家文载》的其他信息则无据可考。

## 十四　钱仁起《八大家评疏》

钱仁起，字班郎，安徽安庆府桐城县人。道光《续修桐城县志》云：

> 钱仁起，字班郎，号缄斋，寄籍怀宁县，增生。治《易经》。潜心理窟。为文朴茂。律身尚礼节，言笑不苟。四方从游者踵至，虽盛暑莅讲，亦整衣冠危坐，竟日无倦。著有《四书简一正解》、《周易萃论》、《家礼补遗》、《左》、《史》、《公》、《穀》、秦汉、八大家评疏、《阴符》、《道德经别注》，各若干卷。

---

① 光绪《太仓直隶州志》卷十五。

② 民国《镇洋县志》卷十一，第1、3、6页。

③ 嘉庆《直隶太仓州志》卷三十六，《续修四库全书》第696册，第577页。

钱氏的生活时代不详，从其在道光《续修桐城县志》中的位置来看，应为康雍时期人。

## 十五　蒋士桓《唐宋八家文》

蒋士桓，字崑池，江苏徐州府铜山县人，乾隆三十九年(1774)岁贡生[①]，著有《西麓古文》三卷、诗一卷。道光《铜山县志》小传云：

> 蒋士桓，字崑池，号西麓，岁贡生。父瑶坪，邑名士。士桓禀家学，笃伦行，慎交游，书无所不读，见先辈嘉言懿行，必采录之。长古文，诗雄健，选注《唐宋八家文》二十二卷，极淹博。自著《西麓古文》三卷、诗一卷，士林珍之。卒年九十馀。[②]

同治《徐州府志》著录为"国朝蒋士桓选唐宋八家二十二卷"[③]，民国《铜山县志》著录为"清蒋士桓选唐宋八家文二十二卷"，皆本此传而来。其父蒋佩，"字沛苍，一字瑶坪，岁贡生，博学工诗"[④]，亦铜山名士，道光《铜山县志》收其诗一首。

## 十六　潘天抡《唐宋八家文评》

潘天抡，字叙钦，浙江杭州府海宁县人，主要生活在乾嘉时期。民国《海宁州志稿》著录为"潘天抡(字叙钦，号伊人，廪贡生)《唐宋八家文评》(手稿，未定卷)"。下有钱泰吉小注云：

---

① 道光《铜山县志》卷十三，第20页。
② 道光《铜山县志》卷十五，第33页。
③ 同治《徐州府志》卷十九，《中国方志丛书》华中地方第4号，第573页。
④ 民国《铜山县志》卷五十二，《中国方志丛书》华中地方第32号，第1478页。

> 伊人性旷淡，好读书，《史》、《汉》、唐宋文多精熟。子文辂、文镜掇科名，相继而逝。伊人于忧愁无聊中读《离骚》及陶渊明诗以遣意。平生不妄交游，寡言语。余与其族弟蔼人时就之论诗文，促坐深谈，移时不倦。宜兴吴仲伦至海昌，闻伊人论文，亦心折焉。无所撰著，或以此讽之，则微笑曰："所作不逮古人，皆赘言尔。"钱泰吉附记。①

钱注下又有管庭芬小注云："伊人先生尝语庭芬，欲辑古人咏史诗，手钞颇富，惜未编次。"②潘氏无意以著述表见于世，其二子又早逝，身后仅存的《唐宋八家文评》和《咏史诗》稿本无人编刻，因而佚而不传。潘文辂，字晋甫，号香士，嘉庆二十五年(1820)进士。潘文镜，字仲方，号诵舫，道光八年(1828)举人③。从二子"相继而逝"后潘天抡"忧愁无聊"的话来看，道光八年后，潘天抡尚在人世。

## 十七　吕璜《评点唐宋八家文》

吕璜(1777—1838)④，字礼北，号月沧，广西桂林府永福县人，嘉庆十六年(1811)进士。刘声木《桐城文学撰述考》著录其《评点唐宋八家文》一书⑤。吕氏曾师事吴德旋，罢官后主讲临桂榕湖、秀峰书院十余年，"以桐城古文义法倡导后进"，被目为粤西桐城支派的开山⑥。

---

① 民国《海宁州志稿》卷十五，第2页。

② 同上。

③ 民国《海宁州志稿》卷二十六，第67、69页。

④ 参见梁章钜《吕月沧郡丞墓志铭》，《清代传记丛刊》第123册，第83页。

⑤ 刘声木：《桐城文学撰述考》卷三，《丛书集成三编》第7册，第451页。

⑥ 参见曾国藩《曾文正公文集》卷三《欧阳生文集序》(《续修四库全书》第1537册，第610页)及刘声木《桐城文学渊源考》卷六(《丛书集成三编》第6册，第746页)。

## 十八　方宗诚《古文简要》

方宗诚(1818—1888)，字存之，号柏堂，安徽安庆府桐城县人，诸生，方东树从弟。受知于曾国藩、李鸿章等，任直隶枣强知县十馀年，多有惠政[①]。著有《柏堂集》等，为桐城派后劲。其《古文简要序》云：

> 文之事本一而用三，曰晰理，曰纪事，曰抒情。……今友人张君宗翰以为，文之法学者亦不可不知也，而泛观古人之文，则又博而寡要，且惧夫贪多务得而遂溺于文，取韩、欧八家之文，命予简取之，以为初学法。余因取其晰理之明辨而不支者，纪事之详简而有体者，抒情之笃厚而不欺者，为一册，以复于张君。[②]

此序对于选文的缘起、标准和目的已经说得很清楚，从"为一册"的话来看，此书卷帙不大。文末署"咸丰七年五月"，而开卷目录后识语则谓《柏堂集次编》乃咸丰时期"避敌山中时之所作"。由此可知，《古文简编》成书于咸丰七年(1857)，此时太平军占领桐城，而方氏正避乱于县城东北十五里的鲁砦山中[③]。

除此之外，尚有王志远《评定唐宋八家文集》。民国《金坛县志》著录为："《评定唐宋八家文集》六卷，国朝王志远辑。"王志远大约为清末人，其人及选本不见于此前方志。不另立条目，谨附记于此。

---

① 孙葆田：《校经室文集》卷五《桐城方先生墓志铭》，《丛书集成续编》第198册，台北新文丰出版公司1998年版，第436页。

② 方宗诚：《柏堂集次编》卷一，《清人诗文集汇编》第672册，第137页。

③ 方宗诚：《柏堂集次编》卷一《桐城文录叙》，《清人诗文集汇编》第672册，第140页。

其佚失的原因，可以从四个方面分析。

一、从版本形态看，以稿本或抄本居多。可以确定为印本的仅有郑旦复的选本，可以确定为稿本或抄本的有鲍芳照、魏禧、刘大櫆、潘天抡的选本。方宗诚只为一人而选，而且当时正避敌山中，其选本为稿本的可能性很大。印本数量较大，木刻印本还有板片可以增印，而稿本或抄本数量有限，传抄艰难，自然更容易失传。

二、从编者身份看，主要有违禁者和寒微者两类。乾隆末年纂修《四库全书》时一大批书籍被列为禁书，违禁者就是指这些禁书的作者。魏禧、戴名世、孔毓琼都有书被列为禁书，戴名世的诗文集假借“宋潜虚”之名才得以流传，其八大家选本的命运可想而知。在24位编者中，进士5人（戴名世、叶亮、李锦、杨仲兴、吕璜），举人4人（李向阳、郑旦复、陆伟然、张叙），贡生6人（唐达、陈骝、叶蕃、蒋士桓、刘大櫆、潘天抡），生员7人（鲍芳照、王昊、魏禧、熊大栻、孔毓琼、钱仁起、方宗诚），布衣1人（施清），身份不详者1人（王志远）。贡生以下共15人，占63%。其中，唐达无力为父母举丧，郑旦复赴礼闱缺乏路资，魏禧无子，刘大櫆、潘天抡有子而早丧。对于一般著者而言，著述的刊刻赖个人力量很难济事，许多人的著述是靠子孙或门人集资刊刻的。生前生计蹇拙，身后子孙式微，是导致部分选本失传的主要原因。

三、从时代背景看，大都失传于《四库全书》纂修之际。第一部《四库全书》成书于乾隆四十六年（1781），本文所及的24种佚书，除潘天抡、吕璜、方宗诚、王志远的4种外，皆生成于《四库全书》编成之前。换句话说，以禁书为目的的《四库全书》的纂修是导致八大家选本失传的又一原因。例如，王昊的选本康熙时期尚在，康熙二十年（1681）蔡方炳三次引用王昊评，康熙四十五年（1706）何焯曾提到过王昊的八大家选本，就是确证。但到乾隆以后，就不再见于著录，也不再为人所引用。

四、从地域分布看，主要集中在江浙地区。上述 24 位编者之中，江浙籍 14 人，占 58%。江浙所产唐宋八大家选本总量最大，又是文字狱的重灾区，因而佚书最多。

# 主要参考文献


陈兆仑:《紫竹山房诗文集》,《四库未收书辑刊》本。

储　欣:《在陆草堂文集》,《四库全书存目丛书》本。

储掌文:《云溪文集》,《四库全书存目丛书》本。

戴名世:《南山集》,《续修四库全书》本。

戴名世:《南山集偶钞》,《续修四库全书》本。

戴名世著,王树民校:《戴名世集》,中华书局 1986 年版。

方　苞:《望溪先生全集》,《续修四库全书》本。

方宗诚:《柏堂集次编》,《清人诗文集汇编》本。

顾炎武:《顾亭林诗文集》,中华书局 1983 年版。

郭　麐:《灵芬馆杂著》,《丛书集成续编》本。

韩愈著,屈守元、常思春主编:《韩愈全集校注》,四川大学出版社 1996 年版。

杭世骏:《道古堂文集》,《续修四库全书》本。

华希闵:《延绿阁集》,《四库未收书辑刊》本。

黄宗羲:《黄宗羲全集》,浙江古籍出版社 1992 年版。

黄宗羲:《明季南略》,《续修四库全书》本。

黄宗羲:《南雷文定》,《续修四库全书》本。

黄宗羲著,陈乃乾编:《黄梨洲文集》,中华书局 2009 年版。

李来章:《礼山园文集》,《四库全书存目丛书》本。

李　渔:《李渔全集》,浙江古籍出版社 1991 年版。

李元春:《桐窗残笔》,《清代诗文集汇编》本。

李元春:《桐窗馀稿》,《清代诗文集汇编》本。

李元春:《桐阁拾遗》,《清代诗文集汇编》本。

李元春:《桐阁先生文抄》,《北京师范大学图书馆藏稀见清人别集丛刊》本。

李兆洛:《养一斋文集》,《续修四库全书》本。

李中简:《李文园先生全集》,《四库未收书辑刊》本。

刘大櫆:《刘大櫆集》,上海古籍出版社 1990 年版。

刘　开:《刘孟涂集》,《续修四库全书》本。

刘声木:《苌楚斋三笔》,《丛书集成三编》本。

卢元昌:《杜诗阐》,《四库全书存目丛书》本。

吕留良:《吕晚村先生文集》,《续修四库全书》本。

吕留良:《吕子评语正编》,《四库禁毁书丛刊》本。

吕留良:《天盖楼偶评》,《四库禁毁书丛刊》本。

茅　坤:《茅鹿门先生文集》,《续修四库全书》本。

茅　坤:《玉芝山房稿》,《四库全书存目丛书》本。

欧阳修著,洪本健校笺:《欧阳修诗文集校笺》,上海古籍出版社 2009 年版。

彭启丰:《芝庭先生集》,《清代诗文集汇编》本。

皮锡瑞:《伏师堂骈文二种》,《续修四库全书》本。

钱谦益:《列朝诗集小传》,上海古籍出版社 2008 年版。

钱谦益:《牧斋初学集》,《续修四库全书》本。

钱谦益:《牧斋有学集》,《续修四库全书》本。

沈德潜:《归愚诗钞馀集》,《续修四库全书》本。

沈德潜:《国朝诗别裁集》,乾隆二十六年(1761)翰林院删订重刻本。

沈德潜:《沈归愚诗文全集》,《清代诗文集汇编》本。

沈　彤:《果堂集》,《景印文渊阁四库全书》本。

施闰章:《学馀堂诗集》,《景印文渊阁四库全书》本。

孙葆田:《校经室文集》,《丛书集成续编》本。

孙　琮:《山晓阁诗》,《四库全书存目丛书》本。

孙慎行:《玄晏斋文抄》,《四库禁毁书丛刊》本。

唐顺之:《荆川先生文集》,《丛书集成续编》本。

万寿祺:《隰西草堂文集》,《续修四库全书》本。
王　昊:《硕园诗稿》,《四库未收书辑刊》本。
王慎中:《玩芳堂摘稿》,《四库全书存目丛书》本。
魏　禧:《魏叔子文集外编》,《续修四库全书》本。
吴应箕:《楼山堂集》,《续修四库全书》本。
萧　穆:《敬孚类稿》,《续修四库全书》本。
徐用锡:《圭美堂集》,《四库全书存目补编》本。
杨仲兴:《四馀偶录文集》卷首自序,光绪十八年(1892)嘉应杨氏刻本。
姚　鼐:《惜抱轩文集》,《续修四库全书》本。
姚　鼐:《惜抱轩文集后集》,《续修四库全书》本。
伊元炜:《溪上遗闻集录》,《丛书集成三编》本。
雍　正:《大义觉迷录》,《四库禁毁书丛刊》本。
袁　枚:《小仓山房文集》,《丛书集成三编》本。
张伯行:《正谊堂文集》,《四库全书存目从书》本。
张大复:《梅花草堂笔谈》,《四库全书存目丛书》本。
张履祥:《杨园先生诗文》,《续修四库全书》本。
朱彝尊:《曝书亭集》,《景印文渊阁四库全书》本。
《康熙起居注》,中华书局1984年版。
《钦定南巡盛典》,《景印文渊阁四库全书》本。
蔡方炳:《广治平略》,《四库禁毁书丛刊》本。
董　含:《三冈识略》,辽宁教育出版社2000年版。
傅以礼:《庄氏史案本末》,《四库未收书辑刊》本。
龚立本:《烟艇永怀》,《丛书集成新编》本。
纪昀等:《钦定四库全书总目》,中华书局1997年版。
刘大櫆:《论文偶记》,人民文学出版社1998年版。
刘声木:《桐城文学渊源考》,《丛书集成三编》本。
刘声木:《桐城文学撰述考》,《丛书集成三编》本。
唐彪著,赵伯英、万恒德选注:《家塾教学法》,华东师范大学出版社1992年版。
王夫之著,戴鸿森笺注:《薑斋诗话笺注》,人民文学出版社1981年版。

王守仁选，邹守益评：《新刻续选批评文章轨范》，万历四十三年（1615）余完初怡庆堂刻本。
王应奎：《柳南续笔》，《丛书集成续编》本。
王赞元：《增辑时文近道集》，同治八年（1869）培槐轩刻本。
吴德旋著，舒芜校点：《初月楼古文绪论》，人民文学出版社 1998 年版。
袁枚：《随园诗话》，人民文学出版社 1982 年版。
郑元庆：《湖录经籍考》，《丛书集成续编》本。
朱彝尊：《明诗综》，《景印文渊阁四库全书》本。
祝允明：《罪知录》，《四库全书存目丛书》本。
《中国古籍总目·丛部》，中华书局、上海古籍出版社 2009 年版。
《中国古籍总目·集部》，中华书局、上海古籍出版社 2012 年版。
《中国方志丛书》，台湾成文出版社 1970 年版。
《中国地方志集成》，江苏古籍出版社 1991 年版。
周骏富：《明代传记丛刊》，台湾明文书局 1991 年版。
周骏富：《清代传记丛刊》，台湾明文书局 1985 年版。
高海夫主编：《唐宋八大家文钞校注集评》，三秦出版社 1998 年版。
江庆柏：《清朝进士题名录》，中华书局 2007 年版。
王欲祥、李灵年、陆林、陈敏杰著：《清人别集总目》，安徽教育出版社 2000 年版。
柯愈春：《清人诗文集总目提要》，北京古籍出版社 2001 年版。
梁戴光、乔晓勤主编：《加拿大多伦多大学东亚图书馆藏中文古籍善本提要》，广西师范大学出版社 2009 年版。
罗树宝著：《中国古代图书印刷史》（彩图本），岳麓书社 2008 年版。
瞿冕良：《中国古籍版刻辞典》，齐鲁书社 1999 年版。
王重民：《中国善本书提要》，上海古籍出版社 1983 年版。
郑伟章：《文献家通考》，中华书局 1999 年版。
〔日〕佐藤一郎：《中国文章论》，赵善嘉译，上海古籍出版社 1996 年版。

戴廷杰：《戴名世年谱》，中华书局 2004 年版。
雷梦辰：《清代各省禁书汇考》，书目文献出版社 1989 年版。

李先耕:《钟惺著述考》,黑龙江大学出版社 2008 年版。
李　新:《杭州小筑社考》,《暨南学报》2008 年第 5 期。
刘金柱:《唐宋八大家与佛教》,人民出版社 2004 年版。
王水照:《历代文话》,复旦大学出版社 2007 年版。
熊礼汇:《明代散文流派论》,武汉大学出版社 2003 年版。
张梦新:《茅坤研究》,中华书局 2001 年版。
钟志伟:《明清唐宋八大家选本研究》,台北文津出版社 2008 年版。
朱　刚:《唐宋四大家的道论与文学》,东方出版社 1997 年版。

梅篮予:《茅坤〈唐宋八大家文钞〉渊源与流传考论》,复旦大学硕士学位论文,2010 年。
张　萍:《茅维研究》,浙江大学硕士学位论文,2006 年。
〔韩〕朴现圭:《朝鲜使臣与北京琉璃厂》,《文献》2003 年第 1 期。
曹红军:《论南京图书馆与古代私家藏书楼的渊源》,《图书馆理论与实践》2008 年第 3 期。
江　曦:《〈清人别集总目〉订误》,《当代图书馆》2009 年第 9 期。
方彦寿:《建阳刘氏刻书考》,《文献》1988 年第 3 期。
文革红:《江西小说刊刻地——“云林”考》,《明清小说研究》2010 年第 1 期。
夏咸淳:《〈唐宋八大家文抄〉与明代唐宋派》,《天府新论》2002 年第 3 期。
肖瑞峰:《张伯行与〈唐宋八大家文钞〉》,《古典文学知识》1995 年第 4 期。

# 后 记

本书是我主持的2010年度国家社科基金项目"明清时期唐宋八大家散文选本研究"的修订成果。立项时知见的清代唐宋八大家散文选本只有十余种,掌握的版本也不够全面,后来纳入的新材料,除托友人惠寄的几种外,余皆各地访书所得。

暂停教学工作,专门外出访书,始于2010年底,迄于2011年底。在此后历时两年多的写作过程中,事有未明,也偶尔外出;有时勘验一种版本,需要往返多次,方能卒业。2011年底,有好几个月住在北京,周一至周五泡在图书馆古籍部,周末大部分时间在宾馆闭门睡觉;平常倘非需要问路,也很少与人说话。转到上海查书后,一日约李桂奎教授见面,试一开口,居然结结巴巴,不成片断,语调缓急高下,异于寻常,李教授先是有些诧异,后来也不自觉地结巴起来,想来堪发一笑。至于工作之辛苦,生涯之冷寂,古来如此,自分如此,不遑多言。几近半百之人,熙来攘往之中,还能跳出柴米油盐之外,一身独行,遍游海内,尚友古人,顺便欣赏沿途风景,见识风土人情,品尝地方小吃,于今想来,实在并非文化苦旅,乃是一种人生至乐,别样奢华。国家社科基金的宝贵资助,江西财经大学为科研提供的良好条件,使这样的查书活动成为可能。这是我首先要表示感谢的。

还要感谢台湾的钟志伟君。钟君于2007年获台湾辅仁大学硕士学位，现已获得台湾“中央大学”博士学位。其26岁出版的专著《明清唐宋八大家选本研究》(2008)，涉及8种清代唐宋八大家选本，其中蔡方炳、秦跃龙两家的选本，鲜见于大陆馆藏。2009年1月，我成功网购此书。此后与钟君取得了联系，并陆续交流了一些唐宋八大家选本的书影。本书蔡方炳、秦跃龙、姚靖三家选本的书影，即系钟君寄来。

我对唐宋八大家选本群的关注是从2006年读博士后开始的，那时候郭英德先生给我的题目是“明清时期的文学选本与文学教育”。当时我对这个题目有些茫然，不过仗着一身的蛮力，索性钻到北京几个大图书馆的古籍部，一本一本地借阅尚未影印的可能与文学教育相关的文学选本。经过此类海选式的阅读，逐渐发现，明清时期层出不穷的各类唐宋八大家选本，将文学与科举打成一片，四书而外，最常用作举业群体的必读教材。2010年立项后，遂将查书范围扩展至偏远地区和中小城市的图书馆，如遵义图书馆、吴江图书馆，又有许多新的发现，逐渐形成了现在的规模。

但我查访的图书馆究竟有限，日、韩、欧、美等地图书馆，更是望洋兴叹，无缘一访。我相信，本书考录的48种之外，一定还有存世而漏录者，或佚而可考而竟未考出者。已录的选本，也有版本未经寓目者。至于唐宋八大家散文选本作为一种文学、文化现象在清代的生成、传播与影响等宏观研究，本书只是粗陈梗概，挂一漏万。《中国古籍总目》所收清代唐宋八大家散文选本不足十种，本书已超过这个数目，期待同行循此继续调查，争取有更大的突破。

我从事选本研究已近十年，郭英德先生一直关心、指导并鼓励我，不断引领我拓展新的研究领域。按我的理解，郭先生将文献与义理、微观与宏观、个性与规范打成一片，本书有循此蹒跚学步的影子，但细致详密有余，纵横捭阖不足，任情任性有余，中规中矩不足。深蒙郭先生不弃，将此书列为“北京师范大学中国古代散文研究中心专刊之二”，资助出版。书此铭感，且以志愧。

清人选评唐宋八大家散文，多有深心大力，并非漫无所谓，本书见善必彰，不事苛评，不敢埋没前人苦心。所见古籍，注明版本之外，又注明馆藏及索书号，非敢立异，实为方便将来核查和深入研究之用。凡所考录，大都手摩目验，自出裁断，不为成见所囿。编者生平，基础性信息而外，只择取与编评八大家选本有关的生平大事、交游、文学思想等加以考实，不作泛泛不切之论。语言不刻意求雅，要以通脱醒透为主。

对于本书书稿，几位国家社科基金成果评审匿名专家给予了鼓励，认为“该成果是学界迄今对清代唐宋八大家选本最全面的考录”，“用功之勤，收获之丰，前所未有”，“为清代文章学研究提供了大量第一手的珍贵文献，为进一步的深入研究奠定踏实基础，学术意义至为重大”。这给了我申报书稿入选“全国哲学社会科学优秀成果文库”的信心，遂试请著名学者王水照先生惠赐申报必需的《专家推荐书》，王先生阅稿后慨然相允。2015 年 5 月 15 日，先生寄来荐语，称本书“选题新颖，论旨集中”，“是迄今所见最详尽的全面调查，贡献甚巨”，实在愧不敢当。近悉入选“成果文库”事宣告失败，深感对不起王先生一番辛劳、一片盛心，谨录数语，以志弗忘。如谓援先生奖掖后进之语以自高，则我岂敢。

2014 年 9 月，我从江西财经大学调入浙江财经大学人文学院。承蒙学院领导关爱呵护，慰勉优容，间与何华珍院长及浙中名宿张涌泉先生论学谈艺，多承匡正，欣然如入父母之邦、弦歌之地，始能再校书稿，正其讹误，删其繁芜，略增未备，阅二月而毕事。

商务印书馆不计成本，慨然允诺插入 19 幅彩色书影，以飨读者。编校人员眼明心细，校出许多疏漏，又对图表的安排提出了很好的建议。谨致谢意！

2016 年 6 月 18 日　付琼记于浙江财经大学下沙校区

**图书在版编目(CIP)数据**

清代唐宋八大家散文选本考录 / 付琼著. —北京：商务印书馆，2016
（北京师范大学中国古代散文研究中心专刊）
ISBN 978-7-100-12807-0

Ⅰ.①清… Ⅱ.①付… Ⅲ.①唐宋八大家—古典散文—散文集 Ⅳ.①I264.2

中国版本图书馆 CIP 数据核字(2016)第 288405号



北京师范大学中国古代散文研究中心专刊之二
**清代唐宋八大家散文选本考录**
付 琼 著

商 务 印 书 馆 出 版
（北京王府井大街36号 邮政编码100710）
商 务 印 书 馆 发 行
北京市艺辉印刷有限公司印刷
ISBN 978-7-100-12807-0

2016年12月第1版 开本 787×960 1/16
2016年12月北京第1次印刷 印张 24¼ 插页8

定价：68.00元